PARQUES
DIVINS

ᵁᴺDESTIN

— DE —

FUMÉE ET DE CENDRES

LIVRES DE SHANIA SCICHILONE

- A Fate of Smoke and Ash (Version anglaise de livre I.)
- Un Destin de Fumée et de Cendres (Version française de livre I.)

La correction par Sandra Murty-Gallant

Illustration de couverture par Carlos Quevedo

Carte par Shania Scichilone

La traduction par Shania Scichilone

Livre de poche ISBN : 978-1-7782124-3-7

Livre électronique ISBN : 978-1-7782124-4-4

Imprimé et relié par Ingram Spark

DISCRÉTION DES LECTEURS

PERSONNAGES

- Shivalri Acadia Grimsbane-Gray (Shih-v-all-rEE Ah-kay-dEE-ah Grim-s-b-ay-n Gur-ay)
- Raidan Grimsbane-Gray (R-eye-den)
- Eden Grimsbane-Gray (EE-d-in)
- Archer Gray (Arch-er)
- Diego (DEE-y-egg-oh)
- Satyra Grimsbane-Duke (S-ah-tEEr-ah D-ooh-k)
- Enya Grimsbane-Duke (Ehn-Yah)
- Olliver/Olly Duke (All-ih-v-er/All-EE)
- Sabine Grimsbane-Cormier (S-ah-b-EE-n K-or-mEE-ay)
- Jon (J-on)
- Nathan (N-ay-th-uh-n)
- Kaleb (K-ay-l-eh-b)
- Amy (Ay-mEE)
- Avery (Ay-vrEE)
- Mr. Lane (L-ay-n)
- Gladys O'Donnell (Glad-ih-s Oh-d-on-l)
- Moira Darkmore (Moy-r-ah Dark-more)
- Sora Fujin (S-or-ah Fyoo-jEE-uhn)
- Ember Blackwood (EM-ber Bl-æ-k-w-UU-d)

- Damek Lagunov (Dah-mek L-ah-g-uh-n-aw-v)
- Nesrin Mehra (Neh-z-r-in M-ay-r-ah)
- Baaz Mehra (B-ah-z)
- Pyre Malum (P-eye-er M-ah-l-uhm)
- Alriq (All-r-ih-k)
- Nor (N-or)
- Ombrose (Aw-m-b-r-oh-s)

TABLE DES MATIÈRES

DÉDICACE

Aux lecteurs qui vivent dans les pages avec moi,

À mon mari pour son soutien et sa confiance inébranlable en mon livre,

A mes cousines, qui ne cessent de faire vivre la magie,

Et à ma grand-mère, qui a inculqué la narration dans mon âme le moment où j'ai pu tisser des mots.

Salem

Witch House

Salem

Proctor's Ledge

House of

Enchantment

Grimsbane

Manor

Essex

Fishing Dock

1

SOMBRE

Je flottais dans l'obscurité, bercé par la traction du vent qui me caressait. Un battement sous le coin de ma mâchoire résonnait à la cadence de mon rythme cardiaque alors que le courant me berçait tendrement d'un côté à l'autre. Mon corps était calme, mais mon esprit ne se reposait pas. Je pouvais alors le sentir, la sensation impitoyable du vent écorchant ma peau, me faisant croire que c'était du réconfort. Je savais que rien de ce qui venait de l'obscurité n'était réconfortant.

J'ai ouvert mes yeux sur une étincelle de flamme rouge, mais il a disparu instantanément, me laissant dans l'obscurité complète, suspendu dans la chaleur sans fin. Je ne pouvais toucher à rien dans cet oubli et je ne voyais personne tandis que je restais suspendu dans les airs. J'étais en apesanteur alors que les ténèbres m'étreignaient, se pressant, faisant semblant d'être un doux amour, alors qu'elles essayaient seulement de m'étouffer. J'ai commencé à paniquer, essayant de me dégager de son emprise. Un frisson a parcouru mon cou ainsi que je sentais les griffes se resserrer autour de moi. Il ne me lâcherait jamais.

« Un rêve... » une voix rassérénée m'a dit d'une distance lointaine.

« Qui est là? » croassai-je avec la voix sèche.

« Ce n'est qu'un rêve... »

Les ténèbres autour de moi se sont relâchées à la révélation. Pourtant, je m'accrochais à son emprise, mais je ne me battais plus. Mes yeux piquaient lorsque la lumière s'avançait, m'entourant et illuminant le ciel nocturne dans lequel je flottais. Je pouvais sentir mon pouls se calmer maintenant. Lorsque j'ai inspiré une longue et profonde inspiration, mes côtes ont tremblés à cause de la libération. La tension dans mon cou s'est apaisée alors que je regardais autour de moi. Il n'y avait pas de monstres ici. C'était seulement moi.

2
OCTOBRE

Les matins. Je déteste les matins, pensai-je en m'effondrant dans le sofa rembourré marron, secouant le cauchemar. Je mangeais peu à peu mon sandwich au petit-déjeuner, encourageant mes doigts raides du matin à travailler, pendant que mon chien mendiait des restes. Nous regardions les dessins animés vieillots du matin qui donnaient toujours à mon cerveau et à mes yeux brumeux un entraînement visuel. J'ai cligné des yeux lorsque le téléviseur est soudainement passé à un réseau météo inconnu. C'était bruyant et statique et s'est rapidement transformé en un homme paniqué. L'écran était peint en noir et blanc, et je ne pouvais pas vraiment dire ce qu'il disait à cause de la statique de la station. Visuellement, il avait l'air désemparé, sa voix saccadée et frénétique tandis qu'il se tenait devant une carte numérique.

« Voyant! Il nous parle probablement de d'autres catastrophes mondiales. », ai-je supposé. Le visage de l'homme a attiré mon attention. Quelque chose dans son maniérisme m'inquiétait. À travers ses traits sombres et ses plis fatigués, il essayait désespérément de transmettre ce message aussi couramment que possible. Je me suis penché par en avant, intrigué.

« Shivalri, éteins cette merde, » grogna mon père. J'ai baissé le volume à la place. L'homme anxieux avait l'air sérieux, pétrifié même. Les problèmes mondiaux m'ont toujours intéressé, et c'était une séquence étrange.

« Ceci c'est un message important », l'homme a déclaré, regardant vers l'écran. Il hurlait pratiquement, la sueur coulant de la racine de ses cheveux jusqu'à ses lèvres babillâtes. La statique bourdonnait des haut-parleurs et produisait un bourdonnement dans mes oreilles.

« J'aimerais pouvoir comprendre ce qu'il dit, » marmonnai-je en prenant une autre bouchée de mon sandwich. J'ai joué avec le bouton de volume, en essayant d'extraire plus de l'homme. La télévision s'est coupée et s'est redirigée vers le réseau de dessins animés. C'est venu si soudainement et s'est terminé si vite que je ne savais pas quoi en penser.

« Il doit y avoir un problème avec la connexion. Il venait probablement d'un autre pays », a marmonné négligemment mon père, ses traits foncés fixés sur son téléphone portable à la table à manger.

« Tu ne penses pas qu'il venait d'ici? Quelque chose de terrible aurait pu se produire, et cela pourrait être proche de nous, vous savez. Un ouragan, une tornade, un tsunami... Ça arrive tout le temps. » J'ai commencé à l'imaginer, même si mon père ne semblait pas trop inquiet. La seule réponse que j'ai reçue a été la sirotassions très bruyante et odieuse de son café. « Ça doit être au Canada », marmonnai-je en roulant des yeux.

« Ton Pépère se roulerait dans sa tombe à ce commentaire. » Pa a soufflé de rire. « Je peux l'entendre maintenant: « Ah, oui! Vous autres, les Américains, et vos tempêtes stupides. Si tu aurais vu les montagnes de neige que j'ai dû traverser péniblement pour aller à l'école... ». »

« Il était tant dramatique. » J'ai ri, me souvenant des histoires canadiennes de mon grand-père lorsqu'il vivait au Nouveau-Brunswick. Il avait toujours été pleines d'histoires, et je les avais toutes aimées. « Il vous manque? » J'ai demandé.

« Bien sûr, Shivi. Il était plus un père pour moi que le mien. » Il soupira, détournant finalement le regard de son téléphone vers moi.

« Il me manque aussi, » dis-je.

« Je suis sûr qu'il le sait. »

Il me restait une croûte de coin de mon sandwich et je l'ai donnée à Diego qui mendiait à mes pieds, assis dans une flaque de sa bave.

« Ah, t'es adorable », dis-je en ébouriffant la fourrure rousse profonde au-dessus de son front alors que je me levais pour me préparer pour l'école. En passant devant la chambre de mon frère, je suis allée dans la salle de bain pour me brosser les dents. J'ai regardé dans le miroir comme que les lumières teintées de jaune faisaient virer mes yeux typiquement bleus au vert pâle, soulignant l'anneau d'or autour de ma pupille. Mes cheveux étaient toujours bouclés depuis la nuit précédente et mes taches de rousseur commençaient à se disparaître à mesure que le temps automnal plus froid s'installait.

Break Free d'Ariana Grande a commencé à jouer lorsque l'alarme de mon téléphone portable a vibré dans ma poche. Je l'ai éteint rapidement. En crachant mon dentifrice, je me suis essuyé la bouche et je suis partie frapper à la porte de la chambre de mon frère. « Raidan, lève-toi! Vous n'avez que dix minutes avant que l'autobus soit arrivé! Dépêche-toi! » J'ouvris sa porte et lançai un coup d'œil pour voir s'il était réveillé. Sans surprise, il ronflait comme un géant endormi, les pieds pendaient au bord de son lit trop petit. J'allumai sa lumière et il se roula sur le ventre, cachant ses yeux de la lumière saisissante. Je n'avais pas le temps pour ça.

« Hmm? » grommela-t-il, à peine conscient.

« Mon alarme vient de sonner et tu ne t'es même pas encore habillé! » J'ai fulminé. C'était notre routine matinale habituelle. Mon frère veillait toujours tard pour jouer à des jeux vidéo toute la nuit. Il était impossible de le réveiller le lendemain, vu qu'il dormait à travers de toutes ses alarmes. Il était devenu trop dépendant de ma mère ou de moi pour gérer son réveil. Avec mon délai, il faudrait être le problème à Maman aujourd'hui.

Rapidement, j'ai couru vers le salon, j'ai attrapé mon sac à main et j'ai enfoncé mes pieds dans mes espadrilles, en enfonçant à la hâte les talons. Alors que je me dirigeais vers la porte, j'ai trouvé un joli défilé de gouttes de pluie qui m'attendait. Je ne me suis pas habillé en prévision de cela, mais je ne pouvais rien faire. Je devais attraper mon bus, et je le ferais tremper sous la pluie. La pluie me faisait toujours plus mal aux os rhumatismaux que d'habitude, et aujourd'hui serait pas l'exception. Je pouvais déjà dire que ma journée allait être fantastique.

Je n'en suis qu'à cinq semaines de ma 12e année scolaire et j'en ai déjà eu assez du transport de routine. Quand nous vivions au Massachusetts, ma grand-mère conduisait moi, mon frère et ma cousine Satyra, à l'école. En mai dernier, c'était la première fois que je m'occupais de la situation de prise de bus depuis que nous avons déménagé en Caroline du Nord à la fin de mon semestre d'école d'onzième année. Je suis arrivé avec seulement vingt-cinq jours d'école et je n'étais pas la seule à trouver cela étrange. C'était gênant à l'époque, et c'était gênant maintenant alors que je remontais péniblement l'allée jusqu'au bus, qui était déjà garé et attendait que je monte.

J'ai commencé la maternelle à l'âge de six ans, tout cela à cause d'une erreur d'inscription. Pendant que mes parents allaient travailler, ma grand-mère et mon grand-père m'ont appris les petites choses à suivre avec les enfants de mon âge. Cela, bien qu'utile, n'a pas empêché les élèves de souligner que j'avais un an de plus que la plupart de mes camarades de classe. Je suis né à minuit le soir du Nouvel An, ce qui signifie que lorsque je serai diplômé, j'aurai dix-neuf ans et demi.

Non seulement mon âge me fait ressortir, mais naturellement, mes cheveux sont d'un teint roux foncé et mes traits de visage sont tous assez grands - de grands yeux, de grandes lèvres, une grande personnalité persistante. Avant de déménager, ma mère a accepté à contrecœur de payer pour me faire décolorer les cheveux en blond afin d'éviter de commencer cette nouvelle école avec des victimisations similaires. Je me démarque comme un pouce endolori avec les cheveux roux. La couleur blonde est jolie et douce. Le rouge a toujours été perçu comme une déclaration. Ça ne m'a jamais plu. Toutes les femmes de ma famille avaient les cheveux roux, et c'était bizarre de s'en séparer, mais je me sentais obligée de le faire. Mon frère a eu la chance de partager des traits avec mon père et mon grand-père. Des traits du visage propres et nets de l'héritage français de mon père, des cheveux épais et noirs et une peau bronzée comme mon grand-père. La taille incroyable et les épaules larges étaient toutes de Pépère.

En entrant dans le bus, j'ai trouvé un soulagement de la pluie et une peur instantanée alors que je cherchais à trouver un siège. Heureusement, Jon, Nathan, Kaleb et Amy, une fille que j'ai rencontrée dans la chorale, me faisaient signe de m'asseoir avec eux.

« Hé, Shivalri, tu as rendez-vous pour le match de ce soir ? »

« Tais-toi, Jon, elle vient avec moi », a rétorqué Kaleb.

« Euh, Kaleb? » Amy a tiré dessus.

« Quoi? » Il rit et l'embrassa sur la joue. « Vous ne pouvez pas partager ? » La fille se moqua et roula des yeux. Kaleb haussa les épaules et fit un sourire narquois à sa copine. « Je ne fais que jouer. »

« Quel est le verdict ? » Amy gloussa, regardant de Kaleb à moi maintenant. Je secouai la tête.

« Je suis vraiment flatté, les gars, mais j'ai rendez-vous avec mes devoirs d'histoire ce soir. Je serai la fille avec le nez dans ses livres », ai-je dit en m'assoyant à côté de Nathan. Je me suis roulé les yeux au fait que mes devoirs ont complètement consommé ma vie. J'ai rangé mon sac à main à côté de moi et essuyé la pluie.

« Eh bien, et si vous et moi allions à un petit rendez-vous après le match? » dit Jon en regardant Nathan et moi par-dessus son siège.

« Jon, non seulement nous avons de l'école demain matin, mon père me tuerait. Et tu sais aussi que je ne sors pas avec personnes », ai-je énuméré mes raisons. « En plus, tu as déjà une copine, » ai-je ajouté, fixant mes lunettes sur mon nez.

« Ce que Keri ne sait pas ne la tuera pas. » Il haussa les épaules. « En ce qui concerne ton père, Shivalri, je ne suis pas trop inquiet. Ce n'est pas parce qu'il y est un gardien que je ne peux pas marquer. J'ai appris ça dans le football. » Il fit un clin d'œil et Nathan lui donna un coup de coude dans les côtes.

« Tais-toi, Jon. » Il roula des yeux.

« Tu es bien chiant, Nate! Elle m'adore. Tu m'aimes, eh, *babe*? » pressa-t-il, se penchant plus près. Je m'ai pousser les épaules en arrière et croisai une jambe sur l'autre. Il devenait de plus en plus irritant plutôt que taquin.

« Laisse-la, » insista Nathan.

« Elle n'a pas dit non. » Jon sourit en croisant les bras.

« Je n'ai pas dit oui non plus, *babe*, » répliquai-je. Amy rit et hocha la tête en signe d'accord.

« Où est ton frère, d'ailleurs? A-t-il encore manqué le bus? » demanda Nathan, changeant la conversation pour moi. Nathan était toujours un peu plus respectueux. Il était toujours désireux d'intervenir s'il pensait que j'étais mal à l'aise. Reconnaissante pour ce changement de sujet, je me tournai vers lui.

« Ouais, il ne s'est pas levé à temps. Rien de nouveau, » lui dis-je. « Raidan dort toujours à travers de ses alarmes. Profitablement pour lui, Maman l'aime assez pour le conduire à l'école pratiquement à tous les jours. »

« Chanceux, » répondit-il. J'ai soufflé d'accord.

« Je devrais juste faire semblant de me réveiller tard demain pour faire du stop avec eux, en supposant qu'il sera encore en retard », ai-je dit, planifiant ma routine matinale pour le lendemain. Je savais que je n'irais jamais jusqu'au bout. Cela signifierait manquer un précieux temps de cours du matin.

« Je devrais peut-être m'arrêter au hasard chez toi demain pour faire du stop aussi. Je ferais à peu près n'importe quoi pour obtenir une journée de congé de ce bus. Même les devoirs. Même le nettoyage des vestiaires. » Il frissonna. « Brut. Non, je retire ça. Pas les vestiaires. » J'ai ris en accord. « Mais, je trouve qu'il y a trop de monde ici. Mettons, est-ce même légal? » Il rit.

« J'aimerais que ce ne soit pas le cas. » Je soupirai, heureuse d'être proche de l'école. Aujourd'hui était sûr d'être rien de moins qu'intéressant avec la façon dont ma matinée a commencé.

3

PRÉMONITION

C e n'est que la rentrée scolaire. Quelques semaines de ce temps automnal ont pris le dessus sur mes matins, mais je ne pouvais vraiment pas me plaindre. Même si j'étais trempé de la tête aux pieds, c'était quand même ma saison préférée de l'année. Les feuilles étaient si pleines d'animation. J'adore la façon dont le soleil frappe si parfaitement les différentes nuances de rubis, de mauve et d'or, créant une lueur artistique sur le sol.

Un grand corbeau croassa d'un arbre voisin et nous nous observâmes à travers de la brume. Alors que l'oiseau s'envolait, j'ai regardé vers le sol pour admirer les feuilles. J'ai constaté que la bruine sur l'herbe s'était infiltrée à travers mon pantalon beige, laissant des gouttelettes d'eau ressemblant à des taches. Il a envoyé la sensation de fraîcheur d'un rafraîchissement. L'air frais et vif était à la fois humide et sec. Je pouvais presque goûter la saison à travers mon souffle. J'ai envoyé une prière silencieuse de remerciement à Mère Nature pour avoir créé une telle merveille. J'ai toujours apprécié le plein air. C'était la seule chose dans ce monde qui changeait éternellement mais restait inchangée. Étonnante.

Avery était généralement déjà là au moment où j'arrivais à l'école puisque mon bus était l'un des derniers à arriver. J'ai scruté le stationnement de l'école, à la recherche de mon nouvel ami. Bien sûr, si la pluie n'avait pas trempé mes lunettes, je pourrais peut-être voir. Maudit soit mon sombre et flou don de la vue. Regardant maintenant de l'autre côté de la cafétéria, toujours les yeux embués après mon réveil, je fouillais dans mon sac pour trouver mon chiffon de verre. Rouge à lèvres, mouchoirs, portefeuille, reçus, encore du rouge à lèvres...

« Bons Dieux! » J'ai haleté lorsque le haut de mon corps est tombé en avant et je me suis rattrapé avec les mains sur mes genoux. Avant même que je puisse mettre mes lunettes, bas et voici, un Avery rare est apparu de nulle part. Exceptionnel.

« Hé, ma fille! » il a osé me saluer.

« Tu es-tu obligé de me faire ça? » ai-je grommelé.

« Quelqu'un est de mauvaise humeur. »

« Ouais, je me suis réveillé du mauvais côté du monde. Et vous? » J'ai demandé.

« Non. Je vais bien. J'étais destiné à être ici dans le meilleur état qui soit. » Il a cligné des yeux sur moi. « Caroline du Nord », a-t-il ricané. Même s'il taquinait, il n'avait pas tort. C'est un bel état. Bien qu'avec les interruptions de la chaîne météo de ce matin, j'étais un peu inquiet que le chaos puisse nous arriver. Il y avait quelque chose à propos de cette pluie qui m'a fait réfléchir. Bien qu'il soit beau, il est venu avec une sorte de présence méfiante. C'était comme si l'eau s'infiltrait dans mes os, essayant délibérément d'envoyer un message.

« En parlant de ça, il faut qu'on aille en classe! » ai-je lâché.

« Cela as-tu rapport avec la Caroline du Nord? » demanda-t-il, perplexe.

« Oh, » ai-je tâtonné, réalisant que mes pensées m'avaient emporté. « Non. Ça n'a pas rapport à rien, » répondis-je, me sentant toujours hébétée à cause de ma surprise vertigineuse. « Allons-y. »

« Tu ne changeras jamais, mon amie, » dit-il tristement, en tapotant le dos de mon épaule.

« Mais, c'est bien. Je n'en ai pas particulièrement envie, » rétorquai-je. Il a croisé les bras vers moi.

« Mords-moi pas la tête. » Il s'est défendu.

« Désolé, » marmonnai-je. « Ça a été une matinée de décontrac-tion, et je ne sais pas trop où est ma tête. Je ne voulais pas m'en prendre à toi. »

« N'inquiète-toi pas. Tu as juste besoin d'un café. » Il m'a donné un coup de coude dans les côtes.

« Dégoûtant... » ai-je lancé un regard obscur. « Le café est l'œuvre de Satan. Personne ne peut vraiment aimer le café. Ce truc est brutal, amer et tout cela est impie. »

La sonnerie de la cloche d'avertissement me fit sursauter et Avery passa rapidement son bras sous le mien, me guidant dans l'école.

Nous n'avons pas de siège assigné dans la classe de M. Lane. Seulement des instructions assignées :

• Ne vous asseyez pas à côté de quelqu'un qui pourrait vous distraire.

• Ne vous asseyez pas à côté de quelqu'un que vous aimeriez distraire.

• Pas de gommes à mâcher.

Avery s'est assis à un bureau au fond de la classe et j'ai posé mon derrière juste à côté de lui. Il n'était pas surpris, plutôt impassible, et me tendit un stylo, sachant que j'en avais oublié un.

« Tu es vraiment une bouée de sauvetage, » dis-je, faisant semblant d'essuyer ma larme invisible de mon visage aride.

« Vraiment, » acquiesça-t-il en posant une main délicate sur son cœur.

M. Lane franchit la porte et tout le monde se couvrit simultané-ment les oreilles de répulsion, sachant qu'il aimait commencer la journée par la torture. Il s'approcha du tableau noir et grinça des ongles, créant le bruit le plus ignoble de tous. Je me contractai et plissa le nez. Je ne comprendrais jamais pourquoi mon professeur d'histoire ressentait le besoin de commencer ma journée comme ça chaque matin.

« Bon dia! Kaliméra. Guten Morgen! Hello! Bonjour à tous. Bienvenue dans ma classe. Comme vous le savez tous, je suis M. Lane. N'hésitez pas à m'appeler M. Lane », a-t-il proposé. « Je suis ici pour vous enseigner l'histoire, et c'est l'histoire que j'enseignerai. Asseyez-vous, attachez votre ceinture et préparez-vous à parcourir les cartes routières. » Il tira la carte de l'Europe rangée dans un rouleau au-dessus du tableau et commença sa leçon.

Malheureusement, je n'ai pas pu faire attention. Ce cauchemar de la nuit dernière n'arrêtait pas de tourner dans ma tête. Je ne pouvais pas me débarrasser du sentiment qu'il y avait quelque chose de plus. Mes pensées tournaient autour de ma tête, se mélangeant en bouillie.

« Shivalri, quand a eu lieu la Seconde Guerre mondiale? » J'ai entendu de loin. « Shivalri? » Il est devenu plus fort. « Mlle Gray? »

« Quoi? » Je lève la tête de mon bureau, les yeux grands ouverts. M. Lane me regardait droit dans les yeux, ainsi que le reste de mes camarades de classe ricanant. J'étais trop loin pour voir les élèves devant la classe, mais Avery m'a donné des yeux sur ma gauche. À ma droite, Kaleb et Jon souriaient. Devant moi, Nathan était tourné vers moi, dessinant sur mon bloc-notes à mon bureau. Il y avait deux bureaux devant Jon et Kaleb, mais un seul a été pris. Gladys O'Donnell était assise les épaules voûtées et le nez dans ses livres, une véritable passionnée d'histoire et la préférée de l'enseignant. Rapidement, elle se retourna pour me regarder. C'était la première fois que je voyais son visage de près à ce moment gênant. Ses yeux brillaient magnifiquement au contact. Je ne connaissais pas la réponse à la question, ce qui semblait presque la frustrer.

« Du premier septembre 1939 au premier septembre 1945 », murmura-t-elle et se retourna rapidement. Son visage était complètement couvert de taches de rousseur et ses yeux sombres, mais elle avait un vert émeraude audacieux sur le bord de son œil gauche. Elle était tout à fait ravissante.

« Eh bien, Mlle Gray? » demanda M. Lane.

« Euh... de septembre à septembre », me suis-je précipitée, sentant la chaleur me monter aux joues. « De trente-neuf à quarante-cinq », ai-je ajouté.

« Bien », a-t-il félicité. « Vous êtes brillante, Mlle O'Donnell, mais ne le dites pas si vite la prochaine fois. » Il fit un clin d'œil à Gladys. Je ne pouvais pas imaginer comment quelqu'un d'une telle beauté a reculé, mais elle s'est effondrée, extérieurement gênée d'être sous le spot.

« Merci, » marmonna-t-elle. M. Lane se tourna vers moi maintenant.

« Je t'aurai la prochaine fois, » dit-il en se frottant les mains et en laissant échapper un gloussement diabolique. J'ai roulé mes yeux à son rire exagéré et à la friction abondante de ses mains et j'ai baissé les yeux sur mon bloc-notes sans annotations.

« Qu'est-ce que tu dessines, Nathan? » J'ai sondé, l'attrapant de ses mains tachées de crayon.

« Ne le regarde pas! Ce n'est pas encore fini », gémit-il.

« Un globe oculaire? » ai-je demandé en faisant un trois-soixante de son dessin avec mon doigt sur un coin du bloc-notes.

« Ce n'est pas fini. Je le finirai pour toi demain », a commencé à dire Nathan tandis que le bloc-notes glissait de sous mon pouce et tombait sur le sol.

Il a atterri directement devant M. Lane au milieu de la pièce à la vue de tous. Je le regardai se pencher, le saisir de ses mains granuleuses et impatientes et commencer à lire.

« Oh, mon Dieu, n'est-il pas le professeur le plus cool et le plus intelligent du monde? Ne pourriez-vous pas juste, comme, mourir? » dit-il de la voix de fille la plus ennuyeuse qu'on puisse imaginer. La classe éclatait de rire et je pouvais sentir mon visage se transformer en lave.

« Je n'ai pas écrit ça! Tu es ridicule! » criai-je en pointant mon doigt dans sa direction.

« Oh, mon Dieu, totalement! Il est comme un jeune Tony Stark », a-t-il poursuivi.

« Ha! » J'ai ricané. « Je ne sais même pas qui est Tony Stark, alors voilà! » J'ai menti.

« Ouff! Mademoiselle Gray, vous êtes une honte. » Il soupira et serra sa poitrine. « Viens chercher ton bloc-notes avant que je transforme ça en roman », dit-il en agitant mon livre en l'air avec irritation. Je me suis approché de lui, j'ai attrapé le livre et, avec l'arrière de ma main sur mon front, je l'ai regardé droit dans les yeux.

"S'il vous plaît, pas un roman, » me moquai-je. Les élèves ricanèrent à la distraction de la classe. La cloche a sonné lorsque je suis arrivé à mon siège, alors j'ai attrapé mes affaires et je me suis sorti de là avant de devenir le personnage principal du conte fictif du roman de M. Lane.

Tâtonnant avec la serrure d'Avery, j'ai essayé d'entrer dans son casier. J'ai décidé de ne pas en avoir un car je ne les ai jamais utilisés. Avery m'a laissé empiler tout ce dont j'avais besoin sur son étagère supérieure quand j'ai apporté des choses supplémentaires à l'école. L'inconvénient était que je ne pouvais jamais me souvenir de sa combinaison de verrouillage et que je devais changer de vêtements pour ma période d'éducation physique après la pause de vingt minutes. Je préférais sortir mes affaires à l'avance car je me rendais souvent à l'auditorium de l'école pour écouter de la musique ou lire pendant mon temps libre. Je ne voulais pas être en retard pour les cours, alors je prenais toujours soin de récupérer mes affaires à l'avance.

« Un, trois, deux, quatre. C'est impossible que tu ne t'en souviens pas. » Avery était maintenant derrière moi, soupirant de désapprobation. Il m'écarta du coude et attrapa la serrure.

« Je jure que j'ai essayé ça! Il ne m'aime tout simplement pas. » J'ai roulé mes yeux d'incrédulité alors qu'il déverrouillait son casier avec une facilité invraisemblable. « Je suis incapable d'être. »

« De rien », a-t-il réprimandé et s'est approché de mon visage avec le sien pour me frotter à la victoire.

« Votre haleine sent les pieds », ai-je ridiculisé. Il a soufflé sur moi et j'ai toussé de manière dramatique en lui passant de la gomme à mâcher.

« Désolé, je viens de finir mon goûter », a-t-il dit en soulevant ses chaussures de sport. Laissez-lui le soin d'être prêt avec un accessoire pour sa réplique.

« La prochaine fois, peut-être qu'une barre granola suffirait. » J'ai ri. Il mit une gomme dans sa bouche et remit le paquet dans le casier.

« Merci pour la gomme », dit-il.

« Apprivoisez ce dragon », ai-je exigé et j'ai sorti mes affaires du casier. Il la claqua avec un dégoût amusé.

« Soyez prudent. Je mords. »

4

THÉÂTRE

J'avais une méthode cachette pour entrer dans l'auditorium. En parcourant la salle de musique, j'ai appris que je trouverais une petite pièce de rangement adjacente à celle-ci où l'école rangeait tous ses claviers et ses chaises supplémentaires. Je n'étais pas nécessairement autorisé à utiliser cet espace sans surveillance. J'ai cependant eu ma façon de ne jamais me faire prendre. Une porte orange à droite de la salle menait au fond de la scène de l'auditorium. Heureusement pour moi, le professeur de musique n'a jamais verrouillé la porte orange.

M. Ford mangeait une banane, le dos tourné vers moi lorsque je suis arrivé dans la salle de musique. Silencieusement, je me suis glissé devant lui dans la salle de rangement. C'est là que ça pourrait devenir un peu délicat. Sans coordination et sans grâce, je ne devais faire absolument aucun bruit du point A au point B. Les lumières étaient toujours éteintes dans la salle de rangement et l'auditorium, et avec tous les objets éparpillés qui traînaient, c'était une scène de crime qui attendait. J'aspirai dans mes tripes et me faufilai entre les piles de chaises traîtres, retenant mon souffle comme pour me taire. Avantageusement, la porte orange était très légère et ne grinçait qu'occasionnellement. J'ai lentement tourné la poignée, permettant à la porte de se libérer du mécanisme de verrouillage. La porte étant suffisamment ouverte pour passer par la fente, je refermai la porte derrière moi. J'ouvris les yeux aussi grands que possible, comme si les élargir m'aiderait à former soudainement une vision nocturne. J'ai cherché l'interrupteur le long du mur. Le trouvant, je l'ai allumé, j'ai attendu que les lumières s'adoucissent, puis j'ai descendu le petit escalier.

L'auditorium était grand et très vieux, émanant une sensation inquiétante, comme si de nombreux fantômes flottaient, observant d'en haut. De chaque côté de la scène, des maisons de scène, des statues sculptées de chérubins et des peintures religieuses couvraient le plafond. Ici, j'ai l'impression d'être dans un tout autre monde, surtout quand je suis seul. Quand je me trouve sur place, je chérisse m'envelopper complètement dans le moment et dans mon environnement. Il n'y avait jamais personne d'autre dans l'auditorium pendant la pause, et c'était complètement insonorisé. Je pouvais jouer ma musique aussi forte que je le voulais, et personne n'entendrait un son. Je mets toujours mon alarme sur mon téléphone pour qu'il vibre dans ma poche à l'instant exact où la cloche de l'école sonne. Le système de sonorisation et les haut-parleurs de l'auditorium sont dysfonctionnels depuis des années, et il ne semble pas être dans le budget de l'école de les réparer.

Après m'être réveillé d'une nuit un peu débattue ce matin, j'ai décidé que je prendrais ce temps pour me permettre un moment de soulagement. Je trouve souvent du réconfort dans la musique. Je l'écoute pour évacuer presque tous mes problèmes et mon stress. Les paroles portent des milliers d'histoires, la partition et l'instrumentation transmettent des sentiments et toutes les émotions imaginables. Tandis que j'écoutais les sons de la pop sombre réverbérer dans la salle d'écho, j'ai commencé à me balancer, en suivant le rythme. Au fur et à mesure que le refrain a éclaté, mes mouvements sont devenus moins solides et mon corps a émergé avec les paroles plutôt qu'avec les comptes. Tournoyant tout au long de la scène, je laisse mes pieds me guider dans une histoire de musique. Enveloppé de musique, c'est la seule fois où l'élégance m'a trouvé.

Sans personne pour m'entendre, j'ai chanté du haut de mes poumons, ému par la liberté.

Mon téléphone sonna dans ma poche une fois le temps imparti enfui, interrompant mon bonheur. Je me suis frotté les genoux, endoloris par le mouvement, j'ai pris mes livres par terre et j'ai monté l'escalier en fermant la lumière derrière moi. Je suis passé par la porte orange et dans la salle de rangement. J'étais essoufflé par les chants et les danses, mais j'ai pu fermer tranquillement la porte derrière moi et passer devant les chaises et les instruments qui traînaient. Je pouvais entendre le bourdonnement dérivant de l'extérieur des murs de la salle de musique. M. Ford était parti, alors je pouvais calmement sortir de la salle de classe sans laisser de trace de ma présence.

Les élèves se précipitaient dans un brouillard, bruyants dans les discussions. C'était presque comme s'ils se criaient l'un après l'autre. Des bourdonnements tonnants et indisciplinés résonnaient de gauche à droite. J'ai tourné au coin du couloir pour me diriger vers l'entrée de l'école, où je trouverais ma classe d'anglais. Les voix devenaient de plus en plus fortes, frénétiques. Comme que je regardais d'un élève à l'autre, j'ai noté le bouleversement sur leurs visages. Une jeune fille à ma droite pleurait dans l'épaule d'un ami. Troublé, j'ai commencé à marcher un peu plus vite. Lorsque j'ai entendu les sirènes, je me suis jeté au bout du couloir et j'ai passé l'entrée de l'école. Quand je suis arrivé à la source de la fièvre, j'ai perdu mon souffle en un court instant.

« Sortez-la d'ici ! » J'ai entendu de loin. Du monde en mesure rapide se pressaient tout autour de moi, parlant à voix basse. Tout est devenu flou. Des étourdissements m'ont envahi la tête lorsque j'ai réalisé que j'avais cessé de respirer. Tout ce que je pouvais voire était noir. Pourquoi est-ce que tous étaient noir? Je ne pouvais pas voir... Dès que j'ai senti mes jambes faiblir sous moi, j'ai senti deux bras solides se replier derrière ma colonne vertébrale. Ces bras ont ensuite posé ma forme flétrie sur quelque chose de dur et de froid, et je me suis laissé dériver dans l'espace.

5

ATTISER

Il faisait si sombre; noir ne commençait même pas à le décrire. Je détestais de ne pas pouvoir voir mon environnement. En essayant de toutes mes forces de forcer mes yeux à s'ouvrir, je pouvais sentir tout mon visage s'efforcer de voir. Soudain, j'ai réalisé que mes yeux *étaient* ouverts.

Comment en Enfer est-ce qu'il faisait si sombre? Fermant les yeux, j'ai cligné des yeux avec force, seulement pour ouvrir les yeux et n'avoir absolument rien de changé. Où étais-je?

Je pouvais sentir une sensation de picotement sur tout mon corps, comme si j'avais été allongée pendant des siècles, et j'avais envie de bouger. Je me concentrai sur mes mains avec un effort stratégique et sentis mes doigts se contracter. Un mouvement léger dans mes poignets m'a donné le courage d'essayer de me lever les bras. Lentement, j'ai poussé contre la surface froide sous moi et j'ai utilisé mes bras pour porter mes hanches vers moi, me fixant en position assise. Je me sentais lourd. Progressivement, j'ai traîné mes pieds le long de ce qui semblait être un sol et j'ai fait un acte de foi. Espérant qu'il n'y avait pas de fosses à découvrir, j'ai commencé à me lever.

J'ai commencé à marcher, pas à pas, et j'ai ressenti une douleur lancinante dans mon avant-bras droit. J'ai tiré sur mon bras, et la piqûre a traversé comme un éclair, zigzaguant dans mes veines.

« Merde! Qu'est-ce qu'est ça? » J'ai commencé à palper mon bras avec ma main gauche et j'ai senti un objet ressemblant à une brindille et quelque chose de collant. Je l'ai gratté pendant un moment alors que des frissons parcouraient mon dos. Ça ne partait pas et j'ai commencé à paniquer. J'ai claqué ma paume à plat contre l'objet étranger, j'ai eu une bonne prise, et je l'ai arrachée, la jetant sur le sol aussi fort que possible. « Noms de Dieux! » criai-je.

J'ai recommencé à me concentrer sur ma vision. Je détestais ne pas pouvoir voir ce qui causait ma douleur et je ne voulais plus rien ressentir. J'ouvris mes yeux aussi grands que possible, et cette fois, je sentis mes cils frôler quelque chose. J'ai rapidement agrippé mon visage et j'ai senti ce qui était évidemment un bandeau sur les yeux. Alors que je la montais à mon front, l'élastique à l'arrière a jailli vers le haut de ma tête, et le mur blanc brillant devant moi m'a piqué les yeux.

Je me tenais à côté d'une civière. J'ai fait un virage à quatre-vingt-dix degrés sur mes talons et j'ai réalisé que j'étais dans la salle des professeurs et que personne d'autre n'était avec moi. J'ai baissé les yeux sur mon bras pour voir la traînée de sang couler sur le sol. J'ai suivi le flux et j'ai aperçu la petite aiguille et le ruban adhésif que j'avais jetés au sol avec une telle colère. Il était accroché à un poteau contenant un sac de liquide intraveineux. J'ai jeté le bandeau, qui n'était clairement qu'un masque de sommeil, sur la civière.

J'ai commencé à marcher vers la porte et j'ai essayé de regarder par sa vitre teintée, mais je pouvais à peine distinguer ce qu'il y avait de l'autre côté. J'ai pris une profonde inspiration, j'ai tourné la poignée et j'ai ouvert la porte. M. Lane se tenait juste à l'extérieur.

« Tu montes la garde? » Je me suis raclé la gorge. Je pouvais à peine m'entendre. M. Lane a commencé à faire des gestes devant mon visage. « Quoi? » Il s'ait avancer vers moi et j'ai reculé, surprise. Il leva les mains, pointa chacune de ses oreilles et répéta quelque chose sans faire de bruit. Je lui ai lancé un sale regard. Il attrapa mon oreille droite et repoussa mes cheveux. Avant que je puisse l'arrêter, je le sentis retirer quelque chose de mon oreille, et je pouvais enfin entendre à nouveau.

« Des bouchons d'oreille », il a dit en me montrant la mousse orange qu'il a retirée de mon oreille. J'ai rougi et j'ai rapidement ôter l'autre de mon oreille gauche. J'ai instantanément senti le volume s'équilibrer dans ma tête. Ma vision et mon écoute se sont rétablies, même si le désordre n'était pas résolu.

« Euh, pourquoi étais-je sur une civière? Que se passe-t-il? » J'ai demandé.

« Tu ne te souviens pas? » interrogea-t-il. Ses sourcils se sont inclinés vers le haut dans les coins intérieurs et ses rides se sont accrues. Il avait l'air mal à l'aise, comme si ça le concernait que j'étais désordonné.

« Je me souviens juste d'avoir vu du noir et d'avoir eu froid. Puis je me suis réveillé dans la salle des professeurs. Que se passe-t-il? Suis-je malade? » Ma main vola vers ma bouche, la gêne me submergeant. « Est-ce que j'ai évanoui? » je lui ai demandé alors que la peur me submergeait.

« Ce n'est pas nettement ça. Tu t'es évanoui, mais tu vas bien, » marmonna-t-il en regardant ses pieds.

« Allez-vous me dire ce qui ne va pas? » Je commençais à m'impatienter. J'avais eu une intraveineuse coincée dans mon bras et j'étais inconscient à l'école, avec peu ou pas d'explication. M. Lane m'a regardé dans les yeux, et pour la première fois, je l'ai vu devenir sincère plutôt que l'homme sarcastique que j'avais l'habitude de voir.

« Shivalri, ton frère et ta mère... Ils étaient dans un accident. »

La pièce a commencé à tourner et ma tête s'est remplie, le tout en un instant, comme je m'en souvenais.

Le rappel de ce que j'avais vu plus tôt à l'entrée de l'école a commencé à inonder mon cerveau. Les sirènes se rejouaient dans ma tête ainsi que je sentais une vague de chaleur rouler dans tout mon corps. Mon visage était en feu et mes larmes étaient froides contre ma peau. Je pouvais tout voir comme si c'était juste devant moi, me regardant en face.

L'avant d'une voiture argentée s'est écrasé contre le bâtiment en briques, du verre brisé partout, et mon frère, Raidan, était trempé de sang sur le trottoir à côté de la portière démontée de la voiture. J'ai secoué la tête, horrifié par l'image de ma mère, amorphe, la tête contre le volant. Ma mère... Dieux saints.

« Non... » J'ai brouillé, inconsciente de ma lourdeur, alors que tout mon corps se bloquait sur place. « Non, non, non! » J'ai crié, le chagrin me déferlait, m'engloutissant tout entier alors que l'image défilait dans mon esprit. Tout en moi bouillait; mon ventre s'est tordit tandis que je pleurais, en crient le plus aigu que concevable. Un cri impitoyable s'échappa de ma gorge, si cru et à glacer au sang que les étoiles brouillaient ma vision. Un craquement comme le tonnerre a éclaté tout autour de nous, grondant comme s'il venait de ma poitrine. Mes cris me brisèrent et le sang dans ma gorge frappa mes amygdales alors que je m'effondrais au sol. Tout l'étage tremblait au rythme de mon désespoir. Les tuiles ont commencé à se soulever et le tremblement de terre est devenu extrême. Toujours en criant, j'ai couvert ma tête et M. Lane a plongé sur moi, me protégeant du désastre.

C'était atroce. Je pouvais sentir mes cordes vocales brûler dans le sang chaleureux et j'ai immédiatement su que mes poumons et mon cœur avaient cessé de fonctionner. Tout ce que je ressentais, c'était une douleur violente et piquante partout. Les images de la voiture et de mon frère couvert de sang passaient en boucle. Ma mère avait l'air sans vie. La désolation m'envahit comme mon propre nuage personnel faisant pleuvoir le feu de l'Enfer, brûlant à travers ma viande et droit dans mon cœur.

M. Lane m'a attrapé par les épaules et m'a secoué. Il m'a forcé à lui faire face, et soudain, je n'avais plus de bruit à expulser. Le tremblement s'arrêta, et nous nous regardâmes purement et simplement pendant un moment, nous fixant, aucun de nous ne disant un mot.

« Tu vas bien, » il m'a tenu, d'une voix douce avec le menton tremblant. Aussitôt, mon esprit s'est arrêté et mon corps a repris ses fonctions. La sueur de la chaleur est devenue très froide contre ma peau. Mes vêtements étaient inconfortablement collés à mon corps et mes poumons ont finalement commencé à siffler. Mes organes ont recommencé à fonctionner et le sang coulait naturellement dans mes veines. Mon cœur, cependant, était sans aucun doute altéré.

« Je dois m'en aller, » grinçai-je.

« Nous venons d'avoir un tremblement de terre, Shivalri. Je ne sais pas si tu serais hors de danger. »

« Je m'en fou! » grognai-je, me dégageant de son emprise. Il m'a regardé, hésitant.

« Je peux t'emmener à l'hôpital si tu veux aller les voir. » Il inspira brusquement.

« Oui. Oui, s'il vous plaît, » ai-je balbutié en rassemblant mes pensées. J'ai essuie la mouillure de mon visage sur ma manche et j'ai sauté sur mes pieds. J'étais tellement étourdi.

Nous avons commencé à marcher dans les couloirs, et tous les yeux étaient sur nous. Les gens étaient amassés dans les portes, chuchotant les uns aux autres. J'ai entendu mon nom plusieurs fois mais j'ai sursauté quand quelqu'un a énoncé celui de mon frère. M. Lane a passé son bras autour de mes épaules et m'a tourné contre lui, et j'ai caché mon visage. Nous sommes arrivés à l'entrée de l'école et il a poussé la porte pour nous. Il faisait si ombreux dehors. Le ciel était d'un rouge profond et insondable et les nuages avaient leur teinte de gris la plus sombre. Nous sommes passés devant la voiture démolie, évitant les flaques de sang et les éclats de verre qui nous entouraient. Je ne pouvais pas me résoudre à examiner le véhicule. Je frémissais trop pour distinguer les détails de l'accident. J'ai entendu un klaxon de voiture et j'ai tressauté, mon cœur s'accélérant anormalement vite.

« C'est bon. C'est juste mon camion », a-t-il rassuré en pointant ses clés vers son véhicule clignotant. Je l'ai regardé, réfléchissant à la manière dont je pourrais y entrer subséquemment après avoir vu ma voiture familiale détruite. Je retins mon souffle et ouvris sa porte passagère. Je me relevai en m'agrippant au siège. Ma taille de cinq pieds cinq était trop courte pour la construction surélevée. J'ai attaché ma ceinture de sécurité et j'ai regardé le ciel tout au long du trajet, dans toute son ambiguïté. Nous étions tous les deux silencieux pendant tout le voyage, et pour cela, j'étais reconnaissante.

6

L'HÔPITAL

Nous sommes finalement arrivés à l'hôpital et nous nous sommes placés devant les urgences. Mon estomac se noua au mouvement interrompu.

« Aimerais-tu que je vous accompagne? » il a offert.

« Non, merci. Je peux entrer tout seul. » J'ai ouvert la portière, je suis sorti du véhicule et je me suis tenu face à M. Lane.

« Je peux t'attendre ici si tu veux, » suggéra-t-il. « Je peux obtenir un permis de stationnement si vous avez besoin d'un retour à la maison plus tard. Ce n'est vraiment pas un problème. »

« C'est bon. Je vais appeler mon père », je lui rassure en essayant de me redresser et de rétablir ma voix. « Je serai correcte. »

« Prends soins de vous, Shivalri, » dit-il, les yeux tendus et le visage triste. Je le remercie d'un hochement de tête et je me recule en fermant la porte devant moi. J'ai hésité avant d'avoir le courage de me tourner vers l'entrée des urgences. J'avais le pouvoir. J'avais besoin d'avoir le pouvoir. Je me suis serré les poings et me dirigea vers les portes automatiques.

L'odeur de moisi et d'antiseptique m'enfonçait les narines dès que je suis entrée. Il y avait au moins cinquante personnes assises dans la salle d'attente. Certains étaient bandés ou avaient l'air fiévreux, mais la plupart semblaient en parfaite santé. Je me secoue la tête en réarrangeant mes pensées, et me dirigea vers le bureau d'information. Il y avait un panneau sur le mur avec des flèches colorées pour guider les perdus. Le centre d'information de l'hôpital était surligné en jaune. J'ai donc suivi les flèches d'indication le long du sol. La dame à la réception était âgée, portant un chandail en tricot et des lunettes rondes sur le bout de son nez.

« Je cherche ma mère et mon frère. Ils ont eu un accident. Je... » Elle m'interrompit d'un geste de la main.

« Leurs noms? » demanda-t-elle sans détour, sans dévier les yeux de son journal. J'étais furieuse de son manque de courtoisie.

« Éden et Raidan Gray, » répondis-je rapidement. Leurs noms pourraient être sous Grimsbane-Gray. Nos noms de famille ont un trait d'union », j'ai poursuivi, offrant des informations pour aider à les trouver le plus rapidement dans le système. Elle a tapé quelques lettres dans son ordinateur, prenant ce qui a semblé une éternité.

« Raidan est au quatrième étage dans la chambre F13. Éden est au niveau G2, » grogna-t-elle, n'osant toujours pas me regarder. Elle attrapa une poignée de croustilles, les fourra dans sa bouche et les croqua. Elle n'était pas professionnelle et bien trop désagréable. Ma famille pourrait être gravement malade et elle ne semblait pas s'en soucier au monde.

Je me retins l'informations qu'elle avait données et me tourne vers les portes de l'ascenseur. En arrivant, j'ai regardé le panneau de commande de l'ascenseur et j'ai répété les mots.

« Quatrième étage, chambre F13. » J'appuyai sur le bouton numéro quatre et attendis que les portes se ferment, espérant que personne ne me rejoindrait. Tandis qu'ils fermaient, j'ai sorti mon téléphone et j'ai appelé mon père. Je me demandais s'il avait entendu parler de l'accident. Était-il déjà ici? Le téléphone n'arrêtait pas de sonner. Après la huitième sonnerie, il m'a dirigé vers sa messagerie vocale.

« Salut, vous avez atteint Archer Gray. S'il vous plaît laissez un message, et je vous rappellerai. » J'ai agrippé mon téléphone et mis le son en coupe vers ma bouche, lançant mon message.

« Papa, c'est moi, Shivi! je suis à l'hôpital! Rappelle-moi dès que tu auras ce message! »

L'ascenseur sonna et les portes du quatrième étage s'ouvrirent. J'avance mon bras pour m'assurer que la porte ne se refermera pas sur moi et je sors. Il y avait plusieurs chambres de patients avec des lettres et des chiffres. Je suis allé à gauche, là où se trouvaient les nombres impairs. F9, F11, F13. La porte était fermée. J'ai attrapé la poignée, mais elle a commencé à s'ouvrir toute seule.

« Oh, salut. Je peux vous aider? » demanda l'infirmier, choquée et interrompant ma démarche.

« Je cherche Raidan Gray. Je suis sa sœur », j'ai bégayé, les mots se sont précipités. J'ai essayé de regarder dans la salle par-dessus son épaule, mais il m'a bloqué la vue.

« Il est en chirurgie. Il n'y a personne ici pour le moment », il m'a dit en griffonnant sur son bloc-notes.

« Opération? Pourquoi? Quand sortira-t-il? » Je me suis dépêché en plaidant pour des réponses. Il leva les yeux de son bloc-notes, mal à l'aise.

« Quand il est arrivé, il était inconscient. Il s'est cogné la tête lors d'un accident de voiture et a plusieurs côtes de cassées. Sa clavicule s'est également brisée. Il a un saignement au cerveau, alors ils essaient d'arrêter le saignement, et en cas de succès, ils travailleront à réparer le reste par la suite. Il a de la chance de survivre jusqu'à présent », m'a-t-il dit.

« Jusqu'à présent..." ai-je pensé à haute voix. « Son cerveau saigne? Sera-t-il sûrement fonctionnel après? » J'ai appuyé, imaginant le pire. « Va-t-il survivre à la chirurgie? » J'ai commencé à paniquer et j'ai senti le picotement des larmes se manifester.

« Nous avons la meilleure équipe de médecins qui travaille sur lui. J'ai de bonnes croyances en eux », m'a-t-il rassuré. « Avez-vous un parent ou un responsable avec vous? » Il a demandé.

« Non, » dis-je en vérifiant mon téléphone.

« Asseyez-vous simplement dans notre salle d'attente et essayez de vous détendre », il m'a suggéré. « Nous avons les informations de votre famille dans notre système et nous continuerons d'essayer de contacter les personnes qui sont classer sur la liste. » L'infirmier posa sa main sur mon épaule, hocha la tête et passa devant moi, me laissant seule avec mes pensées au milieu du quatrième étage de l'hôpital. Je n'avais plus rien à faire ici jusqu'à ce que Raidan sort de l'opération, et je ne pouvais pas rester les bras croisés tandis que je ne savais toujours pas comment allait ma mère. Au lieu de me diriger vers la salle d'attente, je savais que je devais retrouver ma mère.

Je me dirigeai vers l'ascenseur et attendis qu'il atterrisse au quatrième étage. Le numéro s'est allumé et je suis entré. J'ai appuyé sur le niveau G2 et j'ai attendu que les portes se ferment, mais elles sont restées ouvertes. Cette fois, deux infirmières étaient dans l'ascenseur avec moi. Je les ai observés toucher leur carte-clé au clavier et je me suis demandé quel était son objectif. Je n'ai pas établi de contact visuel. Au lieu de cela, j'ai de nouveau sorti mon téléphone portable pour voir si j'avais des appels manqués. Je n'en avais pas. Je me suis assuré que mon volume était activé, et bien sûr, il l'était. J'ai décidé d'envoyer un texto à mon père, juste au cas où.

Moi: Pa, je suis à l'hôpital. Raidan est en chirurgie et il a été gravement blessé. J'ai parlé à un infirmier, et il a dit que le cerveau de Rai saignait et qu'il était cassé partout. Je vais trouver Maman maintenant. APPELLE-MOI AUSSITÔT QUE TU VOIS CECI!

L'ascenseur s'arrêta au niveau G, où se trouvait le stationnement, et les deux infirmières ont sortis. Avant que la porte ne puisse se refermer derrière eux, l'un d'eux a tendis son bras pour maintenir la porte ouverte.

« Oh, je ne sors pas ici, » dis-je. « Merci quand même. » Elle avait l'air confuse.

« Êtes-vous sûr? » demanda-t-elle en regardant son amie toute aussi perplexe.

« Oui », répondis-je d'une voix tremblante. Leur interrogatoire m'a rendu incertaine de mes actions. J'ai regardé les boutons pour m'assurer que j'avais appuyé sur le bon. J'étais convaincu que la dame du bureau d'information m'avait dit d'aller au niveau G2.

« D'accord, ma chérie. Bonne journée, » dit l'infirmière en retirant son bras de l'embrasure de la porte. La porte s'est refermée devant moi et j'ai commencé à m'énerver. Les poils de mon corps sont sortis de leurs racines et j'ai soudainement gelé. La porte s'est ouverte au G2, et je suis descendu de l'ascenseur. J'ai regardé autour de moi, essayant de trouver quelqu'un pour me guider sur mon chemin. Personne n'était en vue.

Les murs étaient en ciment gris. Ça ressemblait presqu'à un stationnement souterrain, moins les voitures. Il y avait des lumières rectangulaires étincelantes au plafond et des rayures rouges le long du sol, et j'ai suivi les lignes dans l'espoir de trouver un signe de ma mère. Un long couloir faiblement éclairé se terminait par deux portes géantes devant moi. Je me suis senti obligé d'y aller. Plus je me rapprochais, plus j'avais froid. Des frissons parcouraient ma colonne vertébrale. J'avais l'impression que quelqu'un me regardait. J'étais mal à l'aise, déplacé ici. Était-ce là qu'ils gardaient les mourants?

Il y avait un panneau à côté de la porte, mais les lumières étaient si extorques que je ne pouvais pas comprendre ce qu'il disait. Je sortis mon téléphone et allumai la lampe de poche, éclairant le panneau. Il y avait des coches pour les températures ambiantes avec des initiales à côté de certaines heures. Il lisait « Pause déjeuner - retour dans vingt » en gros caractères en bas. Franchement... Il n'y avait personne ici. Les doubles portes étaient imperceptiblement ouvertes, et l'envie à l'intérieur m'a forcé le pied à pousser la porte un peu plus loin. À l'intérieur, il y avait plusieurs lampes allumées aux côtés de dessus de table en titane. Les murs étaient tous de couleur argentée. La salle entière avait l'air mécanique – insensible. J'ai décidé de risquer d'être châtier et j'ai fait un pas à l'intérieur.

« Hé! Sors de là! » cria un homme derrière moi.

« Crisse! » J'ai crié. Mon cœur battait dans ma poitrine. « Euh, je suis tellement désolé », j'ai bégayé en me tournant pour faire face à l'homme. Il fulminait et je pouvais voir son souffle dans l'air froid.

« Fous le camp d'ici, chevrette. Ce n'est pas un endroit pour toi », a-t-il beuglé. Ce type m'a fait très peur. J'étais seul dans un couloir obscur avec cet homme ardent et en colère. Il n'y avait personne d'autre en vue pour appeler à l'aide.

« Je cherchais juste ma mère... La dame à l'accueil m'a dit d'aller au G2. Elle a dit que ma mère était là, » ai-je essayé de lui expliquer, réticente à rester avec lui plus longtemps que nécessaire.

« Est-ce qu'elle t'a vraiment dit ça? Jésus, elle doit partir. Vielle, misérable... » commença-t-il en se parlant à lui-même. « Comment es-tu arrivé ici? Vous avez besoin d'un laissez-passer pour accéder à cet étage. Vous n'avez pas l'air d'en avoir un. » Il m'a regardé, pointant vers mon cou sans cordon.

« Pouvez-vous s'il vous plaît juste me dire où aller? » ai-je demandé, claquant des dents à cause de la peur et du froid.

« C'est qui, ta mère? » me demanda-t-il, légèrement moins irrité. Mon téléphone s'est mis à sonner.

« Pardon. Un instant, » ajoutai-je en levant le doigt. J'ai rapidement attrapé mon téléphone et j'ai répondu. « Papa? »

« Shivi? T'es-tu correcte? Où es-tu? Je suis à l'hôpital », il a dit d'un ton paniqué. « L'école m'a appelé et m'a dit que tu t'étais évanoui et que ton professeur t'avait amené ici. »

« Je suis au niveau G2. Il n'y a personne ici à part de cet homme qui travaille ici. Je ne sais pas où trouver Maman », je lui ai dit, au bord des larmes.

« Reste juste là. J'arrive », il dit, et il a raccroché le téléphone.

« Désolé, c'était mon père. Il est enfin là, donc je dois y aller. »

« Bien sûr », l'homme m'a dit en écrivant quelque chose sur le panneau que j'avais lu plus tôt. J'ai commencé à marcher vers l'ascenseur, mais le marmonnement de l'homme étrange a attiré mon attention. J'ai commencé à envoyer un texto à mon père pour lui demander s'il était presque là quand j'ai entendu le bruit de la porte de l'ascenseur. Merci, les Dieux.

« Cet imbécile », entendis-je l'homme marmonner derrière moi. « Envoyer un enfant à la calisse de morgue. Je dois dénoncer cette vieille garce. »

La morgue.

Je me suis effondré à genoux et j'ai immédiatement commencé

à hyperventiler. J'ai fait face vers le bas, l'acide dans ma gorge a brûlé en montant et j'ai commencé à vomir.

« Euh, tu vas bien? » J'ai entendu l'homme derrière moi demander. Il a commencé à marcher vers moi.

« Shivalri! » cria mon père, courant maintenant vers moi. Je levai les yeux vers l'homme, les yeux remplis à ras bord et la bouche grande ouverte.

« Éden Grey », ai-je craché. « Est-elle là-dedans? Est-ce que ma mère est là-dedans? » je lui ai imploré. Je cherchais son visage pour tout signe. Il était hésitant, la réticence inscrite sur son visage.

« Attendez », m'a-t-il dit et il s'est dirigé vers les doubles portes. Je pouvais voir une infirmière s'attarder près de l'ascenseur, essuyant des larmes.

« Shivi, chérie, que se passe-t-il? » mon père s'est interrogé. « S'il vous plaît, vous devez me dire ce qui ne va pas. Je ne peux pas t'aider si je ne sais pas ce qui se passe », s'est-il inquiété, visiblement effrayé pour mon bien-être. Je retenais mon souffle, essayant de mon mieux de ne pas crier. Je ne pouvais rien dire ni faire à part de regarder l'homme étrange, attendant un signe. Il est ressorti, a enlevé ses lunettes et a fait un signe de tête dans ma direction.

« Non, » je tremblais. « Oh, Dieux... » Je ne pouvais pas gérer cela, je ne pouvais pas contenir mes émotions. Mon père a pris mon visage à deux mains et m'a forcé à le regarder. J'ai fermé les yeux.

« Allez, Shivalri! Que se passe-t-il? » Il ne comprenait pas.

« Elle est... Elle est morte », sanglotai-je.

« Qui est-ce qu'est morte? » il a ordonné. Il ne pouvait pas comprendre, et je ne pouvais pas trouver ma voix pour expliquer. « Shivalri, » murmura-t-il, l'indignation dans sa gorge. « C'est qui qu'est morte? »

J'ai finalement trouvé la force d'ouvrir la bouche et j'ai convulsé en pleurant.

« Maman... »

« Non. Ça ne peut pas... » Les yeux de Papa vacillèrent, cherchant le moindre signe d'espoir dans les miens. « Oh, non... Oh, mon Dieu, non. » Il pleura et m'attira dans la prise la plus serrée que j'aie jamais ressentie.

Nous nous sommes assis là pendant un moment dans l'incrédulité. Tout ce chagrin était trop lourd à gérer. Je ne savais pas quoi faire de moi. Ma mère était morte, allongée à la morgue, froide et seule. Mon frère était en chirurgie et ne s'en sortira peut-être pas vivant. Comment cela a-t-il pu arriver en si peu de temps? Mon monde a basculé en un clin d'œil. Je pleurais toujours, mais il n'y avait plus de larmes à verser. Brusquement, j'ai fermé la bouche et essuyé mon visage. Mes yeux étaient lourds et enflés. J'ai regardé la mare de vomi devant mes pieds. Après ce qui m'a semblé être une très longue période de sanglots silencieux, j'ai trouvé le courage de me lever. Mon père est resté par terre, pleurant toujours. J'ai empoigné son chandail.

« Papa, nous devons aller trouver Raidan. Nous devons nous assurer qu'il sort de la chirurgie », je lui ai insisté. Il n'a pas bougé, même si j'ai tiré un peu plus fort sur son chandail. « Papa, il est seul là-haut. Il a besoin que nous soyons là pour lui », ai-je insisté en pensant à sa faiblesse et à sa vulnérabilité. J'ai commencé à faire les cent pas à côté de mon père. Il resta immobile, ne levant pas les yeux une seule fois. « Pa, tu dois être courageux. Pour Raidan. » Je me suis penché pour croiser son regard. « Allons-y », ai-je exigé.

Peu à peu, il se leva sur ses pieds, trébuchant jusqu'à une position debout. Il ne m'a pas regardé. Au lieu de cela, il porta son regard sur les portes qui retenaient ma mère derrière elles. « Allez, » ai-je signalé. Il m'a regardé brièvement, puis a hoché la tête et s'est retourné vers la morgue. Un pied après l'autre, nous sommes arrivés à l'ascenseur. Une infirmière nous attendait, une carte-clé en main. Elle a dû aider Papa à descendre. J'ai appuyé sur le bouton et j'ai attendu que la porte se ferme. J'ai établi un contact visuel avec l'homme d'avant, et il m'a regardé avec tristesse. Comme qu'il détournait le regard, je l'ai vu s'essuyer les yeux et replacer ses lunettes sur l'arête de son nez. Il entra alors dans la chambre sombre où ma mère résidait froide et sans vie.

7

RECULADE

L'ascenseur arriva au quatrième étage et nous traînâmes les pieds jusqu'à la chambre préparée pour Raidan. Il y avait beaucoup d'infirmières qui couraient, apparemment inconscientes de notre présence. J'avais besoin de parler à quelqu'un et j'ai remarqué qu'il y avait une infirmière qui semblait moins occupée.

« Excusez-moi, mademoiselle. As-tu des nouvelles de mon frère? Raidan Gray. Il est en chirurgie », ai-je expliqué.

« Euh, vérifiez avec ce gars là-bas avec le presse-papiers. Il devrait avoir plus d'informations », a-t-elle dit en pointant dans sa direction. J'expire grièvement et passe à cet infirmier. Il était jeune, peut-être seulement quelques années de plus vieux que moi.

« Pardon? » Je me suis raclé la gorge.

« Ou-Oh, tu ressembles de la... » il s'arrêta et se passa la main dans les cheveux. Futilement gênée, je replace mes cheveux épars derrière mon oreille. « Est-ce que ça va? » Il a demandé.

« Peux-tu m'aider à retrouver mon frère? » J'ai expiré. « Il a été opéré il y a quelques heures. Raidan Grimsbane-Gray. »

« Viens avec moi », proposa-t-il en me faisant signe de lui suivre. Mon père se tenait toujours près de l'ascenseur, encore sous le choc. Pourquoi n'étais-je pas sous le choc, moi aussi? Peut-être que j'étais sous le choc et que l'adrénaline m'empêchait de m'effondrer complètement à nouveau.

« Grimsbane-Gray. Est-ce un trait d'union ou non? » demanda-t-il en tapant sur l'ordinateur.

« Oui, il y a un trait d'union, » répondis-je, regardant toujours vers mon père.

« Ouais. Je l'ai ici. Je peux t'apporter chez lui si tu veux. Ils l'ont déplacé dans sa chambre au F21 pour qu'il puisse avoir de l'espace à lui tout seul. » J'ai fixé mon père pour lui faire signe. Il regardait toujours vers le bas.

« Papa? »

« Oui? » Sa tête s'est redressée et il m'a cherché.

« Il va nous montrer où trouver Raidan », dis-je. Il écarquilla les yeux, hocha la tête et il est venu nous rejoindre. Nous avons suivi l'infirmier dans le couloir jusqu'à la chambre indiquer. À côté de la porte, il y avait un panneau sur le mur pour la salle F21—USI. Cela signifiait que mon frère était aux soins intensifs. Je n'ai pas pu m'empêcher de penser qu'ils auraient dû mettre une pancarte sur G2 qui disait: *Morgue - Fous le camp d'ici, chevrette.*

« Euh, avant d'entrer, je devrais mentionner quelques choses pour mieux vous préparer à ce que vous allez voir », a commencé l'infirmier. Je l'ai regardé pour plus. « Il dort encore, donc vous ne verrez aucun mouvement. Il guérit et l'opération a été un succès. Ils ont arrêté le saignement et il porte une attelle pour le haut du corps pour le maintenir immobile. Il relie sur un système de ventilation, ce qui signifie qu'il aura un tube collé à sa bouche pour l'aider à respirer. La machine contrôle sa respiration parce qu'il ne peut physiquement pas le faire tout seul après la brutalité de l'accident », a-t-il expliqué.

« C'était un succès? Il va s'en sortir? » J'ai demandé à reconfirmer l'information.

« Oui. Il va bien maintenant. Nous avons les meilleurs des meilleurs qui prennent bien soin de lui », a-t-il assuré. « Je vais te laisser seul pour le voir maintenant. »

« Merci. » J'ai ouvert la porte, je suis entrée, et mon père m'a suivi. Un grand rideau beige était suspendu au plafond et se présentait dans toute la pièce. Je l'ai éloigné du côté du mur, créant un espace à traverser.

Il était là, comme l'infirmier l'avait dit. C'était inconfortable de le voir de la sorte. Il avait des tubes qui traversaient ses bras et son visage. Des teintes d'indigo, de mauve, de jaune et d'olive ornaient sa peau. Les ecchymoses plaquaient sa peau; le contraste des ecchymoses sombres faisait pâlir sa peau habituellement bronzée. Il avait l'air infirme. J'ai délaissé à l'idée de sa douleur, mais il était vivant et je ne pourrais pas être plus reconnaissante. J'ai essayé de toucher sa main, mais je tremblais, visiblement effrayée. Je ne voulais pas lui faire plus de mal qu'il ne l'était déjà. Je me suis reculé, observant son corps tranquille et blessé.

« Mon fils », s'est exclamé mon père en se propulsant sur son chevet. « Dieu, merci », loua-t-il en posant sa tête sur le côté du lit.

Les heures passèrent tandis que la pièce devenait plus sombre. Je pouvais encore voir le rouge tissé entre les nuages au-dessus. Il a jeté une lumière étrange à travers de la fenêtre sur le lit de Raidan. Ça dansait sur ses blessures. Il flambait comme un feu de charbon de bois dans l'obscurité. J'ai regardé le soleil qui a commencé à disparaître dans la nuit, en pensant à ce matin où je m'étais plaint d'avoir à prendre le bus scolaire. J'avais dit à quel point mon frère était chanceux et gâté d'avoir toujours ma mère a l'accompagné à l'école. Il était clair maintenant qu'il n'avait aucune fortune. Je me sentais comme la personne la plus cruelle en histoire pour avoir mal parlé de la conduite de lui et ma mère. Maintenant, ils ne feraient plus jamais ça.

Ma bouche avait un goût acide tandis que je réfléchissais. Les avais-je ensorcelés? Ma plainte était-elle une malédiction que j'avais placée sur eux sans le savoir? Je ne pouvais pas m'empêcher de me sentir comme si j'étais à blâmer pour cela. Cette nouvelle vie morbide à laquelle je devrais m'adapter.

Je souhaitais désespérément que cette nouvelle vie ne soit pas réelle. Cela ne semblait pas réel - une distorsion insensée. Mon esprit et mon corps avaient l'impression de ne plus s'appartenir. Ma famille avait été arrachée de mes mains. La vie telle que je la connaissais avait été complètement modifiée en quelques secondes. Je n'arrivais pas à en saisir la réalité. Qu'allions-nous faire?

De façon inattendue, l'infirmier de tout à l'heure est venu passer la tête entre le mur et le rideau. Je ne l'avais pas entendu entrer.

« Salut les amis. Je suis désolé, mais les heures de visite sont terminées », dit-il d'un air morose. « Vous pouvez revenir demain dès sept heures du matin. Allez-vous reposer. Tu en as besoin, » dit-il en se passant à nouveau la main dans les cheveux. Je l'ai scruté et j'ai sorti mon téléphone de ma poche. Ma pile était morte.

« Pa, puis-je avoir ton téléphone pour appeler un taxi? » J'ai demandé. Je savais qu'il avait pris un taxi de chez lui à l'hôpital puisque nous n'avions qu'un seul véhicule familial, le véhicule que ma mère conduisait. « Papa? » J'ai demandé à nouveau. Il se leva et me le tendit, ne quittant jamais Raidan. J'ai composé les numéros. « Salut, puis-je avoir un taxi à la porte du Centre Médicaux d'Ange, s'il vous plaît? » J'ai demandé.

"Bien sûr. Merci », répondit la dame et raccrocha brusquement. J'ai rendu le téléphone à Papa et il l'a mis dans sa poche. Il a frotté le front de mon frère, puis s'est tourné vers moi.

« Allons à la maison », dit-il en baissant les épaules.

« Ouais, » marmonnai-je. « Allons chez nous. »

« Ce n'est plus un chez nous », il m'a rapidement répondu, et j'ai senti une vague de douleur me traverser. Ce n'est plus un chez nous... Plus rien ne se sentirait comme notre chez nous. Rien dans ma vie ne serait pareil.

Alors que nous descendions vers l'entrée de l'hôpital, j'imaginais à quoi ressemblerait ma maison une fois arrivés. Les meubles disparaîtraient-ils, ainsi que les souvenirs? La peinture passerait-elle de sa couleur doré vif à un taupe froid et impassible comme toutes les maisons vacantes? Comment je me sentirais allongé dans mon lit en sachant que la chambre de mon frère était juste de l'autre côté du couloir ou que la chambre de mes parents était à quelques pas à côté de la mienne? Où est-ce que mon père dormirait? Braverait-il le lit, ou utiliserait-il le sofa? Dormirait-il même du tout?

Le taxi est arrivé et nous sommes partis pour nous rendre dans notre étrange maison anormale. Dès notre arrivée, je me suis sentie mal accueillie. Ça ne se sentait pas bien.

« Cinquante soixante-quinze, s'il vous plaît », a demandé le chauffeur de taxi. Il sentait la cigarette et le linge sale, et je voulais juste sortir de là. Papa lui a tendit trois billets de vingt dollars et a ouvert la porte. Je n'avais pas réalisé jusqu'à ce que je sorte du véhicule que je retenais mon souffle depuis un certain temps, respirant strictement par la bouche de temps en temps pour éviter de sentir la fumée. J'expirai de façon surprenante et aspirai l'air frais. Seulement, ce n'était pas l'air frais. L'humidité de l'air s'épaississait dans mes poumons. Pourtant, c'était mieux que l'air tamisé de fumée que j'essayais d'éviter dans le taxi.

« On y va », murmure Papa. C'était bizarre de l'entendre parler à haute voix. Il était resté presque silencieux depuis l'incident. Il sonnait différemment, comme si toute cette horreur avait vicieusement drainé la joie de sa voix. Tout ce qu'il lui restait maintenant était une version détachée de lui-même. Moi aussi, je me suis senti changé. J'étais au courant des changements. J'étais également consciente que je ne pouvais pas reprendre cette journée. C'est arrivé. Je devais continuer à me rappeler que c'était réel. *C'est* réel.

Mon père était déjà dans l'escalier et déverrouillait la porte. Il semblait être plus fort qu'avant. C'était presque sans effort pour lui. Je l'ai regardé entrer dans la maison, jeter sa veste sur le sofa et s'asseoir sur la chaise. Tout était si nonchalant. J'ai suivi ses traces, traçant chacun de ses mouvements. Je suis entrée, j'ai laissé mes chaussures et je me suis assis sur le sofa en face de lui. Aucun de nous n'a rien dit. J'ai décidé de me lever et de recharger mon téléphone. Mon père a sursauté quand je me suis levé et m'a simplement regardé fixement, les yeux écarquillés. Je me raclai la gorge, ce qui sembla le déstabiliser encore plus.

« Je recharge juste mon cell », lui ai-je dit et je me suis dirigé vers la cuisine, où nous avons tous gardé nos chargeurs de téléphone à côté du grille-pain. Je les ai vus tous les quatre, et sans réfléchir à deux fois, j'ai arraché le mien du mur et je l'ai apporté dans ma chambre. J'évitais d'entrer en contact avec tout autre objet qui ne m'appartenait pas. Je me sentais mal à l'aise. Mon corps se convulsa de tremblements alors que je traversais le couloir jusqu'à ma chambre. J'ai évité de regarder dans les chambres de quelqu'un d'autre et je suis allée directement dans la mienne. Je me suis isolé en rejouant ce matin dans ma tête. J'avais frappé à la porte de la chambre de Raidan, lui avais crié après et l'avais quitté. Et si s'avait été ma dernière rencontre avec lui? Je ne me serais jamais pardonné.

J'ai allumé ma lumière et j'ai entendu des pattes claquer derrière moi. Diego m'a suivi et a sauté sur mon lit, se roulant en boule sur la pile de vêtements que j'avais laissée au pied de mon lit. J'ai regardé Diego avec amour et j'ai fermé ma porte, reconnaissante de l'avoir à mes côtés ce soir. J'ai débranché mon ordinateur portable du chargeur mural et branché mon téléphone pour le recharger. Le signe « pas de batterie » a clignoté alors que je posais mon téléphone sur mon bureau. Je soupire, regardant mon lit en désordre. Une couche de vêtements s'étalait sur mon couvrepied, mais je n'avais pas la force de le nettoyer et je ne voulais pas déranger Diego. Je me suis dirigé vers mon lit en traînant les pieds et j'ai roulé sur le matelas grumeleux. Puis j'ai poussé mon visage dans mon oreiller et j'ai expiré avec force. Diego souffla et bougea la tête pour s'allonger sur mes jambes. Le petit geste était un réconfort, celui dont je cherchais désespérément.

8

RUBIS OBSCURE

Cette nuit-là, je me suis endormie en pleurant. Je le savais parce que je me suis réveillé avec des larmes coulant encore dans les poches de mes yeux gonflés. J'ai rêvé d'un ciel nocturne rempli d'étoiles pleureuses, la représentation parfaite de ce que je ressentais. J'ai commencé à me souvenir d'hier. Les images me passaient par la tête si vivement – les gens dans les couloirs, la voiture accidentée, mon frère par terre. Je me souvenais d'avoir essayé de localiser mon frère, d'avoir essayé de joindre mon père et d'avoir été isolé avec l'homme étrange et passionné tout en cherchant ma mère. Réalisant qu'elle était... partie. Je me souviens très bien avoir vu Raidan entièrement dépendant sur des tubes et des machines. Je l'imaginais allongé si immobile et blessé jusqu'au bord. Mon père était complètement détruit et incroyablement silencieux. C'était une connaissance trop lourde à supporter.

Mon corps était engourdi ce matin, à la place de mes courbatures habituelles. J'ai eu du mal à me lever de mon lit, puis je me suis rapidement souvenu que l'infirmier nous avait dit que les heures de visite à l'hôpital commençaient à sept heures du matin. Diego remua alors que je m'avançais vers mon téléphone et vérifiais l'heure pour constater qu'il n'était que cinq heures et quart du matin. J'ai remis mon téléphone sur la commode et j'ai pris une profonde inspiration. J'avais besoin de trouver quelque chose pour occuper mon esprit pendant un moment. Je n'avais pas mis de pyjama la nuit dernière, donc j'étais encore dans les vêtements d'hier. J'ai commencé à passer à travers de tous mes vêtements propres que j'avais qui traînaient et j'ai sorti un pull en tricot gris et un jean noir. Je fouillai dans mon tiroir à sous-vêtements, attrapai ce dont j'avais besoin et me dirigeai vers la salle de bain, laissant mon chien ronfler en paix.

J'ai marché sur la pointe des pieds dans le couloir, m'assurant que mon père ne m'entendait pas. Fermant la porte derrière moi, j'ai pris une profonde inspiration et me suis déshabillé. Je donnai un coup de pied à la pile de linge sale vers le bas de ma porte pour couper le bruit, j'ouvris la douche et attendis que la pièce boucane avant d'entrer. Je me sentais étourdi par la chaleur de la pièce. Je me suis accrochée à la barre sur le mur de la douche, j'ai levé les yeux vers l'eau et je me suis noyée dedans, sentant chaque goutte d'eau battre sur ma peau. C'était brûlant contre ma froidure, mais c'était une bonne sorte de brûlure glaciale.

Je me tenais là avec mes cheveux trempés et drapés sur mon visage et mes épaules. Je pourrais presque jurer que les eaux brûlantes sont venues directement de mes yeux alors que je m'immergeais de l'instant. Un tourbillon d'émotions m'a frappé durement et j'ai été soudainement englouti par beaucoup trop de vapeur. Je tournai rapidement l'eau du chaud au froid et enroulai mes bras autour de mes épaules. J'ai senti la pesanteur dans ma poitrine me forcer le poids de mon corps contre le mur de la douche. La barre de douche s'enfonçait dans mon omoplate, mais je ne me souciais pas assez de bouger. La morve a glissé sur mon menton et sur le sol de la baignoire pendant que je pleurais. J'ai tout simplement observé, dégoûté et figé.

Après avoir perdu du temps copieux sous l'eau froide, je me suis brossé les dents, je me suis habillé et je me suis dirigé vers le salon. Diego était assis à la porte d'arrière, remuant la queue et lamentant.

« Allo, bébé Dee. C'est qui le bon petit chien d'amour? Tu as besoin de sortir? » demandai-je en le caressant derrière l'oreille. Il répondit par un profond gémissement, sa langue à moitié sortie de son sourire. J'ai attaché sa laisse à son collier et je l'ai laissé sortir pour faire ses besoins. Mon estomac a grondé quand j'ai réalisé que je n'avais pas mangé depuis au moins vingt-quatre heures. J'ai rapidement commencé à saliver. J'étais affamé. Je me dirigeai vers la cuisine et attrapai une banane légèrement dorée dans la corbeille de fruits, la posai sur le comptoir et ouvris le réfrigérateur. J'ai sorti ce qui restait d'une miche de pain et en ai sorti deux tranches, puis je les ai mises dans le grille-pain et j'ai attrapé une assiette et un couteau dans les placards. Le beurre d'arachides a été omis hier, alors j'ai décidé de faire un sandwich au beurre d'arachides et à la banane, quelque chose que ma grand-mère me faisait quand j'étais enfant.

Je m'assis sur le sofa et allumai la télé avec mon sandwich à la main. J'ai pensé à regarder des dessins animés pour me détendre, comme je le faisais habituellement, mais je me suis immédiatement senti coupable de le vouloir. En choisissant de regarder la chaîne d'information locale, j'ai mangé mon sandwich et j'ai regardé sans réfléchir les présentateurs de nouvelles raconter des histoires tragiques de vols et de chats coincés dans les arbres. Diego a aboyé, alors je me suis levé pour le laisser rentrer. Alors que je détachais sa laisse, j'ai entendu les nouvelles passer au segment météo. Je pouvais les entendre parler d'un tremblement de terre. Ma mémoire m'a rappelé du tremblement que j'ai ressenti à l'école avec M. Lane. Ce devait être le tremblement de terre que nous avions ressenti. Mon intérêt a été piqué lorsque je les ai entendus décrire le désastre qu'il a causé. Je m'assis à nouveau sur le sofa et Diego me rejoignit, enroulant son corps contre mes jambes.

Le segment météo a partagé des vidéos des spectateurs de la région fréquente. Les clips de vidéo étaient des visuels portables tremblants qui remplissaient l'écran, et plusieurs personnes parlaient les unes sur les autres dans des tons étouffés. Les vidéos continuaient de rouler, montrant maintenant des clips du monde entier. Le tremblement de terre avait traversé tous les pays imaginables. La même morosité rubis qui couvrait l'intégralité de ma fenêtre se répandait maintenant dans le monde entier. Beaucoup de gens ont vu les mêmes nuages noircis et rouges cracher d'eux. La présentatrice de nouvelles a commencé à lire de son prompteur:

« Hier, le monde a connu un tremblement de terre catastrophique qui a touché toutes les régions de notre planète. Les gens décrivent la vue comme sacrilège, sombre et rouge. C'est vraiment la vue d'un cauchemar », a déclaré le journaliste. « Bien que les effets aient été universels, le tremblement de terre a eu peu ou pas de destruction en bas. Notre atmosphère, en revanche, a ses propres problèmes. Décrit comme étant scindé en deux, on peut voir sur plusieurs vidéos que le ciel s'est séparé physiquement. La pluie tombe du secteur au-dessus, et l'emplacement final prévu de la séparation du ciel n'a pas encore été déterminé; ça ne fait que s'élargir. Pour l'instant, le ciel rouge a été vu dans toute l'Amérique du Nord et l'Amérique du Sud et se fraye un chemin à travers certaines parties de l'Antarctique. La NASA affirme qu'il n'y a eu aucune activité anormale en dehors de notre globe et nous ne devrions pas paniquer jusqu'à ce que nous trouvions des réponses. D'autres enquêtes se poursuivront tout au long de la semaine. Nous aurons plus de détails dans les prochains jours. Restez à l'écoute pour plus d'informations sur cet événement étonnant. »

La dame a signé et l'écran a recommencé à jouer des clips du monde entier. C'était indescriptible. Ça ressemblait à une scène d'un film de science-fiction. Mes yeux se fixèrent sur l'écran, permettant maintenant involontairement à mon esprit d'imaginer d'horribles extraterrestres se déchaîner et envahir notre planète. Des vaches en l'air, des vaisseaux spatiaux qui passent à toute allure. Mon regard est devenu si incassable que la télévision est devenue floue. Regarder ces images défiler sur mon écran m'a ramené au matin où mon père et moi avons regardé un homme plutôt frénétique marmonner à propos d'une catastrophe. Cela m'a fait me demander, est-ce que l'homme inquiet en parlait de ce tremblement de terre? J'ai secoué rapidement la tête et Diego s'est redressé, me regardant, complètement perplexe. Il s'est moqué et a pulvérisé un crachin épais d'éternuement sur mes cuisses. J'ai roulé mes yeux et j'ai glissé le dégât de mes cuisses sur le sofa. Ça sécherait.

J'avais eu assez d'aliénation pour une journée, et je n'étais resté éveillé qu'environ une heure. Il était temps d'arrêter de regarder la télévision. J'ai attrapé la télécommande, appuyé sur le bouton, et je me suis assis tranquillement, accroupi dans le coin du sofa avec mon gros chien endormi. Je regardais son ventre rentrer et sortir pendant qu'il respirait sereinement. Il n'avait aucune idée que quelque chose sortait de l'ordinaire. Il n'était qu'un chien. Il dormait, mangeait et avait appétence à que de l'amour et d'attention. Il se fichait que le ciel soit fendu en deux. Il avait un toit au-dessus de sa tête et une vie pleine de câlins.

J'ai commencé à penser aux gens maintenant et à la façon dont ils réagiraient aux nouvelles concernant ma mère. Bien que j'habite à Marble, en Caroline du Nord, je fréquente l'école à Andrews. La ville d'Andrews est à environ six milles de chez moi. Dans ma petite ville, environ trois cents personnes vivent dans la région. Il n'y a pas grand-chose ici à Marble, à part de des arbres et des montagnes. La faune, comme les ours, les cerfs et les wapitis, sont aperçue presque aussi souvent que les gens. Les villages typiques de la campagne signifient que tout le monde, partout, connaît forcément votre vie. Les cercles sont tous si petits. À ce moment-là, j'étais sûr que chaque personne dans cette ville savait ce qui s'était passé dans mon école.

Bien sûr, les gens de mon école étaient au courant. Ils l'avaient vu par eux-mêmes. Leurs familles, leurs communautés et tous ceux qui se trouvaient à proximité devaient être très bien informés. Je me demandais si la nouvelle était déjà arrivée sur les réseaux sociaux. Je n'ai pas pu rassembler le courage de vérifier mon téléphone, simplement de peur de voir quelque chose qui m'obligerait à revivre le cauchemar. Mais peut-être Raidan était réveillé. Peut-être qu'il s'était réveillé et avait envoyé un texto ou appelé.

Je gémis et m'extirpai lentement du sofa confortable avec des empreintes de fesses et me dirigeai vers ma chambre. J'avais l'impression que le temps avançait beaucoup trop lentement alors que j'attendais que les heures de visite commencent. Je suis arrivé dans ma chambre, je me suis tenu à mon bureau et j'ai posé ma main sur mon téléphone portable. Je fermai les yeux et comptai à rebours à partir de trois avant de le retourner pour révéler l'écran. Comme je n'avais pas d'identification d'appelant, j'ai eu trois appels manqués de numéros inconnus. J'ai eu quelques notifications Facebook et un texto d'Amy qui disait : « RIP à ta mère xo pns à toi ».

« Quoi? » Je clignai des yeux d'incrédulité. Certaines personnes sont si cruelles, si peu sincères. J'avais envie de répondre « lol » ou « tu es une putain de garce », mais aucune de ces idées n'était exactement digne d'un Oscar, alors je n'ai pas répondu du tout. Au lieu de cela, j'ai juste maudite la fille simple d'esprit qui vient de m'envoyer un texto en argot boueux à propos de la mort de ma mère. Je ne m'habituerais jamais à utiliser ce mot dans la même phrase que « ma mère". Une brise fraîche et illusoire souffla rapidement dans mon cou, et tout mon corps frissonna. La *mort*...

J'ai commencé à faire défiler mes notifications et j'ai entendu une toux juste derrière moi.

« Pa », ai-je commencé, mais il m'a interrompu.

« Veux-tu y aller à l'hôpital? » Il a demandé. Avec efforts, il a pu me regarder ce matin. Je l'ai regardé dans les yeux et j'ai hoché la tête. Ses yeux étaient gonflés, et ses cheveux étaient en désordre. Il n'a pas dû beaucoup dormir la nuit dernière, comme je le supposais.

« Je ne t'ai pas entendu sortir du lit, » marmonnai-je, presque à moi-même.

« Je me suis couché dans le garage hier soir, » dit-il en passant ses doigts dans sa crinière noire et en lambeaux. Il sentait la bière et la misère, l'air encore pire.

« Tu veux passer sous la douche avant qu'on parte? » demandai-je en essayant de ne pas l'insulter complètement.

« Ne crois-tu pas que l'hôpital a vu pire, Shiv? C'est bon », s'affirma-t-il. « Allons-y », il a dit en quittant ma porte. J'ai attrapé mon téléphone et je lui ai suivi. Je marchai péniblement dans le couloir, passai devant Diego qui dormait, descendis l'escalier à cinq marches et mis mes pieds dans mes souliers. J'ai ramassé mon sac à main sur le sol d'où je l'avais jeté négligemment la nuit précédente et j'ai verrouillé la porte derrière moi.

Papa attendait au boute de la cour en espérant le taxi. Je l'ai rencontré à la fin et je me suis tenu à ses côtés, aucun de nous ne disant un mot. Il pleuvait toujours. Le vent hurlait et les arbres qui nous entouraient s'entrechoquaient tandis que les feuilles mortes tombaient au sol. La pluie était chaude comme qu'elle coulait de mes cheveux jusqu'à mes joues. Mes vêtements étaient déjà humides d'être restés dehors pendant ce qui m'a semblé être cinq bonnes minutes. Je me tournai maladroitement vers la maison et suivis le long de l'allée pour récupérer un veston sans dire un mot.

« Le taxi sera là dans la minute », a hurlé mon père de loin.

« Je prends une veste. Ça prendra deux secondes, » ai-je répondu, transformant ma marche en un léger jogging. Dès que j'ai sorti la clé de ma maison de ma poche, j'ai entendu le gravier crépiter sous les pneus d'une voiture. Bien sûr, c'est venu à la minute où je me suis éloigné. Je tournai rapidement la poignée, attrapai le manteau qui se trouvait sur notre portemanteau et fermai la porte à clé. J'ai essayé quatre fois avant d'effectivement obtenir la clé dans sa rainure. J'essayais de me précipiter, donc mes mains tremblaient sans aucun doute.

« Shivalri? » J'ai entendu.

« M'en viens! » criai-je, courant maintenant pour attraper le taxi.

9

PERCEPTION FABRIQUÉE

M on père jasait avec le chauffeur de taxi, et c'était étrange. Une minute, il était déprimé et irritable; le lendemain, il faisait des blagues avec un inconnu. Le léger rire qui s'est glissé à travers les fissures de son sourire sans enthousiasme m'a pris au dépourvu. Je ne savais pas comment le prendre. J'ai roulé mes yeux et attaché ma ceinture de sécurité, me préparant pour les montagnes d'émotions que cette journée était destinée à nous forcer à avaler.

Nous sommes arrivés à l'hôpital et j'ai rapidement ouvert ma porte. Je me précipitai à travers les portes automatiques et me dirigeai vers l'ascenseur. Je n'allais attendre personne. J'avais une mission: trouver mon frère. Alors que l'ascenseur montait, j'ai commencé à avoir mal au ventre. La nervosité envahissait. Je me demandais s'il serait conscient. Est-ce qu'il saura ce qui s'est passé? Sa mémoire serait-elle encore intacte?

Je savais que c'était ma tâche de prendre soin de lui maintenant. Papa ne semblait pas être en mesure de prendre soin de lui-même pour le moment. Avec les cheveux sales, son dormitoire dans le garage et l'attitude qui changeait rapidement, il n'y avait aucun moyen qu'il soit assez stable pour prendre soin de son fils hospitalisé et de sa fille en détresse. Bien que je suppose que la détresse ne serait pas nécessairement ce qu'il a vu en me regardant. Mon acte raide était assez élevé en ce moment. Ce n'était pas difficile pour moi de maintenir parce que je me sentais presque bien pour la plupart. Je n'arrêtais pas d'oublier que tout s'était passé. Le souvenir est venu dans des vagues de tragédie soudaine, comme une blessure qui guéris et se rouvre encore et encore.

Mon père était une cause perdue à ce stade. Je savais que je devais prendre en charge cette situation si jamais je voulais que nous vivions finalement une vie un peu ordinaire. Je peux le faire. Il fallait. Je levai les épaules et corrigeai ma posture lorsque les portes de l'ascenseur s'ouvrirent. Il était temps d'affronter la réalité.

La porte de mon frère était déjà ouverte et j'entendais faiblement la télévision passer à travers les murs. Je pouvais attraper un certain M. Griffin en train de parler à son bébé chauve bien-aimé. C'était une émission qu'il regardait, que nous considérions tous les deux comme un classique. Comme sa télévision était apparemment allumée, je soupçonnais qu'il était conscient. Je me suis préparé et j'ai regardé dans l'ouverture de la porte. La pièce était sombre et la lumière de la télévision brillait doucement sur le sol en dessous. J'ai tourné le coin en m'attendant que Raidan soit réveillé, mais j'ai été déçu quand tout ce que j'ai trouvé était une chemise d'hôpital froissée et un lit vide. Il y avait encore du sang séché sur l'oreiller jeté sur la chaise d'invité à côté du lit d'hôpital. Je grimaçai lorsque l'image de son visage en lambeaux et tubé me traversa l'esprit.

Une femme plus âgée en blouse bleu clair est venue de derrière le rideau. Elle a souri en me voyant et s'est approchée.

« Tu dois être la sœur trop protectrice et ennuyeuse dont Raidan a parlé, » songea-t-elle. « Tu veux le voir? » Elle fit un clin d'œil, faisant place à ses rides pour entrer en collision. J'ai rejoué ses paroles. Raidan a parlé...

« Minute... Il parle? Et le tuyau? » demandai-je nerveusement. Papa est venu derrière moi et a regardé autour de nous dans la pièce vide.

« Mon fils », dit-il, les yeux écarquillés. « Où est-il? » Son regard passa de l'infirmière à moi, puis revint à elle.

« Suivez-moi », a insisté l'infirmière. J'ai suivi rapidement derrière, mon cœur battant à chaque pas. À travers la chambre, il y avait une porte reliée à une pièce adjacente. Elle a joué avec la poignée de la porte et m'a laissé entrer. Cette salle était vraiment, très sombre. Je pouvais à peine déterminer où se trouvaient les meubles. Je vis quelque chose bouger, à peine, et soudain un bras alluma une lampe de chevet.

« Monsieur, pas de lumière », a lancé l'infirmière.

« Je sais je sais. » C'était la voix de mon frère. « Mais, c'est telle-ment sombre », a-t-il dit.

« Raidan », a expiré Papa. « Il parle. » Il regarda l'infirmière avec incrédulité.

« Tu vas bien? » haletai-je, me précipitant pour voir mon frère.

« Bien, oui. C'est sûr. Je suis plus fort que vous pensez. » Il passa une main dans ses cheveux noirs. C'était étrange de le voir dans cette position. Bien qu'il soit plus jeune que moi, il était grand et bâti comme un tank. Il a toujours été le protecteur entre nous, mais ici, allongé dans ce lit, il ressemblait à nouveau à un petit garçon.

« Je peux à peine y croire. » Je ris, la voix tremblante.

« Et maman? Est-ce qu'elle va bien? » Il a demandé. « Elle est probablement une épave », a-t-il poursuivi. J'ai tripoté l'ourlet de mon pull, évitant son regard. C'était la mauvaise chose à faire parce qu'en évitant celle de mon frère, j'ai rencontré celle de mon père. Il avait l'air vide et choqué. Je détournai rapidement les yeux, masquant l'image.

« Euh, ouais. Je suis juste content que tu ailles bien. Tu n'as même plus l'air souffrant », ai-je laissé bouche bée en étudiant son apparence. Pas plus tard qu'hier soir, il a été battu par des contu-sions de la tête aux pieds. Maintenant, il avait juste l'air fatigué avec de la gaze autour de sa tête. « Rai, tu ressemblais à de la merde absolue hier. Je ne sais pas comment, mais tu as déjà l'air tellement mieux. Il y a une telle différence. » Une seule larme a coulé sur ma pommette. « Comment te sens-tu? » insistai-je en le regardant. L'enflure avait diminué, mais la plupart des ecchymoses étaient restées bleues.

« Oui, comment te sens-tu, Raidan? » Papa a ajouté au sentiment.

« Ce n'est rien qu'un énorme mal de tête », répondit-il en fronçant légèrement les sourcils. « L'infirmière a dit que je pouvais partir dans deux semaines si je restais stable. » Il désigna l'attelle qui maintenait sa poitrine et son cou. « Je ne pense pas avoir le choix dans cette affaire. » Il rit. Je grimaçai à l'attelle, essayant de ne pas imaginer ce qu'il y avait en dessous. Sa poitrine était-elle couverte du même genre d'ecchymoses?

« Il se remet rapidement », a déclaré l'infirmière en vérifiant ses signes vitaux. « Nous devons juste le garder sous observation pour nous assurer que cela reste ainsi. L'opération a été un succès, et maintenant nous allons garder un œil sur lui et nous assurer qu'il se comporte bien. » Elle pointa son doigt vers lui, puis éteignit la lampe.

« Comportes-toi bien », dis-je ostensiblement avec un ton taquin. Il roula ses yeux vers moi.

« Il peut regarder la télévision pendant trente minutes le matin et encore trente minutes le soir. Nous avons un réglage de luminosité sur la télévision qu'il ne doit pas supprimer. En dehors de l'heure impartie, il doit être tenu dans l'obscurité. Les lumières vives pourraient aggraver les choses pour lui, mais bien sûr, puisqu'il se débrouille si bien, nous ne le priverons pas complètement. Nous allons juste garder un œil sur les gonflements ou les infections, mais il semble aller très bien jusqu'à présent », a-t-elle expliqué.

« C'est le lendemain de l'opération. Ne devrait-il pas dormir? » demandai-je, déconcerté.

« Tu ne veux tout simplement pas avoir affaire à moi », a lancé Raidan.

« Ou peut-être que je ne veux pas que tu meures. » Papa me regarda d'un coup sec et j'arrêtai de parler en frissonnant. Ma tête commençait à se sentir légère, mais mon corps brûlait de rage. Je ne pouvais pas encore lui parler de maman. Ce n'était pas comme ça qu'il devait le découvrir. Pas maintenant alors qu'il avait besoin de se concentrer sur sa propre guérison.

« Je ne suis pas mort. Je suis fort », m'a-t-il assuré avec un pouce levé.

« Fort ne commence pas à le décrire », a lancé l'infirmière. « Il a incroyablement bien guéri du jour au lendemain. Ses signes vitaux sont forts. La façon dont sa santé a réagi à son expérience est incroyable, c'est le moins qu'on puisse dire. C'est comme s'il était venu ici simplement pour une commotion cérébrale », a-t-elle expliqué.

"Comment se peut-il? Est-ce habituel? » Papa a demandé.

« Pas du tout, » répondit l'infirmière, son expression clairement déconcertée.

« C'est incroyable, » répondis-je. « On dirait que tu as la tête dure, eh, Raidan? » le taquinai-je, faisant un mouvement de frappe à ma tête.

« Ça qu'elle a dit. » Il toussa dans sa main. J'ai roulé mes yeux par espièglerie. Il se sentait sans doute lui-même.

« Raidan », se bafoua mon père en secouant la tête. Mon frère et moi nous sommes regardés, les joues gonflées, essayant de notre mieux de ne pas rire. L'infirmière nous laissa la chambre à nous trois, et je m'assis sur la chaise, déplaçant délicatement l'oreiller marron taché de sang sur le sol.

Je ne pouvais pas m'empêcher de me demander ce qui se passait avec mon frère. Il n'y avait rien d'ordinaire dans ce qui s'était passé. J'ai vu ma mère et mon frère écraser leur voiture contre mon école. Ma mère n'a pas survécu et mon frère était là comme si de rien n'était de mal. Ma mère est morte. J'ai eu de la misère à comprendre ce fait. J'avais besoin de me concentrer sur le positif. Mon frère allait bien. Il irait bien et il rentrerait à la maison. Mais alors, bien sûr, nous devrions lui annoncer la nouvelle. Alors que je regardais le soleil depuis la fente du rideau passer du clair au sombre, je savais qu'il était temps de rentrer à la maison, accueillie uniquement par sa porte, et Diego, qui était inconscient du chaos.

~

JE NE SAVAIS PAS quoi faire de moi, de ma famille ou de ma vie. Tout semblait sombre dans cette maison. Étonnamment, malheureusement sombre. Je pouvais voir qu'au premier plan du ciel rouge, les nuages étaient toujours d'un gris sombre, grossier et pluvieux devant la fenêtre de ma chambre. Parfois, je me demandais si j'avais peut-être provoqué cela moi-même. J'ai toujours été si négatif. Je me suis plaint de mon frère dans l'autobus, disant qu'il était tellement ennuyeux, qu'il faisait des trajets avec ma mère tous les jours, et que je devais prendre l'autobus comme si c'était la fin du monde. Et si je m'étais battu plus fort pour que mon frère s'aurait réveiller et embarquer dans le bus avec moi? Si je l'avais forcé à monter dans le bus avec moi et l'avais traîné hors du lit, ma mère n'aurait pas eu besoin de lui conduire à l'école; par conséquent, il n'y aurait pas eu d'accident. Mais ai-je vraiment cru que la collision aurait été évitée, ou était-ce inévitable?

J'avais toujours cru que tout ce qui arrivait devait arriver et qu'il était impossible d'éviter ce qui devait arriver. Sachant que cela parait pleinement morbide, tordu et cruel, je sentais toujours sincèrement que c'était comment fonctionnait la vie. C'est ce que ma grand-mère me disait chaque fois que quelque chose n'allait pas. Parfois, la merde arrive. Là encore, mes croyances peuvent simplement être morbides, tordues et cruelles, et il se peut qu'elles ne soient absolument pas saines d'esprit. C'était peut-être la faute de mon système de croyances - celui que Gram m'a enseigné, qui a inévitablement causé la merde.

Gram est fidèle à ses Dieux et m'a appris que tout ce qui nous arrive est censé fonctionner selon leurs plans. Peut-être que c'est précisément le problème. S'il y avait vraiment des Dieux, ils étaient censés être bons et entiers, indulgents et aimants. Pourquoi m'enverraient-ils cette vie? Pourquoi tueraient-ils ma mère? Je n'ai pas demandé pour ces tragédies. Personne ne demanderait cela. J'ai essayé de ne plus pleurer, mais mes yeux m'ont dupé comme que les larmes coulaient.

10

MODIFIÉ

Après ce qui semblait être un laps de temps inhabituellement court, Raidan a finalement quitté l'hôpital et est retourner à la maison. Les deux semaines de récupération ont été déconcertantes. Il n'avait rien à montrer de l'accident. Les incisions de la chirurgie s'aplatissaient déjà contre son crâne. La seule preuve de son malheur était la moindre pigmentation rose rayée sur le devant et l'arrière de sa tête. Il a même repoussé ses plaques de cheveux alors manquantes que le médecin avait coupées.

« Tu ressembles à un million de dollars », dis-je en le regardant examiner ses cicatrices mineures sur le haut de son front. Il rapprocha le miroir.

« Un million et un », a-t-il ajouté.

« Tu cherches-tu un trésor là-dedans? » demandai-je, essayant de détendre l'atmosphère.

« Ouais, j'ai trouvé de l'or », il m'a répondu avec désinvolture, toujours à la recherche des cicatrices qui ont à peine fait leur apparition.

Je voulais garder une présence calme. J'avais été bouleversé par tout ce qui s'était passé pendant ces semaines, avec beaucoup de temps à mener. Raidan, d'autre part, n'avait pas eu la moindre fraction de temps pour s'habituer à son accident ou la perte de Maman. Je me suis dit que si je pouvais garder mes paroles et mes actions telles qu'elles étaient d'habitude, peut-être qu'il serait capable de faire son deuil un peu plus léger. Je ferais tout ce que je pouvais pour rendre la vie familiale aussi proche de ce qu'elle était avant que notre monde c'est fondu. Ce serait parfois difficile, mais ça valait la peine si je pouvais aider mon frère d'une petite manière.

Quand nous avons parlé de Maman à mon frère, Papa n'a pas réussi à faire passer les mots. Je devais être celui qui lui disait. Il l'a pris beaucoup plus dur que moi, et ça m'a brisé le cœur de le voir souffrir autant. Bien sûr, mon frère s'entendait très bien avec ma mère. Ils étaient toujours ensemble, alors que j'étais toujours dans mon petit monde à moi. Le regret a coulé lorsque j'ai compris que j'avais raté tant d'occasions de passer du temps avec ma mère. Je suppose que mon frère a perdu une relation plus profonde que moi à cause de ça, donc il était plus bouleversé que moi. Il avait perdu tellement plus. J'ai été dévasté par la perte de ma mère. Mais mon frère... Je n'étais pas sûr qu'il en guérirait un jour.

Papa était encore en crise. Sa routine était devenue familière. Il se réveillait à midi, traînait sa couverture dans le couloir, prenait une bière et une boîte de biscuits soda dans la cuisine, s'allongeait sur le sofa, mangeait la moitié d'un biscuit, donnait l'autre moitié à Diego et s'assoupissait sur le sofa. Je n'avais jamais vu quelqu'un se comporter comme ça de ma vie. Voilà à quoi ressemblait la dépression sous ses nombreuses formes.

« Est-ce qu'il fait ça tous les jours? » demanda Raidan en me tendant le miroir qu'il avait pris dans ma commode. Nous pouvions entendre notre père ronfler dessus le sofa.

« Ouais. Depuis quelques semaines. » Je haussai les épaules, ne voulant pas entrer dans trop de détails.

« Sais-tu quand il retournera travailler? » interrogea-t-il en me regardant pour des réponses que nous savions tous les deux que je n'avais pas. Lentement, je me levai du lit et me dirigeai vers l'endroit où il se tenait. J'ai pris un élastique à cheveux sur la commode et j'ai mis mes cheveux en chignon. J'ai immédiatement senti le halage serré des cheveux sur ma tête, mendiante d'être laissée tomber. Je l'ai ignoré.

« Je ne sais pas s'il le pourra retourner, Rai. Il ne va pas trop bien. »

« Franchement, Shivi. Vas-tu lui en parler? » se demande-t-il en croisant les bras.

« Et dire quoi? Hé Pa, désolé que Mam est morte, mais pourrais-tu s'il te plait faire à croire que ça n'est jamais arriver et retourner travailler? »

« Tu le défends? » Il me regardait maintenant d'un air renfrogné.

« Je ne tolérerais jamais ce genre de comportement, et tu le sais. Mais je ne suis pas son patron. Je suis son enfant. Je n'ai pas mon mot à dire sur ce qu'il fait pendant qu'il est en deuil », je lui ai dit en essayent de m'expliquer.

« Il est soûl », cracha-t-il. « Je comprends. J'ai de la peine, moi aussi. » Ses lèvres commencèrent à trembler et mon cœur se serra. « Il a reçu une lettre par la poste hier. Le savais-tu? Sa compensation de deuil est terminée. Il n'y a plus d'argent qui rentre. Nous avons besoin d'argent pour la nourriture, pour notre maison. Il a dépensé chaque centime en alcool », a-t-il conclu. Sa voix est devenue plus faible, mais il se racla la gorge. Je pouvais voir l'exaspération remplacer la tristesse alors qu'elle battait de ses tempes.

« Je ne sais pas quoi te dire. Je pourrais abandonner l'école et aller travailler, mais ce ne sera que la moitié du revenu de Papa, même pas, au salaire minimum. » Je me suis précipité pour trouver une solution. Quand mon père s'est remis à boire, rien ne l'arrêterait jusqu'à ce qu'il touche le fond.

« Non, c'est ridicule. Tu as dix-huit ans. Il peut être triste et toujours responsable. Il agit comme un clochard », se moque-t-il.

« C'est différent », j'ai essayé. Avant, quand notre père buvait, c'était pour de petites choses et enraciné dans la dépendance. Cet état dépressif était une chose nouvelle à voir. Intérieurement, je luttais entre la pitié et la honte, la colère et le discernement en considérant le gouffre dans lequel mon père était retombé après plusieurs années de sobriété.

« Papa boit tout notre argent. Il est allé trop loin pendant trop longtemps », mon frère à dit, énonçant chaque mot avant de tourner les talons vers la porte.

« Qu'est-ce tu fais? » demandai-je en courant après lui, les nerfs commencèrent à bourdonner dans mes bras.

« Ce que t'aurais dû faire pendant mon absence, » répondit-il en marchant vers le salon. Mes yeux se sont agrandis.

« Raidan, arrête. Il est entrain de passer une période malaisé », expliquai-je. Je n'ai pas pu intercepter. Il était déjà à mi-chemin dans le couloir. Tout ce qu'il avait besoin de dire devait sortir. Je me recroquevillai par derrière, attendant la réaction de mon père. Papa se leva les yeux vaguement, ses yeux bruns dormant toujours de sa misère.

« Arrête de crier, » marmonna-t-il absent. « Tu fais tellement de bruit que les voisins peuvent t'entendre », a-t-il hoqueté, puis il a gémi.

« Ouais, puis tu n'aimerais pas ça, eh? » rétorque mon frère. Papa fit un signe de la main pour le rejeter et rapprocha sa couverture de lui. Raidan s'agenouilla devant le sofa, s'arrêtant à quelques centimètres du visage de Papa. Bien serré, il ferma les yeux et inspira. Raidan agrippa ses épaules et expira, calant Papa dans les coussins. « Arrêt. Arrête ce que tu fais. Arrêtez-le. Tu es censé être l'adulte qui s'occupe des choses ici. Shivi faisait le ménage, elle achetait de la bouffe à la station-service, faisait ses devoirs à l'école, et en plus, c'était elle qui me surveillait à l'hôpital. Les infirmières m'ont tout dit. Comment tu agissais et comment Shivalri appelait deux fois par jour pour voir comment j'allais chaque fois qu'elle ne pouvait pas se rendre à l'hôpital pour me voir. Tu m'as rendu visite une fois tandis que j'étais coincé à l'infirmerie. Qu'est-ce que tu as fait tout ce temps? » demanda-t-il en le regardant droit dans les yeux. Le visage de Papa était complètement choqué. Les yeux de mon frère scintillèrent, remplis de chagrin.

« Je, euh... » marmonna mon père.

« Soyez qui vous êtes censé être. Sois notre père », a supplié mon frère, agrippant ses épaules encore plus fort qu'avant.

Il y a passé une longue pause de silence avant que Papa se soit baisser les yeux sur ses genoux et à commencer à jouer de manière significative avec son alliance. Des larmes éclaboussèrent la couverture qu'il tenait fortement contre sa poitrine. Il frissonna avant de se retourner vers Raidan; son visage était lisse cette fois. Une page blanche et pur.

« Je suis désolé. Je ferai mieux », répondit-il calmement. Raidan avale, essuyant la sueur de son front sur le dos de sa main. Il cligna des yeux et recula lentement. À la minute où Raidan s'est retiré, Papa s'est levé sans un mot et s'est dirigé directement vers la salle de bain en secouant la tête. La douche s'est allumée, et c'était tout. C'était comme s'il n'avait pas bu du tout.

~

« Il y a un temps pour tout, et une saison pour chaque activité sous les Cieux: un temps pour naître et un temps pour mourir, un temps pour planter et un temps pour déraciner, un temps pour tuer et un temps pour guérir, un temps pour un temps pour démolir et un temps pour bâtir, un temps pour pleurer et un temps pour rire, un temps pour pleurer et un temps pour danser... » Ecclésiaste 3 :1-4

11

GLACIAL

Nous avons tous porté du noir ce dimanche.

Sous le ciel rouge et sombre, la pluie traversait les vêtements de tout le monde tandis que les hommes du salon funéraire descendaient le cercueil de ma mère dans son lieu de repos. Quelques membres de la famille et amis de ma mère sont venus faire leurs adieux; cependant, la plupart d'entre eux vivaient trop loin pour avoir fait tout ce chemin sous la pluie torrentielle. La terre sous mes pieds s'est transformée assez rapidement en boue. Je ne pouvais pas détacher mes yeux du sol. La pluie était aussi froide que la glace, presque aussi froide que mon cœur l'était.

J'ai entendu un bruit sourd et j'ai levé les yeux de mes pieds. C'était le bruit des pelles qui s'entrechoquaient alors qu'un des hommes les faisait passer. Avec chaque tas de terre jeté sur le cercueil de ma mère, je me sentais plus loin du monde. Nous avons tous porté du noir aujourd'hui. J'ai compris pourquoi.

Le bruit grave incessant de la terre atterrissant sur le cercueil de ma mère a créé un immense malaise dans ma poitrine. Je me sentais obligé de baisser les yeux et de remuer les mains. Contre la noirceur de ma robe et de mon châle, la bague que ma mère m'a laissée brillait de mille feux sur ma main droite. Je l'ai fait tourner autour de mon annulaire pour de la bonne mesure. J'étais fortunée d'avoir un petit morceau d'elle avec moi.

J'ai vu une silhouette vêtue de noir se diriger vers la tombe du coin de l'œil. Gram. Elle était arrivée ici malgré l'orage. Un soulagement limité me piqua les côtes et j'expirai le souffle que je ne réalisais pas que j'avais retenu. Elle leva les yeux vers moi, nos yeux se rencontrèrent, et une vague d'émotions me frappa immédiatement. L'obscurité qui s'était glissée trop près s'est dissipée à mesure que ma grand-mère se rapprochait - une lumière dans l'obscurité.

« Gram... » reniflai-je. Le picotement de mes larmes était brûlant et je les ai chassées à l'approche de ma grand-mère.

« Viens ici », me fit-elle signe en me faisant signe d'aller vers elle. Elle était chaleureuse et stable. « Je suis vraiment désolée, ma citrouille », dit-elle en me serrant contre elle. « Elle se repose maintenant. Elle aura fait son chemin de l'autre côté. Rassurez-vous, les Dieux prendront bien soin d'elle », a-t-elle rassuré en tapotant mes cheveux mouillés. Il avait cessé de pleuvoir et une brume légère emplissait l'air. Je me suis reposé un moment dans ses bras, puis j'ai reculé en m'essuyant le visage. Ses cheveux blancs et touffus s'étaient accrochés à ma joue collante.

« Je... » Mes mots ont vacillé.

« Je le sais, » répondit-elle simplement et elle me serra la main. « Es-tu prêt à rentrer maintenant? » elle a demandé. Surpris, je levai les yeux pour croiser son regard. Elle me considéra. La confusion interrompit son regard, m'obligeant à regarder derrière mon épaule. Je me retournai brusquement pour voir qu'il n'y avait plus personne autour de l'écharpe de tombeaux. C'était juste nous deux – et Maman.

« Je n'avais pas réalisé que nous étions seuls », dis-je. Comme si mes mots l'avaient appelé, un flot de brouillard aussi haut que les arbres ont commencé à s'accumuler dans le cimetière dès la forêt.

« Oh, mais nous ne le sommes pas, n'est-ce pas? » Gram a répondu. Une vague de malaise souleva les poils de mes bras et de mes jambes alors que mon corps devenait plus froid. « Est-ce qu'on y va, Shivalri? Es-tu prête? » Gram a demandé à nouveau.

« Je ne sais pas si je suis préparée », ai-je répondu, les mots comme une diarrhée verbale. Je n'ai pas eu à y penser. Je savais juste, et les mots se sont envolés. « C'est-tu même possible? Je ne pense pas que personne ne puisse être préparer pour ceci. Qu'est-ce que je serai supposé de faire, Gram? » ai-je demandé désespérément des conseils.

« Tout ce que vous pouvez faire, c'est d'y aller une étape à la fois. Croyez-le ou non, mais tu es beaucoup plus forte que tu ne le penses. Tu es une Grimsbane par le sang. Tu es plus forte que la plupart », a-t-elle dit, d'un ton neutre. Je haussai les épaules sans enthousiasme. « Tu es forte comme ta grand-mère », a-t-elle poursuivi. « Nous allons nous en sortir, ma petite-fille. Cela, je le sais », a-t-elle déclaré avec certitude. J'ai essayé de rire.

« Oui, oui. Vous savez tout. » J'ai réussi à sourire. Elle sourit en retour, le visage détendu.

« Oui, citrouille. Je suis contente que tu le saches. » Elle approuva. Elle a levé les yeux de mon visage, regardant les nuages. « Le ciel est assez maussade cet après-midi, n'est-ce pas? » elle a reconnu. J'ai hoché la tête, toujours inquiet de la rougeur du ciel au-dessus de nous.

« Ça me met mal à l'aise, » répondis-je sincèrement. Bien que fascinants, les tremblements de terre et toutes les choses désastreuses me donnaient la chair de poule quand c'était près de chez moi.

« Allons-y », ordonna-t-elle.

« Est-ce qu'il faut? » questionnai-je en boudant.

« Je suis sûre qu'ils attendent pour rendre hommage à nous, Raidan et ton père », elle a répondu ainsi que nous nous dirigions vers la salle de service. « Bien que ce ne soit pas facile, ça s'accompagne de l'acte d'organiser un service funèbre. Considérez que nous célébrons la vie de votre mère plutôt que de lamenter sa mort. C'est de la sorte que ma chère Éden voudrait que nous le regardions. » Elle sourit, petit mais déterminé.

« Est-ce qu'on sera bien? » J'ai demandé.

« Nous le sommes », a-t-elle répondu, et j'ai hoché la tête, les lèvres serrées.

Lorsque nous sommes entrés dans le bâtiment, le bourdonnement des voix m'a fait sursauter. Il avait été tellement silencieux dehors, mis à part la pluie, que j'avais oublié à quel point ces gens étaient bruyants. Gram et moi avons marché vers nos sièges assignés à côté de Papa et Raidan, et la salle a continué à bourdonner. La famille et les amis ont fait leur tournée pour parler avec nous, rappelant surtout de bons souvenirs et envoyant leurs pensées et leurs prières à notre famille. Papa regardait grossièrement pâle, et Raidan était assis tranquillement, les yeux soudés à son téléphone.

« Je me sens si mal à l'aise », ai-je dit à Gram en remuant sur mon siège. « J'ai l'impression que je suis censé faire quelque chose ou dire quelque chose pour que ces gens se sentent mieux. »

« Tu n'as rien besoin de faire sauf ce que tu désires. Ils sont ici pour chagriner votre mère et vous rendre hommage », a-t-elle répondu.

« Je sais. C'est juste bizarre », je lui ai dit à voix basse alors que les membres de la famille passaient devant, offrant des sourires faibles.

« C'est comprenable. » Gram hocha la tête.

« Satyra n'a pas pu venir? » demandai-je en fronçant les sourcils.

« Non, votre cousine n'ait pas pu s'absenter du travail. Elle a été tellement occupée ces jours-ci. Ce poste de direction qu'elle a eu lui a rendu très occupé. Elle vous envoie ses salutations et ses meilleurs vœux. » Je me suis effondré sur ma chaise. C'aurait été bien d'avoir ma cousine ici pendant cette période, mais je savais que ça devait être important si elle ne se rendait pas à l'enterrement de ma mère. Elle a toujours été là pour moi quand j'avais besoin d'elle.

« Penses-tu qu'elle viendra me visiter bientôt? » me suis-je demandé à haute voix.

« Peut-être quand la saison écrasante s'aménagera, » répondit Gram, offrant un petit sourire. « Vous savez comment octobre soit dans notre petit coin de pays. »

« C'est vrai, » dis-je. Ça me manquait d'être là avec eux. Ayant grandi avec mes grands-parents et ma cousine, toutes ces années étaient devenues habituelles. « Gram? »

« Oui? »

« Reviendrez-vous bientôt nous rendre visite? » ai-je demandé, plein d'espoir.

« Je ne pouvais pas manquer les funérailles de ma fille », elle a dit à voix basse. « Cependant, ma chère, c'est un très long trajet à faire pour moi. Je vieillis. » Elle gloussa. « Je ne referai pas ce trajet de sitôt. Mais tu sais que tu es toujours le bienvenu pour revenir chez nous. »

« Ouais, merci », marmonnai-je. « Si j'en ai l'occasion, je passe-rai. » C'était un vœu pieux. Je savais que je n'en serais pas capable. Je n'avais pas ma propre voiture et je ne pouvais pas prendre celle de Papa. Il était encore hors de commission. Même si, Gram habi-tait trop loin pour prendre la voiture aussi longtemps.

À LA FIN de la nuit, nous avons remercié les membres de notre famille avec une courtoisie passive et avons finalement terminé la soirée avec juste Raidan, Papa, Gram et moi. Je ne voulais pas que ma grand-mère s'en va. Je n'avais pas réalisé à quel point j'avais besoin d'elle jusqu'à ce que je la vois marcher vers moi quelques heures plus tôt dans le cimetière.

« Est-ce que tu dois vraiment retourner à Massachusetts? Il est déjà assez tard dans l'après-midi, » je lui ai dit en essayant de la raisonner.

« Tu sais très bien que je suis à mon meilleur dans la nuit. » Elle a fait un clin d'œil. Raidan s'avança et la serra dans ses bras.

« La tricoteuse de nuit. De quoi se vanter. » Il rit en tapotant la tête à Gram comme un chien.

« Vous riez maintenant, mais attendez de voir votre cadeau de Noël », elle a ajouté. « Parfait pour le solstice d'hiver. »

« Génial, » répondit-il en fronçant les sourcils.

« Vraiment, toutefois, » recommençai-je. « C'est comme dix heures de conduite. »

« Onze, » corrigea-t-elle. « Je suis bonne. Ne vous inquiétez pas. » Elle m'attira pour un câlin, et je m'en immergeai, affaissant mes épaules. Personne ne pouvait convaincre ma grand-mère de faire quelque chose qu'elle ne voulait pas. Une fois qu'elle avait pris sa décision, c'était tout.

« Au revoir, Archer, » dit-elle avec le ton le plus doux que j'aie entendu de toute la journée. Elle a pris Papa par les mains et a fait sa pression habituelle. Il avait l'air pitoyable.

« Merci d'être venue, Sabine. Je sais que c'est un long trajet, mais je suis content que vous ayez réussi », a-t-il dit, puis s'est arrêté un instant. « Bien que la route inconnue soit ton destin inévitable... » Il retira ses mains de celles de Gram et s'essuya les yeux.

Elle l'a pris dans ses bras et lui a chuchoté: « Tu trouveras le chemin du retour, car je suis ton ancre, ton amie favorable. » C'était la ligne de ma mère.

Je ressentais tellement de tristesse au creux de mon estomac et mon cœur me faisait mal comme jamais auparavant. Il était temps de dire au revoir à Gram, il était temps de dire au revoir à Mam. J'ai regardé Gram s'installer dans sa voiture, les cheveux argentés fouettant au vent, alors qu'elle nous faisait signe au revoir.

12

INCHANGÉ

Trois jours s'étaient enfuis depuis l'enterrement de Maman et plus d'une semaine depuis que mon frère avait quitté l'hôpital. Rien n'avait changé. Mon père était toujours déprimé, j'étais toujours indifférente et la tête de mon frère faisait toujours un peu mal. Je n'étais pas encore retournée à l'école et je n'avais certainement pas hâte d'y être. Je pouvais l'imaginer maintenant, devant faire face à tous les élèves qui ont vu l'accident de ma mère et de mon frère et ma réaction.

Je me sentais très perdu et isolé. J'étais fatiguée et parfois je ne sentais presque rien. C'est là que ça m'a le plus frappé. Si je ne ressentais rien, j'étais en colère et je me détestais parce que j'étais censé ressentir quelque chose. J'étais censé me sentir en colère et triste et peut-être un peu honteuse.

De temps en temps, je recevais un message ou un texto par téléphone. Les gens me demandaient souvent comment j'allais et m'offraient leur sympathie. C'était raisonné, mais je ne voulais pas entendre parler d'eux. Tout ce que je voulais, c'était qu'on me laisse seule. J'avais envie de supprimer mes réseaux sociaux après avoir lu le message d'Avery. Cela m'avait profondément choqué. Avery m'a dit qu'il comprenait ce que je ressentais et qu'il se sentait très mal.

En quelques secondes, il a changé le sujet de ses propres problèmes concernant sa vie amoureuse. Je ne pouvais pas croire à quel point il était égoïste. Je pensais qu'il était mon ami. Quand j'ai essayé de mettre fin à la conversation, il a commencé à m'envoyer des blagues, de toutes choses.

Je pouvais entendre Family Guy jouer de la chambre de Raidan, ce qui signifie qu'il devait être réveillé. Papa m'a envoyé un texto du garage pour me demander si je pouvais y aller voir comment Raidan allait, mais à la place, j'ai décidé de noyer les Griffins avec un peu de ma musique. Raidan était sans aucun doute éveillé. S'il avait besoin de quelque chose, il pouvait crier vers moi. J'ai déconnecté le Wi-Fi de mon téléphone, mis mes écouteurs et je me suis noyé dans ce que j'aime. Un peu d'Ariana Grande n'a jamais fait de mal à personne. Soudain, ma porte s'ouvrit, heurta le mur et recula. Mon père, ivre et en colère comme toujours, est venu vers moi.

« Vous plaisantez j'espère? » articula-t-il, le visage rouge de brûlure. « Vous avez une calisse de culot de chanter comme si tu es contente. Tu ferais mieux de te fermer la gueule, ou mon Dieu, aide-moi! » me cracha-t-il en serrant le poing. J'étais en état de choc absolu. Je ne l'avais jamais vu aussi en échauffement. Je ne l'avais jamais vu aussi malade de toute ma vie. Les veines de son cou saillaient et sa peau était couverte de salive. Je pouvais sentir la chaleur augmenter dans mes yeux. *Ne pleure pas, ne pleure pas, ne pleure pas.* Ne lui montre pas ta vulnérabilité. Il était si terrifiant comme ça, et je ne lui faisais pas confiance. Il était invariablement la personne sur qui je comptais pour tout et n'importe quoi, et maintenant j'avais peur de lui. J'avais peur de mon père. Qu'était devenue ma famille? Cette dévastation nous avait détruits.

Mon père a claqué ma porte et s'est éloigné, une bouteille de bière à la main. Je me suis assise sur mon lit, j'ai essuyé la larme qui tombait sur ma joue et j'ai regardé par la fenêtre pour trouver de la pluie. La pluie comprend ma douleur.

J'ai senti mon téléphone vibrer sous mon oreiller. Les larmes tachaient ma vision, alors j'ai balayé ma main dessous, le recherchant. Je l'ai sorti de sous moi et j'ai essuyé mes lunettes embuées.

Raidan: Hé, ça va? Tu ne veux probablement pas que j'aille te voir, mais envoye-moi un texto si tu veux que j'y va.

Moi: Je vais bien. C'est lui qu'est pas bien du tous. J'en ai eu assez de ces conneries.

Raidan: C'est nous ses enfants!

Moi: Ouais.

Raidan: On pourrait partir.

J'y ai pensé un instant. Nous ne pouvions pas. Mais *je* pourrais. Mon frère guérissait toujours, qu'il veuille l'admettre ou non. D'un autre côté, je pourrais aller chez Gram pendant un séjour pour me remettre les idées en place. Elle était très spirituelle et je me sentais toujours mieux avec elle. Ma grand-mère était toujours pleine de réponses. Elle a pratiqué l'art de la lecture des feuilles de thé et a prédit plus que je ne voudrais l'admettre a plus qu'une occasion. Elle a toujours su quoi faire et quoi dire pour me guider sur un meilleur chemin. Que je croie ou non à la lecture des feuilles de thé, j'y crois en Gram. Peut-être que sa sagesse était exactement ce dont j'avais besoin.

Je me retournai vers mon téléphone alors qu'il sonnait dans ma main.

Raidan: Puis?

Moi: Je ne suis pas sûr que tu puisses partir, Rai... On trouvera une solution.

Raidan: Je peux faire ce que je veux. Je veux m'en aller.

Moi: Comme je l'ai dit, nous allons trouver une solution. J'en peut pu pour ce soir. Bonne nuit.

Raidan: Bonne nuit.

J'ai remis mon téléphone sous mon oreiller et j'ai commencé à élaborer un plan. J'avais environ deux mille dollars économisés grâce à mon emploi d'été à la bibliothèque locale. Je savais que ma grand-mère vivait dans un autre État, donc faire le voyage serait coûteux. Je pourrais prendre un taxi jusqu'à la gare et monter à bord du train pour le reste de mon trajet. Ça me viderait les poches, pourtant ça valait le coup.

J'avais le sentiment que j'avais besoin d'être avec ma grand-mère. Elle a toujours amélioré les choses et je ne pouvais pas lui parler à moins d'aller directement chez elle. Gram a de nombreuses croyances étranges, l'une d'entre elles étant que les téléphones sont un outil dangereux. Ses superstitions prennent le dessus sur elle, me laissant incapable de l'appeler.

Pauvre Satyra. Elle a perdu ses deux parents à l'âge de douze ans, elle a donc vécu avec notre grand-mère et ses manières curieuses depuis. Satyra est la seule cousine avec qui je reste en contact. Si nous pouvions l'avoir à notre façon, nous aurions été sœurs. Nos mères étaient jumelles, rendant leur lien très fort. J'aime à penser que Satyra et moi sommes des âmes jumelles coupées dans un tissu très similaire. Maintenant, alors que je repensais aux bons souvenirs de Gram, Satyra et moi, j'ai décidé qu'une réunion à la maison Grimsbane serait une belle idée. Une bonne dose de Gram et de Satyra était précisément ce dont j'avais besoin. Ma grand-mère pour être une adulte responsable, consolatrice et douce, et Satyra pour m'aider à traverser quelque chose pour lequel je l'avais aidée il y a toutes ces années.

Je m'étais toujours senti coupable de m'éloigner de ces deux-là. Si je l'avais fait à ma façon, ma famille aurait vécu dans la maison Grimsbane jusqu'à notre vieillesse. Saty et Gram étaient tous les deux en deuil de la pire des manières, et nous les avions laissés gérer leur douleur par eux-mêmes. Maintenant que j'ai perdu ma mère, je me sentais encore plus mal.

Je soupirai profondément, roulant sur le côté. Frissonnant, je glissai mes pieds dans une masse bosselé de couvertures et de vêtements que j'avais jetée sur mon lit. Je pourrais me soucier moins de l'encombrement. J'ai scanné le lit à la recherche de quelque chose de confortable et j'ai repéré mon pull à capuche surdimensionné. Avec désinvolture, je l'attrapai, le serrant étroitement dans mes bras pour plus de confort. Demain, c'était un nouveau jour. Je fermai les yeux et je m'endormis.

13

ALLEZ

Aujourd'hui, je me suis encore réveillé avec un oreiller trempé, même si les étoiles de mes rêves n'ont pas pleuré à côté de moi. Tourmenté, je me suis assis dans mon lit. Je me suis frotté les yeux, enlevant la croûte collée sur mes cils. Ma tête était si lourde. C'était assez. Il était temps que je sorte de cet Enfer. Il ne me restait plus qu'à me rouler dans mes larmes quand j'étais à la maison, et mon père faisait la même chose à tous les jours. Qu'est-ce que j'étais censé de faire? Étais-je censé rester assis à attendre que je me sente bien à nouveau? J'ai senti la vague de chaleur envahir mon corps, et je savais qu'aujourd'hui était le jour où j'allais m'en sortir. Je me suis levé promptement, pris de vertige, en sautant de mon lit avec détermination: des vêtements – de l'argent – et la détermination d'avancer au-delà de ces portes. J'ai rapidement commencé à faire ma valise aussi faiblement que possible, défaisant les fermetures aussi silencieusement qu'une souris.

J'ai mis tout ce que je pouvais mettre dans ma valise, me balançant de manière instable après une faible nuit de sommeil. J'ai commencé à mettre des bas et des sous-vêtements, des chandails et quelques jeans dans mes bagages. Ça devrait faire. Je devenais de plus en plus anxieuse au fil des minutes, me préparant à m'enfuir.

Ma peau remuait d'éclairs froids de chair de poule. J'étais énervée à l'idée de me lancer dans mon premier voyage solo, mais j'étais aussi inquiète pour mon frère. Mon père était une cause perdue, et ce n'était pas à moi de nettoyer son acte. Ici, j'étais coincé dans une boucle. Toujours creux, piégé dans ma chambre, attendant que mon père agisse, tombant sans cesse en disgrâce. Avec chaque fibre de mon être, je savais que je devais aller chez Gram.

J'ai saisi mon élastique à cheveux, tiré mes cheveux dans un chignon le plus désordonné que je n'avais jamais vu et j'ai commencé à marcher vers la porte. Le sol sous moi laissa échapper un craquement et j'ai juré en signe de protestation.

« Merde. » Je me raidis et attendis de savoir si quelqu'un s'était levé – il y avait que le silence de mort. Je me dirigeai vers la poignée de porte et tournai lentement et doucement. J'ai écouté attentivement pour m'assurer que la voie était dégagée, j'ai éteint ma lumière et envoyé une pensée d'au revoir, en jurant de revenir dès que possible. Alors que je me retournais pour passer la porte, je fus stupéfait de trouver mon frère qui se tenait là, me regardant, les bras croisés.

« Et où est-ce que tu t'en vas, chère sœur? » a demandé Raidan. Frénétique, j'ai rapidement mis ma main sur sa bouche pour couvrir le bruit qu'il faisait.

« Chut », ai-je chuchoté avec irritation. « Ne fais pas de son », ai-je dit en l'attrapant par la peau de sa chemise et en l'entraînant dans ma chambre.

« Qu'est-ce tu fais? » demanda-t-il doucement.

« Je dois sortir d'ici, » expliquai-je, la voix toujours basse. Il était sur le point d'offrir une réfutation quand je lui ai coupé la parole. « Non », j'ai commencé. « Tu ne peux pas m'en dissuader. » Je n'hésiterais pas.

« Je n'essaie pas de t'en dissuader », murmura-t-il à haute voix. « J'y va avec toi." Il redressa les épaules, ses yeux reflétant les miens.

« Tu viens de sortir de l'hôpital, » soufflai-je, déclarant l'évidence. « Tu n'es pas en état d'aller nulle part, surtout là où je vais. C'est trop loin. »

« Au cas où tu ne l'as pas remarqué, je suis complètement guéri. Nous avons dépassé ça. Je ne demande pas la permission », il me dit en croisant les bras. « J'y vais. »

Dans un moment de faiblesse, je répondis en hésitant.

« Tu ferais mieux de faire tes valises. » Il a été choqué mais n'a pas remis en question mon jugement. C'est peut-être individualiste de l'apporter avec moi, mais au moins de cette façon, je n'aurais pas à m'inquiéter qu'il soit seul avec Papa.

J'attrapai ma valise et le poussai dans le couloir. Tranquillement, nous nous sommes faufilés dans sa chambre pour qu'il puisse faire un sac. Rapidement, il attrapa son cartable et en jeta le contenu sur le lit.

« On y va où? » Il a demandé.

« Chez Gram, » dis-je doucement. Il m'a regardé, les yeux écarquillés. C'était un long trajet pour visiter la maison de notre grand-mère. Nous avons rarement fait le voyage depuis qu'on est déménager au Caroline du Nord.

« Parfait, » acquiesça-t-il et laissa échapper un soupir. Il attrapa les vêtements dont il sentait qu'il avait besoin pendant que je scannais sa chambre à la recherche d'articles à apporter quand je remarquai ses manuels scolaires étendus sur le sol. Atteignant le tiroir de sa commode, il le fit lentement glisser, ne laissant pas un grincement s'en échapper.

« Je vais écrire une note », j'ai décidé en plaçant le stylo sur le papier.

Papa,

Raidan et moi allons chez Gram.

Nous avons nos téléphones et j'ai économisé assez d'argent. Nous allons bien, mais nous avions besoin d'une pause. Je pense que tu en as aussi besoin.

Nous vous informerons lorsque nous y serons rendus chez elle.

Nous serons de retour après l'Halloween.

Ne sois pas fâcher,

Shiv

« Là. C'est bon, » chuchotai-je en mettant le stylo dans mon sac.

« Cool. »

« Prêt? » demandai-je, les nerfs chauffant mes mains.

Il attrapa son portefeuille et le fourra dans sa poche. Avant que je puisse me remettre en question, il m'a regardé dans les yeux et a hoché la tête. Nous nous sommes mutuellement avouas en silence, connaissant les dangers à venir, et avons solidifié notre accord sans un mot. Nous partions sans la permission de notre père ivre.

En courant dans le couloir, je n'ai pas pu m'empêcher de jeter un coup d'œil dans la chambre de Papa pour voir s'il était réveillé. A ma grande surprise, il n'était pas là. J'ai senti un soudain moment de panique monter dans ma gorge. S'il était debout, il ne nous laisserait jamais partir. Je regardai mon frère et exprimai mon inquiétude. « Il n'est pas là-dedans. » Ses yeux s'écarquillèrent, mais nous continuâmes dans le couloir.

Alors que nous tournions le coin et entrions dans le salon, j'ai vu que Papa s'était endormi sur le sofa. Diego gémit lorsque nous rentrions dans le salon. J'ai senti une vague de chagrin me remplir comme que je regardais la paire. Les membres de ma famille innocents et attristés que j'étais sur le point de laisser derrière moi. J'ai dégluti. Pas le temps de se questionner, ai-je décidé. Mon frère était déjà arrivé à la porte et avait enfilé ses souliers avec précaution. J'ai suivi pour faire de même. Diego a commencé à se lever, et la peur m'a secoué, car je craignais qu'il ne réveille Papa. Bien sûr, il était comateux, et Diego n'a eu aucun problème à se diriger vers nous, nous suppliant de ne pas partir avec ses yeux de chiot. Je me suis penché pour l'embrasser sur la tête et lui gratter derrière les oreilles.

« Je t'aime, bébé Dee. Je reviens bientôt... Tu verras. » murmurai-je, juste pour qu'il entende. Mon frère s'est penché pour caresser la tête de Diego et nous avons franchi la porte.

J'ai sorti mon téléphone et j'ai commencé à appeler un taxi quand mon frère m'a pris le téléphone des mains et a raccroché.

« Que fais-tu? » je lui demande, frustrée, en essayant de lui arracher mon téléphone des mains.

« J'ai, en quelque sorte, caché un secret », il a dit en haussant les épaules et en se détournant de moi.

« Eh? Qu'est-ce tu veux dire? » demandai-je, commençant à m'inquiéter. Il se dirigea vers le cabanon que nous n'utilisions jamais et sortit ses clés. J'étais confus. Qu'avait-il caché dans notre cabanon?

« J'ai quelque chose ici que tu aimeras voir », il a poursuivi.

« Écoute, si tu me dis que tu caches un corps là-dedans, je ne veux rien avoir à faire avec ça. »

Il se retourna en roulant des yeux vers moi. « Oh, allez. Où est ton sens d'aventure? »

Je croisai les bras vers lui. Une fois que j'ai entendu le claquement de la serrure alors qu'il commençait à ouvrir la porte, j'ai jeté un coup d'œil à l'intérieur. Quand j'ai vu ce qu'il cachait, je n'en ai pas cru mes yeux.

« Tu plaisantes j'espère? » ai-je demandé, perplexe. « Qu'est-ce qu'une voiture fait là-dedans? »

« C'est lui à Pépère," répondit-il. « Je l'ai gardé dans le cabanon. Gram me l'a donné après qu'il est décédé. Elle m'a dit de le garder pour moi parce que si je disais à Maman et Papa qu'elle me l'avait donné, elle se ferrait mettre en troubles. » Il ébouriffa instinctivement ses cheveux. « Je ne voulais pas que ça se produise, et comme je n'ai pas encore mon permis, je n'en avais pas l'utilité. » Il m'a jeté les clés et je les ai attrapées avec incrédulité. Je ne savais pas quoi dire.

« Tu es en train de me dire que tu as caché une voiture ici tout ce temps? » J'étais déconcerté. Comment était-ce possible? « Je suppose que c'est une bonne chose que Maman et Papa n'utilisent jamais le cabanon. Je ne peux pas croire qu'ils ne l'ont jamais trouvé. »

« Eh bien, je n'ai pas encore été attrapé. » Il sourit. « Si nous ne partons pas bientôt, ma chance risque de tourner. »

« T'en as dit assez. » Je ris d'incrédulité, prenant mes bagages et me dirigeant vers le cabanon. Je ne pouvais pas le croire. Il était là depuis tout ce temps, et aucun de nous ne le savait. « Mettons ce spectacle sur la route. Ça va être un long trajet. »

14

LA ROUTE SINUEUSE

J'ai renoncé à me battre avec mon frère avec des décisions radio parce que je savais qu'il était plus facile de le laisser choisir la musique plutôt que de se battre pour ça. En raison de mon abandon, j'ai eu un mal de tête fulgurant à cause de toute la musique ridicule qu'il jouait. C'était un mélange de gros bruits, du criage et de parodie.

« Qui dans le monde écoute cette recette de merde? » ai-je grommelé de dégoût. Cette musique était irritante. C'était comme si nous étions partis depuis des jours, mais je savais que nous avions encore des heures de route devant nous.

« Écoutes, je te le dis. C'est du pur génie », s'est-il exclamé. J'ai roulé mes yeux en me moquant. « Il faut tout absorber. » Il sourit.

« C'est une connerie totale et tu le sais. » Je fronçai les sourcils. En riant, il augmenta le volume. Je lui lançai un regard sévère, et il baissa le son en croisant les bras.

« On est-tu presque arrivés? » demanda-t-il, frustré. Agacée de l'avoir entendu poser cette question pour la cinquième fois en vingt minutes, je soufflai.

« Tu as les cartes Google sur ton cellulaire. Toi, dis-moi, Rai. »

« La carte n'a pas changé depuis la dernière fois que je l'ai regardé », gémit-il.

« Je t'avais averti que ce serait un long trajet. »

« Oui, eh bon, tout va bien, mais je dois utiliser les toilettes, donc si tu ne t'arrêtes pas dans les cinq prochaines minutes, nous aurons un gâchis ici. Peux-tu prendre la prochaine sortie pour faire une pause? »

J'ai hoché la tête en secouant la tête. « Ouais, je viens de voir un panneau indiquant qu'il y a des stations-service et des restaurants dans les trois prochains kilomètres, alors quand je verrai la sortie, je la prendrai », ai-je répondu, réalisant que je devais y aller aussi. Ça y allait être un long trajet en voiture.

« Penses-tu que Papa est déjà debout? » demanda Raidan. J'ai senti un certain malaise s'installer.

« Je pense que nous aurions déjà reçu un appel, » répondis-je. Je me sentais mal à l'estomac, complètement à cran, attendant juste cet appel. Nous allions avoir tellement de tracas.

« Papa était encore parti dans la boisson hier soir, alors je suppose qu'il est probablement encore tomber dans les pommes avec une bouteille dans les mains, » répondit-il. « Soit ça, ou il n'a même pas remarqué que nous sommes partis. » Je pouvais dire par le ton de sa voix qu'il se sentait dégoûté par les actions de notre père. J'ai surtout ressenti de la pitié pour notre père. De la colère, je suppose, et de l'empathie.

Le brouillard nous enveloppait alors que nous approchions de la sortie. J'ai plissé les yeux et j'ai vu le panneau que nous attendions et j'ai signalé que je quittais l'autoroute. Je n'appréciais pas particulièrement la conduite par ce temps excentrique, et le ciel rouge m'inquiétait. J'avais hâte d'étirer mes jambes et de prendre une pause de la route et de la musique absurde que Raidan avait si généreusement choisie pour le trajet.

La station-service était parfaitement visible depuis la voie de sortie, et j'ai ressenti un pincement de soulagement lorsque l'anxiété a commencé à quitter mon système.

« Pouvons-nous faire ça rapidement afin de ne pas perdre trop de temps de trajet? » J'ai imploré plus que demandé à mon frère.

« Pas de problème, » dit-il, hochant la tête en signe d'accord. « Je m'occuperai de faire le plein d'essence. »

« Merci, » dis-je. « Mon portefeuille est dans la petite pochette zippée de mon sac à main. » Je lui ai fait signe de prendre de l'argent. Raidan n'avait pas encore de travail, donc nous comptions uniquement sur l'argent que j'avais économisé. Bien qu'il ait presque dix-huit ans et qu'il aurait pu facilement trouver un emploi, mes parents ne nous ont jamais forcés à travailler. J'ai seulement pris le travail d'été à la bibliothèque puisque j'y étais presque tous les jours de toute façon. Cela a fourni de l'argent supplémentaire et des livres m'ont entouré.

Après avoir garé la voiture et l'avoir éteinte, j'étais content de sortir du véhicule. Je n'avais jamais personnellement conduit jusqu'à la maison de Gram auparavant. En fait, je n'avais jamais conduit très loin du tout. J'avais l'habitude de conduire la voiture de mes parents pour faire des courses à l'épicerie ou aller à la bibliothèque publique, mais le trajet ne durait que quelques minutes. Ce trajet était épuisant.

L'air extérieur caressait mes poumons de façon invitante. J'ai inhalé avec bonheur l'air délicieusement frais. Il faisait plus froid que ce à quoi je m'étais habitué, mais c'était rafraîchissant. Le nord-est signifiait des températures plus fraîches. Je pouvais dire que nous nous rapprochions de la maison de notre grand-mère par la sensation de l'air changeant.

Quand nous avons repris la route, mes fesses ont recommencé à s'engourdir et mes yeux étaient secs et fatigués. J'ai continué à essayer de déplacer mon poids d'un côté à l'autre pour éviter de perdre trop de sensation dans mes cuisses et mes jambes. Mes articulations de la hanche gémissaient au mouvement. Avec mon arthrite, rester trop longtemps dans la même position me faisait encore plus mal. Agité, je me demandais combien de temps j'allais devoir endurer ces épingles et aiguilles qui parcouraient ma moitié inférieure.

« Hé, que dit le GPS pour l'heure? » demandai-je, craignant de ne pas trop aimer la réponse. « Nous devons nous rapprocher. Nous avons dépassé le panneau pour Boston il n'y a pas si longtemps, et je ne pense pas que Essex soit beaucoup plus loin. » Il tapota l'écran de son cellulaire et la lumière éclaira la voiture comme une boule disco.

« Désolé, » grommela-t-il.

« Dieux, c'est dur sur les yeux », ai-je agrippé. "Tu sais, j'ai besoin de voir la route pour conduire. » j'ai pointé du doigt, frustré. La lumière était perçante.

« Je ne savais pas que ç'allait être aussi brillant. Calme-toi, » souffla-t-il et baissa le réglage.

« Merci, » soufflai-je, me calmant, même si je n'aimais pas qu'on me dise quoi faire.

« Il dit que nous avons vingt-sept minutes pour aller. Nous avons dépassé Salem, donc nous sommes proches », Raidan me dit.

« Une demi-heure », soupirai-je. « Mieux que la dernière fois que j'ai demandé. »

« Ouais, ce trajet avait l'air d'avoir pris dix jours, » marmonna-t-il, sans y prêter beaucoup d'attention. Il jouait à un nouveau jeu Pokémon sur sa Nintendo Switch qu'il avait acheté avec l'argent de sa fête. Je ne savais pas comment il pouvait jouer à ces jeux dans la voiture. J'aurais été bien trop étourdi, surtout après avoir récemment subi un traumatisme crânien.

« Eh! » s'exclama-t-il en remuant sur son siège. « Ostie! Je l'ai! » Je ris de son enthousiasme.

« Tu n'as pas le vertige en regardant cet écran toute la journée? » ai-je demandé, faisant une conversation informelle.

« Non, mais je suis content que nous soyons presque chez Gram, » souffla-t-il. « Je viens de finir tout le match. » Il plaça la console de jeu dans le compartiment de rangement de la porte latérale et allongea ses jambes. Il était si grand qu'il avait à peine de la place pour s'asseoir dans cette petite voiture. « J'ai attrapé le brillant que je voulais. »

« Je ne sais pas qu'est-ce ça signifie, mais je suis contente pour toi. » J'ai ri.

« Bien, là. Ça veut dire que maintenant je peux l'entraîner, le faire évoluer et le préparer au combat. »

« Ah-ha... » marmonnai-je, plus concentré sur la route à suivre.

« Comme exemple, celui-ci avait deux capacités régulières et une capacité cachée. J'avais besoin d'un des réguliers, mais je me suis trompé », il a commencé à expliquer. « Mais tout va bien parce que je peux utiliser une capsule de capacité pour la remplacer par l'autre capacité dont j'avais besoin. »

« Oh d'accord. Je comprends », je lui dis. J'ai compris les bases du jeu, mais tous les détails dont vous auriez besoin pour le saisir pleinement n'étaient pas quelque chose que mon cerveau gardait en mémoire.

« Vrai? » ricana-t-il sciemment.

« Je comprends autant que j'en ai besoin, » dis-je en roulant mes yeux. Il a lancé un « mm-hmm » et a de nouveau sorti son téléphone.

« Il commence à faire sombre », a noté Raidan.

« Que dit le GPS maintenant? » J'en avais assez de nos conversations répétées sur la carte, mais le temps recommençait à me rendre anxieux.

« Il dit que dans deux milles il faudra prendre la sortie 19 A », il m'a informé.

« Finalement. » J'expirai en étirant les bras, tenant toujours le volant. « Il est déjà dix-huit heures et je déteste conduire quand il fait nuit noire », admis-je, reconnaissante d'avoir évité cette situation.

« Bon timing », a-t-il offert, nonchalant.

« Pourrais-tu envoyer un message à Satyra pour lui faire savoir que nous y sommes presque? » J'ai demandé.

« Elle n'a même pas répondu quand nous avons dit que nous allions là-bas en premier lieu. Elle ne le verra probablement pas. »

« Juste, s'il vous plaît, essayez, » dis-je fermement. « J'espère qu'ils sont à la maison. C'est tellement ennuyeux quand Gram n'a pas de téléphone. »

« Premièrement, ils sont toujours à la maison. Deuxièmement, elle ne l'a jamais », il a déclaré.

« Envoie juste un message au cas où nous parviendrions à la joindre. » Je commençais à m'impatienter. « Tu n'as rien de mieux à faire, et ça ne prend que deux secondes. » Sa réticence à simplement envoyer un texto me tapait sur les nerfs.

« Kay, » finit-il, affalé d'agacement. Le GPS a sonné via le Bluetooth dans la voiture et m'a dit où descendre pour Essex, Massachusetts, et j'ai allumé mon signal lumineux. J'étais tellement contente d'en avoir fini avec cette excursion en voiture.

« Elle n'a pas répondu », a carillonné Raidan alors que nous commencions à nous garer dans l'allée de notre grand-mère. Elle vivait dans un lotissement boisé, et oui, elle avait techniquement des voisins, mais vous ne pouviez pas les voir de sa maison. Le temps qu'il ait fallu du début à la fin de son allée était littéralement de cinq minutes en voiture.

J'ai regardé à travers mes fenêtres et j'ai senti un frisson étrange me parcourir le dos, se nicher au bout de mon cou. Les bois, en général, me faisaient flipper. Les bois la nuit étaient un tout autre genre de chair de poule. J'ai baissé la musique pour me concentrer correctement sur la conduite sur la route sinueuse.

« Ouff. C'est devenu effrayant, » Raidan blêmit, levant finalement les yeux de son téléphone. « Est-ce que ça a toujours ressemblé à ça? » se demanda-t-il à haute voix. Le frisson le long de mon cou se répandit rapidement sur mes épaules et descendit jusqu'à mes bras. J'ai frissonné.

« Les portes sont-elles barrées? » demandai-je, sentant la piqûre de la panique me pincer la peau.

« Oui, nous conduisons. Ils sont toujours barrés lorsque nous conduisons », a-t-il déclaré. « Pourquoi? » Sa voix a commencé à correspondre à mon niveau de panique.

« Je jure sur les Dieux que j'ai vu quelque chose bouger là-haut, et nous devons le dépasser pour arriver chez Gram », ai-je répondu, l'esprit alerte.

« Qu'est-ce que c'est ce bordel? » Ses yeux s'écarquillèrent. « T'es-tu sérieuse? » J'ai seulement hoché la tête. J'ai poussé mes lunettes sur l'arête de mon nez et j'ai serré mes bras, agrippant le volant avec autant de courage que je pouvais en rassembler. La réalisation a sombré dans le froid.

« Je ne pense pas que c'était un animal, » dis-je en fixant mes yeux. La sueur a fait surface sur mon front.

« Tu es sérieuse? Calisse. Une personne se cache dans les bois? » demanda Raidan, se mettant rapidement en état d'alerte.

« Je pense que oui, » dis-je d'un air absent. « Gardez les yeux ouverts sur la route. J'ai mes phares allumés. Si tu vois quelque chose, dis quelque chose », j'ai exigé. Il hocha la tête et je laissai la lourdeur de mon pied s'appuyer plus fort sur la pédale d'accélérateur. C'était comme si la distance entre la maison et notre voiture augmentait de plus en plus. Était-il devenu plus sombre en quelques minutes?

« Putain de merde! » Raidan hurla à tue-tête.

Dans un coup de fouet, j'ai vu la silhouette sortir directement devant le véhicule. Mon premier réflexe a été d'appuyer sur l'accélérateur et de fermer les yeux. Je me suis empêché d'aggraver les choses et j'ai bloqué les freins à la place.

« Gram? » Mon cœur battait à un mile par minute. Ma grand-mère insensée se tenait juste devant la voiture, les cheveux fouettés au vent. Elle nous a fait un signe de la main avec désinvolture comme si elle n'était pas apparue de nulle part. Je pouvais sentir mon cœur battre dans ma gorge et je me suis souvenu de prendre une respiration. J'ai baissé ma vitre et lui ai crié.

« Je t'ai presque tué! Que fais-tu ici au milieu des bois la nuit? » criai-je. Elle a eu le culot de répondre avec le plus simple des haussements d'épaules. Raidan s'accrochait toujours au côté de la porte, se préparant.

« Ça va? » je lui demande, reprenant toujours mon souffle.

« Ouais, » il expira lentement. « Je reviens juste de l'idée d'avoir un accident de voiture - encore une fois, » dit-il, enlevant lentement ses mains de la porte.

« Tu vas me proposer de me raccompagner? »

« Ah! » J'ai crié.

« Oh, c'est assez, maintenant. Ce n'était pas si terrible », a déclaré Gram, sa tête passant par ma fenêtre. Je n'avais pas remarqué qu'elle se faufilait sur le côté du véhicule.

« Jésus-Christ, Gram. As-tu fini de me foutre la trouille? » ai-je demandé, déverrouillant maintenant la porte pour qu'elle puisse entrer à l'arrière. Elle est montée comme si de rien n'était de mal et m'a simplement souri dans mon rétroviseur.

« Ma chérie, je n'aurai jamais fini de te faire peur », me répon-dit-elle gentiment.

15

LES GRIMSBANES

Le reste du trajet à travers les bois de Grimsbane était à la fois énervant et invitant. J'avais l'impression que mon sang chantait, mais le chant était effrayant et rapide. Les bois de Grimsbane ont été nommés après ma famille parce que mes ancêtres avaient vécu sur la propriété pendant de nombreux siècles. Grimsbane est le nom de famille de ma grand-mère, et nous avons tous gardé ce nom, en mettant un trait d'union si une Grimsbane s'est mariée. Mon grand-père a même changé son nom quand il a épousé Gram, ça qui lui est rendu Joseph Grimsbane-Cormier. Il était fier de son héritage acadien et fier de Gram et de tout ce qu'elle était. Il m'avait appris qu'il y avait tellement de significations dans un nom et que je devais toujours veiller à l'honorer. Je suis fier du nom Shivalri Acadia Grimsbane-Gray. Cela me fait me sentir entière et conforté.

La forêt, cependant, ne m'a pas apporté de réconfort. Ça m'a toujours fait flipper. Je savais que les monstres et les créatures de la nuit n'étaient qu'un amas de folklore, mais mon esprit sautait toujours sur les bêtes hideuses et les fantômes qui rôdaient, invisibles mais ressentis à travers les frissons envoyés sur tout mon corps. Je ne crois pas aux monstres. Néanmoins, je crois aux fantômes.

La maison de Gram et Pépère serait ce que la plupart appellent un manoir. Il y a trois étages et un grenier au-dessus du sol, et bien sûr, le sous-sol. Ils ont un garage pour deux voitures attenant à la maison, et la maison d'hôtes se connecte au garage par l'arrière-cour. L'arrière-cour est l'endroit où ma grand-mère plante ses jardins et s'occupe de sa serre. Certains de mes souvenirs préférés sont d'arroser les cultures et de manger des haricots frais directe-ment de la tige, de la terre et tout. Je suis né ici et j'y ai vécu toute ma vie. C'est-à-dire jusqu'à ce que Maman ait reçu un transfert promotionnel dans un centre de réadaptation à Andrews et que nous avions quitter nos racines pour vivre en Caroline du Nord.

Ici, chez mes grands-parents, j'avais eu ma part d'affrontements avec des phénomènes d'un autre monde - beaucoup trop pour complètement exclure la possibilité d'esprits sur Terre. D'après ma grand-mère, j'avais l'habitude de discuter avec des esprits pendant la nuit. Mes parents disent que j'étais pleine d'imagination. Je dis que ça n'a aucun sens pour un petit enfant de jouer aux jeux de mains avec l'air au milieu de la nuit.

C'était plus que des choses dont je ne me souvenais pas, pour-tant. J'avais une excellente mémoire, une qui s'en rappelait de mes premières années. Je pouvais me souvenir de nombreux éléments des événements qui m'ont le plus marqué pendant mon enfance. Je me souvenais de la première fois où j'avais reçu un diagnostic de l'arthrite rhumatoïde juvénile. À seulement quatre ans, j'avais dû subir des tortures physiques pendant la thérapie alors que j'appre-nais à marcher à nouveau, forçant mes genoux à bouger d'une manière qu'ils refusaient de faire. Je me souviens d'avoir eu la vari-celle à cinq ans et la première fois que j'ai été piqué par une abeille à la cheville quand j'avais six ans. Ma mère avait mis des vêtements sur la corde à linge et moi, pieds nus, j'avais marché parmi des dizaines d'abeilles, brisant leurs fleurs avec mes petits pieds monstrueux.

Bien sûr, il y avait aussi de bons souvenirs. Ceux de jouer avec ma cousine à attraper des fées imaginaires dans le jardin. Celles de jouer à des jeux Super Mario avec mon petit frère. J'ai particulièrement aimée de raconter des histoires avec ma grand-mère, jouer à la chasse alors qu'elle prétendait être le grand méchant loup.

Je me suis aussi rappelée quand j'ai vu une paire de yeux me fixer à travers les rideaux de ma fenêtre, ma cousine en étant également témoin. Je me souviens d'objets, tels que des crayons et mes lunettes, se déplaçant soudainement d'un endroit à l'autre. Je me souviens d'avoir ma porte complètement fermée et d'avoir vu la poignée de porte s'ouvrir, sans qu'aucune main ne soit attachée à ladite porte. J'avais douze ans. Je savais que je n'avais pas imaginé ces choses.

Il semblait que plus je vieillissais, plus je devenais capable de sentir la présence de quelqu'un – ou plutôt, de quelque chose – dans presque tous les endroits où j'entrais. En Caroline du Nord, la bibliothèque et l'auditorium de l'école semblaient avoir la présence la plus lourde. Ces bois, les bois des Grimsbanes, étaient constitués du silence le plus bruyant que j'aie jamais connu. Je ne pouvais le décrire que comme un bourdonnement interne destiné uniquement à être ressenti par moi. J'ai senti le vent appeler mon nom à la minute où nous nous sommes arrêtés devant la maison. *Chez nous.*

Le porche du manoir était composé de vignes et de bois teinté de noir. Il y avait des citrouilles placées le long de chaque extrémité, éclairant le chemin de ronde et l'entrée de la maison. La lueur était iridescente, projetant des ombres orange fumées sur le sol et le bâtiment. Une lumière vive s'enroulait autour de la peau nervurée des calebasses, permettant à mes yeux de distinguer les vapeurs qui s'écoulaient doucement. J'ai regardé et savouré la vue alors que la vapeur se répandait dans le ciel nocturne.

Nous avons sorti nos sacs de la voiture et nous sommes dirigés vers la maison. J'ai inhalé le parfum du crépuscule et savouré la scène qui avait tant manqué à mon cœur.

« Vous avez sorti plusieurs citrouilles », a déclaré Raidan en désignant le passage.

« Je le fais toujours à cette période de l'année. Vous ne pouvez jamais avoir trop de protection », a-t-elle dit, d'un ton neutre. « Il vaut mieux éloigner le mal quand il est le plus susceptible de frapper. C'est, après tout, presque la veille de la Toussaint. »

« Rationnelle, Gram, » je me suis joint à leur conversation. Elle était très superstitieuse, mais nous y étions habitués. Nous avions été élevés avec des croyances plutôt différentes, de celles qui hanteraient n'importe quelle âme.

16

ACCUEIL CHALEUREUX

J'avais oublié ce que c'était d'être ici la nuit. La maison était vivante, avec des bougies allumées partout. La seule partie de la maison éclairée par des lampes était le salon. Il y avait des lampes de table et des lampes de lecture à côté du sofa et des chaises de chaque côté de la cheminée massive.

« Wow... J'avais oublié à quel point tu as gardé cet endroit sombre, » marmonnai-je, prenant tout cela en compte.

« Pas besoin de choses fantaisistes dans la vie. Nous sommes bien comme nous sommes ici », a-t-elle dit en accrochant son manteau. J'ai secoué mes chaussures et ajusté mes lunettes jusqu'à l'arête de mon nez. Les lentilles portaient un film de brouillard.

« Où est Satyra? » ai-je demandé, impatiente de voir ma cousine. Avec nos vies chargées en été, nous n'avons pu nous voir qu'une seule fois. Elle avait invité quelques-uns de ses amis et moi pour sa dix-neuvième fête d'anniversaire sur le thème des sorciers. Je n'avais jamais participé à un événement d'anniversaire à thème avant, mais laissez-moi vous dire que j'étais contente d'avoir pris un week-end pour être là. La maison de ma grand-mère et la décoration de ma cousine ont créé la configuration la plus onirique que j'aie jamais connue. Avec son amour pour la magie et mon amour pour les livres fantastiques, nous nous sommes éclatées à faire semblant d'être des sorciers, portant de longues barbes grises tout en chantant au karaoké et en dansant avec ses amis.

« Elle est là », a répondu Gram alors que j'entendais des pas descendre les escaliers.

« Saty! » Je rayonnais, courant à sa rencontre.

« Oh, les Dieux! Qu'est-ce que vous faites ici? » demanda-t-elle en courant en bas des escaliers. Ses cheveux montaient et descendaient, faisant onduler ses mèches rouge brillant. L'imprimé floral de sa robe coulait après elle à chaque pas.

« Un road trip improvisé », ai-je appelée, la rencontrant maintenant au bas de l'escalier. Joyeusement, elle m'a serrée dans ses bras et a ri. Nous avions presque un demi-pied de différence de hauteur, ce qui m'obligeait à me pencher un peu pour la rencontrer à mi-chemin.

« Vous n'avez jamais été du genre à l'aventure dans la nuit. Comment es-tu arrivé ici? Est-ce que ton père vient? » demanda-t-elle en regardant derrière moi.

« À propos de ça... »

« Il n'est pas là », a déclaré Gram. Je rougies, essayant de trouver une excuse pour son absence.

« Il n'est pas là et il ne vient pas », cracha Raidan. « Il ne s'est probablement toujours pas réveillé après avoir bu toute la nuit », a ajouté Raidan avec une moquerie, jetant son sac par terre. J'avais besoin d'intervenir. Personne n'avait besoin de connaître les affaires de Papa quand il était au plus bas.

« A bu toute la nuit? » questionna Satyra, bouche bée.

« Eh, là, là. Nous n'insultons pas les blessés pendant qu'ils sont à terre », a déclaré Gram, la tête haute, le visage sage au-delà de son âge. Reconnaissante pour son interruption, je lui lançai un regard significatif. Elle inclina légèrement la tête, reconnaissant mes remerciements. J'ai interdit Satyra en train de regarder mon frère avec de grands yeux et je savais qu'elle n'abandonnerait pas complètement le sujet. Elle allait surement le remonter quand notre grand-mère quitterait la salle.

Je me suis toujours sentie extrêmement mal à l'aise face aux dilemmes familiaux et à tout ce qui est personnel. Je n'aimais pas parler de mes sentiments et je n'avais jamais appréciée d'être embarrassée. J'avais honte de la mauvaise conduite de mon père. Même si cela ne devrait pas, ses actions ont affecté la façon dont je me percevais.

« Je suis tellement désolée pour tante Éden, » dit doucement Satyra. Mes yeux ont commencé à pleurer et j'ai raidi mes épaules. Je ne voulais pas encore entrer là-dedans. C'était encore frais et mon esprit n'était pas prêt à s'y plonger après un si long trajet.

« Merci », répondis-je en détournant le regard.

« J'aurais aimée pouvoir être là pour vous aux funérailles, mais je n'ai pas pu m'absenter du travail », elle nous a expliqué.

« Ils ne te laissaient pas prendre un congé? » demanda Raidan. « Pour les funérailles de ta tante? »

« Non, ils ne le feraient pas. J'ai essayé d'expliquer qu'il se faisait pour un membre de la famille proche, mais il n'y avait aucun moyen de convaincre mon patron », souffla-t-elle avec mécontentement. « Nous manquons de travaillants pendant la haute saison, et je ne pouvais pas me permettre de perdre mon emploi. » Elle regarda ses pieds. « J'ai essayé de vous appeler, vous savez. » Elle releva la tête, anxieuse.

« Je n'ai reçu aucun appel manqué », a déclaré Raidan. Sa réponse fut courte, faisant rétrécir Satyra sous son ton.

« Je jure que je l'ai fait! Presque tous les matins, juste avant mon quart de travail sur les quais, j'appelais du travail. C'est la seule fois où j'ai un signal. » Elle se défendait maintenant, essayant de nous convaincre de ses efforts. Je connaissais bien ma cousine. Si elle dit qu'elle a essayé d'appeler, elle l'a fait.

« Vous avez dû avoir un mauvais signal là-bas aussi, parce que je n'ai reçu aucun appel. » Raidan haussa les épaules, me regardant maintenant.

« En fait, Rai, j'ai reçu quelques appels manqués. Il a été marqué comme un appelant inconnu. Je n'ai jamais pensé à rappeler », je lui ai expliqué.

« Nouveau cell », a déclaré Satyra en haussant les épaules.

« Oh, c'est logique », ai-je réalisé.

« C'est pour ça tu n'as pas reçu mes messages plus tôt! » s'exclama Raidan, la frustration apparente.

« Ça, et il n'y a pratiquement aucun signal ici. » Elle fit un geste vers la maison. Toutefois, je n'ai reçu aucun message. »

« Merci d'avoir appelé, » dis-je à Satyra et je la serrai de nouveau dans mes bras. « Même si je n'ai pas reçu l'appel, ça fait du bien à savoir que tu as essayé. »

« Bien sûr, je l'ai fait, Shivalri. » Elle soupira. « Je serai toujours là pour vous. Même si j'habite loin. »

« Nous aussi », j'ai égalé sa promesse.

« Toujours, » dit Raidan, et il posa une main sur l'épaule de Satyra.

« Oh, allez, Cuz. Donne-moi une colle! » s'exclama-t-elle en riant dans une étreinte. Je secouai la tête, appréciant le tourment de mon frère alors que ma cousine le serrait à moitié à mort. Elle n'avait pas changé d'un poil.

« Thé? » Gram interrompu. J'ai senti une douleur dans mes côtés. Je savais précisément à quoi pouvait mener le thé dans cette maison. J'ai regardé ma grand-mère, qui avait déjà commencé à se diriger vers la cuisine, et la panique est montée dans ma gorge, se reposant dans la grotte de ma bouche. Je ne m'attendais pas à entrer dans la lourdeur si tôt dans notre visite, mais cela avait été une grande partie de la raison pour laquelle j'avais voulu venir ici.

« D'accord, » je murmurai de manière inaudible. J'ai senti le bruit sourd de mon cœur frapper le toit de ma bouche. Nerveusement, j'ai attrapé mon sac à main et l'ai accroché avec les manteaux, laissant mon téléphone zippé à l'intérieur. Papa ne nous avait pas encore appelés. S'il essayait d'appeler maintenant, il pourrait attendre. Je supposai qu'il méritait un moment de panique. La culpabilité et la rancœur se battaient dans mon cerveau à cette pensée. J'étais constamment dans une querelle interne avec toutes mes pensées et mes émotions.

D'un côté, je me sentais mal pour mon père. Je pouvais sympathiser avec lui à un niveau que je souhaitais ne pas pouvoir atteindre. D'un autre côté, j'étais en colère contre lui et j'avais honte de son comportement. Je voulais à la fois le serrer dans mes bras et le réprimander à la fois.

« Tu viens, Shivi? » cria Satyra de la cuisine.

« Ouais », ai-je répondu. Je déglutis et pris un moment pour moi.

Une lecture de feuille de thé de Gram pourrait signifier tant de choses. J'avais généralement cédé, sans aucun doute, à ses lectures, désireuse de découvrir ce que ma bouée de sauvetage contenait. Cependant, cette fois, j'avais peur d'entendre quoi que ce soit sur le monde des esprits, avec le décès de Maman. Je craignais d'avoir un message qui pourrait confirmer mes horribles suppositions les plus profondes, les pensées qui ont consumé mes rêves - que l'accident de voiture était ma faute. Pourtant, n'importe quoi qu'il arrive, je savais que je ne sortirais pas de cette lecture. Même si j'avais des appréhensions, c'était en partie la raison pour laquelle je suis venu ici en premier lieu. J'avais besoin de conseils. C'était la meilleure façon pour Gram d'en donner.

La cuisine était bien éclairée avec des candélabres sur les comptoirs et la table à manger principale. Gram avait mis quatre chaises en place et quatre tasses sur la table. J'avais fini par m'attendre à la répartition habituelle de Gram de douze chaises et emplacements alignés sur la longue table. Les quatre places déjà constituées m'ont pris au dépourvu.

« Comment as-tu su que nous venions? » demandai-je, confus. « Saty, tu as dit que tu n'avais pas reçu les messages de Rai, n'est-ce pas? » Je l'ai regardée. Elle secoua la tête et sortit son téléphone, ses yeux noisette se levant pour rencontrer mon regard qui l'attendait.

« Pas de bars ici ces jours-ci », répondit-elle en haussant les épaules. Raidan, assise à côté d'elle, a pris son téléphone et examina l'écran.

« Pas de barres du tout? » gémit-il. « Comment vivez-vous ici? »
Il a ensuite sorti son téléphone pour vérifier s'il avait également
perdu le service. Il grommela, sa déception était évidente. « Les
miens sont partis aussi. » Il poussa un soupir et remit son téléphone
dans les poches de son jean. Ma grand-mère riait à haute voix,
chassant sa misère d'un geste de la main.

« J'avais une idée que j'attendrais des visiteurs cette veille », a-t-
elle dit, nous tirant de nos plaintes. « J'étais enchantée de découvrir
que c'était mes deux chers petits-enfants, même si je dois dire que
j'ai été surpris. »

« Merci pour l'accueil chaleureux. » J'ai ri. « Tu nous as presque
donné une crise cardiaque là-bas. »

« Qu'est-il arrivé? » Ma cousine sourit, attendant une histoire.

« Je les ai simplement rencontrés à l'extérieur. » Gram haussa les
épaules en signe d'innocence. « Rien d'extraordinaire. »

« Tu es sortie des bois, et on t'a presque renversé, » se ricana
Raidan en secouant la tête.

« Oh, seigneurs! » s'exclama Satyra, le rire emplissant sa voix.
« Gram! »

« Si dramatique. » Gram ridiculisa.

« Eh bien, nous sommes ici et nous sommes tous vivants. Non
pas que tu aies aidé avec ça, Gram. » Je lui ai lancé un regard sévère.
« Comment avez-vous su que quelqu'un venait? »

« Juste une intuition. » Elle regarda par la fenêtre. « Bien que je
n'aurais jamais deviné que c'était vous deux. Il semble que la rébel-
lion ait déteint sur vous après tout. » Elle a fait un clin d'œil. La
bouilloire sur la cuisinière a sifflé à haute voix et j'ai sursauté sur
mon siège au son.

« Je pense que c'est toi qui t'es révolté, Gram. Pourrais-tu nous
expliquer comment tu as réussi à garder la voiture de Pépère dans
notre cabanon? » J'ai pointé. « Notre petite excursion en voiture
semble douce comparée au fait que vous gardiez une voiture
entière chez nous sans que personne ne le sache. Tu te rendrais
compte si Maman avait vu... Mam aurait été si... » Je me suis arrêté.

« Ne vous préoccupez pas de la voiture. » Elle s'est retournée et m'a tapoté la tête comme un chien. « Vous êtes arrivés ici en toute sécurité, et j'en suis heureuse. C'est un assez long trajet pour mes deux jeunes, » dit-elle en apportant l'eau bouillante sur la table. En silence, nous trois petits-enfants l'a regardée verser l'eau fumante dans nos tasses de thé. La pièce s'est illuminée lorsque notre grand-mère a pris place.

« Vous connaissez l'exercice », a-t-elle dit. « Il ne vous brûlera pas, car il est fait avec amour. » Elle posa une main sur son cœur et ferma brièvement les yeux. Nous savions que c'était le moment pour elle de dire une petite prière. « Lumière, pureté, puissance et protection. *Cognitionis. Vita. Spiritus. Vide quod tibi necessarium.* » Gram a tendu les mains et nous nous sommes tous rejoints, joignant l'espace entre nous. Nous avons tous pris une profonde inspiration et fermé les yeux. Ici, Gram nous a appris qu'il ne faut penser qu'à la lumière et au bien. Nous avons gardé notre calme et permis à nos esprits de se taire.

« *Vide quod tibi necessarium* », avons-nous scandé. « Voyez ce dont vous avez besoin. » Un coup de foudre inattendu a parcouru le bout de mes doigts, suscitant un cri à la fois de Gram et de moi.

« *Fulgur...* » murmura-t-elle et prit une minute pour se ressaisir. « Shivalri, tu m'as choqué. » Elle retira sa main de la mienne, frottant sa paume.

« C'était un coup dur. » J'expirai en serrant ma main. Je regardai mes doigts et les secouai nerveusement. Une autre secousse m'a surpris et a brûlé la bague de ma mère. Je haletai, me sentant frénétique. Ma grand-mère porta rapidement sa main à sa bouche. Elle me regarda avec des yeux énormes et stupéfaits.

« Peut-il être? » grommela Gram pour elle-même. « Montre-moi ta main », insista-t-elle. « Es-tu blessée? » demanda-t-elle en attrapant à nouveau ma main. Elle l'a tenue fermement et ma bouche s'est laissé tomber. Je l'ai senti à nouveau, cette impulsion électrique, seulement maintenant c'était plus fort.

« Gram, c'est de la statique! » dis-je en m'adossant à ma chaise. « Laisse le tranquille, et ça s'arrangera. » Je lui ai retiré ma main et elle a secoué la tête avec étonnement.

« J'ai vu une lueur! » Satyra rayonna, relâchant la main de Raidan pour atteindre la mienne. Je l'ai retiré de la table.

« Non, Satyra! Ça fait mal. » Je gémis en massant mes paumes.

« Je l'ai entendu, Shivalri », a déclaré Raidan, me regardant maintenant, s'inquiétant de sa lèvre. Il secoua la tête, perplexe. « J'ai entendu un zappe. » Je l'ai regardé, puis Satyra, puis de nouveau Gram.

« Ce n'est rien », je leurs ai insisté. C'était évidemment juste une charge statique, seulement ça faisait bien plus mal que je n'avais jamais ressenti auparavant. C'était comme un crépitement de feu se propageant à travers ma peau. Je regardai maintenant mon frère, qui était trop pâle. Les yeux de Raidan étaient grands ouverts. « Quoi? »

« Je ne sais pas comment ni pourquoi, mais quelque chose à ce son ressemble à du déjà-vu. » Il secoua la tête avec confusion. « Je ne pense pas que c'était la première fois que j'entendais quelque chose comme ça », a-t-il dit, regardant maintenant vers ses genoux. Je l'ai regardé, effrayé et complètement confus. Il n'avait jamais eu l'air aussi inquiétant.

« Qu'est-ce qui ne va pas, Rai? » ai-je demandé en attrapant sa main, mais j'ai hésité à l'idée de la morsure précédente.

« Le son de ce statique, » marmonna-t-il. « C'est comme une sonnerie que j'ai entendue dans un rêve ou quelque chose comme ça. Je jure que je l'ai déjà entendu quelque part. »

« Vous l'avez entendu le jour où nous l'avons tous entendu, chère », a affirmé Gram. « Seulement, bien sûr, c'était beaucoup plus fort. Pour ma part, je l'ai ressenti dans mes os. » Elle s'est reprise avec force ma main dans la sienne.

« Je sais exactement de quoi vous parlez », a déclaré Satyra, nerveuse sur son siège.

« Qu'est-ce que c'est? » J'ai demandé.

« Je ne sais pas ce que c'est, mais je l'ai entendu aussi », se précipita-t-elle. « Je pensais que je perdais la tête. Je pensais que je l'avais causé. » Elle tremblait visiblement. Inspirant brusquement, elle se redressa, ses côtes saillantes, affichant la respiration profonde qu'elle retenait. Elle avait l'air de mourir d'envie de révéler un secret. Elle vacillait sur le bord de son siège, le souffle toujours en cage.

« Satyra? » ai-je demandé. Mes doigts tremblaient. Ma famille n'avait jamais agi de la sorte lors d'une lecture de feuilles de thé. C'était bizarre de les voir tous nerveux à cause d'un peu d'électricité statique.

« Qu'y a-t-il, ma douce? » Gram la regarda. Le souffle de Saty se relâcha en un grand souffle alors qu'elle s'accrochait au rebord de la table.

« Je vois des choses, » souffla-t-elle et leva les mains en l'air comme si c'était une explication.

« Nous aussi, » dis-je lentement en nous désignant tous les quatre.

« Non, tu ne comprends pas, » souffla-t-elle d'agacement. « Je fais parfois des rêves où je vois un homme, et il me montre des choses qui vont se passer, et puis elles se produisent. »

« Désolé... Quoi? » Je regardai. Avait-elle perdu la tête?

« C'est vrai! » s'exclama-t-elle. Elle regarda autour de la table et pencha sa tête de cuivre en avant avec emphase. « Je sais que j'ai l'air ridicule. Fais-moi confiance. Je pensais que j'étais irrationnel. Je pensais que j'étais seule, mais je sais que je ne le suis pas. »

« Qu'est-ce que tu racontes? » Elle a ignoré ma question et s'est plutôt tournée vers notre grand-mère. Était-ce une sorte de jeu pour elle? Qu'essayait-elle de déchiffrer, et qu'est-ce que cela avait à faire avec ma réaction statique?

« Gram, je sais que tu nous caches des choses, mais j'ai l'impression que ce serait un très bon moment pour avouer. » Elle la pressa du regard. C'était absurde. J'ai vu ma grand-mère devenir mal à l'aise sous sa surveillance.

« Ma douce... », commença-t-elle, mais Satyra secoua la tête, exaspérée.

« Le jour où tante Éden et Raidan ont eu un accident de voiture, j'étais dehors dans la serre et j'ai entendu un zappe fort, comme un coup de tonnerre. » Je tressaillis à sa mention de ma mère et de l'accident.

« Qu'est-ce que tu veux dire, un zappe? » J'ai interrogé.

« Je ne sais pas comment le décrire, à part que c'était quelque chose comme une version beaucoup plus forte de votre zappe. » Elle s'arrêta pour me regarder. « Ça sonnait pareil. Je ne comprends pas le réglage comme toi, Shiv, mais ce que j'essaie de dire, c'est que ça sonnait le même, seulement plus fort. Comme, la même note. »

« D'accord, continuez, » suggérai-je. Elle prit une autre inspiration, puis commença à cracher des mots.

« Immédiatement après avoir entendu le zappe, j'ai pratiquement sauté hors de ma peau et je suis tombé sur le cul. Il m'a fallu une minute pour réaliser que je m'étais coupé avec une paire de ciseaux de jardinage, alors j'ai couru dehors pour demander de l'aide à Gram. » Elle prend une autre inspiration, essayant de se ressaisir. « Ça faisait si mal; Je pleurais! Mes yeux étaient flous, mais je vous jure que lorsque j'ai ouvert la porte pour entrer dans le jardin, le ciel se fendait juste devant mes yeux. »

« Quoi? » Mon estomac se noua à ses mots.

« Je pensais que le monde se terminait, Shiv. » Les ténèbres ont incliné son visage. « C'était tellement, tellement rouge. Je sais qu'en ce moment c'est rougeâtre, mais je parle comme le rouge que vous imaginez que l'Enfer pourrait être. C'est alors que j'ai couru dans la maison pour trouver Gram », elle a expliqué. « Elle ne savait pas que j'étais à la maison puisque j'étais censé de travailler au port. » Je pouvais voir le visage de Gram se remplir d'inquiétude, ses sourcils se fronçant. Elle a gardé son regard sur ma cousine.

« Satyra », a commencé ma grand-mère, mais ses paroles se sont tues lorsque ma cousine a insisté.

« Gram était au sous-sol et je l'ai appelée, mais elle ne m'a pas entendu. » Elle leva les yeux vers Gram, redressant les épaules et prenant une inspiration. « Je sais que nous ne sommes pas censés aller au sous-sol, mais vous l'aviez laissé déverrouiller, alors je suis descendu pour vous trouver. Je t'ai entendu crier en vieille langue du haut des marches. J'ai pensé que quelque chose n'allait pas. Tu ne cries jamais. » Elle pointa, le visage rouge.

« Satyra », dit Gram avec plus d'impudence à présent. Ma cousine la coupa d'un coup d'œil.

« Quand je suis arrivée au bas des escaliers, tout ce que j'ai jamais connu a cessé d'exister alors que je te regardais planer sur place. » Elle frissonna visiblement.

« Ah, bien, voyons, Saty." J'ai roulé mes yeux, regardant ma grand-mère pour une sorte d'explication. Ma cousine aimait raconter ses parts d'histoires, mais c'était complètement absurde. « C'en est assez. »

« Regarde-moi », ordonna-t-elle. Je la regardais avec consternation. « Est-ce que j'ai l'air d'être d'humeur à plaisanter en ce moment? » Je reniflai de manière invraisemblable. Ça devenait incontrôlable.

« Tu ne peux pas t'attendre à ce que je croie ceci, Cuz, » me moquai-je. « Je suis contente de vous accorder le bénéfice du doute dans presque tous les cas. Ceci, » j'ai tenu bon, « n'est pas drôle. »

« Je ne mens pas, Shivalri. Gram était littéralement dans les airs en train de faire une séance ou quelques sortes de merde! » Elle claqua ses mains sur la table. « Je vois les choses avant qu'elles n'arrivent; Gram flotte dans les airs et démarche Dieux sait quoi. » Elle désigna notre grand-mère. « Dis-leur, Gram. Nous sommes des sorcières, n'est-ce pas? » aboya-t-elle, laissant maintenant toute l'attention sur notre grand-mère.

« Tabarnak, Satyra. Tu es bien rendu ridicule. » Raidan étouffa un rire. J'étais sur le point de faire la même chose lorsque l'expression d'appréhension sur le visage de ma grand-mère s'est soudainement renforcée. Quelque chose dans le sérieux de Saty et de Gram me disait qu'il y avait peut-être une part de vérité dans son effusion. Ma cousine s'était peut-être blessée avec les ciseaux. Elle avait peut-être vu le ciel rouge et couru vers Gram, et là, elle s'est hypothétiquement blessée même plus. Un traumatisme crânien peut entraîner des délires. Quand je les ai regardés tous les deux maintenant, j'ai vu que ce n'était pas une question de rire. Bien que ma cousine fût irrationnelle, j'attendis d'entendre une explication à ce sursaut d'absurdité.

Gram n'a pas dit un mot. Prenant sa tasse de thé dans ses deux mains, nous l'avons regardée en silence alors qu'elle commençait à boire, avalant jusqu'à la dernière goutte. Elle expira et de la vapeur passa sur ses lèvres. Elle regarda dans sa tasse, examinant les feuilles de thé qui restaient au fond.

"Pythonissam haereditatem."

17

RÉVEIL

« C'est votre droit de naissance de connaître la vérité absolue. *Pythonissam haereditatem* - votre héritage de sorcière », a déclaré Gram, l'air vieilli et usé. Je ne pouvais pas penser raisonnablement. Je ne pouvais même pas parler. Je l'ai simplement regardée, me sentant confuse et insensée. « Nous sommes les Grimsbanes, filles d'enchantés; filles de la Terre. Nous sommes nées du feu de l'Enfer, des eaux saines, de l'air impeccable, de la terre sans fond et, mieux encore, de l'esprit de l'esprit avant nous. » J'ai eu le vertige à ses paroles.

« Tu dois nous moquer », a déclaré Raidan en croisant les bras avec incrédulité. « C'est ridicule. »

« Mon petit-fils, t'ai-je déjà menti? »

« Ça doit, » cracha-t-il. « Vous avez craqué tous les deux si vous pensez que je croirais tout ça pendant une seconde. »

« Vous n'avez pas répondu à ma question », a déclaré Gram.

« Eh bien, Gram, tu nous as tous menti si même un grain de tes histoires sont vraies. Soit que vous nous mentez maintenant, ou soit que vous nous avez menti toute notre vie. Lequel est-ce? » stipula-t-il, resserrant sa position croisée.

« Pensez-vous que je mens maintenant? » elle a demandé. Je ne pouvais pas m'en empêcher. Quelque chose en moi me poussait à répondre, et d'une manière ou d'une autre, je savais que c'était vrai.

« Non, » je murmurai, l'émerveillement secouant ma poitrine. Gram hocha la tête.

« Sérieusement? » Raidan s'étouffa. « Des sorcières? Vous ne croyez pas vraiment à la magie. »

« Oui », a sauté Satyra. Son visage s'est illuminé d'admiration. Il était clair qu'elle avait espérée cela.

« Comment... Comment est-ce possible? » balbutiai-je. « Comment ça pourrait-il être vrai de nous, et je ne le savais pas tous ce temps? »

« Ce n'est pas simple, mais c'est un fait. On nous apprend que nos dons ne nous parviennent qu'une fois que nous avons atteint l'âge adulte. Quand nous sommes adultes, nous sommes plus prudents avec l'utilisation de la magie. Naturellement, notre pouvoir ne nous vient pas jusqu'à temps que nous sommes prêts à l'utiliser à bon escient », a-t-elle expliqué. « Vous ne le saviez pas parce que votre magie était en sommeil jusqu'à présent. » Raidan se moqua des mots de Gram, roulant ses yeux en signe de protestation.

« Si tu veux que je croie en cette merde, il va falloir me le prouver, » souffla-t-il et haussa un sourcil. Gram haussa les sourcils et sourit. « Puis? Qu'est-ce que tu attends? »

« Que voudrais-tu que je fasse, Raidan? » interrogea-t-elle. « Éteignez le feu des bougies? » Elle fit tournoyer sa main dans un mouvement circulaire, la moindre brise se levant autour de nous. Je n'ai pas pu empêcher ma bouche de s'ouvrir en regardant ma grand-mère éliminer la lumière des bougies devant nous. La pièce était plus sombre maintenant, mais je distinguais encore la fumée qui montait au plafond. Les yeux de Raidan s'agrandirent d'étonnement. Satyra souriait d'une oreille à l'autre.

« Fais-en plus, Gram », s'exclama-t-elle. Gram se contenta de hocher la tête et de tendre la main vers la cheminée.

Une minuscule étincelle, aussi petite qu'une graine de riz, s'est échappée du feu crépitant et s'est envolée au-dessus de nos têtes.

Nous l'avons regardé danser, s'abaisser lentement vers les bougies qui fumaient encore autour de nous. L'étincelle alluma les mèches en un instant, et la lumière de la bougie brilla une fois de plus. C'était incroyable. C'était terrifiant et étonnant. « Pourquoi ne nous l'as-tu pas dit avant? » J'ai secoué ma tête. Mon cœur a étrangement compris, mais mon esprit n'a toujours pas pleinement reconnu que tout cette magie était vraie.

« C'est la tâche de la mère de le dire à sa fille. Ma mère me l'a dit quand j'ai atteint l'âge de dix-huit ans. Elle a remarqué un comportement inhabituel et s'est rendu compte que ma magie essayait de sortir. La première fois qu'elle se souvenait, c'était d'être entrée dans ma chambre, de me réveiller et de me demander de m'habiller et de me préparer pour la journée. Elle a fermé ma porte et je l'ai ouverte une fraction de seconde après être partie. J'étais entièrement habillé; mes cheveux étaient coiffés et j'étais prête pour ma journée. Pour moi, j'avais passé au moins trente minutes dans ma chambre. Ma mère jure que ça ne m'a pris qu'une seconde. Elle considérait la situation comme mon premier tissage de temps. J'étais capable de manipuler le temps, d'en faire tourner ma propre version, n'affectant que la phase dans laquelle je me trouvais. Ma mère savait que mon pouvoir faisait surface, alors elle m'a dit tout ce que je suppose que je vais maintenant vous dire. » Nous étions tous silencieux pendant un moment.

« C'est beaucoup trop, Gram », ai-je commencé.

« C'est trop peu », me fit-elle taire. « Tu ne sais rien du tout, citrouille. » Elle poussa ma tasse de thé vers moi. « Buvez », ordonna-t-elle, poussant maintenant les tasses de Raidan et de Satyra dans leurs mains. Avec hésitation, nous avons tous commencé à boire. C'était encore chaud, mais ça ne brûlait pas.

« Mes feuilles de thé me diront tout ce que j'ai besoin de savoir », nous a dit notre grand-mère d'un ton neutre. « Shivalri, je ne doute pas que vous ayez du pouvoir. Si ce que je crois est vrai, je ne me souviens pas avoir jamais rencontré quelqu'un avec le pouvoir que vous détenez. On dit qu'il est impossible de manipuler l'éclair. C'est l'un des pouvoirs qui n'a jamais été reproduit par

personnes. C'est seulement son véritable créateur qui peut le manipuler. » J'ai frissonné. Moi? Du pouvoir? Comment cela pourrait-il
être? Quelque chose en moi a poussé mon esprit à s'ouvrir à la
possibilité de la magie - une prémonition émouvante m'a envahi,
comme des veines dans la terre permettant à la vie de couler vers
des graines endormies. Bien que mon esprit se soit battu pour
défendre le réalisme, mon corps s'est épanoui, comme s'il s'éveillait
à l'évocation de la puissance.

« Et moi, Gram? » demanda Satyra. Elle n'avait pas l'air effrayée
du tout, et son frisson m'a perturbée. Je suppose qu'elle avait des
soupçons depuis un moment maintenant. Après avoir vu Gram au
sous-sol, elle a eu le temps de réfléchir. Moi, d'un autre côté, j'étais
abasourdi; mon frère encore plus.

« Donne-moi ta tasse, et je te dirai tout ce que je sais. Les esprits
nous guideront pour voir la vérité », a déclaré Gram.

« Tiens », dit Satyra en poussant la tasse dans les mains de
Gram. Elle laissa échapper un petit rire nerveux alors que nous
regardions notre grand-mère prendre une profonde inspiration et
fermer les yeux.

« *Vide quod tibi necessarium* », souffla-t-elle dans la tasse. Je
pouvais sentir le doux parfum de son thé vert et noir cultivé sur
place flotter dans l'air et se répandre dans mon nez. Une odeur
reconnaissable et une sensation familière me piquèrent le visage.

« Et? » Satyra poussa avec impatience. Gram est resté silencieux
pendant un moment, me regardant trembler sur mon siège.

« Il semble que je n'aie pas gardé les yeux aussi ouverts que je
le pensais. Satyra, tu as un don évident. » Elle regarda intensément la tasse. « Vous êtes une voyante. Avec l'affinité spirituelle,
vous avez la capacité naturelle de voir clairement et vous avez une
intuition incroyable. Tu as dit tout à l'heure que tu avais fait des
rêves bizarres... Je crois que ce ne sont pas des rêves mais, peut-
être, des visions. Je suis surpris de constater que vous utilisez cette
magie depuis un certain temps, ma douce. Je suis désolé de ne pas
l'avoir remarqué plus tôt. » Gram a ajusté sa posture, face à ma
cousine.

« Que veux-tu dire? » a demandé ma cousine. Moi aussi, j'étais confus.

« Vous avez un blocage », a expliqué Gram. « Vous avez construit un mur autour de votre esprit pour faire face à la perte de vos parents. Cela, je le sais depuis un certain temps maintenant. Seulement, je n'avais pas réalisé que vous utilisiez cette barricade pour empêcher ma magie d'entrer. Tu m'as empêché de voir que tes pouvoirs se manifestaient. »

« Je ne savais pas que je ne faisais rien! » protesta-t-elle.

« Non, bien sûr que non, ma chérie. C'est à cause de ta grand-mère insensée, » répondit-elle en baissant gravement la voix. « Je n'ai pas pensé que la perte de tes parents t'obligerait à grandir vite. Je ne me suis pas arrêté pour penser aux effets sur une jeune sorcière. J'aurais dû savoir; j'aurais dû chercher plus loin », a déclaré Gram solennellement en passant sa tasse de thé à Satyra pour lui montrer les feuilles. Elle pointa dedans, révélant une image. « Que vois-tu? »

« Je vois des gens, je pense. » Satyra examina la tasse de plus près.

« Ce sont tes parents. Par ici, dans le coin supérieur gauche, je vois ton cœur brisé en deux parties. Cela te représente , et la séparation de ta mère et ton père. Chaque pièce représente les personnes que vous aimez le plus et qui sont décédées. « Satyra s'est mise à pleurer et j'ai senti les larmes de sympathie monter dans mes propres yeux.

« Je ne me sens plus brisée, malgré ça... Ils nous ont quittés il y a longtemps. Ça fait des années... » Elle s'interrompit. Notre grand-mère hocha la tête.

« Cela ne signifie pas que vous êtes brisée; plutôt que toi et tes parents étiez séparés. Cette blessure ne partira jamais, et moi aussi, je compatisse toujours la perte de ma fille et de ton père », a-t-elle déclaré. « Maintenant, j'ai perdu toutes mes filles, et je porte aussi le cœur brisé dans mes feuilles de thé. » Elle poussa sa tasse vers le centre de la table, et Satyra la prit aussitôt.

« Nous sommes assortis », a-t-elle révélé en essuyant une larme.

« Mais Gram, ton cœur est brisé en quatre. » Notre grand-mère hocha la tête et a pris la tasse à Raidan et moi pour les lire.

« Il semble que nous soyons tous assortis », dit-elle solennellement. « Nous avons tous le symbole de *Familia dolor*. Nous sommes une famille de douleur. » À ce moment-là, nous avions tous essuyé nos larmes et étouffé nos sanglots dans nos manches. Gram se racla la gorge, attirant notre attention sur elle.

« Ils me manquent », soufflai-je.

« Moi aussi », a ajouté Satyra. Raidan toussa et renifla pour cacher ses larmes imminentes.

« Ils me manquent terriblement », nous a dit Gram. « Mes filles ne parcourent plus la Terre avec nous. Bien qu'ils préféreraient surement être ici pour vous tenir les mains, sachez qu'ils sont avec vous en esprit. »

« Ouais ... » marmonna Raidan et attrapa la main de Gram. Elle s'assit rapidement et offrit un sourire joyeux. Elle ne dit pas un mot, son visage devenant de plus en plus étrange de minute en minute.

« Euh, Gram? » ai-je exhorté. Raidan retira sa main, un malaise se faisant sentir. Les yeux de Gram étaient vides.

Quelle absurdité? » Satyra resta bouche bée en claquant des doigts devant les yeux de notre grand-mère. « Gram? Allô? » Le corps de Gram s'est soudainement effondré et son sourire est passé de large à décontracter. Elle regarda autour de la table.

« Qu'est ce qui s'est passé? Ai-je oublié quelque chose? » demanda-t-elle, l'air complètement hébété.

« Tu as agis bizarrement, » dit prudemment Raidan, clairement aussi confus que nous tous.

« C'est drôle... Je pensais juste à quel point mon cœur est plein maintenant. Vous voir tous les trois avec moi dans ma maison familiale. J'ai dû me laisser emporter dans mes pensées. » Elle avait toujours l'air confuse alors qu'elle se frottait la tempe.

« Est-ce que vous essayez de *nous* convaincre, ou *te* convaincre? » me suis-je demandé, me sentant instable.

« Laisse-moi voir ta tasse, Raidan », demanda-t-elle en faisant signe de ses mains. Il le lui rendit et se pencha par anticipation sur la table.

« Oh, wow... Oh, les Dieux! Éden, tu es un génie! » s'exclama-t-elle et embrassa la tasse de thé.

« Qu'est-ce que tu racontes? » Raidan a demandé, en remuant dans son manger.

« Oh, si tu savais », chanta-t-elle et embrassa à nouveau la tasse de thé avant de la reposer.

« Gram, recrache-le, » suppliai-je, l'impatience dure sur ma langue. Je ne supportais pas de ne pas savoir. Notamment maintenant. Elle regarda mon frère et offrit un sourire compatissant.

« Pendant l'accident de voiture, ta mère a utilisé le reste de ses forces pour te sauver. J'ai trouvé ça étrange que les rapports ont indiquer que votre côté du véhicule était plus endommagé, mais que ta mère n'a pas survécu... » Le visage de Raidan semblait traumatisé. Elle s'arrêta et se racla la gorge. « Tu ne te sentiras pas coupable de ça. Ta mère a fait un choix et t'a sauvé la vie de plein gré. Ce faisant, elle a utilisé le reste de l'énergie de sa vie et te l'a transférée. Vous voyez, votre mère était une *Medica*, une guérisseuse, et c'était son plus beau cadeau. » Je sanglotais à haute voix maintenant, et Raidan accompagnait mes cris de reniflements.

« Quoi? » demanda-t-il, la voix se brisant.

« Mam l'a sauvé? » demandai-je en pleurnichant d'incrédulité.

« C'est ce qu'elle a fait, et bien plus encore. » Elle attrapa la main de Raidan et la serra. « Je n'ai jamais rencontré de sorcier Grimsbane mâle. Mon petit-fils, mon sang... Tu es le premier sorcier mâle de l'ascendance Grimsbane. » Ses yeux exorbités, et mon cœur est tombé dans mon estomac à sa proclamation.

« Êtes-vous sérieuse? » demanda-t-il, essuyant ses larmes.

« Comment? » me suis-je demandé à haute voix. Ma mère a sauvé la vie de mon frère et, ce faisant, elle lui a donné ses pouvoirs. C'était incroyable, étonnant. Ma mère était magnifique, même dans ses derniers instants sur cette Terre.

« Lorsque votre mère a transféré l'énergie de sa vie, son amour pour toi était si fort qu'elle a transféré son pouvoir dans ton âme », a expliqué Gram en caressant soigneusement le dessus de ses mains. « Quand tu m'as pris la main, à quoi pensais-tu? » demanda-t-elle avec enthousiasme. Il renifla.

« Je voulais juste que tu te sentes mieux, » dit-il d'une voix grave.

« Et tu l'as fait. Tu m'envoyais des pensées heureuses pour guérir mon esprit. » La réalisation m'a frappé comme un camion. « Vous avez levé la douleur et l'avez remplacée par l'amour. »

« Oh, mes Dieux, Raidan! Tu te souviens quand tu as approché Pa sur le sofa? Tu l'as attrapé par les épaules, tu l'as secoué et il t'a écouté. Il a agi comme s'il était devenu sobre instantanément. » Il m'a regardé avec incrédulité. « Tu as dû guérir son esprit aussi! »

« J'aimerais pouvoir faire cela. Tu es incroyable, » chuchota Satyra.

« Pas seulement ça, ma chérie », a commencé notre grand-mère. Nous l'avons tous regardée. Comment pourrait-il y en avoir plus?

« Tu as extrêmement bien guéri après l'accident de voiture. Tu devrais avoir utilisé tes pouvoirs sans le savoir, et regardes-toi. Tu as à peine une marque de preuve, » dit-elle en croisant les mains sur la tasse.

« Je... » Il chercha, traçant la cicatrice discrètement soulevée au sommet de sa tête.

« C'est vrai, Raidan, » confirmai-je. « C'était comme si un jour tu étais attaché à des tubes qui te nourrissaient la vie, et le lendemain vous tu te plaignais de ton allocation TV. C'était tellement choquant, mais j'étais soulagé de te voir bien. Je n'y ai pas suffisamment réfléchi pour remettre en question la logique. » J'ai secoué la tête d'étonnement. « J'étais juste contente que tu ailles bien. »

« Mon petit-fils, un *Medicus*, » souffla Gram. « Ta mère serait si enchantée de savoir que tu es devenue un guérisseur comme elle. » Je pouvais sentir la fierté dans les paroles de Gram alors qu'elle les prononçait. Je l'ai ressenti aussi.

18

POTESTATES

Tout m'a frappé comme une vague dans la mer, m'attirant et m'avalant tout entier. Je ne pouvais pas respirer. La salle commença à tourner et les lumières s'éteignirent en un éclair. Les paroles de ma grand-mère et l'acceptation de cette nouvelle information étaient trop lourdes à supporter. Tout ce que je pouvais voir était rouge. Rouge comme le ciel sombre qui m'inquiétait. J'avais l'impression d'être à bout de souffle, mais il n'y en avait pas à revendre. Comment est-ce possible? C'était imaginaire. Les sorcières n'étaient pas réelles. La magie n'était pas réelle. Le sentiment de ne plus rien savoir me consumait.

Le coup le plus redoutable a piqué tout mon corps et le vent est revenu dans mes poumons comme un feu. Les lumières étaient faibles, mais elles étaient là. J'ai essayé de me concentrer sur mon environnement, mais tout était indistinct. J'ai vu de la poussière voleter devant mon visage et une envie de tousser me demandait de la force. J'ai essayé de m'éclaircir la gorge, mais ça m'a brûlé l'œsophage. J'ai essayé de crier, mais ma bouche était trop sèche. J'ai senti un autre coup sur ma poitrine, qui a libéré la toux que je retenais alors que ma vision commençait à s'éclaircir.

Les lumières étaient beaucoup plus brillantes maintenant et la pièce sentait la cendre. Je pouvais voir mon frère et Satyra agiter leurs mains devant moi. J'ai essayé de leur demander ce qui n'allait pas mais je me suis arrêté quand j'ai regardé mon corps pour voir que j'étais recouvert d'une couverture, allongé sur le sol. Que diable?

« Que ce passe-t-il? Pourquoi suis-je cocooné? » demandai-je en essayant de me l'enlever. Ma voix était dure et pleine de gravier. J'ai tiré le coin supérieur de la couverture vers le bas pour révéler une poitrine presque nue. Je pouvais voir des morceaux de ma brassière. « Euh, qu'est-ce qui se passes? » criai-je, montant la couverture dans mon cou.

« Arrêtez, tomber et roulez », a déclaré Raidan en fourrant ses mains dans ses poches.

« Quoi? »

« Tu étais en feu », s'émerveilla Satyra, le visage plein d'enthousiasme. Elle rit joyeusement, se cramponnant à sa poitrine. « Je ne peux pas croire ce que je viens de voir! » Elle sortit son téléphone et lança un flash, m'éblouissant les yeux.

« Satyra! » criai-je en fronçant mon visage.

« Je dois capturer ce moment », a-t-elle déclaré, satisfaite de la photo et replaçant son téléphone dans sa poche. Je me suis soudainement rappelée qu'il manquait quelqu'un dans le groupe.

« Où est Gram? » ai-je demandé, terrifié. « Est-elle blessée? »

« Je suis juste là, ma petite citrouille », ai-je entendu sa voix traverser la maison alors qu'elle descendait les escaliers. J'ai regardé autour de moi et j'ai réalisé que les membres de ma famille m'avaient traîné dans le salon.

« Je pensais que tu aurais besoin de vêtements de remplacement », a-t-elle dit en haussant les épaules et en me tendant l'un de ses pulls dans lequel je dormais quand j'étais petite fille.

« Gram, que s'est-il passé? » J'avais la tête qui tournait. J'attrapai le pull, le passai par-dessus ma tête et fis glisser la couverture par dessous.

« *Tu es* ce qui s'est passé », dit Satyra en lui tendant la main. Je l'ai pris et je l'ai laissée m'aider à me relever. Je me sentais si faible, mes genoux ployant sous moi.

« Waouh... » j'ai essoufflé, me stabilisant.

« Je pense qu'il est temps de t'étudier maintenant, Shivalri. Pourras-tu te calmer un peu? » me demanda ma grand-mère, le visage inquiet. J'ai senti la nausée revenir et j'ai frissonné. Elle avait l'air si sévère. « C'est très, très important. Satyra, j'aurai aussi besoin que tu prennes ça au sérieux. Ce n'est pas une question de rire. » Saty ravala son petit rire et hocha la tête en signe d'accord.

« Totalement sérieuse », a-t-elle conclu.

« C'est trop à encaisser, Gram. » Je gémis d'inconfort. Ma tête battait.

« Il n'est pas facile de faire face à l'ascension, mais vous n'êtes pas seule dans ce cas. Nous sommes avec toi. Ton esprit de famille est avec toi aussi. »

« Ascension? » répétai-je lentement, ressentant toujours les effets de mes étourdissements.

« L'ascension consiste à s'élever dans ton moi-supérieur », a-t-elle expliqué. « Vous montez tous dans votre sorcellerie. Au fur et à mesure que vous grandissez, de petits morceaux de votre magie se développent en vous. Lorsque vous êtes prête à accepter vos dons, vous entrez dans l'ascension total. »

« C'est tellement bizarre », a déclaré Raidan en me donnant un coup de coude. Mes vertiges ont eu conscience de moi et je me suis penchée encore plus fort dans la prise de ma cousine. « Oups », a-t-il ricané en me tenant les épaules pour ne pas faire tomber Satyra au sol.

« J'ai la tête qui tourne. » gémis-je en me tenant la tête.

« Je t'ai, Cuz. » Elle rit, aidant Raidan à me redresser.

« Allons-y s'asseoir à table », a suggéré Gram.

« Vas-tu m'étudier maintenant? » demandai-je avec une protestation lourde dans ma voix.

« Il est urgent que nous le fassions », a-t-elle insisté. « Je vais vous guider tout au long de ça, mais avant de commencer, nous devons tous être d'accord pour plonger dans votre âme. Cela nécessite des intentions pures, de la puissance et, surtout, votre consentement. Votre magie devient de plus en plus forte dans votre âme, et il est crucial que nous ayons une certaine compréhension. Nous devons être prêts pour ce qui est à venir. Nous devons vous aider à vous préparer à ce dont vous êtes fait. » La peur me montait à la gorge à la pensée de tout ça. Mon frère et ma cousine savaient déjà quel pouvoir ils avaient. Qu'allait dire ma fortune? Je ne pouvais pas imaginer comment j'avais vu au-delà de tout cela pendant toute ma vie. Ma grand-mère nous avait toujours donnée des lectures de feuilles de thé. Elle nous avait appris que c'était pour de le conseil et aide sur notre chemin de vie. Je ne l'avais jamais remis en question, qualifiant son intuition de chance interne qu'elle détenait. Pendant tout ce temps, elle a vraiment vu dans notre avenir. Elle a lu notre vie comme un livre fait d'herbes, saupoudré au fond d'une tasse de thé.

Gram me tendit la main et, hésitante, j'acquiesçai, la tête tremblante.

« Je ferai ce que j'ai à faire, Gram, » ai-je accepté en lui prenant la main. « Où allons-nous commencer? »

« Tout d'abord, nous devrions commencer par garder l'extincteur à proximité en tout temps », a déclaré Raidan en retirant son sweat à capuche et en me le lançant. Une de ses manches était complètement grillée, mais le reste est resté intact. Il riait, mais moi, non.

« Quand tu dis que j'étais en feu, qu'est-ce que ça veut dire exactement? »

« C'est comme je l'ai dit. Tes mains étaient sur la table, et tout à coup, Tu tenais des flammes », a-t-il répondu. J'examinai mes mains, passant des paumes aux dos. Ils étaient en parfait état - aucun signe de flamme ou de brûlure.

« Tu es sûr que c'étaient mes mains? Ç'aurait pu être une bougie à proximité », j'ai essayé de trouver une justification plus réaliste.

« Tes yeux ont roulées à l'arrière de ta tête, » répondit-il, la taquinerie disparue dans sa voix.

« Mes yeux? » Brusquement, je me souviens n'avoir rien vu d'autre que le rouge qui me rappelait tant le ciel, et le malaise revint dans mon esprit.

« J'ai essayé de t'attraper par le bras, » commença Raidan, interrompant ma pensée, « mais le feu s'est propagé dans ma manche. »

« Je... »

« Ce n'est pas ta faute », a déclaré Gram en joignant les mains.

« C'est moi qui l'ai éteint », a lâché Satyra, l'air coupable mais visiblement fier. « Le feu dans tes mains, je veux dire. »

« Merci. »

« De rien », a-t-elle lancé. Elle mâchait ses ongles, puis ajouta: « J'ai en quelque sorte jeté le reste de l'eau chaude de la bouilloire sur tes mains. »

« Quoi? » J'ai crié.

« Ouais, et que c'était de l'aide! » Raidan a explosé. « Je t'avais dit de ne pas le faire, et tu l'as quand même fait! » Il se tourna vers moi maintenant. « L'eau chaude t'a fait crier, et l'eau s'est soudainement détachée de toi, et tu t'es jeté sur le sol. Tes cris étaient assourdissants. J'ai pensé que tu allais t'évanouir à cause de ça, mais ensuite ta tête entière a pris feu! Tes cheveux, même, » dit Raidan, la panique montant dans sa voix.

« Mes cheveux! » J'attrapai ma tête, heureuse de sentir mes cheveux toujours attachés, même s'ils n'étaient plus dans mon chignon. J'ai soufflé de soulagement.

« Tes cheveux vont bien. Le feu vient de brûler tes vêtements; rien d'autre. Ça ne t'est pas du tout brûlé, à première vue », a déclaré Satyra. « L'eau ne t'a pas brûlé non plus. » Quand je la regardais, je pouvais presque sentir une pointe de jalousie enveloppée dans son langage corporel. J'ai chassé cette pensée.

« Comment avez-vous éteint le feu? » J'ai demandé. Notre grand-mère me regarda maintenant et sourit, son sang-froid lissant les plis de son front.

« Lorsque tu es tombé dans l'inconscience, la majeure partie du feu s'est éteinte de lui-même. J'ai jeté une couverture sur ta tête, mais tu es tombé par terre. » Je sentais la douleur maintenant, lancinante dans mon coude et dans ma mâchoire. J'attrapai mon bras et tressaillis. Cela allait faire des bleus.

« Tu m'as étouffé? » je me suis moqué. Satyra ricana devant mon irritabilité.

« Qu'est-ce que t'aurais voulu que je fasse d'autre? » Gram a demandé. « Je n'avais pas de tuyau d'incendie à portée de main. » Elle haussa les épaules.

« Tu semblais aller mieux à ce moment-là, Shivi », a ajouté ma cousine.

« Ouais, et puis nous t'avons traîné ici », a poursuivi Raidan. « Gram a dit de t'amener au salon car il y a plus d'espace pour respirer ici. Qu'est-ce ça veut dire, je ne le sais pas. »

« Ça signifie que le feu expulsé par Shivalri éliminait son oxygène. Je pouvais le voir couler d'elle. Je savais qu'une fois qu'elle se réveillerait, elle se sentirait... » Elle marqua une pause.

« Claustrophobe », a expliqué Gram.

« Oui, c'est vrai, » dis-je en m'éclaircissant la gorge. « J'avais l'impression de ne plus pouvoir respirer. Je pensais que je faisais une crise d'angoisse. » J'ai froncé les sourcils. « Attendez – As-tu dit que tu pouvais voir l'oxygène? »

« Je peux voir plus que tu ne pourrais jamais imaginer, ma chère. »

19

SOUS-SOL

J e me sentais encore un peu étourdi avec toutes ces nouvelles informations. Un nouveau sentiment d'identité se préparait au fond de mon esprit, et je ne savais pas trop quoi en penser. Je m'étais toujours senti un peu déplacé. Aussi invraisemblable que ça puisse paraître, être une sorcière a éclairci tant de mes derniers événements.

J'aurais dû le savoir plus tôt. Les signes dans le comportement et l'esprit de Gram étaient indéniables. D'une manière ou d'une autre, je n'avais tout simplement pas compris. Je savais que Gram était un peu étrange, avec ses croyances religieuses et ses manigances de feuilles de thé, mais vivre avec elle m'obscurcissait considérablement. J'ai passé tellement de temps avec elle que je m'étais habitué à toutes ses bizarreries. C'était naturel. Réalisant maintenant ce que signifiait vraiment son comportement inhabituel, je pouvais voir à quel point elle avait été non conventionnelle pendant toutes ces années que nous avions passées ensemble.

« J'ai tellement de questions », j'ai réalisé, sortant enfin de mes pensées.

« J'ai tellement de choses à vous apprendre », a déclaré Gram. « Viens maintenant. » Elle nous fit signe de la suivre.

« Où allons-nous? » je lui demande en tirant sur les manches du pull que ma grand-mère m'avait offert. J'enroulai avidement mes doigts dans sa chaleur.

« Au sous-sol, bien sûr, » répondit-elle, faisant miroiter les clés pour que tout le monde puisse les voir.

« Tu vas nous laisser aller au sous-sol? » J'ai interrogé. Je n'avais aucune idée de ce qu'elle gardait là , seulement que je n'avais jamais été autorisé à descendre.

« Attendez de voir ce qu'il y a là-bas! » Satyra me dit avec enthousiasme, souriant d'une oreille à l'autre.

« Est-ce le croquemitaine? » Raidan gloussa.

« Oh, Raidan, » la voix de Gram était sombre "Ne te plaisant pas avec une telle créature. Ce n'est certainement pas de la bonne compagnie à garder. »

« Attendez, le croquemitaine est existant? Certainement pas! » Son visage portait du scepticisme mais surtout de l'intérêt. Je pouvais imaginer que ce nouveau monde était assez fascinant pour Satyra et Raidan. Satyra avait toujours aimée ses contes de fées et Raidan était fanatique des monstres tout au long de son enfance. J'avais fait trop de cauchemars pour considérer le folklore comme une bonne chose. Si ça ne tenait qu'à moi, les contes resteraient dans les livres, où je pourrais rester en sécurité derrière les pages.

« Le Croquemitaine existe, cher, mais ce n'est pas son vrai nom. » Elle se retourna et nous regarda tous. « Descendons maintenant. Ma collection de grimoires est pleine d'histoires à raconter. Je vais expliquer autant que je peux, et je n'épargnerai aucune information. »

Elle tourna les talons et se dirigea vers l'entrée du sous-sol. À travers le salon et le couloir, nous avons tous suivi Gram jusqu'à la porte de son sous-sol toujours verrouillée. Elle s'arrêta devant et se dressa fièrement.

« Je ne pense pas avoir jamais vu ce qu'il y a là-bas », a déclaré Raidan en me regardant. J'ai haussé les épaules.

« Je n'ai jamais descendu. La porte a toujours été barré. »

« Pour une bonne raison. La magie entre de mauvaises mains ou entre les mains de ceux qui ne sont pas préparés est périlleuse », a averti ma grand-mère en tournant la clé passe-partout dans le trou de serrure sculpté.

« C'est logique », j'ai accepté. Gram sourit et ouvrit la porte. Les gonds résonnèrent d'un grincement rouillé, révélant l'âge de la maison. Gram a fait le premier pas dans l'escalier en bois avec un sifflement et nous a fait signe de la suivre, mais il faisait noir et je ne pouvais rien voir. Gram a commencé à descendre les escaliers et je l'ai complètement perdue de vue. J'ai commencé à chercher une rambarde mais je n'ai rencontré que de l'air.

« Gram, il fait trop sombre ici. » Je frissonnai, un picotement froid me parcourant la nuque. Quand elle n'a pas répondu, j'ai failli paniquer, mais le bruit de crépitement et de grésillement m'a pris au dépourvu. En un instant, les murs s'illuminèrent de teintes dorées de feu - des flammes dans la brume de la plus belle caverne que j'aie jamais vue.

L'odeur m'a frappé immédiatement, éveillant tous mes sens. C'était une odeur que je connaissais comme l'arrière de ma main. Celui qui me met toujours de bonne humeur. Ça sentait les livres. Le plus nous descendions les escaliers, plus l'odeur devenait âcre et plus elle se mélangeait à l'odeur des torches fraîchement allumées, de la terre et des herbes de toutes sortes imaginables.

« Gram, c'est incroyable. » J'ai tendu la main pour caresser une plante de lavande saine qui pendait au-dessus de ma tête. Une vaste collection de livres glorieux, flétris et usés, a attiré mon attention, et je flottais pratiquement d'excitation. Les livres étaient intégral pour moi. Ils étaient l'outil d'apprentissage parfait, une béquille lors de rassemblements sociaux et ma source d'évasion lorsque j'avais envie d'une vie autre que la mienne.

« Je te l'avais dit, » exprime Satyra en descendant les dernières marches. « C'est un monde souterrain secret dont nous n'avons même jamais entendu parler. »

« Ça n'a aucun sens », a déclaré Raidan, regardant autour de la grotte. Il se pencha pour cueillir ce qui ressemblait à une feuille de menthe et la porta à son nez avant d'en prendre une bouchée.

« Comment est-ce possible? » demanda-t-il alors que nous étions émerveillés par la vue. Un claquement de langue attira toute notre attention et Gram passa la tête derrière le gros rocher derrière lequel elle se cachait.

« Par ici », fit-elle signe. « Je veux que vous voyiez ma pièce préférée avant d'entrer dans les détails. »

J'ai été la première à marcher sur son chemin. J'avais hâte de passer devant les étagères de tomes qui se trouvaient le long des murs. Ils étaient beaux à tous points de vue. J'ai senti la terre humide pénétrer dans mes bas pendant que je traversais la grotte. M'accotant sur une étagère couverte de poussière, je me penchai rapidement, les retirai et les mis dans ma poche arrière.

« Bonne idée », a déclaré Raidan alors que lui et Satyra emboîtaient le pas.

Les flammes le long des murs me submergent et embrasent l'air que je respire. J'ai ressenti la sensation la plus extraordinaire de confort intime. Je l'ai laissé m'entourer et l'ai bu. J'ai glissé mon doigt le long du dos d'un livre et j'ai ressenti une souffrance si vive que j'ai été tenté de le voler. C'était tellement usé par le temps, cependant; Je ne pouvais pas imaginer le retirer de son étagère. À contrecœur, j'ai résisté à l'envie et je suis parti.

Alors que je me rapprochais du rocher derrière lequel Gram s'était tenu, un bruit soudain et très faible de ruissellement résonna dans mes oreilles. Contournant l'épaisse paroi rocheuse, je pouvais entendre le son commencer à envahir tout l'espace. Se pourrait-il qu'il y ait de l'eau ici? C'était possible. Cette maison était ancienne et je pouvais imaginer que le savoir-faire des façonniers du bâtiment à l'époque n'était pas aussi avancé qu'aujourd'hui. Peut-être y avait-il eu une inondation ou une sorte de fuite. J'étais sur le point de demander s'il y avait une fuite dans un tuyau quelque part quand Gram a attrapé mon poignet et m'a tiré en arrière. Mon pied s'est arrêté net alors que l'eau passait d'un ruissellement à un véritable jaillissement.

« Les Dieux, Shivalri. Pourriez-vous, s'il vous plaît, apprendre à marcher avec les yeux ouverts? » Elle m'a poussé plus loin dans le coin où elle se tenait.

« Votre maison est située au sommet d'une calisse de cascade? » Je ne pouvais pas en croire mes yeux.

« Contrôle ta langue, petite sorcière, ou je vais la couper et la donner à manger aux poissons », m'a-t-elle grondé, seulement elle ne pouvait s'empêcher de laisser échapper un sourire en le faisant. J'ai souri aussi largement que possible. C'était un spectacle qu'on ne voyait qu'au Ciel. Il faisait sombre et humide, mais les murs de la caverne brillaient de plus de torches, donnant à la grotte une luminosité sans pareille. J'ai regardé par-dessus le bord et j'ai senti mon cœur sombrer dans mes tripes. C'était si profond, si bas. Il y avait quelque chose à propos de la grotte et des eaux qui m'a semblé être de la vivacité et de la mortalité. Un mélange étrange qui ne semblait pas très éloigné de mes expériences passées. L'eau dansait, scintillante comme un rêve, mais ma chair de poule m'a averti de ne pas trop m'approcher. Il y avait quelque chose d'étrange dans ces eaux. D'un autre monde, comme une énergie fantôme que je ne pouvais pas voir. La surcharge senso-rielle envoya des frissons dans mes bras. Même si je savais qu'il ne fallait pas se pencher trop près du bord, je baissai les yeux avec admi-ration. Je ne m'étais jamais senti aussi heureusement exalté de ma vie.

« Est-ce que j'entends de l'eau? » Satyra nous a appelées, sa voix résonnante dans la grotte. « Je ne suis jamais allé aussi loin dans le sous-sol. »

« Dépêche-toi! Tu dois voir ça! » Je lui ai crié, la voix faisant écho, juste au moment où Raidan regardait au coin du passage.

« Putain de merde! » explosa-t-il, son rire emportant son frisson.

« Qu'est-ce qu'il y a là-bas? » demanda Satyra, semblant plus proche qu'avant. Je m'approchai un peu plus, regardant le bord des rochers. De petites roches s'effritaient légèrement sous mes pieds et tombaient dans l'eau en dessous de moi. Mon cœur bondit alors que j'attendais d'entendre le clapotis de la pierre plonger dans sa disparition.

« Soyez prudents, mes petits-enfants curieux », a averti Gram alors que Satyra contournait le coin, esquivant à peine les grosses roches épaisses qui formaient le mur derrière lequel nous nous tenions.

« Une chute d'eau? » Elle haleta. Son sourire illuminait ses joues roses. « C'est incroyable! Comment diable... » Elle s'interrompit.

« Bien, avec un peu de magie, c'est sûr. » Gram se tenait fière et époussetait ses mains.

« Je ne peux pas croire que tout ça soit réel. Je me tiens dans un sous-sol transformé en grotte souterraine avec une cascade. Comment ai-je réussi à vivre ici la majeure partie de ma vie sans jamais le savoir? » J'ai contemplé, en regardant ma famille avec une toute nouvelle perspective sur la vie et sur qui nous sommes. Un frisson parcourut ma colonne vertébrale et je frissonnai sur place. « Comment est-ce possible? »

« Laisse-moi t'éduquer. » Gram rayonnait, hochant la tête pour elle-même. « Nous allons retourner dans la chambre centrale. »

« Mais nous venons juste d'arriver », se plaignit Saty.

« Nous aurons de temps pour jouer plus tard », a promis Gram. « Maintenant que vous avez vu mon mausolée, il est temps de vous éduquer sur votre sorcellerie. »

« Mausolée? » J'ai haleté. « C'est une crypte? »

« En quelque sorte », a-t-elle répondu, et tout ceci avait une sensation. J'avais senti le picotement d'une présence fantomatique quand j'avais regardé dans l'eau. Je ne l'avais tout simplement pas reconnu pour ce que c'était.

« Cela ne me met pas à l'aise », a déclaré Raidan, les yeux écarquillés.

« Y a-t-il des morts ici, Gram? » Ma cousine avait l'air d'être essorée de sa peau.

« Il n'y a pas de cadavres ici, si c'est ce que vous insinuez », nous a-t-elle assuré.

« Qu'est-ce que tu insinues, Gram? » questionnai-je mal à l'aise. Elle soupira, expirant fortement avant de faire un geste vers la cascade derrière nous.

« C'est un havre de paix pour les âmes de notre famille. C'est un lieu de repos pour ceux qui sont perdus et un espace garanti pour ceux qui voudraient simplement visiter. »

« Êtes-vous en train de nous dire que des fantômes vivent ici? » demandai-je, la perplexité me frappant durement.

« Ils ne vivent pas », corrigea-t-elle. « Mais oui, de nombreux esprits errent autour de ces murs. »

« C'est effrayant », a déclaré Satyra en frottant sa chair de poule.

« Pas du tout, ma chérie », l'encouragea Gram. « Ceux qui nous entourent sont de la famille. Ils sont des êtres chers qui n'annoncent que de la gentillesse. Ne vous inquiétez pas pour ces esprits. Ils sont inoffensifs. » À la mention des esprits reposant dans le sous-sol de ma grand-mère, je me suis demandé qui pouvait être ici.

« Connaissons-nous l'un des fantômes ici-bas? » j'ai demandé, réalisant soudain que ma mère, Pépère, mon oncle et ma tante Enya pouvaient être ici.

« Non, » dit-elle doucement. « Ceux que vous connaissez ne viennent pas ici librement. »

« Peuvent-ils? » demanda Raidan. Je pouvais dire qu'il pensait à notre mère rien qu'en regardant son visage.

« Bien sûr, ils le peuvent », a-t-elle répondu. « Mais nous ne le souhaiterions pas. Nous voulons qu'ils trouvent la paix dans les Cieux. Ici, c'est comme être coincé. C'est seulement un moyen de rendre la mélancolie d'être perdu un peu plus confortable pour les membres de notre famille. Ma grand-mère a créé cet espace garanti pendant que ma mère était enceinte de moi, et je le garde en sécurité pour ceux qui en ont besoin. »

« Sont-ils tristes? » demanda Satyra.

« Comprennent-ils qu'ils sont des âmes perdues? » me demandai-je en mâchonnant mes ongles.

« Certains d'entre eux sont tristes, mais la plupart sont dans un état de confusion. Il y a toujours quelque chose qui n'est pas fait ou qui n'est pas dit avec les perdus, et ce qui rend les choses difficiles, c'est de ne pas connaître le problème. »

« Est-ce qu'ils ne peuvent jamais partir? » demanda Raidan. Je ne pouvais pas imaginer être coincé comme ça.

« Parce qu'ils ne comprennent pas complètement, il faut beaucoup de temps pour reconstituer les choses. Cela pourrait prendre plusieurs vies pour partir vers les autres royaumes. »

« D'autres royaumes? » J'ai dégluti.

« Je pense qu'il est temps que nous retournions au sanctuaire maintenant pour que je puisse tout vous éduquer à ce sujet », a déclaré Gram. J'expirai profondément, plus qu'heureuse de quitter le lieu de repos des âmes perdues.

« Allons-nous regarder les livres? » j'ai demandé, désireuse d'apprendre tout ce qu'ils pourraient me fournir. Non seulement je voulais quitter la cascade effrayante, mais j'étais également contente de voir les vieux tomes que nous avions traversés auparavant. Il y avait quelque chose de spécial dans la lecture et l'expérience des inscriptions des autres.

« Eh, bien sûr. » Elle rit en me tapotant le dos. « Venez maintenant », insista-t-elle, et nous la suivions comme des ombres, avides dans la nuit.

20

TOMES CONVAINCANTS

Lorsque nous avons tous atteins à nouveau la salle
principale, l'excitation me remplit. Il y avait tellement de
livres. J'ai voulu tous les lire. J'ai oublié l'ambiance inquiétante de tout à l'heure, et sans trop réfléchir, je me suis immédiatement dirigé vers l'étagère que j'avais rencontrée.

« Y a-t-il un livre qui appelle ton nom? » interrogea Gram. La
confusion a inondé mon esprit, faisant plisser mon front. Gram a
fait un pas dans ma direction.

« Quoi? » demandai-je en gardant un œil sur les étagères
devant moi.

« "Fermez les yeux et respirez profondément. Laisse ta main
passer sur les étagères et concentrez votre énergie », a-t-elle insisté.
« Vous autres, aussi, » dit-elle plus fort, s'adressant maintenant à
nous tous. « Promenez-vous dans la pièce, passez devant les livres et
stabilisez-vous là où vous ressentez le lien le plus fort. » Je n'ai pas
eu besoin de bouger. J'étais déjà en position, les yeux fermés. J'entendais Satyra et Raidan se déplacer dans la pièce, leurs pieds trot-
tinant dans les parties les plus sèches du sol.

« Je pense que je suis bonne ici », a déclaré Satyra.

« Je ne sais pas où je dois aller. » Raidan expira, semblant frustré. « Ça ne fait aucun sens pour moi. »

« Raidan, détends-toi et ne pense pas. Fais-le, » je lui dis, comprenant la leçon. Ses pieds s'agitèrent et il s'arrêta.

« D'accord, *sensei*, » se moqua-t-il. « Je vais rester ici. Mais je ne peux pas promettre que c'est le bon endroit », a-t-il cédé.

« Bien, bien », a carillonné Gram. « Maintenant, comme je l'ai dit, fermez les yeux et levez la main vers les livres. Imaginez votre main comme un aimant, la traction se renforçant lorsque vous trouvez ce que votre aimant souhaite attirer. Cet acte est appelé contraindre. » Je me concentrai sur ses mots, vidant mon esprit et n'invitant que la pensée de mon aimant guidant ma main.

« Ça ne fait rien », souffla Satyra, toute frustrée.

« Tu ne sens pas ça? » J'ai demandé. « Vous ne sentez pas le remorqueur, comme si votre main aimerait saisir un livre? » Je pouvais le sentir immédiatement. Là encore, cela pourrait simplement être mon empressement à mettre la main sur l'un de ces livres.

« Non, mais j'essaie de mon mieux. » Elle poussa un soupir, exaspérée.

« C'est ça. Un dévouement clair et conscient à la volonté de votre main », a insisté Gram, nous dirigeant debout dans le cœur de la pièce. Juste au moment où j'étais sur le point de lever la main, j'ai senti une lourdeur dans l'air, une pression contre ma paume, et j'ai ressenti une brise glaciale effleurer ma peau. J'ouvris les yeux à temps pour voir un souffle de vent sortir un livre de sa fente et le traîner directement dans ma prise en attente.

« Gram, tu as vu ça? » m'émerveillais-je, complètement exalté par la touche de la magie. Mes cheveux volaient toujours au vent autour de moi.

« Je l'ai senti, citrouille, » répondit-elle doucement. Je me retournai pour la regarder avec un gros sourire.

« Je l'ai fait, » j'ai soufflé, alors que je regardais le livre qui reposait dans ma main. C'était sale et plein de poussière. J'ai remarqué que la ligne nette passait au milieu de la colonne vertébrale lorsque je la retournais. Instinctivement, j'ai su que c'était le livre que j'avais d'abord touché lorsque j'ai croisé la bibliothèque. Je me concentrai sur le phénomène que je tenais dans mes mains, le tournant douce-ment pour voir sa couverture. Je n'ai pas pu distinguer le titre, mais il semblait être d'origine ancienne. C'était si fragile. Je me dirigeai vers ma grand-mère, qui attendait patiemment que Satyra et Raidan récupèrent également leurs livres.

« Gram, je ne sais pas si ça veut dire quelque chose, mais... » Elle m'a arrêté.

« Chut, baisse la voix. Ils doivent se concentrer », a-t-elle chuchoté en désignant la paire. Ils avaient toujours les yeux fermés, agitant leurs mains en l'air.

« Désolé, » murmurai-je.

« Qu'est-ce que tu allais me dire? »

« Eh bien, j'ai de la difficulté à y croire. » Je retournai le livre entre mes mains. « Avant de vous suivre dans le mausolée, je me suis arrêté à cette même étagère et j'ai touché ce livre que je fais juste d'attirer. Ce livre spécifique. N'est-ce pas étrange? » ai-je sondé, la curiosité culminant à la fin de ma phrase. « Garde. » J'ai pointé la colonne. « C'est mon empreinte de doigt. » Je l'ai rapproché pour lui montrer.

« Alors c'est ton livre, » répondit-elle simplement. Pourtant, elle observait les deux autres, mais je savais qu'elle était consciente de mon excitation. Bien qu'elle ne me regarde pas, elle pose une main ferme sur mon épaule. Cela m'a donné un moment de gratitude que je n'avais pas prévu. Je ne savais pas comment ni quand le changement s'était produit, mais un sentiment de justesse me bourra maintenant que je me tenais à côté de ma grand-mère. Avoir réussi à forcer mon tome m'a donné l'impression que je pourrais peut-être être une sorcière. Bien que j'aie eu une absurde effusion de feu pendant la lecture des feuilles de thé, peut-être que j'arrive-rais à contrôler mon pouvoir. C'était bizarre de penser que j'avais un semblant de pouvoir en moi, mais c'était juste.

« J'aimerais qu'ils trouvent aussi comment obliger leurs livres », ai-je dit, impatienté en regardant mon frère et ma cousine bouillir de frustration. Instantanément, un vent violent s'est levé derrière moi dans une rafale. Mes cheveux se sont retournés sur ma tête et sur mon visage, dépassant l'endroit où Gram et moi nous tenions. Je brossai mes cheveux, à bout de souffle, et regardai le vent tour-billonner autour du couple. Il a gonflé dans leurs chemises, et je les ai entendus tous les deux gémir, la voix rauque, leurs poumons déchirer de privation lancinante.

« Qu'est-ce qui se passe? » cria Satyra, son bras s'arrêtant brus-quement. Raidan se figea complètement, mis à part le vent qui faisait tournoyer les extrémités de sa chemise. Un léger mouvement permit à ses cheveux de se soulever de leurs racines. Il avait l'air pétrifié.

« Gram! » criai-je en m'agrippant à la gorge. J'avais l'impression d'avoir collé un aspirateur à ma bouche pour tenter de me décon-necter de l'oxygène.

« Shivalri, écoute-moi attentivement. » Gram m'a attrapé fort, enfonçant ses ongles dans mes bras. J'ai paniqué, grattant mon col. « Inspirez aussi fort que vous le pouvez. Tu dois reprendre ton air. » Ses yeux dardèrent sur mon visage.

« Mais je ne peux pas... » Je ne pouvais vraiment pas.

« Vous devez! » Elle m'a frappé à la poitrine et je me suis recro-quevillé sur moi-même, expulsant le reste de l'air de mes poumons. Je fermai les yeux et serrai les poings. Ma poitrine était creuse, une douleur sans fond qui ne se calmerait pas. Je devais respirer. J'ouvris la bouche et commençai à inspirer. Ça m'a piqué les poumons et j'ai tout recraché. Je n'ai pas pu garder l'air que j'ai pris. Des taches couvraient ma vision alors que je râpais, serrant ma gorge.

« Aide-moi », ai-je croassé.

« Shivalri, maintenant! » Gram a crié, se tordant en avant et tenant son abdomen. Elle avait l'air d'être sur le point de croasser. Me préparant, je serrai ma mâchoire et resserrai mon livre à deux mains, puis de toutes mes forces, je ramenais la rafale vers moi. La brûlure était glaciale et me piquait l'intérieur. Mes yeux coulaient et il a fallu tout en moi pour ne pas recommencer à tousser. Pourtant, je tenais ma position et reprenais tout mon air. Je me suis concentré sur ma famille et je voulais les protéger.

Une humidité fraîche me chatouilla les pieds et je baissai les yeux juste à temps pour voir de minuscules fleurs de camomille pousser entre mes orteils et autour de mes chevilles. Le vent autour de nous a commencé à se calmer et j'avais la tête haute comme les nuages. Après un moment de silence intense, mes oreilles se sont mises à bourdonner, et la nausée m'a dominé. Les murs autour de moi ont commencé à tourner et ma vision s'est brouillée.

« Shivalri, » s'étouffa Satyra. Je l'ai vue trois fois. « Tu n'as pas l'air très bien. »

« Je pense que j'ai juste besoin de m'asseoir une seconde, » répondis-je, la langue sèche et collée au palais. Je m'abaissais déjà sur le sol humide sous mes pieds. J'ai vu trois Satyra marcher vers moi et s'asseoir, croisant leurs jambes devant moi. Elles toussèrent en se raclant la gorge.

« Peux-tu me dire combien de doigts je lève? » demandèrent-elles en levant trois doigts sur trois mains. Cela n'avait aucun sens. Je secouai la tête et sentis le monde basculer avec lui.

« Waouh... » murmurai-je, chassant le brouillard. « Je vais bien. J'avais juste besoin d'une minute pour m'asseoir. » Je tapotai le sol et ratissai la terre avec mes doigts. J'ai commencé à former de petites mottes de terre qui se vidaient entre les fissures de mes doigts. Ensuite, j'ai cueilli une petite fleur du sol et j'ai soufflé un long souffle dur. Si confus et si étourdi.

« Tu fais ce que ton corps te dit de faire », a dit Gram, nonchalant. « Prenez un moment pour vous ancrer. Le sol aidera. »

« Eh bien, c'était une façon d'obtenir nos livres. » Raidan s'étouffa de rire. Il agita son livre en vitrine. Il était plus récent et enrichi d'une couverture rigide verte et dorée. La feuille de la colonne brillait dans l'éclairage de la grotte.

« Le mien ne m'est pas venu », grogna Satyra en croisant les bras en signe de désapprobation. C'était étrange de voir cette réaction de sa part. Elle n'avait jamais été du genre jalouse, mais l'envie était inscrite sur son visage en ce moment. J'imaginais que la raison était liée au fait qu'elle savait déjà de la magie bien plus longtemps que Raidan et moi. Elle avait eu le temps de tout analyser et de tout remettre en question. Elle semblait ravie d'apprendre que nous étions des sorcières. Elle avait pratiquement sauté de son siège quand elle avait raconté son espionnage et sa découverte. Je me sentais pour elle maintenant, compte tenu de ça. Elle voulait que ce soit vrai. Elle voulait être une sorcière.

« Le tient est tombé à tes pieds avant que Shivalri t'ai dérobé l'air », lui assura Gram en pointant dans sa direction. Le froncement de sourcils de Saty s'est transformé en un sourire quand elle a vu qu'elle avait appelé son livre. Une chaleur grandit dans mon cœur à la voir. « Ne t'inquiète pas, » ajouta Gram en le ramassant et en l'apportant à la table au milieu de la salle.

« De quoi parle mon livre? » se demanda-t-elle, l'excitation la submergeant.

« Venez jeter un œil, voyez », a déclaré Gram, nous faisant signe d'aller vers elle. Gram a pris sa place devant la dalle de marbre parfaitement ronde qui occupait le milieu de la pièce. Satyra me regardait maintenant avec inquiétude dans les yeux. Elle prend mes mains dans les siennes et souffla.

« Très bien, Cuz. Allons-y, » ordonna-t-elle, et je gémis d'aversion. Je me sentais encore instable à cause du sort étourdissant. Nous nous sommes mis à genoux et nous nous sommes relevés. À mi-chemin, j'ai vacillé, et elle m'a stabilisé, me tirant le reste du chemin.

« Tu m'a aidé à me lever deux fois en une journée, » marmonnai-je. « Merci. » Je lui ai serré la main. C'était ça Satyra, toujours là pour donner un coup de main.

« Bien sûr. Allons lire des livres, espèce de moulin à vent. » Elle gloussa, se tenant toujours à moi. Je laissai échapper un petit rire faible et la suivis jusqu'à Gram et Raidan, qui nous attendaient en silence. Ils correspondaient parfaitement à Saty et moi en complexif sur. La léthargie et l'épuisement nous ont tous abattus. Combien de fois encore ma magie prendrait-elle le mieux de moi, indiscipliné comme jamais? Ces livres auraient-ils les réponses pour l'apprivoiser? Est-ce que Gram aurait des réponses?

Quand nous sommes arrivés à table, j'ai placé mon livre à ma place et j'ai installé mes mains sur la table pour me hisser sur la chaise. Le marbre était froid au toucher car mon poids exerçait une pression dessus. Les chaises étaient en bois et en acier usés par le temps, fabriquées ensemble pour former des trônes d'apparence médiévale qui étaient aussi hauts que la table. Mes jambes pendaient sous moi alors que je m'asseyais, et je ne pouvais pas m'empêcher de me sentir petite.

Une fois que nous nous sommes tous installés, lorgnant les trois livres assis à table avec nous, ma grand-mère a offert ses mains, comme elle le faisait toujours avant une lecture de feuille de thé. Je paniquai et m'éloignai nerveusement d'elle.

« Nous ne faisons pas une autre lecture, eh? Parce que je ne pense pas pouvoir gérer ça en ce moment », balbutiai-je, ma tête se sentant à nouveau confuse alors que je me souvenais de l'odeur du malheur brûlé à l'étage. J'ai regardé autour de moi, observant les torches de feu qui éclairaient la pièce, et j'ai tremblé.

« Non, non, petite citrouille. Nous sommes juste en train de nous connecter. C'est tout. » Ma grand-mère a de nouveau tendu la main, et je me suis relâchée et je lui ai donné ma main cette fois. Un par un, nous nous sommes pris la main et avons fermé les yeux, comme d'habitude. Gram à ma gauche, Raidan à ma droite et Satyra en face de moi; nous avons tous pris une profonde inspiration. J'ai senti Gram se libérer et, à mon tour, j'ai lâché la main de Raidan en ouvrant les yeux. J'ai soupiré.

« Dans quoi nous sommes-nous fourrés? » me demandai-je à haute voix, rencontrant les yeux autour de la table. Cela ressemblait à un rêve bien trop réel. Un don si j'avais le choix de me réveiller, je le ferais.

« Pouvons-nous ouvrir nos livres maintenant? » Satyra a supplié, saisissant le sien qui faisait face à notre grand-mère. Gram arrêta sa portée avant qu'elle ne puisse l'atteindre.

« Ah, ah, ah. Veuillez patienter, Satyra. Vous pouvez le prendre, mais je vous demanderais de ne pas l'ouvrir tout de suite. J'ai quelques explications à donner avant de plonger dans ces tomes. » Elle poussa le livre dans la direction de Satyra, et ma cousine le fit glisser devant elle. Je pouvais la sentir se retenir de jeter un coup d'œil sous la couverture. J'ai regardé le mien alors qu'il reposait face cachée sur la table.

« Vous avez la parole, Gram. Expliquez-vous. » Satyra fit un geste de la main.

« D'accord. » Elle sourit. « Par où commencer sinon au début? »

21

FABLE

« La légende dit que la découverte des sorcières a commencé au XVe siècle », a déclaré Gram en nous regardant chacun de nous, s'assurant que nous y prêtions tous notre attention. « Bien sûr, ce n'est que la découverte d'humains ordinaires, pas ceux de notre espèce, qui savent qui nous sommes depuis des siècles et des siècles, avant JC. »

« Les sorcières existaient avant Jésus-Christ? » J'ai haleté. « C'est déraisonnable! »

« Un être magique a créé le monde. Ce n'est pas si farfelu », a déclaré Gram. C'était vrai. Si je pouvais croire qu'un ou des Dieux puissants ont créé le monde, pourquoi ne pourrais-je pas croire aux sorcières? Je n'avais jamais envisagé une telle notion.

« Étonnante. » Satyra soupira, une admiration claire résonnant dans sa voix. Tout cela était tellement surréaliste.

« Parlez-nous de la découverte », ai-je insisté. Mon esprit voulait errer dans tous mes scénarios. J'avais besoin de connaître l'histoire. J'avais besoin des faits.

« Quand vous dites la découverte des sorcières, parlez-vous des procès de sorcières? » interrogea Raidan. Je n'avais même pas commencé à penser à cette horrible histoire. Ça ne m'avait pas du tout traversé l'esprit.

« Ça joue un rôle », a déclaré Gram. « Les procès les plus proches de nous étaient à Salem. Les procès des sorcières de Salem ont eu lieu au XVIIe siècle, mais la prise de conscience des sorcières et de leur sorcellerie a augmenté parmi les humains au cours du XVe. C'est là que la plupart de nos problèmes ont commencé. Les chasses aux sorcières ont été lancées en Europe et se sont rendues jusqu'à nous. »

« C'est difficile d'imaginer si loin dans le passé, » marmonnai-je. J'ai essayé d'imaginer ce que ç'aurait été dans les temps anciens, mais je n'avais pas la moindre d'idée des coutumes du XVe siècle.

« Je ne veux jamais imaginer ce que c'était à cette époque », a ajouté Satyra. J'ai hoché la tête en signe d'accord, la pièce devenant sombre.

« Puis-je continuer? » demanda notre grand-mère sans se plaindre.

« Oui s'il te plaît. Dites-nous tout. » Je reportai toute mon attention sur elle. J'avais désespérément besoin de ces connaissances. Non seulement que nous venons de confirmer l'existence de la magie, mais nous avons appris que quelqu'un avec de la magie a créé ce monde. Mon esprit allait exploser sur lui-même après tout ça. Je pouvais sentir la tension monter dans mes tempes.

« Très bien », commença Gram en joignant les mains sur la table. « La première chose que vous devez savoir, c'est qu'on nous appelait autrefois des femmes sages. Pendant longtemps, il n'y avait pas de sorcière. Il n'y avait que des guérisseurs, des nourrices et des sage-femmes », a-t-elle poursuivi. « Nous étions des femmes qui savaient instinctivement, au plus profond de nos os, comment aider ceux qui en avaient besoin. »

« Des femmes seulement? » Raidan intervint.

« Pendant ce temps, c'était présumé », a répondu Gram.

« Alors, que s'est-il passé pour que ces femmes se soient soudainement transformées de guérisseuses en sorcières? » Je me demandais.

« Tout d'abord, vous devez comprendre qu'il était interdit de montrer toute sorte de magie parmi les humains. Nous avons dû le cacher pour nous-mêmes. »

« J'en ai déjà entendu parler dans les légendes », a déclaré Raidan.

« Comment les gens ont-ils découvert la magie? » Je me demandais.

« Ils ne l'ont jamais découvert! C'est ce qui me frustre à ce jour. » Gram soupira.

« Que veux-tu dire? » demanda Satyra.

« Nous avons été loués pour notre ruse et notre gentillesse. Ils appelaient ça un cadeau. » Elle souffla en secouant la tête. « Le problème n'est venu que lorsque le mal, le plus souvent celui de l'homme, nous a reproché des choses qui n'étaient pas de notre ressort. Comme une femme périssant pendant l'accouchement ou le vendant accidentelle d'un morceau de fruit pourri à un client sans méfiance. Les célèbres procès de Salem ont été un chaos total. La plupart du temps, les personnes accusées n'étaient même pas des sorcières. »

« C'est terrible! » s'exclama Satyra, la main sur la bouche. « Ils ont assassiné des gens qui n'étaient même pas de vraies sorcières? »

« Ils l'ont fait, mais ils ont aussi tué beaucoup de sorcières, n'oubliez pas », nous a-t-elle rappelé.

« Ce n'est pas croyable », ai-je remarqué.

« Le pire de tout était d'être considérée comme une pute alors que nous ne nous conformions pas aux désirs d'hommes cupides et cruels », a-t-elle craché. Mon dos se redressa à son blasphème. Je n'avais jamais entendu ma très propre grand-mère jurer comme ça au cours de mes dix-huit années de vie.

« Ils quoi? » J'ai étouffé. Raidan et Saty ricanèrent, sachant bien qu'ils n'entendraient plus jamais notre grand-mère répéter ce mot.

« Ils ont maudit nos noms et nous ont tous reniés, prétendant que nous étions mauvais. Pour la plupart, nous n'étions pas coupables de mauvaises actions. Les gens effrayés nous ont transformés en image par la bouche à oreille. »

« C'est affreux », a dit Satyra à Gram. J'étais occupé à ronger mes ongles.

« Ça l'était », acquiesça Gram. « Maintenant, je dois avouer qu'il y avait des femmes sages qui se mêlaient des ténèbres. Il y avait absolument certains d'entre nous qui ont fait des choses horribles et diaboliques. Cela, cependant, est quelque chose que les sorcières ont appris à cacher très, très bien », a déclaré Gram solennellement. Mes ongles avaient un goût amer alors que je continuais à mâcher anxieusement. Ses paroles ont tenu compte d'un avertissement.

« Comment cela explique-t-il la magie? Comment les sorcières ont-elles plongé dans les ténèbres? » J'appuyai, retirant mes doigts de ma bouche.

« C'est une histoire qui me frappe encore aujourd'hui », a répondu Gram. Elle avait l'air presque nerveuse, mais elle garda une voix calme. « Il y a très, très longtemps passé, des anges et des démons qui parcouraient la Terre. »

« Quoi? » Je haletai, les yeux exorbités. « Anges et démons? Ils sont réels? »

« Aussi réel que toi et moi » répondit-elle, une perle de sueur brillant au-dessus de sa lèvre.

« Sainte merde », marmonna Raidan.

« Sainte merde, en effet. » Grand-mère a ri, mais je savais que c'était juste pour notre tranquillité d'esprit. Ce n'était pas une question de rire.

« D'accord, alors où sont-ils maintenant? » demandai-je en me concentrant sur la réalité des choses.

« Laisse-moi t'expliquer, » insista-t-elle, l'air susceptible.

« Pleine attention », ai-je répondu. Gram se racla la gorge.

« Je ne peux pas dire avec certitude ce qui s'est vraiment passé, car les histoires ont changé à maintes reprises. Mais je vais vous apprendre ce que ma mère m'a appris dans l'espoir que ces histoires vous aideront tout au long du chemin », nous a-t-elle dit, et nous nous sommes tous penchés, écoutant attentivement. « Comme je l'ai dit, les anges et les démons parcouraient la Terre. Ils étaient les enfants de la Terre Mère; la création de la divinité. »

« C'est à elle que vous priez toujours », bégayai-je, me souvenant des enseignements de ma grand-mère depuis mon enfance. Moi aussi, j'ai appris à la prier dès mon plus jeune âge.

« Oui, elle est l'un des Dieux que je célèbre », a-t-elle déclaré. « J'honore la Terre pour tout ce qu'elle est et tout ce que nous sommes. »

« Alors, qu'ont fait les anges et les démons sur Terre? » demanda Raidan, désireux de comprendre. « Je pensais qu'ils étaient au Ciel et en Enfer. »

« Il n'y a jamais eu d'utilisation du Ciel et de l'Enfer lors de la création de notre monde. Ce n'est que lorsque la guerre a éclaté qu'ils ont été divisés. »

« Je suis au courant, » dit Satyra, coupant la parole. « Il y avait Lucifer, n'est-ce pas? L'ange déchu. Le diable a été envoyé en Enfer. »

« Un diable n'est pas une vraie créature, ma chère. Pas que je sache. On m'a appris les histoires que ma famille m'a transmise, donc je ne peux que vous dire quelles connaissances m'ont été transmises. Nous venons d'une longue lignée de sorcières et nous croyons que nous sommes des descendants de notre mère la Terre. En ce qui concerne l'Enfer et les démons, il y a tellement de religions représentant tellement de divinités différentes qu'il est difficile de déchiffrer laquelle est vraie et laquelle est artificielle. Lucifer est l'histoire d'un ange déchu, oui. Il était l'un des nombreux anges qui sont tombés de leur règne. Je ne sais pas avec certitude quel était son nom. Certains disent Lucifer. Les Égyptiens ont Anubis. Nous ne connaîtrons jamais leurs vrais noms car nous n'étions pas là pour assister à la naissance du monde, mais je sais qu'il est réel. Comme je le dis toujours, toutes les histoires sont vraies. »

« Qu'est-il arrivé à lui et aux autres qui sont tombés? » interrogea Raidan.

« Lorsque les corrompus sont tombés, ils ont été maudits et considérés comme des démons. Eux et leurs enfants démons président dans l'autre royaume. Certains y règnent, certains y vivent après la mort et d'autres y sont torturés pour l'éternité. »

« Ils sont tous descendus en Enfer, » murmurai-je, terrifié à cette pensée.

« L'Enfer n'est qu'un mot pour les mortels. Nous ne savons pas comment l'Enfer s'appelle vraiment jusqu'à ce que nous arrivions de l'autre côté des Portillons. » Un frisson parcourut mes bras aux paroles de Gram. Je ne pouvais même pas commencer à imaginer une telle chose.

« Alors laissez-moi clarifier les choses », a commencé Raidan. J'ai étudié son regard concentré. « Les démons sont tous en Enfer en ce moment? Avant cela, tous les êtres vivaient au même endroit, n'est-ce pas? »

« Exactement », a déclaré Gram. « Tous les êtres imaginables vivaient ensemble. Cela a bien fonctionné pendant de nombreuses années jusqu'à ce que les humains soient créés. D'après ce qu'on m'a dit, c'est à ce moment-là que le chaos a éclaté. »

« Humains? » je suis intervenu.

« Oui », a-t-elle déclaré. « Tout a commencé avec les Dieux, et les Dieux ont tout créé. Lorsque les humains ont été créés, ils étaient impuissants et craintifs. Les Dieux ont promis aux humains tout ce qu'ils voulaient, tant qu'ils les adoraient, car les Dieux étaient enclins à rechercher l'influence et le commandement. Il y a tellement de choses que même moi je ne comprends pas complètement, mais je crois que c'est vrai. »

« Wow... » marmonnai-je pour moi-même.

« Parlez-nous des humains », insista Saty. « Comment étaient-ils? »

« Ils ont eu une vie assez difficile, s'en remettant au divin pour tout. Lorsque les Dieux ont décidé d'ajouter des humains au mélange, leur monde et leurs règles sont devenus encore plus compliqués qu'auparavant. »

« Ça craint, » murmura Saty. C'était étrange d'envisager toutes ces possibilités. Maintenant que je savais que la magie existait, je n'avais aucune raison de ne pas croire qu'une partie de ça pouvait être réelle. Je pouvais comprendre qu'il y avait un Ciel et un Enfer. J'avais grandi en le croyant, même avant de connaître la magie. Ce que je ne comprenais toujours pas, c'était comment ma famille, les humains, avait de la magie.

"Gram? » Je l'ai regardée.

« Oui? »

« Si nous sommes humains, comment avons-nous de la magie? Vous avez dit que les humains n'avaient aucun pouvoir, mais nous oui. »

« Oh, ma belle. Vous ne voyez pas? » Elle soupira. « Nous ne sommes pas simplement humains. »

« Quoi? » Raidan s'étouffa. Je n'ai pas pu m'empêcher de regarder ma grand-mère bouche bée.

« Que veux-tu dire? » demanda Satyra, les yeux écarquillés.

« Nous sommes semi-divins. »

« C'est exagéré? » s'exclama Satyra, le visage illuminé d'enthousiasme.

« Qu'est-ce que ça veut dire? » demandai-je, la perplexité dure aux lèvres.

« Nous sommes à la fois humains et divins », a-t-elle expliqué. « Vous devez vous rappeler qu'il faut être deux pour procréer. Notre lignée est celle de la magie. » Elle s'arrêta et expira. « Les humains sont souvent devenus les consorts du divin quand le monde était uni. Ils ont fait des enfants avec des anges et beaucoup, beaucoup de démons. » Je pouvais sentir la tension dans la salle. C'était un nouveau territoire d'une horreur insupportable.

« Comment savons-nous de quelle partie nous sommes faits? » demanda Satyra, son sourire se transformant en un froncement de sourcils.

« Cette réponse est la même pour toute notre famille - Nous sommes humains à cause du sang de l'homme, mais nous sommes aussi très différents à cause de la compagnie avec laquelle ils ont fréquenté. Ceux constitués d'ADN d'ange divin et de sang humain sont appelés Néphilim. Les Néphilim possèdent des énergies angéliques. »

« Comme quoi? » J'ai demandé.

« Comme une santé supérieure, une intelligence, une beauté et des cœurs purs. Certains des Néphilim ont la capacité de détecter ceux d'autres forces surnaturelles. Ils étaient des chasseurs de sorcières il y a longtemps, même si je crois que la pratique de la chasse aux démons s'est considérablement éteinte au fil des siècles », a répondu Gram. Ses mots résonnaient dans ma tête.

« Alors, tu es en train de dire que nous sommes des Néphilim? » demanda Raidan, le choc apparent dans son ton.

« Non, » murmurai-je. « Elle vient de dire que les chasseurs de sorcières chassaient les démons... » Le choc me traversa à ma réalisation.

« Nous ne sommes pas des Néphilim, mon cher petit-fils. Nous, les Grimsbanes, partageons tous l'ADN d'une puissante divinité magique et de leurs compagnons humains. Nous sommes faits de magie démoniaque. » La panique me serra les tripes.

« Êtes-vous ... êtes-vous sûr? » j'ai bégayé. Mes yeux ont commencé à piquer lorsque le sel de mes larmes a fait surface.

« Je suis. » Elle posa sa main sur la mienne. « Nous sommes les descendants de la magie, de la vie et de tout ce qui se trouve entre les deux. »

« C'est bizarre », marmonna Satyra en examinant ses mains. J'ai commencé à imaginer le sang de démon qui coulait dans mes veines. *Mon sang.*

« C'est extrêmement effrayant », a répondu Gram, « mais seulement si vous ne le comprenez pas complètement. C'est pourquoi nous commençons aujourd'hui. Je te promets; vous saurez tout ce que vous devez savoir, tant que je serai là pour vous apprendre », nous assura notre grand-mère en tapotant Satyra sur la tête. Elle sursauta en réponse.

« Alors, savez-vous à quelle divinité démoniaque nous sommes liés? Ou est-ce important? » demanda Raidan, plus sévère que jamais.

« Cette information nous a été perdue il y a longtemps. Je sais que tous les démons n'ont pas été créés pour être mauvais, juste comme tous les anges ne se sont pas avérés bons. La plupart des démons étaient des âmes troublées qui ont reçu de dures leçons à affronter. Certains ont évidemment essayé de devenir une meilleure version d'eux-mêmes. Ma mère m'a parlé d'une époque où la majeure partie du monde était paisible, bien que je ne sache pas ce qui est vrai et ce qui ne l'est pas, car je n'étais pas là pour en être témoin. »

« D'accord, donc les sorcières existent à cause d'un démon et de leurs enfants. Et il y a aussi un hybride appelé Néphilim, un autre groupe de descendants créé. Ce qui m'inquiète le plus, c'est le sort des anges et, plus précisément, des démons. Ils ne sont pas encore sur Terre, j'espère? » J'ai plaidé pour une réponse. J'ai commencé à penser à tous les scénarios. Si nous, les sorcières, étions là, nos créateurs parcouraient-ils également la Terre?

« Non, ils ne sont plus sur Terre. Après le chaos de la guerre, la Terre Mère a décidé de laisser la Terre aux humains et a envoyé les anges et les démons dans leurs royaumes séparés où ils ne pouvaient pas interférer avec les affaires de leurs espèces opposées. La Triple Déesse de l'univers est venue à l'existence par la volonté de la Terre Mère elle-même, pour s'assurer que les royaumes restent intacts. »

« Alors, le Ciel et l'Enfer - ils sont tous les deux réels? » demanda Raidan. « J'ai du mal à me faire à l'idée. »

« D'après ce que je crois, oui », a déclaré Gram.

« Si les démons et les anges sont allés au Ciel et en Enfer, pourquoi pas nous? » me suis-je demandé à haute voix.

« Parce que nous sommes humains et nos âmes ne sont complètes qu'à la mort. »

« Que veux-tu dire? » J'ai poussé.

« Quand nous mourons et que l'humain en nous meurt, nos âmes divines voyageront vers les autres royaumes pour se reposer. »

« Dieux, c'est choquant », marmonna Saty.

« Attendez, allons-nous en Enfer? » J'ai haleté. Je pouvais sentir mon cœur battre à la base de mon cou.

« Je suppose que nous verrons. » Gram haussa les épaules.

« Quoi? »

« Oh, Shivalri. Ne vous inquiétez pas de la mort. Que nous

voudrions l'accepter, cela viendra pour nous d'une manière ou d'une autre. Il ne sert à rien de s'inquiéter de l'au-delà. »

« Euh, oui! » J'ai éclaté. « Je ne veux pas aller en Enfer! »

Elle soupira profondément et posa une main sur mon épaule. « Concentre-toi sur la vie, ma citrouille. Si vous n'appréciez pas le présent, vous le regretterez plus tard. » Je ne pouvais pas la croire. Je ne pouvais pas comprendre comment ma grand-mère pouvait penser de cette façon. Ne comprend-elle pas la gravité de la situation? Ne comprend-elle pas ce qu'elle nous dit? Elle nous a maudits avec cette connaissance et attend de nous que nous restions là et que nous l'acceptions. Je ne peux pas. Je ne vais pas.

« Je ne veux pas cette vie, » murmurai-je, sentant la chaleur monter sur mon visage.

« Shivi, » dit Saty, attirant mon attention sur elle. Je n'avais pas trop regardé ma cousine ou mon frère pendant cette conversation. Je pouvais le voir maintenant, l'inquiétude et la terreur qui remplissaient leurs cœurs. C'était tout aussi difficile à avaler pour eux. Ils ne se disputaient pas. Ils n'ont même pas grogner une plainte. En regardant Satyra, les yeux lourds de peur, je sus que cette partie de la discussion touchait à sa fin. On en reparlerait, j'en étais sûr. Mais pour l'instant, nous prendrions tout dans la foulée, accepterions l'information et ferions face à la réalité.

« Très bien. Alors, » J'ai expiré le souffle que j'avais retenu. « Qu'est-ce qui se passe ensuite? »

« Je pense qu'il est temps que nous regardions vos livres. Ils sont venus vers vous parce qu'ils avaient des choses à vous dire », nous a informés Gram, heureuse de voir ma conformité. « Raidan, commençons par toi », lui fit-elle signe.

« Eh bien, je ne sais pas ce qu'il y a dedans, mais il ne m'a pas fallu longtemps pour connaitre l'auteur. » Il a pointé du doigt, le soulevant pour que nous le voyions.

« Maman! » Je haletai, tendant la main pour toucher la couverture. Elle a écrit dans ce livre. Il m'a fallu un moment pour me rappeler qu'elle aussi était une sorcière. C'était si étrange d'envelopper mon esprit autour de ce nouveau monde. C'était comme si je voyais pour la première fois. C'était terrifiant et électrisant à la fois.

« Oh, Éden. » Gram soupira, souriant légèrement en se tournant vers mon frère. « Il est logique que vous ayez récupéré le livre de votre mère, vu qu'elle est la source de vos nouveaux pouvoirs. Vous feriez bien de le lire. » Elle sourit fièrement. « Comme vous le savez, elle était une *Medica*. Ce livre contient strictement l'utilisation de la magie de guérison. Je l'ai lu moi-même plusieurs fois, et je sais qu'il est sécuritaire de le lire et de s'entraîner par soi-même. Suivez simplement ses conseils. » Elle tendit la main par-dessus la table pour tapoter le livre.

« Puis-je l'ouvrir? » Il a demandé.

« Vous pouvez », a-t-elle autorisé, et il l'a retourné à la première page:

Voici le livre d'Éden Grimsbane.

Après moi, n'importe qui trouvera ce livre pourra en faire ce qu'il voudra, car tout mon savoir lui appartient désormais. Bonne guérison!

Mon cœur était lourd alors que nous parcourions les pages avec étonnement. Des notes étaient gribouillées sur toutes les pages avec l'écriture brouillonne de ma mère. C'était incroyable. Il y avait de nombreuses illustrations dessinées à la main de plantes avec des présentations à côté de chacune, décrivant sans aucun doute leur utilisation.

« Puis-je ouvrir le mien maintenant? » supplia Satyra, soulevant déjà le bord de la couverture. Gram laissa échapper un soupir de rire et hocha la tête dans sa direction.

« Qu'est-ce que vous avez? » J'ai demandé.

« Je ne suis pas sûre, » souffla-t-elle et feuilleta les pages. Raidan et Gram ont continué à feuilleter le livre de Maman, et mon cœur s'est réchauffé au petit morceau de ma mère qu'elle avait laissé derrière elle. J'étais contente que mon frère reçoive ce cadeau. Je me tournai vers ma cousine, qui s'était arrêté brusquement, la mâchoire plongée dans la peur.

« Quoi? » J'ai interrogé. Elle avait l'air d'avoir vu un fantôme.

Elle a levé les yeux vers moi et a hésité quand Gram a fermé le livre. « Satyra? » Je l'ai forcée à me regarder.

« La page que je viens de lire... Il y était question de nécromancie », murmura-t-elle. Le seul mot si volatil qu'il piquait.

« Comme, des morts? » J'ai haleté, horrifié.

« La nécromancie est l'un des nombreux cadeaux que les sorcières ont reçus; un cadeau qui peut aussi être une malédiction. Conjurer les morts peut être d'une grande utilité, mais seulement lorsque les morts que vous cherchez à ramener sont d'une intention pure. Les morts sont souvent ceux qui nous accordent notre vision de voyant », a déclaré Gram. « Néanmoins, vous devez être très, très prudent. C'est une sorte de magie très risquée. » Satyra hocha seulement la tête, fixant le livre devant elle.

« Tu ne peux pas être sérieuse », remua Raidan. « Ramener les morts? »

« Je suis extrêmement sérieuse », a déclaré notre grand-mère fermement. Raidan avait l'air d'être sur le point d'être malade.

« Comme, des zombies? » incitait-il un peu plus loin.

« Non, ce n'est pas comme dans les films », nous a assuré Gram. « C'est soit pour un bref instant, guidant l'apparition d'un esprit, soit pour ramener quelqu'un à une santé complète. »

« Retour à la vie, tu veux dire, » réfléchit Raidan à haute voix. J'ai commencé à penser à Maman et j'ai réfléchi à ce que Satyra pouvait faire avec ce pouvoir. Aurait-elle pu ramener ma mère à la vie? Ses propres parents? La sévérité de ma grand-mère m'a dit que c'était une possibilité, ce qui m'a fait très peur. L'expression sur le visage de Satyra m'a dit qu'elle pensait exactement la même chose. Mon esprit revint à la conversation à présent. Raidan était toujours en train de marmonner des théories sur les zombies, et Gram se contenta de hocher la tête, prêtant à peine attention à son babillage.

« Est-ce que c'est son pouvoir, alors? » J'ai demandé pour Satyra, coupant court à la diatribe de Raidan. « La nécromancie? »

« Cela pourrait être l'un d'entre eux. » La tête de Satyra se redressa aux paroles de Gram.

« *Pourrait* être? » J'ai poussé.

« Il y a *plus*? » Satyra haleta, l'air contrarié. Gram soupira et posa une main sur celle de ma cousine.

« Plus de cadeaux? Oui. Il existe de nombreuses possibilités pour ceux qui ont une affinité spirituelle. Comme je l'ai déjà mentionné, vous êtes une voyante, vous êtes pleine d'intuition et vous avez la capacité de créer un blocage mental. Il semble que votre pouvoir provienne principalement de la force de votre esprit spirituel. Je connais bien ce livre, tout comme je connais bien celui de Raidan. L'esprit court fort dans notre famille. Ma grand-mère et ma mère étaient des voyantes, mes filles aussi, et maintenant, mes trois petits-enfants ont l'affinité spirituelle. Satyra, ma chère, vous avez choisi un livre de famille qui existe depuis plus de cent ans », a déclaré Gram. Un essoufflement frissonnant s'échappa de ma cousine.

« Vous voyez des morts? » cria-t-elle.

« Tout le monde n'a pas ce genre de pouvoir. » Elle haussa les épaules. « Mais, oui, je le fais. Seulement si je le veux. Je veux toujours voir mes proches, et donc, je suis heureuse d'avoir ce cadeau. » Nous l'avons regardée avec horreur.

« Attendez » Raidan marqua une pause. « Toute notre famille a l'affinité spirituelle? » demanda-t-il en regardant Gram. « Même moi? » Elle lui sourit d'un air rassurant.

« Oui, mon cher. C'est de là que viennent les dons de guérison. Vous pouvez guérir l'esprit, le corps, et la connaissance. Je ne sais pas si Éden a pu vous donner tout son pouvoir. Je n'ai pu trouver que les traces de *Medicus* dans votre tasse. »

« Pourquoi crois-tu que moi je l'ai, grand-mère? » Je me demandais. « L'affinité spirituelle, je veux dire. »

« Oh, toi tu as utilisé ton affinité spirituelle toute ta vie. J'ai su que tu étais une puissante sorcière dès le moment où tu es venu sur cette Terre. »

« Comment? »

« Vous êtes née en caul; une naissance voilée. »

« Qu'est-ce que ça veut dire? » Raidan a demandé.

« C'est quand le bébé naît à l'intérieur du sac, encore intact. C'est le symbole d'un grand pouvoir parmi les sorcières », a-t-elle expliqué. « Votre sœur est née pour l'excellence. »

« D'accord, c'est un événement étrange, mais cela n'explique pas pourquoi vous pensez que j'ai l'affinité spirituelle », ai-je poussé.

« Ouais, grand-mère. Êtes-vous sûr que Shivi l'a aussi? » interrogea Satyra.

« Oh, très certainement », nous a assuré Gram. « J'ai gardé un œil sur vous tous tout au long de votre vie. Shivalri a été la première à montrer des signes de magie. Sa naissance était une indication, oui, mais aussi, dès qu'elle a pu bouger toute seule, elle a discuté avec le monde des esprits. » Mon dos se raidit à ses mots. Je n'avais pas perdu la tête toutes ces années. Je croyais aux fantômes comme je croyais aux humains. J'ai toujours senti une présence, parfois étrange, mais souvent, juste un sentiment de compagnie.

« Je ne me suis pas perdu la tête, » marmonnai-je. « Ça toujours été vrai. » Je secouai la tête avec incrédulité. « Toutes ces années... Papa ne m'a jamais cru. Il s'est moqué de moi parce que j'avais peur des fantômes. Maman ne m'a jamais montré une seule fois qu'elle y croyait, la considérant toujours comme une imagination active. Si Maman connaissait le monde des sorcières, les fantômes et la magie... Pourquoi m'a-t-elle renvoyé comme ça? Pourquoi ne m'aurait-elle pas dit la vérité de notre famille? »

« Je pense que ta mère a pensé te protéger en cachant la vérité jusqu'à ce que tu aies atteint la majorité. Mais je t'ai toujours cru, Shivalri. Ce que tes parents ne pouvaient pas voir, je le pouvais. Ce que votre mère a écarté, j'en ai pris note. »

« J'ai la chair de poule. » Saty gémit en se frottant les bras.

« Je suis encore un peu confus », a avoué Raidan. « Tu as dit que Maman avait aussi une affinité spirituelle. N'aurait-elle pas vu les fantômes? Ne le ferions-nous pas tous? »

« Non, ça ne marche pas comme ça. » Gram soupira. « Une affinité est un terme générique, ce qui signifie qu'il existe de nombreuses catégories à l'intérieur. Ce n'est pas parce que vous êtes doué dans un certain domaine que vous avez toutes les capacités dans la classification de cette affinité. Cela signifie que quelle que soit la capacité que vous avez, vous tirez votre force de cette affinité. »

« Comme avec mes pouvoirs de guérison? »

« Précisément. » Gram hocha la tête.

« Shivi. » Satyra tourna son attention vers moi maintenant. « Avez-vous le pouvoir de la nécromancie? » Mes yeux s'écarquillèrent à sa question, le sang gelé sur place.

« Je n'ai aucune idée... » J'ai avalé difficilement. « J'espère que non. »

« Pourquoi pas? » interrogea Raidan.

« Je ne veux pas ressusciter les morts! » hurlai-je, ne voulant pas l'imaginer.

« Attendez » Raidan m'a arrêté. « Gram, pourrais-tu ressusciter Maman et tante Enya d'entre les morts? » demanda Raidan, le visage aussi pâle qu'une chute de neige. « Ou Pépère et Mononcle Olly? »

« Non, je ne ferais pas ça à leurs âmes. Je passe du temps avec leurs fantômes, mais seulement s'ils choisissent de me voir », a-t-elle dit comme si c'était une chose normale à dire. J'ai dégluti et mon cuir chevelu a commencé à me démanger à cause de la panique. « C'est ce que Satyra m'a vu faire ici... J'ai eu moi-même une sorte de petite réunion. »

« Tu leur as parlé? »

« Je l'ai fait, » dit-elle. « C'est comme ça que j'ai su que ta mère était décédée. Elle est venue me rendre visite au mausolée. Enya lui a montré le chemin. »

« C'est terrifiant, » murmurai-je. « Sont-ils ici en ce moment? » J'ai demandé; la chair de poule soulevée sur mes bras.

« Non, ils ne sont pas physiquement ici avec nous pour le moment. Cependant, ils m'ont dit qu'ils vous envoyaient de petites bouffées d'énergie chaque fois que vous en aviez besoin », nous a-t-elle informés. « L'avez-vous déjà ressenti auparavant? » elle a demandé. Nous avons tous secoué la tête en signe de désaccord. « Eh bien, l'important est de savoir qu'ils sont avec vous quand vous en avez besoin. » Elle a souri. Je ne comprenais pas comment elle pouvait être aussi à l'aise.

« Alors, tu utilises souvent ce don - notre cadeau? » demanda Satyra, toujours recroquevillée dans sa bulle de peur.

« Pas souvent. » Elle haussa les épaules. « Quand je le fais, cependant, je remercie mon don de m'avoir permis un si grand pouvoir. » Elle caressa à nouveau le livre de Satyra, puis le lui tendit.

« La possibilité que j'aie ça me fait peur », a avoué Satyra, acceptant lentement le livre.

« Moi aussi. » J'ai grimacé.

« Ça un prix, mais les filles, ce cadeau en vaut la peine », a-t-elle déclaré en souriant pour se rassurer. « Je suis fortunée de pouvoir vous le transmettre. Je sais que tu prendras grand soin d'apprendre à travailler avec cette magie », a déclaré fièrement Gram, mais Satyra n'avait toujours pas l'air sûr d'elle-même . Je savais que je correspondais à son inquiétude.

"Je ne pense pas que je le veuille, » murmura Satyra. « Êtes-vous sûr que c'est mon livre? Peut-être que Shivi l'a renversé par accident. »

« Non, c'est ton livre, ma chérie. C'est pour toutes les sorcières avec une affinité spirituelle. Vous n'avez pas nécessairement le pouvoir de la nécromancie. Ce livre couvre simplement tous les pouvoirs spirituels qui existent. »

« J'espère que je n'ai pas ce pouvoir en particulier... » Elle renifla. Des larmes commencèrent à se former alors que ses lèvres tremblaient. Je voulais tellement enlever ce dommage d'elle. Elle avait été tellement excitée d'être une sorcière jusqu'à présent. Raidan lui toucha la main et elle cessa immédiatement de pleurer. En riant, elle a soufflé un grand coup. « Merci, Cuz. » Elle renifla à nouveau en s'essuyant le visage. Cela m'a surpris de le voir utiliser à nouveau son pouvoir, et si facilement.

« Tu apprends déjà de Maman, je vois, » dis-je avec étonnement.

« C'est touchant, » répondit-il et passa ses doigts dans ses cheveux.

« *Touch*ant », ai-je rétorqué, nous forçant à rire de mon jeu de mots ridiculement ringard.

« Je suis *touch*é », a répondu Satyra avec un léger rire sur la langue.

« Aie. » Raidan gloussa. « Les jeux de mots continuent d'arriver. Beurk », a-t-il taquiné.

« OK, OK. Je comprends. C'est assez. » Satyra ricana. « Vas-tu ouvrir ton livre maintenant? » demanda-t-elle en dirigeant son attention vers moi. J'ai regardé Gram en question.

« Je vais-tu? » demandai-je nerveusement.

« C'est temps. »

22

L'ONDULATION

L e livre était épais entre mes mains. Je le laissai en équilibre un moment, le pesant et contemplant son contenu. Prudemment, je l'amène à mon visage et souffle sur la couverture. Des grains de poussière flottaient dans l'air, voletant au-dessus de nos têtes. J'ai essuyé la poussière restante de sa surface pour révéler le titre en gros: *Prophetiae*.

« Oh, les Dieux, » s'exclama Gram en attrapant le livre de mes mains. « Oh, là, là, » elle a traîné.

« Hé, » m'exclamai-je. « Rends-le! Je veux voir ce qu'il y a dedans aussi, » dis-je frustré.

« Patience, » ordonna-t-elle d'un geste de la main.

« Gram? » demandai-je en essayant de lui reprendre le livre. Elle l'ouvrit rapidement, parcourant les pages. Elle a utilisé son doigt pour lire les mots, et j'ai jeté un coup d'œil pour voir de quoi elle s'agitait. Je commençais à m'énerver.

« Shivalri, tu as dit que tu avais touché ce livre avant que je ne te dise d'en chercher un. Pourquoi avez-vous fait cela? » demanda-t-elle sans lever les yeux des pages. Elle a continué à feuilleter rapidement.

« Je ne sais pas. Je voulais juste le toucher. Beaucoup, » répondis-je impétueusement. « Gram, que se passe-t-il? De quoi parle ce livre? » Elle tournait encore les pages, ce qui me frustrait encore plus. Je soufflai et claquai ma main sur le livre, la forçant à interrompre sa recherche. Elle était muette, les yeux fixés sur le volume. Un par un, elle retira mes doigts du texte devant elle. Elle avait l'air d'être sous le choc.

« Euh, Gram? Ça va? » demanda Raidan, sur le point de la rejoindre.

« C'est ça, » dit-elle. « C'est ça. Oh, ça ne peut pas être vrai, mais ça n'a que du sens... »

« Qu'est-ce que c'est? » J'ai sondé.

« C'est ce que je pensais, » commença-t-elle en me regardant directement. « C'est la première chose que j'ai devinée, mais je n'étais pas sûr. » Elle scruta mon visage, la panique voletant dans son regard. Ses yeux allaient et venaient, et j'eus la sensation soudaine qu'elle regardait derrière moi plutôt que vers moi. Elle reporta son attention sur le livre, et je ne pus retenir les sueurs froides qui provenaient du sentiment d'inquiétude qu'elle dégageait.

« Sûr de quoi? » J'ai poussé. « Gram, tu me fais peur. Tu dois t'expliquer. »

« Ouais, Gram. Que se passe-t-il? » ajouta Saty, tout aussi confuse et curieuse que moi.

« Je n'étais pas certaine, mais j'avais une intuition... Et je ne pensais sûrement pas que toi , ou moi, ou n'importe qui dans notre famille, aurions été mis dans ces procédés. Mais... Oh, toutes les pièces s'emboîtent plus complètement que je ne le souhaiterais. »

« Quelles pièces? » J'ai crié. Je n'en pouvais plus. Cette version obscure et frénétique de ma grand-mère me démêlait très inconfortablement. Je tirai sur le livre, mais elle repoussa mes mains, les yeux ne quittant jamais les pages. « S'il vous plaît, Gram. Que dit le livre? » J'ai essayé. « Qu'est-ce qui ne va pas? »

Elle reprit finalement son souffle, comme si son esprit travaillait plus vite que son corps ne le permettait dans son moment de panique. Levant les yeux du tome, elle me considéra avec des yeux sombres qui voyaient tout.

« Si j'ai raison, et je crois vraiment que je pourrais l'être, vous courez un grave danger. » Mon estomac se noua sous le choc. Je ne m'attendais pas à ce qu'elle dise quoi que ce soit de la sorte.

« Danger? » J'ai dégluti. Elle a soutenu mon regard. Je pensais qu'elle était excitée par ma trouvaille, mais ses paroles me ramenèrent à la réalité.

« Pourquoi Shivalri est-elle en danger, Gram? » demanda Raidan. « Que pouvons-nous faire? Que puis-je faire? » Bien qu'elle ne lui ait pas répondu, ses yeux ont distribué un million de mots.

« Gram? » J'ai poussé, insistante, pour qu'elle réponde aux questions de mon frère. Elle prit une longue et profonde inspiration et la relâcha en tremblant. Cela n'a fait que m'inquiéter davantage. Gram n'était pas du genre à défaire si facilement.

« J'ai trois questions à te poser, » me dit-elle. « Quand je demande, ne réfléchissez pas trop. Suivez votre instinct et répondez honnêtement. » Son visage exprimait l'urgence.

« D'accord... » J'ai accepté. « Je ne suis pas sûr de ce que vous essayez d'obtenir ici, mais je vais essayer. »

« Suivez simplement votre instinct, comme vous l'avez fait lorsque vous avez contraint votre livre », a-t-elle suggéré.

« Je le ferai », répondis-je, la sueur s'intensifiant sur tout mon corps à la pensée de la magie qui s'échappait de mes doigts. Est-ce que ma panique libérerait plus de pouvoir incontrôlé? J'ai ravalé cette pensée et j'ai essayé de me concentrer pour rester calme.

« Première question », a déclaré Gram. « Quand je te demande de penser au Ciel, à quoi penses-tu? »

« Au Ciel? » ai-je demandé, ne pensant certainement pas qu'elle me poserait des questions sur ça. « Qu'est-ce que cela a affaire avec la sorcellerie? Et mon livre? » Je me demandais.

« Tout », répondit-elle. « N'y pense pas trop. » Elle soupira. « À quoi penses-tu quand on vous demande de penser au Ciel? »

Je considérai ses mots et essayai de me concentrer sur le sujet. Je m'imaginais monter dans le ciel, voler dans la nuit. Je m'imaginais parmi les nuages et pouvant atteindre la lune. « Qu'est-ce qui te vient à l'esprit en premier? » Gram poussa, attirant mon attention.

« Les cieux... Les étoiles et la lune... Voler... » répondis-je honnêtement. « Mais comment ça... » Elle m'a interrompu.

« C'est moi qui pose les questions. » Elle a pointé un doigt sévère vers moi.

« D'accord, » ai-je accepté en reculant. J'étais toujours aussi confuse. Qu'est-ce que mon livre, mes pouvoirs pourraient avoir à voir avec le Ciel?

« Bien. Maintenant, quand je te demande de penser à la Terre, à quoi penses-tu? » elle a continué.

« La terre », j'ai répondu immédiatement. « Aussi simple que cela. Je pense à la planète Terre et aux choses qui y vivent. La vie, peut-être. » J'ai haussé les épaules.

« Bien, bien. Maintenant enfin, quand je demande à l'Enfer, à quoi penses-tu? » Elle m'a regardé dans l'expectative. Je m'arrêtai un moment, et je me raclai la gorge pour faire place à mes mots.

« L'Enfer me fait penser à la mort. » J'ai avalé difficilement. « L'Enfer, c'est la mort et les fins. » J'ai frissonné. Elle a ri de façon discordante et j'ai sursauté au changement de sa posture. Elle s'appuya contre le dossier de sa chaise et expira, puis poussa le livre vers l'avant et le fit tourner pour que nous le voyions.

« Regarde juste ça. » Elle riait toujours, l'incrédulité inscrite dans ses yeux. Il existait dans le livre une image de lunes: un croissant, une pleine et un autre croissant attachés l'un à l'autre, formant un pictogramme. Sous le symbole, je lis le texte.

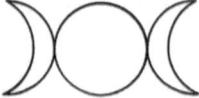

Triple Déesse – Pouvoir Divin

DÉESSE DE LA LUNE, de la Terre et de la magie. Souveraine des royaumes du Ciel, de la Terre et de l'Enfer.

La mère, la jeune fille et la vieille: des divinités de trois se réunissent en une seule.

CELLE QUI LIE les **triples Royaumes.**

LA FILLE: Magie, initiation, nouveaux commencements, naissance; jeunesse.

LA MÈRE: Amour, épanouissement, force, puissance; la vie.

LA VIEILLE: Sagesse, tranquillité, mort; terminaisons.

. . .

« Putain de merde. » Je couvris ma bouche de surprise.

« Shivalri, » Satyra a fait écho à ma surprise. « Si vous le décomposez, c'est à peu près ce que vous venez de décrire. »

« Ouais, mais n'importe qui dirait quelque chose comme ça, » se moqua Raidan. « Paradis; les cieux. Terre; la terre. Enfer; le mort. »

« Vous manquez le point, petit-fils », a répondu Gram.

« Qu'est-ce que j'oublie ici? »

« Ses réponses étaient étranges. Comme s'ils faisaient partie de son être. »

« Qu'est-ce que cela signifie alors? » demandai-je, étonnée en lisant les mots qui reflétaient les miens.

« Que pensez-vous que ça signifie? » interrogea-t-elle. J'attrapai le livre, et Gram me laissa le prendre cette fois alors que je le rapprochais un peu de mon bout de table.

« Bien, alors je suis lié à eux? Ou j'ai des pouvoirs comme eux? C'est ce que vous essayez de me dire? »

« Premièrement, c'est *elle*, pas *eux*. Deuxièmement, non, ce n'est pas exactement ce que je dis », a déclaré Gram. J'étais complètement bluffé.

« Alors quoi? Je comprends que j'ai corrélé les mots. » J'essayais de reconstituer le casse-tête. « J'ai un sixième sens? »

« Tu *es* les mots », répondit-elle en se frottant le front. Je grimaçai de frustration.

« Que veux-tu dire? » Satyra l'a demandé.

« La Triple Déesse est de puissance divine. On dit qu'elle a reçu les cinq éléments de son créateur et qu'elle contrôle les royaumes du Paradis, de la Terre et même de l'Enfer. Elle est la gardienne des Portillons », a expliqué Gram. Comme si cela suffisait à me renseigner, elle s'arrêta là dans son discours.

« Ça n'explique rien! » hurlai-je, irrité plus que jamais. Le vent a fouetté autour de moi en réaction à ma panique. Le feu des torches éclata rapidement en un blanc âpre; les flammes s'étiraient vers le haut, dansant sur mes paroles.

« Calme, Shivalri, » averti Gram. J'ai pris une profonde inspiration, et tout s'est arrêté. Je fermai les yeux, mes pensées défilant dans ma tête.

« Gram, » commençai-je prudemment. Je réprimai mon agacement et mon malaise. J'en avais marre des jeux et du flou de ma grand-mère.

« Oui? »

« Dis-moi maintenant. » Je fermai les yeux, prenant une profonde inspiration. Quand je les rouvris, ma grand-mère hocha sérieusement la tête.

« Tu es elle incarnée, » murmura-t-elle, et mes yeux s'écarquillèrent.

« Tu penses que je suis la Déesse? » murmurai-je en me levant de ma chaise. Les appliques étaient plus lumineuses que jamais maintenant. « Eh bien, c'est tout simplement ridicule! Je ne la suis certainement pas. Ça doit être une erreur. » Mon esprit tourbillonnait avec les questions sans fin qui flottaient dans ma tête.

« C'est parfaitement logique, Shivalri, et tu le sais. »

« Non, ce n'est pas le cas! C'est dément! » ai-je craché en m'éloignant de la table.

« Asseyez-vous. Je n'en ai pas fini avec toi. » Elle a parlé avec une telle sévérité que mes pensées ont été effacées de mon esprit. Je m'assis sur ma chaise, mon corps obligeant mais ne me sentant pas comme le mien.

« Pourquoi? » soufflai-je, incapable de penser par moi-même.

« Écoutez et écoutez-moi bien », a commencé Gram. « Vous êtes importante et vous êtes en danger. Vous devez comprendre qu'il ne s'agit pas seulement d'être la Triple Déesse incarnée. Il y a tellement plus qui vient avec votre réveil que vous devez comprendre. » Je frissonnai à cette pensée.

« Je t'écoute, » dis-je, la voix vide d'émotion.

« Retournez la page en arrière », ordonna-t-elle. J'ai obligé.

La page était intitulée « *Prophetiae* », en Latin, tout comme la couverture du livre. L'image d'un arbre fendu en son milieu était représentée sur la page. Au-dessus, les branches se repliaient de chaque côté, révélant un trou abyssal où toutes les feuilles auraient dû se trouver.

« *Prophetiae* », beugla Gram. « Cela se traduit à prophétie. » L'horreur m'a frappé à froid lorsque mes yeux se sont posés sur le texte en gros.

PROPHETIAE

Écoutez-moi, écoutez-moi fort; Je suis la gardienne de tous.
Laissez-moi, marquez-moi sans; L'équilibre des mondes tombera.
Ils sont miens, Pour régner jusqu'ici; Comme le Ciel, vers la Terre, à
travers l'Enfer.
Du bien le mal se nourrit, Comme le bien fait saigner le mal, Divisés ils
habiteront.
Ça qui est nuit, Ça qui est lumière, Elle doit réparer son acte.
Né de la force, Celui qui allume; Créé pour qu'il soit libéré.

J'AI POUSSÉ le livre vers ma grand-mère, qui était assise sur sa chaise, le visage dur comme de la pierre.

« Cette prophétie a été dite et redite. Démonté et réuni, reconstituant le mystère de tout cela », a déclaré Gram en passant ses doigts sur les pages. « Jamais dans un million d'années je n'aurais pensé que je vivrais pour voir le jour où il a été révélé. » Elle a fermé le livre. « Jamais en un million d'années », a-t-elle poursuivi à bout de souffle, « n'ai-je jamais imaginé que ma petite-fille marrante serait celle qui lui donnerait vie. » Elle me regarda avec incrédulité, secouant la tête avec sympathie.

« C'est un livre ancien, Gram. » J'ai essayé de rationaliser avec elle. « Il n'y a aucun moyen que cela me soit destiné. »

« Oh, mais ça l'est, citrouille, » dit-elle sincèrement. « Je n'en doute pas. Tu étais destiné à ça, bien que je souhaite que le fardeau ne vienne pas avec ce cadeau. »

« En quoi est-ce un cadeau si je suis en danger? »

« C'est difficile à expliquer. » Elle a semblé y réfléchir. « Tu es un élément critique dans la viabilité du monde maintenant, ma petite sorcière. Pour moi, tu as toujours été importante, mais maintenant, tu appartiens à tellement plus. »

« Allons droit au but alors », ai-je dit en m'étirant pour me casser le cou. « Explique-le. J'ai besoin de savoir ce que cela signifie. Pourquoi suis-je en danger? » demandai-je.

« Nous ne savons jamais avec certitude quels sont les détails, mais ce que je sais, vous ne l'aimerez pas. » Elle m'a regardé en fronçant les sourcils. Satyra et Raidan sont restés silencieux, toujours fixés sur le livre avec la prophétie.

« Ne pas l'aimer ne le rend pas moins réel, alors le comprendre semble être la chose la plus responsable », répondis-je en croisant les bras. Elle m'inquiétait. Je pouvais à peine croire que tout cela était vrai. Je n'étais pas spéciale. J'avais tout simplement tort. La façon dont ma grand-mère se comportait envers moi m'obligeait à faire très attention. Peut-être que je n'avais pas compris. Peut-être avais-je raté quelque chose. Je ne pouvais pas être une Déesse incarnée. J'étais bien trop ordinaire pour ce genre de prévoyance.

« Vous faites un bon point », a déclaré Gram. « Ce n'est pas parce qu'on n'aime pas la vérité qu'il est moins important de l'apprendre. » Elle hocha la tête et croisa les mains sur la table de marbre, et je ne pus m'empêcher de penser qu'elle avait l'air plus âgée à ce moment. Sa rigueur a intensifié son âge. « J'avais le sentiment que quelque chose n'allait pas. Je pouvais le sentir dans mes os au moment où c'est arrivé. Comme vous tous. »

« Que veux-tu dire? » J'ai interrogé, ma compréhension n'est toujours pas claire.

« Comme nous l'avons vu, vous détenez beaucoup de pouvoir, Shivalri. Je n'ai jamais vu quelqu'un avec une telle inexpérience imposer la magie que tu as libérée. » Elle secoua la tête comme si elle essayait de saisir ses pensées. « Il est logique qu'ils soient venus à vous si vous êtes lié à cette prophétie. »

« Comment savez-vous que je suis lié à cette prophétie? » me suis-je demandé à haute voix. Peut-être que ce n'était encore qu'un coup de chance.

« Ouais, Gram. Comment es-tu sûr? » demanda Saty.

« Parce que Shivalri peut contrôler les cinq éléments, tout comme la Triple Déesse. Ceux-ci étant l'eau, le feu, la terre, l'air et surtout l'esprit », nous a-t-elle informés. Étonnamment, cela ne m'a pas choqué. Après avoir vécu mes éruptions de magie, cela semblait relativement raisonnable. Ce qui ne me convenait pas, c'était la relation avec la prophétie.

« Cela explique le feu, » marmonnai-je.

« Et l'eau », a ajouté ma cousine.

« N'oubliez pas cette tempête de vent », a déclaré Raidan.

« Et votre croissance de fleurs », a confirmé Gram. « Les fantômes aussi. Vous avez tout. Feu, eau, air, terre et esprit. »

« D'accord, mais si vous avez fait disparaître et réapparaître la flamme et que vous avez une affinité spirituelle, qu'est-ce qui me rend différente? » J'ai demandé.

« J'utilise un sort pour invoquer une magie qui ne m'appartient pas. C'est une règle de donner et recevoir. Mon énergie est échangée contre du pouvoir. De votre côté, vous n'avez pas utilisé de sorts. La magie est déjà en vous. »

« Oh. » J'ai hoché la tête. « Je vois. » Il était inutile de remettre en question ces pouvoirs soudains que j'avais acquis. C'était étrange, bizarre, mais cela existait incontestablement, et je n'avais sûrement pas utilisé de sort. L'heure était à l'acceptation. Gram prit un moment pour réfléchir. Satyra et Raidan nous regardèrent, attendant aussi intensément que moi. Je me demandais à quoi ils pensaient. Comment prenaient-ils cette information? Je ne pouvais rien lire de plus que de la curiosité sur leurs visages. Après une pause et une profonde expiration, le froncement de sourcils de Gram s'est transformé en détermination.

« Vos pouvoirs élémentaires semblent être complètement contrôlés par vos émotions à ce stade », a-t-elle dit comme pour elle-même.

« Je peux être d'accord avec vous sur celui-là. » Je rougis, embarrassée du peu de contrôle que j'avais sur mes émotions. Bien qu'il y ait des parties considérables de ça que j'étais même réticent à admettre, cette partie avait du sens.

« Alors, tu as perdu ta mère », a déclaré Gram, me faisant tressaillir et me distrayant de mes pensées intérieures. « Quand tu l'as vue, saviez-vous, au fond de vous, qu'elle était partie? »

Il m'a fallu un moment pour me souvenir de mes sentiments ce jour-là. La rétrospective de la scène me hanterait pour le reste de ma vie. Je me souviens avoir pensé que ma mère avait l'air sans vie. Un grand frisson me parcourut et je tremblai sur mon siège. J'avais connu dans mon cœur que ma mère était morte. J'ai su dès la minute où j'ai mis le pied dehors et j'ai vu l'épave de la voiture. Je n'avais tout simplement pas eu envie d'y croire. Je m'accrochais si fort à l'espoir à l'hôpital alors que je cherchais ma mère et mon frère. Mon cœur se serra au souvenir de Papa et moi découvrant Maman à la morgue.

« Je... je le savais », ai-je bégayé. Prendre sa déclaration a déchiré une blessure ouverte.

« Ainsi, lorsque tu as réalisé que ta mère était partie, tes émotions ont pris le dessus sur vos affinités, intensifiant les trois royaumes séparés. Lorsque tu exploites les cinq affinités à la fois, tout comme le fait la Triple Déesse, cela invoque la magie des Portillons », a déclaré Gram.

« Je n'ai vu aucune magie, » murmurai-je, ressentant toujours la lourde perte de ma mère. « Il n'y avait pas de feu ou quoi que ce soit autour de moi. »

« Je crois que tu as recherché les éléments directement à partir de leurs sources. Ils se seraient manifestés au cœur de la Terre. »

« Alors qu'est-ce ça signifie? » me suis-je demandé, essayant de mon mieux de comprendre.

« Tu as pris les royaumes que la Déesse a créés et tu les as réveillés; attisé leur magie. Tu as enlevé leur voile, » dit-elle froidement. Je me suis étouffé en toussant.

« Voile? » Je répète.

« Le voile entre les mondes. »

« Oh, mes Dieux," murmura Satyra. « Le ciel rouge... »

« Oui, précisément », a convenu Gram. « C'est à ce moment-là que j'ai eu l'impression que quelque chose n'allait pas dans notre univers. Ça ne m'a jamais paru naturel. Le ciel rouge, le bruit fort et craquant comme l'éclair à sa délivrance. Shivalri, tu as levé le voile sur les royaumes du Ciel et de l'Enfer. »

En un instant, j'ai senti le monde basculer. Des taches blanches scintillaient dans ma vision alors que j'essayais de me concentrer sur mon environnement. Je sentis mes mains chaudes et humides se cramponner à la table de marbre froide devant moi et me stabilisai. Que disait-elle? Comment est-ce possible?

« Qu'est-ce que ça veut dire? » Raidan l'a demandé. J'étais trop figée pour travailler ma voix.

« Ce qui est habituellement un rideau fermé est maintenant levé pour que tout le monde puisse voir à travers », a expliqué Gram. « Si ces informations tombent entre de mauvaises mains, des personnes terribles et méchantes pourraient tenter d'ouvrir les

Portillons véritables. » Je me figeai dans mon siège, des frissons parcourant ma colonne vertébrale.

« Je... » J'ai étouffé, ne trouvant jamais les mots. J'avais fait ça. Mes émotions mal gérées nous avaient tous condamnés, littéralement.

« Il semble que les royaumes ne puissent pas être complètement ouverts sans votre aide, peu importe. Au moins, nous pouvons être calmes en sachant que ça ne peut se faire à notre insu. Cela ne peut se faire sans toi. »

« Pouvons-nous arrêter ça? » Ma voix était brisée, ne me ressemblant pas tout à fait. « Y a-t-il un moyen de réparer ce que j'ai fait? »

« Tu es la seule à avoir le pouvoir de réparer le voile. » Ma grand-mère a retourné le livre et a continué à parcourir la page. « Eh bien, ce n'est pas tout à fait vrai », se corrigea-t-elle.

« Quoi? » j'ai demandé, perplexe.

« C'est un peu comme une énigme. Très vague, mais les morceaux sont là. » Elle haussa les épaules. « Il indique clairement que la lumière et l'obscurité doivent travailler ensemble, et tu dois libérer celui que tu n'es pas. La prophétie dit que vous devez le libérer. Je crois que l'un de vous doit représenter le Ciel et un l'Enfer. »

« Alors... » j'ai réfléchi. « Je dois représenter l'Enfer à cause de mon ADN. » Je tremblai alors qu'un autre frisson parcourut mon corps. Les cheveux à l'arrière de ma nuque picotaient alors que je considérais mes risques et périls.

« Ça pourrait être littéral, comme vous le mentionnez. Mais ça pourrait aussi faire référence à l'intention ou à l'état physique. Dans ce cas, je ne crois pas que tu sois le symbolisme de la nuit. » Elle plissa le nez à cette pensée. « Je peux me tromper, mais nous ne le saurons pas tant que nous ne le saurons pas », pensa Gram à haute voix en regardant à nouveau la page. « Personne ne sait ce que la prophétie signifie vraiment, seulement que nous nous attendions tous à ce qu'une nouvelle Déesse prenne la place de la Triple Déesse. »

« Génial, » dis-je d'une voix tremblante, baissant les yeux, me noyant dans mes pensées. Nous restâmes assis en silence pendant un moment, rassemblant nos esprits et essayant de donner un sens aux choses. Ça devenait trop. Tout d'abord, ma grand-mère m'a informé de ma capacité à manier les cinq éléments. Ce n'était pas une surprise, car je ne pouvais pas me maîtriser même une seconde depuis que la magie a commencé à s'agiter en moi et que les éléments étaient présents à chaque explosion. C'était en soi difficile à avaler, mais je pouvais le supporter. Être la Triple Déesse était la cerise sur le gâteau du destin le plus absurde. Honnêtement, je ne voulais rien en faire. Quel genre de vie serait-ce? Serait-ce même à moi de marcher? La prophétie a exposé mon destin sans que j'aie mon mot à dire. Que je veuille être une sorcière ou non, que je veuille faire partie d'une grande prophétie ou non, je n'avais pas le choix.

« Gram? » demanda Raidan. Sa voix me surprit, me réveillant de mon fardeau.

« Quoi, Raidan? » répondit-elle, haussant les sourcils en question.

« Que voulez-vous dire que Shivalri a ouvert la porte, ou le voile, du Ciel et de l'Enfer?" Je levai les yeux vers lui, saisissant enfin entièrement ce que Gram avait dit. Le poids total de la réalisation pressé dur.

« Oh mes Dieux, attendez... » Je m'immobilisai, les yeux écarquillés d'horreur.

« Je veux dire que le Ciel et l'Enfer peuvent potentiellement être livrés sur Terre. Le voile, c'est pour voir à travers, mais les Portillons... Eh bien, les Portillons, c'est pour traverser. Ce qui ne peut signifier rien de bon pour aucun d'entre nous », a déclaré Gram. « Pas bon du tout. »

« Crisse! » J'ai commencé à paniquer à haute voix. « Je pensais que c'était juste comme une sorte de fenêtre à travers laquelle les royaumes pouvaient jeter un coup d'œil! » criai-je. « Des démons sur Terre? Et je suis responsable? Comment diable suis-je censé de réparer quelque chose comme ça? » Je pouvais sentir une crise d'angoisse s'installer dans mes nerfs. Je devais me calmer, mais tout ce que je pouvais penser était que des démons croiseraient inévitablement mon chemin. Comment cela était-il arrivé? Pourquoi moi?

« Le voile est un peu comme un rideau sur une fenêtre, en ce sens que, lorsqu'il est levé, permet aux êtres de regarder à travers, et parfois, si la fenêtre elle-même est suffisamment, eux des autres royaumes peuvent influencer les choses de l'autre côté. » Gram dit calmement. « Le voile est comme la fenêtre, tandis que la porte est comme une vraie porte. Personne n'a le pouvoir de garder la porte physique ouverte, à part que la Triple Déesse. Elle a promis toute son existence à garder les Portillons fermées et protégées. Elle nous protège tous, pour le bien de l'humanité. »

« Alors, que se passe-t-il en ce moment? » interrogea Raidan. « Avec les Portillons? »

« Autant que je sache, ils sont toujours fermés. Le danger imminent est que le voile a disparu. Certaines magies sont suffisamment puissantes pour permettre à un autre être de visiter pendant une brève période si le voile est levé, même si les Portillons ne sont pas ouverts. »

« Par quelques magies, tu veux dire Shivi, n'est-ce pas? » murmura Satyra.

« Seulement elle et l'ancienne Triple Déesse. » Gram hocha la tête. « Parce que Shivalri, d'une manière ou d'une autre, a été choisie pour la remplacer. »

« Seigneurs... » Je n'arrivais pas à y croire.

« Si les êtres d'un autre monde n'ont pas déjà découvert que leur voile a été levé, ils le feront bientôt. » Nous avons tous hoché la tête d'un air inquiétant. J'ai regardé ma famille autour de la table, mon regard s'est posé sur chacun de mes proches. Raidan était trempé d'incrédulité, la sueur perlant le long du front de ses yeux ouverts. Je pouvais dire qu'il était inquiet dans la façon dont sa mâchoire s'ouvrait, ne voulant pas croire que ça puisse arriver. Satyra tremblait dans sa peau d'une pâleur méconnaissable. Ma cousine n'avait pas trop parlé pendant ce récit édifiant, apparemment abasourdi et véritablement énervé. Ma grand-mère était solennelle et usée. Elle avait l'air de se préparer au combat. Le chagrin et tant de peur nous ont tous inondés. J'ai senti la pression écrasante de mon échec m'avaler tout entière. Ma famille et le monde entier étaient en danger, et j'en étais la cause.

« Alors que faisons-nous? » Je tremblais à cette pensée. Je ne voulais même pas commencer à imaginer ce que *je* devais faire.

23

REPOS

« **J**e pense que nous pourrions tous bénéficier d'une bonne nuit de sommeil », a suggéré Gram. Je tremblais à l'idée de quitter cette conversation, pour ainsi dire. Mon corps a ressenti le désir de fermer, mais mon cerveau a soutenu que je devais rester éveillé et continuer à apprendre et continuer à essayer de comprendre mon rôle dans tout ceci. Mes nerfs ont été abattus après toutes les affaires de ce soir. Je ne savais pas qui gagnerait la bataille; mon anxiété ou mon besoin de repos.

« Je ne pense pas que je pourrais dormir en ce moment », j'ai dit en passant mes ongles entre mes dents pour les ronger.

« Oh, viens maintenant. Vous aurez tout le temps de vous inquiéter demain. » Ma grand-mère a retiré ma main de ma bouche, mais je l'ai arrachée de sa poigne et j'ai continué à mâcher. Elle me fit claquer sa langue.

« Cela ne va pas améliorer ta situation », a-t-elle déclaré. « Tu as besoin de repos. Nous l'avions tous besoin. » J'ai craché mon ongle mâché au sol et j'ai piétiné dessus.

« Le sommeil est pour les faibles. J'ai besoin de plus de réponses, » grognai-je en enfonçant mon pied dans le sol.

« Vous les aurez demain matin », a-t-elle insisté.

« Je ne suis pas opposé à dormir en ce moment, en fait, Shiv », a déclaré Satyra avant de s'éloigner. Je la regardai avec incrédulité.

« Rai? » ai-je demandé, le cherchant pour voir mon intérêt à rester debout.

« "Le sommeil sonne bien. Nous devrions probablement aussi essayer d'appeler Pa, » supposa-t-il. Mes nerfs se sont détendus à la mention de notre père.

« Merde. J'ai tout oublié de Papa. »

« Oh, ne t'inquiète pas, » intervint Gram. « Je l'ai appelé pendant votre explosion de feu. »

« Quoi? » demandai-je, perplexe. Comment avait-elle trouvé le temps? Plus intrigant, comment l'avait-elle fait?

« Quand je suis allée te chercher un pull, j'ai pris un bref instant pour appeler ton père. J'ai un téléphone portable pour les urgences, tu sais. »

« Depuis quand as-tu un téléphone qui fonctionne? » J'ai demandé. Satyra ricana.

« C'est toujours éteint. Elle enlève même la carte SIM », nous a-t-elle dit. « Ç'amène de mauvaises énergies. » Elle rit, imitant sarcastiquement le ton menaçant de notre grand-mère. Gram l'a frappée à la tête en plaisantant.

« Hé! » Saty gémit en se frottant le crâne.

« Tu ferais mieux d'écouter ta grand-mère écervelée. N'ai-je pas prouvé que j'en savais plus que la plupart? » Elle a fait un clin d'œil et a fait un geste vers la grotte dans laquelle nous nous tenions encore.

« Bon point », Satyra a dit en tapotant les cheveux qu'elle avait peignés.

« Est-ce que Papa était en colère contre nous? » demandai-je, ramenant le sujet. « A-t-il reçu le mot que nous lui avons laissé? »

« Il n'était pas en colère. » Gram soupira. « Il était dans un tumulte, mais entièrement par souci pour vous deux. Il était heureux d'apprendre que vous étiez en sécurité et a accepté votre séjour ici. »

« Il n'a pas déféré? » Raidan se demanda à haute voix.

« Je ne pense pas qu'il ait eu l'énergie de discuter. Il était désemparé », nous a dit Gram. Je soupirai de soulagement, puis me sentis coupable de l'avoir inquiété. Puis je me suis rappelé pourquoi nous étions partis en premier lieu et j'ai décidé que ma culpabilité n'était pas nécessaire tant que tout le monde allait bien. Satyra se tourna vers moi et me lança un regard compatissant. Elle désigna les escaliers et attendit un signe de reddition. J'ai soupiré.

« Bien, nous allons se coucher. »

« Allons-y », a-t-elle insisté, et je l'ai suivie dans les escaliers, Raidan et notre grand-mère derrière.

En haut de l'escalier, je sentis à nouveau l'odeur de l'incinération et étouffai un petit éternuement. Gram a sorti ses clés et a verrouillé la porte derrière nous.

« Est-ce que tu dois encore le verrouiller même après que nous sommes allés là-bas? » demanda Raidan, déçu.

« Il n'y a pas que toi que j'ai gardé de ce sous-sol, Raidan. Vous ne pouvez jamais croire que vous êtes en sécurité. »

« Vous avez peur des cambrioleurs? » il ricana.

« Je prends des précautions car elles sont nécessaires. Et non, je n'ai certainement pas peur des cambrioleurs », répondit-elle en redressant les épaules.

« Alors qui? » Il a demandé.

« Vous ne savez jamais quand la difficulté peut se cacher », a divulgué Gram, à voix basse. « Ces bois sont pleins de créatures qui meurent d'envie de mettre la main sur mes biens les plus précieux. » Ma cousine m'a lancée un regard écarquillé qui reflétait le mien alors que nous nous tournions pour regarder notre grand-mère.

« Créatures? » disions-nous à l'unisson.

« Porte-poisse! » avons-nous dit ensemble et rigolé. Le visage de Gram était dur comme de la pierre, ramenant notre attention sur la gravité de sa déclaration.

« Nous ne sommes pas seuls dans ces bois; par conséquent, j'ai placé un sort pour protéger ma maison. Un sort fort et robuste. » Elle porta son doigt à sa tempe, puis son visage passa de content à

troubler. « Maintenant, sachant que les anges et les démons pourraient potentiellement errer librement, le sort est presque inutile
contre ces êtres supérieurs. Je ne sais pas à quoi servirait mon sort
pour me protéger contre eux. »

Je n'avais jamais vu ma grand-mère aussi secouée. Il était difficile de comprendre cette fiction devenue réalité. J'avais toujours cru
aux fantômes, mais les créatures qui rôdaient dans les bois me
paraissaient ridicules. Pire encore, les anges et les démons. Tout ce
que je pouvais penser, c'était que j'avais apporté cette horreur à tout
le monde. J'avais ouvert le voile et invité par inadvertance la terreur
à frapper. J'avais mis le monde en danger, j'avais compromis ma
famille.

« Je vais arranger ça », ai-je proclamé. Je n'étais pas sûr de le
dire, mais je savais qu'il fallait le dire. C'était ce que ma famille avait
besoin d'entendre.

« Et nous t'aiderons, » Gram a ajouté. Satyra et Raidan
hochèrent la tête en signe d'accord, mais je pouvais voir la peur
s'accélérer derrière leurs yeux.

« D'accord, » marmonnai-je, principalement pour moi-même.
Raidan posa une main sur mon épaule pour me réconforter.

« Nous allons nous en sortir, Shivi, » jura-t-il. « On a ton dos. »
J'ai hoché la tête, essayant de mon mieux de ne pas broncher à
l'idée de les impliquer dans ma mise en danger.

« Premier ordre du jour; dormir », a annoncé Gram. « Allez dans
vos chambres. »

« Très compris », a déclaré Raidan alors que Gram bâillait, se
retournant pour trouver sa chambre. Ma pauvre vieille grand-mère
avait l'air si fatiguée. Elle avait toujours porté un pep en elle. Elle
avait une vivacité comme aucun autre ancien que je n'avais jamais
vu. Ce désastre pesait lourdement sur elle, et il était rare de le voir
dans son apparence.

« Vien t'en, Cuz. Tu dormiras dans ma chambre avec moi, et
nous donnerons à Rai la chambre d'amis à côté de celle de Gram »,
suggéra Satyra. "De cette façon, nous pouvons tous dormir au
dernier étage. » Bien qu'il y ait de nombreuses chambres dans cette

maison, j'aimais l'idée de rester près de tout le monde. Après cette nuit, des frissons de terreur ravageaient mes nerfs. Je ne voulais pas être seul.

« Bonne idée, » j'ai dit en expirant, essayant de relâcher une partie de la pression des événements de cette soirée. Satyra hocha la tête, joignant nos bras comme lorsque nous étions enfants.

« Une soirée pyjama! » Elle m'a souri. « Ça fait un moment, hein, Shiv? »

« Pas assez longtemps », ai-je gémi en me souvenant des problèmes de sommeil de Saty.

« "Hé, ça va être amusant! Je ne suis pas si mal que ça », a-t-elle marmonné. « Je suis devenu meilleur pour dormir toute la nuit. »

« Peu importe ce que tu dis. » J'ai ri. « Mais tu ferais mieux de croire que je crée un mur d'oreillers entre nous. » Je ris quand elle se moqua de moi avec incrédulité.

« Comme d'habitude, » répondit-elle en poussant un gros soupir.

« Écoute, tu es excentrique quand tu dors! » J'ai tenu bon, me souvenant de toutes les soirées pyjama précédentes.

« Ce n'est pas ma faute! » Elle renifla et commença à cligner des yeux pour avoir l'air possédée.

« Arrête! » J'ai crié, mi-effrayé et mi-amusé. « Tes yeux vont se coincer comme ça un de ces jours! » Elle leva les bras et fit semblant d'être un monstre en réponse.

« Je veux manger ta cervelle... » grogna-t-elle doucement. C'était une tentative hystérique d'une voix effrayante. Avec une voix aussi pétillante que la sienne, elle ressemblait à Tinkerbell avec une gorge qui gratte.

« Tu es étrange, » dit Raidan en roulant des yeux. « Va te coucher. »

« Il a raison, tu sais », a déclaré Gram depuis sa porte. « Allez-y, vous deux. Au lit. » Gram a ri et a disparu.

24

CAUCHEMAR

Un ciel cramoisi et des nuages sombres se dressaient au-dessus de ma tête. Alors qu'il commençait à pleuvoir, je pouvais goûter une tache de cuivre dans l'air. Il m'a rempli, captivant tous mes sens à la fois, m'aveuglant de ma logique. Les nuages, florissants, criaient du sang. Je les ai suivis alors qu'ils avançaient, le nez levé vers le ciel.

Des arbres sont apparus devant mes yeux, faisant quitter les nuages pour regarder devant moi. J'étais dans la forêt, bien que ce ne soit pas le genre typique, car les arbres poussaient dans toutes les directions, se tordant comme si les branches avaient leur propre esprit. C'était la nuit; mon environnement était sombre et patiné. J'étais détendu, profitant de l'environnement.

Un corbeau croassa, captivant mon attention alors que je cherchais sa position. Dans l'arbre, l'oiseau s'est perché au-dessus de ma tête et m'a de nouveau croassé. Il était beau, noir et mystérieux; comme un rêve que je reconnais comme un rêve. Il me regardait maintenant, et je fixai mon regard, regardant directement son troisième œil. Nous avons cligné des yeux dans le temps, et le monde est devenu noir.

J'ai senti une forte pression sur ma tête, suivie par mes côtes, mes hanches et mes genoux. J'ai ouvert les yeux pour voir que j'étais face contre terre. J'ai essayé de me tourner, mais mes muscles n'ont pas obéi. Enfin, je succombai au sol et restai immobile comme jamais. J'ai entendu un bruit de glissement tout autour de moi et j'ai essayé d'incliner la tête, mais en vain; Je ne pouvais toujours pas bouger. Je suis resté calme.

Du coin de l'œil, j'ai vu les vrilles, les racines noircies de l'arbre aux oiseaux m'envelopper. Ils se sont glissés dans mon dos et se sont enroulés autour de chacun de mes membres. Ils ont piqué ma peau, répandant la douleur partout. J'ai fermé les yeux.

Soudain, le sol sous moi avait disparu, et j'étais suspendu dans le ciel, retenu par rien d'autre que de faibles racines qui s'enroulaient autour de moi. Un grondement sourd s'éleva, et mes oreilles résonnèrent d'un son perçant. Les racines devinrent cassantes, mon corps s'abaissant à chaque claquement de vrille. Le grondement s'amplifia. Et puis je suis tombé, mon ventre claquant dans ma cage thoracique. J'ai cligné des yeux et le ciel est passé du soleil rouge à la lune bleue, magnifique en contraste avec la nuit. Le croissant devant moi éclairait mes cheveux qui fouettaient dans la chute libre.

« C'est un cauchemar... » un murmure profond et sombre d'une voix passa à mon oreille.

« C'est un cauchemar... » répétai-je, cherchant la voix dans le vent. La chaleur effleura ma joue et je fermai les yeux pour m'en imprégner. Même maintenant, tombant du ciel sans aucun sol visible en dessous de moi, je me sentais en sécurité alors que je plongeais vers la mort.

Le bruit du martèlement m'a réveillé en sursaut. Mon cœur battait si vite; ma tension artérielle a augmenté au rythme des bruits assourdissants qui résonnaient dans ma tête. *Pas encore.*

« Saty, » j'ai sifflé en ouvrant les yeux. Là, Satyra était assise auprès de la tête de lit, se cognant la tête contre le mur à plusieurs reprises. Je me redressai et retirai les couvertures de mes jambes. J'ai pris un de mes oreillers soigneusement empilés et j'ai chronométré le moment où je pourrais le glisser sous son cou. Il n'y avait pas de réveil de Satyra quand elle avait ces crises, peu importe à quel point on essayait. J'avais l'habitude de la voir faire ça. Elle avait pris l'habitude dès son plus jeune âge. La première fois que je l'ai vue le faire, j'ai crié si fort que Gram est arrivée en courant dans la pièce avec son balai à la main, prête à combattre mes ennemis.

J'ai réussi à glisser l'oreiller sous elle et les coups ont cédé. Pourtant, elle secoua le lit. J'ai pris mon côté de couvertures et j'ai créé un cocon autour d'elle, et les secousses ont cessé presque instantanément. Enfin, je me suis allongé à ma place et me suis recroquevillé sur moi-même, reconnaissant d'avoir le pull extra-large pour me réchauffer. Je ne savais pas si je pouvais me rendormir. Ce cauchemar avait semblé si réel. Cela n'a pas aidé que le martèlement de Saty ait donné vie aux sons de mon rêve. Un mal de tête imminent et inévitable me saluerait sûrement le matin. J'ai touché mon front et frissonne au contact. Je reculai au toucher alors que mes joues devenaient glacées, manquant la chaleur de la brise nocturne du rêve.

25

DÉBORDEMENT

Lorsque le soleil s'est levé pour briller à travers la fenêtre, j'ai bondi hors du lit, les événements de la nuit dernière tourbillonnant dans ma mémoire. Je me suis stabilisé du vertige que j'ai déclenché et j'ai cligné des yeux mon moment de vertige.

« Waouh, c'est quoi l'urgence? » Satyra a parlé du coin de la pièce. Sa voix me pinça les oreilles et le début d'une migraine se fit sentir. Ma cousine était déjà debout et habillée, se brossant les cheveux à son poste de maquillage. Elle était toujours du genre à s'assurer qu'elle était jolie et préparée pour sa journée, ne sortant jamais une seule fois sans préparation.

Son bureau de maquillage était une antiquité qui appartenait à la mère de notre grand-père. Pépère nous avait dit que sa mère Edmée l'avait utilisé comme table à coudre quand il était petit. Lorsque sa mère, mon arrière-grand-mère, est décédée, après avoir vécu une belle quatre-vingt-treize ans, la table a été laissée à mon grand-père. Il en a fait un bureau en ajoutant des tiroirs de chaque côté, et c'est dans la chambre de Saty depuis sa naissance; finalement, elle l'a transformé en sa zone de maquillage. Il y avait des bouteilles sur des bouteilles de vaporisateurs de parfum qui se tenaient devant le miroir crasseux. Ses outils à cheveux occupaient un côté, et le reste du bureau avait toutes sortes de maquillage éparpillés sur sa surface. Je la regardai se coiffer en silence, gravant l'image dans ma tête. C'était un soulagement de la voir faire sa routine matinale habituelle. C'était un signe que ce qui me donnait un énorme mal de tête ne semblait pas du tout la déranger.

« Est-ce qu'hier est arrivé? » j'ai demandé en me raclant la gorge. J'espérais à moitié que c'était tous vrai juste pour prouver que je n'avais pas perdu la tête, mais franchement, j'espérais surtout que tout n'était qu'un mauvais rêve, quelque chose que j'avais imaginé. Elle me regarda à travers le reflet de son miroir, la confusion encadrant ses yeux.

« Que veux-tu dire? Il ne s'est rien passé hier soir. » Elle tordit une boucle, insouciante. Elle continua à peigner ses cheveux comme si de rien n'était. Je me frottai les yeux et les plissa.

« Quoi? » J'attrapai mes lunettes qui étaient posées sur la table de chevet. « Tu ne te souvient pas de ce qui s'est passé hier? »

« Oh, tu veux dire comment nous avons découvert que nous étions des sorcières, tu as mis le feu à la maison, Gram a une grotte souterraine secrète dans la maison, et tu as très probablement déchaîné des anges et des démons sur Terre? » Elle s'arrêta, retournant à ses cheveux. « Oui, c'est arrivé. » Elle posa son peigne à cheveux et attrapa son fer plat pour lisser sa frange. La lumière du soleil de la fenêtre projetait un rayon doré dans ses cheveux auburn, révélant la coloration rouge dont nous avions tous les deux hérité. Elle m'a regardé et a roulé des yeux. Je gémis alors que la lourdeur de tout cela s'écrasa encore une fois sur moi.

« Fantastique. » Je me laissai tomber sur le lit et laissai échapper une plainte dans le matelas. Comment cela pourrait-il se produire? Comment était-ce devenu ma vie? Ma bouche avait un goût amer à la mention par Satyra que des anges et des démons errant sur la Terre. Je ne pouvais qu'imaginer les dégâts que cela causerait. Qu'est-ce que j'allais faire?

J'ai finalement décidé de me lever et de trouver quelque chose à me mettre. Mon sac était petit, donc je n'y avais pas beaucoup de place. Ma chemise d'hier était désormais inexistante, ce qui rendait encore moins d'options. J'ai cherché frustrer et j'ai trouvé une paire de jeans noirs déchirés. Ma paire préférée. Tout le reste que j'ai choisi était de couleur bordeaux, donc je n'avais pas à me soucier de la correspondance.

Je me guidai vers la porte et me dirigeai vers la salle de bain la plus proche de la chambre de Satyra. D'abord, je prendrais une douche. Alors viendrait la fin du monde tel que je le connaissais. J'ai pris ce temps pour méditer sur mes actions et me concentrer sur l'absorption des seules bonnes énergies. La vapeur de l'eau a éclairci mes pensées et m'a dépouillé des vrilles de mon cauchemar qui étaient encore fraîches sur ma peau. La douleur d'une mauvaise nuit de sommeil s'est lentement estompée et j'ai tout laissé derrière moi.

Le bruit d'un millier de gouttes d'eau qui se cognent contre le fond de la baignoire m'a mis en transe. Je me concentrai sur ma respiration, permettant à la brume humide d'entrer et de sortir de mon nez. La vapeur était lourde, l'air humide s'installait tout autour de moi. De l'eau perlée, suspendue à mes lèvres. Les gouttelettes se sont vaporisées au fur et à mesure que j'inspirais et que j'expirais, et je me concentrais sur les sons de l'eau, ressentant soudain l'envie de fredonner.

Ma langue picotait au bourdonnement de ma vibration, rayonnant dans tout mon crâne. J'ai senti le tremblement vibrer au rythme du bruit de l'eau. Il est devenu plus fort; mes émotions ont bondi et j'ai commencé à pleurer. La sensation était si pleine et pourtant si vide en même temps. L'eau au-dessus s'est éteinte de manière inattendue, et maintenant je baignais dans mes larmes. Non... Ce n'était pas naturel. Je sentais toujours la pression de la pomme de douche couler sur mon visage, ma poitrine et mon corps. J'ai essuyé mes yeux, et de manière inattendue, ils ont jailli comme un jet, l'eau éclaboussant les murs et le rideau. J'ai crié, mais ma voix s'est rapidement transformée en gargouillement. Je me noyais. C'est ainsi que je meurs.

Une détonation soudaine a retenti à la porte et j'ai entendu ma cousine crier mon nom.

« Shivalri! J'peux pas entrer! » cria-t-elle en secouant la poignée et en frappant à la porte. J'ai essayé de crier à l'aide, mais tout ce que je pouvais faire était de m'étouffer. L'eau coulait de mes yeux et s'écoulait, faisant son chemin dans ma gorge. Le puits de liquide s'accumula dans ma bouche, débordant dans la baignoire. Mon corps était une fontaine sans fin en vue. Mon cœur battait à un mile par minute, et je ne pouvais pas l'arrêter.

J'ai attrapé le rideau de douche et j'ai enfoncé mes ongles pour me soutenir. Claquant mes tibias contre le bord de la baignoire, j'ai réussi à tomber par-dessus le bord. Un bruit sourd humide sur mon ventre résonna dans la pièce et l'eau jaillit de moi comme une bouche d'incendie brisée. Mes côtes me piquaient au contact douloureux avec la surface de marbre. L'eau a inondé le sol instantanément et est sortie par le bas de la porte. J'ai aspiré une haleine humide, cherchant de l'air. Mes poumons brûlaient.

« Ouf... » J'ai essayé, une toux grasse me frappant au fond de la gorge. Les coups à la porte ont continué.

« Shivalri! » Satyra paniquait maintenant, jetant son corps contre la porte. Ma toux a commencé à dégager mes poumons à chaque tentative peu profonde. Durement, j'ai pris une autre inspiration débordante.

« Je suis... correcte », ai-je réussi, glissant sur mes coudes alors que j'essayais de me soulever du sol.

« Est ce que tu t'es endormis? » cria-t-elle, ses pieds clapotant dans l'eau de la porte. J'ai presque ri. Elle ne pouvait jamais imaginer ce qui venait de se passer. Si je lui disais, me croirait-elle même?

« Je vais sortir... » dis-je en l'assurant d'une voix rauque. Je glissai sur mes genoux et me relevai en m'agrippant au comptoir, et je sentis les muscles de mes épaules et de ma poitrine se contracter alors que je me levais sur mes pieds.

« Apportes une serviette! » elle m'a crié. Je me suis moqué. J'allais avoir besoin de bien plus qu'une serviette pour réparer ce gâchis.

Ma respiration commença à se stabiliser et je me dirigeai vers le placard. J'ai jeté chaque serviette sur le sol, marchant dessus pour disperser leurs capacités de séchage. Je les ai regardés s'imprégner de l'eau, satisfaits. Comme j'avais utilisé toutes les serviettes, j'ai grommelé, réalisant que je n'avais rien pour me sécher. J'ai regardé la serviette à main accrochée au-dessus de l'évier et l'ai attrapée par son crochet. Cela ferait l'affaire.

Je me suis séché et j'ai mis mes vêtements, me sentant toujours tremblante. J'avais surmené mes muscles en essayant de me sauver. Mes os me faisaient mal et j'allais certainement trouver des ecchymoses à un endroit ou un autre. Mes cheveux étaient trempés, mais à ce stade, je n'avais pas l'énergie d'utiliser le sèche-cheveux. Je l'ai essoré dans l'évier, constatant qu'il restait encore de la mousse de revitalisant alors qu'elle coulait dans mes cheveux et dans mes paumes. Je m'en foutais. Je l'ai jeté dans mon chignon habituel, permettant aux mèches folles de dribbler de l'eau dans mon cou. Mon corps me faisait mal et je manquais d'oxygène de manière si troublante. La sensation était horrible. Je ne prendrais plus jamais la respiration pour acquise. Je n'arrivais pas à comprendre comment Satyra et Raidan géraient l'asthme. C'était de la torture.

J'ai trouvé les serviettes demi-sèches restantes et les ai traînées vers la porte de la salle de bain, puis j'ai ouvert la porte en secouant le malaise. J'ai levé les yeux de mes pieds, qui tiraient la serviette, et j'ai presque crié à haute voix. Ma main a volé vers mon cœur et j'ai fixé mon visage, stabilisant mes yeux. Là se tenait ma grand-mère, à près d'un pouce de moi et dans l'eau jusqu'aux chevilles.

« Envie d'une baignade? Nous avons une cascade pour ça. » Elle a pris sa main qui était derrière son dos et a placé une paire de lunettes protectrices dans ma main. Je cligne des yeux un instant, confus. Elle se moquait de moi.

« Je n'ai pas fait ça, » dis-je, puis secouai la tête. « Non, ce n'est pas vrai. Je l'ai fait. Mais je ne l'ai pas fait par exprès », expliquai-je, les yeux rivés sur les lunettes. Elle m'a regardé de haut en bas, puis a fait tourbillonner ses orteils dans l'eau qui a inondé son couloir.

« Ah, petite citrouille, tout va bien. Vous avez beaucoup à apprendre. » C'est tout ce qu'elle a dit avant de se détourner de moi et de descendre les escaliers. Un bruit de drainage a englouti la maison et l'eau dans laquelle mes pieds ont nagé a rapidement voyagé vers ma grand-mère, s'infiltrant jusqu'à ce qu'elle soit inexistante. J'étais abasourdi. Tout ce chaos s'est évanoui en un seul souffle de la magie de ma grand-mère. Incroyable.

« Comment as-tu fait ça? » Je l'ai appelée.

« J'ai simplement dit à l'eau de trouver un meilleur endroit où être », a-t-elle dit naturellement et a quitté ma vue.

Satyra jeta un coup d'œil au coin de la porte de sa chambre et regarda nerveusement dans le couloir. Quand elle a vu moi et le sol qui séchait rapidement, son corps s'est détendu.

« Est-ce que ça va? » demanda-t-elle en me regardant. Je secouai la tête avec incrédulité.

« Apparemment, » lui dis-je.

« Qu'est-il arrivé? » demanda-t-elle en désignant le sol. « Une minute, je t'ai entendu crier à tue-tête, et la minute suivante, la maison était inondée. Je ne savais pas quoi penser. » Elle fronça les sourcils. « J'ai essayé d'entrer, mais la porte ne bougeait pas. »

« C'est bon, » je l'ai rassurée. « Je ne pense pas que tu me croirais si je te disais ce qui s'est passé là-dedans. Je peux à peine croire que ça vient de se passer. »

« Est-ce que tu t'es endormis? » elle a demandé. « Ou as-tu bloqué le drain et ne l'as pas remarqué? »

« Non, » j'ai dis en rougissant d'embarras. « Je pleurais. »

« Et alors? » insista-t-elle.

« C'est ça. Je pleurais si fort que les larmes ont commencé à sortir comme un jet. Je pouvais sentir l'eau de la douche sur moi; puis, il m'est soudainement sorti de mes yeux au lieu de la pomme de douche. Je ne pouvais plus respirer puisque, à un moment donné, l'eau a commencé à couler de ma bouche au lieu de mes yeux. Je pense que c'est quand je suis tombé de la baignoire que ça s'est arrêté », supposai-je. Satyra vient de me regarder, les yeux écarquillés. « Le coup a dû m'obliger à m'arrêter. »

« Comment es-tu même un être humain? » Elle laissa échapper son souffle. « C'est tellement farouche. » Elle secoua la tête d'émerveillement. « Est-ce que ça fait mal? »

« Ouais, » dis-je. « J'avais l'impression de me noyer. »

« C'est affreux, » dit-elle, la bouche se tordant en une grimace. « Je suis désolé de ne pas pouvoir entrer pour t'aider. »

« Il n'y a rien que tu aurais pu faire », j'ai dit. « De plus, je ne pense pas qu'aucun de nous ne se remettrait de toi en me regardant tomber comme un poisson, nu sur le sol. » J'ai ri. Elle rougit à cette pensée et éclata de rire.

« Ouais, en fait, je suis contente que tu l'aies compris par toi-même. Je ne pense pas que je ne pourrais jamais sortir une image comme ça de ma tête. »

« Moi pareil », dis-je. « Est-ce que Gram a essayé d'entrer aussi? » me demandais-je maintenant alors que je me souvenais qu'elle m'avait salué quand je suis sorti.

« Croiriez-vous que Gram se tenait là pendant cinq bonnes minutes avec ses lunettes protectrices, riant toute seule? » Elle rit d'un air moqueur. Je la regardai follement.

« Elle n'était pas du tout inquiète? » demandai-je, déconcerté par ses actions.

« Pas même un peu! » dit-elle, rayonnante et éclatant de rire. « Gram riait toute seule. Quand je lui ai demandé ce qu'elle faisait, elle m'a fait taire et m'a dit de me cacher. »

« Waouh, » dis-je en secouant la tête. Je ne pouvais pas le croire. Ma grand-mère était toujours aussi excentrique. « C'est bon de savoir qu'elle me soutient. » J'ai secoué la tête et une goutte d'eau a glissé le long de ma nuque, provoquant un frisson.

« Gram pense qu'elle est experte. » Saty agita la main, feignant un geste posé. J'imitai ses expressions faciales, haussant les sourcils et inclinant la tête.

« La dee da. »

« La dee da, en effet. Je sais tout, » ricana Satyra. Je soupirai et m'ajustai, marchant vers elle.

« Qu'est-ce qu'on va faire d'elle? » Je ris et toussai la dernière portion d'eau. Je m'essuyai la bouche et me raclai la gorge.

« Je n'en ai aucune idée », pensa Saty. « Tout ce que je sais, c'est que quand je l'ai vue, je suis rentré dans ma chambre très tranquillement. Il n'y avait rien d'autre à faire que de regarder », a-t-elle dit avec un sourire narquois et a mis son doigt sur sa bouche dans un geste silencieux. « Je pense que la vraie question est, qu'allons-nous faire de toi ? »

Je soupirai à sa révélation. « Je ne sais pas, Cuz. Ça va être une sacrée aventure. »

« Comme au bon vieux temps », supposa-t-elle. « Tu te souviens quand nous avons perdu Diego dans les bois quand tu vivais ici? »

« Oh, seigneurs, oui! » Je ris en roulant des yeux. « Chaque jour était comme une aventure quand nous étions enfants. » Elle posa une main sur sa hanche et prit une profonde inspiration.

« Je suppose que la sorcellerie est notre nouveau », supposa-t-elle.

« Je suppose que oui, » marmonnai-je. Je la regardai avec une révérence totale. « Qui aurait pensé...? Des sorcières », murmurai-je, essayant de visualiser notre nouvelle normalité. Elle y réfléchit un moment alors que nous descendions les escaliers. Elle se tourna vers moi, astucieuse.

« Je pense que nous étions destinées à une vie d'aventures », m'a-t-elle répondu.

« Je *sais* que nous le sommes, » acquiesçai-je.

26

PRÉPARATION

Raidan s'affala au comptoir de la cuisine, à moitié éveillé et mangeant des Corn Flakes. J'ai attrapé l'un des bols en porcelaine luxe de Gram et je me suis servi des céréales. Nous avons presque exclusivement mangé sur sa porcelaine luxe. Elle avait toujours dit qu'il ne servait à rien de transmettre des choses si vous ne les utilisez pas. Il détruit son potentiel sentimental. Nous devons chérir ces choses et ne pas nous inquiéter de l'usure. Ça signifie que le prochain en ligne aura un morceau de nous, sachant que nous l'avons utilisé bien avant eux.

Les céréales étaient fades et avaient principalement du lait, ce que je déteste. Alors que les derniers morceaux coulaient au fond, j'ai mis ma cuillère de côté et j'ai vidé les déchets détrempés dans le broyeur. Satyra a fait de même.

« Céréales détrempées? »

« Ouais, » dit-elle. Gram entra alors, prenant un siège à côté de Raidan. Raidan leva les yeux de son bol et chassa le sommeil. Il m'a regardé d'un air confus.

« Des bas détrempés? » Il plissa le nez, s'intéressant à mes pieds mouillés. J'ai gémi.

« Ne demande pas. » Je me suis assis sur le tabouret de la

cuisine. Raidan regarda notre grand-mère, qui haussa les épaules et lui fit un clin d'œil.

« Je pense que tout le monde se sent un peu nerveux à propos de ce qui va arriver aujourd'hui », a-t-elle dit, en considérant nos visages. Ses mots me forcèrent à me redresser.

« Qu'est-ce qui va arriver? » Elle a haussé les épaules vers moi.

« Qui sait? » Gram s'est levée et a commencé à s'éloigner lorsque Satyra l'a arrêtée dans son élan.

« Je pense que je pourrais savoir... » dit-elle nerveusement.

« Que veux-tu dire? » J'ai demandé. Gram joignit les mains et attendit une réponse.

« Eh bien, c'est juste que j'ai eu une terreur nocturne hier soir. Après la mésaventure de Shivalri dans la salle de bain, je l'ai oublié. Mais maintenant que je réfléchis à nouveau, je ne peux m'empêcher de penser que mon rêve aurait pu avoir un sens plus profond », a déclaré Satyra, ses yeux s'écarquillant et jouant frénétiquement avec ses doigts pendant qu'elle parlait. « Ce que j'ai vu, c'est quelque chose que je ne pense pas avoir la capacité d'inventer. De plus, j'avais l'impression que ça éclairait quelque chose, comme si quelque chose m'a poussé à faire attention », a-t-elle expliqué. Je n'ai pas pu m'empêcher de me rappeler du cauchemar que j'avais eu moi aussi, et j'ai frissonnée aux images qui me venaient à l'esprit.

« Vas-y, » Gram lui donna un coup de coude. Ma cousine prit un moment pour rassembler ses pensées.

« Eh bien, tu te rappelles que je t'ai dit que parfois, je fais des rêves où quelqu'un vient me voir et me montre des histoires? Et ils se réalisent? » Nous avons hoché la tête. « Il est comme une silhouette dans laquelle je peux me glisser. Je ne peux pas voir son visage et il ne me parle même pas. Il ne me montre que des images, comme un film, pour mon visionnage personnel. »

« "Oh! J'ai entendu parler d'une telle chose. » Gram parut surpris. « Quand j'étais une jeune fille, ma mère avait un ami qui se promenait dans l'esprit des autres », a expliqué Gram. « Il ne peut pas vous toucher physiquement, il ne peut pas parler, mais il peut projeter ses visions pour que vous les voyiez. Certains vous permettent d'entrer dans leur corps pour les habiter alors qu'ils vous montrent leur environnement. »

« Donc, comme la lecture volontaire des pensées », a déclaré Raidan, compte tenu de la capacité. « Ce serait cool d'avoir des pouvoirs comme ça. »

« Pas tout à fait de la lecture dans les pensées. Ça s'apparente davantage à une démonstration mentale. C'est un don que beaucoup de voyants ont. Il est utilisé parmi les individus de même puissance. Ça peut être un outil pratique, tant que vous vous abstenez de le faire sans l'autorisation du destinataire », a averti Gram.

« Alors Saty peut recevoir ces images parce qu'elle est aussi une voyante? » J'ai demandé.

« Je crois que oui », a déclaré Gram. « Cet homme franchit des frontières qu'il ne devrait pas suivre. » Elle plissa le front à l'intrusion.

« Il ne m'a jamais rien montré de mal auparavant. Habituellement, ce ne sont que des choses liées à la météo. Et puis ils se réalisent. Je pensais que je prédisais le temps dans mes rêves », nous a dit Satyra. J'étais sur le point de demander quel genre de rêves, mais elle a coupé court à mes pensées. « Il n'a commencé à m'apparaître que ce mois-ci. Il était venu une ou deux fois, ici et là. Mais maintenant, il vient tous les soirs. » Elle avait l'air si soudainement solennelle, et je me suis inquiéter pour elle. Non seulement ma cousine a dû faire face à ses nouveaux rêves de prédiction, mais elle recevait également la visite d'un étranger qui envahissait son esprit pendant son sommeil.

« Qu'est-ce qu'il te montre? » Je lui ai demandé.

« Plus important encore, qu'est-ce qu'il t'a montré hier soir? » Gram intervint. Saty pâlit. Je voulais savoir tout ce qu'il lui avait montré, mais je savais que Gram avait raison de préciser l'événement de la nuit dernière. Quelque chose dans la façon dont le visage de Satyra se contorsionnait me mettait mal à l'aise, comme si quelque chose n'allait pas du tout dans son esprit. Saty prit une profonde inspiration et roula des épaules, se concentrant sur un souvenir.

« Je ne pouvais pas distinguer les images au début », a-t-elle bégayé. « Ils étaient tous boueux ensemble. Quand j'ai vu ce qu'ils faisaient avec les animaux, j'ai réalisé ce qui se passait. » Elle déglutit, grimaçant à cette pensée.

« Animaux? » demanda Raidan.

« Il y avait des gens, des gens extrêmement effrayants, dehors dans une forêt. Ils tenaient tous un tas d'animaux noirs, les caressaient, les embrassaient... ».

« Qu'est-ce qu'ils ont fait des animaux? » Gram a demandé, poussant pour plus. Quand Saty me regarda, mon ventre se recroquevilla sur lui-même. Elle avait l'air malade.

« Saty? » je la considérais. Ses lèvres se resserrèrent en une fine ligne.

« Ils leur ont arraché la tête », a-t-elle craché, et j'ai haleté d'horreur. Elle tressaillit au son.

« Oh, mes Dieux, c'est foiré! » J'ai pleuré.

« Ce n'est pas le pire », commença-t-elle en détournant les yeux.

« Qu'est-ce qui pourrait être pire que d'arracher la tête d'un animal? » ai-je demandé, consterné. Elle me regardait maintenant, pleine de peur.

« Ils se pressaient le sang des animaux dans la gorge de l'autre, arrosaient le sang et le recrachaient par terre. Ensuite, le sang a pris feu. » Elle s'arrêta, secoua la tête et me regarda droit dans les yeux. « Shivalri, ils scandaient ton nom. » Mes genoux ont fléchi sous moi, mon corps s'est engourdi. Gram était décoloré, le dos raide comme une planche.

« C'était un sort sacrificiel. Ces animaux étaient leurs familiers », a aboyé Gram.

« Leurs animaux de compagnie? » Raidan resta bouche bée.

« Sacrificiel? » Je ne pouvais pas bouger.

« Viens. Descendons au sous-sol. Nous continuerons cette conversation dans un endroit plus évident », a insisté Gram, me forçant à faire travailler mes jambes.

« Pensez-vous que les gens écoutent? » demanda Raidan avec horreur.

« Il y a des oreilles partout, que vous les voyiez ou non », a-t-elle répondu. Sans un mot de plus, nous l'avons suivie dans le sous-sol. Une chaleur glaciale s'est glissée sur moi alors que j'imaginais des dizaines d'yeux regardant par les fenêtres, écoutant notre conversation.

La grotte semblait protectrice, ancrée. J'étais contente d'être de retour ici. Les livres que nous avions choisis, ou plutôt ceux qui nous avaient choisis étaient toujours posés sur la dalle de marbre au centre de la caverne.

« Bien », a parlé Gram en premier. « Maintenant que nous sommes installés dans le sanctuaire Grimsbane, je peux parler librement. » Je me suis effondré dans ma chaise, le métal et le bois perçant ma colonne vertébrale et mon coccyx après le douloureux fiasco de ce matin. Mon rhumatisme allait me détester.

« Gram, c'est la première fois que je vois quelque chose d'aussi horrible. Est-ce exact? Que signifiait mon rêve? Qu'est-ce que j'ai, ou qu'est-ce qu'il, a prédit? » Satyra demanda une réponse. Je pouvais voir que même elle-même ne comprenait pas entièrement ce qu'elle voyait. Notre grand-mère soupira et redressa sa posture.

« Je ne suis pas sûr de croire que c'était une prédiction. »

« Mais- » Gram l'a coupée.

« Satyra, permettez-moi de poser des questions. Je ne te traite pas de menteur. J'exige simplement tous les faits. » Elle attrapa le livre *Prophetiae* et feuilleta les pages.

« Que cherchez-vous? » J'ai demandé. Le cauchemar de Satyra m'avait impliqué, et maintenant Gram feuilletait le tome que j'avais choisi. Je ne pouvais pas m'empêcher de m'inquiéter d'être la source principale du problème, surtout après la nuit dernière.

« Le rêve de Saty était-il dans la prophétie, Gram? » demanda Raidan. Elle nous a tous fait taire et a tourné les pages jusqu'à ce qu'elle atterrisse sur celle avec l'arbre que nous avons vu hier. Je baissai les yeux sur l'image, grimaçant à la vue de la fissure en son milieu.

« Qu'est-ce que ça a à voir avec mon rêve? Vision, je veux dire, » corrigea Satyra en désignant la page.

« C'est l'image qui dépeint les actions de Shivalri. La division des royaumes. Gram passa à la page suivante. « Voici l'image du sort d'invocation. » Elle a tourné le livre pour que nous puissions tous voir clairement. C'était le même arbre, bien que la division des royaumes ait été remplacée par la flamme. Il y avait des figures étranges dessinées autour de l'arbre; leurs pieds enroulés autour de ses racines. Je rougis à la vue.

« Gram », ai-je commencé.

« C'est le même arbre », a-t-elle dit en pointant les deux images en les feuilletant.

« Oui, je sais, » je l'ai arrêtée. « Ce n'est pas ce que j'allais dire. »

« Qu'est-ce que c'est? » Elle avait l'air confuse. J'aplatis les pages et pointai l'image, frissonnant au contact de mon empreinte sur la page.

« J'ai rêvé de cet arbre la nuit dernière », ai-je dit, puis j'ai pointé le sol sous les créatures. « Vous voyez ces racines? Ceux qui s'enroulent autour de leurs pieds? » J'ai demandé. Gram hocha la tête, les yeux plombés.

« Je les vois. » Satyra attrapa le coin du livre et le rapprocha d'elle et de Raidan. Elle souffla brusquement.

« C'est ce qui a brouillé mon rêve », a-t-elle dit, indiquant les racines. « Ils étaient partout sur la scène, essayant de dissimuler ce que j'ai vu. »

« Ces racines étaient enroulées autour de moi la nuit dernière », ai-je dit en me souvenant de la piqûre de leur emprise. Gram prit le livre et le ferma hermétiquement, la poussière s'envolant dans l'air.

« Quoi? » Saty haleta, la bouche ouverte.

« Tu as aussi des rêves prophétiques, Shiv? » demanda Raidan, le visage émacié.

« Je ne pense pas, » marmonnai-je, confuse par l'interprétation.

« J'avais raison de remettre en question la prédiction », a déclaré Gram, d'une voix sérieuse. « Saty, je ne crois pas que ton don de voyant soit celui de prédire l'avenir. »

« Bien sûr, c'est mon pouvoir », a-t-elle résonné. « Je le fais depuis des semaines! »

« N'est-ce pas ce que fait un voyant? » demanda Raidan.

« Pas tous », a déclaré Gram.

« Mais je le fais! » Saty gémit, la lèvre tremblante. Elle avait l'air si inquiète de cette perte de capacité. « Tu ne penses pas que je peux prédire l'avenir? »

« Non, ma douce. Je ne pense pas que tu puisses. Je crois que cet homme, quel qu'il soit, vous montrait la scène directement depuis la source. Il était là pour vous montrer ce qui se passait. C'était un avertissement », nous a-t-elle dit. « La première partie du sort sacrificiel a commencé. »

« Commencé? » Je répète. Ma cousine visiblement frissonna et recula. Je pensais qu'elle allait pleurer à ce moment. « C'est vraiment arrivé, n'est-ce pas? » demandai-je, la voix dépourvue d'émotion. « Le rêve était réel, d'une manière ou d'une autre. » Je secouai la tête, essayant de déchiffrer la réalité par rapport au rêve. « Quand je me suis réveillé au milieu de la nuit, la douleur des racines me piquait encore. J'ai d'abord cru que c'était mon arthrite. J'ai pensé que j'avais peut-être mal dormi et j'ai essayé de réprimer mes soupçons. Mais c'était réel. Le rêve s'est réalisé. »

« Je crois que oui », a déclaré Gram. Elle regardait maintenant ma cousine, qui portait ses nerfs sur son extérieur. « Je crois aussi que les autres promenades de rêves que vous avez vécues, Satyra, étaient des avertissements concernant l'explosion de Shivalri. Il semble que son pouvoir élémentaire soit fortement lié à la météo. Vous ne prédisiez pas le temps; plutôt, l'homme vous a montré le temps pendant que Shivalri le créait. Ça fait du sens maintenant, vu que les tempêtes se déplacent généralement d'ouest en est. Il essayait de t'avertir, de nous avertir, de la manifestation des pouvoirs de Shivalri. »

« Êtes-vous sûr que je ne peux pas prédire l'avenir? » demanda Saty, la voix calme.

« Tu es une voyante, Satyra. Vous pourriez potentiellement développer la capacité », supposa-t-elle. « Les voyants ont une direction spirituelle plus profonde. Normalement, un voyant possède des pouvoirs intuitifs, comme des sentiments entériques. Ceux qui ont de très fortes capacités peuvent voir dans l'avenir, mais ce genre de pouvoir est rare. »

« Je jure que j'avais l'impression de pouvoir voire l'avenir, Gram », a tenté d'expliquer Saty. « Je pensais que c'était ce que je faisais. »

« Je suis désolé d'être la porteuse de mauvaises nouvelles. » Notre grand-mère soupira. « J'aimerais que tu sois capable de prédire l'avenir, Satyra, vraiment. Si vous dites que vous voulez ce pouvoir, je veux que vous l'ayez. Mais vous ne le faites tout simplement pas. »

« Mais tu as dit que je l'avais fait... », a insisté ma cousine en se plaignant. Je ne savais pas quoi dire alors que je la regardais bouder. Elle avait voulu cela. Elle avait voulu être une sorcière, et une qui était puissante, en plus.

« Vous avez l'affinité spirituelle. L'esprit coule dans vos veines, tout comme il le fait pour moi. Ma grand-mère pouvait voir dans le futur, mais elle ne pouvait le faire qu'avec l'aide d'autres voyants avant elle. Elle a travaillé avec les fantômes de l'esprit. »

« Ce n'est pas juste... » murmura Saty en regardant le livre.

« Je comprends que tu étais excité, et je suis désolé pour la déception. Néanmoins, les dons que tu possédes ont été d'une immense aide. Sois reconnaissant pour tes forces. »

« Oui, merci, Saty, » dis-je, essayant maintenant de la rassurer. C'était vrai qu'elle avait été utile. Même s'il ne s'agissait que de messages d'un autre voyant, ils étaient vitaux.

« L'important est que nous ayons ces informations », a déclaré Gram, s'adressant maintenant à nous tous. « Le sort d'invocation a été fait à l'arbre où l'Enfer rencontre la Terre », a expliqué Gram. Nous étions tous silencieux, complètement concentrés sur ses paroles. « Le sort d'invocation est utilisé pour invoquer un démon, un démon supérieur, et le faire sortir de l'Enfer et sur Terre." Mon estomac se noua dans ma gorge, ma peau grouillant de piquants de sueur.

« Ce n'est pas possible », balbutiai-je.

« Ça indique que quelqu'un d'autre est au courant de la prophétie de Shivi », grogna Raidan, la mâchoire serrée. « Comment est-ce arrivé? Comment quelqu'un l'a-t-il découvert? »

« Quiconque connaît la magie se concentrerait sur la recherche de la cause du ciel qui rougit », a fait remarquer Gram. « Ce n'était qu'une question de temps, et nous avons de la chance qu'ils ne l'aient pas compris avant que nous ayons eu la chance de le découvrir. »

« Nous sommes au courant depuis vingt-quatre heures. À quoi ça nous sert? » cracha Raidan.

« Nous savons, et c'est ce qui compte », a déclaré Gram. Raidan serra les poings et s'affala sur sa chaise.

« Pensez-vous que les gens du rêve savent déjà que nous savons? » murmura Saty. Un coup comme de la glace a gelé ma colonne vertébrale. Je n'avais pas pensé à ça. Je n'ai pas cru une seconde que les autres auraient le même avantage que nous.

« Je ne crois pas », a supposé Gram, ce qui m'a surpris.

« Comment ça? » Je me demandais.

« Je ne peux pas en être sûre, mais je pense que votre ami le promeneur a gardé ses apparitions secrètes », a-t-elle déclaré. « On dirait qu'il est à l'intérieur, nous montrant ce qui se passe, à l'insu de l'autre. Je ne crois pas qu'il le ferait s'ils savaient que nous étions sur eux. Ce serait trop risqué. »

« Donc, c'est un espion », a déclaré Raidan.

« Une aide, en plus. » Gram hocha la tête.

« Pourquoi m'a-t-il montré le sort d'invocation, Gram? » demanda Satyra en jouant avec la poussière qui recouvrait la table de marbre.

« Pourquoi ont-ils dit mon nom? » ai-je ajouté, sentant le tremblement de ma panique sur ma langue.

« Comme je l'ai déjà dit, c'était un avertissement », a déclaré Gram. Je commençais à comprendre. « Et quant à toi, Shivalri, quelqu'un là-bas sait que tu es lié à la prophétie. Je crois qu'ils te priaient pendant leur sort d'invocation », répondit-elle. « Vous êtes maintenant à la place de la Triple Déesse. »

« Puis? » Raidan intervint. « Elle est comme, un chef de secte maintenant? »

« Sûrement pas! » J'ai craqué.

« Non, ce n'est pas ce que je veux dire. » Gram soupira.

« Que veux-tu dire? » Il a demandé.

« Soit que nous avons de mauvaises personnes de notre côté, soit nous nous sommes faits de nouveaux ennemis. Je parie que c'est la deuxième des deux. » Gram grimaça.

« Qui sont-ils? Comment ont-ils trouvé que c'est moi la responsable? » La piqûre du rêve de la nuit dernière m'a enveloppé, et j'ai reculé de mémoire, avalant difficilement. Je pouvais goûter la peur sur ma langue.

« C'est ce que nous allons découvrir. N'est-ce pas, Satyra? » Gram lui lança un regard fier.

« Euh... D'accord, » répondit Saty. « De quelle façon précisément? »

« Tout d'abord, j'aimerais que vous essayiez de vous concentrer sur toutes les images à venir que vous recevez, qu'il s'agisse de messages de l'homme ou simplement d'une intuition personnelle. Dites-nous tout ce dont vous vous souvenez. »

« Je peux faire ça. » Elle acquiesça.

« Bien. »

« Merci, Saty, » murmurai-je. « J'imagine que cette vision était difficile à regarder. »

« C'était horrible », a-t-elle répondu.

« C'était animasse », a déclaré Raidan en croisant les bras. « Ce qu'ils ont fait à leurs animaux était cruel. » J'ai frissonné d'accord.

« Quelle est l'autre chose que nous allons faire, Gram? » ai-je demandé, me souvenant qu'elle n'avait pas terminé sa liste de demandes. Elle inclina la tête en remerciement pour la concentration.

« Merci de me le rappeler, » dit-elle, un doigt sur sa tempe.

« J'ai presque peur de le savoir. » Satyra a soufflé.

« Si ç'a quelque chose à voir avec des sorts d'invocation, comptez-moi pas la dedans », a déclaré Raidan sévèrement, les épaules en arrière.

« Je n'en aurais jamais rêvé », a-t-elle répondu.

« D'accord. Quelle est la prochaine étape, Gram ? » demandai-je en la ramenant au sujet de la conversation.

« Bien », commença Gram. « Je pense que toute cette situation nous a tous mis au-dessus de nos têtes. Nous ne devrions pas avoir à lutter seuls contre ceci. » Elle tenait ses mains sur ses genoux.

« Connaissez-vous d'autres sorcières? » ai-je demandé avec enthousiasme. Peut-être que nous n'étions pas condamnés après tout.

« Assurément », dit-elle. « Je vais organiser une réunion avec le Haut Conseil. »

27

SOUVERAIN

Gram a raccroché son téléphone et a immédiatement retiré la carte SIM et les a placés dans le sac qu'elle utilisait pour protéger son téléphone.

« Là, » souffla-t-elle. « C'est réglé. J'ai pu demander une rencontre avec les anciens sans donner trop d'informations, et ils ont accepté de se rencontrer dans leur bâtisse à Salem. »

« Salem? »

« Ils ont de nombreux sites de réunion à travers le monde. Heureusement, celui le plus proche de nous n'est pas très loin », a répondu Gram.

« Quand allons-nous? » demanda Raidan.

« Demain après-midi. Il ne faudra pas longtemps pour y conduire. Nous partirons juste tôt le matin. » Raidan a gémi aux paroles de Gram, et je lui ai lancé un sale regard. Il pouvait faire face à un petit matin minable.

« Maintenant, rassemblez-vous, petites sorcières et sorcier », a carillonné Gram en se dirigeant vers le corridor. Elle alluma le poêle à bois et la pièce sentit comme un feu de camp frais. La maison était massive; les plafonds doublés de hauteur. La chaleur réchauffait à peine l'endroit, mais cette pièce était bien au chaud et réconfortante.

Après le dîner, nous nous sommes tous installés dans un endroit confortable pour nous asseoir et siroter notre thé fait maison, fait pour nous. Satyra et moi nous sommes assis sur la causeuse et nous nous sommes allongés avec nos jambes écartées. Raidan s'est assis sur la méridienne et Gram a pris place dans son fauteuil à bascule préféré. Elle n'avait jamais paru vieille un seul jour de sa vie, à part de quand elle était assise là.

« Très bien, Gram. Donnez-nous les détails, » dis-je en m'allongeant sur le canapé.

« Tout d'abord, je dois vous expliquer l'importance des personnes que nous verrons », commença-t-elle, le balancement de sa chaise ralenti à un crawl.

« Vous les avez appelés le conseil, cela signifie-t-il qu'ils sont en charge? » demanda Raidan.

« Ils ne sont pas n'importe quel conseil », le corrigea-t-elle. « Ils sont le Haut Conseil. »

« Alors, comme les grands patrons », a-t-il répondu avec un sourire narquois.

« Vous ne pouvez pas commencer à imaginer. » Elle gloussa.

« Alors, parle-nous d'eux, Gram », ai-je insisté.

« Qui sont-ils? » se demanda Satyra. Elle enroula ses deux mains autour de sa tasse et but profondément, de la vapeur s'échappant et embuant ses verres. Elle enleva ses lunettes et les essuya sur sa chemise avant de les remettre. Je ris et pris une gorgée de mon thé, la vapeur reproduisant la même chose sur mes verres. J'ai regardé la vapeur se dissiper lentement de ma vision.

« Le Haut Conseil est composé de sorcières et de sorciers extrêmement doués. Ils sont en charge du pouvoir mondial et apparaissent rarement à ceux qui ont moins de prestige. Ma connexion avec eux découle du moment où ma grand-mère était assise dans leur classement. La puissance de sa classification était considérée comme une extension de la lignée Grimsbane. »

« Wow... » Je restai bouche bée, essayant d'imaginer le jour où mon arrière, arrière-grand-mère était membre du Haut Conseil.

« Alors, sommes-nous comme des reines? » demanda Satyra avec une danse d'excitation dans ses yeux.

« Nous sommes loin d'être des membres de la royauté, mais connaissant maintenant la prophétie de Shivalri, je me demande si nous n'avons peut-être pas une sorte de sang royal qui coule dans nos veines. » Gram m'a souri et j'ai frissonné à l'idée du sang qui me traversait. J'ai commencé à imaginer à quoi la Déesse aurait pu ressembler lorsqu'elle a été créée. Me ressemblait-elle? Avait-elle une teinte rouge naturelle qui coulait dans ses cheveux? Était-elle pleine, avec des hanches larges comme les miennes? Je me demandais si elle avait des maux comme moi. Avait-elle aussi de l'anxiété? Ses os étaient-ils endoloris et défaits? Non bien sûr que non. Elle était divine. Les Dieux ne ressentaient pas la douleur.

« Être membre de la royauté serait tellement cool », a répondu Satyra en faisant tournoyer ses cheveux. Son excitation me sortit de mes pensées. Elle avait toujours aimée les contes de fées. Contrairement à moi, Satyra ne semblait pas se rendre compte que celle-ci n'aurait peut-être pas une fin heureuse comme celles qu'elle chérissait tant.

« Je dois tout vous apprendre sur les règles et l'étiquette que nous devons suivre lorsque nous saluons le Haut Conseil », a déclaré Gram. « Il est de la plus haute importance que nous ne leur parlions pas directement, à moins qu'on ne leur ait parlé en premier. Cela vaut pour chaque membre du Haut Conseil, pas seulement pour ses dirigeants suprêmes. »

« On ne peut pas leur parler? » Raidan se moqua, clairement insulté par l'insinuation de notre rabaissement. Ça m'a semblé étrange, me faisant penser à la monarchie britannique.

« Attendez », ai-je pensé. « Comme la reine d'Angleterre? » J'ai ricané. Gram m'a lancé un regard sévère.

« Vous feriez bien de ne pas mentionner son nom dans leur Maison d'Enchantement. » Ses yeux me grondaient. « Ils n'apprécient pas d'être comparés aux humains. Surtout ceux qui croient avoir un pouvoir permanent dans ce monde. »

« On dirait qu'ils sont un peu ignorants », ai-je raillé. Ses yeux ont creusé un trou dans les miens.

« Il y a des oreilles et des yeux partout. Attention à ce que vous dites. Mieux encore, fais attention à ce que tu penses », a harcelé Gram, l'air contrarié. « Ils sont vos supérieurs, et vous les honore-riez comme tels. » J'acquiesçai timidement, regardant autour de moi, m'attendant à voir une paire d'yeux. Ma peau rampa à la mention d'écoutes indiscrètes. La paranoïa de Gram avait mainte-nant beaucoup de sens. Elle s'était inquiétée pour une bonne raison. Son problème de téléphone portable ne semblait plus aussi étrange maintenant que je connaissais ce monde surnaturel.

« Qu'est-ce qui les rend si puissants? » demanda Raidan. Il semblait avoir abandonné l'attitude et est devenu légèrement plus ouvert à la prudence de Gram.

« Ouais, comment sont-ils arrivés au sommet de la suprématie? J'aimerais savoir comment tout cela fonctionne », a poussé Satyra plus loin.

« Laissez-moi vous expliquer. » Le balancement de notre grand-mère s'est arrêté et elle a croisé une jambe sur l'autre. Elle prit une gorgée de son thé et respira.

« Explique-toi », ai-je offert en frottant mes pieds sous mes jambes, me mettant à l'aise.

« Le Haut Conseil devrait avoir cinq membres supérieurs, chacun représentant l'un des cinq éléments », a déclaré Gram. « Ce sont les membres que nous devons vous faire connaître par leur nom, car ils sont les plus importants pour impressionner. »

« Attendez une minute... Êtes-vous en train de dire qu'ils n'ont chacun qu'un seul don élémentaire? Hier soir, tu m'as dit que j'avais les cinq. »

« Et quel fardeau cela a été », a-t-elle plaisanté. Il était vrai que découvrir que je possédais les cinq pouvoirs élémentaires m'avait semblé être un fardeau. Je soulageai la tension dans mes épaules, essayant de donner un sens aux choses.

« Je dis juste que si j'ai tous leurs pouvoirs combinés, ne devraient-ils pas s'inquiéter de m'impressionner, et non l'inverse? Pas que je voudrais ça. Les gens devraient se traiter comme des égaux. J'ai du mal à dépasser ces lacunes dans leur classement. Il doit sûrement y en avoir d'autres qui ont plus d'une capacité élémentaire. »

« Premièrement, les gens ne se traitent pas comme des égaux dans notre monde », a-t-elle déclaré. *Notre monde*. Quel monde étranger c'était. « Et toi, petite citrouille, tu es tout à fait l'exception. Il est incroyablement rare qu'une sorcière ait plus d'une affinité. Avoir même deux affinités dans sa nature est exceptionnel. Normalement, les sorcières n'en auront qu'un, et certains peuvent n'en avoir aucun. Pour travailler avec toutes les affinités, il faut utiliser des sorts pour conjurer la magie, et même à ça, ils sont incroyablement limités dans leurs capacités », a-t-elle expliqué. « Tous les cinq font partie de vous, coulant constamment dans vos veines. Vous êtes une rareté, en effet. »

« Chanceuse, » marmonna Saty, et mon visage rougit inconfortablement. Je me suis effondré sur le canapé et j'ai senti le regard de ma cousine sur moi. J'ai chauffé à la tension dans la pièce. Saty le voulait. Elle voulait le pouvoir; elle voulait un monde plus vaste que l'ordinaire. Satyra aurait dû avoir toutes ces affinités. Elle aurait fait mieux avec eux.

« Je dois vous parler des dirigeants maintenant si vous êtes prêt à apprendre », Gram a dit. J'ai hoché la tête et elle a baissé la sienne en signe de compréhension. « Moira Darkmore, l'aînée, est la plus prestigieuse des cinq,'', nous a dit Gram. Sa voix était douce, comme si le simple fait de prononcer son nom l'appelait à nous.

« Darkmore? Pouvez-vous être plus évident? » Raidan ricana en roulant des yeux. J'ai hoché la tête en signe d'accord.

« C'était censé être évident », a expliqué Gram. « Le nom est vieux de milliers d'années, remontant aux débuts de notre création. »

« Comme quand il y avait des anges et des démons sur Terre? » J'étais stupéfaite en réfléchissant à cette période.

« Précisément. »

« Effrayant », marmonna Saty pour elle-même, en enroulant une couverture pelucheuse autour d'elle pour se réconforter.

« Le nom Darkmore signifie exactement ce à quoi il ressemble - *More Darkness*, en anglais, qui veux dire, plus d'obscurité », a déclaré Gram. « Moira, avec sa famille, est pleine de pouvoirs spirituels hérités et transmis de génération en génération. »

« L'esprit n'est-il pas censé être une bonne chose? » J'ai pensé à haute voix.

« Avec la bonne personne et la bonne intention, ça peut être utilisé pour le bon », a admis Gram. « Le suprême Darkmore, cependant, a reçu son cadeau pendant les périodes de chagrin et de chaos. La légende dit qu'il a utilisé l'esprit des morts pour conquérir ses batailles. » Je frissonnai à cette pensée.

« Est-ce que Moira l'utilise pour le bon? » se demanda Satyra. À ses mots, j'ai réalisé que ma cousine pouvait potentiellement faire exactement ce que le suprême Darkmore avait fait. Avec son pouvoir probable de nécromancie, Satyra pourrait ressusciter les morts. Je l'imaginais maintenant, des cadavres s'élevant du sol. L'idée que ma cousine fasse quelque chose comme ça était scandaleuse. C'était la personne la plus gentille et la plus positive que je connaisse. Je pouvais à peine imaginer un moment où Saty pourrait essayer quelque chose comme ça.

« Elle est la dirigeante du Haut Conseil. Elle ne doit jamais utiliser son pouvoir que pour le bien », a répondu Gram, répondant à Satyra.

« D'accord. Elle est une des membres. Qui d'autre fait partie des cinq responsables? » J'ai demandé.

« Eh bien, il y a Sora Fujin; affinité avec l'air », nous a dit notre grand-mère en comptant sur ses doigts. « Ember Blackwood; maître du feu. »

« Attendez, » la coupa Raidan. « Il y a d'autres sorcières mâles? » Cela m'a surpris aussi.

« Oh oui. Il y en a plusieurs. Cependant, dans notre famille, vous êtes le seul. »

« Penses-tu que la personne qui me montre ces visions est une sorcière? » demanda Satyra. J'avais tout oublié de lui.

« Très probablement, » dit-elle.

« Que veux-tu dire? » J'ai demandé. « Ne sommes-nous pas tous des sorciers si nous avons des pouvoirs? »

« La plupart, oui, mais il y a d'autres créatures qui possèdent du pouvoir. »

« C'est bizarre », pensa Raidan à haute voix. J'ai reculé à la mention de créatures.

« Ne diriez-vous pas que tout ceci est un peu bizarre? » Gram sourit, enroulant étroitement ses mains autour de sa tasse.

« Plus qu'un peu, » dit-il. « Y a-t-il d'autres sorciers masculins sur le plateau? »

« Oui. Il y a celui qui avec l'affinité pour l'eau; Damek Lagunov. »

« Ça fait quatre », ai-je rapporté, cochant mentalement chaque élément. « Qui est le cinquième? »

« Enfin, et plus récemment, ils ont accueilli Nesrin de la famille Mehra. Elle a hérité le don de l'affinité terrestre de son père, Baaz. Elle a pris sa place en tant que membre des supérieurs après sa mort récente, faisant ainsi d'elle la plus jeune et le plus récent membre du Conseil. »

« Quel âge a-t-elle? » demanda Satyra.

« Ce n'est qu'une enfant. Seulement vingt et un ans. Elle tira la langue d'incrédulité. « Elle est avec eux depuis un peu moins d'un an... J'imagine que cela a été très difficile pour elle. »

« Vingt et un ans, ce n'est pas si jeune », intervint Satyra. « Je veux dire, Shivalri et moi sommes à quelques années d'avoir vingt et un ans. » Elle m'a fait signe. « Je sais que je serais heureuse de rejoindre le Haut Conseil. »

« Pas moi », ai-je répliqué.

« C'est un travail ardu, Satyra. Parfois, un travail très sombre », a déclaré Gram. « D'ailleurs, il vous interdit d'habiter ailleurs que dans leur *Domum*. Vous ne pouvez plus vivre avec votre famille une fois que vous devenez membre. Tu nous manquerais beaucoup trop », a avoué Gram et lui adressa un petit sourire.

« Oh... » Saty réfléchit un instant. « Le château serait cool, mais je suppose que ce serait difficile de vivre loin de sa famille. »

« Cela et bien plus encore », a déclaré Gram.

« Alors, quand allons-nous rencontrer les cinq? » demanda Raidan.

« Tu ne vas pas. Peut-être à l'avenir, bien qu'il soit peu probable que vous ne soyez jamais officiellement présenté », nous a informés Gram. « Ils ne se mêlent pas à ceux qui sont en dessous d'eux. »

« C'est tellement étrange », ai-je considéré. « Je n'avais même pas pensé à ça. J'ai juste supposé que nous irions directement vers eux. Quand tu nous as dit que nous nous retrouverions à la Maison de l'Enchantement, je pensais que c'était sous-entendu. »

« À quoi bon en apprendre davantage sur eux si nous n'allons pas les voir? » demanda Satyra d'un ton maussade.

« Oh, vous les verrez », a déclaré Gram. « Vous ne les rencontrerez tout simplement pas. »

« Alors, ils viennent à Salem? » ai-je demandé en essayant de comprendre l'explication de Gram.

« Non. À Salem, nous rencontrerons un groupe d'émissaires d'élite pour expliquer notre situation. Ce sont eux que j'ai appelés plus tôt pour demander leur présence », a-t-elle précisé. « À partir de là, les émissaires décideront de porter ou non ce message au Haut Conseil. Si c'est établi comme impératif, nous nous envolerons vers le *Domum* du Conseil pour témoigner devant eux. »

J'ai hoché la tête, essayant de comprendre le processus. Ce nouveau monde allait prendre un certain temps pour s'y habituer. Ces coutumes étaient curieuses.

« Ils vont choisir de l'apporter au Haut Conseil, n'est-ce pas? » demandai-je, sortant de mes délibérations intérieures. Nous ne savions pas quoi faire, et notre besoin de leurs conseils était incontestable. Chaque partie de notre plan dépendait de leur aide.

« Je n'en doute pas. Une fois qu'ils auront entendu notre histoire, ils n'auront d'autre choix que de transmettre le message », a confirmé Gram. Elle semblait assurée, mais j'avais un gouffre de doute qui grandissait au fond de mon esprit. Et si ce plan échouait? Qu'allions-nous faire si nous ne pouvions pas compter sur le Haut Conseil pour nous aider à trouver une solution?

« Ma question est, comment allons-nous les convaincre que tout cela est vrai? Nous allons ressembler à une meute de menteurs », a déclaré Raidan, exprimant ses inquiétudes. J'ai dû être d'accord. Qui, sain d'esprit, croirait que moi, une personne de dix-huit ans, étais capable de lever le voile? Il était difficile d'imaginer que j'étais responsable de la fin potentielle du monde.

« Comment pouvons-nous leur faire nous croire? » me suis-je demandé à haute voix. « Qui croirait que j'aurais toutes ces capacités? Je ne peux pas le prouver. Je n'ai aucun contrôle sur mes pouvoirs. » Je reculai sur mon siège, me sentant découragé. Gram hocha la tête et retroussa ses manches.

« Lorsque nous les rencontrerons, nous nous piquerons tous les doigts sur une épingle enchantée. Ils nous demanderont alors de presser une goutte de sang dans un calice, ce à quoi nous nous engageons. » Elle leva son doigt, faisant les mouvements.

« Non, nous ne voulons pas! » J'ai haleté. « J'ai lu suffisamment de livres dans ma journée pour savoir que la magie du sang est la pire de son genre. Je ne plaisante pas avec ça, » lui dis-je fermement.

« C'est la magie du Haut Conseil. Le plus digne de confiance de tous », nous a assuré Gram comme si cela était censé être réconfortant.

« Tu l'as déjà fait? » demanda Raidan, me prenant au dépourvu.

« Ouais, tu sais si c'est sûr? » Satyra a ajouté. Est-ce que mon frère et ma cousine envisageaient sérieusement un charme de sang?

« Je l'ai fait, une fois. Et regardez-moi, je suis excellente. » Elle sourit et je restai bouche bée devant sa réponse.

« Tu as volontairement fait de la magie du sang? » Ma tête était étourdie et brûlante. « Gram, ça ne peut pas être sûr. »

« C'est parfaitement sûr si c'est fait correctement. Tu n'as rien à craindre. »

« J'ai tout à craindre », ai-je craché.

« Faites-moi confiance », plaida-t-elle. « S'il vous plaît, Shivalri. Il faut suivre le courant. Je comprends que tout ceci semble bizarre, mais pour nous, les sorcières, c'est normal. »

« Tu dois comprendre à quel point il est difficile pour moi de comprendre tout cela, Gram. J'essaie de comprendre, vraiment, j'essaie », ai-je tendu, ramenant mes jambes vers moi. Mes mains tremblaient de la peur, et j'ai regardé le reste de mon thé bruire d'un côté à l'autre au fond de ma tasse. Saty tendit la main et prit ma tasse, la posant sur la table à côté d'elle.

« Ça va aller, Cuz, » supposa-t-elle, la sympathie dans les yeux.

« Réconfortez-vous en sachant que j'ai déjà fait cette magie », a déclaré Gram. « Et je serai avec vous quand ce sera à votre tour de le faire. » Elle m'a jeté un regard que je n'avais pas vu depuis que j'étais enfant. C'était celui du réconfort pendant mes terreurs nocturnes, celui de l'amour quand j'en avais le plus besoin. Je l'ai regardée dans sa chaise berçante, posée mais sinistre. J'avais besoin d'avoir du courage. Ma famille était prête à se mettre en danger pour m'aider à réparer quelque chose que j'avais fait. Je les avais mis dans ce pétrin. J'ai dû me ressaisir et passer à travers. Je le leur devais. Je pris une profonde inspiration et m'installai sur cette pensée.

« Si tu leur fais confiance et que tu seras là, je suppose que c'est assez bon pour moi », j'ai hésité et me suis plongé dans mes réflexions. « Attendez... » Je me suis tue. Gram rencontra mon regard inquiet.

« Oui, je leur fais confiance », a déclaré Gram, essayant de me réconforter. Je l'ai arrêtée.

« Gram, un calice est une tasse, n'est-ce pas? » Je déglutis distinctement. Ma gorge était instantanément sèche.

« Oui c'est le cas. » Elle fronça les sourcils de confusion. Une inquiétude instantanée m'envahit.

« Pourquoi notre sang va-t-il dans une tasse? »

« Il y a un élixir de liaison qui va d'abord dans la tasse. Ensuite, votre sang, piqué par le charme de vérité, est ajouté et mélangé à l'élixir. Ça nous oblige à dire la vérité. » Mes muscles se détendirent à ses mots.

« Dieux merci. » J'ai laissé échapper un soupir de soulagement. « Là-bas, pendant une seconde, j'ai cru qu'ils allaient boire notre sang », ai-je ri avec anxiété.

« Non, ils ne boiront pas notre sang », a-t-elle répondu en me regardant. « *On* le fera. » Ses paroles déclenchèrent ma révulsion et je faillis bâillonner.

« C'est dégoutant! » dit Satyra. « Il n'y a aucun moyen que je fasse ça. »

« Ouais, je ne fais pas ça non plus. C'est essentiellement comme nous manger nous-même », a ajouté Raidan; la colère jaillissait de sa bouche.

« Certaines sorcières sont connues à faire ça, Raidan. Mais nous n'allons pas nous manger, et ce n'est pas du sang pur et simple que nous allons boire », a fait remarquer Gram, essayant de nous calmer.

« Ça n'a aucun sens », a répliqué mon frère. « Tu viens de nous dire clairement que c'est ce que nous allons faire. » Je l'ai regardé fulminer sur la chaise longue.

« Le sang s'évapore lorsqu'il touche l'élixir », tenta-t-elle de rationaliser. « N'y pense pas comme du sang. Considérez-le comme une potion. »

« C'est malade », lui répondit-il en se redressant. « Je ne le ferai pas. »

« Alors tu ne viendras pas », a claqué Gram. C'était le premier acte de sévérité que je voyais de ma grand-mère toute la journée. Elle avait été sur la pointe des pieds autour de nos sentiments et avait essayé d'être patiente. Je ne m'attendais pas à la dureté de sa réponse. Je n'avais pas non plus réalisé que Raidan avait le choix de venir ou non.

« J'y vais », a-t-il soutenu, sans jamais reculer. J'ai trouvé que c'était une réaction étrange. J'aurais pensé qu'il serait heureux de s'éloigner du problème. Après tout, ce n'était pas à lui de réparer mes dommages. Il avait toujours été un frère protecteur et je lui avais toujours rendu la pareille. Je me demandais cependant si je ferais la même chose pour lui maintenant si les rôles étaient inversés. Je ne pourrais pas dire honnêtement. J'ai secoué la négativité et me suis tournée pour regarder ma grand-mère. Sa mâchoire serrée montrait l'inflexibilité de la matière.

« Il n'y a absolument aucun moyen de contourner ça? » ai-je demandé, inquiet.

« Non, » dit-elle sans ambages. Nous nous regardâmes avec dégoût. Ma cousine était écœurée, toujours emmitouflée dans sa couverture pelucheuse. Mon frère était furieux, en colère à la fois pour son manque de choix et pour ce que je pensais être la peur du résultat.

« Je vais le faire », ai-je cédé. Satyra m'a regardé et a dégluti.

« Si c'est pour sauver le monde, je suppose que je peux y faire face », a-t-elle ajouté en repoussant ses lunettes sur l'arête de son nez.

« C'est toujours malade », a déclaré Raidan. Sa posture n'a pas faibli.

« Raidan, fais comme si c'était une potion. Comme l'a dit Gram, le sang s'évapore », a tenté de raisonner Saty.

« *C'est* une potion. Avec du *sang* », a-t-il réfuté.

« Nous sauvons le monde », lui a rappelé Satyra. Il se jeta sur le dos et gémit en s'appuyant sur la méridienne.

« Calisse, » acquiesça-t-il en grommelant dans le bras du coussin. « D'accord. Mais je ne veux jamais qu'on me le rappelle après coup. Une fois que c'est fait, on n'en reparle plus. Et nous ne pouvons le dire à personne. »

« Nos lèvres sont scellées », a déclaré Gram.

28

VEILLEUSE

L a chambre de Satyra était sombre et bleue. Notre grand-mère avait des opinions très anormales sur l'électricité et la technologie moderne. Sa cuisine et ses salles de bains avaient toutes les modifications technologiques que vous pouviez imaginer, mais le reste de la maison est resté comme au bon vieux temps. Satyra avait une seule prise électrique à côté de sa station de maquillage. Elle avait surtout des bougies pour éclairer la pièce, à part les deux fausses ampoules à piles qu'elle avait accrochées au-dessus de sa table de chevet. Son miroir de maquillage avait de minuscules guirlandes lumineuses accrochées dessus, mais il n'en émanait presque rien qui valait la peine d'être utilisé pendant la nuit.

J'ai sorti mon chargeur de téléphone de mon cartable et j'ai mis mon téléphone à charger à côté de celui de Satyra. Je voulais m'assurer qu'il ne mourrait pas pendant le voyage en voiture à Salem. Avec le peu de données fonctionnant à travers une barre douteuse, j'ai tapé l'adresse de la *Salem Witch House* dans mon téléphone portable pour avoir une idée de la durée de notre trajet. Selon les cartes, Salem se trouvait à un peu moins d'une demi-heure de route d'Essex. Le temps que nous allions passer à Salem était ce dont je n'étais pas sûr. Je me sentais mieux d'avoir mon cellulaire complètement chargé en cas d'urgence.

Pendant que ma cousine était aux toilettes, j'ai pris ce temps pour enfiler mon pull confortable et une paire de leggings. Je voulais être au chaud et confortable, et la combinaison de pull et legging était exactement comme je l'aimais. J'enfilai des chaussettes duveteuses et sautai dans le lit, assemblant le mur d'oreillers à ma droite. Je me suis assuré qu'ils étaient bien empilés, séparant mon côté du lit de celui de Saty, où elle faisait souvent des crises de possédée la nuit. Je tirai sur la chaîne en plastique et éteignis les ampoules, laissant juste l'illumination des bougies briller jusqu'au plafond.

Des souvenirs d'enfance de vivre ici avec mes grands-parents ont inondé mon esprit. Les souvenirs de me cacher sous les couvertures et de retenir mon souffle, pour ne pas alerter les monstres de ma présence, se sont glissés dans mes pensées. J'étais adulte, et pourtant, j'avais peur de ce qui se cachait dans le noir. La nuit m'a toujours donné la chair de poule. Les bougies n'ont pas arrangé la situation.

La porte s'ouvrit en grinçant et Satyra entra, d'un pas léger comme une détective.

« Je ne dors pas », lui ai-je chuchoté. Elle redressa sa position accroupie et commença à marcher normalement, soufflant les bougies alors qu'elle se dirigeait vers le lit. Lorsqu'elle remarqua la cloison que j'avais si gracieusement façonnée, elle se renfrogna.

« Sérieusement? » se moqua-t-elle en donnant des coups de poing dans les oreillers. « Le mur de la honte, » grogna-t-elle et se laissa tomber sur le côté, tirant les couvertures jusqu'à son cou.

« Hé, je ne suis pas celle qui agit toute possédée la nuit », ai-je dit en repulpant les oreillers qu'elle avait déformés avec son poing. Je les ai à nouveau rangés proprement.

« Je ne fais de mal qu'à moi-même, pas à toi », a-t-elle rétorqué, la voix étouffée par la couverture qu'elle tenait.

« Tu me fais des cauchemars, » dis-je en plaisantant. Satyra se raidit à côté de moi.

« Ce n'est pas drôle. » Ses mots ont pénétré.

« Ouais », me suis-je souvenu. « D'une manière ou d'une autre, j'ai oublié la nuit dernière », dis-je en frottant ma main le long de mon bras, en pensant aux racines acérées qui m'ont retenu la nuit précédente.

« Est-ce que ça fait mal? » elle a demandé. Je grimaçai à cette pensée.

« Oui, » répondis-je honnêtement. « Le rêve a senti tellement réel. C'*était* réel... » Elle resta silencieuse pendant un moment, et je devins de plus en plus conscient de l'obscurité dans la pièce.

« Qu'est-ce que ça fait? » murmura-t-elle, interrompant mes pensées en spirale. J'ai reculé au retour de vrilles sur tout mon corps et j'ai frissonné. Je n'ai pas dû réfléchir longtemps pour me souvenir de la sensation de l'expérience.

« C'était comme des cordes resserrées, m'étranglant fort et me piquant. Un peu comme une méduse avec une bonne prise en main. » J'ai essayé d'en rire et je me suis replié sur moi-même pour plus de sécurité. Ma cousine laissa échapper un seul soupir de rire et je soupirai. Nous ne pouvions pas forcer la légèreté en ce moment.

« Je suis désolée que tu aies dû traverser ça », m'a-t-elle dit. « C'était déjà assez pénible de les voir... Je ne peux pas imaginer ce que j'aurais fait si je les avais ressentis. »

« Espérons juste que je n'aurai plus jamais à les ressentir », dis-je en essayant de secouer l'image.

« Tu ne le feras pas, » dit-elle. « C'est pourquoi nous allons à ce groupe de Haut Conseil que Gram a appelé. Nous allons tout arranger ce désordre. »

« Je ne veux pas me faire d'espoir... » J'ai traîné.

« Shivi, tout ce que nous avons, c'est de l'espoir. Ne le lâchez pas. »

« Quand es-tu devenu si sage? » J'ai taquiné.

« Quand tu vis aussi longtemps avec Gram, elle déteint sur toi », a-t-elle répondu. J'y ai pensé un instant.

« Je me souviens de ce que c'était quand je vivais ici », je lui ai dit.

« Ta dernière année à vivre ici a été ma première. J'étais contente de t'avoir là, » dit-elle doucement. « Je ne sais pas ce que j'aurais fait sans toi. » Sa voix se brisa et ma gorge se serra.

« Tu es plus forte que tu ne le penses », ai-je dit en me souvenant de son chagrin d'avoir perdu ses parents. Ayant perdu ma mère, j'en ai eu une toute nouvelle compréhension.

« Maintenant, qui est sage? » as-t'elle demandé. Je pouvais l'entendre sourire.

« Je suppose que nous sommes toutes les deux des femmes sages. »

« Ruse », dit-elle.

« Des sorcières ».

29

SALEM

J'étais nerveuse en montant dans la voiture ce matin, sachant ce à quoi je devais faire face aujourd'hui. L'imprévisibilité de la situation agitait mon contrôle qui me restait. Je pouvais sentir la tension que ma famille émettait alors que nous étions assis dans la voiture, tous ressentant encore l'appréhension d'une mauvaise nuit de sommeil.

«Avez-vous tous bouclé vos ceintures de sécurité? » demanda Gram en nous regardant à travers le rétroviseur.

« Oui », ai-je dit en l'enclenchant.

« Bouclé », a ajouté Satyra. Raidan marmonna son accord, encore faible de sommeil.

« Allons-y, alors. » Notre grand-mère a mis les clés et a appuyé sur l'accélérateur.

Conduire sur la route dans les bois de Grimsbane m'a donné un frisson qui m'a rappelé de celui de deux nuits passées, lorsque Gram nous a fait peur à Raidan et moi. A neuf heures du matin, la brume planait encore sur le gravier. Le soleil venait juste de commencer à faire son apparition à travers les arbres, rendant l'air lourd et sombre. Je pouvais voir que Gram était fixée sur la brume à travers le rétroviseur devant elle, ses yeux plissant son visage.

« Veux-tu que je conduise, Gram? » J'ai offert. Sa conduite me rendait nerveuse en général. Quand le temps était comme ça, j'étais encore plus nerveuse.

« Oh non. C'est tout à fait normal, Shivalri. »

« Vois-tu la route? » J'ai demandé bien que la réponse soit évidente.

« Ça va s'éclaircir. »

« Si tu y crois. » J'ai regardé par la fenêtre, observant le brouillard. Les arbres semblaient plus rapprochés dans le gris. Je n'ai pas vu d'animaux sur le long de la lisière de la forêt, et il n'y avait pas d'oiseaux qui croassent à leur réveil. Mis à part notre voiture écrasant du gravier sous ses pneus, il ne semblait y avoir aucune activité. Alors que je regardais passer les bois de Grimsbane, je ne pouvais pas m'empêcher de me demander si le calme surnaturel était un présage.

Lorsque nous approchions de la fin de la très longue allée, la brume s'est dissipée et le soleil a éclairé le ciel, remplaçant le smog par une clarté rouge. Le son de mon frère ronflant a fait rire Satyra et elle a sorti son téléphone pour prendre une photo.

« Souvenirs de voyage », a-t-elle chuchoté et m'a montré son instantané. Elle visait mal et les narines de Raidan occupaient la plus grande partie du cadre.

« Vous cherchez des chauves-souris? » J'ai demandé quand elle s'est rendu compte qu'elle avait manqué sa cible. Elle se pencha en avant, étendant son bras pour avoir un meilleur angle. Une bosse sur la route l'a fait vaciller et elle l'a frappé au nez. Raidan renifla comme un ogre et se tourna vers sa fenêtre.

« Merde, » grogna-t-elle et s'éloigna. Je la regardai retenir son rire, faisant gonfler ses joues. Le simple fait de la regarder a déclenché mon ricanement, et j'ai dû étouffer le son en couvrant ma bouche. « Tant pis pour ça », marmonna-t-elle, souriant d'une oreille à l'autre. C'était mon côté préféré de Satyra. Elle s'est accrochée à l'enfance comme la sauvageonne qu'elle a toujours été. Elle aimait capturer chaque instant, considérant chaque souvenir comme un souvenir à chérir.

« Eh bien, au moins tu as eu quelque chose avant de le frapper au visage, » supposai-je, incapable de cacher mon propre sourire. Elle a accepté, adorant sa photo sournoise.

« C'est de l'or, » dit-elle, le sourire toujours apparent.

JE POUVAIS DIRE que nous n'étions plus dans la région d'Essex en raison des quatre voies de circulation allant dans une direction et quatre opposées. Le MA-22 Sud était occupé et plein de voitures, et les camions de transport qui passaient à toute allure nous pulvérisaient de l'eau à partir des flaques d'eau résiduelles remplies de brouillard.

Du coin de l'œil, j'ai vu une tache sombre glisser dans le ciel devant nous. Alors qu'il se rapprochait de nous, l'oiseau a déployé ses ailes comme pour atterrir en plein milieu de l'autoroute.

« Vois-tu ça? » demandai-je à Satyra en désignant la silhouette.

« Quoi? » Elle regarda le pare-brise.

« Cet oiseau va mourir, » murmurai-je, l'inquiétude me coupant la voix. J'ai tendu mes muscles en prévision de l'impact.

« Quel oiseau? » demanda-t-elle alors qu'il sortait ses griffes de son corps. J'ai paniqué et je me suis accroché à la porte pour me soutenir. Satyra m'étudia en attrapant ma main. « Il n'y a pas d'oiseau, Shivalri. » Un trou dans la route a étreint nos pneus, faisant dévier Gram dans le trafic venant en sens inverse. Elle a continué à conduire vers la voie opposée, et j'ai avalé un soupir.

« Gram! » Je m'accrochai au dossier de son siège et secouai son appui-tête. Elle ramena la voiture dans sa voie et laissa échapper un cri étranglé, réveillant Raidan de sa sieste.

« Qu'est-ce qui se passe? » cria-t-il.

« C'est bon... » Gram respira en secouant la tête. « Je ne sais pas pourquoi j'ai fait ça. »

« Tu étais en train de t'endormir? » demanda Raidan, secouant le mélange de somnolence et de panique.

« Non, je ne m'endormais pas. Je n'avais tout simplement pas réalisé que j'étais dans la mauvaise voie. » Elle ajusta son rétroviseur et agrippa le volant avec force. « Je dois dire que je me sens un peu tremblant. Ç'a dû être la bosse que nous avons frappée. »

« Tu veux t'arrêter? Je peux conduire le reste du chemin », ai-je proposé. Elle s'installa dans son siège et prit une profonde inspiration, expirant lentement.

« Merci, mais nous ne sommes qu'à quelques minutes », a-t-elle dit en désignant un panneau de signalisation. Il indiquait l'utilisation d'une voie de gauche pour MA-1A Sud. « Vous voyez? »

« Un demi-mile à gauche », a déclaré Satyra. Ç'a fait claquer mes nerfs au creux de mon estomac.

« Un demi-mile », répétai-je à haute voix. Comme si elle pouvait sentir mon inquiétude, Gram a commencé à chantonner. J'ai reconnu la chanson quand Satyra a commencé à chanter.

« Ne t'inquiète pas, petit enfant. Tu es belle et si sauvage », a-t-elle chanté. Je n'ai pas pu m'empêcher de participer à la chanson que Gram avait composée pour nous quand nous étions des petits enfants effrayés.

« Ne voyez pas? Tout va bien quand t'es avec moi », me réjouis-je, puis tout le monde se joignit à moi.

« Respirez, tenez bon, et chantez! » En riant les uns avec les autres, nous avons nettoyé l'anxiété dans la chaleur de l'amour que nous avons partagé en famille.

Cette chanson était mon hymne nocturne. Même après avoir quitté la maison de Gram, chaque fois que j'avais peur ou que je faisais face à des difficultés, c'était comme une réaction impulsive de fredonner sa mélodie. Ma grand-mère s'était toujours sentie comme ma protectrice dans l'enfance. Elle était l'adulte vers qui je me tournais pour tout. Après que mes parents ont fait sortir Raidan et moi du manoir Grimsbane, j'ai eu un sentiment étrange. C'était comme si j'avais un petit trou dans le cœur où une partie précieuse de moi avait disparu. Être ici avec Gram maintenant, l'entendre chanter la chanson de notre protectrice, semblait remplir le puits vide. C'était un sentiment chaleureux; un sentiment comme être chez moi.

Gram prit la sortie pour Salem et traversa la ville. Avant de se diriger vers notre destination principale, elle s'est arrêtée à la station-service la plus proche pour une courte halte.

« Si vous avez besoin d'utiliser les toilettes ou de vous procurer une sorte de collation, vous avez un peu de temps », nous a-t-elle dit.

« Quelle heure est-il maintenant? » Raidan lui a demandé.

« Presque dix heures, et nous sommes censés nous retrouver à la Maison de l'Enchantement à onze heures. Nous avons fait du bon temps, compte tenu du trafic matinal du Massachusetts. »

« Le trafic a plus que doublé le temps », ai-je pensé, calculant dans ma tête. Je suis sorti de la voiture et j'ai rencontré Satyra à sa porte.

« Nous avons fait un temps parfait, étant donné que c'est le jour le plus animé de l'année ici à Salem », a souligné Satyra. « Vous devriez voir comment c'est quand mon patron m'envoie ici pour des fournitures pendant l'heure du déjeuner. » Elle roula des yeux alors que nous entrions dans le magasin. « C'est très similaire à ceci, mais ce n'est pas aussi lourd que ce trafic d'Halloween. »

« Pourquoi vas-tu jusqu'à Salem pour vous approvisionner? » Je me demandais.

« La boutique du quai vend de nombreux articles touristiques d'ici. C'est le seul endroit dans l'Essex qui vend autant de souvenirs de sorcières de Salem. »

« Je pensais que vous cogériez un magasin de location de bateaux. »

« Ouais. » Elle a ri. « Apparemment, les porte-clés poisson et manche à balai font fureur. »

« C'est noté. » Je haussai les épaules, attrapant une bouteille d'eau dans la glacière en passant devant. Je n'avais pas faim, mais je savais que j'avais besoin de quelque chose dans mon système. L'eau ferait l'affaire pour le moment et, espérons-le, m'aiderait à soulager les nausées provoquées par mon anxiété.

Nous avions tous terminé dans le magasin en dix minutes et nous nous sommes retrouvés à la voiture dans le stationnement. Gram était déjà assis sur le siège du conducteur et nous attendait.

« Gram, tu as fini vite. Je ne t'ai même pas vu à l'intérieur. »

« Tisseur de temps. Rappelle-toi? » Elle m'a fait un clin d'œil et a pris une bouchée de son sandwich à la salade d'œufs préemballé. Son odeur flottait dans la voiture. Quelque chose à propos des sandwichs aux œufs n'avait aucun sens pour moi. Ça sentait si mauvais, comme des ordures pourries. C'était toujours en quelque sorte mon genre préféré, et je salivais à la pensée de son goût. Gram haussa un sourcil vers moi et gloussa. À son expression faciale, mon estomac grommela de manière perceptible. « Faim? » demanda Gram en lui tendant la moitié de son sandwich. J'ai cédé et l'ai pris, souriant timidement.

« Je suppose que oui, » dis-je et pris une grosse bouchée. Après avoir mâché quelques bouchées de nourriture, j'ai commencé à réfléchir à ce que Gram avait dit. Je me demandais comment fonctionnait son temps de tissage. Quelles étaient les possibilités, sinon infinies? Je bus une gorgée d'eau et me tournai vers Gram. « J'ai une question sur ton temps de tissage, » marmonnai-je en essuyant l'eau de ma bouche.

« Oui? » répondit-elle à mi-morsure.

« Peux-tu emmener d'autres personnes avec vous? Quand tu voyages dans le temps, je veux dire. »

« Je ne voyage pas vraiment dans le temps, citrouille. Je ne manipule que le temps et l'espace. Pour répondre à ta question, je ne suis pas sûr. Je n'ai jamais essayé d'emmener quelqu'un avec moi. Je ne pensais même pas que c'était une possibilité. » Elle y réfléchit un instant.

« Pourrais-tu essayer? » demanda Satyra en se joignant à elle. Je sursautai à ses mots, ayant oublié qu'elle était assise à côté de moi. Elle était si silencieuse, juste en train de manger, que ça m'a fait sursauter.

« Je ne saurais pas par où commencer », lui répondit Gram, les sourcils levés.

« Connais-tu quelqu'un d'autre qui a ton don? » Je me demandais.

« Non, pas que je sache. Je n'ai jamais rencontré quelqu'un

d'autre avec mes capacités, et je n'ai jamais entendu parler d'histoires comme la mienne. »

« Pas que tu le sais, donc, c'est possible; amener quelqu'un avec toi. Tu n'en as jamais entendu parler.

« Je suppose que ça pourrait l'être. Ça ne me sert à rien si je ne sais pas qui pourrait m'aider », a déclaré Gram.

« Vrai. » J'ai hoché la tête. « Je ne peux pas m'empêcher de penser au potentiel que tu as. Tes capacités pourraient devenir très utiles, j'imagine. »

« J'ai toujours considéré mon temps à tisser comme une seconde nature. Ça n'a jamais été ressenti comme un pouvoir, comme avec mon affinité pour l'esprit. La nécromancie demande de la concentration et une dévotion dévouée. Le tissage du temps me vient naturellement », a-t-elle expliqué. « Je n'ai jamais pensé à en savoir plus à ce sujet, car je pouvais le faire sans difficultés. »

« Et un de tes livres à la maison, Gram? » demanda Satyra. « Tu n'as rien au sujet de tisser à temps? » Gram s'arrêta un instant et rit de façon absurde.

« Je ne sais pas, » dit-elle. « Je me sens stupide. » Gram laissa échapper un petit rire et l'écarta. Je ne pouvais pas m'empêcher de penser que si c'était moi avec ces pouvoirs, j'aurais appris tout ce que je pouvais. Je ferais tout et n'importe quoi pour mettre la main sur autant de livres que possible, pour devenir si familier avec mes capacités que je pourrais réciter les textes avec aisance.

« Y a-t-il quelque part où nous pourrions trouver un livre avec ce genre d'informations? » me suis-je demandé à haute voix.

« Oh, oui, en fait, » remarqua Gram. « Il y a une bibliothèque dans la Maison D'Enchantement. » Mon cœur s'emballait à l'idée d'aller dans cette bibliothèque étrangère. J'imaginais les centaines de livres alignés sur des étagères solides, et un frisson courait dans mes veines. « Peut-être devrions-nous parcourir leurs volumes avant la réunion. »

« Où est-elle située? » demandai-je, incapable d'empêcher le sourire de se former sur mes lèvres.

« Ça se trouve dans le même bâtiment; en fait, c'est à l'entrée de la Maison de l'Enchantement. Nous devons passer par là de toute façon », nous a-t-elle dit. « S'il devait y avoir des livres contenant ce genre d'informations, je croirais qu'il se trouve dans leur collection. »

« Alors, nous y allons, » dit Raidan, soufflant longuement. Il savait à quel point je pouvais être absorbé par la navigation dans les collections des nombreuses fois où il avait enduré mes achats de livres.

« Ce serait un rêve, » dis-je avec enthousiasme. « Plus de livres... »

« Beaucoup et beaucoup, anciens et nouveaux. » Gramme m'a souri.

« Je ne peux pas attendre. » Je soupirai avec nostalgie, imaginant tous les beaux livres sur lesquels je pouvais mettre la main. J'ai adoré lire. J'ai tout lu de l'histoire du monde, de la mythologie et même de la romance. J'adore un bon livre jeune adulte avec des héroïnes déterminées et passionnées. Je ne dirais jamais non à feuilleter les pages d'un autre monde.

« Alors c'est réglé. Nous n'attendrons plus. »

30

BOUCLIER

Lorsque Gram s'est garé au bord d'un vieux chemin de terre, Raidan, Satyra et moi nous sommes regardés avec confusion.

« Que faisons-nous ici? » demandai-je en regardant par la fenêtre. Le chemin était relativement étroit et je ne pouvais pas imaginer une voiture s'engager sur sa piste.

« C'est là que nous nous arrêtons », a déclaré Gram et a retiré les clés du contact.

« Au bord d'une route abandonnée », commenta Raidan en se débouclant de son siège. « Ça ne crie pas du tout au danger. »

Il faisait encore jour, donc la zone boisée ne semblait pas angoissante. Il n'y avait pas de présence inquiétante, mais ça me lassait quand même. Je n'avais pas l'habitude de marcher dans les bois, mais je savais que Gram adorait ça. Elle rôdait toujours dans les bois de Grimsbane à la recherche de baies et cueillait des champignons sur des souches d'arbres. Bien que ce fût une entreprise étrange pour ses trois petits-enfants, ce n'était qu'une journée ordinaire pour elle.

« La Maison de l'Enchantement se cache au-delà de ces bois », nous a informés Gram. « C'est pour ne pas faire savoir aux autres qu'il existe ici. Une protection enchantée interdit à l'œil humain de la voir, même s'ils se promènent sur ce sentier. Cependant, juste au cas où, il est caché au fond des bois. »

« Comment fonctionne le service? » demanda Satyra en se penchant en avant. Toute conversation sur la magie la tenait en haleine.

« C'est magique », a déclaré Gram.

« Oui, eh bien, je le sais. » Ma cousine roula des yeux. « Je voulais dire, qu'est-ce que cela implique exactement? Arrivera-t-on à le voir? Serons-nous même capables de passer outre?" Je me suis demandé ça aussi. S'il y avait des protections en place, ne devaient-elles pas nous empêcher d'entrer également?

« Comme nous avons de la magie dans nos veines, ça ne nous fera aucun mal. Vous le verrez quand nous y serons. C'est indescriptible », nous a dit Gram en sortant de la voiture. Ma cousine et moi avons débouclé nos ceintures de sécurité, et nous avons tous emboîté le pas, la rencontrant dans le fossé près de la route étroite.

« À quoi sommes-nous censés nous attendre? » demanda Raidan. « Cherchons-nous des pièges? Dois-je surveiller les clôtures électriques? » J'ai commencé à cette pensée.

« Non, non, il n'y a pas de clôtures électriques », nous a assuré Gram. « Pas de pièges non plus. »

« À quoi devons-nous faire attention? » demandai-je, l'imprévisibilité me gardant en place.

« Restez avec moi, petites sorcières et sorcier. Je vous garderai hors de danger. »

Au fur et à mesure que nous avancions sur le chemin, la voiture s'éloignait de plus en plus et je pouvais à peine distinguer sa forme. Nous avons traversé un grand champ plein d'herbes hautes qui me chatouillaient les jambes pendant que nous traversions. Arrivés à un petit pont couvert, j'ai enfin remarqué l'eau. Je ne l'avais pas entendu avant d'arriver ici, mais la rivière était forte et claire une fois que je me tenais sur le pont. Le ruisseau était régulier, et il coulait plus vite que je n'aurais imaginé un petit ruisseau à parcourir.

Le pont couvert semblait avoir été construit il y a longtemps. Les planches de la plateforme étaient branlantes, mais elles semblaient encore assez solides pour marcher dessus. Il y avait des trous carrés le long des murs de la zone abritée, créant un cadre semblable à une fenêtre. Je suis monté sur le rebord et j'ai passé mes bras à travers l'un des carrés pour regarder dans la rivière. Il y avait de gros rochers, glissants à cause de la vase qui les recouvrait. J'imaginais marcher dessus et sentir la vase de rivière glisser entre mes orteils.

« Fais très attention à ne pas tomber », m'a dit Gram. Le passage abrité fit résonner sa voix à travers la couverture.

« Oui, oui », lui ai-je assuré, en veillant à ne pas mettre mon poids sur des planches lâches sous mes pieds.

« C'est-tu beau? » demanda Saty en venant me rejoindre. À l'approche de Saty, une fissure épouvantable s'est fissurée dans le plancher, et mon cœur s'est emballé dans ma gorge. Quand elle s'est rapprochée d'un pas de plus, je pouvais sentir la tension dans les planches sous moi, la force vacillant à chaque seconde qui passait.

« Saty, recule. Maintenant, » ordonnai-je en retenant mon souffle. Elle l'a fait sans hésitation, les yeux écarquillés. Je soufflai un seul souffle, nerveuse à l'idée que le moindre mouvement puisse fragiliser le bois.

« Descends très prudemment, » demanda Gram. « Un pas après l'autre. Et restez à l'écart des corniches à partir de maintenant. » J'ai pris une profonde inspiration et me suis baissé sur la pointe des pieds, exerçant la pression la plus légère possible sur les planches, m'assurant qu'elles pouvaient supporter mon poids. Heureusement, la planche cassée était l'une des rares pièces pourries et je pouvais continuer à marcher. Le bois sous mes pieds tenait bon et je me dirigeai prudemment vers Saty, qui me surveillait en état d'alerte.

« C'était intense », elle a soufflé en me regardant. « Ça va? »

« Bien », dis-je en détendant mes épaules.

« Quelle façon de commencer notre aventure. » Elle secoua la tête devant ma folie. Je n'ai pas pu m'empêcher de lui faire un clin d'œil.

« Bien que j'admire ta bienveillance, Satyra, je préférerais qu'à l'avenir Tu t'abstenais de me donner si librement de telles aventures. »

« Pas de promesses. » Elle sourit.

« Bien sûr que non. »

Un mur forestier particulièrement épais gisait de l'autre côté du pont couvert. Elle était bordée d'arbres de toutes sortes.

« Il n'y a plus de piste à suivre », a noté Raidan.

« Non, il n'y a pas de piste », a reconnu Gram. « Néanmoins, nous continuerons notre marche. C'est élémentaire, voyez-vous. Nous devons simplement continuer vers le nord. Nous trouverons notre passer sans aucun problème. »

« Si tu le dis » répondit-il et il se dirigea vers les arbres. Gram attrapa son poignet et l'attira vers elle.

« Permettez-moi de passer en premier », a-t-elle proposé et a pataugé dans la mer d'arbres. Elle a écarté une partie des brous-sailles et s'est frayé un chemin pendant que nous marchions.

Des branches d'arbres de toutes sortes sortaient tout autour de nous, et nous devions les saisir avec précaution et les glisser sous nos doigts pour que la branche ne frappe pas la personne derrière nous au visage. Nous l'avions appris à la dure après la première erreur de Raidan. Gram a fait la manœuvre, et il n'a pas fait assez attention pour se rendre compte qu'il devait l'imiter, me laissant trouver une branche désireuse de me frapper le visage.

« Aïe, » grommelai-je en écartant les aiguilles de pin de mes cheveux. Ils se sont tous moqués de moi et je me suis vautré dans mon apitoiement sur moi-même. « Pas drôle. Vous auriez pu me crever un œil, » me moquai-je.

« Oh, Shivi. Tu es juste trop maladroite », s'est moquée Satyra.

« Ah, ouais? Vous voulez parier? » J'ai tiré une des branches comme une fronde et me suis préparé à la lancer dans sa direction. Elle l'a esquivé juste avant le coup de la branche, qui l'a ratée d'un pouce.

« Hé, pas besoin de faire ça! Je veux garder mes globes oculaires en place, merci », grogna-t-elle.

« Eh bien, tu ne penses pas que je ressens la même chose? » Gram se tourna pour nous regarder avec désapprobation.

« Lorsque vous passez à travers les branches, s'il vous plaît tenez-les et passez-les à la personne derrière vous », a-t-elle expliqué en marchant péniblement entre les arbres.

« D'accord », a déclaré Raidan. « Ne frappez pas ma sœur au visage. Ça ne devrait pas être un problème. » Je lui ai donné un coup de poing dans le dos et il a poussé un gémissement.

« Ça c'est pour la branche d'arbre », ai-je raillé et nettoyé mes mains sur mon jean.

« Hé, ton destin est entre mes mains en ce moment. Êtes-vous d'humeur pour une autre branche d'arbre au nez? » il a offert; un sourcil se leva en signe de moquerie.

« Continue juste à marcher, » soufflai-je en le poussant vers l'avant.

Il y avait beaucoup à voir dans les bois. De temps en temps, un petit écureuil courait devant nous. Avant que nous puissions nous en approcher trop près, il remonterait dans les arbres. Nous pouvions entendre les feuilles craquer tout autour de nous, et Gram nous a dit que ce n'étaient que des petits oiseaux et des lapins. Elle nous a assuré qu'il n'y avait rien à craindre. J'ai regardé tout autour de nous, regardant et écoutant ce qui m'entourait. J'ai repéré tous les champignons colorés qui jaillissaient du sol dans diverses parcelles aléatoires. Je n'avais jamais vu autant de couleurs. Quand je pensais aux champignons, je pensais aux gris et aux bruns. C'était un tout autre monde: des jaunes et des rouges et de beaux violets profonds. Nous avons marché à côté d'arbustes remplis de minuscules fruits rouges de la taille d'une perle et tout aussi brillants. Raidan s'est arrêté pour en ramasser, mais Gram l'a rapidement bloqué avant qu'il n'ait la chance de les jeter dans sa bouche.

« Vous ne pouvez pas manger ceux-là », a décrété Gram. « Ils sont très toxiques. »

« Quoi? » cria-t-il et les jeta à terre.

« On les appelle des baies de houx », a déclaré Gram. « Ils ont l'air délicieux, mais ils sont toxiques. Ils ont ça qu'on appelle la saponine et essentiellement, si consommée, ça vous fera courir aux toilettes en quelques secondes. »

« Ç'aurait été bon à savoir avant que je les rejoigne, » se moqua Raidan, les yeux plissés.

« Oh, oui, mais tu as été trop rapide pour que ta vieille Gram puisse le voir », se défendit-elle. « Je t'ai arrêté avant que tu les manges, n'est-ce pas? » Elle désigna les baies qui reposaient maintenant à ses pieds.

« Dieux, merci », dit-il.

« Oui, merci les Dieux, » répondit Gram. « Maintenant, gardez vos mains loin de tout ce que vous ne connaissez pas déjà. Comme vous l'avez peut-être remarqué, il n'y a pas de toilettes où courir. » J'ai ri à cela, imaginant l'horreur.

« Je t'ai bien compris », a répondu mon frère, et nous avons continué notre randonnée. Je n'ai pas pu m'empêcher de jeter un coup d'œil au buisson de baies. J'ai remarqué maintenant qu'ils n'étaient pas seulement dans les arbustes, mais aussi dans les arbres. Certains d'entre eux devaient mesurer cinquante pieds de haut. Ils étaient imposants et mortels. Ils m'avaient l'air parfaitement correcte. J'étais contente que notre grand-mère connaisse la forêt et les choses que nous allions trouver. Sinon, nous n'aurions peut-être pas eu autant de chance.

Quand nous sommes arrivés à la clairière et que Gram s'est arrêté, j'ai senti une faiblesse grandir dans mes genoux.

« Il y a plus de marche à faire? » grognai-je en me frottant les jambes. Mes doigts étaient légèrement enflés à cause de l'élévation et du mouvement.

« Oh, non, non, » dit Gram. « Nous sommes ici. »

« Ici? » répéta Satyra, sa confusion aussi évidente que la mienne.

« Vous nous avez amenés dans un champ vide », indiqua Raidan en observant l'endroit. « Je pensais que nous allions à la Maison de l'Enchantement. »

« Nous sommes à la Maison de l'Enchantement, mon cher petit-fils », lui dit Gram. « Vous ne pouvez pas encore le voir. Viens. » Elle nous a fait signe d'avancer. Après avoir marché quelques pas dans le champ, j'ai commencé à voir une luminance floue inexplicable. C'était une étrange collection d'ondulations - la réfraction d'un phénomène. C'était comme voir des vagues de chaleur après une chaude journée.

« Étrange », j'ai considéré la vision, tendant la main pour la toucher. À ma grande surprise, mes doigts ont ralenti dans l'air comme si je les faisais passer à travers un bouclier d'eau. « Ouah... »

« Qu'est-ce que tu fais, Shiv? » demanda Raidan avec perplexité. Il me regarde maintenant comme si j'avais trois têtes.

« C'est bizarre, » marmonnai-je en passant ma main dans l'étrange. « C'est comme si ma main traînait quelque chose. » Il plissa le visage de confusion et se dirigea vers moi, posant sa main à côté de la mienne. J'ai vu l'étonnement grandir sur son visage.

« Je le sens aussi », a-t-il rayonné. « Saty, viens ici! Tu dois venir essayer ça. »

« Est-ce sûr? » demanda-t-elle prudemment à Gram.

« Ce sont les effets du bouclier », nous a-t-elle dit. « C'est parfaitement sûr pour les sorcières. Viens; suivez-moi », a insisté Gram, et avec cela, elle a fait son premier pas dans le bouclier et on l'a perdu.

« Oh, seigneurs, où est-elle allée? » ai-je bégayé, paniqué en la cherchant. Une minute, elle était à côté de nous, et la suivante, elle avait disparu.

« Je ne la vois nulle part. » Satyra déglutit en regardant autour du champ.

« Je pense qu'elle a traversé », a rationalisé Raidan et a commencé à mettre sa main un peu plus loin dans le bouclier. A ce mouvement, sa main disparut, laissant le bout de son bras nu. Plus il enfonçait son bras, moins nous le voyions.

« C'est bizarre, » m'émerveillais-je en le regardant. D'un mouvement rapide, mon frère fut tiré de l'autre côté, disparaissant entièrement sous nos yeux. Ma cousine et moi nous sommes regardés avec horreur.

« Il est-tu correcte? » cria Satyra. Mon cœur martelait dans ma poitrine.

« Je ne sais pas », ai-je dit et j'ai soudain senti une main me saisir de l'autre côté aussi. J'ai été balayé par la brume du bouclier et mon cœur s'est presque arrêté. Je n'ai pas eu le temps de cligner des yeux et j'étais contente. Sinon, j'aurais raté le tableau des couleurs de l'arc-en-ciel que j'ai traversé. C'était un peu un rêve. C'était comme des tourbillons de couleurs, le tout mélangé dans un courant électrisant. En une fraction de seconde, j'étais de l'autre côté. Gram et Raidan m'ont rencontré là-bas, hurlant de plaisir.

« Tu m'as fait peur! » m'exclamai-je en posant une main sur mon cœur. Quand j'ai finalement repris mon souffle, j'ai laissé échapper un rire sourd à mon émerveillement. J'ai regardé de l'autre côté du mur invisible et j'ai réalisé que nous pouvions voir à travers où nous étions autrefois. Une fois que nous avons traversé la salle, elle n'avait plus l'illusion d'un champ vide.

Gram, Raidan et moi attendions patiemment que Satyra passe. Nous nous attendions à ce que Satyra revienne d'elle-même, mais il ne semblait pas qu'elle était sur le point de le faire de sitôt. Excitée, j'ai mis ma main dans le bouclier et je l'ai tendue. Nous pouvions voir l'extérieur de l'intérieur de la salle, mais ce n'était pas la même chose pour Satyra. J'ai vu ma cousine regarder ma main, flottant singulièrement autour d'elle. Elle regarda autour d'elle comme si elle envisageait un autre choix. J'ai passé ma tête à travers maintenant, et elle a crié.

« Shivalri, qu'est-ce qui se passe? » Ses yeux exorbités de leurs coutures.

« Allez, Cuz! Ça ne te fera pas de mal. » Je n'ai pas pu m'empêcher de rire au visage qu'elle arborait. « Prends ma main », insistai-je. Le regard qu'elle me lança était purement horrifié, la peur la rongeait vivante.

« Si je meurs, je reviens hanter ton cul », a-t-elle ricané.

« Ça a l'air bien », ai-je souri, et elle m'a pris la main. Alors que je la tirais de l'autre côté, les couleurs nous rencontrèrent. Je pouvais voir la crainte écrite sur son visage maintenant, et je savais que ça se reflétait sur le mien.

« C'était tellement excentrique », a-t-elle remarqué.

« Excentrique en effet. » Gram hocha la tête, et nous la regardâmes tous maintenant. Derrière elle, notre destination attendait. « Bienvenue à la Maison de l'Enchantement. »

31

LA MAISON DE L'ENCHANTEMENT

J e ne savais pas à quoi je m'attendais à voir quand nous sommes arrivés à la Maison de l'Enchantement. De vieux murs ressemblant à des châteaux, des donjons et des douves, peut-être. Rien de tout cela ne nous attendait alors que nous avancions à grands pas sur l'allée parfaitement entretenue ornée de murs de roses blanches et éclatantes. Les roses continuaient autour du terrain, agissant comme une barrière entre les protections de la forêt que nous avions traversées pour arriver ici et la haute forteresse qui se dressait sur notre chemin. Ça ressemblait à un château, mais celui d'un conte de fées des temps modernes. Quelqu'un avait remplacé le vitrail typique par des fenêtres hautes et teintées. Il avait l'air vierge, comme s'il n'avait jamais connu de mauvaise journée.

« *Domus de Incantatio* », dit Gram. « C'est la Maison de l'Enchantement. » J'ai levé la main pour toucher une rose, mais une traction sur ma manche m'a stoppé net. Je me tournai pour voir ma grand-mère me fixer, les narines dilatées.

« Quoi? » balbutiai-je.

« Tu étais sur le point de piquer ton doigt sur un buisson de roses impitoyable, » gronda-t-elle. « Ne touchez à rien à moins que je ne vous dise que c'est sûr. »

« Désolé, » marmonnai-je en roulant des yeux. Sa colère me traversa et je reculai.

« Oui, Shivalri, tu aurais été désolé si je t'avais laissé apprendre de l'erreur. » Elle m'a donné une chiquenaude à l'envers et j'ai frotté la piqûre. « Une fois que votre sang touche le sol ici, votre âme est liée à cet endroit, pour ne plus jamais repartir. Ne me regarde pas comme ça, petite sorcière, et ne touche pas à ce qui n'est pas à toi. »

« Putain de merde! » Je croisai les bras et cachai mes mains. « Manière de me prévenir! » Je la regardai.

« C'est foiré », a déclaré Raidan derrière moi, examinant les roses qui encadraient nos côtés. « Pourquoi quelqu'un ferait-il ça? »

« Ils, le Conseil, utilisent la beauté pour rester en tête de toutes les manières possibles. Non seulement pour leur profit personnel, mais pour leur protection. Ils utilisent la splendeur pour leurrer leurs ennemis en leur faisant croire qu'ils ont trouvé de l'or, seulement pour découvrir qu'ils ont conclu un marché avec le diable lui-même. »

Mes yeux s'agrandirent d'horreur.

« Le diable? » répéta Satyra, étouffée et flétrie.

« Ou du moins, c'est ce qu'ils disent », a chuchoté Gram et m'a fait un clin d'œil. « Êtes-vous d'humeur à jouer avec votre chance, ma chère? » Je secouai la tête en signe de refus.

« Sûrement pas. » À l'idée de presque conclure un marché avec le diable, je ne pouvais pas m'empêcher de me demander quels autres pièges nous attendaient ici à la Maison de l'Enchantement. La magie du sang semblait être leur méthode de prédilection, et quelque chose à ce sujet m'a frotté dans le mauvais sens. Mon estomac s'est noué au souvenir de notre prochaine rencontre avec un calice, et la nausée m'a immédiatement fait rougir.

« Pouvons-nous entrer maintenant? » Raidan a demandé, frustré par ce qu'il considérait comme un non-sens.

« Après toi, » je lui ai donné un coup de coude, et pendant une fraction de seconde, il a chancelé sur ses talons, sa bravoure vacillante, et la panique a éclaté sur son visage. Mais la peur quitta instantanément ses yeux et il marcha le long du chemin vers les grandes doubles portes. Ils faisaient plus du double de la taille de mon frère, ce qui en faisait facilement douze pieds. Il conduisit pour attraper la poignée de la porte, mais les portes glissèrent à la minute où il posa le pied sur la marche.

« Waouh... » marmonna-t-il en regardant à l'intérieur. « C'est énorme. »

« Pouvons-nous entrer? » demanda Satyra en dansant sur place. Gram gloussa.

« Toutes les sorcières sont les bienvenues. » Elle sourit à ma cousine qui entrait déjà dans l'immeuble. « Allez-y, ma douce. » Je me tournai vers ma grand-mère, l'inquiétude dans la gorge.

« J'ai peur », avouai-je en me repliant sur moi-même. Entrer dans ce bâtiment signifiait beaucoup de choses pour moi. J'étais sur le point de faire face aux conséquences de mes transgressions involontaires. Une fois que je suis entrée, il n'y avait pas de retour en arrière. « Je ne sais pas si je suis prête à faire ça, Gram. »

« Oh, petite citrouille, » soupira-t-elle. « Si j'étais à ta place, je ne crois pas que je le serais non plus », a-t-elle admis. « Mais j'essaierais. » Elle avait raison. J'ai sucé mes dents et inhalé profondément.

« À l'essayage », dis-je doucement, et elle prit ma main dans la sienne alors que nous entrions tous les deux dans la Maison d'Enchantement de Salem.

Tout était blanc et impeccable. Aucun meuble, aucun décor, seulement des murs et des murs blancs tendus tout autour.

« C'est tellement nu », ai-je noté. Gram marmonna son accord.

« Quand j'étais très jeune, ça n'avait pas l'air si nouveau. Les mises à jour sont certainement intéressantes. »

« Dites-le simplement. » J'ai souri. « Ce n'est pas ton style. »

« Oh, chut », a-t-elle chuchoté en me pinçant le côté. Je me redressai et me tournai vers elle, me souvenant soudain des livres qu'on m'avait promis.

« Gram! Où est la bibliothèque? »

« Par là-haut », répondit-elle en désignant le plafond. J'étais complètement atterré. Quatre escaliers arrondis bordaient la structure dans chaque coin. Des livres étaient alignés à perte de vue, flanquant les murs en face des balustrades. C'était une vision de l'art. Je n'avais jamais vu autant de livres auparavant. J'avais été surpris quand Gram avait révélé sa bibliothèque secrète au sous-sol. Je me suis délecté de la douce connaissance que je pouvais y aller avec Gram pour lire tous ces livres. J'avais été étonné par leur nombre. Mais ici, dans la Maison de l'Enchantement, je n'en croyais pas mes yeux.

« Avons-nous le temps d'aller tous les voir? » Gram sourit devant mon enthousiasme.

« Je ne pense pas que je pourrais t'empêcher de regarder les livres si j'essayais. » Elle a ri. « Allez-y. Je monterai avec toi dans un instant. Mais s'il te plaît, Shivalri, regarde; ne touchez pas. »

À cela, j'ai grimpé l'un des escaliers en colimaçon et j'ai fait mon ascension. Alors que je montais le vol massif et sans fin, le bâtiment semblait plus haut que large. Les plafonds étaient incroyablement hauts; c'était probablement environ quarante pieds de hauteur sans fin. Je me demandais comment les gens réussissaient à retirer les livres des étagères si haut dans les airs. J'ai cherché une sorte d'échelle mais je n'ai rien trouvé d'utile. Les livres étaient soigneusement organisés; des rangées d'étagères propres bordées de livres s'étendaient à perte de vue. Je me suis émerveillé à la vue. Si cette nouvelle entreprise n'avait pas été si troublante, j'aurais peut-être été tout à fait heureuse de venir ici. J'aurais pu appeler cela mon paradis.

Il n'y avait pas beaucoup d'allées dans la bibliothèque car elle avait été construite d'une hauteur colossale. Il est allé vers le ciel, encerclant la salle principale. J'ai marché le long du garde-corps qui entourait le bâtiment et j'ai incliné la tête en arrière pour tenter de voir la collection. Quand j'ai levé les yeux vers le plafond, il y avait des sculptures dans la moulure au-dessus des étagères, ce qui m'a dit que les volumes étaient divisés en sections. Chacun avait une petite allée composer de deux étagères. En compagnie des sculptures, des chérubins effleuraient les sommets, créant une belle scène. Ça m'a presque rappelé mon théâtre de lycée, mais c'était quelque chose de beaucoup plus spectaculaire. Les gens paieraient considérablement pour voir quelque chose comme ça. C'était presque comme si les statues sculptées sur place provenaient directement du Vatican lui-même. Belle et divine; éthéré dans sa vraie forme.

Je ne savais pas par où commencer en premier. J'ai décidé de descendre dans la section la plus proche de ma gauche. Je ne pouvais pas perdre un temps précieux. J'étais déterminé à visiter toutes ces allées et chaque unité avant qu'il soit temps de rencontrer les émissaires. J'ai été surpris de voir que la galerie la plus proche de moi était pleine de cartes. Certains se sont enroulés et se sont assis dans des casiers, mais la plupart étaient dans des cadres en verre, tous soigneusement alignés. Au lieu d'avoir les noms des pays listés pour les trier, j'ai réalisé que les chiffres, les dates et les années classaient les documents. C'était étrange de voir des cartes d'avant mon temps. J'avais vu une vieille carte une fois dans mon cours d'histoire, mais elle n'avait peut-être que cent ans. Ces cartes étaient anciennes.

Rien avant moi n'était écrit en français ou anglais, mes langues principales. La plupart des textes étaient composés de symboles. J'ai reconnu que certains ressemblaient à des hiéroglyphes. Les collections de cette bibliothèque proviennent du monde entier. Je frôlai du bout des doigts le bord de l'étagère et m'émerveillai à l'idée de mon privilège. Le fait même que mes doigts et mes yeux puissent toucher n'importe laquelle de ces cartes était stupéfiant. Même si j'écoutais Gram et m'abstenais de toucher aux livres, j'étais toujours à une place d'honneur.

Je continuai à marcher dans l'allée compacte et me dirigeai vers le mur du fond qui reliait la pièce. Au début, j'ai scanné les livres et les cartes soigneusement empilés sur les étagères à hauteur de moi. Il y en avait tellement. Quand j'ai regardé le plafond, j'ai marqué ma section. Il lisait IX.X.CCC AD. Je ne pouvais pas comprendre comment quelque chose d'avant le temps du Christ pouvait être ici à la Maison de l'Enchantement.

Il y avait tellement de cartes et de volumes, et je ne pouvais même pas commencer à imaginer comment ces types de documents existaient encore dans notre monde. Comment se fait-il qu'ils aient été conservés si longtemps? Quand j'ai commencé à regarder en arrière, à scruter les étagères, mes yeux se sont glissés et fixés sur l'un des livres sur l'étagère, le troisième à partir du plus haut. J'ai senti cette attraction magnétique, cette énergie palpitante traverser mes doigts comme dans le sanctuaire de Grimsbane. J'ai senti le murmure de ce livre m'appeler à travers une brise froide.

« Déesse des trois... », chantonna-t-il, cherchant désespérément mon attention. Je pouvais le sentir dans mes os - j'avais besoin de voir ce livre. J'ai fermé les yeux un instant, je me suis ressaisi et j'ai pris une profonde inspiration. Quand j'ai levé les yeux, j'ai levé la main et j'ai commencé à pousser le livre vers l'avant, essayant de le faire flotter vers moi.

« Regarde où tu vas », a dit une dame, me faisant sursauter par ma posture d'observation. Le martèlement dans mes os s'éteignit et le livre au-dessus se tut.

« Oh Seigneurs, je suis vraiment désolé. Je ne t'ai même pas vu là-bas, » balbutiai-je. La vieille dame sourit et leva ses lunettes jusqu'à l'arête de son nez.

« Ne t'inquiète pas pour ça. J'ai tendance à être tranquille quand je suis ici pour ne pas déranger ceux qui voudraient lire. » J'ai regardé autour de moi pour voir s'il y avait quelqu'un d'autre à qui elle pouvait faire référence, mais l'espace était vide.

« Vous venez souvent ici? » ai-je demandé en me concentrant sur l'inconnu silencieux qui s'est faufilé vers moi.

« Je viens ici presque tous les jours », elle a déclaré. « Je suis une sorte de bibliothécaire. » À ça, j'ai rayonné.

« Ouf, c'est peut-être le travail de mes rêves », ai-je dit. Ses rides du froncement se sont estompées lorsqu'elle m'a rendu mon sourire.

« Oh, c'est un endroit charmant, mais c'est long et fastidieux », a-t-elle concédé.

« Je peux imaginer, » répondis-je, regardant à nouveau les livres. « Ce doit être difficile de garder tout ceci en ordre. Il y a tellement de tomes. » J'ai regardé la troisième étagère la plus haute, essayant de trouver le livre qui m'avait attiré. Il ne m'a pas fallu longtemps pour le voir, la traction envoyant une vague de chair de poule sur mes bras.

« Il y a des centaines de milliers de livres ici dans la Maison de l'Enchantement, et croyez-le ou non, je les ai tous lus trois fois. »

« Trois fois? » J'ai interrogé. Elle m'a fait taire à mon exclamation impétueuse.

« Je n'en ai peut-être pas l'air, mais je suis assez vielle. » Elle gloussa d'elle-même.

« Vous devez être ancienne pour avoir pu lire tout ça. Plus d'une fois, en plus. » Réalisant que je venais peut-être de l'insulter, le sang dans ma poitrine monta jusqu'à mon visage de chagrin.

« Quelque chose comme ça. » Elle sourit. Gram est venu derrière moi et a posé une main sur mon épaule, me faisant sursauter.

« Venez, Shivalri. Laissez le lutin à ses livres. » Je me tournai vers Gram pour la regarder maintenant.

« Quoi? » ai-je lâché. Je me retournai pour regarder la vieille bibliothécaire, et elle gloussa.

« Tu es tout nouveau dans tout ça, n'est-ce pas? » Elle haussa un sourcil et je secouai la tête.

« Tu n'as aucune idée. » J'ai lancé un regard acéré à Gram. Je ne pouvais toujours pas croire qu'elle avait caché tout ceci. Ma famille avait gardé cette grande partie importante de qui j'étais secrète pendant si longtemps, et j'en étais ignorant. Quand Gram et moi avons voulu nous éloigner, le lutin a hésité, puis nous a arrêtés.

« Y avait-il un livre en particulier que vous cherchiez? » interrogea-t-elle.

« Non, » répondit Gram. « Merci. »

« Elle a un œil vagabond, celle-là. Une chose curieuse; rare », a dit la dame à Gram alors que nous nous éloignions.

« C'était bon de vous rencontrer », ai-je carillonné, et la petite dame nous a fait signe de partir et est retournée à son chariot de livres. Je me demandais si elle avait remarqué ce que je faisais. Mieux encore, je me demandais si elle aussi entendait la voix des livres qui l'appelaient. « Lutin? » J'ai donné un coup de coude à Gram maintenant que l'étranger était assez loin pour qu'elle n'entende pas.

« Je t'ai dit qu'il y a beaucoup de créatures que tu ne connaissais pas. »

« Oui, tu l'as dit, mais je t'ai à peine cru, » admis-je. « Qu'est-ce qu'est un lutin? Et comment ça se passe ici dans le royaume de la Terre avec nous? »

« Les lutins sont des esprits domestiques. Eux aussi ont une lignée humaine partielle; par conséquent, leurs âmes résident ici jusqu'à la mort. »

« Que peuvent-ils faire? » J'ai demandé.

« Ce sont des métamorphes, forts et rapides en vitesse et en esprit. Ils sont habituellement serviables et gentils, mais surtout heureux de se tourner vers la malice si on lui en donne l'occasion », a-t-elle expliqué. « Je t'ai dit que toutes les histoires sont vraies. » Elle me regarda d'un air entendu.

« La prochaine fois, s'il te plaît, dis-le-moi avant que je ne tombe accidentellement sur un vampire et que je ne me mette de son mauvais côté. » J'ai ri. Elle s'arrêta et me lança un regard sévère.

« Shivalri, ma chère, tu ferais mieux d'espérer ne pas tomber sur un *dræpyr*, ou vampire, comme tu l'appelles ainsi. Tu es bien trop gentille pour résister. » Je suis devenu froid à ses mots.

« Qu'est-ce qu'un *draepyr*? » J'ai étouffé. Ma grand-mère ne m'a même pas regardé pendant mon interrogatoire.

« Les *dræpyr* sont des démons nés avec une soif de sang. » À ses mots, j'ai instantanément senti ma peau se vider de sa chaleur. « Ils vieillissent comme ils veulent, respirent comme ils veulent et boivent autant qu'ils veulent. »

« Donc, les vampires sont réels aussi. » J'ai frissonné.

« Et bien plus. »

« Irréel », marmonnai-je. Elle m'observait maintenant, un regard curieux sur son visage.

« Qu'est-ce qui est si difficile à croire? » elle a sondé. « Comment es-tu capable de te faire à l'idée d'être une sorcière? Tu n'as pas remis en question le pouvoir de contrôler les cinq éléments », a-t-elle considéré. « Je te dis que tu es la raison derrière la levée du voile, et tu ne clignes même pas des yeux. Je te dis qu'il y a des vampires, et tu deviens dégoûté. Que dois-je faire de toi? » Je secouai la tête.

« Je n'ai aucune explication, Gram. Aucune suggestion non plus. » Elle me tapota le dos alors que nous nous dirigions vers les escaliers où Satyra et Raidan nous attendaient en bas.

« Ils n'ont pas regardé de livres? » J'ai demandé.

« Ce ne sont pas des lecteurs comme toi et moi », supposa-t-elle. « Les histoires nous appellent. »

« As-tu fini par trouver quelque chose à temps? » J'ai demandé.

« Oui, » rayonna-t-elle, les épaules rétrécies comme si elle détenait un secret. Elle a sorti un petit livret de la poche de son manteau et me l'a fait signe. « Ne le dis pas au lutin. » Elle sourit. Je ne pus m'empêcher de ricaner lorsqu'elle le remit dans son manteau et le redressa. Qui était cette femme et qu'avait-elle fait de ma grand-mère?

Alors que nous approchions du bas des escaliers, je me retournai pour m'émerveiller devant les livres.

« Je ne peux pas m'empêcher de me sentir comme Saty en ce moment », ai-je pensé à haute voix.

« Comment? »

« Elle trouve le conte de fées dans tout, et pour moi, tous ces livres pleins de connaissances infinies, c'est mon conte de fées qui appelle mon nom... » chuchotai-je, imaginant mon moment Princesse Belle. Comme juste au bon moment, une silhouette vêtue de noir dévala les escaliers, sa robe traînant derrière lui dans son vent. Là où il y a une beauté, une bête doit suivre.

À la vue de l'homme, Raidan et Satyra se sont dirigés rapidement et silencieusement vers Gram et moi et se sont tenus de
chaque côté de nous. Ma cousine à ma droite, Gram, suivi de mon
frère à ma gauche. Alors que l'homme approchait du bas de l'escalier, la main de Gram s'est figée dans la mienne. Sa poigné a
meurtri mes articulations alors que trois autres silhouettes se diri-
geaient vers nous depuis les salles de la chambre principale.

« Gram », a chuchoté Satyra, mais il n'y avait pas de réponse à
son appel. Maintenant, les quatre personnes masquées se tenaient
devant nous, formant une ligne parallèle à la nôtre. Je levai les yeux
vers l'homme qui se tenait face à moi, sans broncher. Il n'avait pas
quitté les yeux des miens depuis qu'il avait descendu les escaliers.
Des traits d'obsidienne noire me dévoraient. Délibérément, il m'a
regardé de haut en bas, et je me suis brusquement senti beaucoup
plus exposé que je ne l'étais. Il sourit à ma réaction, repoussant une
dreadlock lâche de son visage. Il tira sur sa capuche et la laissa
tomber, et alors qu'il ramenait les cheveux mal placés dans son
chignon, il révéla la chair brûlée qui tapissait sa mâchoire jusqu'à
son oreille. Une véritable terreur tourna dans mon esprit alors que
je le regardais mieux. Je pouvais voir les cicatrices créer un motif
dans son contre-dépouille alors qu'il tournait la tête, déplaçant son
attention de moi vers ma grand-mère.

« Bienvenue, » tonna-t-il, sa voix riche résonnant dans le bâtiment. Il déplaça son poing vers son cœur, et les trois autres
silhouettes masquées suivirent en synchronisation. Gram mit son
poing sur sa poitrine et baissa la tête.

« Merci, Haut Conseil », réussit-elle à s'étouffer. Une bouffée de
chaleur me mordille les épaules. Je pouvais sentir le pic de tension
de Satyra et Raidan alors que nous réalisions tous qui se tenait
devant nous. C'était *le* Haut Conseil.

« Nous attendions votre arrivée », a déclaré la femme devant
Gram. Elle était grande et mince, avec ses cheveux attachés en une
queue de cheval serrée. Sa voix était posée, nette et dans une
cadence anglaise d'Oxford. « Si nous avions su que vous erreriez à
un rythme humain, nous aurions commencé notre voyage beau-

coup plus tard. » La femme leva le menton, et l'homme en face de Raidan se moqua d'accord. Raidan a tenu bon.

« Nous... » Raidan fut interrompu.

« Ne parle pas », cracha devant lui l'homme blond et musclé, « à moins qu'on te parle. » La façon dont il parlait avec une telle sévérité était déconcertante.

Tandis que j'examinais les visages des étrangers et que j'entendais chacun d'eux parler, je me demandais comment ils étaient venus se rassembler. Je n'avais pas entièrement mesuré la grande échelle du monde magique. Jusqu'où a-t-il fallu offrir aux sorcières leurs affinités? Gram avait dit qu'il y avait des sites de rencontre partout dans le monde. Considérant tout cela était extraordinaire. Toutes ces personnes différentes s'étaient réunies dans l'intérêt de la magie régnante et de la sécurité. Il était évident qu'ils s'étaient habitués à leur pouvoir et régnaient ensemble. Ils portaient tous des regards déterminés et puissants, ce qui me faisait me sentir petite à bien des égards. Leur influence ne faisait aucun doute.

« Ça compte-t-il? » Raidan a répliqué, testant ses limites. En ce moment, je souhaitais tellement que mon frère mette de côté son défi naturel. L'homme montra les dents et la femme devant Gram sourit à Raidan. Notre grand-mère lui lança un regard sévère qui disait tout ce qu'elle ne pouvait pas dire.

« J'aime bien celui-ci, » ronronna la femme majestueuse aux capes, les yeux prédateurs brûlant un trou où se tenait mon frère. L'homme devant Raidan tourna la tête vers la femme et siffla sa désapprobation. La possessivité teintait son air renfrogné.

« Oh chut, M. Lagunov, » lança la femme. « Ce ne sont que des plaisanteries. » Elle sourit lentement, et il se raidit devant son air sournois.

« Oui, Mlle Darkmore. » Il hocha la tête, le visage plat.

« S'il vous plaît, Damek. Ce sont des invités très spéciaux », a déclaré la femme en scrutant nos visages. Quand elle m'a regardé, je suis resté immobile. Sous son regard ardent, je ne savais pas quoi faire. En me souvenant de la façon dont Gram les a accueillis, j'ai repris courage et j'ai mis ma main droite sur mon cœur. Je pouvais voir du pur divertissement danser dans les yeux de la femme. Je me suis demandé si j'avais mal agi.

« Appelez-moi Moira », insista-t-elle, apparemment satisfaite de mon geste.

« Merci de nous avoir rencontrés, Moira », a pris la parole Gram. « Je dois admettre que nous ne nous attendions pas à vous voir ici. Vous rencontrer est un honneur et un privilège. » Moira se tourna pour faire face à ma grand-mère, qui avait l'air bien plus frêle qu'elle, et joignit les mains.

« Nous avons entendu par la vigne que vous vous êtes retrouvés dans une situation un peu difficile. Nous avons décidé que c'était une affaire urgente. Une dans laquelle nous devions nous impliquer », a déclaré Moira. L'homme devant moi a fait un clin d'œil dans ma direction et l'aversion s'est accumulée dans mon ventre. Ce groupe de personnes respirait la confiance, et je ne savais pas si je devais détourner le regard ou prendre des notes et en tirer des leçons.

« Nous avons tellement entendu parler de vous, Shivalri Gray », a-t-il dit avec un large sourire. Ses dents brillaient, pointant vers le bout. Je déglutis et ses yeux se posèrent sur mon cou. Je me suis raclé la gorge et il a souri. J'ai immédiatement pensé à la mention de Gram du *drœpyr* plus tôt et j'ai dû ravaler la peur d'un démon qui pourrais être présent dans la Maison de l'Enchantement.

« J'ai aussi entendu parler de vous très récemment, » dis-je en m'éclaircissant la gorge. J'ai cherché à avoir l'air assertif. « Ravi de vous rencontrer, Ember. » À la mention de son nom, son visage s'enflamma, puis se calma en un instant - un regard d'enthousiasme emporté en un clin d'œil. La main de Gram serra la mienne encore plus fort qu'avant.

« Pardonnez-moi », souffle-t-il. « Ça fait une éternité que je n'ai pas entendu prononcer mon nom avec une admiration aussi remarquable. » Moira claqua des doigts, et il se raidit encore une fois au son de son ordre. Un frisson parcourut ma colonne vertébrale à la pensée de son pouvoir, de son prestige. Je me demandais ce que ce serait d'être elle, de détenir ce genre de suprématie. Moira fit un signe de la main vers Ember et il baissa la tête.

« C'est Ember Blackwood. Quatrième aux commandes », a commencé Moira. Elle fit un geste vers l'homme devant Raidan, et la silhouette masquée enleva sa capuche.

« Voici Damek Lagunov. Mon commandant en second. » Maintenant, elle désigna la femme devant Satyra, qui baissa la tête, muette.

« Ma troisième. Sora Fujin », a déclaré Moira, puis elle s'est éloignée de la ligne. La femme était silencieuse et évitait mon contact visuel. Ses yeux noirs en amande ne quittaient pas le sol. « Comme je l'ai déjà mentionné, vous pouvez m'appeler Moira. Je serai votre directrice à toutes fins utiles. » Les quatre se retournèrent sur leurs pieds et commencèrent à marcher vers les escaliers. Alors que ma famille et moi les suivions, le nombre de corps m'a frappé. Il y avait cinq membres au Haut Conseil. Où était le cinquième?

Lorsque le Haut Conseil nous a conduits dans une petite pièce isolée de la zone principale, je me demandais si nous étions en sécurité. Si Gram leur faisait confiance et n'avait aucune hésitation à les suivre, je devrais probablement mettre de côté ces pensées agitées. Je n'avais pas l'habitude de côtoyer ce genre d'influence. Gram avait toute une vie d'expérience. J'enfouis mes pensées troublées dans la poche la plus éloignée de mon esprit et scannai la pièce à la recherche de Satyra. Ma grand-mère et mon frère marchaient devant moi, suivant les talons du Haut Conseil. Satyra, en revanche, était un pas derrière moi. Je tournai la tête pour lui faire face, marchant toujours pour suivre le groupe. Elle avait la tête baissée, mais je pouvais voir qu'elle s'agitait sur sa lèvre.

« Saty, ça va? » Elle me regarda rapidement comme si je l'avais surprise de ses pensées.

« Oui, ça va. J'ai juste le trac, » marmonna-t-elle, la lèvre toujours coincée entre ses dents. « Il est difficile de croire que tout ceci se passe. C'est censé être imaginaire. »

« Parlez-moi de ça », ai-je dit. « Je viens de rencontrer mon premier lutin à l'étage d'en haut. »

« D'abord, quoi? » Elle s'arrêta net et me regarda avec une panique totale dans les yeux.

« On pourrait penser que Gram m'aurait prévenu avant que je monte là-haut. » Je secouai la tête avec incrédulité.

« Tu penses? » bredouilla-t-elle, les yeux écarquillés d'étonnement. « À quoi cela ressemblait-il? » s'émerveilla-t-elle à haute voix.

« Elle était gentille », supposai-je.

« Elle? »

« Je pense que oui, » dis-je. « Même si je ne peux pas en être sûr. Elle ressemblait à une petite vieille. Elle m'a dit qu'elle est la bibliothécaire ici et qu'elle s'occupe des livres. Elle semblait inoffensive. Mais, encore une fois, je ne connais rien aux lutins. » J'ai haussé les épaules. « Gram ne semblait pas avoir peur, donc je ne pense pas que nous ayons quoi que ce soit à craindre », ai-je proposé.

« Eh bien, c'est bien », a dit ma cousine dans un souffle.

« Elle m'a aussi dit que les vampires sont réels. » Satyra s'est arrêté à mi-chemin; son souffle se coupa.

« Essayez-vous de me donner une crise cardiaque? »

« Scuse! Ce n'est pas mon intention. Je pensais juste que tu devrais savoir. »

« Eh bien, tu penses? » aboya-t-elle sarcastiquement. « J'avais déjà peur de suivre ces puissantes sorcières dans une pièce secrète. Tu n'avais qu'à aller me dire que d'autres créatures traînent dans les parages. »

« Hé. » Je l'ai arrêtée. « Je n'ai rien dit sur la présence d'un vampire ici, juste qu'il existe.

« Ça n'améliore pas la situation », a-t-elle sifflé.

« Désolé, Cuz. » Je ris et la poussai en avant. « Nous pourrons parler des vampires une fois que nous serons sortis d'ici. J'ai moi-même encore beaucoup de questions. »

« Qu'y a-t-il de plus à savoir? » elle a supplié.

« Disons simplement que Gram ne m'en a pas dit assez pour nourrir ma curiosité. Elle ne m'a laissé que des miettes d'informations », ai-je ricané. « Les bases des vampires sont compréhensibles, mais le comment est déconcertant. La façon dont les choses fonctionnent et la façon dont tant de folklore existe dans la vraie vie me dépassent. »

« Moi aussi », a ajouté Satyra. « Je n'ai jamais été aussi excité ou terrifié de ma vie. Je suis tellement heureuse que nous ayons de la magie et que nous soyons des sorcières. C'est comme un rêve devenu réalité. »

« C'est terrifiant. »

« Peut-être qu'en ce moment c'est le cas, mais vous savez que j'ai toujours voulu en savoir plus sur toutes les histoires magiques qu'on nous racontait quand nous étions enfants. Je ne m'attendais pas à ce que les mauvaises choses jouent un si grand rôle dans tout ça, mais nous devons laisser le bon l'emporter sur le mauvais. »

« C'est plus facile à dire qu'à faire, Saty. La magie a des répercussions. J'ai créé une ruine incommensurable dans les quelques jours où elle s'est réveillée en moi. Je suis un désastre ambulant. »

« D'accord, oui, tu es un peu une catastrophe ces derniers temps. Mais pensez à tout le bien que tu pourrais faire si tu apprenais à exploiter tes pouvoirs. Tu pouvais réparer aussi bien que ruiner », dit-elle avec insistance. « Shivi, nous sommes magiques. » Je laissais ses mots pénétrer et m'imprégnais de leur sens.

« C'est bizarre, n'est-ce pas? » répondis-je, plein de réflexion. « La magie. »

« Bizarrement, tout s'est avéré, a-t-elle reconnu. « C'est une chose à laquelle penser, de considérer qu'il pourrait y avoir un autre type de monde là-bas que nous ne pouvons pas voir. »

« C'est une autre chose de le voir », ai-je terminé pour elle.

« Exactement. C'est ce qui le rend si étrange. »

« Je suppose que nous sommes bizarres maintenant, hein? » pensai-je alors que nous rattrapions le reste du groupe. Elle ricana et pointa devant nous.

« *Ils* sont bizarres. »

Quand nous sommes arrivés dans la chambre, il y avait une grande serrure sur la porte. C'était le genre qui avait un boulon mis en place et une vieille clé en main. Le métal gémit lorsqu'ils poussèrent la porte et nous accueillirent dans la pièce sombre et éclairée. Quand nous sommes entrés, tout avait l'air ancien. C'était ce que j'avais imaginé quand Gram parlait de la Maison de l'Enchantement. On aurait dit que rien n'avait jamais été rénové, et j'imaginais que c'était comme ça que Gram l'aimait.

À l'intérieur, une longue table s'étendait à travers la pièce, occupant la majeure partie de l'espace. Des chaises à dossier haut étaient alignées de chaque côté de la table, et une chaise était assise à la tête. La femme qui dirigeait le Haut Conseil prit place à la tête, et le reste du groupe encapuchonné prit place d'un côté de la table. Ma grand-mère a suivi et nous a fait signe de faire de même, face aux autres de l'autre côté de la table.

« Nos émissaires nous ont informés de votre situation », a tonné Moira Darkmore. Elle avait l'air royale alors qu'elle était assise sur sa chaise: épaules carrées, mâchoire serrée et yeux au cœur dur. Elle était plus âgée que les autres membres du groupe, à l'exception peut-être de sa quatrième commandante. Je ne pouvais pas vraiment dire l'âge de Sora, mais il semblait que les dames étaient dans leurs quarantaines ou cinquantaines. Damek apparait peut-être deux fois mon âge, et Ember en semblait encore plus proche. Il avait l'air relativement jeune par rapport à ses camarades. « Après votre coup de téléphone, le contremaître commandant du secteur quarante-cinq s'est mis à nous appeler immédiatement. Il avait raison de le faire, car c'est de la plus haute importance. »

« Nous sommes tellement chanceux que vous ayez pris nos demandes si au sérieux », a déclaré Gram. « Merci. Merci beaucoup. »

« Bien sûr, » fredonna Moira. « Il est impératif que nous restions au fait de ces priorités à haut risque. Comme vous le savez, les légendes de cette prophétie ont été racontées encore et encore, au fil des siècles, depuis la nuit des temps. Ceci, ce qui s'est déjà produit, est de mauvais augure. Cela attirera l'opprobre du monde entier. Nous avons tous attendu et nous nous sommes demandé si nous vivrions un jour pour voir le jour où la prophétie se concrétiserait. Par peur, bien sûr », a-t-elle poursuivi. Les autres murmurèrent un accord. « Nous comprenons que ce n'est pas une tâche facile à comprendre, et Shivalri, nous aimerions vous adresser nos paroles honorées. Nous vous envoyons une promesse dans l'espoir que vous nous permettiez de vous aider et de vous protéger. » Je déglutis sèchement et hochai la tête.

« Merci », ai-je réussi, la voix un peu tremblante. Elle sourit.

« Vous êtes bienvenue. »

« Que prévoyez-vous? » Gram a parlé maintenant. « Que devons-nous faire pour empêcher la diffusion de la connaissance de la prophétie? Le voile est levé, et le surnaturel de tous les royaumes s'en rendra compte bien assez tôt. Ce n'est qu'une question de temps. Nous ne pouvons pas permettre que cela tombe entre de mauvaises mains. Si les gens savent qu'ils peuvent utiliser Shivalri et ses pouvoirs pour ouvrir complètement la porte, quelqu'un avec les pires intentions pourrait déchaîner l'Enfer sur cette Terre. »

« Oui, » répondit Mlle Darkmore. « Et ça ne marcherait pas. » Elle avait l'air inquiète. Les mots de Gram m'ont déconcerté lorsque j'ai réalisé ce qu'elle disait.

« Que veux-tu dire; utiliser-moi? » demandai-je, la perturbation palpitant dans mes veines.

« En sacrifice », a entonné celui qui s'appelait Ember. Ses yeux étaient sévères. Il ne semblait pas empathique, ne faisant qu'énoncer des faits.

« Que veux-tu dire? » demanda Satyra, la voix tremblante. « Comme, la tuer? » Ember la regarda seulement comme s'il étudiait une affaire. Elle se tourna vers Gram avec les sourcils levés dans ce que je ne pouvais que supposer être de l'horreur. « Tu n'as jamais rien dit à ce sujet auparavant, Gram! » Mes yeux s'écarquillèrent au son de l'inquiétude de ma cousine. Était-ce le but de l'invocation de nos rêves? Ma mémoire revint à la description de Saty du tourment, et je me souvins des vrilles sombres qui m'enveloppaient. J'avais envie de vomir.

« Nous avons des raisons de croire que votre corps agirait comme une clé. Une sorte de portail, si vous voulez », a déclaré Moira. « Avec les voiles levés, quelqu'un pourrait facilement accéder et créer un portail aux portes d'un autre royaume grâce au déversement de votre sang très puissant. »

« Un portail vers l'Enfer », ai-je murmuré, les nerfs secouant mon cœur.

« Un portail vers n'importe quel royaume », corrigea Moira.

« Et nous ne voulons pas cela », a déclaré Damek.

« Non, bien sûr que non », a répondu Moira. « Quel degré de contrôle avez-vous sur votre pouvoir, Mlle Grimsbane? » Moira reporta son attention sur moi. J'ai trouvé étrange qu'Ember m'ait appelé Gray, mais Moira a utilisé Grimsbane. Je me demandais si c'était calculé ou si j'étais juste trop mal à l'aise. Quand je n'ai pas répondu, Gram a répondu à ma place avec un soupir.

« Elle vient de commencer son ascension », a-t-elle admis. « Elle ne connaît rien à la magie. Il n'a fait surface que ce mois-ci. »

« Dois-je comprendre qu'elle n'a aucune emprise sur aucune capacité? » demanda la femme calme, Sora. J'avais oublié sa présence dans son silence constant.

« C'est exact », a déclaré Gram. « Elle a les affinités, mais pour les manier correctement, les maîtrisées... Elle n'a pas encore appris. »

Moira fredonnait en réfléchissant à mes échecs. Une insurrection de rabaissement s'est enroulée autour de moi alors que j'écoutais le bourdonnement de jugement. Je ne pouvais pas m'empêcher de me sentir inférieur. Je n'étais pas assez. Je me suis demandé pourquoi il fallait que ça soit moi. Pourquoi ai-je été choisi? A cette pensée, je me raclai la gorge et les regardai tous. Je devais savoir.

« Pourquoi moi? » J'ai exigé une réponse. « Je connais les affinités. Je connais la prophétie. Mais pourquoi moi? Qu'est-ce qui fait de moi le problème? Pourquoi ai-je été choisi pour ça? »

« C'est votre destin », a déclaré Moira. « Non seulement vous avez les cinq affinités élémentaires, mais vous avez aussi le sang du démon et de l'ange qui coule dans vos veines. Un événement peu fréquent. » Gram haleta inhabituellement fort, l'air incroyablement choqué.

« Ça ne peut pas être! C'est impossible », a-t-elle dit. J'ai vu ses yeux passer de Moira, à moi, puis à ses mains jouant du violon devant elle. « Elle ne peut pas avoir le sang d'un ange en elle si c'est une sorcière. L'ADN n'est pas miscible. »

« Ah oui. C'est ce que l'histoire ancienne nous a appris. Cependant, c'est vrai de cette jeune fille. »

« Qu'est-ce que cela signifie? » J'ai demandé. « Et comment sauriez-vous même pour mon ADN mixte? » Le visage de Gram était choqué partout, et ça n'a fait que rendre mon propre choc encore plus fort.

« Le Haut Conseil reçoit tous les enregistrements de naissances sorcières et surnaturelles. Nous connaissons votre anomalie depuis le moment où nous avons reçu vos flacons de sang. Bien sûr, nous n'avions aucune idée que cela avait de quoi à faire avec la prophétie. Nous ne pouvons jamais prédire quels pouvoirs s'élèveront chez une sorcière. Ça ne se découvre que dans l'ascendant. »

« Gram, est-ce vrai? » demandai-je, la regardant pour un semblant de confirmation de tout ceci.

« Votre père doit avoir du sang Néphilim », pensa-t-elle.

« Papa est un chasseur de sorcières? » Raidan resta bouche bée d'étonnement. « Que diable? »

« Si tel était le cas, vous feriez également partie de cette prophétie. » Moira désigna mon frère. « Seulement vous ne l'êtes pas. »

« Êtes-vous sûr? » demanda Satyra. Elle et mon frère portaient des expressions curieuses sur leurs visages.

« C'est possible, Mlle Darkmore," intervint Gram. « Impensable, mais possible. La plupart des chasseurs de sorcières viennent des églises françaises et italiennes. Leur père est un Français. Sa famille vit en France. »

« Nous avons également les analyses de sang de Raidan. Le sien est celui d'un mortel et d'un sorcier », a déclaré Damek, un air suffisant traversant son visage.

« Le père n'a absolument rien à voir. Le fait est que le sang de l'ange et du démon est toujours non miscible », a déclaré fermement Moira. « Si leur père était Néphilim, et leur mère une sorcière, scientifiquement, ces deux enfants n'existeraient pas. »

« Mais comment cela explique-t-il Shivalri? » interrogea Gram. Elle n'avait jamais eu l'air aussi confuse depuis que je la connaissais.

« Shivalri ne ressemble à aucun autre. Nous n'avons pas les réponses. Tout ce que nous savons, c'est qu'elle porte le sang des deux. »

« Pourquoi le sang est-il immiscible? » ai-je demandé, réalisant maintenant que je n'en avais pas la moindre idée. « Pourquoi les démons et les anges ne peuvent-ils pas procréer? Je pensais que c'était ce qu'ils faisaient quand ils vivaient tous ensemble. » Moira joignit les mains et répondit à ma question en inclinant le menton.

« En raison de la séparation des royaumes, la magie s'est forgée en chacun de nous. On ne sait pas comment, mais ç'a enregistré le moment où les trois royaumes ont été créés. »

« Notre théorie est que la créatrice des royaumes ne voulait pas que les mortels surnaturels procréent et deviennent plus forts qu'ils ne l'étaient déjà », a déclaré Ember. Moira hocha la tête.

« L'idée de la scission était de faire en sorte que notre espèce devienne finalement plus faible tout au long de notre lignée. Le but était de débarrasser la Terre de la magie sans avoir à anéantir complètement la race humaine. Ils comptaient sur nous pour devenir lentement plus faibles et moins nombreux. Si le sang des anges et des démons devait se mélanger, cela créerait une toute nouvelle généalogie qui pourrait potentiellement venir avec des magies plus fortes. »

« Da », se moqua Damek en russe. « Quelque chose que le commun des mortels ne pourrait pas se permettre. » Tout le monde hocha la tête en signe d'accord, certains fronçant les sourcils, d'autres les yeux sombres.

« Comme vous le savez », a déclaré Moira en nous regardant tous. « Lorsque les humains ordinaires ont appris l'existence de la sorcellerie, leur peur et leurs préjugés ont tué notre espèce. Ils pensaient très bêtement qu'ils nous avaient tous eu... Si le monde savait que plus de trente pour cent de la population avait de la magie, ce serait catastrophique. La créatrice des royaumes le savait.

Ils ont choisi de nous laisser mourir tranquillement et paisiblement plutôt que de nous rendre plus forts et une menace. C'était soit notre espèce, soit la leur. La créatrice n'a pas voulu choisir. Nous étions tous regroupés en tant qu'humains; par conséquent, nous sommes tous liés à la Terre. »

« S'il est impossible, vraiment impossible, d'avoir l'ADN mixte, alors comment puis-je avoir à la fois du sang d'ange et de démon? » demandai-je d'une voix calme mais ferme.

« Qu'est-ce que ça veut dire? » demanda Gram, les sourcils froncés. « S'il vous plaît, c'est ma petite-fille. Aide-moi à comprendre. » Moira prit une longue inspiration calculée et pointa ses yeux vers moi.

« Elle est bénie par les Dieux », a-t-elle déclaré. Les yeux de ma grand-mère s'écarquillèrent d'incrédulité. « C'est un destin primordial. C'est tout ce que nous savons. »

« Vous semblez surpris par cette information, » dit Ember, le menton levé en signe d'interrogation.

"Ce n'était pas inclus dans le matériel des livres de ma famille », a admis Gram. Gram avait l'air honteuse du manque de connaissances dont elle était habituellement fière d'avoir.

« Mal préparé », marmonna Damek dans sa barbe, et Ember ricana dans sa direction. Le visage de Moira est resté immobile, chercher plus de ma grand-mère.

« Oui, eh bien, on a eu assez avec le drame familial », a déclaré Ember, me regardant maintenant. « Allons droit au but. Vous avez fait une grosse mauvaise erreur et tu as déchiré un trou dans le voile. Heureusement, les humains ne réalisent pas ce qui se passe et l'ont attribué aux problèmes météorologiques. Malheureusement, ceux d'entre nous qui connaissent le surnaturel le remettront en question. »

« Il est temps pour vous tous de décider si vous accepterez notre aide », a déclaré Moira.

« Bien sûr », a déclaré Gram. « Bien sûr, nous accepterons votre aide. Nous ne pouvons pas vous remercier assez. » Je me suis mordu la lèvre, me sentant étourdi. Une sueur froide me parcourut tandis que mon esprit s'inquiétait. Comment ma grand-mère a-t-elle pu si vite accepter leur aide alors qu'elle ne nous avait même pas dit comment elle l'avait offerte?

« Et si nous ne le faisons pas? » demandai-je en dégageant ma lèvre de mes dents.

« Ne faites pas quoi? » aboya Moira, la mâchoire ferme.

« Et si nous n'acceptons pas votre aide? Et si je voudrais me cacher à la place? »

« Vous ne semblez pas à comprendre, Mlle Grimsbane », grogna Moira, furieuse de ma réserve. « Si vous n'acceptez pas notre aide pour vous protéger, et si vous n'offrez pas votre aide en échange, nous devrons recourir à d'autres stratégies. »

« D'autres stratégies? »

« On ne peut pas t'utiliser si tu es morte », dit Damek, le blond, en souriant. J'ai senti mon estomac se nouer. Gram a juste baissé les yeux quand je l'ai regardée pour du soutien. Elle n'a rien dit.

« Gram, tu ne peux pas les laisser me tuer, » bourdonnai-je, me sentant faible.

« Gram, tu ne coupes sérieusement pas ici? » Raidan s'étouffa. « C'est ridicule! Si Shivi ne veut pas vivre ce genre de vie, pourquoi ne pourrait-elle pas simplement se cacher? »

« Elle peut se cacher! Je vais l'accompagner, » sanglota Satyra. Elle pleurait maintenant, le visage rouge et bouffi d'émotion. J'ai vu les yeux d'Ember se poser sur elle. J'ai vu une seconde de remords dans son regard, mais elle s'est instantanément évanouie. Je regardais Moira maintenant, son visage toujours dur, sans jamais broncher.

« Gram? » chuchotai-je, regardant vers elle pour tout signe qu'elle soutiendrait le choix que je voulais faire. Quand elle a perdu son souffle, les épaules voûtées, j'ai su que j'avais perdu la bataille.

« Nous n'avons pas le choix, Shivalri. Nous acceptons avec joie leur aide, et nous nous ferons un plaisir de les aider dans les domaines nécessaires pour sauver le monde. » À cela, le Haut Conseil nous regarda, tous rayonnant de triomphe.

« Convenu? » demanda le chef, les yeux fixés sur moi. J'ai mis un long moment avant de prendre ma décision. Qu'est-ce que tout cela impliquerait? Que devrais-je sacrifier pour remettre le voile en place? Que je le veuille ou non, je n'avais pas le choix. J'ai été forcé d'accepter tout ce qu'ils voulaient sans vraiment savoir ce qu'ils attendaient de moi. C'était ça ou la mort. J'ai lentement hoché la tête, les yeux fixés sur le chef du Haut Conseil.

« Convenu. »

32

CALICE

Une fois que nous avons accepté de travailler avec eux, ils nous ont dit que nous devions mener le reste de nos affaires dans une chambre différente. J'hésitais encore à les suivre et à accepter mon sort à leurs côtés. J'étais censé croire qu'ils étaient bons et qu'il fallait leur faire confiance. En vérité, c'étaient les personnes en qui j'étais le plus censé avoir confiance. Gram nous a parlé du Haut Conseil avant de venir à la Maison de l'Enchantement. Ma grand-mère a dit qu'ils étaient très estimés et censés être nos protecteurs en quelque sorte. Ils étaient les gardiens de la paix et de la régulation de notre monde sorcier. Mais après notre brève conversation avec eux, je n'ai pas pu m'empêcher de remettre en question leurs motivations après qu'ils m'ont fait sentir en danger et incroyablement inférieur. Ils semblaient particulière- ment désireux que notre accord soit gravé dans le marbre. C'était comme s'ils avaient besoin de se sentir indispensables. Ils étaient poussés par le pouvoir, sans aucun doute. Cela m'a mis mal à l'aise, surtout après avoir été menacé de mort comme autre alternative à ma coopération.

Ne pas avoir le choix en la matière rendait tout bien pire. Le fait que je devais travailler avec eux ou faire face à la possibilité qu'ils me mettent fin à la vie était une sorte de cauchemar. Comment était-ce acceptable? Le plus cruel de tous, comment ma propre grand-mère a-t-elle pu s'incliner et accepter ce genre de conditions? Tout ce que je savais, c'est que j'étais dans un tas d'ennuis, coincé sous un rocher et un endroit dur, et je n'allais pas m'en sortir de trop tôt. Je devais embrasser que c'était mon chemin.

Marchant péniblement dans les couloirs, j'étais à bout de souffle au moment où les chefs robés se sont arrêtés. A mi-hauteur du bâtiment, ils s'arrêtèrent devant une porte en plomb.

« Au-delà de cette porte se trouve la salle sacrée de cette Maison d'Enchantement », commença Moira. « C'est un grand honneur d'entrer et un privilège de vous permettre d'entrer. »

« Merci, » dit Gram. « Nous apprécions votre temps et votre confiance. »

« Nous vous croyons, même si j'espère que vous comprenez que nous devons respecter la loi des sorcières et exiger un témoignage valide. Nous espérons que vous avez préparé vos petits-enfants pour la formalité imminente? » Moira réfléchit. Notre grand-mère nous avait parlé du sortilège avant notre arrivée - un mélange de charmes et de sang à boire dans un calice de vérité.

« Bien sûr, Mlle Darkmore », lui a assuré Gram, et nous les avons suivis dans la pièce.

C'était l'intérieur d'une église, vieille, usée et pleine de bancs de bois. Directement au fond de la salle, une petite scène avec un autel servait de point central. Mon estomac s'est retourné alors que je regardais les quatre calices miroitants qui brillaient à la lueur des bougies dans toute la pièce.

« Shivalri... » me murmura Satyra, qui se tenait maintenant à quelques centimètres derrière moi.

« Chut, » Gram nous a fait taire. Nous avons continué à marcher dans l'allée, passant devant des rangées de bancs usés par le temps. Nous nous sommes dirigés vers l'autel, où le Conseil nous attendait.

« Shiv », répéta Satyra avec méfiance. Je me tournai pour la regarder et mon sang se glaça. Elle était incolore. Je lui lançai un regard paniqué et elle me le rendit.

« C'est correct, » murmurai-je par-dessus mon épaule, mentant pour nous deux.

« Ça ne va pas », a-t-elle dit. J'ai dû être d'accord. Boire une potion avec notre propre sang m'a frotté dans le mauvais sens.

Ember Blackwood se dirigea vers une petite table qui se tenait à gauche de l'autel. Damek et Sora le suivaient, calices à la main. Gram nous a placés dans des positions au bas de la marche et s'est agenouillé devant la dirigeante, Moira. Moira prit place à la tête de l'autel et feuilleta le livre déjà posé dessus. Raidan a copié notre grand-mère.

Satyra et moi avons échangé un regard inquiet et nous nous sommes agenouillés par terre. Tout se passait si vite. J'avais supposé que le Haut Conseil prendrait un moment pour expliquer les étapes et aider à dissiper nos craintes. Après tout, nous étions jeunes et n'avions jamais rien vécu de tel auparavant. C'était comme une aberration. Nous n'étions même pas restés assez longtemps dans la salle sacrée pour prendre note de notre environnement. J'avais espéré des avis, mais ce nouveau monde ne semblait pas venir avec beaucoup de ça. Les mouvements sont venus dans un flou.

« *Quérite Verum. Tollere Libertatum* », Moira a commencé à chanter en latin, la langue lequel Gram utilisait souvent lorsqu'elle parlait des Dieux. Mon attention se tourna vers la table où le reste des capes commença à mélanger leur concoction. Tous couraient autour de la table, essuyant leur sueur. Ils avaient l'air aussi nerveux que moi. J'étais surprise de voir Ember se mordre la lèvre de concentration alors qu'il s'abaissait vers les calices pour plus de précision. Du rouge transperça sa lèvre inférieure et coula sur la table. Il me regarda rapidement et essuya le sang qui restait. J'ai baissé les yeux, gênée d'avoir eu les yeux sur lui, et j'ai fixé le sol.

« Ils sont complets », a déclaré Ember, apportant un calice à Moira. Elle examina l'élixir qui bouillonnait et pétillait et hocha la tête en signe d'approbation.

« Distribuez-les », ordonna-t-elle, et Damek et Sora descendirent de la scène. Satyra a été la première à en recevoir un, car

Sora était la plus proche d'elle. Damek donna le leur à Gram et Raidan avec un sourire satisfait. J'ai senti les pas vibrer dans mes genoux alors qu'Ember descendait les escaliers jusqu'à moi. Il me prit le menton et me força à lever les yeux vers lui.

« Bois, bouton d'or », a-t-il trillé. Je ne pouvais pas dire s'il m'aimait ou s'il me méprisait. La façon dont il m'a parlé pendant ces quelques heures de présence au Haut Conseil était inattendue. Il m'a traité comme s'il me connaissait d'une manière ou d'une autre. Il a agi indifférent la plupart du temps, mais parfois il m'agressait avec de la haine dans les yeux. Parfois, il se sentait assez à l'aise pour me taquiner. Ça m'a laissé dans un grand malaise.

« Merci, » répondis-je et forçai un sourire quand il relâcha finalement son emprise sur moi. Les capes se tenaient près de Moira et nous faisaient face.

« Mes amis », nous a adressé Moira alors que nous la regardions. Elle était belle, son visage fin et allongé avec des yeux d'un bleu perçant. Je ne l'avais pas remarqué plus tôt en raison de ma vulnérabilité lors de leur entrée surprise. J'avais évité de vraiment la regarder dans les yeux. « Je ne vais pas vous mentir », a-t-elle poursuivi. « Ce ne sera pas agréable. Vous vous sentirez malade immédiatement après avoir bu; cependant, cela s'atténuera rapidement. »

« Mon pari est que le *bolchoï* va vomir », a déclaré Damek à Ember, mais Ember n'a pas répondu. Il a gardé la tête en avant. Raidan se contenta de grogner.

« Ça va faire mal? » Satyra gémit. « Tu ne nous l'as pas dit. » Elle pointa Gram.

« Vous ne pensiez pas que renoncer à ce genre d'informations était un peu un mensonge? » questionnai-je, en colère contre sa légère trahison. Elle aurait très bien pu nous le dire. Elle aurait dû savoir que nous serions toujours obligeants dans ces circonstances.

« Ça ne valait pas la peine d'être mentionné, car la courte douleur en vaut le prix », répondit simplement Gram.

« Je suis d'accord », a déclaré Moira. « Il est de la plus haute importance que vous acceptiez ce défi devant vous. Vous n'êtes pas seul, car nous sommes là pour vous soutenir. Maintenant, comme vous le savez, lorsque vous buvez cet élixir, vous serez obligé de dire la vérité. Ce sortilège sanglant y veillera. » Moira haussa un sourcil vers Gram. « Régler? »

« Prêt, » répondit Gram et regarda ses petits-enfants.

« Prêt », ai-je confirmé. Raidan et Satyra hochèrent la tête. Ember m'a pris la main, et instinctivement, j'ai reculé.

« Le sang », me rappela-t-il en retirant un petit poignard de sa ceinture. Mes yeux s'écarquillèrent à ce qu'il tenait. Je m'attendais à une petite piqûre d'épingle, pas à une lame avec le potentiel de me couper le bout du doigt au niveau de l'articulation.

« Oh... D'accord, » supposai-je et plaçai soigneusement ma main dans la sienne. Je mettais beaucoup de confiance dans les mains d'un inconnu armé d'un couteau.

« Ne faites pas de mouvements brusques », a-t-il conseillé. « C'est très pointu. »

« D'accord. » Je frissonnai et relâchai mon souffle. Il a déplacé son couteau au-dessus de ma main et a rapidement, délibérément tranché ma chair juste assez pour expulser une goutte de sang de ma paume. Je grimaçai à la piqûre, mon cœur bondit hors de ma poitrine. J'étais contente de constater que la douleur était partie en un instant, et ce n'est que le choc qui m'a alarmé. Ce n'était rien de plus qu'un papier découpé. Même si je m'attendais à une petite piqûre au doigt, la paume ne me faisait pas trop mal.

« Ici », a-t-il dit, tenant ma main avec plus d'attention alors qu'il la retournait pour que le sang atterrisse dans ma tasse. Je grimaçai quand il éclaboussa et grésilla dans le liquide déjà rubis. Ember a relâché ma main et je l'ai essuyée sur mon genou, sans me soucier de la tache. Il se dirigea vers Satyra et fit de même pour elle, mais avec un outil différent. Damek a piqué les mains de mon frère et de Gram avec un peu trop d'enthousiasme à mon goût.

" *Sanguis. Potio. Involucrum* », Moira a explosé et a levé les mains vers le ciel pendant que nous avalions la potion.

J'ai fermé les yeux en prévision d'une douleur ou d'un goût putride, mais rien ne s'est passé. Je me sentais bien. Quand j'ai osé ouvrir les yeux, j'ai été surpris de constater que je pouvais à peine le faire. Mon cœur se mit à battre tandis que j'essayais de me lever. Déplacer. Faire n'importe quoi. Je ne pouvais pas. Je regardai fixement mes genoux, voulant qu'ils se lèvent. Un muscle de ma cuisse se contracta et je poussai un soupir de frustration.

« Merde! » cria mon frère, son cri résonnant dans l'air. Satyra a commencé à pleurer de façon incontrôlable. Elle aussi résonnait dans la pièce. Gram, à ma gauche, s'est seulement bouclée sur elle-même, des respirations saccadées révélant sa douleur.

« Qu'est-ce que c'est? » elle réussit à pleurer avant de s'effondrer sur le sol. J'ai essayé d'aller vers elle, de la réconforter, mais je n'ai pas pu. Elle est devenue floue devant moi alors que la pièce tournait.

Du coin de l'œil, j'ai vu Satyra tomber sur le sol. J'ai scanné son corps à la recherche de blessures alors qu'elle convulsait de douleur. Soudain, elle s'immobilisa comme si elle était sans vie.

« Sacrament! » Raidan a crié et a essayé de se relever, trébuchant sur lui-même. J'ai entendu un rire venir de la direction de Damek. Je ne pouvais pas lever la tête pour regarder les personnages devant nous. J'ai scruté le sol et, dans mon champ de vision, mon frère a rejoint Satyra et Gram, allongés inertes.

« Qu'avez-vous fait? » Gram s'étouffa, sa bouche étant à peine capable de former ses mots. Moira rit d'amusement.

« Nous nous sommes assurés que votre accord avec nous est définitif », a-t-elle fredonné.

« Quoi? » J'ai réussi, confuse mais luttant toujours contre l'envie de tomber.

« Le Souffle du Diable, » coassa Gram, à bout d'expiration. « Shivalri, fuyez. » Avant même que je puisse enregistrer ses paroles, ma tête s'est inclinée dans un monde de ténèbres.

33

TRAÎTRES

La nuit m'enveloppa tandis que mon corps se dégelait. Mes yeux étaient grands ouverts comme si j'essayais de m'ouvrir davantage et d'améliorer ma vue. Mais il n'y avait rien à voir, juste la noirceur vide. J'ai commencé à paniquer en réalisant ce qui s'était passé dans la salle sacrée. Une seule comète est passée devant moi, jetant un flamboiement de lumière dans le ciel. Avec le flash de lumière, je l'ai utilisé pour voir mon environnement. Je flottais et il n'y avait toujours rien autour de moi. Je me suis souvenu du rêve que j'avais fait la nuit précédente et j'ai réalisé que ça se reproduisait. Je me débattis dans les airs, essayant de me forcer à me réveiller, jusqu'à ce que j'entende un bruit.

« Avec hâte, brute », grogna une femme en colère à proximité. Ma conscience est finalement revenue à moi, et j'ai arrêté ma respiration au contact des mains accrochées à mon cadavre. J'ouvris une paupière pour regarder mon environnement, la tête martelée par la brume. Moira Darkmore se tenait devant moi, traînant à travers les bois de la nuit avec le reste de ses sous-fifres. Ils tenaient des torches à la main alors qu'ils s'enfonçaient de plus en plus dans les arbres. Ember, réalisai-je, était celui qui m'avait porté. *Traîtres.*

« C'est une jeune adulte », a gémi Ember, et cela a grondé dans sa poitrine et dans mon corps. « Elle est lourde. »

« Arrêtez de vous plaindre », a réfuté Damek. « Tes mains sont sur le cul de cette jeune adulte dont tu te languis depuis des semaines. »

« Ça suffit! » Moira aboya et les deux hommes se moquèrent.

« J'en ai presque eu assez », a grondé Ember en reniflant mes cheveux. Que diable faisait-il? Je voulais reculer, mais je savais que je devais attendre mon heure; calculer mes actions. Je m'allongeai dans ses bras et le laissai me sentir.

« Souviens-toi, cher, » commença Moira. Elle se retourna pour regarder dans notre direction, et je fermai rapidement mon couvercle à moitié ouvert. « Elle n'est pas à toi à jouer avec. » Je pouvais sentir son souffle sur moi alors qu'il considérait ses mots.

« Eh, Moira, si jalouse, » ricana-t-il. Une brindille a cassé sous son pas et j'ai failli pousser un cri. Mon corps se tendit sous la peur.

« Je t'ai confié la mission de l'espionner en récompense d'avoir été mon deuxième pendant ce temps. Ne prenez pas ma gentillesse pour de la faiblesse. Je vais vous éviscérer en un instant si jamais vous envisagez de vous mettre en travers de notre mission. »

« Et je vais l'aider », a déclaré Damek. J'ai ouvert l'œil juste à temps pour le voir se balancer vers Ember, qui m'a utilisé comme bouclier pour que le coup de poing atterrisse sur ma hanche. J'ai pris une inspiration silencieuse.

« En train de frapper la Déesse, hein? » Ember renifla. « Ça ne fais pas une bonne impression. »

« Je *te* visais, » grogna-t-il et se retourna pour faire face aux arbres comme les autres. J'entendais leurs pas s'éloigner de plus en plus. Ember était à la traîne. J'ouvris un peu plus les yeux, seulement pour le trouver me regardant avec un sourire. J'ai paniqué et j'ai fermé les yeux comme un enfant qui a peur d'un monstre. J'ai été stupide de le faire. Il m'avait vu le regarder. Il se pencha plus près, ses lèvres touchant mon oreille.

« Je sais que tu es réveillée, petite Déesse, » me murmura-t-il à l'oreille. Je me raidis dans ses bras et il me serra fermement.

« Non, ne... » commençai-je, mais il pressa un doigt contre ma bouche.

« Ne fais pas de bruit. Restez endormi. Ne cours pas, » murmura-t-il pour que personne d'autre que moi ne l'entende. « Ce ne sera que pire si vous ne coopérez pas. » Je l'ai seulement regardé, essayant de lire son visage.

« Blackwood! » cria Damek devant lui.

« J'arrive! » il a rappelé. « Elle est lourde », a-t-il conclu en me dirigeant ce dernier avec un ricanement. J'ai presque rougi d'embarras, mais j'ai couvert la sensation d'un roulement d'yeux.

« Faites la queue », a déclaré Moira, sans même un regard dans notre direction.

« Écoutez attentivement », a commencé Ember en me soulevant plus haut sur sa poitrine. « Je pense que vous savez qui nous allons rencontrer... Pour votre bien et celui de votre famille, obéissez simplement. » Sa voix était urgente. Je n'ai pas pu répondre. Ma voix était trop rauque à cause du silence dans lequel je m'étais baigné. J'ai cligné des yeux en réponse. « S'il te plait, » articula-t-il. « Fait semblant de dormir. » J'ai fermé les yeux en signe que j'allais écouter. Avec un sursaut de panique, je me suis souvenu que ma famille avait également fait partie de cela. Je me raidis d'horreur.

« Où est ma famille? » murmurai-je presque inaudible alors que l'air me grattait la gorge. Je n'avais jamais eu la bouche aussi sèche de ma vie. Ember a gardé son visage vers l'avant, ne manquant jamais les moments où Damek se retournait pour nous surveiller. Il a pris soin de ne pas les alerter que je m'étais réveillé, mais je ne savais pas pourquoi.

« Ils sont toujours dans la Maison de l'Enchantement. Indemne, » répondit-il calmement.

« Sain et sauf? » J'ai interrogé. Je levai les yeux vers lui, espérant un signe qu'il disait la vérité.

« Nous les avons laissés là où ils étaient. Raidan a reçu un coup de pied dans l'abdomen de Damek, mais à part de ça, ils vont bien. » Je pinçai les lèvres en un air renfrogné quand il regarda pour me rassurer.

« Vous nous avez empoisonnés », dis-je. Ce n'était pas une question.

« Nous vous avons donné une fleur séchée uniquement pour vous calmer. Outre une petite bouche sèche et un peu d'hallucination, le Souffle du Diable est inoffensif », a-t-il expliqué.

« Rassurant », ai-je craché. Il eut le culot de sourire à ma réponse. « Pourquoi souffraient-ils et pas moi? » Il fronça les sourcils.

« Tout ce que vous devez savoir, c'est que votre famille ira bien. J'y veillerai. Mais toi, tu va avoir beaucoup plus de combat devant toi. J'ai essayé de le prévenir, mais je ne peux pas t'en protéger. C'est bien plus grand que moi, bien plus grand que toi. Coopérez simplement. Faites votre acte de sommeil et ne laissez personne savoir que vous êtes éveillé. Ils ne vous feront pas autant de mal si vous ne réagissez pas. » Je déglutis à ces mots, mon cœur s'enfonçant dans le creux de mon estomac. Ma lèvre trembla et j'empêchai mes larmes de couler. Pleurer ne me servirait à rien. J'ai dû me préparer au pire. J'ai dû passer en mode survie.

« Tu vas protéger ma famille? » demandai-je, ayant besoin d'une garantie. « Tu promets? » Il soutenait mon regard alors que nous nous attardions dans le noir.

« Je ferai tout ce que je peux, mais je ne fais aucune promesse. »

« S'il vous plaît, » suppliai-je. « J'ai besoin de l'entendre. » Le désespoir en moi s'est fissuré. Il expira sans bruit et baissa la tête.

« Je promets. »

Les sons de bruissement dans les bois devinrent plus forts alors que nous approchions du reste des silhouettes en robes. J'ai jeté un coup d'œil autour de moi pour les voir debout au pied du plus grand arbre que je ne pourrais jamais imaginer - l'arbre que j'avais vu dans mon cauchemar. Alors que de plus en plus de personnes vêtues de capes émergeaient de derrière les buissons, j'ai noté la différence dans leurs structures faciales, la façon dont certaines étaient voûtées et d'une forme d'un autre monde. C'étaient les créatures de la nuit contre lesquelles ma grand-mère avait mis en garde. Les yeux et les oreilles partout qui l'avaient inquiétée. Je fermai les yeux, jurant de ne plus jamais les rouvrir avant que cette épreuve ne soit terminée.

« Rassemblez-vous, sauvageons. Nous avons attendu plusieurs siècles pour que cette nuit vienne. » Moira inspira profondément. « Enfin, il est arrivé. Quel meilleur moment que la veille de Samain? Une époque où les barrières des mondes physiques et spirituels tombent. Un temps pour saluer l'autre royaume. Avec seulement une fraction d'instant, nous devons faire en sorte que notre fenêtre de temps compte. » Le murmure dans les bois devint plus aigu.

« Comment? » dit une voix inconnue.

« Comment avez-vous réussi à lever le voile? » demanda un autre. Moira eut un rire méchant et long.

« Nous n'avons pas. Cette jeune fille l'a fait. » Je pouvais sentir les yeux sur moi maintenant plus que jamais. « Nous la surveillons depuis l'année dernière maintenant. Depuis que notre traqueur a découvert son étrange magie, » fredonna-t-elle. « Grâce à M. Blackwood, nous avons appris que la sorcière ne connaissait pas ses pouvoirs. » Des rires ont éclaté tout autour de moi.

« Une sorcière qui ne connaît pas sa sorcellerie? C'est du jamais vu! » rugit une silhouette.

« Une sorcière sans pouvoirs n'est pas une sorcière du tout! » l'un d'eux retentit, et des caquètements suivirent ses paroles. À cela, les voix bourdonnèrent en accord.

« Elle les utilisait sans le savoir », a déclaré Moira par-dessus le bruit. « Ses émotions sont liées à eux. Elle avait modifié le temps avec sa nature maussade et boudeuse », se moqua-t-elle d'une voix pleurnicharde. Un éclat de rire a piqué mon ego.

« Pouvez-vous imaginer la pitoyable créature? » J'ai entendu la voix de Damek traverser le bruit. « Une petite chose qui traînait sous la pluie parce qu'elle ne voulait pas aller à l'école. » Les autres se sont joints à ses moqueries.

« Tellement banal, » dit Moira. Je pouvais entendre le sourire dans son inflexion. Elle se délectait de ma bêtise.

« Comment l'avez-vous convaincue d'ouvrir les portes? » une voix plus calme interrogea le chef.

« Bien, nous avons simplement tué sa mère. » L'agonie m'a frappé lorsque Moira Darkmore a dévoilé la vérité. La chaleur rayonnait dans mon corps alors que ma rage débordait. J'étais sur le point de dire quelque chose quand un pincement sur ma cuisse me rappela la position dans laquelle j'étais.

« La pauvre petite Déesse a perdu sa maman et a réagi de manière excessive. » Damek renifla. « Elle a déchiré le ciel en deux! » Tout le monde gronda d'approbation.

« M. Blackwood a appris que son frère était la personne la plus importante de sa vie. Nous avons essayé de le tuer pour déclencher son pouvoir, mais des complications ont forcé un scénario différent. » Les voix ont continué à marmonner alors que la toux d'Ember me choquait le cœur.

« Être un métamorphe de corbeau est bénéfique pour mon espionnage et un moyen élémentaire de provoquer un accident naturel », a déclaré Ember à la foule sous les applaudissements. Je me raidis à la réalisation. Il avait été l'oiseau que j'avais vu tant de fois. Cet homme horrible, cette chose à laquelle j'avais si vite fait confiance alors qu'il me conduisait à ma perte, avait tué ma mère. J'avais envie de vomir, ma peau se glaçait sous son emprise. Il était tout à fait odieux.

« Oui, notre beau corbeau a joué un grand rôle dans notre histoire. » Moira roula les mots sur sa langue comme si elle les savourait. « Le Haut Conseil fera tout ce qui est en son pouvoir pour mettre notre créateur au monde. Notre Rédempteur. »

« Au Haut Conseil! » un homme a salué. Le reste des créatures exprima leurs gratitudes. Sous les acclamations de Moira, je me suis soudain souvenu qu'Ember ne m'avait pas dit qui nous devions rencontrer. Il avait dit qu'il supposait que je savais déjà qui nous rencontrions. Je n'avais pas d'idées. *Rédempteur...* Quelles horreurs attendaient mon arrivée?

« Je suis désolé, » murmura Ember si, si doucement. Une larme coula sur ma joue, et il l'enleva rapidement avec la manche de son manteau. Comment cet homme, ce meurtrier, pouvait-il se sentir mal alors qu'il était le plus coupable? Comment pouvait-il me retenir et m'avertir des dangers, sachant qu'il avait tué ma mère – sachant qu'il faisait partie du danger?

Il a commencé à marcher brusquement vers l'avant, encore plus profondément dans la foule. Ma peau rampait à l'idée de m'approcher. Alors qu'il s'approchait de l'arbre, j'ai jeté un coup d'œil et j'ai remarqué une jeune fille vêtue d'un manteau qui se tenait près du tronc. Plus nous nous rapprochions, plus son visage bronzé pâlissait. Ember a commencé à s'incliner vers l'avant pour m'abaisser au sol. Alors qu'il m'allongeait contre les racines de l'arbre, j'entendis à nouveau ses paroles.

« Ne cours pas, » murmura-t-il. Je me suis souvenu de ses paroles et de la façon dont il m'avait préparée à cela autant qu'il le pouvait. J'ai pensé à la promesse qu'il m'avait faite. Il a dit qu'il protégerait ma famille, et c'était incontestablement un mensonge. Il avait tué ma mère. Il n'avait aucune pitié. Il était méchant et misérable, et je le méprisais de tout mon être. Non, il ne protégerait pas ma famille. Ils pourraient très bien être morts.

« Nesrin », appela Moira. La fille en cape plaça les deux mains sur l'arbre, et un sifflement fut émis par son toucher. J'ai ressenti une terreur totale à ce moment. Mon cauchemar a pris vie lorsque les racines de l'arbre ont attrapé mes membres, me pressant contre le sol. La douleur et la retenue ont ébranlé ma santé mentale alors que les branches se resserraient, écorchant ma peau. Le sol frais couvrait mon corps, me donnant envie de vomir. Ai-je été enterré vivant? Que se passait-il? Je ne pouvais pas arrêter les larmes maintenant que j'imaginais ma mort. Les yeux fermés, je travaillais ma respiration.

« Gardez ces racines serrées », a grondé Damek, et j'ai senti la constriction incassable s'intensifier. Gram m'avait dit que l'affinité de Nesrin était la terre. Je commençais à comprendre son rôle dans tout ceci. Elle n'était pas allée à la Maison de l'Enchantement parce qu'elle était occupée à préparer mon piège.

« Avec la force qu'elle détient dans son sang, la sorcière pourra ouvrir l'autre royaume par elle-même, mais seulement pour un moment transitoire », a tonné Moira en me faisant un geste. « Nous ne savons pas combien de temps nous avons avant que son sang ne se tarisse, mais nous serons assurés de savoir que nous avons envoyé nos prières au Rédempteur. Il nous entendra. »

« Viendra-t-il? » demanda un inconnu.

« Il devrait. Malheureusement, il ne pourra pas marcher librement dans ce royaume terrestre. Son sang est lié à son royaume, le liant toujours à son domaine », répondit Moira. « Ne vous inquiétez pas, car je lui ai consacré ma vie et sacrifierai ma vie sur cette Terre pour aller avec lui dans son royaume pour aider à ouvrir les Portillons pour de bon. » La foule l'a applaudie et l'a remerciée pour son héroïsme.

« Comment allez-vous le faire? » questionna une voix en lambeaux.

« Avec le reste d'entre vous travaillant de ce côté terrestre, nous travaillerons des deux côtés pour trouver un moyen. »

« Vous ne savez toujours pas comment? » La créature poussa.

« Ça suffit! » Moira grogna et la créature glapit de douleur. J'ai entendu un bruit sourd, comme un corps tombant sur le sol à proximité.

« Il est temps, Mlle Darkmore », a déclaré Damek.

Des feuilles croquantes se sont brisées en poussière sous le poids écrasant des pieds alors qu'elle se dirigeait vers moi. Je ne pouvais plus le tenir. Quand j'ai senti son souffle chaud planer sur mon visage, j'ai brisé la façade du sommeil. Une lance froide et tranchante m'a gelé sur place. Moira a souri et j'ai ressenti une terreur totale lorsqu'elle a incliné le bout du couteau vers ma gorge.

« Que m'offririez-vous en échange de votre vie? » chantonna-t-elle. Je la regardai d'un air renfrogné, ne bougeant jamais, ne parlant jamais. « Pas un mot? Rien du tout? »

« "Elle n'a rien à offrir, » chanta une voix plus âgée.

« Dommage... j'aurais aimé te voir mendier. » À ça, je l'ai regardée droit dans les yeux et j'ai recueilli la salive de ma bouche sèche. Quand j'ai craché au visage du monstre, elle n'a pas pensé à cligner des yeux.

« *Cyka*! » Damek a grogné dans une plainte, mais Moira a tiré une main, l'arrêtant à sa place. « La petite salope te souille », protesta-t-il. Moira laissa échapper un rire sec.

« Ce n'est rien comparé à l'agonie que nous allons lui apporter. » Dans un mouvement rapide, elle a attrapé ma main, et mon dos s'est saisi contre le tranchant de ma paume. Je serrai mes dents à travers la piqûre, puis poussai un soupir lorsqu'elle relâcha ma main. Pourtant, je refusai de lui donner la satisfaction de mes paroles. Je ne mendierais pas. La douleur brûlait, palpitait alors que mon sang se répandait sur le sol. Mon autre main a connu la même fatalité. Je savais que c'était sur le point de s'aggraver lorsque j'ai senti une main saisir ma cheville et maintenir mon pied stable. Un frisson me parcourut alors que j'imaginais la sensation d'un couteau sur ma semelle. Moira a arraché mes bottes juste avant qu'une douleur atroce ne palpite à la voûte plantaire alors qu'elle tranche la chair tendre. Je n'avais jamais ressenti une telle douleur lancinante auparavant. Il a parcouru un nerf, courant à travers ma jambe et jusque dans ma poitrine.

Alors que je me préparais à ce que l'autre brûle, j'essayai de me calmer. J'avais besoin de me concentrer. Je ne faisais pas confiance à Ember ou à ses conseils, mais j'avais confiance que je ne pouvais pas me battre contre tous ces gens qui étaient évidemment dressés contre moi. Peut-être que rester allongé ici, essayant de ne pas réagir, était mon plus grand avantage pour m'échapper. Ma vie dépendait de ma concentration et de ma force.

« *Immolationis hic animae. Apertus inferi porta* », Moira a explosé, attirant mon attention sur elle. Grandir avec Gram m'a permis d'avoir le peu de compréhension dont j'avais besoin pour comprendre ses mots. *Inferi* était l'Enfer, et j'étais sur le point d'y être sacrifié. Le troupeau a suivi son exemple, scandant son invocation.

« Ouvrez les portes », ont-ils tous entonné. « *Apertus inferi porta.* »

Le sol sous moi gronda alors qu'un cri bouleversant s'échappait de mes lèvres. Les racines dans lesquelles je reposais m'ont immédiatement retenu. Ils se tordaient maintenant, tirant sur mes membres. C'était comme s'ils essayaient de me morceler en deux. L'étirement brûlait et démangeait partout alors que le sol cédait. J'ai commencé à couler, ne laissant que ma poitrine et ma tête au-dessus du sol. Des racines épaisses et perverses de mes cauchemars m'enveloppaient. Toujours en train de crier, ma gorge était en feu.

La terre qui recouvrait mon corps s'est transformée en cendres, et les racines se sont boursouflées et ont fait des étincelles autour de mes poignets et de mes pieds. Le son de la foudre a frappé et transpercé tout mon corps, ne laissant qu'un bourdonnement assourdissant dans mes oreilles. D'un air étourdi, j'ai levé les yeux vers l'arbre auquel j'étais enracinée alors qu'il se fendait en deux. Il a claqué autour de moi de façon tonitruante. Une fosse de feu éclata à travers la barque et se jeta autour des capes qui observaient avec hésitation. Certains se sont baissés et ont paniqué, se cachant derrière les broussailles. D'autres restaient simplement bouche bée sous le choc. Je me retournai pour supplier la fille masquée qui avait convoqué les racines de me libérer, mais elle avait disparu de la scène.

L'arbre s'est brisé et déchiré, et le feu a fait son chemin jusqu'à ce que je ne puisse plus voire plus loin. La fumée et les cendres qui voletaient autour de moi remplissaient mes poumons, et je toussai sur le cri qui me déchira la gorge. Des mains munies de longues griffes acérées ont traversé le tronc et se sont frayé un chemin vers l'avant – se sont frayées un chemin jusqu'à moi. Des bras sanglants, brillants et pulsants, suivirent, tirant le reste de la silhouette nue et scintillante vers l'avant. Derrière la construction massive de son corps, un ensemble d'ailes à plumes sombres s'élevait au-dessus de sa tête. Bien que la fumée ait imprégné l'air, je pouvais le voir clairement. Il était la chose la plus étonnante, la plus terrifiante que j'aie jamais vue. Il se tenait sur moi, les jambes larges et révélatrices. La douleur que je ressentais à cause des arbres s'est atténuée alors qu'il se penchait pour arracher les racines de mon corps.

« Lève-toi », a-t-il lancé alors que je le regardais avec horreur. Sa voix était grave et rauque. « Lève. Toi, » répéta-t-il. Les racines autour de moi se sont transformées en poussière à cause de l'éruption. Lentement, douloureusement, je me suis sorti de la terre qui avait recouvert la majeure partie de mon corps. Mes mains ont glissé dans ce que je ne pouvais que supposer être mon propre sang, mais j'ai réussi à ravaler cette peur dans ma plus grande panique. Je me levai, grimaçant à la douleur encore fraîche sous mes voûtes plantaires.

« Bienvenue, Rédempteur », s'étouffa Moira, les larmes coulant sur son visage avec admiration. Il ne répondit pas, ne quittant jamais son regard de moi. Je frissonnai sur place.

« Déesse, tu m'as libéré. » Sa voix était d'un autre monde. Le mâle effrayant scanna mon visage alors que je clignais des yeux pour chasser la douleur, la terreur.

« Nous, le Haut Conseil, vos enfants, vous avons libéré, ô Rédempteur dominant », se vanta Moira et s'agenouilla devant lui. Les créatures qui s'agitaient autour de nous tombaient instantanément au sol. Certains ont même posé leurs bras à plat sur la terre avec un grand respect. Le Rédempteur a gardé ses yeux sur moi, puis s'est tordu pour enrouler sa main autour de ma taille, me prenant au dépourvu. Ma peau a brûlé et s'est déformée à son contact. Les griffes qui s'étiraient autour de ma taille raclaient mon nombril sous mon pull déchirer.

« J'ai anticipé ce soir pendant des milliers de vies », a-t-il commencé. Sa voix était gutturale, s'empalant jusqu'à mon cœur. « J'ai de grands plans. » Les créatures qui nous entouraient retentirent en réponse. Avec le feu éclairant la forêt, je pouvais enfin voir les silhouettes qui m'entouraient. Des gens de toutes formes et de toutes tailles, vêtus de capes de toutes sortes, couvraient ma vue en m'encerclant. Il y avait des nez tordus parmi un groupe à la peau grise. J'ai remarqué que beaucoup d'entre eux avaient des oreilles pointues et que la plupart avaient des dents pointues. J'ai repensé à Ember et je me suis demandé s'il était comme eux aussi. Y avait-il d'autres métamorphes parmi nous? Quels types de monstres se cachaient dans cette nature?

Cela n'avait pas d'importance. Le genre de créatures qui vivaient parmi les arbres n'avait jamais eu d'importance. Tout ce qui importait était leur motivation. Ils étaient là pour me sacrifier, et je les avais bêtement laissés faire. Je n'avais pas résisté ni défendu. Je n'avais même pas dit un mot. Maintenant, je me tenais debout, faible à cause de la perte de sang, le sang coulant toujours de mes paumes vers le sol. Ember doit être content de lui-même; son plan avait fonctionné. Tout ce qu'il avait à faire était de me promettre de garder la chose le plus précieux en sécurité. Il a juré de protéger ma famille, et je suis tombé dans son piège.

« Nous sommes ici sous vos ordres », a déclaré Moira, toujours appuyée sur ses genoux et la tête baissée. Elle avait l'air malingre et pathétique dans cette position, comme un rongeur dégoûtant et insignifiant.

« Je n'ai pas besoin de vos services, » la voix brillait.

« Quoi? » dit Moira en secouant la tête pour le regarder. Elle se précipita comme le rat qu'elle était. Il resserra son emprise sur moi, et je grimaçai à la dureté.

« Toi, Déesse », dit-il, dominant. « J'ai besoin de toi », grogna-t-il en me prenant dans ses bras. J'ai paniqué et j'ai essayé de le repousser, mais il m'a serré plus fort. J'étais faible, à peine capable de tenir ma tête droite à ce stade, mais la colère en moi s'enflammait, rouge-sang. La folie m'englobait. Dans la brume vertigineuse, j'ai vu du rouge et rien que de l'incendie. J'ai incliné la tête en arrière et j'ai laissé échapper un cri si féroce que le feu en moi nous a allumés tous les deux. Flamme sur flamme se sifflaient autour de nous, peinant ma vision. Les coupures dans mes paumes ont grésillé et j'ai crié à l'agonie. Ça me brûlait partout, et honnêtement, je m'en fichais. Le feu pouvait me prendre aussi-temps que ça lui prenait également. Il scintillait.

« Impressionnant, » ronronna-t-il en se rapprochant de moi, ses cheveux noirs flottant sur le devant de son visage. Il ouvrit sa bouche magnifiquement terrifiante, sortit sa langue et me lécha de la mâchoire à l'oreille. L'humidité de sa bouche grésilla contre ma flamme, et mon feu s'éteignit dans l'abattement. J'ai été stupéfait et instantanément indigné.

« Non, » commençai-je en regardant autour de moi. Mes flammes avaient disparu. Mes flammes parfaites et le pouvoir en moi se sont éteints.

« Je suis construit de feu, Déesse. Ça ne m'affecte pas, » fulmina-t-il en se léchant les lèvres. « Cannelle... » Mon corps a reculé et j'ai déplacé mon poids loin de lui. Ce faisant, j'ai remarqué que son corps était rigide, comme s'il était coincé. J'ai essayé de m'écarter, j'ai essayé de gagner du terrain, mais à la minute où je l'ai fait, il m'a rapprochée. « Ma Déesse divine et espiègle... Tu vas m'apporter tant de plaisir. »

« Attendez... » Moira a commencé, mais le Rédempteur a enfoncé un mur de feu dans le sol pour nous défendre. « Elle ne vous donnera aucune utilité! Elle était destinée à mourir. Un sacrifice pour vous! »

« Un cadeau », gronda-t-il, la flamme dansant tout autour de nous. Il nous a fait faire un demi-tour et fait face à l'arbre imposant qui se brisa et flamboya devant nous. Mon cœur fit un bond quand il me tint au pied de l'arbre. Le sol avait disparu, un ciel se formait sous nos pieds. J'ai devais partir; je devais sortir de son emprise.

« Ne lui fais pas de mal! » J'entendis Ember crier derrière la barrière de feu. Le monstre allait me faire tomber dans les airs.

« Non! S'il-te-plaît! » Je fouettai alors qu'il savourait ma lutte.

« Viens t'en chez moi », ordonna-t-il et se précipita vers l'arbre de mes cauchemars.

Larweïa

Desert

Dhetria

Ephlumeldeyôr

Ondalôr

Obystrus

Realm

34

ENFER

Enfer. Je descendais en Enfer.

« Calme-toi », ordonna le monstre d'un homme.

« Laisse-moi! » J'ai crié et je lui ai donné des coups de poing pour insister. Il ne semblait pas du tout dérangé.

« Ça ne serait pas à votre avantage », a-t-il ricané. La colère que je ressentais m'empêchait d'être rationnel alors que je regardais en bas les terres desséchées et en fusion. Nous devions être à des centaines de mètres dans les airs lorsque l'infernal aux ailes foncées nous a fait voler à travers le vaste inconnu.

« Je préfèrerais mourir », ai-je décidé. Il a ri, et ça m'a traversé.

« Allez. Vous avez des milliers d'années », a-t-il rétorqué. « Tu ne peux pas mourir. » J'ai gelé.

« Quoi? Non, j'ai presque dix-neuf ans », ai-je contesté, réalisant seulement maintenant que j'allais mourir avant le nouvel an que j'attendais.

« Dix-neuf... Dans cette nouvelle peau. » Une fissure comme le tonnerre a éclaté autour de nous. Des étincelles ont volé au-dessus de nos têtes alors que je regardais le seuil de la Terre se fermer. J'avais été abandonné.

« Pourquoi m'as-tu emmené? Tu dois savoir que je ne suis pas vraiment la Déesse. » Je perdais incontestablement la tête. À qui parlais-je maintenant, si librement, si négligemment? L'absurdité m'a plongé dans la folie, et j'ai tremblé sous son emprise. Je n'avais pas pensé à qui il était, et encore moins, pourquoi il avait besoin de moi, jusqu'à maintenant, pourquoi il m'avait volé. Je savais ce que le Haut Conseil avait l'intention de faire de moi. J'ai été sculpté et saigné en sacrifice pour ouvrir les Portillons lorsque le voile a été levé. J'étais censé mourir pour que Moira puisse traverser. L'homme ailé qui s'était arraché du portail n'avait pas accepté leur sacrifice de sang, décidant de m'empocher à la place. « Le Haut Conseil a essayé de me tuer tout à l'heure », ai-je craché. « Vas-tu aussi essayer de me sacrifier? »

« Sacrifier? » réfléchit-il. « Tentant, mais peut-être pas. » Il s'arrêta en l'air, flânant sur place. « J'ai de meilleurs plans pour toi. » À ces mots, il a explosé vers le bas et le vent a frappé ma peau à vif.

J'ai crié, et il a ri, beuglant alors que nous plongions. Je me suis préparé à l'impact quand il s'est arrêté, tombant dans des rochers. Il était solide, et aucun de nous n'a faibli, à l'exception des cheveux qui me fouettaient. Je poussai un hurlement, me sentant délirant.

« Bienvenue chez nous », a-t-il dit, et j'ai chassé la poussière des décombres. Nous étions debout sur un balcon de château digne du diable lui-même. Des crânes et des os bordaient le rebord du balcon, et je me retournai juste à temps pour vomir sur son rebord. J'allais mourir ici. J'ai poussé et poussé jusqu'à ce qu'il ne reste plus rien à expulser. Je me suis essuyé la bouche et j'ai regardé où ma bile avait atterri. Mes yeux se sont agrandis à la vue. Maintenant que je n'étais plus dans les airs et que je pouvais voir le sol en contrebas, j'ai pensé que j'allais halluciner. Nous étions dans un château isolé, flottant dans un désert. Le bâtiment était enveloppé par une tranchée étroite remplie de magma et de carcasses. Je me tournai vers mon ravisseur et plissa les yeux, les larmes coulant à ras bord.

« Ramenez-moi », demandai-je. « Ramenez-moi maintenant. » Je tremblais. Ça ne pouvait pas être réel. Ce n'était pas possible que j'étais pris dans l'autre royaume.

« Te ramener? Pourquoi ferais-je ça? » Il a demandé. « Nous avons passé un si bon moment. »

« Non, non, non. C'est faux! » J'ai crié. Mon corps s'est effondré sur lui-même. Ma terreur me démolissait.

« J'attendais ce moment depuis des lustres », a-t-il affirmé avec pragmatisme. « Vous êtes précisément là où vous êtes censé être. »

« Non! » J'ai crié. « Non, je t'en prie! Ma famille », ai-je pleuré. « Il faut que je revienne vers eux. Tu dois me sortir d'ici! »

« Je ne le ferai pas », grogna-t-il.

« Je ferai ce que vous voulez. Ramène-moi juste, » suppliai-je. Une petite fissure dans ma voix exprima mon désespoir, et son visage s'illumina à mes mots.

« N'importe quoi? » grogna-t-il en élargissant ses ailes. J'ai essuyé mes larmes, essayant de me ressaisir au milieu de cette horreur.

« Quel est le prix? » J'ai toussé. Il m'avait amené ici pour une raison. Il y avait quelque chose qu'il voulait.

« Épouse-moi », tonna-t-il en repliant ses ailes sur lui-même. Les plumes bleu-noir autour de lui s'installèrent et je bégayai sans un mot. L'épouser?

« Tu me veux comme épouse? » Je ne pouvais plus le retenir. J'ai laissé échapper un rire si fort que j'ai failli retomber sur le rebord. Il m'a grondé et j'ai essuyé mes larmes.

« Tu me prends pour un idiot, Déesse? » Sa voix tomba mortellement bas. Je me suis raclé la gorge et j'ai refoulé mon rire.

« Non, non. C'est juste que... je ne comprends pas, » lui ai-je dit, les épaules levées. J'ai pensé que je perdais la tête.

« Non, bien sûr, vous ne me comprenez pas », a-t-il lancé. « Permettez-moi de clarifier. »

Le feu jaillit de la paume de ses mains et la chaleur m'envahit en un éclair. Les flammes étaient si proches; si je bougeais d'un pouce, je serais réduit en cendres. En regardant vers le bas, j'ai réalisé que je me tenais dans un symbole en forme d'étoile fait de charbon, me piégeant sur place. Je levai les yeux vers lui, et il sourit.

« Tellement prévisible. » Il fronça les sourcils. « Cracher votre festin avec les pieds dans le piège. » Le feu devenait plus chaud et l'odeur des vêtements brûlés tourbillonnait dans mon nez. L'incendie a arraché l'air de mes poumons, me privant d'oxygène.

« Qu'est-ce que c'est? » J'ai crié, luttant à travers mes larmes pour parler.

« Ma proposition, » cracha-t-il, et les murs derrière lui commencèrent à bouger. Sans tenir compte du feu, j'ai frissonné dans place alors que la coloration noircie du château commençait à s'agiter, révélant des créatures serpentines repoussantes. J'avais perdu mes lunettes entre être à la Maison de l'Enchantement et être traîné dans les bois, ce qui n'aidait pas ma myopie. Maintenant, de près, je pouvais dire que ce que je pensais être des fortifications en briques ternies et brisées avait été une tempête de bêtes camouflées formant un mur. Ils se sont entassés sur le balcon, sifflant et mordant mes pieds.

« S'il vous plaît! » J'ai crié par-dessus l'incendie. C'était la pire mort que je pouvais imaginer. Ses yeux devinrent rouges et il se détourna de moi. Les créatures couvertes d'écailles noircies gloussèrent alors que le feu autour de moi commençait à crépiter.

« Mettez-la à l'oubliette », ordonna mon prisonnier. Les créatures ont glissé du sol et sur leurs pattes arrière, sinistres dans leurs corps de serpent et d'humain combinés. Leurs sourires effrayants et pourrissants se sont élargis alors qu'ils attendaient que les flammes cessent. Leurs corps osseux et pesants se tenaient grands par rapport à mon corps. J'ai reculé alors que leurs griffes tordues s'accrochaient à mes bras. Ainsi qu'ils forçaient leurs mains sur mon corps, une substance de jade a fondu sur ma peau nue. Je laissai échapper un cri à la formation de cloques dans ma chair, la matière bougeant comme si elle respirait. La peur dans mon sang m'immobilisait. J'ai lutté pour empêcher ma conscience de s'effondrer alors que leur poison glissait vers le haut et autour de mon cou. Toujours en criant, le bouillonnement s'est glissé dans ma bouche, coupant les cris alors que la paralysie de leur venin prenait le dessus.

Ils m'ont traîné à travers des couloirs où des ombres se cachaient dans l'obscurité. À peine conscient, j'ai remarqué les fortifications faites de blocs de pierre brisés, crasseux et anciens. J'ai essayé de donner des coups de pied à la masse, mais mes efforts ont à peine fait une brèche. Lorsque le groupe de bêtes reptiliennes s'est arrêté, je pouvais à peine lever la tête pour voir où nous en étions. Quand ils m'ont traîné plus loin dans l'espace étrange, mon cœur s'est serré alors que mes pieds pendaient au-dessus d'un trou si profond que j'ai dû croire qu'il était sans fond.

« Entrez, vous y allez, » siffla la créature à ma gauche, la voix aigre dans le son. Lui et un autre m'ont tenu au-dessus de la fosse. La goutte était vertigineuse à regarder.

« Vous ne pouvez pas être sérieux! » j'ai hurlé. Je pouvais à peine sentir ma langue. La bile est montée dans ma bouche alors que le poison luttait contre mon système immunitaire.

« Essayez de ne pas perdre la tête », a-t-il répondu. Les créatures écailleuses hurlèrent de plaisir face à mon apparente terreur. La chair de poule couvrait mon intégralité.

« Je mourrai! » J'ai étouffé, la mâchoire toujours serrée par la paralysie. « Ce n'est pas assez que tu m'aies empoisonné? » La boue suintante a glissé à travers les fissures de mes dents. L'intérieur de ma bouche était engourdi, mais je le sentais couler sur mon menton.

« Oh, Déesse... » siffla-t-il lentement. « Les pythrants commencent à peine à connaître la grande Déesse de l'univers. Quel est le plaisir dans une mort empoisonnée? » Il m'a souri et m'a secoué de manière provocante au-dessus du trou noir. Mon corps insensible se contracta à l'idée de la chute. J'étais suspendu au-dessus d'une fosse, incapable de bouger. Mon corps était sans vie et je ne pouvais rien faire.

En un instant, les griffes m'ont libéré et je suis tombé durement et rapidement dans le trou noir sous moi. Le vent m'a fouetté dans tous les sens, et mes vêtements se sont déchirés sur les rochers qui dépassaient des murs. Je ne pouvais pas sentir la déchirure de ma peau alors qu'elle s'accrochait aux morceaux déchiquetés du piège, mais je savais que les dégâts étaient là à chaque coup que mon corps subissait. Je voulais que ça s'arrête. Je ne pouvais même pas lever un bras pour tenter de m'agripper à quelque chose pour que je puisse ralentir la chute. Le venin s'était complètement infiltré et j'avais l'impression de tomber depuis une éternité, figé dans le temps. Dans un violent fracas, mon corps a heurté le sol, et j'ai coassé au son craquant de l'impact.

35

ÉTOILES

Les ténèbres se sont resserrées autour de mon esprit alors que je dérivais.

« Fais-moi sortir d'ici! » J'ai sangloté, mais personne n'a répondu. J'avais l'impression d'avoir la tête sous l'eau. « S'il vous plaît, aidez-moi, » pleurai-je dans mes paumes. Une douleur fulgurante a poignardé ma tempe. Alors que je levais les yeux pour trouver sa cause, je pouvais à peine voir une chose. En un clin d'œil, j'ai repéré des ailes infestées de feu qui soutenaient le monstre sanglant devant moi. Il a gratté un clou sur ma tête et l'a traîné sur mon visage. La coupure le long de ma pommette palpitait à l'incision.

« Tu mérites pire que ça », m'a-t-il dit, même si je ne pouvais pas voir ses lèvres. La lumière de ses flammes était trop vive pour distinguer son visage. « Vous méritez un million de vies de torture et de tourments pour la moquerie que vous avez osé afficher. » Mon corps tremblait devant la puissance de cette bête qui se tenait devant moi.

« S'il te plait... » suppliai-je, les larmes coulant sur mon menton. J'ai essayé d'arrêter les tremblements, mais mon corps n'écoutait pas.

« Lève-toi », a-t-il lancé. « Lève. Toi. » Mes jambes ne bougeaient pas.

« Je ne peux pas... » Je me sentais vaincu.

« Lève-toi », dit-il encore. « Lève-toi! » Son poing rencontra mon visage avec un bruit sourd. Mon nez s'est fendu au contact de sa colère.

« Je ne peux pas! » m'écriai-je en pleurant de nouveau dans mes mains. Le sang s'est accumulé dans mes paumes.

« Lève-toi! » rugit-il. « Lève-toi! Lève-toi! » Il criait maintenant. Encore et encore, sa voix résonnait dans mes oreilles.

Une rafale chaude souffla dans mes cheveux, familière et gentille. J'ai arrêté de respirer au toucher.

« Tu es là... » *Cette voix*. Il planait tranquillement autour de mes pensées. Les mots se formèrent lentement, et je frissonnai à la formation. Mon souffle tremblait à cause de la chaleur et je pleurais encore plus fort. La bête devant moi continua son commandement.

« Lève-toi! » demanda-t-il, et une piqûre soudaine me fouetta de tous côtés. Il brûlait comme un fouet trempé dans du poison. Je suis resté allongé sur le sol, les mains sur le visage.

« Dis-moi où tu es. » La voix a frôlé la barrière dans mon esprit, lucide et désespérée. « Dis-moi comment te trouver. » Un autre coup de fouet de la bête s'abattit, mais le vent autour de moi empêcha son atterrissage.

« Qui... » J'ai essayé, mais mes cris haletants ont eu raison de moi.

« Dites-moi son nom. » La voix dans ma tête devint frénétique. « Dis-le-moi, et je te vengerai. Dis-le-moi, et je prendrai ta peine. » La voix était sombre maintenant, me protégeant.

« Je... », reniflai-je. « Je ne connais pas son nom », m'écriai-je. Le vent me caressa à nouveau.

« Montrez-le-moi », disait-il. « Ouvre tes yeux et montre-moi son vrai visage. »

« Il va me faire du mal! » J'ai sangloté. La brise fouettait autour de moi en réponse à ma peur.

« Vous rêvez... Je ne sais pas qui vous êtes, mais je connais vos rêves. Je te le promets, » murmura-t-il au-delà du barrage dans mon esprit. « C'est ton cauchemar. Ouvre tes yeux. »

Lorsque j'ai retiré mes mains de mon visage, j'ai apprécié de pouvoir voir à nouveau. À peine, mais je pouvais voir. Un éclair du sourire du monstre poignarda mes blessures, et il disparut instanta-nément. Je n'ai pas pu matérialiser son visage. J'avais oublié à quoi il ressemblait. Il était parti, cependant, et pour cela, j'étais soulagé.

Les cieux autour de moi dansaient et les étoiles volaient plus vite que la lumière, faisant briller toute l'image autour de moi. Je flottais à nouveau, comme je l'avais fait dans mes rêves depuis long-temps maintenant. La brise chaude m'a soulevé de plus en plus haut dans le ciel, et j'ai nagé dans un voile de nuages. La douleur avait disparu, mais mes nerfs étaient agités. Je fermai les yeux, fredonnant pour moi-même, essayant de soulager la douleur.

« Ne t'inquiète pas, petit enfant... Tu es si belle et sauvage... » La chaleur autour de moi me caressa dans une étreinte.

« Sûr..." J'ai entendu le rêve soupirer.

« Sûr ... » J'ai répété et bu dans le beau ciel nocturne.

36

ABÎME

Quand je me suis réveillé, une saveur cuivrée a enveloppé mes sens. Je l'ai senti, et je l'ai goûté; je me suis baigné dedans. Mon visage et mon corps étaient épinglés à une surface dure et chaude qui faisait palpiter la douleur dans ma tête. L'agonie de la goutte m'a réveillé avec une secousse. Le terrible atterrissage a dû me briser dans tous les sens. Chaque partie de mon corps était tordue dans la mauvaise direction. Il faisait nuit noire et je ne pouvais rien voir, bien que je comprisse que d'une manière ou d'une autre, mon pied était enfoui dans mon aisselle. J'ai réalisé rapidement que je n'étais pas morte, mais je devrais certainement l'être.

Le claquement des os me donna des frissons alors que je me soulevais sur mes coudes et me forçais à me lever. Tout était raide. Ma jambe se tendit dans le creux de mon bras alors que les muscles lui permettaient lentement de lui échapper. Mon genou s'est brisé en heurtant le sol solide.

« Dieux! » J'ai crié et me suis poussé sur mon cul.

« Il n'y a pas de Dieux ici-bas, mon enfant, » une voix âgée résonna dans l'obscurité. Mes yeux s'écarquillèrent d'alarme, mais je ne vis rien. Je n'étais pas seul dans cette obscurité.

« Dieux. Ha! » dit un autre, leur rire sarcastique résonnait autour de moi.

« Ils ne plaisanteraient pas », a déclaré un écho par derrière. Je me suis replié sur moi-même et j'ai enfoui ma tête dans mes jambes. Ma colonne vertébrale ondula, craquant du cou au coccyx au mouvement.

« Tu ne peux pas nous cacher, petite dame », dit un ricochet triste.

« Vous ne pouvez pas vous cacher d'aucun de nous. » Les voix se bousculaient et rebondissaient sur les murs. Des cris tristes et larmoyants brisaient mon ouïe. Ma tête était sur le point d'éclater.

« Arrêt! » gémis-je, la voix résonnant dans ma tête. « Laisse-moi tranquille! »

« Personne n'est seul dans l'oubliette », dit une voix âgée.

« Qui es-tu? » demandai-je et regardai autour de moi. Pourtant, je n'ai rien vu.

« Nous sommes les oubliés », répondit-elle, et les centaines de voix résonnèrent dans l'abîme, terribles dans leur désespoir. Il était impossible de leur échapper, et mes pleurs devinrent inéluctables. Je ne pouvais pas m'en empêcher. J'ai pleuré avec eux tous.

Il y avait ici une mélancolie incommensurable. Il y avait une peur que je n'avais jamais connue avant. Le regret et chagrin, et un chaos exaspérant ont éclaté tout autour de moi. Les voix s'élevaient à travers la tour des ténèbres, sans jamais s'arrêter. Ils m'ont parlés de leur destin, certains mourant sous l'impact, d'autres vidant lentement leur sang alors qu'ils attendaient que leur vie cesse. Certains se sont battus pour sortir, se souvenant du grattage de leurs ongles contre les parois rocheuses. Chacun avait sa propre histoire, mais chacun n'existait plus vraiment. Ils ont été oubliés et ils ne se sont pas souvenus de leur vie. C'étaient des fantômes, hantés par leurs problèmes. Ils ne pouvaient qu'identifier leur mort et leurs regrets. Encore et encore, leurs tribulations tourbillonnaient et résonnaient dans ma tête. Je me demandais combien de temps il me faudrait pour oublier mon nom.

Mes pleurs n'ont jamais cessé, pas plus que ceux des oubliés avant moi. Je ne savais pas ce qu'était la nuit ou le jour. Je pourrais mourir de cette folie. J'espérais que la famine me prendrait. Je souhaitais que mon cœur se repose. Entendre toutes les voix et leurs tentatives d'évasion a finalement forcé ma reddition. Si toutes ces voix ne s'en étaient jamais sorties, il était probable que j'avais connu le même sort.

J'ai joué avec la bague de ma mère, m'accrochant à un morceau physique de ma vie pour me rappeler que je vivais encore. J'ai cessé d'essayer d'échapper au vide de mon piège et j'ai plutôt passé chaque instant à essayer de m'endormir, à chercher les étoiles. Il n'y avait pas de véritable échappatoire. Ce n'est que dans mes rêves que j'ai trouvé la lumière dans les ténèbres. J'ai rêvé d'étoiles et de clair de lune. Une petite attache à la luminosité dont j'avais si désespérément besoin. Alors, j'ai dormi et dormi jusqu'à ce que je ne puisse plus dire si j'étais vraiment dans un trou, hanté par ses victimes, ou si je vivais vraiment dans les Cieux du ciel nocturne.

37

BOULEVERSEMENT

J e me suis réveillé d'un rêve d'une lune brillante au son de voix sifflant devant moi. Alors que j'ouvrais les yeux, une lumière me perce de l'entrebâillement d'une porte barricadée. C'était terne mais tellement lumineux par rapport à mon lieu d'enfermement habituel que je souffrais de l'avoir regardé. Mes larmes chaudes et piquantes ont coulé. Je n'avais pas su à quoi ressemblait mon environnement jusqu'à la seconde où la lumière s'était dispersée.

J'avais imaginé mon piège sous terre sans échappatoire, mais la réalisation m'a pénétré lorsque j'ai marqué la porte qui me retenait. Il y avait eu une sortie. Je ne l'avais tout simplement pas trouvé. A la vue de l'homme imposant devant moi, mon estomac se serra. Des créatures rampaient à quatre pattes derrière ses grandes ailes, glissant à l'ouverture de la porte. C'était une démonstration pécheresse, une émergence cruelle.

Tout en moi me faisait mal. J'étais assis sur une solide dalle d'argile, chaude et humide. C'était une parcelle de vide isolée, entourée de carcasses entièrement formées pourrissant autour du donjon circulaire dans lequel j'étais assis. Alors que le monstre de mes cauchemars s'approchait de moi, prenant son temps pour insister, j'ai levé la tête pour regarder au-dessus de moi. La tour de saleté et de décomposition montait et montait, le début de ma chute n'était nulle part en vue.

L'infernal se tenait maintenant à un pied de moi, les bras croisés et m'examinant. Il était beau de toutes les pires manières.

« Pas une égratignure », pensa-t-il à haute voix. « Et toujours en vie. » Il a levé un doigt pointé vers moi et m'a fait signe de le rejoindre. Je n'étais pas sûr de pouvoir bouger, mais je savais que c'était ma seule chance de sortir de ce trou. Alors que je faisais de mon mieux pour me lever de ma place, je glissai sous mon poids alors que mes doigts tremblants cédaient. Un choc de douleur a retenti dans mes avant-bras, mais j'ai poussé en avant et je me suis tenu debout. En tremblant, je me suis levé du sol; les muscles de mes mollets tressautaient et gémissaient tandis que mon corps se stabilisait sous mes pieds. Mon rhumatisme m'a décuplé car mes muscles s'appuyaient sur mes articulations pour porter mon corps. La nausée me rattrapa et ma tête se balança de consternation. La main du monstre restait tendue, attendant de recevoir la mienne.

« Où m'emmenez-vous? » je lui demande, ma voix à peine audible. Ma langue était comme du papier de verre contre ma gorge et ma bouche était terriblement desséchée. Déglutissant difficilement, je plaçai ma main tremblante dans la sienne. La sueur de mon front s'enroula sous ma pommette, et il enroula fermement ses doigts autour des miens.

« Dans ma salle du trône », répondit-il. Ma main s'étouffait dans son embrayage. Tremblant, je l'ai retirée et il a grogné.

« Tu es... » J'ai cherché des mots alors que ma langue collait à mes dents. « C'est chaud. » Hésitante, je lui ai montré ma main. Même dans la pénombre de l'oubliette, elle était rougie comme s'il venait de la cuire à la vapeur.

« Vous allez vous y habituer. Tout est chaud dans mon château », répondit-il et tendit à nouveau la main. Je l'ai pris et j'ai laissé la chaleur m'envelopper. Ça ne faisait pas mal. C'était juste inconfortable. Ainsi qu'il me faisait sortir de mon enfer, les créatures qui nous attendaient hurlaient d'excitation. Je retins mon souffle alors que nous passions devant la masse immonde.

Le château était tout aussi dégoûtant que le balcon et son donjon. Même s'il faisait sombre et déprimant, je pouvais voir que les murs étaient recouverts d'asticots. Des squelettes étaient entassés dans les couloirs alors qu'il me menait vers le haut. Je ne savais pas si je devais me recroqueviller contre les insectes et les os ou le monstre qui me tenait la main.

Alors que nous montions plus haut dans le château imposant, j'ai repéré une porte qui filtrait la lumière des fissures du moule. Nous allions droit au but, et le moindre soulagement s'est installé sur mes épaules. Il sembla remarquer que la tension dans ma main avait cessé.

« Tu... tu n'aimes pas l'obscurité, » remarqua-t-il, pas une question mais une observation.

« L'obscurité ne me fait pas peur », ai-je répondu en collant mes yeux à la porte. J'ai essayé désespérément d'oublier l'endroit effrayant où j'avais habité. J'étais déterminé à trouver cette lumière. Plus rien ne m'arrêterait maintenant.

« Ne mentez pas », a-t-il grondé, et j'ai sursauté au volume.

« Je ne mens pas. » J'ai vidé ma tête et je l'ai regardé. Sa taille m'a coupé le souffle et j'ai secoué le frisson. « Je n'ai pas peur du noir. J'ai peur de ce que je ne vois pas. Les choses qui se cachent dans le noir. » Je déglutis, mesurant les pas qu'il me restait avant d'atteindre enfin la lumière.

« Des choses qui se cachent dans le noir », a-t-il répété ma réponse à haute voix. « Vous devez avoir peur de moi », se moque-t-il. J'ai expiré brusquement.

« Je dois être. »

Nous avons monté les escaliers en silence. Plus on montait, moins il faisait chaud. Plus je m'approchais de la porte, plus j'avais hâte de l'atteindre. Mes jambes étaient raides en montant les escaliers, mais j'avançais péniblement alors que la lumière laissait dans mon cœur l'espoir d'une évasion. Après un silence pressant, il s'éclaircit la gorge et je sursautai au son.

« Je ne suis pas un *daimon* tortionnaire », a-t-il déclaré. Je m'étrangle à ses mots. *Démon*?

« Tu es un démon? » demandai-je d'une voix rauque et tournai à peine la tête pour le regarder. Oui. C'était bien un démon. Je n'avais pas eu le temps de traiter ma capture ni mon ravisseur pendant le tourbillon de tout - le corps d'un humain saisissant, des cheveux noirs de jais et un visage étonnant, mais des ailes, des griffes et du tempérament d'une bête.

« En quelque sorte, oui. J'ai présumé que tu le savais, » dit-il avec plus de désinvolture que ce à quoi je m'attendais. Il me regarda et ajusta ses traits. « Je suis Pyre Malum, daimon des morts. » *Son nom.* Quelque chose à ce sujet résonnait dans mon sang. Je cherchai dans son expression le moindre signe d'avoir perdu la tête. Il existait effectivement physiquement. Je faisais une vraie conversation avec un démon, un démon qui m'a kidnappé. Soudain, me souvenant de ma capture et de tout ce que ç'avait entraîné, j'ai réalisé que j'avais beaucoup de questions sans réponse que j'avais complètement oubliées. Sans réfléchir à deux fois, je me tournai pour trouver des réponses.

« Pyre... Pourquoi suis-je ici? Pourquoi m'as-tu jeté là-bas, et comment est-ce que je respire encore après tout ça? » J'ai soufflé, les questions sortant comme une tempête. « Et pourquoi le Haut Conseil vous a-t-il convoqué en premier lieu? » Ses yeux s'écarquillèrent et il éclata de rire.

« Quoi? » Il secoua la tête vers moi. Je frissonnai, me sentant petite et insensée.

« Ici, dans le Under Realm, ce n'est pas comme sur Terre. Nous n'utilisons pas les prénoms et noms de famille. Nous sommes simplement la pleine mesure des titres. »

« Oh. » J'ai rougi. Je ne voulais pas l'offenser, et je ne voulais certainement pas l'énerver. « Je m'excuse. » Il m'a considéré pendant un moment, et l'inquiétude a commencé à monter dans mon ventre. A quoi pensait-il? Étais-je sur le point d'être réprimandé pour une si légère erreur?

« J'aime ça », a-t-il décidé. « Vous pouvez m'appeler Pyre,

Déesse. » A la mention de la Déesse, je montai seul les derniers escaliers. Mes genoux ont protesté.

« Ne t'éloigne pas de moi, rosière. », cria-t-il d'en bas.

« Arrête de m'appeler comme ça. Je ne suis pas la Déesse, et je ne suis pas une rosière. » Je devenais irritable, mais je ne pouvais pas m'en empêcher. C'était comme une réaction inexorable envers lui.

"Non?" chantonna-t-il. « Je trouve ça difficile à être vrai. » Comment saurait-il si je n'étais pas marié ou célibataire? À sa dispute vexante et à son intrusion personnelle, j'ai atteint le bouton de la porte éclairée et j'ai tiré dessus pour l'ouvrir. Mon poignet s'est fracturé sous la force lorsque j'ai remarqué à quel point mon bras était fragile.

« Merde! » Je poussai un cri et détachai ma main de la prise. Le poids de mon corps m'a tiré vers le bas vu que la porte n'a pas bougé. Avant que je puisse dégringoler les escaliers, le démon m'attrapa par les épaules et me redressa.

« C'est comme si vous affrontiez la mort », dit-il d'un ton moqueur.

« Ne suis-je pas déjà morte? » J'ai demandé. « Sinon, est-ce que ça ferait mal d'essayer? » ai-je grommelé, me sentant impuissante et tellement pris au piège. Je frottai mon poignet alors qu'il ouvrait la porte avec la force de mille ouragans et me faisait signe d'entrer.

« Il n'est pas scellé. » Il croisa les bras, satisfait de sa puissance.

« Sérieusement? Super force? » murmurai-je pour moi-même. « Quelles sont les chances que je m'en sorte vivante? » Il renifla lorsque je passai le seuil.

« Quitter si tôt? » songea-t-il. « Nous n'avons pas encore atteint la bonne partie. »

« Je suis un *humain* », ai-je souligné le dernier mot. « Je n'appartiens pas ici. » Il est venu à mes côtés en trois longues enjambées faciles.

« Nous verrons. »

38

ÉLUCIDER

La pièce dans laquelle Pyre Malum et moi nous trouvions était lumineuse et ouverte, et je me prélassais dans l'air illuminé. Le château a été construit avec de gros rochers solides et de l'argile, et les murs de cette pièce étaient bordés de fenêtres ouvertes donnant sur le ciel ensoleillé. Il n'y avait pas de verre dans aucune des ouvertures, ce qui rendait difficile de résister au remorqueur pour courir et sauter hors de l'une d'entre elles. À ce moment, j'ai senti physiquement l'espoir réchauffer mes os à nouveau alors que je savourais l'espace ouvert. Pourtant, l'espoir dans ma poitrine s'est rapidement estompé alors que je me tournais pour regarder le mâle intimidant devant moi.

« Asseyez-vous. » Il désigna le trône en os sculpté qui se trouvait au milieu de la pièce presque vide. Je ne l'avais même pas remarqué, bien trop captivé par les fenêtres ouvertes. Tandis que je regardais autour de moi, je vis que c'était l'un des rares meubles de la pièce. Au fond, juste en face de la chaise, j'ai repéré une table oblongue avec des livres sur des livres sur des livres. Mon cœur palpitait sous ma peau. Ce que ces reliques pourraient dire, je ne pouvais même pas commencer à l'imaginer. Je n'avais pas pensé que l'Under Realm aurait des livres ou quoi que ce soit de banal en général, d'ailleurs.

Mon ravisseur m'a regardé pendant que j'examinais ma nouvelle cage. Il attendait toujours que je m'assoie, des ailes aux plumes sombres battant derrière lui. « S'il vous plaît », insista-t-il en faisant un nouveau signe. Comme que je regardais de plus près le meuble prédominant, une vague de dégoût a roulé dans le creux de mon estomac.

« Je vais passer », ai-je dit en grimaçant devant la dépouille.

« Asseyez-vous, et je vais vous expliquer. » Comme je ne bougeais pas, il ajouta: « Je souhaite te voir assis dans le foyer de mon château. » Au lieu de marcher vers le trône, je levai la tête et me dirigeai droit vers la table, des pas légers et réguliers. Je pouvais entendre son tempérament résonner dans le battement de ses ailes emplumées à chaque pas que je faisais.

« Je ne fais pas de squelettes », ai-je dit par-dessus mon épaule en soufflant sur la poussière qui recouvrait la table et son contenu.

« Les squelettes peuvent être beaux », a-t-il répondu. « Comme le vôtre, par exemple. Peut-être que si tu m'irrite trop, j'utiliserai le tien comme un marchepied vers mon trône. » Mes muscles se contractèrent sous sa menace. Je ne pouvais pas le laisser me démolir. Je savais, au fond de moi, que je ne pouvais pas me permettre de lui montrer une once de peur. Ce mâle était trempé de complaisance et de dominance. J'ai compris qu'il pouvait m'en vouloir si je montrais de la détresse.

« Je ne fais pas non plus de pieds malodorants, » rétorquai-je, la voix gracieuse alors que je me retournais pour regarder ses pieds. Il a seulement soufflé, et j'ai rougi, réalisant soudainement que ses pieds étaient nus, avec la plupart du reste de lui. « En parlant de ça, où sont tes vêtements? » J'ai osé questionner. "Tu sais? Le genre qui couvrirait vos pieds malodorants et... » Je m'étouffai sur mes mots, la voix se brisant. Je ne pouvais pas empêcher mes yeux de traîner le long de sa grande carrure. Mon regard s'est accroché lorsque j'ai trouvé le petit slip qui couvrait à peine sa région innommable. « Et, euh... D'autres domaines. » Il se raidit.

« Je n'ai pas besoin d'eux. Je ne suis pas au combat », a-t-il répondu et il a élargi ses épaules avec confiance.

« N'êtes-vous pas du tout concerné par mon regard? » demandai-je, essayant d'avoir l'air aussi confiante qu'il le paraissait. C'était un territoire inattendu que je ne connaissais pas.

« Je l'invite. » Il sourit, puis m'examina ainsi que mes vêtements probablement sales et tachés de sang. Mes vêtements avaient été brûlés, déchirés et trop usés. Je ne pouvais qu'imaginer ce qu'il voyait quand il me regardait. Je gardai les yeux sur son visage, m'assurant de ne pas chercher plus loin. C'était, après tout, le premier homme semi-exposé que je n'avais jamais vu. Je m'allongeai sur ma hanche et laissai échapper un souffle. Je ne savais pas quoi faire de moi. Il ricana, me regardant de haut en bas comme s'il pouvait sentir mon malaise.

« Bien. Portez ce que vous voulez. Dis-moi juste ce que je fais ici, » soufflai-je et me retournai pour regarder la pile de tomes sales. J'ai joué avec le bord d'une couverture rigide reliée en cuir, essayant de paraître imperturbable.

« Vous le regardez. » Je vis les livres et l'incertitude m'envahit. Quand je l'ai regardé pour plus de réponse, il avait enfilé un pantalon ajusté et je me suis senti un peu plus détendu. D'où ils venaient, je n'en avais aucune idée.

« C'est une pile de livres sales. Aidez-moi ici. » Il frappa du poing un rocher à proximité et ses ongles crissèrent le long du rocher. Je me figeai sur place, l'explosion soudaine me prenant au dépourvu.

« Tu n'as aucune patience, Déesse, » souffla-t-il et s'essuya les mains, rétractant ses griffes.

« Je t'ai dit d'arrêter de m'appeler... »

« Je t'appellerai comme je veux, Déesse. Vous êtes chez moi. » De la fumée emplit l'air et mes membres se transformèrent en glace, le givre me mordant la langue. C'était facile de parler avec lui comme s'il n'était qu'une personne. J'avais baissé ma garde à ses taquineries, négligeant le fait que ce n'était pas un simple homme. Sa rage était si puissante et incroyablement menaçante pour ma sécurité. Le fouet de ses ailes projetait des pages sur le sol, me rappelant son pouvoir. Je devais le calmer. Je ne pouvais pas supporter un autre moment dans l'oubliette.

« J'ai oublié ma place, Pyre, » lui dis-je doucement. « Je m'excuse pour l'impolitesse. »

« Vraiment? » il a grondé fort, me regardant d'un air renfrogné de ses fins yeux en amande. La fumée tourbillonnait autour de lui au rythme de son tempérament.

« Vraiment », lui assurai-je. Il replia soigneusement ses ailes derrière lui et se frotta la tempe.

« Je m'excuse de vous avoir gardé enfermé pendant si long-temps, » avoua-t-il et passa une main pointue dans ses cheveux noirs ébouriffé. « Je regrette d'admettre que mon tempérament a duré cinq jours, mais... » il s'est tu et je suis devenu complètement rigide.

« Quoi? » balbutiai-je.

« Déesse, je... » Je l'ai coupé avec des yeux comme des poignards.

« *Cinq jours*? » ai-je rugi. « Je n'ai rien mangé, parlé ou rien vu pendant cinq jours? » J'ai beaucoup de difficulté à y croire. Les larmes se sont déversées et ont jailli autour de moi. « Tu es un monstre! » criai-je, perdant le contrôle tandis que la bête, le démon, regardait simplement. J'avais dépéri, perdant des jours et des jours de ma vie dans la tour des oubliés. J'aurais pu remplir un océan avec les vagues d'eaux vexatoires et salées qui surgissaient de mes orifices. C'était comme chez Gram quand j'avais eu un incident sous la douche. Je ne pouvais pas respirer. J'allais périr dans ce maudit château.

« Magnifique... » murmura-t-il, et cela me ramena à la réalité. L'eau s'est évaporée en touchant le sol à mes pieds. Je me sentais sans cervelle. Vidé et épuisé, j'ai regardé dans ses yeux, bouillonnante.

« Pourquoi? » demandai-je avec peu de sentiment, dépourvu d'émotion. J'ai essuyé mes larmes, la réalité semblant fausse. Il haussa un sourcil, sinistre et cruel. Il a essayé de passer pour innocent, mais je pouvais voir sa vraie nature écrite sur lui.

« Pour voir si tu vivrais », a-t-il divulgué en s'avançant vers moi. « Pour tester la vérité de mes rêves les plus fous. Le fait que vous, une femme de la Terre, ayez même survécu la chute est déconcertant. Mais survenir la faim... Être envahi par les perdus dans un caveau hanté... » Il secoua la tête vers moi et sourit. « Exceptionnel. » J'avais envie de vomir.

« Pourquoi cinq jours? » couinai-je, à peine audible dans le craquement de ma gorge fatiguée. « Cinq merdique jours de ma vie se sont envolés à cause de toi! »

« J'avais besoin d'être certain que tu es vraiment celle que je cherchais, et ta volonté de vivre devait être testée. » Je lui ai serré les dents.

« Je suis là », ai-je craché. « Je suis vivante et bien testée. Maintenant, dis-moi ce que tu veux et qu'on en finisse. »

« Vous êtes au courant de ma demande », dit-il simplement. Je secouai la tête avec confusion.

« Tu étais sérieux? » J'ai cligné des yeux alors qu'il validait mes soupçons. "Tu me veux comme femme? » Un rire sec s'échappa de mes lèvres à y penser. Je détestais cet homme. Je le détestais au plus profond de moi-même.

« C'est pourquoi je t'ai amené ici. »

« En Enfer », ai-je précisé, la colère dans le ton.

« Vers les terres éternelles du royaume inférieur. Le Under Realm. Ma sorte d'Enfer. » Il rayonnait.

« Je ne devrais pas être ici. » J'ai tremblé. « Je ne suis pas la Déesse que tout le monde désire que je sois. Je ne le comprends pas complètement moi-même, mais je jure que je ne vous suis d'aucune utilité. Je ne peux même pas contrôler mes pouvoirs. »

« Mais vous les avez », il a dit en désignant les restes de vêtements humides qui s'accrochaient à moi. J'enroulai mes bras autour de moi, soudain consciente de l'ensemble trop près du corps.

« Oui, mais je ne suis qu'un humain. J'suis seulement Shivalri. »

« Shivalri », il a répété mon nom. La façon dont il l'a dit ressemblait à la première étincelle d'un feu de joie d'automne. Crépitant et effervescent. « Shivalri... »

« Oui, exactement, » dis-je, troublé par la façon dont mon nom sonnait étrangement dans sa bouche.

« Shivalri, ma charmante, tu as beaucoup à apprendre sur qui tu es vraiment. Ce que tu peux devenir. » Je déglutis alors qu'il marchait vers moi à la table à laquelle je me tenais. Il ouvrit le livre le plus important qui se trouvait devant nous. Je grimaçai à la proximité que nous avions. Au coude à coude, nous avons parcouru les pages.

Je savais sans avoir à le lire que le livre était plein de magie noire. J'en ai ressenti le mal dans mon cœur. Tout dans mon corps me disait de courir, mais j'ai fermement planté mes pieds. Je l'ai regardé feuilleter les pages, me montrant des images qui n'auraient pu être dessinées qu'avant la naissance du monde. J'étais dans l'incrédulité totale. Ce seul livre a décuplé la bibliothèque de la Maison d'Enchantement à Salem.

« Je ne peux rien lire », ai-je avoué, toujours captivé par la crainte. C'était une langue que je ne reconnaissais pas tout à fait, et l'écriture était à peine visible à cause de l'âge. « Les images ne sont pas très claires non plus », ai-je pensé à haute voix. « Qu'est-ce que je regarde exactement? »

« Tu ne peux pas lire? » Il a demandé. Je soufflai d'un rire moqueur, compte tenu de l'idée.

« Bien sûr, je sais lire, » marmonnai-je. « Seulement, je suis incapable de lire dans cette langue particulière. Donnez-moi l'anglais ou le français, et je pourrai lire toute la journée. C'est pratiquement la seule chose dont je m'occupe. »

« Compris. » Il acquiesça.

« Ça dit quoi? » Je scannai la page alors qu'il la rapprochait de moi.

« C'est une invocation », a-t-il dit en désignant la page avec l'image d'une femme couronnée planant au sommet d'un arbre. De chaque côté de l'arbre étaient agenouillées deux personnes avec des ailes: une lumineuse, une ténébreuse. « Il y a longtemps, mes frères et sœurs et moi vivions librement dans l'univers. »

« Ma grand-mère m'a raconté les légendes », dis-je en me souvenant de mon réveil dans le sanctuaire de Grimsbane.

« Votre grand-mère vous aurait raconté les légendes qui ont fait leur chemin vers la Terre. Seulement moi et mes frères et sœurs gardent ce secret », a-t-il déclaré en tapant sur la page.

« Secret? »

« Le secret de la liberté », souffle-t-il. « Vous voyez, quand nous étions libres de voler, d'errer et de conquérir ce que nous voulions, j'ai gouverné. » Il a fermé le livre, et j'ai rétréci au bruit de son fermoir. Ses ailes s'élargissent à nouveau alors qu'il se dirigeait vers son trône et gravissait le tas de crânes et de mandibules brisées. Le craquement était insupportable.

« Gouvernez-vous cet endroit? » demandai-je, hésitant. « L'Enfer, je veux dire. » Il rit, s'installant dans le bruit des os.

« L'Enfer, comme vous l'appelez, n'est vraiment gouverné par personne », se moqua-t-il. « Il est gouverné par la mort. »

« Mais vous avez un château. Et un trône. » J'ai pointé du doigt le désordre du diable d'un siège. « Vous avez une sorte de levier, n'est-ce pas? »

« Je règne sur les morts. » Il sourit et fit briller ses dents pointues. « Je dirige mon empire; mon royaume. »

« Alors, vous gouvernez... »

« En quelque sorte, oui, Déesse, » admit-il et il soutint mon regard. « Mais ce n'est pas assez. J'en veux plus », murmura-t-il, ses yeux virant au rouge vif que j'avais déjà vu une fois auparavant. Je déglutis en le voyant.

« Qu'est-ce que ç'a à faire avec moi? » Ma peau grouille de nerfs.

« Tout », a-t-il répondu.

« Cryptique, » me moquai-je en riant subtilement. Il a rapidement volé vers moi et a plané au-dessus. Il sourit et posa une main sur ma tête, nous faisant pivoter tous les deux pour regarder le livre qu'il avait fermé. Il a atterri sans bruit sur ses pieds et a affiché le texte que nous avions vu plus tôt. Mes nerfs piquaient à cause du contact soudain et de la proximité.

« Regardez ces images. Que vois-tu? » il a fait signe.

« C'est un arbre », dis-je en me calmant. « Je suppose qu'à gauche se trouve un démon comme toi. » J'ai pointé l'image. Il fredonna d'accord. « À droite, un ange, n'est-ce pas? »

« Un Dieu. »

« Oh, d'accord, » marmonnai-je, considérant ses paroles. « Est-ce que c'est censé être la Déesse? » demandai-je, les yeux fixés sur la couronne cousue dans ses cheveux.

« La Déesse d'origine, » répondit-il, puis referma le livre. Je sursautai au mouvement, puis me raclai la gorge. Je savais qu'être ici était horrible et accablant, mais à ce moment, j'ai réalisé que j'avais une opportunité pas comme les autres. Ici, j'ai pu tout apprendre sur l'origine de la vie directement à partir d'une source originale. Mon ravisseur avait tout vu. Les légendes impliquaient Pyre Malum d'une manière que je ne comprenais toujours pas, et je pourrais apprendre de lui si je le pressais de m'éduquer. Cette connaissance était inestimable.

« Ma grand-mère m'a dit que la Déesse avait reçu la position de régner sur les Portillons du Ciel, de la Terre et de l'Enfer », lui ai-je dit. « Est-ce exact? Est-ce que ça a à voir avec le fait que tu m'emmènes ici? »

« Ah, » soupira-t-il. « Vous préservez les connaissances sur le sujet. » Il croisa les bras derrière son dos et se tourna pour s'éloigner de moi.

« À peine », ai-je dit. « Mais j'ai essayé d'apprendre. J'essaye de suivre tous ces changements », ai-je jailli.

« Changements? » Il fronça les sourcils de confusion. Je regardai mes pieds, évitant trop de contact visuel.

« Je ne connaissais pas mes pouvoirs », j'ai avoué. « Je ne connaissais même pas les pouvoirs de ma famille ou que tout ceci, la magie, existait. » Les souvenirs de ma famille m'ont submergé. « Personne ne m'a dit. »

« Une Déesse sans connaissance de la magie? » Il faisait des allers-retours. « Comment se peut-il? »

« Ils essayaient de me protéger », me suis-je défendu alors que mon esprit s'emparait d'une image. C'étaient les yeux protecteurs de Gram. J'ai alors imaginé Satyra et Raidan riant de mes accidents de notre première nuit de sorcières.

« Quelle est cette odeur? » le démon interrompit mes pensées. J'ai secoué la tête avec perplexité, et en regardant nos pieds, j'ai laissé échapper le premier sourire que j'avais fait depuis un moment. Je fermai les yeux et frissonnai à la sensation d'exultation.

« Ça sent la maison », dis-je en me penchant pour arracher une jonquille blanche du sol. Quand je me suis levé, j'ai vu qu'il était manifestement déconcerté.

« La vie ne peut pas pousser ici », a-t-il grondé. Son air renfrogné m'a surpris. Je n'ai pas compris son inconvénient. Avais-je dit quelque chose qui l'avait bouleversé?

« Quoi? » balbutiai-je, confus par le changement soudain en lui. Il a frotté ses pieds dans l'herbe, et ça grésillé sous ses pieds, disparaissant sous mes yeux. Je n'ai laissé échapper qu'une seule larme et j'ai relevé la tête.

« Mon royaume est celui de la mort », a-t-il expliqué. « C'est fait de la destruction et de la décadence. Ce n'est pas un lieu de vie. »

« Je suis en vie, et je suis ici », ai-je dit, les yeux aiguisés. « Tu as veillé à ça. »

« Oui, » grommela Pyre Malum. Il s'est tenu devant moi et m'a accueilli. J'avais envie de crier, de courir, de mourir. Je voulais tout sauf ça, cette bête qui me regardait avec des yeux affamés. Je voulais rentrer chez moi. J'avais évoqué un beau souvenir de ma famille et j'avais fait grandir la vie terrestre dans le plaisir. Il a éteint ma joie sans une seule pensée. Il n'a eu aucune pitié pour moi. J'ai calmé mes émotions et rassemblé le courage de braver un visage doux pour le seul fait qu'il pouvait me sauver de sa colère.

« Je ne veux pas me battre avec toi », j'ai finalement réussi à dire, les yeux rivés sur son regard rouge et féroce. Ses yeux scannèrent les miens, cherchant.

« Moi non plus, Déesse. » Il laissa échapper une bouffée d'air. « Je te tiens en estime haute. »

« Respectueusement, votre étiquette prouve le contraire », ai-je réfuté. Il était sur le point de se disputer, mais je l'ai arrêté du dyna-mitage. « C'est fait avec. Tu m'as laissé sortir de l'oubliette, et pour cela, je t'en suis reconnaissante. Maintenant, je vais écouter votre demande dans l'espoir que nous puissions travailler ensemble. Dans l'espoir de pouvoir retourner chez moi et de sentir l'herbe et de ne plus jamais avoir besoin de lâcher ma famille. »

Il battit ses ailes et se tourna pour regarder par la fenêtre à sa gauche. J'ai pensé que ç'aurait pu être la fin de notre conversation quand il m'a tourné le dos. Il ne m'a donné aucune indication quant à savoir s'il travaillerait avec moi. Il m'a dit qu'il me tenait en grand respect, mais ses actions parlaient beaucoup plus fort que ses paroles. Je le regardais maintenant alors que je tordais la tige du narcisse printanier entre mes doigts, envisageant de m'approcher de lui. Il avait l'air d'être dans son propre monde. Ni ici ni là, alors qu'il regardait par-dessus le rebord.

« Il y a longtemps, tous les êtres imaginables vivaient collective-ment. La guerre après la guerre a brisé notre univers, nous forçant tous à suivre nos propres chemins. » Je l'ai regardé s'installer dans la fonte du ciel rougi. Il regardait au loin comme s'il voyait ce dont il se souvenait. « J'ai été séparé de mes frères et sœurs. J'étais le seul à être banni dans un royaume *daimon*, condamné à renoncer à ma liberté et contraint à vivre seul dans l'éternité. Ceux d'entre nous qui ont été bannis ici n'ont pas été jugés ni n'ont eu l'occasion de réfuter. Nous avons été arrachés de notre premier monde et trans-formés en captifs. Je suis ancré ici et je veux changer cela. »

« Peux-tu? » J'ai demandé.

« Avec votre aide, je peux », a-t-il dit, puis s'est tourné vers moi. À la lumière du soleil rouge, le visage du monstre était d'une beauté à couper le souffle. Sa peau était presque nacrée dans le faisceau. Il avait des cheveux noirs flottants qui effleuraient presque le haut de ses épaules sculptées, des yeux dorés, une mâchoire forte, et cein-turé au-delà de toute mesure. Il était une merveille sculpturale frappant. Je devais me rappeler que ce n'était qu'une coquille et que le malin se cachait dans chaque partie de son existence.

« Pyre, je ne sais pas si je peux... » Il m'arrêta.

« Vous pouvez et vous devez. » Ses yeux se biaisèrent. « J'ai attendu ce moment depuis une éternité. Pour toi. »

« S'il vous plaît, dites-moi simplement ce que vous attendez de moi. » Je ne supportais plus le brouillage. « S'il vous plaît. » Il quitta le rebord de la fenêtre et revint vers moi. Je me raidis à l'approche du grand homme ailé. Quand nous nous sommes tenus à un pied l'un de l'autre, il s'est agenouillé et a jeté un poing sur sa poitrine nue. Il baissa les yeux un long moment. De près, je pouvais voir que ses cheveux étaient un mélange de noir, sombre comme la nuit, et de petites mèches argentées, me rappelant de la tourmaline. La crinière argentée d'onyx s'enroulait sur ses oreilles et le long de son cou. Sous cet angle, il semblait presque humain, à l'exception des ailes qui s'étendaient trois fois sur ma largeur.

« Épouse-moi, Déesse », implora-t-il, puis leva les yeux vers moi. « Je jure de vous défendre et de vous donner tout ce que votre cœur désire. »

« Je... » J'étais abasourdi. Mon cœur battait si vite que je pensais qu'il pourrait éclater de peur.

« Épouse-moi et accomplis l'invocation sacrée. Prenez mon nom inscrit dans votre âme et partagez mon pouvoir. Partagez-moi les vôtres, » insista-t-il en se frottant la poitrine. Ses ongles s'enfoncèrent dans la chair. Ses mots résonnaient dans ma tête, s'enfonçant dans mon esprit.

« Mes pouvoirs? » murmurai-je en portant mes doigts à ma bouche avec incrédulité. J'ai essayé d'empêcher ma lèvre de trembler, mais mes mains ont tremblé. Il voulait mon pouvoir.

« *Notre* pouvoir », a-t-il amendé. « La Déesse, vous, Déesse, avez le droit de choisir un monde à réveiller. »

« Non, » balbutiai-je. « Ça n'a aucun sens. Je ne suis personne. Je ne suis rien... » Je pouvais me sentir devenir étourdi par la panique.

« Tu es incroyablement importante », m'a-t-il dit, toujours à genoux. « Tu es mon univers. »

« Que puis-je faire pour vous? » criai-je. « Conjurer des larmes quand je suis triste? Du feu quand je suis en colère? Je n'ai aucun pouvoir réel. Je ne suis qu'un problème pris dans ce dilemme séculaire. »

« Vous êtes la réponse à tout », a-t-il beuglé, la voix profonde. « La prophétie est enfin arrivée. La lumière et l'obscurité doivent s'unir pour gouverner les royaumes. Je peux être ça pour toi, » grogna-t-il.

« La prophétie... » J'ai frissonné. Des bribes de ce que j'avais appris grâce à Gram et le Haut Conseil tournaient dans ma tête. Était-ce ce que j'étais censé faire? Étais-je censé travailler avec ce démon pour réparer le voile? Ce n'est pas possible. Nos motivations étaient entièrement différentes. « Ce n'est pas possible... »

« Je vais vous préparer, Déesse. Je vais vous rendre incroyable-ment puissant, comme vous étiez censé l'être. Nous travaillerons ensemble pour développer votre pouvoir », a-t-il déclaré avec déter-mination. « Tu es né pour ça, forgé du bien et du mal. Il coule dans tes veines. Même maintenant, vous le ressentez dans votre cœur. Dis-moi, Déesse, qu'est-ce que ton cœur te dit? Croyez-vous vrai-ment que vous n'êtes rien? »

Ses paroles ressemblaient à une éclaboussure d'eau froide sur le visage. J'ai jeté un coup d'œil autour de la pièce, regardant sincère-ment où j'étais. Je me tenais devant un démon agenouillé dans le Under Realm. J'étais recherché par certains des êtres les plus puis-sants qui aient jamais existé. La logique m'a dit que j'étais essentiel et que Pyre Malum avait besoin de moi, mais mon cœur me criait de sortir et que ce n'était pas ma place.

« Je ne sais pas ce que tu veux dire, Pyre. » J'ai cherché des mots. Il a regardé sous son front, attendant que je cède. « Que dois-je faire? » demandai-je en tremblant. Cette fois, il sembla satisfait de ma requête – un changement par rapport à sa réponse habituelle à mon esprit chaotique et curieux.

« Votre cœur est divisé entre les royaumes qui divisent votre arbre terrestre. Lie ton âme à la mienne et accorde-moi ma liberté. » Ses yeux s'enflammèrent à ses mots.

« Vous voulez ouvrir les Portillons. » Je frissonnai, réalisant l'intention derrière ses mots.

« Je veux être libéré du Under Realm », a-t-il précisé.

« Je ne peux pas. » Je trébuchai, les genoux tremblants. « Ça serait la destruction de mon monde. Vous l'avez dit vous-même! Vous gouvernez les morts. Ce royaume est de destruction et de décadence. Je ne peux pas faire ça à ma famille ou à la Terre. Je ne peux pas simplement choisir d'ouvrir les Portillons. Déchaîner l'Enfer sur Terre nous causerait une dévastation totale... » Tremblant, je me laissai tomber au sol et me mis à niveau avec lui, rencontrant son examen minutieux. J'ai cherché sur son visage pour le moindre signe de sympathie, un petit indice de compréhension. Nous étions face à face, tout aussi brûlants d'indignation et de détermination. La défaite me rongeait et je m'enfonçai dans ma posture agenouillée quand son visage forma un froncement de sourcils. J'ai laissé tomber la fleur que je tenais et je l'ai regardée tomber entre nous. Sa respiration s'est aggravée, le son devenant rugueux alors qu'il serrait les dents de manière audible. Son grognement était impie.

« Tu me choisiras. » Il m'a attrapé par les épaules et m'a arraché de mon sol, filant à travers le château en un clin d'œil. Bien qu'il ait tenu ma tête contre sa poitrine, mon cœur s'est arrêté lorsque nous avons franchi une porte, et le métal a résonné derrière moi lorsque mon ravisseur m'a laissé dans une nouvelle tombe.

« S'il vous plaît, » suppliai-je en me précipitant sur le sol. Je me suis précipité pour me lever et j'ai attrapé les barreaux qui m'enfermaient. La panique monta sur ma peau alors qu'il détournait la tête de moi. « Ne me refais plus ça. » La demande était désespérée. « Je vais mourir! J'ai besoin de nourriture et d'eau. S'il vous plaît, laissez-moi sortir! »

« Il n'y a rien de tel dans mon royaume des morts. Rien ne vit vraiment ici. Rien ne pousse jamais ici. » Il a verrouillé la porte en place.

« S'il vous plaît! » J'ai crié. « Je vais mourir! » Il me regardait maintenant, m'étudiant. Je pouvais sentir qu'il se sentait puissant de m'avoir dans cette position, suppliant pour ma vie. Je me sentais complètement dégradé.

« Vous ne comprenez toujours pas? » il ricana. « Vous êtes immortel dans ce royaume, comme vous devriez l'être. Vous n'avez pas besoin de nourriture. Vous ne pouvez pas mourir. »

« S'il vous plaît! Que puis-je faire? » suppliai-je en rampant devant la porte barrée. Il s'est approché maintenant, nous deux, torses contre torses, à l'exception de la porte fermée entre nous. Le son de nos halètements s'est prolongé, le mien de panique, le sien apparemment de rage. Je n'ai pas osé cligner des yeux. Ordinairement, il baissa la tête et, avant que je ne puisse réagir, déposa un baiser chaud sur le haut de mes cheveux, chuchotant quelque chose que je ne pouvais pas comprendre. J'ai arrêté de respirer et resserré ma prise sur les barres. Faisant un petit pas en arrière, il exhala un soupir chaud qui s'accumula tout autour de moi, sentant la fumée. Ses yeux creusèrent des trous dans les miens, et je déglutis sèchement. Ce moment de tendresse inattendu m'a complètement bouleversé. J'étais complètement confus.

« Dites simplement le mot et vous serez libéré. » Il sourit méchamment à travers les barreaux. « *Nous* serons libérés. »

39

BARRAGE

Cette nuit fut la première où je sentis vraiment le poids écrasant de mon destin. J'étais pris au piège d'un vrai cauchemar dont je ne pourrais jamais me réveiller. Quand on m'a laissé pourrir dans l'oubliette, la réalité et le temps ont cessé d'exister. Je me suis baigné dans l'obscurité, m'attendant à ne jamais me réveiller. Ici, consciente de l'actualité, la désolation était inéluctable.

J'ai pris conscience de ce qui m'entourait et j'ai senti l'épuisement me parcourir. J'étais dans un donjon aux allures médiévales. Il y avait une petite fenêtre en haut de la pièce pour voir dans le ciel. Ça n'a pas jeté beaucoup de lumière; cependant, je pouvais voir mon environnement grâce à un éclat de lumière projeté dans le couloir sombre. La façon dégradante d'être transporté par envol dans cette prison m'a piqué le cœur. Je n'étais pas un objet à utiliser ou à jeter, mais plus je tombais dans ce nouveau monde de chaos, plus je me sentais petite. J'ai attrapé les barreaux qui me retenaient et j'ai fait de mon mieux pour regarder dans le couloir. Il n'y avait rien d'utile pour m'aider à m'échapper. Il n'y avait personne, aucun objet qui traînait, juste des murs de château crasseux qui parcouraient des kilomètres et des kilomètres, rien en vue.

J'ai su que je n'étais pas seul quand j'ai entendu le sifflement serpentin résonner quelque part dans la tour. Je m'éloignai de la porte maintenant, stabilisant ma position en cas d'attaque. Mes genoux gémissaient à l'idée d'un mouvement rapide. La saleté a éraflé et soufflé des nuages d'argile séchée devant la porte barrée alors que les voix devenaient plus fortes. Je frissonnai à la vue de pieds rugueux, de griffes s'enfonçant dans le sol et rampant vers moi. Le sifflement a rempli ma chambre, me submergeant d'appréhension.

« Comment va la Déesse? » demanda le plus grand des créatures, enroulant une main griffue autour d'une barre de métal. Quand je n'ai pas répondu, il a sifflé. « La Déesse ne nous entend-elle pas? » Son sourire s'élargit, montrant des rangées de dents dentelées. J'ai grimacé.

« Je vais bien », ai-je dégluti, prenant tout en compte. Ils avaient tort dans tous les sens du terme. Ils avaient des sculptures pleines, des bras et des jambes comme un homme, mais une queue aussi épaisse qu'un torse enroulé derrière eux. Bien que de forme humaine, leurs visages avaient des fentes en guise de nez et leurs yeux brillaient de jaune dans l'obscurité de la prison. Avec des écailles noircies enfoncées dans leur peau, il était difficile de les regarder sans être un peu repoussés.

« Pourquoi la Déesse ne plaît-elle pas à notre maître? » chantonna la silhouette en inclinant la tête sur le côté. Les autres créatures se rapprochaient maintenant, venant se placer à côté du grand. Ils ont reniflé les ouvertures de la porte de ma geôle, et j'ai soudain été heureuse d'avoir cette barrière.

« Ce n'est pas mon problème si ton maître n'est pas content de moi, » dis-je en serrant les dents. Les serpents ont sifflé à ma réponse, mais j'ai tenu bon. « Je ne peux pas faire ce qu'il me demande. »

« Ne *peux* pas? » il a interrogé.

« Ne *veux* pas? » demanda un autre, qui se tenait prudemment, protecteur sur l'autre. Ils ont gratté les barres de métal et j'ai tressailli au son. Ils m'ont regardé avec satisfaction pendant qu'ils jouaient avec moi.

« Je ne peux pas. » J'ai expiré. « Je ne suis pas la personne que vous pensez que je suis. »

« Tu es la Déesse, » dit la créature principale d'un ton neutre. Celui à côté de lui secoua la tête en signe d'accord. « Tu es celui dont notre maître a besoin. » Je commençais à être frustré par la compagnie qui se tenait devant moi - ne semblant plus nuisible mais plutôt ennuyeux. Je poussai un soupir audible et les regardai, m'approchant de la porte. Je me sentais presque audacieuse à ce moment-là alors que je m'approchais facilement des créatures. Être jeté dans cette nouvelle vie est venu avec un étrange sentiment de familiarité envers l'anormal. Je devais reprendre mon esprit et me rappeler que je parlais à des créatures et à des démons... J'étais une sorcière et j'étais ici, dans l'Under Realm.

« Je ne suis qu'un humain », ai-je dit en me montrant du doigt. « Voie-tu? Je n'appartiens pas ici. » Les créatures sifflèrent à mon approche.

« Tu sens la magie. » La créature sourit. Je pouvais sentir la pourriture tamiser dans sa bouche à travers l'air.

« J'ai de la magie, » reconnus-je.

« La magie est tout ce dont nous avons besoin. » Ils enroulèrent tous leurs griffes autour des barreaux de la porte comme pour essayer de l'ouvrir. Comme pour m'atteindre.

« Je ne sais pas manier ma magie, et même si je le savais, je ne ferais rien qui puisse nuire à la Terre. »

« Vous nuiriez à notre royaume? » le plus grand crachat à moi. Je me suis esquivé alors que le venin grésillait à quelques centimètres de mes pieds. Je me suis soudainement rappelé ce que ça faisait d'être sous l'influence dudit venin. Celui qui se tenait derrière le chef tira sur son bras comme pour l'empêcher d'aller plus loin.

« Soyez prudent », dit la créature à son chef. Il ne se tourna pas pour le regarder.

« Eh bien, Déesse? » chantonnait le grand.

« Je ne ferais de mal à aucun royaume », dis-je fermement, regardant non seulement le chef mais aussi les autres. « Je ne souhaiterais jamais de préjudice à personne. Ce n'est pas qui je suis. » Je savais que c'était vrai. Même si j'avais le pouvoir de détruire l'Under Realm, je ne le ferais pas. Je savais que ces êtres pervers n'étaient pas tous malveillants autrefois, il y a longtemps. Ils ne méritaient pas tous d'être punis. Je savais que la guerre n'était jamais à sens unique, et bien que les démons aient tous été jetés au même endroit, Gram a dit qu'ils n'étaient pas tous cruels. Cependant, après avoir rencontré toutes ces créatures de l'Enfer et expérimenté leur puissance, ça m'a donné une pause pour reconsidérer cette pensée.

« Elle dit la vérité », a déclaré la créature, brisant ma chaîne de pensée. « Je peux le sentir sur ses lèvres. » Je me figeai à ses mots, pressant une main contre ma bouche.

« Vous pouvez sentir un mensonge? » questionnai-je, les yeux écarquillés. Maintenant, j'étais intrigué.

« Les pythrants sentiront toujours le mensonge », répondit-il, partageant son sourire malicieux avec le reste de ses compagnons. « Des saveurs tombent de tes lèvres. Les vérités sentent le miel, fraîchement sorti de son peigne. »

« Qu'est-ce que les mensonges sentent? » demandai-je, curieuse.

« Le pourri. » J'ai craqué à cette pensée.

« Quel est votre nom »" J'ai demandé au chef.

« Alriq, ma Déesse, » répondit-il, ouvertement surpris par la question.

« Pourquoi es-tu ici, Alriq? » J'ai demandé. « Pourquoi êtes-vous tous ici? » J'ai regardé chacun d'eux, et ils ont glissé sous ma surveillance. À leur réaction, je me suis demandé si Pyre Malum, mon ravisseur et leur maître, les avait envoyés ici pour m'espionner. Mieux encore, je me suis demandé s'ils ne s'étaient peut-être pas faufilés ici pour me voir, trop curieux pour leur propre bien.

« Nous sommes venus voir la Déesse », a répondu l'un d'eux. « Celui qui nous libérera tous. » Je me sentais presque désolé pour eux quand ils me regardaient maintenant. Leurs yeux, bien que d'un autre monde, semblaient pleins de quelque chose qui ressemblait à de l'espoir.

« Je suis désolée, » commençai-je en reculant d'un pas. « Vous avez perdu votre temps en venant ici. Je ne vous suis d'aucune utilité. » Je soupirai profondément, me sentant étrangement dramatique, et me dirigeai vers le fond de la cellule. Je m'assis dans un coin et enroulai mes bras autour de mes genoux; pendant tout ce temps, je gardais les yeux sur les pythrants.

« Avec le temps, Déesse, » répondit la plus grande créature. « On va voir... »

Avec ces derniers mots repoussant les murs, Alriq a pris une place à quelques mètres de ma porte. Le protecteur posa une main sur l'épaule d'Alriq et fit signe au groupe de partir. Alriq semblait monter la garde tandis que les autres pythrants s'éloignaient et me laissaient à mes pensées. J'ai dû élaborer un plan, une stratégie, pour me sortir d'ici. J'avais besoin de recommencer dès le début.

Je pouvais à peine réfléchir après tout ça. Comment ç'était-il arrivé? Comment était-ce possible, et pourquoi Pyre Malum m'a-t-il fait prisonnier? N'avait-il pas compris maintenant que mes pouvoirs étaient faibles? Ne savait-il pas que je ne pouvais pas l'aider, même si je le voulais?

Ses mots d'avant résonnaient dans ma tête. *Votre cœur est divisé entre les royaumes qui divisent votre arbre terrestre. Lie ton âme à la mienne et accorde-moi ma liberté.* L'image de l'arbre est venue au premier plan de ma vision, me faisant me demander si oui ou non j'avais perdu la raison.

Pyre Malum voulait ce que tout le monde voulait: la liberté. Quand je pensais à lui maintenant, il était difficile de l'imaginer comme une créature inhumaine après avoir vu l'éventail d'émotions qu'il affichait. Il n'était pas ce à quoi je m'attendais d'un démon. J'avais imaginé des monstres de mes cauchemars les plus fous, des monstres à la peau abîmée et à la langue fourchue. Les pythrants ressemblaient plus à des démons que mon ravisseur. Pyre semblait avoir de nombreuses qualités humaines. Bien que la plupart d'entre eux tournent autour d'un beau visage rempli de colère, je pouvais comprendre d'où il venait. Il était piégé, tout comme moi.

Il voulait que moi, la Déesse, je l'épouse pour qu'il puisse quitter l'Enfer. Quelque chose à propos de notre union lierait d'une manière ou d'une autre nos pouvoirs, le libérant ainsi de l'Under Realm. C'est ce dont il avait désespérément besoin. Le problème était que même si j'acceptais, il n'y aurait aucun moyen que cela fonctionne en raison de mon incapacité à utiliser ma magie correctement. Ce fut mon plus gros revers. Tous les problèmes auxquels j'ai été confronté depuis que je suis devenu sorcière sont basés sur le fait que je n'ai aucun contrôle sur mes pouvoirs. Si je pouvais le convaincre de m'apprendre à travailler avec la magie, à devenir plus forte et plus puissante, j'aurais peut-être la chance de le combattre ou au moins de m'échapper. Il semblait en savoir beaucoup sur la magie, et il avait des livres anciens d'une époque où la magie était née. Je devais le convaincre que m'enseigner était la seule façon dont son plan fonctionnerait. Je devais jouer à un jeu de hasard avec le démon des morts. Il fallait apprendre ma magie.

40

PLAN DE MATCH

Le matin venu, je me sentais mieux préparé. Je ne savais pas à quoi m'attendre de la journée, seulement que je savais ce que je devais faire si je voulais avoir une chance de sortir d'ici et de revoir ma famille. Je n'avais pas dormi de la nuit, ce qui m'a fait ressentir un étrange sentiment de tranquillité. J'avais concentré toutes mes pensées sur différents scénarios dans lesquels mon évasion serait réussie. Maintenant que la lumière coulait à nouveau dans le couloir, je savais que j'allais bientôt faire face à mes plans.

« Bon matin, Déesse, » dit une voix. J'ai apaisé à l'intrusion. Pyre se tenait devant la porte barrée, se curant les dents avec un cure-dent. Je me suis frotté les yeux, supprimant le sommeil que je n'avais pas eu. Mes os me faisaient mal d'avoir été allongé sur le sol dur toute la nuit. Je me redressai avec une grimace et époussetai mes vêtements minables. J'ai regardé mon ravisseur et j'ai été horrifié lorsque j'ai réalisé qu'il ne tenait pas un cure-dent mais plutôt un petit os de la taille d'un doigt. J'ai reculé à l'idée de quel ancien corps y était attaché. Je me suis débarrassé de la merde et je me suis appuyé contre le mur d'angle sur lequel j'étais assis. Il a jeté l'os dans le couloir du donjon.

« Bon matin, Pyre, » l'ai-je salué. Il sourit et avança à grands pas, me regardant attentivement.

« Je pourrais m'habituer à entendre ce nom sur ces lèvres », murmura-t-il. Mon cœur a dégringolé dans mes tripes. Il était plus beau que je ne m'en souvenais, ce qui me froissait dans le mauvais sens. Je me suis soudainement rappelé la proximité d'hier et j'ai reculé. Je ne devrais pas considérer un démon comme attirant. C'était impensable. Mais il était là, des cheveux noirs argentés bouclés sur sa nuque. Ses yeux étaient dorés maintenant alors qu'il me regardait. Quand mes yeux se posèrent sur ses lèvres, son sourire s'agrandit. En détournant les yeux, je me suis levé du sol et je me suis dépoussiéré.

« Allô, » marmonnai-je. Il a souri.

« Tu t'es reposé? » demanda-t-il en me regardant de haut en bas.

« Non, » répondis-je. « Je ne pouvais pas. » Il fronça les sourcils.

« Cela ne suffira pas », dit-il et il ouvrit la porte. Mes yeux se sont dirigés vers l'ouverture.

"Comment as-tu fait ça? » J'ai fait un geste vers la porte, déconcerté par ce que je venais de voir. Il n'avait pas de clé pour le déverrouiller. Il l'avait simplement ouvert. Il rit et se détourna de moi.

« Tu ne pensais pas que je t'enfermerais vraiment, n'est-ce pas? » J'ai été choqué par sa réponse. C'était effectivement ce que j'avais pensée.

« Quoi? » demandai-je en examinant maintenant la porte. J'aurais jurée qu'il était verrouillé. Là encore, je ne l'avais pas vu verrouiller la porte la nuit dernière. J'étais trop occupé à paniquer. Ma fureur s'éleva devant l'évidence de sa nonchalance.

« Ce n'était pas verrouillé pour toi, Déesse, » souffla-t-il.

« Tu ne m'as pas enfermé? »

« Techniquement, oui. Cependant, c'était plus pour exclure les autres. Vous auriez pu ouvrir la porte à votre guise. » Il haussa les épaules.

« Je ne comprends pas », dis-je en regardant son visage, cherchant une forme d'explication. Il soupira dramatiquement et détourna les yeux.

« Je t'ai accordé l'accès », il a répondu, sans me regarder. « Je vous ai donné la permission de franchir n'importe laquelle de mes portes avec une abjuration bien conçue sur votre tête. » Mes yeux s'ouvrirent et je sentis la chaleur monter dans mes os.

« Hein? » balbutiai-je. Il se raidit à ma réaction.

« *Vivœrte érrentrari*. Avec ma touche et ma parole, je vous ai accordé un accès gracieux. Seuls vous et moi pouvons marcher contre les protections de mes serrures enchantées. Une sorte de protection. » Je blanchis à ses mots, les bras se relâchant sur mes côtés. Un flash de mémoire a inondé mon esprit alors que je me souvenais qu'il m'avait embrassé la tête hier. Il haussa les épaules et continua dans le couloir. Je restai sur place, le regardant. Ses ailes battirent une fois et se replièrent sur elles-mêmes alors qu'il s'éloignait. J'étais tellement confus, mais surtout, j'étais en exacerbation contre moi-même. Je n'avais même pas essayé de sortir hier soir. J'avais accepté ma défaite sans combattre. Alriq a monté la garde toute la nuit, mais je n'avais toujours pas essayé.

« Où allez-vous? » Je l'ai appelé.

« Viens », dit-il, et je suivis rapidement et avec raideur derrière lui.

Alors que je marchais dans les couloirs chauds et humides, les pythrants autour de nous glissaient et rôdaient. J'ai vu Alriq, celui qui m'avait parlé hier soir, et je lui ai fait un signe de la main. Il fronça les sourcils et tourna la tête dans ma direction. Son compagnon protecteur tourna un coin et s'inclina rapidement devant le démon à côté de moi.

« Mon maître, » dit-il, la tête toujours baissée. Pyre se contenta de grogner et le pythrant s'éclipsa pour rencontrer Alriq à ses côtés.

« Avez-vous pensé à ma demande, Déesse, ou boudez-vous toujours? » Pyre me demande. Je pouvais entendre son ricanement à travers la question comme s'il était amusé. Je ne pouvais pas croire qu'il était encore sur cette piste. J'ai pris une profonde inspiration et laissai échapper un soupir en m'approchant de lui. Marcher côte à côte était étrange. Ses ailes frôlèrent mon bras et je tressaillis au contact. Il les a rapidement enroulés derrière lui, attrapant mon psy. « Je ne veux pas te faire de mal, Déesse, » dit-il en baissant le menton. J'ai levé les yeux, rencontrant les siens, et j'ai pu voir qu'il disait la vérité; s'il savait comment agir sur ces souhaits, je ne le savais pas. Je ne pensais pas qu'il avait le contrôle pour contenir sa brûlure.

« J'ai bien réfléchi à ce que tu as demandé, Pyre, et je dois dire que je ne suis toujours pas sûr. » Il a expiré à mes paroles. « Malgré cela, je pense que vous et moi pouvons trouver un moyen de travailler ensemble, néanmoins, pour trouver une forme d'accord. » Il haussa un sourcil vers moi, s'arrêtant sur place.

« Un accord? » demanda-t-il en redressant ses épaules, rendant sa poitrine plus proéminente dans sa position.

« Oui. » J'ai expiré. « Un accord. » Je détournai les yeux, essayant de mon mieux de ne pas regarder de trop près le physique incroyablement parfait de ce mâle. Alors que nous avancions, je remarquai qu'il me ramenait dans la pièce avec le trône en os et la grande table contenant tous ses livres. C'était bizarre de le revoir. Hier soir, j'avais essayé de l'imaginer, essayant de me rappeler à quoi il ressemblait, mais la seule image qui revenait était la rage qui brûlait autour de lui quand j'avais refusé sa proposition pour la deuxième fois.

« Un accord », murmura-t-il, presque inaudible. Son visage portait de la confusion et du scepticisme non dissimulé. Je pouvais voir la méfiance dans l'ensemble de sa bouche, mais la curiosité en lui s'illuminait de l'intérieur de ses yeux d'or terne.

« Tu as dit que tu voulais que je t'épouse simplement parce que tu veux ta liberté, » dis-je, entrant maintenant dans le vaste espace.

« Oui, » répondit-il. « C'est vrai. »

« D'accord, » dis-je. « Alors même si j'acceptais de t'épouser... » Il me regarda rapidement, mais je tendis la main pour l'arrêter. « J'ai dit *si* », j'ai précisé. « *Si* j'acceptais, ça ne vous servirait à rien vu que je ne peux toujours pas utiliser mes pouvoirs. Tu veux que je te libère, mais tu as besoin que mes pouvoirs fonctionnent correctement, » expliquai-je. « Je ne connais rien à la magie. Ma famille a gardé ma sorcellerie pour elle et ne m'a jamais dit que j'avais des pouvoirs. Je ne sais rien à ce sujet », j'ai avoué. « Hier soir, je pensais... Vous semblez avoir beaucoup de connaissances sur le sujet. Non seulement cela, mais vous avez une grande collection de livres sur la magie de l'ancien monde et des livres sur la Déesse. Alors, pourquoi ne pas les utiliser? » Je l'ai regardé, attendant. Comme il n'a rien dit, j'ai continué. « Vous m'apprenez ce que vous savez sur la magie, et ensuite nous verrons comment nous pouvons nous en sortir de ça. » Il me regarda, le visage dur comme de la pierre.

« Sortir de ça? » Il a brutalement répété mes paroles. « De quoi voudriez-vous sortir, Déesse? » Ce regard disait tout ce dont j'avais besoin pour me faire peur. Mes mots m'ont failli. J'ai pris une profonde inspiration et me souvins de mon plan. Je devais le mettre à mes côtés.

« Je veux juste dire que nous n'avons peut-être pas besoin de nous marier. Peut-être que nous n'avons pas besoin de lier nos pouvoirs, et peut-être que nous pouvons simplement nous entraider. » Il m'a grogné dessus, mais j'ai persisté. « Sans mon pouvoir, je ne peux pas... »

« Tu en es capable », grogna-t-il en me coupant la parole.

« Pyre, je comprends, » dis-je. Je me dirigeai vers lui et pris sa main dans la mienne. Il inspira bruyamment et ça me surprit. Le choc que nous portions sur nos deux visages était un spectacle étrange à voir. Je me sentais mal à l'aise sous son observation, mais je tenais bon. « Pyre, » ai-je dit en levant doucement les yeux entre mes cils. J'ai joué sur mon innocence du mieux que j'ai pu, sachant que c'était la carte la plus importante que je devais jouer. « Je ne peux rien vous promettre. Je ne peux même pas promettre que mes pouvoirs deviendront ce dont nous avons besoin. » Je me suis assuré de nous désigner comme une unité, jouant selon ses désirs. Il me regardait maintenant avec une résolution profonde.

« Elles vont. »

« Peut-être, et peut-être pas. Mais je peux vous dire que je vais essayer. Je vais m'entraîner comme vous l'avez demandé. Je vais travailler à améliorer mes capacités. » Ses sourcils se froncèrent.

« Qu'est-ce qui vous a fait changer d'avis? » Il a demandé.

« La liberté », ai-je dit, renonçant à une partie de la vérité. Un tourbillon de vent a soufflé dans mes cheveux à l'idée de m'échapper. Il hocha la tête en signe d'accord.

« Je ne me souviens pas à quoi ressemble la liberté », il m'a répondu. Sa tristesse m'a fait mal au cœur. Je pourrais sympathiser avec ce démon. Ce beau démon effrayant.

« Je suis désolé, Pyre. Vraiment, je le suis », répondis-je et lâchai sa main. Il s'est approché de moi maintenant comme si mon lâcher-prise coupait une attache qu'il appréciait. Il a penché la tête vers moi, et mon sang a bouilli à cette proximité.

« Miel... » murmura-t-il. Je portai une main à ma bouche, cherchant ses yeux. Ils étaient maintenant d'un or brillant et ensoleillé.

« Je ne dis pas de mensonges. » Je rougis, réalisant qu'il devait aussi sentir un mensonge comme les pythrants.

« Nous verrons ça », fredonna-t-il. Il inclina la tête et tourna les talons, se dirigeant vers les livres. Je le regardais maintenant, regardant ses plumes sombres flotter dans la légère brise. Il était si grand. Terriblement donc. Il m'avait dominé il y a un instant, et je n'avais même pas remarqué sa hauteur. J'ai pensé qu'il pourrait essayer de m'embrasser à son ancienne proximité.

M'arrachant à mes pensées, Pyre claqua ses mains contre la table, le dos rigide. Je sursautai, vidant mon esprit. Je m'approchai prudemment de lui et saisis la flexion de sa mâchoire.

« Est-ce que vous allez bien? » demandai-je, ne sachant pas si je devais m'approcher. Il se redressa, bien que ses mains tinssent fermement sur la table.

« Complètement », répondit-il en détournant toujours mon regard. Ses narines se dilatèrent. Au début, je pensais qu'il était peut-être en colère, mais maintenant je ne pouvais pas le dire. Je fis le tour de la table pour me tenir face à lui. Il lâcha le bord de la table et me tendit un livre.

« C'est quoi celui-là? » je demandai en le lui prenant.

« Une leçon sur la création du monde. »

41

LE DÉBUT

« **P**our comprendre la magie, nous devrons commencer par le début », a déclaré mon ravisseur devenu instructeur. J'ai hoché la tête, prête et disposée à absorber tout ce qu'il pourrait m'apprendre. J'étais entièrement concentré sur la tâche à accomplir, ravi que Pyre Malum, le démon du Under Realm, ait accepté de m'enseigner la magie. J'allais être tactique et accepter chaque morceau d'information qu'il me donnait. J'étais plus que désireuse d'apprendre.

« D'accord. Commençons par le début », ai-je accepté. « C'est à ce moment-là que vous avez été créé, n'est-ce pas?

« Oui », a-t-il confirmé. « J'ai été l'un des premiers. L'un des premiers parmi tant d'autres. Je ne sais pas ce que ta famille t'a dit; cependant, je vais vous épargner l'histoire incroyablement longue et couper pour les pièces les plus importantes. »

« J'aimerais tout savoir », répondis-je, craignant qu'il ne saute quelque chose qui m'aiderait à m'échapper.

« Je vais vous dire tout ce que vous devez savoir », m'a-t-il assuré.

« Merci, » je dis, ne voulant pas trop le pousser, trop tôt. Avec nous deux debout à table, j'ai placé les deux mains sur la surface dure et je me suis redressée jusqu'à ce que je sois assis sur le bord.

Quand je me suis installée, Pyre a haussé un sourcil dans ce qui semblait être de la confusion ou de l'amusement. Je ne savais pas lequel, mais il baissa la tête en signe d'appréciation.

« Quand le monde était entier et n'avait pas été divisé comme il l'est aujourd'hui, tous les êtres vivants existaient ensemble en harmonie. Il y avait des humains, des Dieux, des Déesses, des feïnyr, des pythrants comme mes serviteurs, et toutes les créatures que vous pouviez imaginer. Chaque créature avait sa place, mais peu importe la place, elle était la bienvenue. Oh, et tout le monde avait une sorte de magie. »

« Même les humains? » Je me demandais.

« Oui, même les humains. Qu'ils en soient conscients ou non, les humains ont le pouvoir de se guérir. Une coupure mineure ou une brûlure à la chair se régénère et guérit sans réfléchir. Cela en soi est magique, et tout découle de la Terre Mère et de sa nature. »

« Je n'y ai jamais pensé comme ça », dis-je. « C'est incroyable. »

« Oui, incroyable, comme vous le dites », a répondu Pyre. « Bien que les humains ne soient pas aussi convaincants que les Dieux. Les Dieux ont le pouvoir de créer la vie à partir de rien; pour créer tout ce que nous n'avons jamais connu. »

« Alors, les légendes sont vraies? » J'ai demandé.

« La plupart d'entre eux », a-t-il répondu. « Certaines légendes sont issues d'histoires racontées de génération en génération et se déforment. Cependant, la plupart d'entre eux dérivent d'une vérité. »

« C'est étonnant », ai-je remarqué. Gram m'avait dit de croire toutes les histoires, mais entendre cela de sa part m'a beaucoup plus réveillé. « Alors, comment notre monde a-t-il pu exister? »

« Il y avait un Dieu placé sur Terre, tissé dans le temps par les Parques. Il a été laissé ici tout seul, né d'une semence. Il a grandi avec la bénédiction de la nature à ses côtés. Bien que Terre Mère l'ait béni, il était seul, et c'était difficile. Il n'avait personne avec lui. Pas d'amour, pas de source de divertissement. C'était à peine quelque chose qu'on appellerait une vie. Par conséquent, que Dieu a décidé d'en créer d'autres, et chacun viendrait avec son propre pouvoir pour fournir de telles choses. »

« Des choses comme l'amour? »

« Précisément », dit-il.

« Alors, un Dieu a créé des Dieux? »

« Oui, vous pouvez le voir de cette façon, mais vraiment c'est la Terre et les Parques qui ont créé le premier Dieu, qui ont créé les autres. Nous devons commencer par là. Tout vient de la nature. La nature en soi est magique », a expliqué Pyre.

« La nature est magique », répétai-je avec admiration. Je n'ai pas pu m'empêcher de sourire. Gram avait raison à bien des égards. Elle a prié la Terre Mère et elle a adoré la nature à ses pieds. La lèvre de Pyre Malum se tordit en m'observant. « Continuez, s'il vous plaît. Je dois en savoir plus. » Il sourit à ma demande, heureux de mon empressement.

« Oui, Déesse. Bien sûr. » J'ai ignoré le fait qu'il m'appelait encore une fois Déesse et j'ai prêté une attention particulière alors qu'il se préparait à m'en dire plus.

« J'écoute. » Je me mordis la lèvre, l'anticipation me rongeait. Il sourit davantage, correspondant à ma bouche inclinée.

« Le premier Dieu a créé d'autres Dieux sur Terre, comme je l'ai déjà mentionné. Avec d'autres Dieux sont venues d'autres personnalités, d'autres désirs et besoins. Rien ne suffisait jamais, et parce que chaque Dieu était capable de créer, ils ont eux-mêmes créé des Dieux, des humains et des créatures pour combler ce qui leur manquait. Il faut se rappeler que les Dieux ont créé le positif, mais ils pouvaient aussi faire le négatif. Ils ont créé des Dieux pour la destruction et la jalousie tout autant que pour la gentillesse et la guérison. »

« Pourquoi feraient-ils ça? Qui remplirait délibérément le monde de haine et de misère? » ai-je demandé, frustré.

« La question n'est pas pourquoi; plutôt, quelle était la motivation derrière tout ça? Qu'est-ce qui a poussé les Dieux à une telle négligence? »

« Le cynisme? » Je ris sèchement. Il souffla dans ce que je supposais être un accord et commença à faire les cent pas, les sourcils froncés en réfléchissant.

« Certains Dieux sont devenus fatigués et avides », a-t-il poursuivi. « Ils voulaient attirer l'attention. Ils voulaient des choses que les autres avaient et qu'ils n'avaient pas. Parce qu'ils étaient des Dieux, ils croyaient que tout ce qu'ils voulaient, ils devaient l'avoir. Ils n'ont pas considéré les conséquences parce que les Dieux n'ont pas de conséquences. »

« Comment est-ce possible? » J'ai demandé. Ne pas avoir de conséquences était insondable, impensable. « Le monde s'est divisé! Ça doit être une forme de conséquence. »

« La divisons du monde, oui. Tout cela est dû aux Parques. »

« Quels sont les Parques? » demandai-je, confus. « Est-ce qu'ils sont des êtres réels? »

« Ce ne sont pas des êtres corporels », corrigea-t-il. « Ils sont des êtres conscients. » Je l'ai regardé, complètement confuse. Il cessa de marcher et me regarda.

« Quoi? » Il rit de la confusion apparente sur mon visage, puis croisa les bras sur sa poitrine. J'ai plié le mien en défense. « Lance-moi un os ici. Explique. » Il a pincé la lèvre à ma réaction. Ça m'a semblé une réponse incontournable de sa part.

« Ils manient l'*aēthre*. Considérez-le comme une essence magique tissant des cordes qui s'attachent à chaque chose dans le monde. Ils jouent tous un rôle et tout est lié d'une manière ou d'une autre. »

« D'accord, et d'où viennent les cordes? » J'ai interrogé.

« C'est incertain. Beaucoup croient que la Terre Mère les a créés, mais certains disent que le monde a commencé par les Parques. Nous ne savons pas avec certitude, car nous n'étions pas là lors de sa création, et les Parques ne tiennent pas à révéler leur conception. »

« Très bien... » me suis-je dit à haute voix. Une grande partie de ceci était difficile à comprendre. « Qu'est-ce que les Parques ont à voir avec les Dieux? »

« Les Parques s'assurent que tout est équilibré et en ordre. »

« Ainsi, les Dieux ont eu des conséquences dans une certaine mesure. »

« Il y avait toujours certaines règles, certaines directives à suivre. Si un Dieu allait contre eux, c'était comme s'ils essayaient de couper une des ficelles », a-t-il dit et il m'a regardé gravement. « Les Parques ne permettent pas de telles choses. » Je détournai les yeux de la tension. Il était brusquement sérieux, et je ne savais pas si je devais insister pour plus d'informations. Je me demandais s'il avait déjà essayé un jeu avec les Parques, au cours de sa longue vie.

« Avez-vous des exemples de cela? » J'ai demandé.

« Absolument. »

« Pourriez-vous élaborer? Ou est-ce que je fouille trop? » Il sourit à ça, et je sentis un peu la tension se relâcher autour de nous.

« Arrêteriez-vous de poser des questions si je disais que tu fouille trop? » Il gloussa comme s'il s'agissait d'une blague intérieure. Je secouai la tête.

« Non, » répondis-je et resserrai mes bras croisés. « Ça te dérange? »

« Pas du tout, » répondit-il rapidement, les ailes bruissant derrière lui. « C'est bon que vous ayez envie d'apprendre. » Je me suis réchauffé à son regard et j'ai desserré mes bras.

« Alors »" J'ai demandé. « Continuez, s'il vous plaît. »

« Comme tu veux. » Il pouffa doucement et redressa sa posture. « Lorsque les Dieux sont devenus trop avides et ont créé des choses et des êtres pour leur propre indulgences, ils n'ont pas considéré comment ç'affecterait les autres dans le monde. Imaginez un Dieu vengeur créant des abominations maléfiques pour exécuter ses ordres. Des Dieux avides de plaisir charnel, invoquant des ïlincubes. » Mes yeux s'écarquillèrent à la mention de la charnelle.

« Des démons du sexe? » Je déglutis, me sentant soudain très chaud.

« Oui, » grommela-t-il, les poings serrés. « Ils ont été fabriqués à partir d'esprits corrompus - une forme de personnes de l'ombre. Un Dieu ou un autre a créé toute la malfaisance. La malfaisance n'existait pas avant eux. » Des gens de l'ombre, des esprits corrompus et des Dieux maléfiques... Dans quoi je m'embarquais?

« C'est beaucoup à déballer, » murmurai-je. « C'est beaucoup de choses auxquelles penser. Considérer qu'on ne devient pas malfaisant, au contraire, on crée la malfaisance, on se sent... »

« Mauvais? » il a offert.

« C'est tellement énervant. »

« Oui, eh bien, néanmoins, les Dieux ne se souciaient pas des répercussions. Une fois que vous êtes tombé dans le chaos et la folie de l'esprit, vous apprenez à ne vous soucier que de vous-même. Lorsque les Dieux ont créé ces maux, ils coupaient les liens. Lorsqu'une longe est coupée, l'équilibre doit être rétabli. Dans la plupart des cas, les Parques opposeraient les Dieux les uns aux autres et créeraient la guerre. Quand la guerre est arrivée, tout l'Enfer s'est déchaîné. La souffrance a été créé, ternissant de nombreuses cordes. Une fois que la pourriture s'est infiltrée, elle s'est propagée aux autres. »

« C'est ce qui a créé la fracture? Le Bien et le Mal? C'est ce qui a causé la guerre? » Je commençais à comprendre.

« C'est l'histoire dans son ensemble », a-t-il expliqué. « Mais la guerre est toujours causée par de petites choses. Des choses sans importance qui sont toutes rassemblées, créant un plus grand problème. »

« Je peux assez bien comprendre ça », ai-je dit. « Nous le voyons tout le temps sur Terre. »

« Oui, et comme vous l'avez peut-être deviné, la pourriture ne disparaît jamais. Une fois qu'une attache ou un être est corrompu, il continue son chemin d'immoralité et se propage. J'ai été choqué par cette révélation. J'avais toujours cru que personne n'était vraiment mauvais. Je croyais de tout cœur que les gens pouvaient changer.

« Vous ne croyez pas que les gens peuvent changer? Que les gens peuvent choisir d'être meilleurs? » J'ai interrogé. Il a fait un petit pas loin de moi et de la table, et j'ai senti un peu de sa chaleur quitter l'air.

« La croyance n'a rien à voir là-dedans. » Il soupira. « C'est un pur fait. C'est pourquoi la Déesse, celle qui vous a précédé, a créé la scission. Les Parques lui ont permis le don des cinq éléments, la rendant bien plus puissante que la plupart des autres Dieux. Avec sa force et son objectif tendus par le destin, elle a décidé qu'il valait mieux mettre les gens corrompus au même endroit, et ceux qui étaient jugés justes ou plus importants étaient placés dans un autre. Les humains et les demi-divins qui n'avaient pas fini leur âme-chemin, n'ayant jamais choisi leur camp, ont tous été placés sur Terre. » Je pouvais à peine imaginer les circonstances. Selon Pyre, la Triple Déesse avait été celle qui avait séparé les royaumes. Je me demandais si elle avait donné à quelqu'un une chance de changer, de se racheter.

En pensant à mon ravisseur, j'ai compris qu'il me maltraitait. A-t-il vu la Déesse qui l'avait marqué comme mauvais et l'avait envoyé ici quand il m'a regardé? Il savait qu'il avait besoin de moi pour les pouvoirs avec lesquels je suis née, mais cette exigence le brûlait-il à chaque fois que j'en parlais? Se faire rappeler que sa liberté était entre les mains de son contrevenant incarné doit être dur à supporter. Je me demandais si Pyre Malum avait été envoyé au Ciel au lieu de l'Enfer, ressentirait-il la même chose?

Pyre s'éclaircit la gorge et ma tête tourna dans sa direction. Il m'avait observé pendant que je réfléchissais à tout. Pyre était revenu vers moi maintenant, créant moins d'espace entre nous qu'avant. Il était silencieux alors que je le considérais et sa haine probable pour moi.

« Désolé, » murmurai-je. « J'étais perdu dans mes pensées, » avouai-je en détournant les yeux de son regard.

« A quoi pensais-tu?

« La division des royaumes », supposai-je.

« Puis? » Il a demandé.

« Vous avez mentionné un troisième royaume », j'ai notifié. « Dois-je comprendre qu'il y a un paradis? Une place pour les justes? » Il s'est moqué de mes propos.

« Si vous voulez l'appeler ainsi, en effet. Il y a un paradis, ou une sorte de refuge », répondit-il en grinçant des dents. Je pouvais voir que ça le dérangeait.

« De quoi ç'a l'air? » me suis-je demandé à haute voix.

« Je ne saurais pas. C'est un royaume dans lequel vivent des êtres puissants », répondit-il avec désinvolture. « Mais personnellement, je ne les appellerais pas si justes. »

« Que veux-tu dire? » Je le regardai, la confusion dans mon front.

« Je crois que la Déesse avait un grand cœur et était capable d'ignorer de bons nombres de leurs méfaits, les plaçant donc là-bas. Je me demande souvent où la Déesse a tracé la ligne. À quel point était-ce trop de corruption, et pourquoi ces Dieux s'en sont-ils tirés en profitant de leur vie céleste? Pourquoi les Dieux de l'immoralité sont-ils venus ici dans cet Enfer? Qu'est-ce que j'ai fait de pire que les autres? » J'ai coupé un souffle sec et l'ai regardé rapidement.

« Tu es un Dieu? » J'ai retenti. « Je pensais que tu avais dit que tu étais un démon! » Il gloussa profondément dans son ventre, et je me sentis nauséeuse au son. Il fit un pas lent et régulier, comblant presque l'écart entre nous. Je retins mon souffle et frissonnai.

« Un *daimon* est un Dieu. Un exilé, » marmonna-t-il en baissant les yeux. « A ne pas confondre avec un *démon*", a-t-il souligné la première voyelle. « Ce sont des esprits maléfiques. »

« Je suis tellement perdu, » marmonnai-je en baissant les yeux. J'étais avec un Dieu. Pyre n'était pas un démon; c'était un divin exilée. Comment était-ce possible? Comment ai-je pu rater ça? « Es-tu sûr que tu n'es pas un démon? Et les pythrants? » Il a ri dans sa barbe et m'a ridiculisé au visage.

« Je me demande comment ils se sentiraient s'ils savaient que vous pensiez qu'ils étaient des démons. » Il a levé un sourcil foncé et anguleux, essayant apparemment de me taquiner.

« Je ne savais pas quoi penser! » j'ai lâché. « C'est un monde extrêmement étranger pour moi. Imaginez être dans ma situation. Ils sont mi-homme, mi-serpent. Ils m'ont empoisonné avec du venin. Qu'est-ce que j'étais censé penser? »

« C'est compréhensible. » Il sourit. « Je ne leur dirai rien si vous ne le faites pas. » Je le regardais maintenant, étudiant son visage. Qu'a-t-il pensé en me regardant? Qu'étais-je, le cas échéant, par rapport à lui?

« Tu es un Dieu, » déglutis-je, la langue collée au palais de ma bouche. Ses cils s'abaissèrent comme s'il était presque humilié par la reconnaissance.

« J'étais un Dieu influent après mon ascension à vingt et un ans. C'était avant qu'ils ne décident de couper mon titre. On ne m'avait donné que quelques années de vie en tant que Dieu ascensionné dans le premier monde », a déclaré Pyre. « Je suis le souverain des morts. Né d'une divinité primordiale, l'une des douze de la troisième génération. » Il soupira et releva la tête pour croiser mon regard. Tout en moi s'immobilisa tandis que ses yeux me capturaient. « Oui, je suis un Dieu. Je ne suis tout simplement pas le genre de Dieu que les gens souhaitent et prient pour. »

« Tu es... » J'ai tremblé, essayant de saisir cette information. « Tu es le Dieu des morts? » Ses ailes battirent et il se déplaça lentement de toute sa hauteur. Il avait l'air trop jeune pour avoir vécu si longtemps et avec un rôle aussi important. Il a été ascensionné à vingt et un ans... Mais depuis combien de temps avait-il cet âge? Mon regard le suivit, ma tête penchée en arrière avec incrédulité.

« Oui. » Il rayonnait, les yeux brillants. Un frisson parcourut ma colonne vertébrale en réalisant que non seulement j'étais en Enfer, mais que j'étais aussi avec le Dieu qui le gouvernait. Il avait joué timidement à propos de son règne, contourné la vérité. Il m'avait dit qu'aucun être singulier ne dirigeait l'Under Realm, pourtant il était là, avec un titre si audacieux.

« Je ne savais pas, » murmurai-je en mordant ma lèvre. Je pouvais sentir ses yeux me regarder. « Je ne savais pas ce que vous vouliez dire par *daimon*. On m'a appris qu'il n'y avait que des démons et des anges, des Dieux et nous, les humains. » Il fronça les sourcils à ma mention des êtres.

« Il y a tellement plus que cela », a-t-il déclaré. « *Daimon* n'est qu'un mot que les Dieux ont choisi pour ceux d'entre nous qui sont damnés. C'est un titre pour les êtres qui ont été jetés dans le royaume inférieur. Nous sommes les exilés, condamnés à subir le châtiment éternel. » J'ai tremblé devant l'horreur – à la découverte de la vérité.

« Comme les anges déchus? » Je tremblais, me sentant un peu étourdie.

« Non, » dit-il brusquement. « Des Dieux déchus », corrigea-t-il. « Le mot ange vient de '*angelos*'... Ça signifie messager. Les anges ne sont que des esprits piégés dans l'entre-deux - les esprits des morts qui ont des choses non faites ou non dites, ou ceux qui n'ont pas pu choisir leur bord. Nos âmes attendent un message à la fin de la vie. Ils sont maintenus en place si l'esprit ne peut pas les transporter. » Il s'arrêta, les épaules levées alors qu'il déplaçait son poids. « Les Dieux vivent au paradis, et de nombreux esprits décédés y sont également placés. Les anges flottent simplement dans le néant. »

Tout ceci était si étrange. Tout ce que j'avais cru s'était envolé en quelques secondes. Je me sentais tellement dégonflé, tellement désespéré.

« Que leur arrive-t-il? Aux anges ou aux esprits? » je lui demande, ayant soudain froid.

« Ils ne vont pas dans votre paradis ou votre Enfer. Ils sont coincés dans leurs limbes pour toujours », répondit-il sombrement. Cela m'a surpris, faisant soudainement resurgir le souvenir du mausolée de Gram au sanctuaire de Grimsbane. Il en a tellement expliqué, mais pas encore assez. Je ne pouvais pas imaginer vivre une éternité aussi hantée. Cependant, ça pourrait être mieux que d'être envoyé ici pour le reste de l'existence.

« C'est déchirant, » dis-je, solennel dans mes pensées.

« Tu penses? » répondit-il, contemplant.

« Ne seriez-vous pas triste dans ce genre de situation? » demandai-je en le regardant. Il était affligé, réfléchissant. Il posa une main à côté de moi, s'appuyant sur la table sur laquelle j'étais assis.

« Une éternité perdue, ou une éternité de damnation... » réfléchit-il. Il leva lentement son regard pour rencontrer le mien. « Lequel choisiriez-vous? » Une terreur complète s'enfouit en moi alors que j'envisageais de devoir choisir l'un ou l'autre. Ses yeux me brûlaient et je détournai rapidement mon regard, voulant changer de sujet. Je voulais désespérément mettre un peu d'espace entre nous. Je me levai et fis le tour de l'autre bout de la table, tirant sur la poussière d'un coup d'index.

« Ma grand-mère et le Haut Conseil m'ont dit que le sang des démons et des anges était non miscible. Tu sais ce que ça veut dire? Si les démons sont des gens de l'ombre et que les anges ne sont que des esprits perdus? » demandai-je, évitant rapidement sa question précédente. Ses épaules se redressèrent comme si le changement de sujet avait amélioré ses pensées.

« Ah oui. » Il soupira. « C'est vrai, mis à part les termes qu'ils ont utilisés. Ces règles ont été mises en place à la minute où les royaumes séparés ont été créés. Ils se réfèrent aux Dieux. Ils utilisent le terme démon pour ceux qui sont nés du sang du royaume inférieur et ange pour ceux qui sont nés des célestes. Les Dieux et les êtres du royaume inférieur et du royaume céleste ne peuvent pas produire d'enfants ensemble. Ni leurs parents semi-divins. »

« Pourquoi? » me demandai-je à haute voix, traçant des motifs dans la poussière qui s'était déposée sur la couverture de son tome.

« Pour éviter la possibilité de créer un être avec trop de pouvoir sur plus d'un domaine. C'est pour éviter un nouveau chaos. » Son explication était similaire à celle du Haut Conseil. Bien que leur terminologie soit erronée, ils étaient sur la bonne voie. C'était logique. C'était un peu extrême, mais encore une fois, si je considérais les règles mises en place, tout était extrême.

"Vous m'avez appris le début des temps, et j'apprécie ça. Maintenant, peux-tu me dire comment la magie fonctionne? » je lui demande en feuilletant le livre. Il me regarda attentivement et fronça les sourcils.

« Vous n'avez pas compris? » Il a demandé. J'étais confus. M'avait-il dit?

« Avez-vous couvert la magie? » je lui questionne, me demandant si j'avais raté quelque chose. Pyre attrapa le livre de mes mains et le retourna pour me montrer l'une des pages. C'était à nouveau une photo du grand arbre, mais des taches d'encre traçaient des lignes sur la page cette fois-ci - des chaînes se connectant à toutes choses. Des fleurs aux gens, des nuages aux arbres. Tout sur la page avait une ficelle qui se rattachait à beaucoup d'autres choses.

« La magie vient de la nature. La nature est magique. Elle est en vous, car elle fait partie de votre biologie. »

« Comment? » J'ai demandé. « La magie et la science ne se mélangent pas nettement », ai-je souligné.

« Ne le considérez pas d'un point de vue scientifique », a-t-il répondu. « Vous devez supprimer cette partie de votre esprit. Pensez-y comme des sentiments et des intentions. Pensez-y comme faisant partie de vous. C'est votre magie qui grandit dans tout », a-t-il résolu.

« Tout? »

« Tout », a-t-il confirmé. « Cependant, tout le monde ne peut pas utiliser ladite magie. Vous devez être ouverte. »

« Je suis ouverte, » dis-je à contrecœur. « Effrayé, mais ouvert », j'ai admis.

« C'est tout ce dont nous avons besoin », il a dit en souriant. « J'aimerais vous montrer quelque chose », insista Pyre en levant un bras. Il m'a fallu un moment pour réaliser qu'il l'avait fait pour que je relie le mien.

« Où m'emmenez-vous? » demandai-je, nerveuse et excitée à la fois.

« J'ai quelque chose pour toi. » J'attirai mon bras dans le sien, permettant à peine à mon bras de reposer contre lui, alors qu'il me guidait hors de la salle d'entraînement. C'était bizarre d'être connecté à lui comme ça – bras dessus bras dessous, côte à côte. Je ne savais pas trop quoi en penser. Un malaise troublant l'accompagnait, mais j'avais aussi l'impression de faire un pas dans la bonne direction. Nous avons marché dans le couloir et en quelques secondes, nous nous sommes arrêtés. Je me tournai pour le regarder, un peu confus.

« C'était loin », je marmonne sarcastiquement, perplexe devant la distance relativement courte. Il sourit et se tourna, nous faisant face à la porte à notre droite.

« Ici », a-t-il dit et il a tourné le bouton pour l'ouvrir pour moi. Un trou complexe a été creusé juste au-dessus de cette poignée, ce qui m'a dit qu'il se verrouillerait par une clé passe-partout, tout comme le sous-sol de Gram. C'était étrange de voir une poignée de porte pour une fois après avoir seulement vu de vieilles serrures protégées dans les cachots.

Quand il a ouvert la porte, j'ai été choqué de voir une chambre située dans un espace avec de nombreuses fenêtres. Il a été conçu comme la salle du trône, mais en version plus petite. Les fenêtres étaient étranges, longues et étroites. Il m'a fallu un moment pour réaliser qu'ils n'étaient pas destinés à voir le paysage; au lieu, ils ont été mis en place pour utiliser des archers.

« Qu'est-ce que c'est? » demandai-je sans comprendre. M'emmenait-il dans sa chambre? Mes tripes se sont effondrées à cette pensée.

« Ce sont vos logements, » répondit-il simplement. Je me tournai pour le regarder, incapable de cacher mon sourire rapide. Il m'a donné ma propre chambre. C'était la première gentillesse qu'il me témoignait depuis mon arrivée ici. J'avais supposé le pire, seulement pour me voir offrir un luxe.

« Je ne sais pas quoi dire », ai-je soufflé. Il hocha la tête, essayant de cacher son sourire.

« Je crois qu'un merci suffirait. »

« Merci », ai-je lâché. « Je ne peux pas vous remercier assez. » Mon dos me faisait de l'affliction à la pensée du confort qu'offrait le lit.

La pièce me rappelait de la maison à Gram dans un sens. Des lanternes et des candélabres bordaient les murs, appelant le souvenir de ma maison familiale. Il y avait un vrai lit au centre de la pièce. Les oreillers semblaient être faits de plumes et quelqu'un avait drapé une magnifique couverture moelleuse sur un matelas à la démodée. Il y avait une petite table en bois au mur du fond juste à gauche. Un bol d'apparence métallique et ce qui ressemblait à des sortes de débarbouillettes étaient placés à côté. Mon cœur bondit à l'occasion de pouvoir me laver le visage. Les Dieux savaient que j'en avais besoin. *Dieux*. Il était un Dieu. Je frissonnai sur place.

« Ça va? » Pyre réfléchit et fit un geste à travers l'embrasure de la porte. « Regarde. »

Entrer était comme une bouffée d'air frais. J'avais mon petit espace rien que pour moi. À cette pensée, Pyre est entré derrière moi, et je me suis immédiatement rappelé que ce n'était pas ma maison et que j'étais ici en tant qu'invité. Non, pas un invité, un prisonnier. Mais j'étais contente qu'il m'a donné une chambre, alors je n'atténuerais pas le fait qu'on m'offrait enfin du réconfort en pensant à mon emprisonnement.

« C'est parfait », dis-je. « Merci. » Je me dirigeai vers le lit et soupirai en m'asseyant dessus. Je m'y suis enfoncé sans effort et j'ai ressenti un pincement d'aise dans mes articulations. J'ai fait craquer mon cou à la détente que ça m'a procuré, et Pyre a sursauté au son.

« Vous n'êtes pas bien? » dit-il, la question rhétorique.

« Je vais bien. » Je souris et étirai mes épaules au-dessus de ma tête. Ils ont sauté et gémi aussi, alors que je relâchais une partie de la tension. Il grimaça encore, se rapprochant.

« Est-ce que vos os se cassent? » Il se tenait maintenant à côté de moi, examinant mes épaules.

« J'ai de l'arthrite rhumatoïde. » J'ai soupiré. « J'ai de l'arthrite rhumatoïde juvénile depuis que je suis une petite enfant, mais c'est devenu une chose permanente. » Pyre parut confus, et je considérai qu'il ne savait peut-être rien des maladies et des médicaments de mon monde. « C'est une inflammation dans mes articulations puis ça. C'est une maladie auto-immune. »

« Une maladie? » Il s'éloigna rapidement de moi et je ne pus m'empêcher de rire.

« Ce n'est pas contagieux, Pyre. » J'ai ri. « Certes, un Dieu ne contracterait pas une maladie, même si c'était le cas. »

« Vous êtes une Déesse, et vous l'avez », a-t-il souligné. « S'il s'agit d'une maladie appréhendant des Dieux, j'ai des raisons d'être prudent. »

« Ce n'est pas quelque chose que je peux répandre. Ça ne concerne que moi. »

« Comment se peut-il? Une Déesse a contracté une maladie... » il réfléchit.

« J'ai aussi une scoliose, mais cela n'affecte pas ma vie de tous les jours car ce n'est pas grave. J'ai essayé de vous le dire depuis le début. Je ne suis pas une Déesse. Je suis mortel, » grognai-je.

« Peut-être sur Terre », dit-il en secouant la tête. « Mais vous êtes immortel dans l'Under Realm. Vous ne devriez pas ressentir cette maladie. »

« Eh bien, je le senti parfaitement, » ai-je insisté.

« Je n'avais pas pensé que tu ressentirais de la douleur. » Il détourna les yeux, son abattement était clair.

« C'est bon. C'est mon habitude. Tu vois? » dis-je en fléchissant mes poignets pour craquer. Il grimaça au visuel, regardant ses pieds.

« L'oubliette... Je ne pensais pas que tu serais touché par la chute. » Cela m'a irrité. Il ne m'avait pas du tout considéré quand il m'avait si brusquement jeté à ma perte. Mais je devais chasser la colère de mon esprit. Si je clignais un peu mal des yeux, il pourrait m'enlever cette pièce en un instant. Je croisai les jambes et expirai brusquement.

« Eh, c'est fini. » Il m'a regardé dans les yeux et j'ai senti la piqûre d'une larme arriver. Je détournai rapidement les yeux, repoussant la larme. Il se tenait là, immobile. Je pouvais sentir la chaleur de son regard sur moi. Je respirai prudemment et le regardai. Il était lugubre dans le visage mais a rapidement changé son expression, semblant gêné par l'émotion.

« Les draps sont propres. » Pyre toussa, s'éclaircissant rapidement la gorge. « Ils continueront à être nettoyés, car les pythrants y veilleront. Ils seront certains d'avoir votre chambre propre et vos affaires réapprovisionnées au besoin. » Il se dirigea vers la table avec le bol. « Ici, tu trouveras de l'eau, et je t'ai donné des bandes de tissu pour faire ton ménage. Utilisez n'importe quoi comme vous le souhaitez. » Je détendis mes épaules de contentement. J'allais enfin pouvoir me nettoyer.

« Merci. » Il hocha la tête, puis enfonça son doigt dans le tas de braises sous le bol. Les charbons sont devenus rouges en quelques secondes et l'eau au-dessus a commencé à fumer. Voir cette chaleur et cette eau propre était une pure extase. Je fis mine de me lever, mais ses paroles me rattrapèrent avant de bouger.

« Je t'ai acheté de nouveaux vêtements », a-t-il poursuivi. « Deux robes. J'imagine que vous pourrez les échanger tout au long de vos journées; cependant, si vous en avez besoin d'un autre, vous pouvez demander. » Je le regardai avec confusion.

« Où avez-vous trouvé les robes? » J'ai demandé.

« Peu importe où je les ai eues », a-t-il répondu. « S'il vous plaît, voudriez-vous les essayer? » Mes yeux s'ouvrirent de surprise.

« Tu veux que je les essaie maintenant? Avec toi dans la chambre? » Je pouvais sentir mon visage chauffer.

« Il y a une cloison à panneaux juste dans le coin là-bas. » Je me suis moqué et il a ri. Il regarda ses pieds en secouant la tête. Ses boucles sombres voletaient sur son visage. « Je vais détourner les yeux », marmonna-t-il. Je n'avais pas confiance en cela.

« Je pense que je serais plus à l'aise de les essayer une fois que tu seras parti, » ai-je déclaré tranquillement.

« Un non-sens », a-t-il dit. « Je vais me tourner pour faire face à la meurtrière. J'insiste pour que vous les essayez maintenant, puisque je voudrais m'assurer qu'ils conviennent. Il est préférable de vous mettre rapidement dans de nouveaux vêtements avant de commencer notre formation. Vous ne pourriez pas faire d'activité dans votre tenue plutôt simple. Il a été déchiré en lambeaux. » Je brûlais à ses mots, me rappelant à quoi je ressemblais alors que je me regardais. Je n'avais pas vu mon reflet depuis longtemps, mais avec les entailles et la crasse partout, j'ai montré plus de peau que je ne le voulais et ça sentait la tombe. Rapidement, j'ai réalisé que c'était une bonne idée d'essayer ces robes. J'avais désespérément besoin de nouveaux vêtements.

« Où sont-elles? » demandai-je avec un soupir.

« Ils sont accrochés derrière votre cloison. » Il désigna les panneaux pliés. Il semblait être fait de peau d'ours ou quelque chose du genre. Alors que je me dirigeais vers les cloisons de séparation, il se dirigea vers la fenêtre. Il s'est retourné pour me regarder et je lui ai rapidement lancé un regard sévère.

« S'il vous plaît, si vous voulez. » Je tournai mon doigt dans un geste pour qu'il se retourne. Il joignit ses mains derrière son dos et se tourna pour faire face à la fenêtre étroite.

Quand je suis arrivé derrière le séparateur, j'ai remarqué qu'il y avait deux robes. Les deux étaient en lin et les deux étaient au sol. L'un était plutôt marron et l'autre beige. Ce n'étaient pas des robes de mon temps, car elles ressemblaient à des vêtements de paysan peints d'autrefois. D'une certaine manière, ils avaient l'air simples, mais ils avaient une touche somptueuse. Il y avait de la broderie autour du col et les manches avaient un motif en forme de méandre au niveau des poignets. Je me demandais où il avait trouvé ces robes. Y avait-il tout un monde là-bas dans cet Enfer? Des personnes ou des créatures passaient-elles leur temps à faire des choses banales, comme confectionner des robes?

J'ai attrapé le marron et l'ai soulevé au-dessus de ma tête. De façon inattendue, il me va comme un gant. Au fur et à mesure que je glissais mes deux bras dans chaque manche, la longueur était faite parfaite. C'était comme s'il avait été fait spécialement pour moi. Le col était coupé en un décolleté en cœur, le chatoiement de la broderie dépassant au sommet de mes seins. Il n'aurait sûrement pas glissé aussi bien si le tissu avait continué sur ma poitrine. Il m'enlaçait étroitement, adhérant à chaque centimètre carré de ma peau. Au fur et à mesure que la robe descendait, elle s'accrochait à ma taille et se relâchait lentement alors qu'elle atterrissait sur mes hanches et se drapait sur le sol. Le vêtement était beau, mais il n'était pas confortable. Il n'y avait absolument aucune marge de manœuvre. Je pensais que si je levais les bras au-dessus de ma tête, peut-être que les coutures se déchireraient.

« En avez-vous mis un? » demanda Pyre de l'autre côté de la

pièce. Je commence à sortir de la cachette et tirai mes cheveux derrière mes épaules, essayant d'avoir l'air présentable.

« Oui, » dis-je. « Ça va, mais je ne sais pas à quel point ce sera pratique à porter. » Alors que je tournais le coin de la cloison, j'ai vu un ensemble d'ailes à plumes sombres se tenir debout contre le mur du fond. Pyre regardait toujours par la fenêtre, et la lumière qui brillait à travers projetait une luminosité à travers ses plumes, rendant le bleu plus vibrant que d'habitude. « Je suis décent, Pyre. Vous pouvez vous tourner. » J'ai laissé échapper un petit rire.

Quand il s'est tourné pour regarder la robe, ses yeux ont immé-diatement volé vers mes seins. Il n'y avait pas d'erreur possible alors que je regardais sa gorge s'agiter, et je sentis un frisson parcourir ma colonne vertébrale. Je l'ai secoué et j'ai tiré sur mes manches inconfortablement. Lentement, ses yeux se sont levés de ma poitrine à mon cou, puis à mes yeux. Je lui rendis son regard, sans broncher.

« Parfait », dit-il d'une voix rauque. Cela m'a pris de court. Qu'a-t-il vu quand il m'a regardé? Il s'éclaircit la gorge. « La robe. Ça te va bien. » J'ai baissé les yeux vers le sol pour éviter son regard alors qu'il marchait lentement vers moi.

« Merci, » marmonnai-je.

« Vous n'avez pas l'air d'aimer ça », a-t-il souligné. Je le regardai de nouveau, effrayée qu'il soit irrité. J'avais encore plus peur de le trouver en train de me regarder comme il le faisait avant.

« J'aime ça. C'est magnifique, » dis-je en essayant de le rassurer. J'ai essayé de bouger pour le rencontrer, mais un éclair noir a traversé la porte de la chambre, me prenant au dépourvu. De façon inattendue, mon pied s'est accroché à l'ourlet de la robe alors que je trébuchais dans mon mouvement. « Qu'est-ce qu'est ça? » criai-je en écartant les bras pour reprendre mon équilibre. Avant que je puisse toucher le sol, Pyre vint à mon aide, m'attrapa par la taille et me remit en place. Je savais que je rougissais à cause de la chaleur de mon visage, complètement embarrassée.

« Es-tu blessée? » demanda-t-il, les yeux écarquillés. Je secouai la tête, troublée, puis me souvins soudain de la masse noire que j'avais entrevu.

« Où est-il allé? » ai-je demandé, terrifiée par la flamme de l'ombre que j'avais vue se précipiter. « Où est la créature? » Pyre sourit, ses mains tenant toujours ma taille. Il haussa un sourcil, semblant amusé comme un garçon.

« Drakovyr? » cria-t-il, et un grognement fort se fit entendre derrière moi. Je me raidis, incapable de me retourner. Au fur et à mesure que le son se rapprochait, la chair de poule me piquait les bras. « C'est une invitée, Drakovyr. Comporte-toi », a exigé Pyre, mais la créature n'a pas faibli.

« Qu'est-ce que c'est? » j'ai étouffé, gardant mes yeux sur Pyre.

« Mon drædho. » Il sourit, montrant ses dents.

« Quoi? » J'ai haleté. « Qu'est-ce que c'était un drædho, et pourquoi venait-il pour moi? »

« Il est ici pour s'assurer qu'aucun humain vivant ne pénètre dans l'Under Realm. C'est sa responsabilité. »

« Mais je suis un humain vivant! » J'ai grincé. Le grognement sembla s'intensifier à mes mots, et Pyre laissa échapper un petit rire.

« C'est un chien de garde. Tant que vous le laissez tranquille, il ne vous fera pas de mal. Fais sûr de ne lui pas offrir cette chance. » À ça, j'ai senti la brosse d'une bête chaude frotter contre l'arrière de mes jambes. Il était grand, atteignant la partie inférieure de mon dos. J'ai dégluti brusquement et Pyre m'a lâché. Tout en moi me disait de courir, mais j'avais l'impression distinct que je ne serais pas capable de distancer cette créature. J'ai fermé les yeux avec une force brutale en sentant la bête venir devant moi. Le son du grondement ondulait, son souffle chaud dans l'air. Mes poumons étaient en feu et je ne pouvais plus supporter la peur plus longtemps. Tremblante, j'ai relâché la tension de mon visage et j'ai ouvert les yeux pour trouver un gros chien noir qui semblait un Doberman. Je me suis tu. Ce timbre bestial venait-il de ce chien?

« Oh, » haletai-je, les poumons heureux de relâcher mon

souffle. « Bonjour. » Le chien m'observait, les dents découvertes et polies. J'ai fait un pas vers lui, et les poils de sa nuque ont pris vie.

« Ne l'approchez pas », Pyre m'a averti, mais je pouvais voir à travers la façade de ce chien. Il ne me détestait pas; c'est impossible. Il avait seulement peur de moi, ne sachant pas s'il pouvait me faire confiance. Je gardai les yeux sur le chien et m'allongeai sur le sol devant lui. « Déesse, non! » Pyre gronda, mais il était trop tard. Le chien se précipita sur moi rapidement, un grognement sortant si fort de sa gueule qu'il était difficile de croire que c'était réel. Il arrivait, rapide comme l'éclair, prêt pour l'attaque. Je pris une inspiration apaisante et m'assis sur mes talons. Quelques secondes avant sa violence, j'ai tendu la main et lui ai permis de voir mon offre.

« Drakovyr! » Pyre plaignit alors que la gueule géante du chien s'élargissait sur mes bras. Sur le point de m'écraser, le chien a lâché sa langue et m'a léché les paumes. Le désordre chaud et humide m'a soulagé, et j'ai lâché mes nerfs tremblants, me suis calmée davantage et j'ai permis au chien de me renifler.

« Allô, petit chien, » lui ai-je chuchoté. Son nez s'est avancé, à quelques centimètres du mien, et il a poussé un grand soupir. Je n'ai pas pu m'empêcher de laisser échapper un rire. « Tu n'es qu'un gros bébé, n'est-ce pas? » J'ai taquiné et embrassé le museau du chien. « Drakovyr, hein? Ai-je un surnom amusant pour vous, ou quoi, Monsieur Malfoy? » J'ai ri intérieurement, comparant cette bête au sorcier blond que j'avais adoré dans les livres que j'avais lus quand j'étais enfant.

« Là, c'est quelque chose que je n'aurais jamais pensé voir... » La voix de Pyre était basse alors qu'il marchait vers moi.

« Quoi? » Je ris en caressant le long du museau du chien.

« Tu es pleine de surprises, n'est-ce pas? » Il m'a observé.

« Je pense qu'il m'aime bien », je lui dis alors que le chien nous éternuait partout. Pyre s'est raillé et s'est essuyé le visage, et j'ai éclaté de rire.

« Est-ce que tu te moques de moi? » Il gémit, mais le sourire narquois sur ses lèvres me dit qu'il était plus amusé qu'offensé.

« Peut-être. » Je haussai les épaules et sa grimace se transforma

en sourire. Il était incroyablement beau dans cette lumière. Il taquinait, parlant dans une conversation facile avec moi. Mieux encore,
il avait un chien. Une bouffée de chaleur a inondé mon cœur alors
que je pensais à Diego, me souvenant de son doux petit visage. Il
m'a tellement manqué. Je détournai les yeux de Pyre et retournai
au chien. « Je pense que c'est toi qui devrais te moquer de moi »,
supposai-je en le regardant par-dessus mon épaule alors que je
caressais le chien. « Avant de trébucher, j'étais sur le point de vous
dire que cette robe n'est probablement pas la bonne tenue à porter
pour l'entraînement, mais mon inélégance vous a donné un
exemple parfait sans avoir à vous le dire », ai-je grommelé alors que
l'embarras s'enfonçait. Il a secoué la tête, un sourire plaisant
toujours en place.

« Qu'allons-nous faire de vous? » Il expira et se leva. Je donnai
une dernière tape au chien devant moi et me levai.

« Premièrement, je suis très reconnaissante que vous m'ayez
fourni ces robes; cependant, je pense que les remplacer par une
garde-robe plus standard peut être bénéfique pour nous deux. Je ne
vais pas le déchirer et me blesser, et vous n'aurez pas à vous soucier
de me rattraper avant que je ne tombe. » J'ai haussé les épaules. Il
me regarda avec une expression découragée.

« Je n'ai rien d'autre pour toi. C'est le seul vêtement que j'ai pu
me procurer. »

« Oh, désolé, » dis-je en rougissant. Je n'avais pas voulu être
exigeante ou sèche. « Et tes vêtements? Avez-vous quelque chose
que je puisse emprunter? Je ne veux pas te mettre dehors... » Il rit à
cette pensée.

« Tu porterais vraiment des vêtements d'homme? »

Je lui ai ricané. « Vous êtes très en retard, Pyre Malum. Je suis
satisfaite de ne porter qu'une chemise et un pantalon. » Il me
regarda avant de hausser les épaules.

« Très bien, » répondit-il. « Bien que j'hésite à céder, vous m'avez
convaincu que c'est sans aucun doute le bon choix, vu que vous êtes
la chose la plus maladroite que j'aie jamais rencontrée. » Je roulais
des yeux à son commentaire.

« Merci. » Il sourit à mon appréciation.

« J'adore entendre ces mots de toi », a-t-il plaisanté en se dirigeant vers ma porte.

« Ne vous habituez pas trop », j'ai appelé. Il se tourna pour me
regarder, debout dans l'embrasure de ma porte. Qu'est-ce que je
faisais? Taquiner un Dieu?

« Je n'oserais pas », a-t-il soutenu. « Je vais demander à mes
serviteurs de vous envoyer une partie de mes vêtements. »

« Merci. » Je couvris ma bouche à mon appréciation lâchée. « Je
veux dire... » Il rit et secoua la tête.

« Viens, Drakovyr », ordonna-t-il avant de se retourner pour
quitter ma nouvelle chambre. J'expirai en le regardant partir avec
son chien géant.

42

VERVE

Lorsque Pyre fut parti et que j'eus la chambre pour moi toute seule, je courus immédiatement vers le bassin d'eau et je jetai mes mains dans le liquide chaud. Je gémis tout haut ainsi que ça soulageait la douleur dans mes doigts. J'ai frotté mes ongles sales et j'ai soigneusement enlevé la saleté de la bague de ma mère. J'étais contente d'avoir ce petit bout de ma vie de la Terre avec moi. C'était un rappel constant que j'étais encore en vie. J'avais quelque chose pour quoi me battre, pour quoi vivre.

J'ai baissé mon visage vers le bol, sans m'occuper du chiffon, et j'ai éclaboussé l'eau sur mon visage. C'était le bonheur. Quand j'ai fini de me laver le visage, en me prélassant dans la vapeur chaude fournie, je me suis retournée pour trouver des vêtements soigneusement empilés au pied de ma porte. Le pythrant d'avant a tourné le coin à la hâte comme s'il essayait de ne pas me déranger.

« Merci, Alriq », lui ai-je appelé. Il s'arrêta, la queue sifflant derrière lui.

« Mon plaisir, Déesse, » répondit-il rapidement. Chaque fois que je voyais les pythrants, je ne pouvais m'empêcher d'avoir pitié. Ils semblaient sur le point d'être en vie - éveillés, vaquant à leurs tâches quotidiennes, mais pas entièrement vivants. Il y avait quelque chose dans leur façon de se tenir, leur langage corporel dégageant un sentiment d'inquiétude et d'attention. Ils étaient toujours de service, apparemment en alerte maximale avec une garde constante, et cela, plus que tout, m'a donné envie de tendre la main.

« Comment allez-vous? » j'ai demandé, ne sachant pas par où commencer. Ses épaules se raidirent à mes paroles, et je crus qu'il ne tiendrait pas compte de ma question lorsqu'il me surprit en souriant.

« Comment allez-vous? » il m'a demandé la même chose. J'ai cligné des yeux de surprise.

« Je vais bien, merci », ai-je signalé. « Mais vous n'avez pas répondu à ma question. » Il a semblé se relâcher sous mes coups de coude.

« Vous aimeriez vraiment savoir? »

« Bien sûr, » balbutiai-je. Sa réaction a provoqué ma maladresse. Je me demandais maintenant si quelqu'un avait déjà posé des questions sur lui. Avait-il des amis? Quelqu'un voulait-il demander comment il allait? Il y avait un autre pythrant qui semblait être à ses côtés le plus souvent. Je me suis demandé s'il n'était peut-être pas son ami. J'ai observé sa posture, j'ai réalisé que je l'avais regardé fixement et je me suis raclé la gorge. « J'aimerais savoir comment tu vas. Je te vois tous les jours. » J'ai haussé les épaules. « Tu es devenu un visage familier pour moi. »

« Que veux-tu dire par ça? » interrogea-t-il à voix haute, les yeux allants et venants.

« Je veux juste dire que je me suis habitué à ta présence dans cet endroit étrange. C'est un plaisir de te voir et je veux savoir comment tu vas. »

« Eh bien, Déesse, » répondit-il. « Je vais bien. »

« Bon », ai-je dit, la gêne pesant dans la pièce. Aucun de nous ne bougea, mais je lui adressai un sourire sec.

« Au revoir, » dit-il, sa queue bruissant avec ses mouvements. Il a passé la porte si vite que je n'ai même pas eu le temps de cligner des yeux, encore moins de lui souhaiter bonne nuit.

J'étais bien heureuse de voir qu'Alriq m'avait laissé plusieurs articles parmi lesquels choisir. Des vêtements de couleur fauve, des pantalons à jambes bouffantes et des pantalons de type legging anthracite aussi. Toutes les chemises étaient longues et fluides, mais le tissu n'était pas extensible, comme les robes que Pyre m'avait fait essayer. Les chemises étaient en lin et descendaient jusqu'à la moitié de mes cuisses. Une ceinture en cuir enveloppante m'a également été laissée et je l'ai attachée à ma taille. Il a serré la chemise de manière appropriée pour ne pas gêner mes jambes si j'avais besoin de courir. C'était parfait. Bien mieux que mes haillons en lambeaux et certainement un pas en avant par rapport aux robes.

Après avoir choisi l'une des longues chemises de Pyre comme chemise de nuit, je me suis cachée derrière la cloison, complètement déshabillée et frottée jusqu'à ce que ma peau soit à vif. J'ai constaté que les plusieurs barils coincés dans le coin étaient remplis d'eau propre. J'ai fait des folies et j'ai décidé d'y plonger toute ma tête. Je frottai mon cuir chevelu et sentis les nœuds se desserrer à chaque peigne de mes doigts. Je me suis essoré les cheveux, j'ai enfilé mes vêtements neufs et je me suis effondré dans mon lit. C'était incroyablement renouvelé d'être à nouveau propre, et le confort du lit était extraordinaire. Ç'allait être mon premier vrai sommeil en Enfer, et j'étais plus que satisfait à ce moment.

43

EN FLAMMES

« Redis-moi pourquoi je dois courir si tôt? » Je gémis, à moitié haletant, alors que je courais dans la salle du trône. La première lumière du matin a éclairé la tour et mes yeux ont lutté pour se concentrer sur mes pieds. Pyre se tenait au centre de la pièce, observant ma pauvre excuse pour courir.

« Comme je l'ai expliqué à plusieurs reprises au cours de la dernière heure, vous devez développer votre endurance. Invoquer votre pouvoir, utiliser vos affinités, est une tâche épuisante. Vous devez être capable d'invoquer les cinq affinités à la fois, le moment venu pour votre objectif. » Aux paroles de Pyre, mon cœur se serra au creux de l'estomac, incapable de m'empêcher d'imaginer ce qui adviendrait de ce but. « Genoux levés », aboya Pyre dans l'ordre. Je roulai des yeux et accélérai le rythme, me concentrant sur les murs de pierre que je passais en courant.

« Combien de temps encore suis-je censé continuer? » demandai-je en comptant les fenêtres au fur et à mesure que je passais devant. Encore et encore, je m'imaginais abandonner et risquer la chute.

« Jusqu'à ce que tu ne halètes plus comme Drakovyr en service. » Est-ce que je venais d'être comparé à un chien?

Du coin de l'œil, une grande sphère orange s'est lancée juste devant moi. Si j'avais été trop perdu à compter les fenêtres, j'aurais couru droit dans la boule de feu.

« Qu'est-ce tu fais, Pyre? » J'ai haleté, m'arrêtant complètement, seulement pour tomber sur mes pieds. J'ai piqué du nez, évitant de justesse la flamme qui fumait sur le mur devant moi. « Essaies-tu de me tuer? » J'ai hurlé d'incrédulité en fixant la brique fumante.

« Au contraire, Déesse. Mon objectif est de vous former suffisamment pour que vous puissiez éviter de telles choses. » Je détournai les yeux du mur, et vers le Dieu, qui se tenait les pieds écartés, les bras croisés sur sa poitrine, arborant un putain de sourire sur son visage.

« Et me jeter du feu est le moyen d'y parvenir? » ai-je craché en secouant la tête. Ses ailes sombres battaient derrière lui comme en réaction à son divertissement.

« Voyons, ma charmante. Ce n'était qu'une étincelle. » Je le regardai avec incrédulité. Il gloussa dans sa barbe, et quand il baissa le menton, une mèche de cheveux noirs tomba en avant, couvrant son front droit.

Essuyant mes mains sur mes cuisses, je me tenais sur des jambes d'une stabilité douteuse et fis craquer mon cou.

« Encore, » demanda Pyre, relevant la tête dans sa posture fière habituelle.

« Envisagez-vous de me rejoindre sur cette course à un moment donné? » questionnai-je, avançant une hanche alors que je posais ma main dans le creux de ma taille. Il me regarda, amusé. Pyre commença à marcher en reculons, arrogant dans son sourire alors qu'il levait les bras, fléchissant dans la lumière au centre de la pièce. J'ai presque laissé tomber ma mâchoire, mais je me suis souvenu de limiter la bave seules aux pensées internes. Il sourit, un sourire radieux et taquin, puis secoua ses cheveux dans un geste enjoué. Ce connard s'amusait trop à mes dépens.

« Encore une fois, Déesse », insista Pyre, puis se retourna, joignant ses mains derrière son dos, me montrant toute l'étendue des ailes à plumes noires attachées à ses omoplates. J'ai pris une profonde inspiration dramatique, puis je l'ai laissée aller, ainsi que toutes les pensées qui s'agitaient dans mon esprit. Ç'allait être une longue journée.

« La magie consiste à trouver votre centre », m'a dit Pyre après avoir décidé que j'ai couru assez pour la journée. Il a pris le rôle d'instructeur très au sérieux et j'étais à la fois contente et déplu par les leçons. L'entraînement avait été un réveil brutal auquel je ne m'attendais pas ce matin. J'avais enfin eu une nuit de sommeil tolérable après m'être lavé et avoir dormi dans un lit. Pyre m'a fait faire des tours dans sa salle du trône à partir du moment où j'ai franchi la porte. Je n'avais pas fait d'exercice depuis longtemps et il faudrait un certain temps pour s'y habituer. Je n'arrivais toujours pas à croire comment il avait répondu quand je lui avais demandé s'il me joindrait dans ma course. Il avait juste haussé les épaules, puis fléchi ses muscles, faisant preuve de vanité, d'esprit et de force en un seul mouvement rapide.

« Mon centre? » demandai-je en désignant ma poitrine, le souffle lourd.

« Un peu plus bas. » Il a déplacé ma main, la plaçant au-dessus de mon nombril. J'inspirai à l'intimité de ce contact. C'était un Dieu devant lequel je me tenais, qui me parlait et me touchait comme si je n'étais pas un simple mortel. « Pensez-y comme une graine, au plus profond de votre cœur. Ça fonctionne mieux quand vous pouvez le trouver, le nourrir et le laisser grandir. Au fur et à mesure qu'il grandit, vous deviendrez plus robuste et il vous fournira tout ce dont vous avez besoin. »

« Je pense que je peux le faire, » dis-je en essayant de me concentrer. J'ai relâché mon souffle et j'ai fermé les yeux, enroulant mes bras autour de mon ventre. J'ai essayé d'imaginer la graine dont il parlait, imaginant qu'elle s'installait dans mon cœur, mais rien ne me venait à l'esprit. Je dessinais un blanc, ce qui semblait inévitable. J'inspirai profondément et réessayai avec une confiance chancelante. J'étais une personne imaginative. Je devrais être capable de créer cette image pour moi-même. En vain; je n'ai toujours pas ressenti de poussée de puissance. Mal à l'aise, j'ouvris les yeux sous le regard scrutateur de Pyre et je poussai un grognement.

« Hm, » fredonna-t-il, les sourcils froncés.

« Ça ne marche pas », j'ai grommelé.

« Vous avez déjà utilisé vos pouvoirs, Déesse. J'en ai été témoin à plus d'une occasion », a déclaré Pyre fermement. « À quoi pensez-vous alors? Quelle était votre priorité? »

« C'est ça! Je ne pensais pas du tout. Je ne faisais que ressentir. Je ne crois pas que mes pouvoirs proviennent de la concentration. Ils viennent juste de nulle part », ai-je avoué. « C'est quelque chose que je ne peux pas contrôler. »

« Parfait », a-t-il répondu. Je le regardai, confus.

« Qu'est-ce que tu veux dire, parfait? » J'ai reniflé. « Ça n'a aucun sens. Si je ne peux pas me concentrer et puiser à une source, je ne peux pas conjurer ma magie. Comment vais-je un jour exercer mes pouvoirs? »

« J'ai une idée. » Il rayonnait. Avant que je puisse détecter son mouvement, le craquement de mon poignet m'arracha un cri auquel je ne m'attendais pas.

« Que faites-vous? » sifflai-je en essayant de dégager mon bras. Il a maintenu sa poigné ferme, enfonçant ses griffes dans ma peau. « Lâchez-moi! Ça fait mal. » Ce n'était pas terriblement douloureux, mais je n'aimais pas ce changement de comportement. Ça m'a énervé plus qu'autre chose. Pyre plongea et appliqua plus de force. La peur et la colère ont envahi mes sens dans la position dans laquelle je me trouvais.

« Précisément », a-t-il nargué. Je pouvais le sentir maintenant, ma rage bouillonnant à la surface, cherchant à se libérer.

« Arrêt. Là. » J'ai serré les dents.

« Force-moi », ordonna-t-il, et un grondement guttural fit son chemin du plus profond de mon ventre et de ma gorge alors que je devenais de plus en plus brûlante. Je ne pouvais plus supporter cette position vulnérable. Je le regardai avec horreur. Ses yeux brillaient de joie, et dans le reflet de ces yeux, je pouvais me voir en feu. Pris de panique, j'ai commencé à battre mes bras, mais rien ne sortait. J'étais en feu.

« S'il te plait, arrête-le, » suppliai-je. Le Dieu me regarda, confus.

« Pourquoi voudriez-vous que s'arrête? » il m'a provoqué, essayant d'alimenter ma colère, mais ma colère était partie. A sa place se trouvaient des parts égales d'irritation et de peur.

« Pyre », ai-je prévenu.

« Vous devrez apprendre à l'éteindre vous-même, Déesse, » me dit-il, avec sa main toujours sur mon poignet. « Jusque-là, dis-moi; est-ce que ça fait mal? » Je secouai la tête et pris un moment pour réaliser que le feu ne me faisait pas de mal, ni l'étreinte qu'il avait sur moi. Je le regardai avec incrédulité.

« Comment est-ce possible? Je suis littéralement en feu. » Il gloussa et relâcha sa prise.

« Parce que c'est ton feu à manier. Ça ne vous fera pas de mal si vous ne le souhaitez pas. Il peut même vous protéger en créant une barrière autour de votre peau. Ça vous aidera à éviter la douleur si vous le permettez. »

Toute cette situation était insondable. C'était difficile de croire que j'avais ce pouvoir en moi. Je l'avais déjà utilisé lors de mon explosion chez Gram. Quand j'ai rencontré ce *daimon* pour la première fois, le Dieu des Morts, cela m'était également venu à l'esprit, mais je n'en étais pas pleinement consciente. C'était une réaction rapide, et il y a mis fin en léchant le côté de mon visage. Je frissonnai au souvenir du grésillement.

« Comment puis-je le faire disparaître? » J'ai demandé. « Si c'est le mien, je devrais pouvoir le faire disparaître », j'ai ajoutée, mal à l'aise. Il secoua la tête en souriant.

« Pourquoi diable voudriez-vous que ça disparaisse? Vous rayonnez. » Il a souri par caractère. C'était la crainte écrite partout sur lui. J'ai été submergée par la chaleur de cette découverte glaçante. Je pouvais sentir les larmes monter à ras bord, et à ma grande surprise, elles grésillaient alors qu'elles coulaient sur ma joue encore chaude, séchant avant de descendre sur mon menton. Je m'essuyai le visage, puis réalisai rapidement que mes mains étaient toujours en feu. C'était tellement étrange.

Riant d'incrédulité, je levai les mains pour les examiner maintenant, une flamme dorée s'installant tout autour de moi. Franchement ça n'a pas fait de mal. C'était comme si la flamme m'entourait simplement mais n'avait aucun contact physique avec ma peau. Alors que je bougeais mes doigts, le feu dansait avec eux. J'étais de tout cœur étonné. Je levai les yeux vers Pyre, qui se tenait à quelques centimètres de mon visage. D'après le regard qu'il me lançait, il était étonné aussi. Il fronça les sourcils quand il marqua ma distance alors que je reculais d'un pas.

« Tu devras devenir plus à l'aise avec moi, Déesse, » dit Pyre, s'éclaircissant la gorge quand je m'éloignai de lui. Je l'avais fait instinctivement. C'était difficile de penser quand il s'est approché de moi. J'étouffai mon malaise et hochai la tête.

« Mm-hm, » marmonnai-je quand il fit un pas de plus. Je devais lever les yeux maintenant pour voir son visage, la taille me faisant mal au cou.

« Nous serons liés l'un à l'autre assez bien tôt, tant que vous pourrez perfectionner votre magie », supposa-t-il. À ça, j'ai commencé à penser à ce qui allait arriver et j'ai détourné le regard de son attention. J'avais repoussé tout cela au fond de mon esprit, me concentrant sur la survie et le renforcement de ma magie. Je ne voulais pas épouser ce Dieu exilé. Je ne pouvais pas supporter l'idée de la catastrophe qui m'attendait. Je n'arrêtais pas de me dire que je pourrais m'en sortir le moment venu, mais plus je passais de temps avec Pyre, plus je devenais curieuse de lui. J'apprenais non seulement sur les autres royaumes mais aussi sur lui. Je commençais à comprendre à quel point il était puissant. Ma chance de m'échapper se faisait de plus en plus lointaine au fil du temps.

« À quoi penses-tu? » murmura-t-il. Mes yeux revinrent vers les siens, et une vague d'émotion tira mon cœur.

« Tes yeux... » je murmurai, ma main se levant inexplicablement vers son visage. Je voulais explorer, j'avais besoin de sentir pour avoir la preuve qu'il était réel. Prouver qu'en fait, il avait les plus beaux yeux qui aient jamais existé. Tremblant, le bout de mes doigts, toujours enflammés, atterrit juste au-dessus de sa pommette, et il haleta à mon contact. Le pigment d'or qui nageait dans ses iris sembla s'éclaircir à mon action.

« *Tes* yeux », murmura-t-il, la voix gutturale et fissurée à la fin de son discours. « Tellement bleu, » dit-il, scrutant mon regard. « Avec un anneau d'or pur. » Sur ce, je retirai ma main d'un coup sec et fis un pas en arrière. Je me recroquevillai, la flamme autour de moi crachotant alors que j'essayais de ne pas frissonner d'avoir retenu mon souffle pendant si longtemps. Pourquoi est-ce que je faisais ça? Pourquoi avais-je laissé Pyre s'approcher si près? Le plus intrigant, pourquoi l'avait-il voulu? Je ne pouvais pas empêcher mon imagination d'errer alors qu'un million de scénarios différents me traversaient l'esprit.

« Dis-moi plus sur la reliure », ai-je tâtonné, mes mots presque trop faibles pour être entendus. Le choc qu'il portait était inévitable. J'ai spéculé que c'était peut-être la mauvaise question à poser, car il semblait que ses pensées ont été au même endroit que les miennes.

« De quoi vous voulez savoir? » demanda-t-il, couvert de sueur de notre entraînement précédent avec la flamme.

« Qu'est-ce que ç'implique exactement? » Je déglutis difficilement, puis me forçai à hausser les épaules. « La dernière fois que nous en avons parlé, je ne vous ai pas donné la possibilité de vous expliquer au complet », j'ai admis. Il fit un pas de plus vers moi, ne laissant pratiquement aucun espace entre nous.

« Tu veux dire quand tu as refusé ma proposition pour la deuxième fois? » il a grogné. Un léger sourire étira ses lèvres, et je crus presque entrevoir un aperçu d'amusement sur son visage. J'ai pensé que, peut-être, j'aimais voir ce genre de sourire de sa part et que ce ne serait pas si terrible de le revoir.

« Oui, eh bien, mes émotions ont fait des ravages sur l'opportunité de vous permettre de mieux vous expliquer. » Je souris et regardai sa lèvre se courber en un sourire assorti au mien. J'aimais voir ce sourire. Que m'arrivait-il?

« Une de tes habitudes », supposa-t-il, la voix toujours basse.

« Ha, ha, » me moquai-je. « Tu vas me dire que toi aussi tu n'es pas prompt à te mettre en colère? » Je pensais que ça pourrait attiser ladite colère en lui et créer plus d'espace entre nous. J'ai pensé que cela pourrait m'aider à éclaircir mes pensées parce que, de toute évidence, je ne pensais pas correctement. À ma grande surprise, son sourire s'élargit à mes taquineries.

« Un point en commun. » Il laissa échapper un petit rire.

« Dis-moi maintenant, » ai-je insisté, ramenant le sujet à l'attention. « Comment fonctionne la reliure? »

« C'est comme un contrat », a-t-il expliqué, prenant enfin un peu de recul. Son regard était plus sérieux maintenant alors qu'il essayait de trouver les mots. « Lorsque des Dieux, quels qu'ils soient, font un serment contraignant, c'est une loi qu'ils ne peuvent pas enfreindre. Le sang dans nos veines s'entremêlera, et connaissant le contrat, il fusionnera pour former une puissance unie en nous. » Je frissonnai à ses paroles.

« Tout est magique », ai-je dit doucement, en réfléchissant aux origines du monde.

« De l'espèce la plus ancienne », a-t-il confirmé. « Cette liaison particulière ne fonctionne que si les Dieux acceptent le nouveau destin. Tous les cordons doivent être alignés. »

« Que se passe-t-il quand ils le font? » demandai-je, essayant de mettre de côté la vraie question que j'avais en tête: que se passe-t-il si l'un des Dieux n'accepte pas?

« Lorsque la liaison est terminée, la paire partage une corde de vie. Ils partageront la magie et l'immortalité de l'autre. Ce sera une union infinie. La position la plus puissante qu'un Dieu puisse atteindre est un lien de mariage », a-t-il retenti. Il m'étudiait maintenant, et je me sentais anxieuse sous son regard. Je savais ce qu'il pensait. Quand il m'a regardé, j'ai su qu'il rêvait du jour où il pourrait combiner nos forces et régner sur les royaumes. Je frissonnai sur place. « Le pouvoir exercé par un couplage aussi fort que nous pourrait conquérir n'importe quel royaume, affronter n'importe quel Dieu et vivre éternellement. » J'avale à l'idée d'être lié au Dieu des Morts pour l'éternité. La chair de poule a inondé mes bras de l'horreur.

« Pourquoi voulez-vous un lien de mariage avec moi? » Je me demandais maintenant. Il semblait qu'il voulait le pouvoir, mais plus que tout, je pensais qu'il appréciait la possibilité de sa liberté. « Pourquoi ne pouvez-vous pas simplement franchir les Portillons par vous-même? » Un souvenir de Pyre Malum m'arrachant dans la nuit et m'emmenant dans l'Under Realm me traversa l'esprit. « Qu'est-ce qui t'empêche de me tuer et de traverser? Vous pourriez simplement utiliser mon sang comme le Haut Conseil l'a fait pour vous ouvrir les Portillons. Et vous pourriez épouser n'importe quel Dieu pour lier vos pouvoirs. » Il pointa ses yeux vers moi et se moqua de dégoût.

« Vous n'accordez vraiment aucune valeur à votre vie si vous offrez si aveuglément de telles choses, n'est-ce pas? » Il croisa les bras sur sa poitrine, les muscles fléchis et brillants.

« J'essaie seulement de comprendre. » J'ai haussé les épaules. « Pourquoi avez-vous besoin de moi en particulier? »

« Je suis ancré à ce monde. Si vous liez vos pouvoirs aux miens, vous me donneriez votre capacité à parcourir tous les royaumes. Tu pourrais me donner ce pouvoir. »

« Oui, mais comme je l'ai dit, tu pourrais juste me tuer, traverser et trouver quelqu'un d'autre à épouser. »

« Non. »

« Vous avez dit deux Dieux quelconques. Pourquoi pas? »

« C'est impossible. » Il s'est renfrogné.

« Pourquoi? » Je cherchai une réponse sur son visage.

« Je ne peux pas quitter ce royaume et survivre longtemps dans un autre. Non sans me lier à vous. » Il s'arrêta et relâcha un souffle. « Vous pouvez ouvrir les Portillons et vivre dans n'importe quel royaume que vous souhaitez. Vous êtes de tous les royaumes. Si nous nous marions, je deviendrai de tous les royaumes. » Mes yeux s'écarquillèrent à la réalisation.

« Oh, » balbutiai-je, déconcertée par ma vérité. Il a ri, et ça m'a fait trébucher. « Qu'est-ce qu'il y a de si drôle? » demandai-je en le regardant. Il a secoué la tête et je n'ai pas pu m'empêcher de tracer son sourire avec mes yeux. C'était une belle chose à voir.

« Les choses que vous ne savez pas... » il s'est éteint. Je serrai les poings, essayant de ne pas m'emporter, et il regarda mes mouvements.

« Écoute », ai-je commencé en posant mon poids sur une hanche. « Je ne sais que ce que ma grand-mère et le Haut Conseil m'ont dit. Je suis nouvelle dans ce domaine. Au lieu de te moquer de moi, pourquoi ne t'expliques-tu pas? » Il me regarda attentivement, son sourire se transformant lentement en une petite satisfaction.

« Très bien, Déesse, » dit-il. « Je suis enchanté de vous apprendre. »

« Merci, » je soufflai. Il laissa échapper un petit rire et j'essayai de relâcher ma position. Il hocha la tête, semblant m'approuver.

« Je suppose que vous connaissez le strict minimum; par conséquent, je vais essayer de couvrir toutes les bases », a-t-il commencé. Je roulai des yeux vers lui, attendant. « Nous commençons par le Royaume Céleste. Les Dieux vertueux et leurs enfants ont régné sur le Royaume Céleste. Les Dieux règnent dans leur refuge, et lorsque leurs enfants semi-divins de la Terre passent dans l'au-delà, ils sont accueillis à leurs portes. Tant qu'ils satisfont aux conditions d'entrée, leurs esprits peuvent y vivre leur mort éternelle. Les Dieux immoraux et leurs enfants *daimons* vivent et règnent dans le royaume inférieur, l'Under Realm, tout comme le font les êtres célestes. Cependant, il n'y en a pas autant ici. Cet endroit est princi-palement occupé par les âmes des morts, des damnés et une poignée de bêtes. » *Bêtes?* C'était un territoire tellement étrange à explorer. Je pouvais à peine croire que j'étais parmi les Dieux, les morts et les créatures de toutes sortes. J'allais certainement faire des cauchemars après avoir entendu toutes les histoires de Pyre.

Bien que le but fût d'échapper à ma prison, je ne pouvais pas imaginer m'aventurer en dehors de ce château.

« Et la Terre? » j'ai demandé quand j'ai remarqué qu'il s'était arrêté pour me regarder. Ses yeux ne me quittaient pas, apparemment brillants. Je me mordis la lèvre, ne me sentant pas sûre de moi sous son regard. Sa lèvre inférieure s'ouvrit, ses yeux traînant ma bouche. « Pyre? » Il cligna des yeux, semblant embarrassé d'avoir été surpris en train de le regarder. Il s'éclaircit la gorge et détourna les yeux, et j'étais béate pour le moment de répit. Ce que les yeux de ce Dieu pouvaient si facilement me faire me rendait nerveuse. Mon cerveau savait que sa beauté ne devrait pas me tenter, mais il était difficile de convaincre mon noyau d'âne de faire preuve de retenue.

« Les humains sont de la Terre », a déclaré Pyre, interrompant mes pensées corrompues. J'ai chassé la honte des yeux et j'ai écouté attentivement. « S'ils ne possèdent pas le sang des Dieux d'aucune sorte, ils cessent tout simplement d'exister après la mort. Vous devez être semi-divin pour entrer dans un autre royaume pour une vie après la mort. »

« Tu veux dire comme moi? » Il m'a regardé avec impatience, et je l'ai rencontré avec le même visage. Ses traits s'installèrent, se transformant en amusement.

« Vous avez le sang des trois royaumes. Vous n'êtes pas simplement semi-divin », a-t-il déclaré, joignant ses mains derrière son dos. Ses ailes se resserrèrent, leur hauteur augmentant avec le mouvement. « Vous êtes fait de pur-sang divin. Vous êtes la semence fécondée de deux Dieux, récoltée et semée dans le ventre d'un humain avant la division des royaumes. » Pyre se rapprocha maintenant, ses ailes s'élargissant autour de lui. « Tu es née sur Terre, mais tu es une Déesse. Vous êtes une Déesse de sang pur avec des liens avec les humains, les célestes et les *daimons*, tout cela grâce à la triple Déesse, aux Parques et à la Terre Mère. Un vrai trésor en effet. »

« Non, » balbutiai-je. L'implication de sa déclaration était comme un coup de poing dans le ventre. « C'est impossible. Mon père est mon père. Ma mère est ma mère. Je lui ressemble! Mes cheveux sont de la même couleur que le reste des femmes de ma famille! » m'écriai-je en désignant mes racines.

« Un produit de la magie, *Sōrza.* »

« Magie *Sōrza*? » J'ai soufflé. « Qu'est-ce qu'est ça? » Je commençais à hyperventiler.

« Tout se passera bien. Respire. Tu finiras par tout comprendre avec le temps », m'a-t-il assuré. « Je sais que c'est difficile, mais tu dois l'accepter. » Maintenant, j'ai vraiment perdu le contrôle de ma respiration. Comment pouvait-il être aussi calme en délivrant cette information? Ç'a changé la vie. Je ne voulais rien croire.

« Non, allez, » soufflai-je, me sentant rapidement étourdie. « C'est impossible. »

« C'est la vérité », a-t-il soutenu. Il était si sûr de ses propos. « C'est la prophétie qui prend vie. »

« Je ne comprends pas », dis-je, mes genoux faiblissant, tombant dans le silence. Qui j'étais et qui j'étais censé être était inconcevable. Mes parents... Non. C'était impossible. Ridicule! Ma tête battait à cause de l'attaque de mes nerfs. Mon esprit a été abattu. C'était absurde. Je devenais de plus en plus désemparé à mesure que ça s'enfonçait. Ma vie était incompréhensible. Je ne voulais pas y croire. Je ne *pouvais* pas le croire. Mais je me tenais là, dans le royaume inférieur. Dans le Under Realm. Il se tenait là, Pyre Malum, le Dieu des Morts. Il m'avait attendu tout ce temps. J'étais sa seule chance d'ouvrir les Portillons de l'Enfer. J'ai pensé à ma lignée, j'ai pensé à ma famille et j'ai réalisé que tout ce que je n'avais jamais connu n'avait jamais été ce qu'il semblait.

« À quoi penses-tu? » Pyre m'a sorti de ma spirale.

« Je ne sais même pas... » J'ai bégayé, me sentant faible.

« Tu vas bien? » demanda-t-il, l'inquiétude creusant son front.

« Je ne sais pas ça non plus... » J'ai chuchoté. « Il y avait tellement de mensonges... Tellement de secrets... Je ne sais pas quoi croire. Pourquoi devrais-je te croire plutôt que ma famille? Ça ne peut pas être réel. Ma famille... » Il m'a regardé attentivement et j'ai eu l'impression qu'il essayait d'absorber mes pensées directement de ma tête. Mon cœur et mon esprit ont uni leurs forces, tentant l'implosion.

« As-tu peur? » se demanda-t-il en s'approchant de moi.

« Comment pourrais-je ne pas l'être? »

« Tu ne devrais pas l'être, » insista-t-il, la voix forte mais chaleureuse.

« Mais ma famille... »

« Votre famille restera votre famille. »

« Ce n'est pas mon sang, » murmurai-je, la bouche tremblante.

« Non, ils ne le sont pas, et c'est très bien », a-t-il dit. « Votre sang est puissant, vous permettant de parcourir prudemment les trois royaumes. Nous attendons depuis un millénaire que cela se produise », a expliqué Pyre.

« Pourquoi? » Je levai les yeux à travers mes cils remplis de larmes, cherchant son visage.

« Vous avez levé le voile entre le royaume de la Terre et les royaumes divins lorsque votre magie s'est réveillée. Lorsque le voile est levé, nous pouvons voir à travers les autres royaumes, comme ajouter une fenêtre à une porte pleine. »

« A quoi ça vous sert? » murmurai-je, puis me raclai la gorge. Il sourit à mon changement de posture et recula d'un pas.

« Lorsque la fenêtre est ouverte, nous pouvons traverser ces royaumes, mais seulement pour une brève période. C'est comme passer la tête par la fenêtre mais ne jamais pouvoir passer tout son corps à travers », supposa-t-il.

Je n'ai pas pu m'empêcher de penser à Gram utilisant cette même analogie il n'y a pas si longtemps. Ma grand-mère, qui n'était en quelque sorte pas ma grand-mère. Je ne pouvais pas m'empêcher de me demander si j'avais une autre grand-mère quelque part dans l'un des royaumes divins. Savait-elle que j'existais? Quelle était ma famille biologique? Est-ce que ma famille à la maison le savait aussi et avait menti à ce sujet, tout comme ils l'avaient fait avec ma sorcellerie? Si j'étais une Déesse, étais-je même une sorcière? Il y avait trop de questions et pas assez de réponses.

« C'est ce que vous avez fait? » demandai-je, essayant de me débarrasser des pensées destructrices qui tournaient dans mon esprit. « Tu as passé la tête? » Il rit à mes mots.

« C'est ton sang qui m'a permis de traverser le voile physiquement pour te récupérer. Mes adorateurs ont répandu ton sang de tous les royaumes à la base de l'arbre de vie. » J'ai essayé de ne pas penser à cette nuit terrifiante. C'était un cauchemar que je ne voulais pas revivre. À la pensée de Moira Darkmore me coupant la peau, j'imaginai la piqûre brûlante du sang qui s'accumulait autour de moi. Une pointe de douleur m'a traversé lorsque je me suis souvenu que Gram m'avait parlé de mon sang, de mon ADN. J'ai secoué les images et me suis concentré sur l'obtention de mes informations.

« Juste avant que le Haut Conseil ne me prenne, ils m'avaient dit que mon ADN était mélangé. Êtes-vous sûr que je ne suis pas seulement partiellement une Déesse? » Ses yeux s'écarquillèrent, ses lèvres s'entrouvrirent. « Quoi? » demandai-je, les sourcils froncés.

« C'est la première fois que vous reconnaissiez ouvertement votre divinité. », a-t-il chuchoté.

« Oh, » balbutiai-je. Il s'éclaircit la gorge pendant que je le regardais.

« Je suis certain que vous êtes du sang pur. C'est dans la prophétie. Vous avez été créé par des célestes, récolté par des *daimons* et né d'un humain. Votre ADN est le résultat de la magie. »

« Est-ce pour ça qu'ils m'ont appelée la Triple Déesse réincarnée? À cause des liens avec trois groupes sanguins? » Je lui ai demandé. « Qui était-elle? Y en a-t-il d'autres comme moi? Je ne peux pas être la seule. » Mon esprit se bousculait pour trouver des réponses.

« La Triple Déesse était une divinité, comme vous et comme moi. Elle a été appelée la Triple Déesse en raison de ses liens avec les trois royaumes. Maintenant, tu es appelée la Triple Déesse parce que tu as été choisie pour prendre sa place. Il ne s'agit pas seulement de votre sang, bien qu'il joue un rôle important. Vous devez également avoir un lien direct avec la Triple

Déesse. Qu'elle ou une chaîne du destin t'ait réclamé, tu étais béni de Dieux. »

« Qu'est-ce que ça signifie pour moi? » J'ai demandé. Je me souvenais encore du sentiment qui m'avait submergé lorsque Moira a déclaré des informations similaires sur le fait que j'étais béni par les Dieux.

« Comme vous, elle était composée des trois royaumes, conçue pour les protéger et les gouverner en tant que gardienne des Portillons. Vous étiez doué des cinq affinités élémentaires, tout comme elle l'était il y a longtemps. Elle vous a volontairement transmis son savoir-faire. Vous pouvez ouvrir les Portillons tant que vous êtes capable d'utiliser votre magie et de faire appel à toutes les affinités. Vous avez besoin du sang des royaumes pour les parcourir, mais vous avez également besoin des cinq affinités pour les ouvrir. Avec les deux, vous pouvez ouvrir, traverser et gouverner n'importe lequel des royaumes en toute sécurité », a-t-il déclaré en m'observant attentivement. Ses yeux étaient déterminés à creuser un trou en moi. C'était une information sur laquelle il était assis depuis plus longtemps que je ne pouvais l'imaginer. C'était étrange de prendre du recul et de se rappeler ce que ça signifiait pour lui et ce que je signifiais pour lui. « Tu étais destinée à ça, Déesse, » souffla-t-il, me regardant de haut en bas. J'ai dégluti devant l'intensité dans laquelle je baignais. « Vous avez été sélectionné par les Parques. Personne d'autre ne peut faire comme toi. »

« Les Parques? » J'ai haleté. « Comment ça marche? Pourquoi seulement moi? » Je pouvais voir l'impatience le miner alors que je posais ma millionième question.

« Bien que ça me fasse mal de l'admettre, je ne sais pas tout. Je ne peux que supposer que le destin a permis cela. La Triple Déesse a conclu un marché. Tout comme les Parques ont ouvert la voie à votre naissance, ils ont également permis à la Triple Déesse de vous offrir toutes les affinités élémentaires. » Il s'arrêta pour regarder par la fenêtre à proximité. « Il n'y a que toi, Déesse. Vous appartenez aux trois royaumes; vous avez les affinités... C'est vous. » Une longue pause de silence a plané autour de nous avant que j'exprime enfin mes pensées intérieures.

« J'aimerais savoir pourquoi ils m'ont choisi, » marmonnai-je en tordant une mèche de cheveux qui se détacha devant mon visage. « Ils espèrent tellement de moi, il me semble. Je ne sais toujours pas quoi penser de tout ceci. Je suis contente d'en savoir plus à ce sujet, cependant. »

« Je suis content que vous appreniez, » dit-il doucement. J'ai remarqué qu'il commençait à avoir l'air fatigué à cause de toutes ces discussions. Je me sentais vidé aussi. C'était beaucoup d'informations à traiter, et mon destin était une pilule difficile à avaler. Même si nous étions tous les deux fatigués, j'avais encore besoin d'en savoir plus. J'ai été soi-disant choisi pour régner sur les royaumes. La sécurité et les moyens de subsistance du royaume céleste, du royaume inférieur et de la Terre étaient entre mes mains. Je devais être prudent. J'avais besoin de plus.

« Pyre, savez-vous comment je suis censé gouverner les royaumes ? » J'ai pensé à la menace de sacrifice qu'Ember m'avait lancée et j'ai blanchi. Étais-je censé me sacrifier pour cette cause ? Mon destin était-il une malédiction ?

« Cultivez votre divinité, Déesse. Je t'expliquerai plus en détail le moment venu », répondit-il en se redressant avant de s'éloigner. Je n'avais toujours aucune idée de ce qui m'attendait, et c'était terrifiant.

APRÈS AVOIR CONJURÉ LE FEU, bien qu'à cause de la force contondante, je n'ai pas pu m'empêcher de sourire en me lavant le visage dans mon bassin d'eau. Ma puissance s'était montrée aujourd'-hui. J'avais travaillé la magie. L'espoir a flotté dans ma poitrine à l'idée de revoir ma famille, et une légère brise a flotté sur moi. Je plongeai mes mains dans l'eau tiède et les laissai tremper, soulageant la tension de mes doigts. Nous avions eu une longue journée d'en-traînement, et je me suis exercé pendant l'éducation physique. Pyre a expliqué qu'il était essentiel de maintenir mon agilité tout en utilisant ma magie. Mes pouvoirs devaient me protéger sans que mon esprit et mon corps ne travaillent pour. J'étais contente de commencer ce genre de formation. Ç'indiquait que j'allais devenir plus forte et plus rapide. Ça qui voulait dire que mes chances de retourner sur Terre étaient bien meilleures que ce que j'avais espéré.

« Que faites-vous? » Pyre interrompit ma pensée et je sursautai en l'entendant. L'eau m'a éclaboussé alors que je passais mes mains du bassin vers mon cœur. Je ne m'attendais pas à ce qu'il vienne dans ma chambre, car il n'était jamais venu me voir pendant la nuit.

« Oh! Tu m'as fait peur, » dis-je à bout de souffle en m'essuyant les mains sur ma chemise.

« Qu'est-ce que tu fais au terrain? » Il a demandé. Je le regardai avec confusion.

« Au terrain? » Je répète. « Je viens juste de me laver les mains. » Ses yeux se rétrécirent et se dirigèrent lentement vers mes pieds. J'ai suivi son regard pour constater que je me tenais dans un tas de terre avec des morceaux de mauvaises herbes qui poussaient entre mes orteils.

« Oh, Dieux. » J'ai crachoté, puis j'ai éclaté de rire en remuant mes orteils dans le sol de terre molle.

« Tu ne t'es lavée que pour te salir à nouveau », remarqua Pyre, incapable d'arrêter son sourire.

« Je n'avais pas l'intention de faire ça », j'ai admis. « Je ne savais pas que je pouvais refaire ça. » Je n'avais pu invoquer mon affinité terrestre que deux fois maintenant, et les deux fois n'étaient pas intentionnelles, tout comme cet incident l'avait été. Pyre m'avait grondé quand j'avais fait pousser les jonquilles dans sa salle d'entraînement, effaçant mon moment de bonheur.

« A quoi pensais-tu? » Il a demandé. J'ai rapidement caché mes yeux en réalisant que j'avais pensé à mon évasion. Je ne pouvais pas lui dire ça. Je ne pouvais pas renoncer à ce genre d'informations. Il m'enfermerait à nouveau, perdant ma confiance. J'avais le sentiment qu'il ne continuerait plus nos leçons non plus s'il avait entendu que j'avais l'intention de le trahir. « Qu'est-ce que c'est? » il a poussé.

« Je pensais à nouveau à ma famille », avouai-je, décidant de lui dire une des vérités.

« Ils te manquent », remarqua-t-il, pas une question mais une observation.

« Plus que tout », murmurai-je solennellement. Pyre s'avança et s'agenouilla, passant ses doigts dans la terre. Certaines des mauvaises herbes à mes pieds se sont flétries et se sont effondrées en poussière, peut-être à cause de son contact ou peut-être à cause de ma tristesse.

« C'est impressionnant, » murmura-t-il. « Êtes-vous capable de le contrôler? Si vous pensez à votre famille, pouvez-vous pousser plus loin votre affinité et en créer plus? »

« Je ne sais pas. Je n'ai jamais essayé, » je répondis.

« Maintenant, c'est un aussi bon moment que n'importe quel autre. » Il a attendu. « Essaye. »

« D'accord, » dis-je en me déplaçant sur place. « Avez-vous des conseils? »

« Faites comme vous faisiez avant que je vous interrompe. Pense à ta famille. » J'acquiesçai et fermai les yeux, concentrée. J'avais besoin de faire pousser la vie. À quel point ça pourrait-il être difficile?

Gram est venu au premier plan de mon esprit, accroupi au sol dans son jardin géant.

« Maintenant, Shivalri, qu'est-ce que je t'ai appris? » demanda-t-elle en me regardant. J'étais plus petite maintenant, un peu moins de quatre pieds de haut et beaucoup plus mince et plus sombre depuis que j'étais au soleil.

« Peu importe où je suis ou d'où je viens, la Terre, c'est vous et moi et tout le monde », m'entendis-je dire.

« Et ça signifie? » interrogea-t-elle plus avant. Pépère apparut, vêtu d'une combinaison et d'un grand chapeau de paille. Sa grande barbe grise brillait au soleil alors qu'il se baissait pour aider à cueillir des baies.

« Que je ne suis jamais seul », ont sonné Pépère et moi en même temps.

« C'est vrai. » Gram gloussa. Elle a cueilli une fraise directement de la plante et me l'a tendue. Je l'ai regardé dans la paume de ma main, la peau rouge du fruit luisant sous le soleil brûlant.

« Est-ce que la fraise sait que je vais la manger? » J'ai pensé à haute voix. Pépère m'a tapoté la tête et j'ai détourné le regard de la baie vers mes grands-parents.

« La fraise sait, et elle aime son but. » Gram a ri. Pépère me fit un clin d'œil et prit une grosse bouchée de celle qu'il tenait dans ses mains brunes et bronzées. Je lui souris et pris une bouchée de la mienne.

Une brise chaude flottait autour de moi, et quand j'ai rouvert les yeux, les yeux de Pyre étaient enflammés alors qu'il me regardait. Au début, j'ai pensé qu'il avait été frustré, mais j'ai vite vu que le sol regorgeait maintenant de fraisiers quand j'ai regardé autour de moi. Ils s'étendaient sur toute ma chambre, le délicieux parfum de la Terre flottant. Pyre n'était pas en colère contre moi; il était en admiration devant moi.

« Vous avez réussi », dit-il, les yeux brillants. Son sourire était si large; je pensais n'avoir jamais vu autant de dents parfaitement placées de ma vie.

« Je l'ai fait », j'ai soufflé, étonné par la vue. Il se pencha et cueillit une fraise mûre sur le sol, le rouge vif contrastant avec la teinte pâle de sa peau. Il me l'a passé et je l'ai plié dans ma main, tout comme la façon dont Gram m'avait donné la fraise dans ma mémoire. Un moment de déjà-vu m'a déconcerté là où j'étais. Un aboiement soudain retentit dans la salle, et un moment de délice me piqua le cœur.

« Drakovyr! » ai-je appelé, incapable de relâcher mon sourire. Je n'avais pas vu le chien de Pyre depuis que je l'ai rencontré. Une tempête de fourrure noire nous passa alors que le chien traversait la porte et pénétrait dans la pièce. « Allô, bébé, » couinai-je alors qu'il sautait sur moi. Ses deux grosses pattes ont frappé ma poitrine et m'ont poussé sur mon lit.

« Drakovyr, à terre, » tonna Pyre en se frottant le front d'une main. Il gémit de manière audible et s'avança. Drakovyr ne lui a même pas jeté un coup d'œil. Il était trop concentré sur le fait de me lécher du menton au front. J'ai ri au contact, ressentant tellement d'amour de la part de ce chien de garde géant du Under Realm.

« Oh, allez, Pyre. » J'ai rayonné. « Il cherche juste des bisous. » Drakovyr me lécha à nouveau comme pour me répondre.

« Ce n'est pas ton lit. » Pyre gémit et souleva le chien géant de moi. J'ai tapoté la tête du chien et il s'est assis à mes pieds, appréciant l'attention avec dévotion.

« Il m'aime. » Je lui souris. Je levai les yeux vers Pyre alors qu'il observait son chien et moi.

« Indubitablement. » Il gloussa en me souriant. « Peut-être même plus que moi. » À ça, le chien s'est levé de son perchoir et s'est éloigné pour se tenir à côté de son dirigeant comme s'il rassurait le Dieu de sa dévotion. Il a mis son gros nez dans la paume de la main de Pyre et a reçu une caresse attentionner au museau. J'ai décidé que c'était ainsi que je préférais le Dieu des Morts. Quelque chose dans le lien qu'il entretenait avec son chien a fait fondre un petit morceau de la glace qui gardait mon cœur.

« Excellent travail », a-t-il dit en inclinant la tête vers moi. Il cueillit une autre fraise du sol et la donna au chien, qui l'avala joyeusement en entier. Je ris à la vue du chien heureux. « Je vais vous laisser à vos tâches du soir et je vous verrai demain matin. » J'expirai, satisfaite d'avoir réussi cette leçon. Voir le vert, le rouge et le beau brun chocolat du sol était une sensation merveilleuse.

« Merci, » répondis-je avec un sourire, tenant toujours la fraise que Pyre m'avait donnée.

« Bonne nuit », a-t-il dit et il est parti avec Drakovyr à ses côtés.

44

FAC TUA MAGICAE

Tu fais de bons progrès », a félicité Pyre. J'étais toujours dérangée par le fait que Pyre Malum m'avait causé de l'inconfort pour amadouer la magie hier, mais je ne pouvais pas m'empêcher d'admirer ma nouvelle réalisation. La magie devenait beaucoup plus accessible maintenant que je m'appliquais. Pourtant, ç'a demandé beaucoup d'efforts et même plus d'introspection que je ne pensais pas humainement possible.

« C'est tellement bizarre », ai-je dit en agitant mes mains en l'air alors que j'appelais à nouveau le feu. La lèvre de Pyre se retroussa devant mon émerveillement, me ramenant à la réalité. Les flammes crépitèrent, enroulant lentement de la fumée autour de moi jusqu'à ce qu'il ne reste plus qu'une odeur d'étain.

« Vous vous bloquez de votre plein potentiel », a-t-il réprimandé, et j'ai roulé des yeux à son insulte pointue. Il tenait beaucoup à indiquer mes défauts.

« Je n'essaie pas de me bloquer », ai-je réussi à dire, hésitant à nourrir son besoin d'argumentation.

« Dis-moi, qu'est-ce qui te retient? Que craignez-vous le plus? » Je détournai les yeux et m'époussetai les mains. Pratiquer la magie était épuisant, et l'instruction à Pyre Malum était encore plus fatigant. Quand je le regardai, ma main sur ma hanche, il haussa un sourcil vers moi. Je voulais lui dire que la mort était ma plus grande peur. Je voulais dire qu'être en Enfer ou être capturé par un Dieu renié était ma plus grande peur. Je voulais le crier du haut de mes poumons. J'ai relevé son défi et j'ai haussé mes propres sourcils.

« Quelle est ta plus grande peur? » ai-je demandé à la place. Il est devenu coi et sombre, et j'ai immédiatement regretté ma demande.

« Vous ne pouvez pas commencer à imaginer la peur que j'ai. Les peurs auxquelles j'ai fait face et qui me hantent encore. » Il grimaça. J'ai ressenti un pincement à la poitrine face à sa vulnérabilité. Il était rare qu'il partage cette facette de lui-même. Il était surtout impatient et souvent amer. Mais je commençais à voir une lueur sous sa façade dure. Ces accès d'ouverture ont tiré sur mon cœur délicat d'une manière dont je n'étais pas sûr qu'elle était sans danger pour moi.

« Je ne commencerai jamais à comprendre ce que tu ressens. Votre histoire est celle des épreuves », supposai-je. « Je suis désolée que vous ayez traversé la division des royaumes. »

« Ne me plaignez pas, » grinça-t-il, les poings serrés à ses côtés.

« Ne confondez pas mon empathie avec de la pitié. Je ne vous plains pas. » Il me regarda attentivement, hésitant à continuer. Je voulais qu'il s'ouvre à moi. J'avais besoin de croire qu'il y avait une once de lumière dans ce Dieu sombre. J'avais besoin de voir qu'il avait une certaine forme de cœur sous toute cette haine énervée.

« C'était longtemps passé », il a dit, me tirant de mes pensées.

« C'est peut-être le cas, mais ça ne rend pas vos traumatismes moins valables », j'ai proposé, assis les jambes croisées sur le sol en pierre. Il a emboîté le pas et s'est assis devant moi, un genou plié et son coude posé dessus. C'était étrange de le voir si désinvolte, malgré les ailes noires teintées de bleu montées derrière lui.

« Vous n'avez pas répondu à ma question », a-t-il dit, évitant mon attention. « Qu'est-ce qui te fait le plus peur? » J'ai pris une minute pour y réfléchir, puis j'ai pris une profonde inspiration. Je devais faire attention à ne pas frapper le mauvais accord.

« J'ai peur de la défaillance », j'ai dit, admettant finalement ma défaite. « Je crains la perte - la perte de temps et la perte de personnes. »

« N'omettez pas votre peur du noir, » taquina Pyre en pointant un sourcil arqué vers moi. Je soufflai à la fois d'agacement et d'aveu.

« J'ai peur de l'inconnu... » J'ai traîné.

« Vous avez beaucoup de peurs », a-t-il déclaré. Je remarquai que ses doigts se contractaient sur ses genoux et je me demandai s'il était troublé par mes peurs ou mécontent par elles.

« Oui. J'ai beaucoup, beaucoup de peurs. » J'ai expiré. « Tu veux savoir ce que je pense avoir le plus peur? » Je ris en secouant la tête. Il se tendit devant mon changement d'humeur et détourna les yeux.

« Quoi? » il a grogné. Ses mains se serrèrent en poings maintenant.

« Moi-même », supposai-je. Je regardai ses sourcils se froncer. Ma réponse s'imposa et enflamma quelque chose en lui. Il rencontra à nouveau mes yeux après s'être caché de la réponse.

« Moi aussi, » remarqua-t-il. « Moi aussi... »

« Génial, » marmonnai-je. « C'est utile. »

« Pouvez-vous créer plus de flammes? » demanda Pyre; un sourire méchant grandit de bon augure sur son visage alors qu'il changeait de sujet. Il se pencha en avant et je me préparai à la fatigue qui m'attendait.

« Je ne sais pas, » dis-je honnêtement. « Je n'ai pas vraiment réussi avant. Je veux dire, je n'ai pas essayé de prendre feu hier. Aujourd'hui est comme hier. Ça vient d'arriver sans que j'essaie. »

« C'est moi qui l'ai provoqué », chantonna-t-il à genoux. « Allons-nous y retourner? » La peur s'installa alors qu'il rampait vers l'avant, comme un animal se rapprochant de sa proie. Il avait le même regard sur son visage qui m'a dit qu'il était d'humeur à exploiter sa domination. Je m'étais procuré de la flamme aujourd'hui, mais ça ne lui suffisait pas. Rien ne lui suffirait pour assurer mon pouvoir. Je me levai précipitamment et commençai à reculer. Quand j'ai commencé à me détourner de lui, il a de nouveau attrapé mon poignet. « Consommez la peur, Déesse, » demanda-t-il.

« Penchez-vous dans la brûlure et utilisez-la pour votre défense. »
Le grattage de ses griffes était une douleur narquoise alors qu'il
m'ordonnait de le combattre. La piqûre était à peine là mais suffi-
sante pour me réveiller.

« Pyre, s'il te plaît, n'essaie plus ça. Ça suffit, » dis-je, incapable
de comprendre son comportement. Une minute, il était ouvert et
partageait les parties les plus profondes de lui-même, et la suivante,
ses murs étaient en place et fortifiés.

« Qui peut dire ce qui est suffisant et ce qui ne l'est pas? » il m'a
nargué. Je ne pourrais jamais prédire ses paroles ou ses actions.
Pourquoi a-t-il insisté pour me pousser comme ça? Pourquoi
essayer d'attiser ma magie en me mettant en colère ou en me
faisant sentir sans défense? Je faisais ce qu'il me demandait. Je
faisais de mon mieux.

« C'est à moi à dire. » J'ai rétréci. « J'en ai fini avec ça. Essayer de
contrôler les flammes autour de moi... Je ne veux plus de feu en ce
moment. Je ne veux rien de tout ça! » je lui ai cracher. Ses yeux
devinrent sombres et menaçants. Rien de sa vulnérabilité d'un
instant passé ne brillait sur son visage. Il était revenu à son état
habituel.

« Vous ne voulez rien de tout ça? Tu ne veux rien du pouvoir
que je suis si désireux de t'enseigner? » Il me grondait maintenant. «
Insensible », dit-il d'un ton provocateur en serrant les dents. Ses
ongles s'enfoncèrent plus profondément dans mon poignet, s'infiltrant dans la chaleur. Une goutte de sang coula sur le sol, me
faisant sursauter en s'éclaboussant. Je ne m'attendais pas à ce qu'il
aille aussi loin. J'ai haleté à la vue de la cruauté et j'ai tiré sur mon
bras, l'exhortant à lâcher prise. Le combat ludique semblait loin
alors que le liquide cramoisi suintait de ma peau. J'utilisai ma main
libre maintenant, essayant de retirer ses doigts de mon poignet. En
un mouvement rapide, il a utilisé sa force sur mon moment de peur
et m'a projeté contre sa poitrine. Le vent m'a assommé lorsque mon
dos a touché ses muscles et je me suis figé.

« S'il vous plaît. » J'ai toussé, ma supplique silencieuse. « Tu me
fais peur. »

« J'ai été bienveillant, Déesse. Ne prends pas ma gentillesse pour de la faiblesse, » grogna-t-il à mon oreille. Mes cheveux me collaient au visage à cause de la sueur. J'ai commencé à paniquer, l'air revenant dans mes poumons. L'hyperventilation est survenue peu de temps après. « Je sais que tu es fâchée avec moi. Je peux sentir ta rage suinter de ta peau. Effacez la peur et concentrez-vous dessus », a-t-il déclaré. « La douleur et la rage ont attisé votre feu. » Je tremblais de frénésie. Il m'a encore fait capturer, mais cette fois, c'était physiquement dans ses bras. Je n'aimais pas cette sensation d'être prise. La douleur de ses ongles était supportable, ne me poussant jamais vraiment à l'agonie. J'ai fermé les yeux, mon cœur battant vite, et j'ai tendu tous mes muscles jusqu'à ce qu'ils soient endoloris. La brûlure en moi s'est accumulée sans fin en vue.

« Laisse-moi aller », grinçai-je en élargissant ma position. Il a ri dans mon cou et un frisson a parcouru ma colonne vertébrale.

« Comme je l'ai déjà dit, Déesse, force-moi. » J'ai planté mes pieds et j'ai essayé de m'éloigner de lui, mais il m'a agrippé davantage, poussant mon corps contre le sien. « Bien, » grommela-t-il. « Continue d'essayer, » me souffla-t-il à l'oreille. « Utilisez votre poids avec votre force. » Tout en moi voulait lui faire ressentir ce qu'il me faisait ressentir. Je voulais lui faire du mal, je voulais tellement être celui qui l'intimidait. Je ferais exactement ça.

« Tu vas me libérer, » demandai-je en serrant les dents alors que je me penchais dans la colère. Mon bras gauche s'est relâché sous sa prise, et j'ai profité de ce moment pour le dégager de lui. Je l'ai jeté en avant, j'ai lancé mon coude en arrière et j'ai porté un coup à son abdomen. Il a grogné par-dessus mon épaule, et ça m'a fait plaisir.

« Presque. » Il gémit, attrapant mon coude et le forçant à revenir dans sa prise. Il avait obtenu une autre emprise sur moi, mais j'y arriverais cette fois. Cette fois, j'allais me libérer de son piège.

« J'ai dit, laisse-moi aller! » Je m'arrachai au *daimon* aussi vite que possible, enfonçant mon talon dans le sol. J'ai ravalé la peur et j'ai crié si fort que les rochers sont devenus des décombres. Je pouvais voir le feu s'allumé dans mes cheveux, se déplaçant avec mes mouvements. J'ai hurlé un gros crie farouche, les oreilles perçantes en regardant la poussière se déposer autour de nous. Des morceaux de petites pierres lâches tombaient des crevasses des murs et du plafond, et je voulais chanter avec le pouvoir qui brassait en moi. De fines vignes de jade se recroquevillèrent du sol et s'enroulèrent autour des pieds de mon ravisseur. Je ne pus empêcher le sourire qui fleurit sur mon visage et éclata de rire. J'ai tout ressenti. C'était ma puissance. J'étais une force avec laquelle il fallait compter, et Pyre Malum allait bientôt s'en rendre compte.

« Tellement forte, » gronda-t-il, perdant son emprise à cause d'un moment de surprise. Son irritation rayonnait de ma fuite devant lui. Je m'éloignai de son retour quand il essaya de m'attraper à nouveau.

« Ne me touche pas », dis-je en reculant maintenant. J'ai senti une sensation de chaleur couler le long de ma mâchoire, et j'ai mis mes doigts à l'endroit - une tache de sang chaud a taché mes doigts. Mon cri avait fait saigner mes oreilles. J'ai frissonné à la vue. Quand j'ai de nouveau levé les yeux, Pyre planait au-dessus de moi; une seule vigne toujours drapée autour de son pied gauche. Je ne l'avais jamais vu aussi sombre. Il était la pure définition de la fureur. Son titre lui convenait, le Dieu des Morts.

« Tu dois m'écouter », ordonna-t-il en battant des ailes. « Vous allez vous entraîner et mettre fin à l'apitoiement sur vous-même. »

« Je ferai ce que je veux », ai-je dit en me tordant le courage de lui tenir tête. Il montra les dents, pointa dans un grognement.

« Ne me forcez pas la main », a-t-il prévenu. « Ne me faites pas vous blesser. Je ne veux pas. »

« Tu l'as déjà fait », ai-je craché en désignant mon poignet. Mes cheveux tombaient en avant, la flamme rouge trempant les mèches sans jamais me brûler. « Vous n'avez pas besoin de me faire du mal pour faire monter ma magie. »

« Comme je l'ai dit, je ne veux pas te faire de mal. Votre magie réagit à la douleur. Votre magie est causée par votre réponse, par vos émotions. » Il s'est battu, ses ailes battaient alors qu'il atterrissait à un pied de moi. Je retins mon souffle alors qu'il me fixait. Ses cheveux noirs tombaient sur le devant de son visage alors que je levais les yeux, rencontrais son regard scrutateur et tenais bon. « J'essaie seulement de vous aider. »

« J'apprendrai à contrôler ma magie, » lui sifflai-je en retour. « Mais notez mes mots, Pyre Malum, je le ferai sans douleur et selon mes conditions. » J'ai redressé mes épaules et j'ai tenu bon. Il m'étudia, une expression de dégoût marquant son visage.

« Ne m'appelle pas ça... » grogna-t-il.

« Quoi? » Il baissa les yeux, respirant lourdement et difficilement. J'ai trouvé de la douleur et de l'embarras dans son expression. « C'est ton nom », dis-je en le regardant. Un bruit guttural gronda dans sa poitrine alors qu'il me regardait.

« *Tu* ne m'appelles pas ça », a-t-il insisté en me fouillant le visage. Ses yeux étaient toujours d'un rouge brûlant. « Je n'aime pas ça. » Sa voix était étouffée.

« Eh bien, je n'aime pas quand tu utilises ta domination contre moi. Je n'aime pas marcher sur des œufs autour de toi, me demandant si tu es content ou d'humeur à jouer avec moi comme si je suis incassable. Et je déteste ça quand tu te moques de ma douleur comme si c'était si facile à infliger pour toi », ai-je réfuté. C'était bon d'arracher ces mots de ma poitrine.

« Tu es vulnérable, » grogna-t-il, fixant mon regard. Ma bouche s'ouvrit, abasourdie par sa réponse. Il a levé une main et j'ai tressailli au mouvement. Je me fixai, fermant ma bouche. Je ne voulais pas le mettre de plus en irritation, et je ne voulais pas qu'il me piège à nouveau. Je restai immobile alors que sa main se dirigeait vers moi, atterrissant sur ma joue. Je me raidis alors qu'il passait ses doigts le long de mon visage. « Je ne veux pas utiliser ma force contre toi. Pas vraiment. J'ai juste... » Il s'arrêta, fronçant les sourcils vers le sol. Il soupira profondément et rencontra à nouveau mon regard. « J'essaie de vous aider de la seule manière que je connaisse. C'est ainsi que nous, les Dieux, avons été enseignés. Vous présentez les mêmes manifestations que la plupart des Dieux. Votre magie demande de la motivation. » Il s'arrêta, cherchant à s'assurer que je l'avais bien entendu. Son doigt traçait toujours ma joue, et je ne pouvais pas comprendre pourquoi. Bien que je veuille m'éloigner, j'ai écouté, voulant l'entendre. « Nous avons été entraînés sans fin, poussés jusqu'au point de rupture, puis encore plus loin. La douleur est un avantage intrinsèque, qui renforce vos défenses. Je veux que tu sois protégé, tout comme je veux que tu apprennes ta magie. » Ses yeux passèrent de sa teinte rouge à celle dorée que je n'avais aperçu que deux fois auparavant.

« La douleur n'est pas la même pour moi que pour toi », ai-je soutenu. « Mes os ne sont pas assez solides pour supporter la douleur si vous me tirez et me poussez trop fort. Ma peau guérira rapidement, comme elle l'a déjà faite ici dans le Under Realm. Mais la douleur dans mes articulations persiste. »

« Tu es si fragile », murmura-t-il. Il semblait se calmer de l'emportement. J'ai commencé à reconnaître que ces changements que je pouvais trouver dans ses yeux me disaient comment il réagirait envers moi. Je pouvais naviguer sa réponse à mes paroles et mes actions dans son regard. J'ai pris sur moi de considérer que c'était un moment sûr et j'ai perdu mon souffle. L'impact de son explosion émotionnelle était nauséabond.

« Je ne suis qu'un être humain, après tout, » murmurai-je, la voix plus tremblante que je ne l'aurais souhaité. Il prit une mèche de mes cheveux dorés ardents entre ses doigts et la fit tournoyer avant de la remettre sur mon épaule. J'ai vu la teinte auburn briller devant moi et j'ai réalisé que mes racines avaient considérablement poussé. Un rappel que j'étais prisonnière ici. Un rappel que j'étais encore en vie.

« Né sous l'apparence d'un humain; destinée à être une Déesse. » Il regarda vers la fenêtre qui se tenait derrière moi. Il s'arrêta maintenant, regardant le ciel autour de nous. « Quel destin curieux. »

45

APERÇU

L'obscurité a inondé ma chambre à la tombée de la nuit. Les appliques espacées dans toute la chambre étaient éclairées par des flammes lancinantes, grâce à mes frustrations qui tournaient dans mon esprit alors que je me préparais à aller au lit. Alors que je rejouais les événements d'aujourd'hui et que je me souvenais du sentiment d'avoir été étouffé par le pouvoir de Pyre, il était facile de trouver l'énergie en moi. Avec un doigt au bout du feu, je me suis levé sur le bout de mes orteils et j'ai attrapé la mèche, l'allumant avec un sentiment de satisfaction. Il n'a fallu que le souvenir des yeux rouges du Dieu brûlant vers moi pour réveiller la magie.

Si seulement la magie venait aussi vite pendant que je m'entraînais avec Pyre. Ça faciliterait certainement les choses pour nous deux. Bien que le Dieu des Morts ait aimé se montrer puissant, je pouvais voir des morceaux de son endurcîmes fondre à chaque fois qu'il infligeait de la douleur. C'était presque comme s'il ne comprenait pas mon humanité, puis ressentait la culpabilité une fois que tout était dit et fait. Peut-être qu'être tenu à l'écart des personnes vulnérables pendant si longtemps avait effacé ses souvenirs de ce que c'était d'être avec des faiblesses.

Il était vrai que tout en étant dans le Under Realm, je n'étais pas entièrement humain. Même si je détestais l'admettre, j'étais beaucoup plus forte ici. J'avais de la magie et du grand pouvoir, et je guérissais aussi incroyablement vite. Bien que mes muscles me fassent mal et que je transpire comme un porc au soleil pendant l'entraînement, je suis progressivement devenu moins fatigué après avoir terminé la séance. Les coupures et les ecchymoses que j'avais causées principalement en tombant et en heurtant les murs tout en dévalant des coups de feu avaient toujours disparu le lendemain. Mes articulations me faisaient encore mal, mais j'étais habituée à ce genre de choses. Bien qu'il soit étrange que mon corps exclue mon arthrite lors de la guérison, j'étais au moins reconnaissante pour la magie qui soulageait les autres maux et douleurs. Bien que je n'aimais pas du tout la laideur de l'entraînement et tout l'inconfort qui l'accompagnait, l'explication de Pyre aujourd'hui a déclenché une nouvelle contemplation en moi. Il m'avait dit qu'il voulait que je sois protégé et que j'apprenne ma magie. Il ne s'agissait pas seulement d'être puissant, mais aussi de contrôler ma sécurité. Ça m'a amené à remettre en question ses motivations et à me demander d'où venaient ces mots. J'ai souvent oublié qu'il m'avait proposé le mariage. Peut-être, à sa manière, il nous imaginait ensemble à la fin de tout. Peut-être qu'il voulait que j'apprenne à me protéger parce qu'il ne voulait pas me voir blessé. Je ne pouvais être sûr que de ce qu'il m'avait dit, ce qui signifiait que je n'avais qu'à faire face à la vexation incessante.

Blottie dans la couverture chaude de mon lit, j'ai allongé mes jambes, fléchissant mes pieds vers l'avant et relâchant une partie de la tension. J'étais tellement au-dessus de ma tête avec tout. J'étais dans le Under Realm, travaillant avec et contre un Dieu exilé. C'était bizarre de se sentir aussi confortable alors que j'étais allongée dans mon lit, fixant les murs du château qui me retenaient. Je me demandais ce qu'il pouvait y avoir là-bas, hors des murs. Que pourrais-je trouver si je sortais du château et traversais cet Enfer?

Je fermai les yeux et laissai libre cours à mon imagination, invoquant la terre sèche sous mes pieds alors que je courais à travers des collines de roches ignées et de sable grossier. Un vent capiteux sentant une forêt d'automne et un feu de joie nocturne a envahi mes sens. J'ai regardé autour de moi, cherchant le confort des bois et de la nature, mais aucun arbre n'était en vue. Un grondement sourd perça la nuit, et je tournai sur mes talons, filant en avant et m'éloignant du bruit. Des pieds, des milliers et des milliers de pas lourds me chassaient à travers l'étendue obscure, et plus je m'éloignais du son, plus la terre devenait foncée et sinistre. Ignorant ce qui m'entourait, mes pieds ont trébuché sur une grande surface dure et j'ai chuté au sol. La douleur monta dans mes jambes alors que je me baissais, sentant ce qui, j'en étais sûr, serait un fémur cassé. Ma main s'immobilisa tandis que les sons autour de moi se précisaient. Des griffes sur une surface dure, des bêtes rampantes et le caquetage des terreurs m'entouraient alors que je restais sans voir au milieu de nulle part.

« Laisse-moi tranquille », ai-je supplié, sentant mon esprit s'effondrer alors que les battements lourds de mon cœur envahissaient mon corps. J'ai souffert du tiraillement des griffes à mes pieds, déchirant la chair. J'ai senti les corps lisses comme des serpents s'enrouler autour de mes bras, se serrant, implacables. J'étais tirée dans toutes les directions, et mon intestin se contracta alors que j'imaginais que mes membres seraient lentement sectionnés. Je ne pouvais rien faire. Je ne pouvais rien voir, et des créatures invisibles ont pris possession de mes mains. « Pyre! » J'ai appelé, me souvenant du regard féroce du Dieu; doré, chaleureux et étonnamment attentionné. Il m'aiderait. Si je pouvais crier assez fort pour qu'il entende, il ferait disparaître ça. Il était fort et il était le dirigeant de ce royaume. Il m'aiderait. Je le savais au plus profond de mes os. « Pyre, je t'ai besoin! » J'ai crié alors qu'un serpent rampant glissait sur mes lèvres et se forçait entre mes dents. Les écailles raclaient contre ma langue et je frappai, secouant la tête d'un côté à l'autre alors que sa tête se tortillait dans ma gorge. Était-ce la fin? Mes derniers mots sonnèrent une dure vérité alors que le serpent se forçait, poussant contre mon œsophage. Une traction sur une corde qui liait mon cœur accroché, se balançant comme si joyeusement exultant de ma reddition. J'avais besoin de lui.

« Shivalri! » J'ai entendu et j'ai ouvert les yeux, haletant alors que je serrais ma gorge. Mes yeux se sont lancés alors que je fouillais la zone, trouvant Pyre planant au-dessus de moi, les yeux enflammés comme je savais qu'ils le seraient.

« Enlevez-les de moi! » criai-je en me raclant le cou, sentant toujours le contact des griffes et des écailles s'enfoncer dans ma chair. Le serpent était profondément enfoncé dans ma gorge, lourd dans ma cage thoracique. Pyre attrapa mes mains et les força à s'éloigner de mon cou. J'ai essayé de les arracher à sa poigné, ayant besoin d'enlever la sensation des créatures de ma peau. Pyre tint bon, ses yeux affolés alors qu'il me forçait à le regarder. Je ne pouvais pas respirer. J'essayai de détourner la tête, ayant besoin de voir derrière lui. J'avais besoin de m'assurer que les bêtes ne m'avaient pas suivi dans la pièce.

« Tout va bien », dit Pyre d'une voix insistante. « Il n'y a rien sur toi, Shivalri. Il n'y a personne ici à part de moi. » J'ai finalement abandonné l'idée que les créatures auraient pu venir me chercher dans ma chambre et je l'ai regardé. J'ai senti quelque chose dans ma poitrine se déverrouiller lorsque j'ai trouvé les yeux dorés auxquels j'avais aspiré dans mon temps de détresse. La masse pressée contre mes côtes n'était pas un serpent mais la plénitude de ce que signifiait avoir un destin comme le mien. Les émotions brûlantes ont négocié leur chemin vers l'avant, jaillissant de moi dans une vague de larmes. Le choc, la répulsion et une véritable terreur forcèrent des tremblements à parcourir mes veines. Je ne pouvais pas me débarrasser de la sensation de cauchemar. Ç'avait semblé si réel. Les sentiments qui l'accompagnaient l'étaient certainement. Pyre attira mes mains sur ses pectoraux, les serrant si fort que je pouvais exploser de consolation. Il est venu pour moi. Je l'avais appelé dans mon moment de désespoir, et il était venu.

« Tu es venu », ai-je dit, tremblante et incertaine de ce que ça signifiait.

« Tu m'as appelé », répondit-il d'une voix rauque. Ses mains étaient toujours accrochées aux miennes comme une corde de vie. « Je pensais qu'il t'était arrivé quelque chose de mal. Je pensais que tu te faisais attaquer, » dit-il en soufflant brusquement. Une mèche de cheveux sombres tombait sur son front, projetant une ombre sur son visage. « Vous devriez savoir, Déesse; je viendrai toujours pour toi. Tu as mon mot. » J'ai hoché la tête, sentant l'épaisse boule dans ma gorge s'atténuer lentement. « Qu'as-tu vu? » demanda-t-il doucement. Je pouvais encore distinguer ses traits dans l'obscurité en raison de sa proximité et de la faible lumière du feu dans toute la pièce. Il portait une inquiétude évocatrice et ses yeux étaient des flaques d'or, prouvant le sérieux.

« Ils étaient partout, » haletai-je alors qu'un frisson de dégoût me remplissait jusqu'aux dents. « Il faisait si noir; je ne pouvais pas les voir. Mais ils étaient là. Des bêtes avec des griffes et des serpents... J'ai senti chacun d'eux. Ils allaient me déchirer. Ils allaient me détruire de l'intérieur. » Je ne pouvais plus le retenir. Mes cris n'étaient plus confus. Ils étaient paniqués et épais alors que je sanglotais, sans me soucier du désordre que mon visage était devenu. Pyre m'a pris dans ses bras et, pour une fois, je n'ai pas bronché.

« Vous êtes en sécurité », murmura Pyre. « Je t'ai. Personne ne te fera jamais de mal tant que je respire. » Je sentis sa main large trembler alors qu'il prenait ma nuque en coupe, me berçant contre sa poitrine. « Je t'ai », a-t-il répété, et j'ai senti la chaleur de son souffle sur mes cheveux. Jamais de ma vie je n'avais ressenti un tel coup de fouet à cause de mes émotions. Je n'avais jamais vécu une terreur comme celle-ci, seulement pour être réconfortée et me sentir au chaud instantanément après. Il était la dernière personne que j'aurais dû désirer, mais la première que mon âme appelait. *Je t'ai*, avait-il dit. Et c'était vrai. À bien des égards, ça l'était.

Pyre laissa échapper un souffle lourd et ses bras se desserrèrent autour de moi. La panique m'inonda d'une vague intense, mon dos se raidit à l'idée qu'il me laisse partir. Il pourrait me protéger. Il me défendrait. Je le savais maintenant plus que jamais.

« Ne me laisse pas. » J'avalai ma salive, m'accrochant à ses bras musclés, l'incitant à rendre la prise qui me serrait le corps.

« Déesse, je... » hésita-t-il, s'éloignant, laissant un pouce entre nous alors qu'il me regardait avec des sourcils froncés, scrutant mon visage, semblant désespéré de me lire. Son visage était étonnamment sculpté, électrique dans la composition nette de sa structure osseuse. Ça m'a encore frappé à quel point il était beau, évidemment sculpté par les mains les plus douées à exister. Il y avait des questions dans son regard, abondant et agité. Même si je n'étais pas prête à fouiller dans l'un d'eux, j'avais besoin qu'il reste. Le tiraillement dans ma poitrine me l'a dit.

« Ne pars pas », ai-je imploré, cherchant sur son visage le moindre signe qu'il pourrait fuir. Sa mâchoire claqua alors qu'il se mordait la lèvre inférieure. Mes yeux ont suivi le mouvement, et une toute petite partie de moi a dansé au fond de mon esprit, appréciant la façon dont je l'avais affecté. « S'il vous plaît », ai-je ajouté. « Juste pour ce soir. » Il m'a regardé fixement pendant un long moment, et j'ai pensé qu'il allait carrément me refuser.

« Pourquoi? » demanda-t-il, les yeux cachés derrière des cils baissés. Sa voix baissa et je la sentis résonner. Je déglutis difficilement, trop consciente que je marchais sur de la glace. Ça pourrait compliquer les choses. J'étais sûr qu'il savait que je ne voulais pas dire que je voulais qu'il reste à cause de la façon passionnée dont il me regardait. Mais cela a suscité des pensées, des pensées dangereuses. Si mon esprit avait longé le bord de ces pensées, il semblait que la sienne avait creusé sous la surface dans la façon dont ses iris dorées brillaient dans l'obscurité. Je voulais qu'il reste avec moi parce que c'était indulgent de l'avoir près de moi. C'était bon d'être tenu dans ses bras, et après cet horrible cauchemar, j'avais hâte de céder à mon besoin de trouver du réconfort. Au diable les conséquences. Qu'est-ce que ça disait de moi? Le fait que j'aie cherché du réconfort auprès de mon ravisseur, le dirigeant du Under Realm, n'a guère calmé mes nerfs. Mais j'ai repoussé la prudence qui me rongeait, m'autorisant ce moment, juste ce moment, et rien de plus. Je me raclai la gorge et il me regarda avec hésitation.

« Parce que je sais que tu me protégeras. » Ses lèvres se contractèrent, formant un léger sourire avant que son menton ne se penche en signe de tête. Sans un mot, Pyre nous a déposés sur le lit, et une nervosité très étrangère m'a picoté. Je le regardai prendre la couverture, l'enroulant lentement et soigneusement autour de nous. Mon cœur martelait sauvagement dans ma poitrine, battant contre ma cage thoracique alors que j'essayais et échouais à retenir mon souffle alors que j'écoutais le silence entre nous. Je sentais chaque partie de son corps qui touchait le mien. Mon pied gauche a rencontré son droit; ma hanche reposait contre son bras, qui était entre nous. Je n'osais pas bouger, osais à peine respirer alors que la tension montait. Bien que nous soyons allongés côte à côte, à peine connectés, le poids de sa présence était enivrant. Son doigt a soudainement bougé, effleurant à peine la courbe de mon côté, et mon souffle s'est bloqué dans ma gorge quand j'ai réalisé qu'il essayait de me calmer. Ma peau picotait au contact. Je serrai ma mâchoire, voulant que ma tête se tourne juste assez pour l'apercevoir. Il fixait le plafond, immobile, à l'exception du doigt qui me caressait toujours. Je pris une inspiration pour me calmer en laissant mes yeux parcourir les plans de son visage. Ses lèvres parfaites faisaient la moue et ses sourcils foncés et anguleux étaient rapprochés comme s'il menait une guerre en lui-même. Ses lèvres se sont soudainement entrouvertes et j'aurais peut-être manqué les mots tranquilles qu'il a murmurés si je n'avais pas été en train de le regarder.

« Avec ma vie... »

46

PROPAGER

Quand j'avais accepté d'apprendre ma magie et d'essayer de travailler avec Pyre Malum, le *daimon* des Morts, le vieux Dieu aux liens coupés; je n'avais aucune idée de ce que ça impliquerait. Tout ce que je savais, est que c'était le seul moyen de sortir de ma situation, et même après les arrangements de sommeil inattendus de la nuit dernière, c'était toujours ce que je cherchais à faire. Bien que des parties de moi aient hésité à envisager de laisser Pyre derrière moi, c'était finalement mon seul choix et la bonne chose à faire pour moi. J'avais besoin d'apprendre à utiliser ma magie. Apprendre était le seul moyen pour moi d'avoir une chance de me libérer. J'avais besoin de la capacité de le combattre et de trouver un moyen de revenir sur Terre, de retrouver ma famille.

C'était étrange de travailler avec ce Dieu. Chaque jour était une nouvelle tâche. Apprendre le contrôle, la concentration, l'équilibre et comment exploiter tout ça. Chaque leçon se terminait par la même chose: Pyre était frustré et contrôlait la situation en infligeant de petites quantités de pouvoir autoritaire. Peu importe combien de fois j'ai essayé, c'était toujours ce à quoi il recourait, que nous ayons ou non bien progressé pendant la journée. Ç'a fonctionné, mais je l'ai détesté.

« Pyre, s'il te plaît, » suppliai-je. « J'essaie. » Je pose mes mains sur mes genoux, à bout de souffle. La sueur coulait sur mon front alors que je prenais un moment pour moi.

« Ce n'est pas assez. » Il fronça les sourcils. « De nombreux jours se sont écoulés et vous n'êtes toujours pas capable de manier votre affinité avec le feu sans une forme de tourment. C'est la plus féroce des affinités, et il faut apprendre à la manier avec facilité. » Je me suis fissuré les poignets en signe de plainte.

« Tu ne m'as pas donné la chance d'essayer sans me contrarier, » me moquai-je. « Je n'ai pas besoin de tes griffes près de ma peau ou que tu me nargues; j'ai juste besoin que tu me fasses confiance. » Je frottai la douleur qui résonnait dans mes os.

« Confiance? » Il rit. « Ça n'a rien à faire avec la confiance, Déesse, et tout à faire avec l'obtention de ce que je veux. » Je me suis assis maintenant, ayant repris mon souffle. Il avait remonté ses murs, et je n'aimais pas cette version de lui. Il m'observa avec hésitation, et j'expirai en tremblant d'épuisement. Provisoirement, j'ai étiré mes jambes, pincé mes orteils avec mes doigts et me suis penché sur la brûlure. À chaque leçon difficile, mes articulations devenaient de plus en plus enflées et mes muscles constituaient le soutien qui me manquait. Non seulement je maniais le feu, mais je courais aussi et déviais les coups de Pyre. J'ai couru et j'ai défendu le rythme régulier de mon cœur qui travaillait à plein régime pour suivre mes mouvements. Pas une seule fois je n'ai laissé sa flamme me toucher, mais ç'a fait des ravages sur mon corps.

« Tu auras ce que tu veux, Pyre, » dis-je d'une voix étouffée, la tête tournée vers mes genoux.

« Vais-je? » demanda-t-il en m'encerclant alors que je m'asseyais sur le sol. Je commençais à m'habituer à me faire planer par ce *daimon* aux ailes sombres. Il essayait toujours de m'intimider, essayant toujours de faire jaillir mon feu. À ce stade, il était difficile de s'en soucier. Je me recroquevillai en position assise et serrai mes genoux.

« Je suis capable de conjurer la magie que nous recherchons. J'ai invoqué le feu et la terre et même déplacé l'air à volonté. Que voulez-vous de plus de moi? » J'ai demandé. « Je n'ai pas eu beaucoup de temps pour apprendre. Tu as eu toute ta vie pour contrôler ta flamme. »

« Oui, mais nous n'avons pas toute une vie pour vous apprendre », a-t-il souligné.

« Avons-nous une date limite? » ai-je demandé rhétoriquement. C'est *moi* qui avais le délai. Je voulais sortir d'ici aussi vite que possible. Pyre cessa de rôder et s'immobilisa devant moi. Il s'accroupit pour répondre à mon niveau.

« Je veux ma liberté, Déesse, » dit-il étrangement calme. « Je veux ma liberté maintenant. » Il tendit une main, m'obligeant à la prendre. Je soupirai, me soumettant, et il me souleva du sol. Nous étions face à face, toujours silencieux. Il portait un air inquiet dans ses yeux alors qu'il me regardait. « Tu vas bien aujourd'hui? » demanda Pyre, mal à l'aise dans son froncement de sourcils.

« Oui, merci, » répondis-je en replaçant mes cheveux dénoués derrière mon oreille. J'ai reculé au rappel du cauchemar de la veille dernière et l'ai repoussé dans les recoins de mon esprit.

« Et vos os? » continua-t-il, se rapprochant de moi maintenant. Depuis que je lui avais parlé de mon état, il était plus alerte dans la façon dont il agissait physiquement, surtout après la nuit dernière. La façon dont il m'avait bercé comme si j'étais la chose la plus délicate qu'il ait jamais touchée m'a fait déterminer davantage qui il était à l'intérieur. Je savais que l'entraînement qu'il offrait était pour mon propre bien, et il était légèrement moins agressif, ce dont j'étais certainement contente. Cependant, voir le Dieu des Morts s'inquiéter de mon bien-être était étrange.

« Mes os sont compliqués. » Je haussai les épaules et cachai mes mains dans les manches de ma chemise flottante.

« Puis-je? » demanda-t-il et attrapa mes bras. Ses actions m'ont surpris. Je ne m'attendais pas à ce qu'il me touche si librement en dehors d'une séance d'entraînement. La nuit dernière avait changé les choses. *Au diable les conséquences...* Qu'avais-je fait?

« Que faites-vous? » me demandai-je alors qu'il tirait mes manches vers l'arrière, enroulant le tissu jusqu'à mes coudes.

« Je voudrais voir, si ça ne vous dérange pas? » Il prit chacune de mes mains dans les siennes, soigneusement, délicatement, et les retourna. Il regarda attentivement mes paumes, cherchant une indication que mes os étaient inhabituels. Il les a retournés plus, regardant apparemment mes jointures. Il passa un doigt délicat sur ma main droite, touchant la bague de ma mère. J'ai reculé instinctivement, ne voulant pas qu'il se connecte avec une partie de ma famille. Ce n'était pas à lui d'y toucher. Ce n'était pas à lui de le prendre. Il me regarda rapidement, les sourcils froncés, puis serra à nouveau mes mains dans les siennes. Son pouce frotta la bosse qui reposait sur mon poignet droit et il leva les yeux vers moi. « Est ce que ça fait mal? »

« Non, » j'ai murmuré, abasourdie par le changement d'orientation. « C'est inconfortable lorsque vous appliquez une pression, mais le simple fait de me toucher ne fait pas mal. »

« Qu'est-ce que c'est? » Il frotta à nouveau son pouce, se référant à la bosse.

« Un nodule rhumatoïde », balbutiai-je. « Ils vont et viennent avec le gonflement. Je les attrape pendant les poussées. »

« Des poussées? » Il pencha la tête sur le côté, intrigué.

« C'est comme une attaque intense contre mon système. Pour moi, cela a toujours été causé par un traumatisme. » Ses yeux se plissèrent, frottant toujours ma main avec émerveillement. Mes paroles le dérangeaient. Je pouvais le voir dans le jeu de sa mâchoire et la façon dont son froncement de sourcils s'accentuait.

« C'est moi qui ai causé ça? » demanda-t-il à l'improviste, le visage dur. « Quand j'ai attrapé ton poignet, est-ce que ç'a causé cette douleur constante? » Je secouai la tête vers lui avec incrédulité.

« Maintenant, tu t'en soucies? » Il lâcha mes mains et recula d'un pas.

« Je ne veux pas te faire de mal, Déesse. Je veux seulement te rendre plus forte. C'est comme ça qu'on m'a appris il y a si longtemps. Le malaise que j'inflige n'a pas vocation à durer. » Il s'arrêta, regardant loin de moi vers le sol. « Votre pouvoir et votre immortalité sont censés vous protéger des effets permanents, mais si mes actions causent vraiment une détresse durable, alors j'arrêterai assurément. J'ai le regret de vous avouer que je n'ai pas vu à quel point notre entraînement a été ardu pour toi, » dit-il, les épaules rigides. Je voulais lui dire qu'il avait causé de nombreuses sortes de douleurs pendant toute une vie, mais j'ai décidé de ne pas le faire. Même si je voulais qu'il se sente coupable, je ne voulais pas lui mentir à propos des nodules. Il sentirait inévitablement la pourriture s'écouler de ma bouche si je le faisais.

« J'ai eu ces bosses bien avant mon arrivée ici, Pyre. Vous n'en étiez pas la cause. » Il a progressivement décollé ses yeux du sol, me regardant dans ses pensées - un malaise enraciné dans son regard.

« Pourquoi? »

« Si tout va bien pour toi, je préfère ne pas parler de mes difformités. C'est assez gênant que j'aie des petits doigts tordus, que je ne puisse pas redresser mes doigts et que ma colonne vertébrale essaie d'imiter le bossu de Notre-Dame. Nous n'avons pas besoin de parler de mes bosses. »

« Je serais ravi de discuter de vos bosses. » Il sourit en baissant les yeux sur ma poitrine.

« Drôle. » Je toussai, la chaleur me montant aux joues. Est-ce qu'il vient juste de flirter avec moi? Sacrebleu, mais qu'est ce qui se passe? J'ai tout de suite désespéré de changer de sujet. Cette conversation avait pris une tournure étrange.

« C'est quoi le bossu de Notre-Dame? » demanda-t-il avant de me donner une tape sur le nez. Mes yeux s'agrandirent de surprise. Abasourdi par ses taquineries, je restai bouche bée devant son sourire mordu aux lèvres. J'ai cligné des yeux plusieurs fois avant de me secouer de mon regard ouvert.

« C'est un *qui*, pas un *quoi*. Et ce n'est pas important, » lui assurai-je. « Revenons à l'entraînement », marmonnai-je. « Sans tourment », ai-je ajouté en me redressant.

« C'est l'idée. » Il joignit ses mains derrière son dos et s'éloigna de moi. « Lorsque vous évoquez le feu, cela provient souvent de la brûlure. Ça correspond à votre douleur. La terre vient de l'amour et de la force intérieure. Cela a été purement évident. » J'ai hoché la tête en signe d'accord. « Lorsque vous conjurez de l'eau, c'est par chagrin. Parfois de joie, mais surtout de chagrin », a expliqué Pyre. « Lorsque vous évoquez de l'air, à quoi pensez-vous? » J'ai pensé au vent et je me suis souvenu quand il m'est venu au manoir Grimsbane. Ensuite, c'était venu du désespoir, une sorte d'espoir mêlé d'angoisse. Mais ici, au château de Pyre, je l'avais brièvement ressenti chaque fois que j'avais pensé à m'échapper.

« Je pense à la liberté et à l'espoir », ai-je résolu, connaissant rapidement la réponse dans mon ventre. « Je pense juste d'être. » Je fermai les yeux à cette pensée. J'ai senti une brise fraîche circuler autour de moi alors que je m'imaginais planant dans les airs.

« Bien. Continuez, » ordonna Pyre à distance. « Qu'est-ce que ça fait d'être? » interrogea-t-il plus avant.

« Juste être. » J'ai essayé de trouver un moyen de le décrire. « Être, sans souci; sans attention. Croire en tout ce que vous êtes et exister simplement en vous-même; comme tu veux. »

« Existant. » Il rit. « Ouvre tes yeux. » Sa demande m'a troublé.

« Quoi? » j'ai demandé en ouvrant les yeux et en réalisant que je dérivais au-dessus du sol.

« Merde sacrée! Je vole! »

« Vous planez. » Il gloussa et frappa dans ses mains.

« Comment puis-je descendre? » Je riais toujours du haut.

« Comment te lèves-tu? » a-t-il répliqué, et j'ai fermé les yeux en pensant au ciel. Je me sentais monter maintenant. Plus haut et libéré, je suis allée. Je pensais que, dans ce bonheur, si j'osais rouvrir les yeux, je pourrais toucher le plafond du château. J'ai apprécié ce moment, ce petit bout de liberté, ce moment d'être. J'ai repensé au sol et j'ai rapidement commencé à tomber. Mon cœur a tonné alors que j'anticipais la pierre dure sous mon lester. J'ai jeté mes bras, tentant de ralentir ma descente par miracle.

Avant que je ne puisse tomber, Pyre a sprinté vers moi avec les bras écartés. J'ai eu peur pendant un moment, car il semblait qu'il pourrait me démolir. Je tendis les bras devant moi, me préparant à un impact de lui ou du sol. À ma grande surprise, il m'a attrapé contre sa poitrine et m'a fait pivoter. Ma bouche est restée bouche bée face à l'absurdité, et j'ai soudainement ressenti l'envie de rire du sentiment euphorique de cet instant.

« Que faites-vous? Déposez-moi. » J'ai rigolé. Il m'a lâché et m'a tenu par les épaules. J'étais abasourdi. Je n'avais jamais rien vu de proche de la joie sur le visage de cet homme. Toute cette affaire était bizarre et extravagante, mais si belle.

« Quel goût à la liberté? » demanda-t-il en souriant d'une oreille à l'autre.

« C'est exaltant. » J'ai rayonné. « Penses-tu que je peux le refaire? » Il sourit et laissa échapper un rire.

« Bien sûr vous pouvez »" Il acquiesce. « Rejoins-moi. » Je l'ai fait.

QUAND VINT le moment pour Pyre de se retirer pour la nuit, je flânai près de mon bassin d'eau, prenant un temps relativement long pour me baigner. Après les terreurs de la nuit dernière, je n'avais pas envie d'essayer de dormir. J'avais frotté ma peau à vif, me souvenant de l'horrible sensation de monstres m'attaquant dans mon cauchemar. Maintenant, parfaitement propre mais ne voulant toujours pas tester le sommeil, j'ai décidé de prendre un peu de temps pour expérimenter mon affinité pour la terre. Il m'est venu rapidement et certainement plus maîtrisé que les autres. La magie ne demandait qu'à ce que mes pensées dérivent vers d'heureux souvenirs de jardinage. Les pensées heureuses, en général, étaient la source de mon affinité terrestre; cependant, j'ai trouvé que se concentrer sur des moments dans la nature était un moyen convenable de s'assurer que ma magie venait quand et où je le voulais.

Je fermai les yeux, me rappelant comment Pépère collait des cages circulaires autour des plants de tomates, m'apprenant à être doux lorsque je plaçais les tomates dans les boucles. Rouges, dodues et délicieuses, elles constituaient une collation savoureuse et j'étais d'humeur à goûter l'été. J'ai planté mes pieds, imaginant le sol rempli de terre, recouvrant le dessus de mes orteils d'une terre riche et humide. Je pouvais sentir la verdure qui poussait autour de moi alors que je me tenais dans ma chambre. Ça sentait la fin de l'été. Les feuilles seraient encore vibrantes à l'époque où j'ai imaginé. Les légumes seraient prêts et mûrs pour être récoltés.

« Je pensais que je sentais la divinité », a déclaré la voix familière devant ma porte. Je l'avais laissée ouverte, ne voulant pas me sceller avec les créatures de mon imagination.

« Pyre, » dis-je en faisant un pas vers lui, oubliant la terre sous mes orteils. J'écrasai une tomate juteuse et m'arrêtai, baissant lentement la tête dans l'embarras et le malheur. Le son du rire guttural de Pyre me fit rougir, et je levai progressivement mon pied, regardant la peau et la vase pendre de mes orteils et tomber au sol. Pyre entra dans la pièce, l'air à la fois majestueux et désinvolte alors qu'il s'avançait vers moi, une main calmement posée dans la poche de son pantalon. Il était torse-nu, comme d'habitude, et ses grandes ailes à plumes étaient repliées derrière lui, projetant des ombres sur ses traits. Je l'ai observé alors qu'il s'approchait.

Me tenant à un pied l'un de l'autre, je le fixai, tentant maladroitement de garder mes yeux loin de sa poitrine musclée. Ses lèvres se retroussèrent en un sourire narquois, le genre qui faisait jaillir le charme dans mon ventre. Pyre a commencé à s'agenouiller et j'ai failli reculer, mais pas avant qu'il ait pris mon pied sale dans sa main et enlevé le reste de la crasse. Il reposa doucement mon pied sur le sol et se leva de son genou. Une tache brune maculait maintenant son genou, et je me mordis la lèvre, considérant ses actions. Il m'avait retiré la saleté uniquement pour se salir. Il essuya la crasse de ses doigts sur son pantalon, indifférent.

« Vous semblez vous débrouiller beaucoup mieux en ce qui concerne votre affinité avec la terre », a déclaré Pyre en haussant les épaules tout en examinant le terrain de ma chambre.

« Je pense que c'est mon préféré », j'ai admis, en détournant les yeux de lui et des plantes qui poussaient maintenant autour de moi. Les plants de tomates s'étaient manifestés avec une simple pensée, comme je l'avais voulu.

« Je dirais naturellement que le feu est mon cadeau préféré », a déclaré Pyre, attirant mon attention sur lui. « Maintenant, je ne suis pas si sûr. »

« Tu aimes aussi l'affinité de terre? » J'ai demandé. Un sourire tira sur sa bouche, et le mien imita son geste.

« J'aime ce que tu aimes. » Ses paroles m'ont fait rougir et j'ai juré que la chaleur entre nous était une chose tangible. Je me tournai vers la plante la plus proche et pris la plus mûre de la grappe. Je mâchai ma lèvre, avalant les nerfs alors que je la levais vers Pyre, lui offrant le fruit. Ses sourcils, foncés contrairement à sa peau, relevés au-dessus de ses yeux dorés.

« Tomate? » J'ai offert. L'attraction magnétique entre nous était intense, faisant trembler ma main. Pyre se pencha en avant et pressa ses lèvres sur le fruit rouge, prenant une bouchée directement de ma prise. Le souffle quitta mes lèvres alors que ma mâchoire s'ouvrait, incapable de détourner le regard. Pyre s'écarta, lécha ses lèvres et plissa les yeux vers moi, me mettant au défi de dire quelque chose – n'importe quoi. Ses yeux en amande aux coupes rêveuses, magiques et séduisantes, tombèrent finalement alors que ses cils s'abaissaient.

« Merci, » dit-il, brisant le silence. Je me raclai la gorge, essayant toujours de comprendre ce qui s'était passé. Pyre prit le fruit de ma main toujours tendue et recula. Au moment où il s'est éloigné, j'ai senti l'air autour de moi terne. Même s'il était rassis, il était plus facile de respirer.

« Euh, de rien... » J'ai réussi et j'ai finalement laissé tomber mon bras à mes côtés.

« Ça va aller ce soir? » Il a demandé. J'ai froncé le nez, confus.

« Quoi? »

« Le cauchemar... » clarifia-t-il. « Serez-vous correcte pour dormir seul ce soir? Je suis plus qu'heureux de... »

« Oh, non, » lâchai-je en le coupant. Comme s'il n'y avait pas assez de rougeur dans mes joues, il a dû aller offrir une autre soirée dans mon lit. « Tu es bon. Je veux dire, je vais bien. J'irai bien. » Je trébuchai sur mes mots et tirai sur la manche de ma chemise, me sentant maladroite et insensé. Pyre hocha la tête, semblant comprendre mon inconfort, et recula vers la porte.

« Très bien, » répondit-il, jetant un autre coup d'œil autour de la pièce. « Bravo, Déesse. Maintenant, repose-toi. »

« D'accord, » ai-je répondu, écrasant mes orteils dans le sol, ne sachant pas quoi dire ou faire alors qu'il me regardait. Il se détourna, faisant mine de partir. « Merci », ai-je dit, en balbutiant et en semblant beaucoup plus gazouillis que je ne le ressentais. J'ai aperçu un sourire tirer sur ses lèvres avant qu'il ne parte dans le couloir. Le tirage au sort entre nous s'est étiré alors que je le regardais partir, une tomate à la main.

47

MAELSTROM

La semaine d'entraînement suivante n'a pas été aussi ardue et beaucoup plus gérable. Flotter, ou planer comme Pyre l'appelait, était une non-pensée. Je devais juste fermer les yeux et penser à la liberté. C'était une brise passant par les mouvements. J'ai passé beaucoup de temps dans les airs, regardant la pièce. Le feu m'est venu plus facilement maintenant. Tout ce que j'avais à faire était de penser à être piégé ici, à m'apitoyer sur mon sort, et je me suis enflammé. C'était l'extinction de l'incendie qui était plus difficile. Calmer ma rage était le truc, un truc que je n'avais pas encore tout à fait conquis.

J'ai aussi appris à faire pousser des fleurs et des plantes dans cette habitation sèche et sans vie. La terre est rapidement devenue mon affinité préférée. Même s'il était parfois difficile de vider mon esprit de cet endroit, l'affinité avec la terre m'est venue en pensant à des souvenirs heureux. La puissance progressait si je me concentrais sur les journées de jardinage avec mes grands-parents. La première chose que j'ai cultivée intentionnellement, en dehors des premières expériences, était une plante de gingembre amer. J'étais ravie d'avoir travaillé ma magie et produit la plante de gingembre savonneuse de ma grand-mère, qu'elle utilisait souvent comme shampooing. La sensation de me laver les cheveux avec du savon était délicieuse en soi, mais l'odeur était magnifique. L'odeur de gingembre épicé s'est accrochée à mes cheveux tout au long de la journée et ma peau a suscité l'arôme à chaque mouvement que j'ai fait. J'avais commencé à tordre mes cheveux sur le devant de mon visage juste pour sentir le parfum chaud. Ça m'a fait penser à chez moi.

La lavande poussait maintenant dans tous les coins de ce château. Le chèvrefeuille drapait chaque rebord de fenêtre et les vignes poussaient sur la plupart des murs. J'ai donné vie à tout ce que Gram m'avait appris sur le jardinage. Pyre m'a informé qu'être immortel comportait certains avantages, comme nécessiter de la nourriture beaucoup moins souvent que les humains. Même si je ne ressentais aucune faim dans ce royaume inférieur, j'ai planté un jardin dans la salle du trône le long du mur avec les fenêtres. Le sol autrefois argileux s'est transformé en sol rempli de rangées de végétation. Pyre aimait même grignoter les haricots qui poussaient sur leurs tiges, partageant souvent des bouchées avec Drakovyr, qui était visiblement impatient de les recevoir. C'était bizarre de le voir faire quelque chose de considérablement ordinaire. C'était encore plus étrange de le comparer à mon jeune moi, qui avait l'habitude de voler les haricots de Gram directement de la tige quand j'étais enfant.

Les serviteurs de Pyre ont également pris des plantes quand ils pensaient que je ne regardais pas. J'avais dit à Alriq, le chef des pythrants, qu'ils étaient libres d'avoir ce qu'ils voulaient. Il m'a rapidement remercié; encore, je ne savais pas s'il l'avait dit aux autres. Bien que Pyre et les pythrants n'aient pas besoin de fruits et de légumes pour se nourrir, ils semblaient ravis de cette gourmandise. Moi, j'ai surtout apprécié les baies. J'avais oublié à quel point une fraise avait un goût délicieux et à quel point un fruit frais sentait merveilleusement bon. J'ai mangé à ma faim de fruits et de légumes tant que je pouvais en produire et je les ai bien appréciés.

J'aimais cette affinité terrestre, mais il fallait que je sois méticuleux. Voir la vie dans ce château me rendait généralement contente, mais parfois ça déclenchait ma rage. Lorsqu'il était bouleversé, il n'a fallu qu'une touche à la flore pour que la rage prenne racine, transformant tout en cendres. Ensuite, j'ai dû régénérer le développement. Ce problème arrivait de temps en temps. Quelque chose me bouleversait tous les deux jours et je brûlais. Il n'y aurait aucun avertissement et aucun retardateur de flamme en vue - juste moi, enfermé dans le feu.

Pour la plupart, j'étais capable de tout contrôler, ce qui m'a fait me sentir beaucoup mieux dans ma progression. Cela a solidifié la possibilité de mon évasion. Pyre semblait plus heureux chaque jour qui passait, son humeur plus légère que d'habitude. Je comptais les jours au fur et à mesure depuis ma sortie de l'oubliette. Onze, pour être exact. Presque deux semaines d'apprentissage de la magie et toute ma vie en dépendait. J'ai pensé à ma grand-mère, mon frère, ma cousine et mon père. J'ai pensé à tous ceux que j'avais laissés sur Terre et je me suis souvent demandé ce qu'ils faisaient – curieuse et pleine d'espoir qu'ils allaient bien.

J'ai dû les chasser de ma tête parce que je perdais espoir si j'y pensais trop longtemps. Quand j'ai pensé à Gram, Raidan et Satyra, je les ai imaginés dans la maison. Je les ai imaginés blottis les uns contre les autres, assis sur des chaises longues et buvant du thé. Je devais les imaginer souriants et en bonne santé. Les images d'eux allongés sur le sol de la Maison de l'Enchantement m'ont donné des frissons. On m'a volé loin d'eux, sans savoir s'ils étaient morts ou vivants. Ils devaient aller bien. Ils étaient tout pour moi.

Alors que le dix-septième jour de mon séjour ici dans l'Under Realm approchait le matin, j'ai constaté que le temps augmentait un peu plus vite avec chaque jour qui passait. J'apprenais et que je m'entraînais, ma magie est devenue plus forte. C'était plus contrôlé et a construit la confiance que je ne savais pas que j'avais. J'avais passé tout ce temps sous la garde du Dieu des Morts, et c'était tout sauf ennuyeux. C'était à la fois terrifiant et excitant. D'un côté, je savais qu'il était censé être la classification de la malfaisance, mais de l'autre, c'était amusant de voir ses différentes facettes de lui. Il devenait plus facile de jouer à ces différents côtés. Je devais me ramener à la réalité la plupart du temps et me rappeler que ce n'était pas un rêve. C'était comme une expérience hors du corps. Irréaliste. C'était la chose la plus étrange que j'aie jamais vécue, et je n'avais jamais imaginé que quelque chose comme ça puisse être réel. Je devais encore me concentrer sur la magie, peu importe que mon anniversaire approcherait bientôt et que je le passerais dans l'enfer de Pyre Malum.

Pyre n'a pas parlé des jours. Il ne voulait pas me parler des jours de la semaine ou des détails du calendrier. Quand j'ai demandé une fois, il m'a dit qu'ils étaient pour les humains et que le temps était insaisissable et insignifiant dans le royaume inférieur. Alors, j'ai commencé à compter à partir du jour où je suis sortie de l'oubliette. Le Dieu m'avait dit que j'étais restée dans la tour pendant cinq jours, ayant survécu à la chute, à la famine et à l'obscurité. Je n'arrivais toujours pas à croire que j'avais perdu autant de temps. Depuis lors, les onze jours que j'avais comptés étaient passés, faisant du séjour de plus de deux semaines un séjour long et difficile.

Après la nuit où Pyre était resté pour me réconforter après un cauchemar, il a commencé à me surveiller avant de se coucher après la fin de chaque journée, s'attardant dans l'embrasure de la porte. C'était presque comme s'il attendait que je l'invite à nouveau. La pensée d'à quel point je m'étais permis de me rapprocher de lui me donna la chair de poule dans les bras. Quelque chose de très inquiétant s'agitait entre nous. Il y avait eu un changement, une attraction cosmique dont je ne pouvais pas me débarrasser. J'étais ravi d'approcher de la fin de cette quête. Encore plus satisfaite de voir mes pouvoirs se manifester. Je m'en sortirais assez tôt. Je devrais. Pendant ce temps, je profiterais du temps que j'avais ici pour apprendre ma magie et me divertir avec le Dieu des Morts.

« Voulez-vous m'apprendre à vraiment voler? » J'ai regardé Pyre, qui se tenait près de ses livres, attendant qu'il me renie. Je me suis assis sur le rebord de la fenêtre et je savais qu'il m'observait quand je regardais par la fenêtre. Je savais qu'il pouvait dire que je souhaitais souvent sauter à la première occasion. Bien que tout ce que j'avais pu voir était une vaste étendue de désert et ce qui semblait être une rivière de lave qui coulait sur l'espace du terrain, j'aimerais toujours avoir la chance de sortir de ce château.

« T'apprendre à voler, dis-tu? » Il posa un doigt sur son menton en pensant. « Où voudrais-tu aller? » Il a jeté un regard sévère et a jeté ses yeux sur la fenêtre derrière moi. Je haussai les épaules, balançant mes pieds en dessous.

« Où que vous soyez prêt à m'emmener », j'ai supposé.

« Nous ne pouvons pas quitter le château », il a déclaré. Son visage était ferme et ses poings serrés à ses côtés. Je savais que ce serait sa réponse, mais ça ne voulait pas dire qu'il ne pouvait pas encore m'apprendre à voler.

« Faites-moi voler à travers le château », ai-je dit. « Cet endroit est assez grand pour une aventure et toi tu voles tout le temps dans les couloirs. »

« Oui. C'est mon moyen de transport préféré. » J'ai souri à ça.

« J'ai remarqué. » Il m'accueillit avec un sourire malicieux et hocha la tête.

« Tu m'as observé? »

« À des fins purement éducatives, bien sûr. » Je lui fis un clin d'œil, enhardi par son sourire espiègle. Il éclata de rire, serrant une main contre sa poitrine, la stupéfaction marquant son visage. Quelque chose dans mon ventre se tordit d'excitation à son rire, et j'ai pensé que je pourrais couiner à ce son. J'avais réussi à rendre ce Dieu misérable un peu plus brillant au cours de mes journées de travail avec lui.

« Tu viens de me faire un clin d'œil? » Il sourit, ses dents blanches et pointues scintillant au soleil.

« Peut-être. » Je ris, sentant la rougeur me brûler les joues. Il soupira avec un sourire narquois, m'approuvant.

« Vous m'avez convaincue, Déesse. Je vais t'apprendre à voler. Soyez prévenu, dans tous les cas. Il faut beaucoup d'efforts pour voler aussi gracieusement que moi. Il faudra du temps pour vous faire voler correctement, car vous n'avez pas d'ailes comme moi. » Mes yeux se sont posés sur ses ailes bleu foncé et noir, et je me suis retrouvé à m'émerveiller encore une fois. Ils avaient l'air si doux, une nuance de noir si semblable à la nuit avec un éclat d'indigo que j'avais appris à admirer. Je n'avais jamais craint cette partie de qui il était. Les ailes ressemblaient à une bonne présence. C'était comme un morceau de l'excellence qu'il était autrefois. Quand je l'ai regardé voler, j'ai pensé que tant que ces ailes resteraient sur son corps, peut-être que le bien resterait aussi une partie de lui, qu'il s'en rende compte ou non. Quand je me suis retourné pour rencontrer ses yeux, ils portaient l'humilité. Ça ressemblait à une reconnaissance de soi comme si lui aussi trouvait que ses ailes étaient la meilleure partie de lui. Comme s'ils étaient un rappel des bons moments d'il y a si longtemps.

« Apprends-moi à voler », insistai-je. « S'il vous plaît. Je mendie pratiquement ici. » J'ai lancé mes pieds devant moi, accroché au rebord de la fenêtre. Il rit doucement et tendit la main.

« Ne me taquine pas avec l'idée de ta mendicité », a-t-il raillé, et je lui ai pris la main, descendant du rebord. Je rougis à son sourire ironique, imaginant où ses pensées avaient atterri. Encore plus intrigant était où mon esprit était allé.

« OK, Pyre. Montre-moi ta magie et enseigne-moi vos manières », dis-je d'un ton moqueur, feignant de m'incliner. Il baissa la tête en retour.

« Nous commençons par vous faire décoller. »

« Je peux gérer ça. » J'ai souris. Il a relâché ma main et m'a laissé de l'espace pour me concentrer. Le vol stationnaire est venu à moi avec contentement alors que je passais une grande partie de mon temps ici à penser à ma liberté. C'était un besoin dominant que j'avais; par conséquent, je pouvais y puiser presque sans effort. J'ai trouvé ça intéressant de voir les progrès que j'avais faits en puisant dans les affinités. Étrange qu'en si peu de temps, je sois devenu une personne complètement différente.

Je fermai les yeux et inspirai profondément, remplissant mes poumons d'air. Le vent voletait dans mes cheveux et j'ai accueilli la brise familière que j'avais appris à connaître. C'était ma propre production d'air. Il sentait les feuilles douces et musquées et les fleurs en floraison. J'ai relâché mon souffle, et avec un jaillissement, j'ai ouvert les yeux, sachant bien que j'étais dans les airs, flottant à un pied entier au-dessus de Pyre. Il me sourit, rayonnant de ce qui semblait être de la fierté.

« Bravo », dit-il en déployant ses ailes. Il était instantanément au-dessus de moi, savourant son vol.

« Hé, ce n'est pas juste! » Je lui ai crié alors qu'il plongeait haut et bas. Le vent soufflait autour de moi alors que ses ailes battaient à proximité. Il s'est arrêté devant moi et a poussé un beuglement.

« Envie de me rejoindre, Déesse? » Il s'agit sur place, étendant largement ses bras. J'ai roulé des yeux.

« Un peu d'aide », j'ai demandé en désignant ma place. Ce fut à mon tour de lui tendre la main. Il haussa un sourcil, amusé par mon audace. Au lieu d'accepter, il a volé derrière mon dos et j'ai essayé de tourner la tête pour le suivre.

« Ne fais pas attention à moi », dit-il. « Regarde droit devant. Concentrez-vous sur votre chemin. » Il vint derrière moi et enroula ses deux bras autour de ma taille.

« Qu'est-ce que tu fais? » Je frappai ses mains, soudain trop consciente de mon estomac sous sa touche.

« Permets-moi de t'aider. » Il serra un peu plus fort, s'assurant qu'il me tenait fermement. Mon ventre se replia sous la constriction de ses mains, me forçant à souffler un peu. Il desserra sa prise, riant sans hésiter à mon oreille. Ça picotait un peu, et ça me faisait perdre l'équilibre.

« Je suppose », me moquai-je en m'accrochant à son bras pour me soutenir.

« Toujours si désireuse de protester, » dit-il tranquillement.

« Toujours si désireux de prévaloir », ai-je rétorqué. Il laissa échapper un souffle, et il parcourut mon cou.

« Tellement sensible. » Il se pressa contre moi et je haletai à la proximité. Je n'avais jamais été aussi proche de quelqu'un auparavant. Je pouvais sentir l'odeur des terres terreuses qui flottaient sur mon corps. L'odeur de la terre fraîche et des bois odorants a toujours été l'une de mes préférées, bien que je n'aie jamais ressenti son caractère charnel jusqu'à présent. Mes mains étaient instantanément moites et je les ai essuyées sur ma chemise.

« Où m'emmenez-vous? » je lui ai demandé, haleine un peu tremblante.

« Nous allons nous atteler au vol », a-t-il expliqué. « Au début, t'aura l'impression de te porter, car je gérerai la traînée que tu causes jusqu'à ce que tu sois habitué à tirer ton poids contre le vent. »

« Tu m'appelles lourde? » Je lui donnai un coup de coude pour lui donner une poussée de poing dans la poitrine.

« Parfaitement », a-t-il répondu. J'étais contente de ne pas lui faire face maintenant. Sinon, j'aurais été gêné qu'il me voie rougir.

« Allons-y », ai-je dit en retrouvant ma voix.

« Volontiers. »

Pyre nous a fait faire le tour du château pendant ce qui semblait être des heures. J'étais la plus contente que je n'aie jamais été en étant ici. Nous avons survolé toute l'étendue du château et j'ai admiré le bâtiment. J'utilisais à la fois ce temps pour mémoriser ses schémas pour une meilleure chance de m'échapper, mais aussi pour profiter de la vue qu'il offrait. L'Under Realm ne ressemblait à rien de ce que je n'avais jamais vu avant. Pyre ne s'est pas aventuré loin du château, mais nous sommes sortis brièvement en survolant un pont branlant relié à la deuxième moitié du bâtiment. Après avoir jeté un coup d'œil au passage, j'étais reconnaissante d'être dans les airs et de ne pas être à la merci de l'enchevêtrement brisé de cordes et de bois. Être à l'extérieur procurait un sentiment de liberté encore plus grand. Je me sentais légère comme une plume, une brise en apesanteur dans les bras de Pyre.

« Est-ce que vous allez bien? » me demanda-t-il à travers le vent doux qui jouait avec mes cheveux.

« Plus que bien. » Je respirai, savourant le moment. La poigné de Pyre se desserra un peu, me permettant de trouver mon propre pied dans les airs. Il voulut me relâcher, et mon estomac tomba dans ma gorge à l'idée de tomber. Je saisis son bras, qui tenait ma taille, me tendant jusqu'à ce qu'il s'enroule plus confortablement dans mon dos.

« Je ne te laisserai pas tomber », m'a-t-il dit. Une brève caresse de son pouce contre mon côté m'a pris par surprise, et je me laissai aller au toucher. Je souris secrètement dans la brise, découvrant que je le croyais. D'une manière ou d'une autre, à mon insu, j'avais appris à lui faire confiance. Pas tout à fait, jamais de tout cœur. Mais à ce moment, je lui ai fait confiance pour me porter à travers les cieux, me sentant en sécurité dans son étreinte.

« Je sais », lui ai-je dit. J'ai sentis sa tête descendre sur mon épaule, et une petite partie de mon âme fondit à ses actions douces et rassurantes.

« Et alors, Déesse... Aimez-vous voler? » J'ai regardé autour de moi, m'éloignant des pensées persistantes de la proximité de Pyre, et j'ai vraiment pris conscience de mon environnement.

« C'est merveilleux », ai-je répondu, et je le pensais vraiment.

Tout voir d'en haut a apporté une nouvelle lumière à l'endroit. J'ai été ravi de voir la couleur des plantes que j'avais cultivées dans tout le bâtiment. La meilleure partie de tout ceci était le sentiment de libération. Bien que j'étais enveloppé dans les bras du Dieu des Morts, j'étais exalté par le vent qui tourbillonnait autour de moi. J'ai joué avec l'air, dansant dans son aura. Dans ce moment de bonheur, j'avais envie de faire une pause, de le faire durer pour toujours. Pyre m'a soutenu pendant que nous volions, guidant chacun de mes mouvements.

Lorsque nous avons décidé de faire une pause, nous nous sommes dirigés vers la salle du trône, et il m'a lentement relâché pour que je puisse planer sur place par moi-même. Il tendit une main, et quand mes doigts glissèrent dans les siens, il nous stabilisa parallèlement à son trône d'os. Il m'a tenu fermement et je ne l'ai pas laissé partir.

« Pyre, » ai-je dit en taisant ma voix. Il me regarda attentivement comme s'il essayait de lire mon visage. « Vous êtes-vous déjà senti heureux comme ça? » Il fronça les sourcils.

« Tu me crois heureux? » interrogea-t-il.

« Oui », ai-je déclaré. « Vous avez souri. Un vrai sourire. Je dirais que ça te rend l'apparence d'être heureux. » Il sourit à cette mention, se penchant plus près de moi maintenant. Je dus pencher la tête en arrière pour croiser son regard. Il était tellement plus grand que mon cadre de cinq pieds cinq pouces. J'ai senti la chaleur sous sa montre. Ça s'est installé en moi comme une traînée de poudre.

« Êtes-vous heureuse? » Il a demandé. Mon sourire s'est rapidement transformé en un froncement de sourcils et il a légèrement incliné mon menton, me forçant à le regarder. « Ne me cache pas. » Il a cherché ma réponse. J'avais retenu mon souffle à son contact. Je ne pensais pas avoir de réponse, et si c'était le cas, c'était probablement la mauvaise.

« Je ne suis pas sûr », ai-je répondu simplement, de nombreuses pensées en moi étant en guerre les unes avec les autres. Nous étions debout devant la table entassée de vieux manuscrits, et elle me maintenait en place. Je n'ai pas pu échapper à son inspection. Lorsque Pyre s'est approché, j'ai rencontré le bord de la dalle avec l'arrière de mes cuisses. Je ne m'attendais pas à cette proximité en lui faisant face, et je suis vite devenu désordonné. Il m'a épinglé là et a simplement regardé, attendant des éclaircissements.

« Hm... » fredonna-t-il, et ça résonna dans ma poitrine.

« Honnêtement, je ne sais pas, Pyre, » dis-je nerveusement. Ses jambes musclées touchaient les miennes maintenant, et je pouvais sentir son ardeur se presser contre mon pantalon fin. Que se passait-il? Une sensation de picotement me parcourut à la pensée de l'intimité qui découlait de cette proximité. Mis à part des moments fugaces avec Pyre, je n'avais jamais rien ressenti de proche de ceci avant. Je n'avais aucun intérêt pour les hommes, aucun intérêt pour personne. J'ai pensé aux papillons que j'ai ressentis devant la gentillesse de Nathan, et la première fois que j'ai vu les yeux de Gladys O'Donnell. Ce n'était que de l'admiration. Rien ne comparait à cette passion. Cette agitation au plus profond de mon cœur était une luxure absolue, et c'était délicieux. Ici, avec cet être divin qui me regardait de si près que je pouvais goûter son souffle, je me demandais ce que ce serait de lâcher prise et de réaliser ce désir. A cette pensée, ses yeux appelèrent les miens; les siens rayonnaient d'une férocité brute. Il gémit et je sentis ses mains quitter le rebord de la table pour saisir mes hanches. J'inspirai brusquement au contact inattendu. Avec ce seul aspiration perçant, l'odeur des bois odorants m'envahit, me brûlant les entrailles. J'étais à bout de souffle. Je devrais l'arrêter, pensai-je, mais j'étais complètement immobile. Il avait une emprise sur moi, et je me mentirais si je disais que je n'aimais pas ça. Il sourit maintenant comme s'il lisait mes pensées.

« Je voudrais te rendre heureuse, Déesse. » Il lorgna. La pointe de ses dents m'effrayait et m'excitait à la fois. Ses deux mains saisirent mes hanches et je sursautai en réponse. Il rit doucement comme s'il savourait le son qui sortait de ma bouche. Je fixai ses lèvres, entièrement ravie. « Qu'est-ce qui te rendrait heureuse? »

« La liberté », j'ai chuchoté, et sur ce, il m'a laissé aller. J'ai retenu mon souffle au sens de sa libération, manquant sa chaleur. Il fit un pas en arrière, me voyant alors que j'étais assise sur la table, des livres de chaque côté.

« Je vois. » Il grimaça. J'ai commencé à m'inquiéter de l'avoir blessé. J'ai presque lu de l'embarras sur son visage, mais j'ai ensuite attribué ça à de l'antipathie.

« N'est-ce pas ce que tu veux? » Je bégayai, trouvant enfin le courage de parler. Il m'avait pris tellement au dépourvu que je ne pouvais pas penser correctement. Notre journée de vol insouciant et de proximité irréfléchie avait réveillé une partie plus profonde de moi qui avait gonflé fortement à l'intérieur depuis un certain temps maintenant. J'ai vu que ça bougeait en lui aussi.

« Oui », grinça-t-il en serrant les dents.

« Bien, » dis-je. « Alors, nous allons travailler pour vous l'obtenir. » Ses mains formaient des poings à ses côtés, et j'ai regardé les muscles de ses avant-bras vibrer. « Ai-je dit quelque chose de mal? » J'examinai, effrayé de trouver la réponse. Il est revenu vers moi maintenant, et j'ai senti toute cette chaleur revenir comme une frénésie.

« Tout ceci est pervers », a-t-il dit. « C'était censé être facile. »

« Facile? » J'ai respiré, un étrange picotement d'espoir s'envenimant en moi alors que je contemplais la signification ésotérique de ce mot.

« Facile. Sans complications », a confirmé le Dieu et a levé un doigt vers ma bouche. Il s'attarda là, léger comme une plume sur mes lèvres. Ils se séparèrent au contact du ravissement. Je sentis un frisson parcourir ma colonne vertébrale à cause de la pression qui grandissait en moi. J'ai pensé à un autre endroit où mes lèvres pourraient atterrir si je devenais si audacieuse. « Tu es devenu une complication », dit-il brusquement.

« Je suis désolé, » balbutiai-je; pas de véritables excuses, juste une réponse.

« Êtes-vous? » il a susurré. Son doigt a glissé de mes lèvres et a brûlé mon cou, se courbant lentement autour de l'arrière de ma tête. Légèrement, il emmêla ses doigts dans mes cheveux et inclina ma tête pour rencontrer son visage. Nous étions si proches. L'anticipation me tuait. Il semblait que cette proximité avait le même effet sur lui. La respiration de Pyre était contrôlée, mais je pouvais voir ses épaules se tendre, sa mâchoire se serrer. Il essayait de se contrôler.

« Pyre, » laissai-je échapper un frisson. Ses jambes s'enfoncèrent en moi au son.

« Je veux ma liberté, Déesse », il a lâché dans une déclaration haletante. Quelque chose comme de la déception est tombé en moi. Il regardait maintenant mes lèvres, contemplatif. Je m'immobilisai, pleinement consciente de son regard. « Mais quand j'entends cette appellation sur vos lèvres, la liberté ne devient qu'un des nombreux désirs », a-t-il dit brutalement. La révélation s'est enflammée alors que je le regardais. Lentement, Pyre remonta jusqu'à mes yeux. Ils brûlaient. Je déglutis sèchement et ses doigts se crispèrent en réponse.

« Que désirez-vous d'autre? » J'ai râlé, presque essoufflé maintenant. La chaleur était trop forte, mais pas assez.

« Toi, » grogna Pyre; un son grave et guttural sortit de sa gorge.

Avec cet aveu, il rencontra mes lèvres avec une force ravissante, me forçant à haleter. Ça ne sembla que l'agacer davantage et lui donna l'impulsion nécessaire pour poursuivre le baiser. Quand je l'ai rendu avec empressement, il a déployé ses ailes en grand, m'enveloppant dans ses ténèbres.

Sa langue rencontra la mienne, et un frémissement me parcourut de la tête aux pieds. Ceci c'était la passion. Je ne savais pas quoi faire de moi. Je n'avais jamais embrassé personne avant, et encore moins un Dieu. Comme s'il comprenait mon inexpérience, il s'éloigna rapidement, fixant le désordre qu'il avait fait de mes lèvres. C'était exaltant de voir l'expression sur son visage – cette expression de désir brut – *pour moi.*

« Quoi? » J'expirai, reprenant mon souffle. J'ai touché mes doigts à mes lèvres maintenant, tremblante. Au plus profond de mon cœur, j'ai senti la chaleur s'accumuler, s'intensifier. Pyre grogna, montrant ses dents dans un sourire méchant et pécheur. Sa poitrine se souleva rapidement et il laissa échapper un grognement - un grognement qui me disait qu'il n'était pas encore rassasié.

« Plus? » il a broyé.

« Plus, » répondis-je, et d'un mouvement rapide, il m'attrapa par la taille et me serra contre lui. Mes jambes ont immédiatement su s'enrouler autour de son abdomen alors qu'il agrippait mon cul. Le frisson me provoquait encore plus; ce moment d'envie. Je m'agrippai à ses épaules nues et musclées, approfondissant son baiser. La passion furieuse pour moi de cet homme m'a fait bouillir le sang de la meilleure façon possible.

Il a commencé à embrasser mon cou, ses dents effleurant ma peau. Je ne m'étais jamais senti aussi vivante. C'était étrange de se sentir vivante dans l'Under Realm. Bien que j'étais immortelle ici, je m'étais généralement senti sans vie; vaincu. Une vague d'émotion me traversa lorsque sa bouche rencontra à nouveau la mienne. Alors que ses lèvres se frayaient un chemin le long de ma clavicule et sur le haut de mes seins, je n'avais jamais été aussi reconnaissante pour mon abondance de courbes. Me causant habituellement de la douleur en portant leur poids, dans ce moment de bonheur, ils ont suscité du plaisir. Je ne savais pas que cette peau pouvait être aussi sensible. J'en voulais plus, mais Pyre s'éloigna dans un brouillard. Son souffle était chaud tout autour de moi.

« Dis-moi que tu veux ceci », a-t-il imploré, et quand il l'a dit, la réalité s'est effondrée. J'ai cligné des yeux et j'ai commencé à paniquer. À quoi je pensais? Ce n'était pas qu'un homme. C'était un Dieu abandonné. Le *daimon* qui se tenait devant moi m'avait piégé ici, avait joué avec moi et m'avait utilisé pour mon pouvoir sans tenir compte de mes désirs ou de mes besoins. Je le savais. Et je *l'embrassais*. J'appréciais son toucher. L'alarme retentit avec un bruit sourd. Pyre Malum ne ressentait aucune affection véritable envers moi. Plus important encore, je ne me souciais pas de lui de cette façon. Je ne pouvais pas me permettre de prendre soin de lui de cette façon, et je ne voulais pas faire ça avec quelqu'un dont je n'étais pas amoureuse. Mes actions dégoulinaient de salacité.

« Je ne peux pas faire ceci. » Je tremblais, à bout de souffle. J'ai commencé à paniquer. La pièce tournait autour de moi. Son corps s'est raidi et j'ai senti les battements de son cœur. En un instant, ses yeux passèrent de braises scintillantes d'or à un bronze sans vie et terne. Je savais que ce moment de faiblesse m'avait attiré des ennuis. Plus encore, je savais que c'était fini.

Il s'éclaircit la gorge et me fit asseoir. Mes genoux étaient faibles et je vacillais, essayant de rester debout. Je pouvais sentir l'embarras s'installer. L'inquiétude s'est glissée dans mon esprit.

« D'accord. » Il détourna les yeux de moi. Il se redressa et ramena ses ailes derrière lui.

« Je suis désolé, » ai-je renversé. Il s'éloigna, le corps rigide.

« Tu dis ça assez souvent. »

48

TRANSE

Quand je me suis réveillé le lendemain matin, je me suis réveillé avec un enchevêtrement de roses blanches entourant tout mon corps. C'était comme si je m'étais mis en cage, créant ma propre forteresse pendant que je dormais. J'avais eu un rêve horrible, une vision de rage alors que Pyre me retenait captive. J'étais une tempête de feu, et il a hurlé en me regardant brûler. Le cauchemar n'a pas duré trop longtemps. Après un tel épuisement, la terreur devint tranquillité.

Quand il est passé d'un cauchemar à un rêve calme, je me suis senti protégé et en sécurité, allongé sous les étoiles et regardant la lune briller. J'étais toujours dans le château, voyant toujours la salle d'entraînement à laquelle j'avais été habituée, mais le rêve a soulevé le toit comme un poids de mes épaules. Le rêve était un cadeau de paix. Cette paix a été rapidement interrompue lorsque je me suis réveillée d'une douleur lancinante au pied. Les roses avaient poussé tout près de moi pendant que je dormais, et une épine me piqua la plante du talon, me réveillant en sursaut. C'était surprenant et agréable de se réveiller à la vue de la vie. J'ai adoré avoir ce pouvoir. Celui-ci était mon préféré de tous.

Je savais que Pyre était dans ma chambre ce matin quand j'ai regardé le bassin d'eau. Mon cœur fit un drôle de petit bond à la reconnaissance de son geste. Peut-être qu'il tenait à moi à sa manière. Depuis le jour qu'il m'avait installé dans ma chambre, il était venu brûler le charbon pour réchauffer mon eau le matin. C'était une gentillesse. Il n'avait pas à faire ça pour moi. Je pourrais aussi produire du feu; cependant, il m'a fallu plus d'efforts pour y parvenir. Au début, je me trouvais inconfortable que Pyre le fasse. Ça indiquait qu'il était entré dans ma chambre pendant que je dormais, et c'était étrange de l'imaginer ici alors que j'étais inconsciente. Je me demandai s'il repensait à la nuit que nous avions passée ensemble, allongés côte à côte dans l'obscurité silencieuse. Je ne pouvais pas enlever le souvenir de mon esprit, peu importe combien j'essayais après avoir fermé les yeux pour me reposer.

Même si c'était bizarre d'être consciente de sa présence rampante, après avoir utilisé l'eau chaude pour me nettoyer, j'ai commencé à ne plus me soucier de sa présence ici pendant que je dormais, car je préférerais de loin qu'il continue. J'étais cependant surprise qu'il soit encore venu ce matin après notre dispute de la nuit dernière. Il y avait eu un moment de passion, une lueur d'insouciance, et je l'avais fait basculer.

Alors que je commençais à me lever de mon lit, j'ai pris un moment pour apprécier les roses blanches, en prenant une image mentale de la vue et en mémorisant son odeur. La magie était belle. La nature était belle. Puis, me rappelant la confrontation maladroite et effrayante d'hier, mon humeur est rapidement passée de l'admiration à l'acidité. Pyre Malum m'avait embrassé, et pire, je l'avais embrassé en retour. Je fronçai les sourcils au souvenir, le dégoût recouvrant ma langue. J'avais été trop loin.

J'ai touché un pétale le plus proche de mon nez et j'ai vu les fleurs se faner, s'effondrer en poussière - une vision appropriée pour correspondre à ma culpabilité et à ma gêne. Regarder le tas de cendres était accablant et révélateur. Ça m'a rappelé que j'étais une chose dangereuse et que je devais être vigilante dans mon entraînement. Aussi vite que j'ai pu créer la vie, j'ai pu y mettre fin d'un simple toucher. Les fleurs froissées sur le sol de mon lit: grises, noires et d'un carmin foncé le plus proche de moi. C'est drôle, je ne me souvenais pas avoir vu de roses rouges. Ma tête était troublée à cause du cauchemar et je me sentais étourdi en me levant. Lorsque j'ai enjambé les fleurs mortes et que j'ai commencé à me diriger vers mes nouvelles affaires, j'ai fait de mon mieux pour être consciente de mon environnement. Après m'être lavée le visage avec l'eau et le chiffon fournis, savourant le parfum chaud du gingembre, j'ai enfilé un pantalon d'entraînement et un haut ample. Quand j'étais prête et complètement éveillé, je me suis dirigée vers la porte - un autre jour d'entraînement, un autre jour vers ma liberté.

Quand j'ai quitté ma chambre, Alriq montait la garde à ma porte. J'ai remarqué quelques autres pythrants rampant dans les couloirs à l'extrémité du bâtiment.

« Bonjour, Alriq », ai-je dit, presque contente de voir un visage familier. Il était devenu plus à l'aise avec moi ces derniers jours. Passer à côté de lui dans les couloirs sollicitait le plus souvent un clin d'œil dans ma direction et parfois un salut avec un petit sourire. J'avais rarement le temps de lui parler car il semblait occupé à diriger les pythrants et à leur donner des ordres. Moi, d'un autre côté, je passais chaque minute éveillée dans la salle d'entraînement avec Pyre. Aujourd'hui, j'ai remarqué que le pythrant ne me regardait pas quand je le saluais, ce qui était un comportement étrange. « Alriq, comment vas-tu ce matin? » Il me regarda maintenant, clignant des yeux de confusion.

« Bonjour, Déesse, » bégaya-t-il en secouant la tête. J'ai rigolé.

« Tu dormais tout à l'heure? » demandai-je, les sourcils levés. Ses yeux s'écarquillèrent de panique, sa queue claquante, énervé.

« S'il vous plaît, Déesse. Ne le dites pas à mon maître », a-t-il plaidé. « C'était une erreur, je le jure. » Je souris calmement, réconfortant.

« Bien sûr, » lui assurai-je. « Ton secret est en sécurité avec moi. » Bien que je lui aie assuré que je ne dirais pas un mot, ses épaules ne se sont pas relâchées à cause de leur stress et sa queue ne s'est pas stabilisée non plus.

« Est-ce que la Déesse va bien? » demanda-t-il en me regardant. Il a pris mes deux bras, à ma grande surprise, les soulevant et les examinant. J'ai grimacé vers lui.

« Qu'est-ce qui vous prend? » Je l'ai repoussé.

« Je dois veiller sur la Déesse », répondit-il, ne trouvant rien d'absurde à son comportement. « Je dois confirmer votre sécurité. »

« Je vais bien, merci », lui ai-je dit. « Juste en route pour l'entraînement de la journée. »

« Très bien, Déesse, » répondit-il et fit un geste vers la porte.

« Dors un peu, Alriq, » ai-je exigé. « Je pense que tu en as besoin. » Il baissa la tête et se détourna.

Marcher de mes logements à la salle d'entraînement ne me laissait qu'une minute pour envisager de me retirer dans ma chambre. J'ai marché à contrecœur, prudemment, vers ce que je supposais être une journée d'entraînement très inconfortable. Je me demandais comment Pyre agirait envers moi. J'ai essayé d'imaginer comment je me sentirais et agirais envers lui aussi. Oublierait-il hier et agirait-il comme si de rien n'était, ou étais-je sur le point d'entrer dans une pièce pleine de désagrément? Je ne pouvais qu'espérer que les choses redeviendraient comme avant. L'entraînement avec Pyre avait été douloureux et intimidant au début de mon séjour. Je l'avais finalement amené à se détendre et à montrer un peu d'empathie. Puis, dans un moment de désir ardent, j'avais tout emporté.

Il était difficile de penser que Pyre Malum, un Dieu littéral, l'un des plus forts qui n'ait jamais existé, avait des sentiments lubriques envers moi. Comment ça pourrait-il être possible que ça se produise, je ne pouvais pas comprendre. Je ne lui avais donné que des ennuis, et je ne pouvais pas fournir ce pour quoi il m'avait volé en premier lieu. Le Dieu des Morts m'avait arraché de la Terre et m'avait traîné en Enfer, seulement pour apprendre que la Déesse qu'il attendait était une humble humaine, née avec un pouvoir qu'elle ne savait pas manier. Comment il pouvait même me regarder sans penser uniquement à la déception, je ne comprenais pas. Mais le voir se languir de moi, voir la chaleur nous emmêler

dans une passion mutuelle que je n'avais jamais ressentie auparavant, m'a laissé incrédule. Un Dieu des Enfers m'avait embrassé.
Avait *voulu* m'embrasser.

Lorsque je suis entré dans la salle d'entraînement, j'ai été
surprise de voir Pyre assis sur son trône fait de squelettes. Ça m'a
pris par surprise, car il s'asseyait rarement dedans. C'était comme si
c'était là uniquement pour la décoration. Je craignais que la liaison
d'hier n'ait produit en lui un nouveau tempérament. Avant que je
puisse lui demander ce qu'il faisait, la porte derrière moi se referma
en claquant, provoquant un cri de ma part. Le vent soufflait dans
mes cheveux, emmêlant ma vision. Quand je le regardais maintenant, je vis qu'il bouillonnait. Il tenait une fleur blanche dans la
paume de sa main. Avait-il été dans ma chambre?

« Qu'est-ce qui ne va pas? » J'ai demandé. Il m'a grogné comme
un animal violent.

« Tu t'attends à ce que j'entretienne l'idée que tu ne sais pas,
Déesse? » Sa voix était gutturale.

« Je pense que oui... » J'étais abasourdi. Je n'avais aucune idée de
ce à quoi il faisait référence. Était-il toujours contrarié par le baiser?
« Pyre », ai-je commencé, mais son rugissement est intervenu.

« Arrêtez, » tonna-t-il. « Je ne fais pas confiance aux paroles qui
sortent de tes lèvres trompeuses. »

« Je ne comprends pas », ai-je professé. « Nous étions dans un si
bon endroit. Qu'est-ce que j'ai fait? Où avons-nous tort? » J'ai
commencé à marcher vers lui et j'ai vu ses mains saisir les côtés de
son siège et écraser chaque os du crâne qui le maintenait en l'air. La
poussière des restes s'est déposée à ses pieds. « S'il s'agit du baiser,
oubliez-le! Nous n'avons plus jamais à en reparler. S'il vous plaît, ne
soyez pas en colère contre moi. »

« La colère ne commence même pas à décrire ce que je ressens,
Déesse. » Sa tempête de mots m'a coupé comme un couteau. Ce
genre d'humeur était mortelle. « Sais-tu ce que je ressentais? » Il
grinça des dents.

« Je... » Il m'a coupé la parole.

« Imaginez la surprise, l'horreur qui m'a frappé quand je suis entré dans votre chambre ce matin pour vous trouver allongée dans votre lit plein de roses, mais tout ce que je pouvais sentir... » Il rit dangereusement. « Eh bien, je n'ai pas senti l'odeur des roses. »

« Tu es contrarié à cause des roses? » bégayai-je prudemment. « Je ne les ai pas fait pousser par exprès, Pyre. Quand je me suis réveillée, ils étaient enroulés autour de moi. Je pense que mon cauchemar les a éjectés de moi. »

« Ce n'est pas à propos des roses, donzelle, » se moqua-t-il. J'ai hésité, sentant le poids du titre rabaissant.

« Quel est le problème? » me demandais-je, les yeux fixes, essayant de trouver ce qu'il essayait de dire.

« Je sens autre chose sur toi. » Ses yeux se sont transformés en fentes. « Vous avez un nouveau parfum sur vous, et ce n'est pas une odeur appropriée. »

« Une odeur? » J'ai demandé. « Tu veux dire comme avec des mensonges? »

« Non, » tonna-t-il. « Pas comme les mensonges. Une odeur comme si quelqu'un d'autre avait été autour de vous. » Je trébuchai à ses mots.

« Personne n'a été autour de moi, » lui assurai-je. « Seulement vous. Je n'ai même pas vu les pythrants ces derniers jours. J'ai vu Alriq ce matin, mais à part de ça, c'est juste toi. » La panique montait en moi. Y avait-il quelqu'un d'autre ici dans le château de Pyre? Pourraient-ils m'aider? Il grommela comme s'il pouvait sentir le fil de mes pensées.

« Tu ne peux pas m'illusionner, » cracha-t-il. « J'ai un don olfactif assez rare. »

« Je ne mens pas, Pyre. » J'ai essayé en vain.

« Je peux sentir tous les mensonges, et même si tu ne m'as jamais menti auparavant, je me demande maintenant si tu as réussi à me tromper. » Ses yeux se rétrécirent, son nez se froissant en un grognement de dégoût.

« Non, je ne t'ai pas trompé! Je ne vous ai jamais menti, et je vous dis la vérité en ce moment aussi. » Il commençait à m'énerver.

Il m'accusait de mentir, quelque chose que je faisais rarement. J'étais fière d'être une personne honnête et cela me brûlait.

« Peut-être que vous n'avez pas menti carrément. Peut-être que tu as trouvé un moyen de contourner mon cadeau », réfléchit-il, la voix basse et grognant. J'ai considéré mes espoirs d'évasion et je me suis demandé s'il avait compris mes souhaits. J'ai avalé cette pensée durement, sans jamais broncher.

« Je ne l'ai pas fait. Je jure. » J'ai tenu bon. Il m'observait, contemplant. Ça me tuait, essayant de tenir bon quand une véritable peur me secouait les os. Je devais bien jouer mes cartes. Je devais faire attention à la façon dont je lui parlais.

« Il y a un autre Dieu présent », murmura-t-il, presque silencieusement. Si les regards pouvaient tuer, je serais morte. Mon esprit se bousculait pour trouver une réponse. J'essayais de comprendre.

« Un Dieu? » J'ai testé, sans savoir si j'avais bien entendu. « Je n'ai jamais rencontré d'autre Dieu, Pyre. Je suis nouvelle à tout ceci, ayant été voilé de la vérité de mon identité. Tu sais ça. A partir de maintenant, tu es le seul Dieu que je n'ai jamais rencontré. Je te le jure. Il n'y avait pas de Dieux sur Terre et je ne suis jamais parti d'ici. Vous m'avez enfermé ici et je ne peux littéralement pas partir. » J'ai fait un geste vers la porte derrière moi. « Tu t'en es assuré. »

Il a craché par terre. « Comment l'avez-vous contacté? » demanda-t-il, ignorant complètement mon discours. « Personne d'autre n'était censé savoir que vous étiez ici. » Il baissa les yeux sur ses mains, fixant la fleur à laquelle il s'accrochait toujours.

« Contacter qui? » Je commençais à m'irriter. Il m'accusait de quelque chose d'impossible. Il faisait miroiter un faux espoir sur moi, et je n'aimais pas ça.

« Le Dieu! Qui d'autre? » il s'est disputé. Des vrilles de fumée s'élevaient de ses épaules, filtrant l'air. Si j'avais pu contacter un autre Dieu, sans parler de n'importe qui de n'importe quel royaume, je l'aurais fait rapidement et avec plaisir.

« Comme je l'ai déjà dit, je n'ai côtoyé personne. J'ai été ici. Nous pouvons en parler aussi longtemps que vous le souhaitez. Ma réponse restera la même. »

« Des mensonges », siffla-t-il.

« Non, » ai-je réfuté. « Et tu le saurais si tu t'approchais, » suggérai-je. « Vous pouvez sentir les mensonges, n'est-ce pas? Est-ce que je mens? » J'ai jeté mes bras en l'air de frustration. « Allez, Pyre. Demandez-moi tout de suite. »

Il a pris un moment, me contemplant. Il se leva de son trône dans un coup de vent, les ailes battant une tempête. Les décombres se sont effondrés sous ses pieds lorsqu'il a quitté son siège. Je grimaçai à la pensée des crânes brisés. Je pouvais sentir la chaleur qui émanait de lui – cette rage. Il s'avança vers moi, les yeux fixes.

« Dis-moi, Déesse, as-tu été avec quelqu'un d'autre? » Sa voix était calme mais périssable. « Avez-vous vu quelqu'un d'autre que moi ou mes serviteurs? » gronda-t-il, les dents raclant les dents.

« Non », ai-je dit, d'un ton et d'une posture assurés. Je n'avais rien fait de mal et n'avais aucune raison d'avoir peur. Il continua d'avancer furtivement.

« Hm... » gronda-t-il, ses ailes sombres battant.

« Bien? » J'ai demandé. « Est-ce que je mens? » Il s'est approché maintenant, un pied plus grand que moi, planant au-dessus de moi. Baissant la tête, il fouilla mes yeux, faisant des allers-retours, avant de fermer les siens et d'inspirer intensément.

« Je... je sens le miel », a-t-il poursuivi d'une voix rauque. Je l'ai observé, immobile. La confusion fronça ses sourcils alors qu'il se concentrait. Sa gorge se noua alors qu'il ouvrait lentement les yeux et rencontrait les miens. Ils brûlaient avec une intensité dorée.

« Miel, » murmurai-je. « Tu peux sentir mon miel. » Je retenais pratiquement mon souffle d'être si prudente à sa proximité.

« Je sens ton honnêteté, *Sōrza* », corrigea-t-il, baissant maintenant les yeux vers mes lèvres. Mon cœur s'échauffa alors que je me rappelais le toucher des siens contre les miens. Il expira profondément et plaqua rapidement ses bras musclés de chaque côté de ma tête. Il s'appuya contre la porte derrière moi, son souffle dégageant de la fumée autour de nous. « Je sens ton miel sucré, tout aussi clairement que j'ai senti ton désir chaque fois que tu as pensé à moi avec tant de luxure. » Mon souffle se coupa à ses mots.

« Tu as senti mon... » Je ne pouvais pas penser à dire le mot. Un rire insondable et sensuel s'échappa de ses lèvres.

« Je peux sentir ton désir maintenant, Déesse. Dis-moi, pourquoi trouves-tu nécessaire de me distraire autant? » Il grogna, sa bouche planant juste au-dessus de la mienne. Je n'ai pas pu m'empêcher de retenir mon souffle. Il posa une main sur ma joue et caressa la fleur qu'il tenait contre ma peau. Je frissonnai au contact. Quand sa main s'est abaissée, mon estomac a fait des papillons. Il ne portait pas de rose blanche. Il tenait la jonquille que j'avais produite il y a plusieurs semaines. Mes yeux se sont agrandis à sa vue, et en un instant, il s'est éloigné, et j'ai senti le froid me revenir.

« Je suis désolé. » J'hésitai, les yeux toujours fixés sur sa main qui tenait la fleur blanche. « Je ne veux pas... »

« Je peux le sentir sur toi. » Il se détourna en grognant. Je clignai des yeux de confusion.

« Qui? » J'ai poussé, ses mots me réveillant de la ferveur. « Qui sens-tu sur moi, et comment est-ce possible? Je n'ai vu personne. » J'ai soufflé. Je voulais dire qu'il avait été le seul sur moi, mais je me suis abstenu de faire une remarque. Je l'ai regardé se vautrer dans la frustration, et je n'en pouvais plus. « Regarde-moi », ai-je imploré, et à ma grande surprise, il s'est soumis. Il m'étudia attentivement, mais ne croisa jamais mes yeux. Je pouvais voir l'inquiétude et la démangeaison se battre pour passer outre dans son froncement de sourcils. J'inspirai brusquement à sa montre et relâchai mon souffle, avec la tension. J'ai fermé l'espace entre nous, et j'ai vu le petit tressaillement dans le petit faux pas de son pied.

« Quoi? » murmura-t-il.

« *Regarde*-moi », insistai-je. Il n'avait pas le choix maintenant que je me tenais devant lui. Une petite, mais toujours très présente, partie de moi voulait courir le plus vite possible pour trouver cet autre Dieu, me débarrasser de mes problèmes. Mon esprit m'a dit de courir maintenant que j'en avais l'occasion. Mais une partie très bruyante de moi qui devenait de plus en plus difficile à ignorer à chaque minute qui passait voulait réconforter cet homme. Presque tout en moi voulait enlever son fardeau et lui donner tout ce qu'il voulait. Il m'observait, perplexe devant ma proximité fixe, le souffle contrôlé mais plein. Je levai les yeux vers ses yeux et, tendant la main, j'ai pris son visage en coupe avec mes deux mains. Mille et une émotions secouaient mes os alors que je me noyais dans les yeux de cet homme. Inimitié, ressentiment, empathie et luxure. Bien plus de luxure que je ne devrais le permettre et toute la curiosité du monde. J'avais commencé à m'occuper de lui, et c'était un territoire dangereux. La corde enchantée entre nous tirait avec délice.

« Shivalri », commença-t-il. La façon dont il a dit mon nom a fait tomber tous les murs entre nous. Un muscle fit tic-tac dans sa mâchoire alors qu'il me regardait. Je ne l'avais jamais vu aussi bouleversé, aussi ouvertement étonné. Je savais ce qu'il attendait de moi. Il convoitait la confiance. Il voulait dépendre de moi et de ma parole, ce que je soupçonnais qu'il n'avait pas fait depuis longtemps. Il comptait sur ses dons sans fin. Il n'avait jamais eu à faire confiance à personne parce qu'il pouvait toujours dire s'ils étaient honnêtes ou non avec lui. Mais j'avais été honnête avec lui. Pendant tout mon temps dans le royaume souterrain, je lui avais dit la vérité. Que je veuille être ici ou non, je n'avais jamais menti sur qui j'étais ou ce que je pensais. J'allais lui faire comprendre ça. J'allais lui faire ses preuves, et peut-être qu'un jour, il apprendrait à me faire confiance sans que sa magie ne joue. La raison pour laquelle je voulais sa confiance était étrangement proche de la trahison contre mes croyances, mon monde. Mais c'était vrai.

J'ai pris une inspiration pour me calmer, me sentant étourdi par la chaleur du moment, et j'ai plongé dans son regard.

« Je ne te mentirai jamais, Pyre », murmurai-je, calme mais ferme. « Je promets, je n'ai pas vu une autre putain d'âme. » Il ne dit rien pendant un long moment, puis déglutit difficilement. Je sentis le mouvement de sa mâchoire sous mes paumes.

« Je suis désolé, » dit-il en relâchant la tension dans ses épaules.

« Je te crois. Tu n'as vu personne, mais *lui* t'a vu. » Cela m'a secoué les nerfs, forçant mes mains à glisser de son visage.

« Quelqu'un d'autre m'a vu? » questionnai-je, sentant le malaise monter en moi.

« Oui, » souffla-t-il. « Quand je suis allé allumer ton charbon, je l'ai tout de suite senti. J'ai essayé de te réveiller, j'ai essayé de te faire sortir de la pièce, mais tu ne voulais pas te réveiller. Au lieu de ça, vous avez fait pousser des épines et des roses autour de votre lit », a-t-il fulminé, les épaules raides et la mâchoire serrée. « Quand j'ai essayé de te faire passer, tu as saigné à mes pieds. Je ne pouvais pas te déplacer. » Il passa une main dans ses cheveux noirs emmêlés. « Je ne pouvais pas te bouger sans te faire mal. » Il se dirigea vers sa fenêtre et regarda l'horizon rougi. Il avait l'air de chercher quelque chose. J'avais froid alors que je me tenais au milieu de la salle du trône. Les murs du château m'enfermaient, mais la frigidité de mon environnement me figea sur place. Il y avait tellement de choses que je ne comprenais pas.

« Qu'est-ce qu'il y a, Pyre? » J'ai examiné son point de vue. Un courant électrique d'inquiétudes et d'espoir bondit dans ma poitrine. J'ai observé de ma place que le Dieu, qui apparaissait généralement résilient et affirmé, se lassait alors que le ciel autour de nous s'illuminait. « Que cherches-tu? »

« Mon frère », tonna-t-il.

« Comment est-ce que ton frère serait ici? » ai-je demandé, complètement abasourdi par cette nouvelle information. « Je pensais que vous aviez dit que vous étiez le seul de vos frères et sœurs à avoir été envoyé dans l'Under Realm. Comment est-il arrivé ici? » Pyre serra les poings, essayant de retenir son sang-froid.

« Je ne sais pas, » grogna-t-il.

« Qu'est-ce que tu veux dire tu ne sais pas? » J'ai poussé - rien de tout ceci faisait du sens. Je pouvais me sentir tomber dans une spirale, l'anxiété se précipitant dans mes veines et palpitant dans mes tempes. « Est-ce que j'ai fait ça? » Je me demandais. Ça devait être moi. J'étais chargé de garder les portes. Si quelque chose était passé, si quelqu'un était passé à côté, c'était ma faute.

« Je ne sais pas comment il est arrivé ici, mais il est là. Même si un millénaire entier s'écoulait, je me souviendrais encore de son odeur », a-t-il craché. « Il était dans ta chambre... Avec toi. » Il secoua la tête en faisant les cent pas. J'ai observé la rafale qu'il a concoctée alors qu'elle portait ses ailes à plumes au-dessus de lui.

« Comment m'a-t-il trouvé? » demandai-je, regardant toujours sa tempête de fureur. « Comment tout ceci est-il possible? » J'attendais de lui une certaine forme de réconfort, mais il n'en avait aucun à me donner. « Pyre, s'il te plaît, arrête de marcher, » j'ai prié, troublé par son inquiétude.

« Je ne peux pas », a-t-il lancé. « Si mon frère est ici, vous n'avez aucune idée du genre d'ennuis dans lesquels nous nous trouvons. » Je sentis la chaleur s'échapper de mon corps à ses mots. Si le Dieu des Morts avait peur, j'étais sûr d'être pétrifié.

« Ai-je ouvert la fenêtre? » murmurai-je, à peine audible.

« Quoi? » demanda-t-il en s'arrêtant net. Ses cheveux noirs tombaient dans ses yeux alors qu'ils s'écarquillaient maintenant. Comme si, enfin, il comprenait ma pensée.

« Quand tu es venu sur Terre... Quand tu m'as emmené... » Je baissai les yeux, ne croisant pas son regard. « Est-ce que quelqu'un d'autre est passé entre les mailles du filet? »

« Non... » balbutia-t-il. « Comment auraient-ils su? Comment aurait-il su, dans le Royaume Céleste? »

« À cause du voile, Pyre, » dis-je en découvrant ses yeux. « Le voile a disparu. »

« Ils peuvent voir à travers. » Il déglutit. Je ne l'avais jamais vu aussi visiblement effrayé. « Les Dieux savent. »

49

FOUDROYÉ

Des glissements ont éclaté tout autour de moi alors que les pythrants encerclaient toute l'étendue du château. Il n'y aurait aucune pierre non retournée. Pyre Malum était en état d'alerte maximale, ratissant son château. Dans son dépistage névrotique, il m'a immédiatement envoyé en prison. J'ai essayé de le raisonner en le suppliant de rester dans ma chambre, mais il n'a pas bougé. Quelqu'un avait réussi à entrer dans ma chambre sans se faire découvrir; par conséquent, il l'a jugé trop risqué.

« Merci », j'ai réussi à dire alors que les serviteurs de Pyre entraient et sortaient de ma prison, portant certaines de mes affaires.

« Nous sommes ici pour servir », a répondu l'un des pythrants.

« Où est Alriq? » J'ai demandé, mais il n'a pas répondu. Au lieu, le pythrant a quitté ma chambre pour récupérer un autre morceau de ma chambre. Je n'aimais pas être de retour dans cette prison, mais j'étais reconnaissante qu'on m'apporte de petits conforts.

« Vos vêtements sont dans ce panier, Déesse », a déclaré un pythrant qui m'a fait sursauter en entrant.

« Merci, euh..., » dis-je en essayant de trouver son nom. Je l'avais vu quelques fois, souvent juste derrière Alriq lorsqu'il était en service.

« Nor, » déclara-t-il, les yeux au sol. « Je m'appelle Nor. »

« Merci, Nor », dis-je en lui tendant la main. Au lieu de le secouer, il m'a tendu le panier qu'il tenait et j'ai souri. « Pas du genre pour les poignées de main? »

« Je n'oserais pas toucher la Déesse de mon maître », dit-il, la tête basse pour ne pas révéler son visage.

« Je n'appartiens à personne, » dis-je fermement. « Et si je vous offre ma main, vous êtes certainement autorisé à la prendre. » Je tendis à nouveau ma main libre et il hésita avant de prendre la mienne. Il offrit un petit sourire et ses yeux papillonnèrent comme ceux d'un serpent.

« Je n'oublierai pas cette gentillesse », il a déclaré. Je lui serrai fermement la main.

« Enchantée de vous rencontrer officiellement, Nor. »

« Et toi, moi », répondit-il. « Nous attendons la Déesse depuis si longtemps. C'est divin de faire votre connaissance. » Je laissai échapper quelques éloges et lui souris. Je ne pouvais qu'imaginer ce que Pyre avait enseigné aux pythrants au sujet de la prophétie. Bien que j'étais sûr qu'ils savaient que j'étais devenu plus un obstacle qu'un avantage, je me suis dit qu'il valait mieux ne pas remettre en question son admiration. Je me tournai rapidement pour poser le panier sur la petite table que son compagnon m'avait laissée et lui fis face une fois de plus.

« Nor? » J'ai commencé. Il m'a regardé, les yeux écarquillés.

« Oui, Déesse? »

« Savez-vous par hasard où se trouve Alriq? » J'ai demandé. « C'est juste que, tu vois, d'habitude je suis gardé par lui. Je me suis habitué à le voir, c'est tout. Ce n'est pas que vous avoir comme remplacement soit mauvais. Je me demande simplement s'il y a une affaire plus urgente dont il pourrait s'occuper? Cherche-t-il le frère de Pyre? » Les yeux de Nor devinrent solennels, et mon instinct me dit instantanément qu'il y avait des problèmes.

« Mon consort n'est plus de service, » répondit-il, le regret sur le visage.

« Consort? » J'ai demandé.

« Mon consort accouplé, Déesse, » clarifia-t-il.

« Oh je suis désolée. Je ne savais pas qu'il était avec quelqu'un. »

« Vous ne le sauriez pas, car il parle rarement. » Il rit, mais ses yeux restaient méfiants.

« Qu'est-ce qui ne va pas? » demandai-je doucement.

« Je crains que mon époux ait été banni du service de notre maître... » Son visage formait un regard abattu.

« Ne plus servir Pyre... C'est inhabituel. »

« Pas tout à fait, Déesse, » dit le pythrant en détournant son regard du mien. « Il a manqué à son obligation la veille dernière. Il n'a pas protégé la Déesse. » La compréhension a éclairé mon esprit.

« Il s'est endormi », chuchotai-je, l'alarme touchant une corde sensible. Je me souvenais trop bien de ce matin. J'avais ri de son hoquet, trouvant absurde de trouver un garde endormi à son poste. Je m'étais senti mal pour lui, sachant bien qu'il était fatigué et avait besoin de repos. Je n'avais pas pensé à autre chose qu'à lui dire d'aller se coucher.

« J'ai peur pour sa vie, Déesse. » Nor a levé les yeux vers moi rapidement, comme s'il devait prononcer les mots rapidement. « Mon époux est né et a grandi pour cette vie. Il ne sait rien d'autre. Je crains qu'il n'écoute pas notre maître et qu'il se batte pour rester. »

« Que se passe-t-il s'il le fait? » Je blanchissais à l'idée que quelqu'un défie le Dieu des Morts. Il n'a pas fallu beaucoup d'efforts pour se rappeler comment il avait agi envers moi lors de notre première rencontre.

« Si Alriq refuse son bannissement, refusant de quitter le château en exil, il sera immédiatement exécuté sur place. » J'ai haleté d'incrédulité.

« Non, ça ne peut pas arriver... Pyre ne ferait pas ça. Il ne pourrait pas. Ce n'était pas la faute d'Alriq! Je veux dire, il est toujours de service. Il n'a jamais de répit, » ai-je bégayé. « Je me battrai pour lui s'il y a lieu, Nor. Je le jure. Je dirai à Pyre qu'Alriq était surmené. Il comprendra. Il doit. » Je rongeais mes ongles, réfléchissant à ce que pourrait être cette conversation avec Pyre. « L'exécution est bien trop dramatique pour quelque chose d'aussi trivial que de s'endormir. »

« Je crains que vous ne soyez bien plus bienveillante que lui, Déesse. Vous lui donnez trop de crédit là où il n'est pas dû. » Il siffla, puis me prit la main, la gorge dansante. « Vous n'avez pas entendu mes paroles. » Sa queue bruissa derrière lui de malaise. J'ai vite compris qu'il n'y avait pas qu'Alriq qui risquait de perdre la vie. Si Pyre Malum avait entendu son serviteur le rabaisser, j'avais le sentiment que Nor n'aurait pas beaucoup de chance non plus. C'était clair dans la façon dont la peur de Nor s'est manifestée. Tout acte de défi ou de diffamation du nom de leur maître était un acte de trahison. Je me demandai si c'était pour cette raison que les pythrants ne m'avaient pas adressé plus d'un mot pendant que j'étais ici dans leur château. Je me demandais s'ils n'étaient pas simplement timides ou intimidés par moi. Peut-être que ça n'avait rien à voir avec moi et tout à voir avec la possibilité de déraper. Ils pourraient involontairement dire ou faire la mauvaise chose, mais les répercussions viendraient néanmoins.

« Je ne suis pas ton ennemie, » dis-je, d'une voix sûre et gentille.

« Merci, Déesse. »

« C'est Shivalri, » lui ai-je dit.

« Shivalri, tu es tout ce que nous aurions pu espérer. Pour protéger mon compagnon, je te dois la vie. »

Après que Nor avait quitté ma chambre de prison, le reste des pythrants ont placé plusieurs oreillers dans la pièce pour que je puisse m'asseoir dessus. J'avais un ensemble de vêtements neufs et un pythrant avait soigneusement plié ma couverture sur l'oreiller. Malheureusement pour moi, mon lit était trop grand pour tenir dans cette cellule. Je me suis assis dans le coin de la prison que j'avais heureusement oublié, et j'ai boudé. Je ne pouvais rien faire d'autre que rendre service. J'ai vu un pythrant aux bras puissants marteler une pointe saillante devant ma porte, m'enfermant. Même si j'avais toujours le pouvoir d'ouvrir l'une des portes de Pyre, j'étais mis en cage sans échappatoire en vue. Pyre m'a rappelé que c'était pour empêcher les autres d'entrer, pas pour me garder à l'intérieur. Je lui avais dit que c'était la même chose.

Toute la lumière du jour avait cessé d'exister et le château redevenait un donjon. Bien que nous soyons entourés de désert, de magma et de l'incarnation de la mort, l'air autour de moi était froid. Je pouvais voir mon souffle pendant que je respirais, les dents claquant à cause de la frigidité. Pyre avait éteint toutes les torches en vue, faisant de l'obscurité mon refuge. C'était un comportement étrange, me faisant penser au monde humain. C'était étrangement familier car je m'imaginais en train d'éteindre toutes les lumières pour que, lorsque des invités indésirables arrivaient, ils supposent que je n'étais pas à la maison. Était-ce ce qu'il avait prévu de faire? Ferait-il semblant de ne pas être chez lui?

Je ne pouvais pas m'empêcher de m'interroger sur ce nouveau Dieu. Le frère de Pyre Malum. Qui était-il? Plus important encore, que faisait-il ici? J'ai frissonné à la pensée des derniers mots de Pyre qu'il a partagés avant de m'ordonner de rejoindre mes appartements. Je lui ai juré que je n'avais conspiré avec personne et que je n'avais vu personne d'autre que lui. *Tu n'as vu personne, mais il t'a vu*, avait-il dit. Qu'est-ce que ça expliquait? Y avait-il quelqu'un qui rôdait autour du château? Est-ce que quelqu'un m'avait regardé dormir? Je tremblais à l'idée de mon exposition. J'étais devenu trop à l'aise dans cet enfer, et ça se voyait.

Le tonnerre a éclaté tout autour de moi, rendant le ciel nocturne éclatant de lumière. J'ai regardé les éclairs zigzaguer à travers les nuages, illuminant le ciel rouge foncé. La scène m'a semblé belle. Avoir cette étincelle de lumière a levé le sentiment inquiétant. Pendant ses brefs instants d'illumination, j'ai ressenti une seconde de refuge. Être piégé ici, seul dans le noir, c'était la solitude.

Je n'aimais pas la noirceur. Je ne l'ai jamais aimé. Je me suis demandé si j'aurais dû garder mes peurs pour moi. Je me souviens d'avoir dit à Pyre, lors de ma récupération, que j'avais peur de ce qui se cachait dans l'obscurité. Je fronçai les sourcils au souvenir d'avoir donné cette partie critique de moi-même. Utilisait-il ça à son avantage? Savait-il que l'obscurité me tiendrait à distance? Je me demandais s'il était content de lui, m'imaginant blottie dans mon coin, les jambes enroulées dans mes bras et une couverture me berçant. Était-il content de ma terreur? Ou essaierait-il de me réconforter après m'avoir vu si impuissant? Je me souvenais de la façon dont il me tenait contre lui pendant que je sanglotais contre sa poitrine après un horrible cauchemar. La façon dont sa main tremblait alors qu'il osait me caresser et me réconforter. Où était-il maintenant alors que j'étais assis dans le noir, évoquant des souvenirs, perplexe et effrayé?

Je n'avais pas vu le Dieu réprimandé de toute la journée ou de la soirée, mais je savais qu'il se profilait autour du château. Je l'ai entendu à travers les chuchotements des pythrants qui rampaient le long des murs. Le glissement de leurs queues émergeait dans la nuit, et leur sifflement résonnait partout où ils marchaient. Savaient-ils qui était cet autre Dieu? Étaient-ils préparés à son arrivé? J'avais entendu certains des hommes serpentins s'inquiéter de cet inconvénient. Je pouvais sentir la peur dans leurs voix parmi le strident de leurs langues. Il semblait que sa présence était inattendue. Il y avait des gardes postés à ma porte, s'assurant que je restais dans ma chambre. J'ai essayé de leur demander ce qui se passait, mais ils ne m'ont même pas regardé, et encore moins répondu. On m'a laissé réfléchir seul, et mon cerveau continuait d'explorer les pires possibilités. La peur s'est glissée et m'a avalé tout entier. Si le Dieu des Morts a eu une si mauvaise réaction à l'arrivée de son frère, ça signifiait-il que nous étions en danger? Si son odeur était sur moi, étais-je la cible?

Pendant que j'étais ici, l'accent était mis sur la recherche de mon chemin. Je n'avais pas beaucoup pensé à l'Under Realm dans son ensemble. Je n'avais pas perdu de temps à penser à ce que je pourrais découvrir d'autre en dehors du château du Dieu des Morts. Maintenant, je ne pouvais pas m'empêcher de me demander qui pourrait être là-bas. Quelle distance devrais-je parcourir pour rencontrer quelqu'un de nouveau? Il ne serait pas prudent de s'aventurer dans le royaume inférieur. Je le savais. Pendant nos leçons, Pyre Malum m'avait parlé des habitants de ce royaume. Non seulement c'était un endroit pour les personnes aux intentions cruelles et décédées, mais il y avait aussi des *daimons* - des Dieux malveillants et reniés tout comme Pyre, et peut-être pire. D'après les mots de mon ravisseur, je savais qu'il y avait des gens et des créatures ici qui n'étaient pas entièrement immoraux. Il expliqua que la Triple Déesse avait décidé qui habiterait dans chaque royaume. Pyre avait semblé perplexe et frustrée par la ligne qu'elle avait tracée, ne comprenant pas ce qui était moralement acceptable pour pardonner.

Un coup de tonnerre me fit tressaillir loin de mes pensées. Il devait être bien après minuit. J'étais dans ma chambre depuis des heures. Agacé, je jetai ma couverture sur ma tête et voulus que mon esprit se repose. Au lieu, une étincelle de flamme jaillit du bout de mon doigt. J'ai eu juste le temps de le sortir de la couverture avant de prendre feu autour de moi. Super. Ç'allait être une longue nuit. J'ai essayé de calmer mes pensées, en me concentrant sur ma respiration. Inspirez profondément, expirez doucement. Une inspiration profonde, comme celles que j'ai prises sous le charme du regard de Pyre, une expiration tremblante quand je l'ai imaginé se rapprochant, m'embrassant. Le souvenir du plaisir électrique m'attira vers le bas alors que mes yeux luttaient pour se fermer. Ce foutu baiser. Je ne pouvais pas l'enlever de mon esprit. Ça m'avait irrévocablement changé. J'avais embrassé le Dieu des Morts, et bien que la culpabilité me rongeât les nerfs, je l'avais apprécié.

Un sentiment de naufrage a agité mes rêves alors que ma conscience luttait pour s'exprimer. Mon corps roula, me tirant de mon côté et sur mon ventre. Je gémis, tirant sur la couverture et la serrant sous mon menton. Un contact léger comme une plume sur ma joue a dissipé le brouillard et j'ai réalisé que je n'étais plus seule. J'ouvris les yeux, à peine capable de voir dans la nuit. Je m'étais assoupi, mais je n'avais pas dû dormir trop longtemps, car le ciel était encore sombre.

Retirant mon visage de sa position étouffante sur l'oreiller, je clignais des yeux à la forme assise à côté de moi sur le lit.

« Je t'ai réveillé, » nota Pyre, sa voix n'étant qu'un faible murmure. Somnolent, j'ai poussé sur mon coude et me suis tiré sur le côté, trop endormi pour me préoccuper de la proximité du Dieu dont j'avais rêvé. Pyre sourit, puis baissa la tête. Ses lèvres brisèrent le sourire, se transformant en un regard d'angoisse.

« Qu'est-ce qui ne va pas? » demandai-je en bâillant au milieu de la question. Il secoua la tête, ses cheveux noirs couvrant ses yeux. Ses ailes sombres et menaçantes s'enroulèrent autour de lui, protégeant son visage de la vue. Je me relevai, l'inquiétude inondant mon système. « Hey, » dis-je, douce et rassurante. Ma main voleta vers lui, trouvant prise sur sa cuisse ferme. « Pyre, tu peux me le dire. Qu'est-ce qui ne va pas? » Il soupira profondément, se penchant vers moi.

« Je suis désolé. » Je me redressai, regardant autour des ailes massives qui le cachaient. J'ai dû faire une double prise, décalé par la façon dont je l'ai trouvé. Il était solennel et la sincérité ornait ses traits.

« Pour? » j'ai questionné, assis le dos contre le mur, serrant la couverture contre ma poitrine.

« Est-ce que ça compte à la fin? » interrogea-t-il. Sa grimace était la caractéristique la plus importante de son visage.

« Ça compte pour moi », j'ai osé dire en le regardant attentivement. Je tirai les couvertures sur mon menton, sentant le tissu contre mes lèvres alors que l'appréhension prenait le dessus. Était-il sur le point de s'excuser? Pour m'avoir enlevé de la Terre et éclaté ma vie?

Il s'est tourné vers moi, le visage dur, mais les yeux étaient une flaque d'or liquide.

« Je veux que vous sachiez que je n'avais pas l'intention de vous mettre davantage en danger », a-t-il dit d'une voix sombre. Il baissa les yeux, apparemment en colère contre lui-même. « Avec mon frère sachant où vous êtes, lui étant si proche, je vous ai fait courir un grand risque, et j'en suis désolé. » Donc, il n'était pas désolé de m'avoir fait prisonnière. Je n'avais pas besoin que Pyre se sente désolé pour l'implication de son frère. Je voulais qu'il ait des remords pour les choses que je voulais qu'il regrette. Mais il n'était pas désolé pour l'oubliette ou pour infliger de la douleur comme moyen d'enseignement. C'était pour ça que j'avais besoin qu'il s'excuse.

J'étais en danger, que ce nouveau Dieu importun m'ait trouvé ici ou non. Ma vie n'était pas la mienne, créée par les Parques qui avaient planifié chaque détail de mon être. J'étais destiné à affronter le danger. Ce n'était pas à cause de Pyre que je risquais d'être pris par un autre Dieu. J'avais des ennuis, peu importe où j'allais et avec qui. J'étais la clé de cette très ancienne prophétie, une arme que toutes les mains voulaient manier.

« Si vous ne l'avez pas personnellement invité ici, tu n'as pas besoin de t'excuser pour son implication, » dis-je doucement. Les mots avaient un goût amer, sachant que je voulais dire bien plus que ça.

« Tu ne comprends pas », souffle-t-il. Ses poings se refermèrent sur ses genoux, et dans l'obscurité, il avait l'air impuissant. Une petite graine de pitié a fermenté dans mon ventre alors que je le regardais, attendant qu'il en dise plus. Ses ailes battaient, se resserrant derrière lui alors qu'il me regardait. Ses lèvres s'entrouvrirent et je savais qu'il voulait en dire plus, mais il les ferma avant que les mots ne puissent sortir de sa langue. Mon cœur s'emballa. J'ai eu tellement d'émotions mitigées à cet homme. Je voulais l'étrangler et le serrer dans mes bras en un instant.

« Je t'écoute, Pyre, » je lui dis. Mes lèvres chatouillèrent dessous la couverture que je portais à mon visage. Je voulais le convaincre qu'il pouvait me parler librement. J'ai essayé d'extirper ses pensées de son esprit; je voulais savoir ce qui le faisait souffrir intérieurement. Il m'a fait une mauvaise tentative de sourire et a poussé un long soupir. Levant une main, il tira doucement la couverture de ma prise, puis prit mon menton entre ses doigts. La chaleur de sa peau était agréable sur la mienne.

« Repose-toi, Déesse. » Pyre lâcha prise et se leva du lit, faisant rebondir mes jambes sur le matelas. « Je serai tout près. » Je retins mon souffle en le regardant partir, verrouillant magiquement la porte derrière lui. J'ai su en observant qu'il avait mis un nouveau sort sur les portes, s'assurant que personne ne pouvait entrer et que je ne pouvais pas sortir.

QUELQUES NUITS PASSÈRENT ALORS que je restais enfermé dans ma prison. Je m'occupais de faire pousser des fleurs et de les arroser de mes larmes. Je n'étais pas triste. J'étais au-delà de ce point. C'était la misère d'être laissée seule avec mes pensées. Pyre était venu me voir tout au long de la journée mais était par ailleurs préoccupé de prendre des précautions supplémentaires pour nous garder en sécurité à l'intérieur du château. Il avait parcouru l'endroit, d'après le murmure des pythrants qui gardaient ma porte à chaque heure de veille.

Alors que le ciel s'obscurcissait, assombrissant les choses que j'avais rassemblées dans ma chambre, je me lassais de plus en plus de jouer à ce jeu d'attente. Qu'est-ce qui se passait? Le frère de Pyre était-il vraiment là, ou tout ceci n'était-il qu'une ruse?

Expulsant cette pensée, la porte de ma chambre s'ouvrit et Pyre entra à l'intérieur, examinant tranquillement la zone.

« Je suis toujours éveillé », j'ai grogné, assise les jambes croisées sur le lit improvisé. Je savais qu'il serait en visite à cette époque. Dès que le ciel s'assombrissait, je pouvais compter sur lui pour montrer son visage, vérifiant si j'étais toujours enfermé en toute sécurité dans ma cellule.

« Tu vas bien? » demanda-t-il en s'avançant. Je bougonnai, me jetant en arrière pour m'allonger dans le tas de couvertures roulées sous moi.

« Bien. » J'ai entendu ses pas faiblir et je me suis levée sur mes coudes, le regardant. Il haussa un sourcil avec curiosité.

« Alors tu dis, » répondit-il avec ironie. Je lançai un souffle exaspéré, le mettant au défi de faire la lumière sur la situation.

« S'il vous plaît, comprenez que vous êtes gardé ici pour votre sécurité. »

« Qu'est-ce qui rend cette pièce plus hors de danger que les autres? Qu'est-ce qui te fait penser que je suis plus en sécurité ici, seule, plutôt que là-bas avec toi? »

« Ici, vous êtes gardée, et il y a une protection enchantée que même mon frère ne peut briser. Tant que vous êtes ici, vous êtes en sécurité. »

« Mais et si je ne veux pas... » une forte détonation coupa mes mots, et nous nous levâmes tous les deux. La panique inonda ma poitrine alors que mon pouls tonnait sous ma peau. « Ça c'était quoi? » Pyre ne prit pas un instant pour répondre. Il a été soulevé dans les airs, les ailes hautes, et a immédiatement franchi la porte.

Enveloppant la couverture de mon lit autour de mes épaules, je la serrai contre moi. Je me levai de la literie, le sol froid alors que je marchais pieds nus sur le sol, sautant à chaque pas. J'ai voulu suivre Pyre, mais les gardes postés devant ma porte l'ont claquée avant que je puisse partir. J'ai décidé d'essayer d'obtenir des réponses des pythrants à leur station. J'avais besoin de savoir ce qui se passait.

« Est-ce que vous allez un jour me laisser sortir d'ici? » J'ai demandé. Ils n'ont pas répondu. J'ai essayé de m'agripper aux barreaux de la porte, mais l'un des pythrants a sifflé à mon mouvement. Je m'éloignai rapidement et replaçai ma main dans ma couverture. « Savez-vous ce qui se passe? » J'ai quémandé. « Quel était ce bruit fort? »

« Nous sommes ici pour vous garder », m'a répondu celui qui s'appelait Nor. Sa voix était aiguë, désintéressée. Je pouvais dire par son attitude qu'il essayait de couvrir le fait que nous avions parlé auparavant. Je me contentais de jouer le jeu pour le bien de sa sécurité, me souvenant de la conversation que nous avions eue.

« Pourquoi? » J'ai demandé.

« Nous sommes stationnés à ce poste », répondit-il. J'allais devoir être plus précise.

« Monsieur, » dis-je en essayant de le raisonner. « S'il vous plaît. Tu dois me donner quelque chose. Pourquoi suis-je gardé? Où est passé Pyre? Connaissez-vous son frère? » La queue de Nor s'enroula derrière lui à la mention des Dieux. Plissant les yeux, il s'approcha de l'autre côté de ma porte barrée.

« Connaissez-vous son frère? » demanda-t-il d'un ton accusateur. Je secouai la tête avec confusion.

« Non. Qu'est-ce qui te ferait penser ça? » L'un des autres renifla à ma réponse mais ne dit toujours pas un mot. « Nor, allez. Je suis piégé ici. Tu sais ça. Je n'ai aucun moyen pour me sortir. Je n'ai jamais rencontré personne d'autre. Je ne connais que vous, les gars. Je ne connais que Pyre. » J'ai remarqué que les pythrants s'agitaient à mes paroles. Le visage de Nor s'inquiétait quand je me suis rendu compte que les autres le regardaient avec méfiance à la mention de son nom.

« La Déesse a essayé de s'échapper tout ce temps, » dit-il avec défi. « Nous connaissons votre complot. » Je me suis moqué.

« Je n'ai aucun projet. »

« Mensonges! » Il a sifflé et craché son venin pour brûler le mur de ma prison. Je m'éloignai, mon cœur battant à toute allure. Je ne m'attendais pas à ce qu'il fasse preuve d'une quelconque violence. « Tu veux partir, non? Je le sens sur toi. » Les autres sifflèrent en signe d'accord.

« Les pourritures suppurent dans votre cellule. », L'un d'eux ont interdit.

« D'accord, je veux partir, oui. Mais je n'ai agi sur aucun plan, donc vous n'avez rien à m'accuser », dis-je.

« Vous voulez nous dire que vous ne conspirez pas avec le frère de notre maître? » interrogea-t-il.

« Non, » j'ai dit. « Je promets. » Il a pointé ses yeux vers moi, puis a hoché la tête, semblant accepter ma réponse pour ce qu'elle était: la vérité.

« Tu as causé tant de problèmes, petite Déesse, » me dit-il.

« Je ne voulais pas faire ça », dis-je doucement, acceptant ma défaite. « Je n'ai jamais voulu de... »

Un grand boum interrompu, semblable au précédent, se répercuta dans le château. Les murs frissonnèrent, et les pythrants chassèrent le bruit, quittant aussitôt leurs postes à ma porte. Nor ne resta un instant en arrière et, à ma grande surprise, il ouvrit la porte, l'arrachant presque de ses gonds.

« Le Dieu des Cauchemars est arrivé », a déclaré Nor dans un souffle. « Vous protégerez Alriq », a-t-il insisté. Mes yeux se sont agrandis. Était-ce une sortie? Est-ce qu'il m'aidait à m'enfuir? Qu'en est-il de l'enchantement qui maintient la porte à sa place? Pyre n'a pas dû avoir eu le temps de refaire un sort lorsqu'il a quitté la pièce. Il était parti si vite; ç'a dû lui échapper.

« Si ç'arrive qu'il est en troubles, et que je suis présente, je me battrai avec ma vie », ai-je juré.

« Courez, ma Déesse. » Alarmé par le bruit et l'incrédulité totale, j'ai hésité avant d'ouvrir la porte, mais je savais que c'était ma seule chance de sortir. Nor m'a serré la main, et nous avons tous les deux commencé à courir; lui, vers le bruit des pythrants qui glissent, moi vers mon espoir d'évasion.

Au rythme de mon cœur, mes pieds ont volé sur les sols pavés de ce donjon. La couverture que je tenais encore autour de moi voguait à la vitesse de mon vol. Il faisait incroyablement noir et je pouvais à peine voir devant moi. J'avais un bras tendu pour approfondir mes sens, espérant que je ne heurterais rien. Un autre boom est entré en collision avec le château, faisant plier mes genoux sous le tremblement de terre.

« Bon sang. » Je dérapai, m'arrêtant pour me ressaisir. « Je peux le faire. Je peux m'en sortir », me suis-je assuré. J'ai continué jusqu'à ce que je trouve un peu de lumière devant moi. C'était un chemin bifurqué, me laissant décider quelle chance je prendrais. Les deux itinéraires seraient délicats. Je savais que je devrais choisir entre aller à gauche ou à droite une fois arrivé au bout de ce couloir. À droite, je devais traverser le pont qui reliait deux parties importantes du château, mais je savais que le pont tenait à peine et qu'il était à des milliers de pieds dans les airs. Je tremblais à l'idée d'une chute libre. La seule autre option était d'aller à gauche dans l'oubliette de la tour. Mon cauchemar est devenu réalité. J'avais passé cinq jours avec les âmes torturées là-bas. J'ai été oublié dans le noir, mon esprit devenant insensé. Même si ça faisait un moment que Pyre ne m'avait pas laissé sortir, la sensation de vide était fraîche au creux de mes os. C'était le dernier endroit où je voulais aller, mais je savais que c'était ma meilleure chance de m'échapper. Le pont ne tiendrait pas, mais la tour de l'oubliette pourrait avoir un autre chemin vers le bas. Un éclair de mémoire m'est venu à l'esprit lorsque je me suis souvenu de Pyre et de ses serviteurs ouvrant la porte au fond de l'oubliette, où j'ai cru qu'on m'avait laissé mourir.

Une légère pointe d'indécision m'envahit et je raffermis mon esprit. Je voulais désespérément m'échapper, mais il y avait quelque chose de plus à Pyre que je n'avais toujours pas découvert. Il était affreux à bien des égards, mais ses comportements étaient appris, et il semblait se réchauffer avec moi, surtout après ce baiser. C'était comme une déclaration. Néanmoins, le quitter devrait être le bon choix. Bien que les cordes qui nous unissaient pleuraient, mon esprit me disait que c'était le bon choix. J'ai lâché la couverture autour de moi, je l'ai laissée tomber sur le sol, et n'ai pas hésité quand j'ai atteint le bout du couloir. Je savais que la tour était ma seule option. Quand je suis arrivé dans la pièce arrondie, j'ai regardé le trou noir, me souvenant de la sensation de vide dans mon estomac lorsque les pythrants m'avaient retenu dessus. Mon estomac est entré dans ma gorge alors que je me souvenais de la sensation d'être suspendu dans les airs alors que le poison s'infil- trait dans mon sang.

« Je peux le faire, » marmonnai-je. J'ai scruté la salle arrondie, à la recherche d'indices, essayant de trouver un escalier ou une porte pour accéder au bas de la tour. J'ai senti les briques pavées, déses- pérée de trouver une échappatoire. J'ai fait le tour, me sentant de plus en plus frénétique alors que je cherchais trois fois les mêmes endroits. La pièce tournait, ma tête battait la chamade, respirer faisait mal à mes poumons . C'était inutile. Il n'y avait pas d'autre moyen de descendre d'ici.

Je savais qu'il y avait une porte au fond de l'oubliette - une porte qui mènerait au rez-de-chaussée, indiquant ma sortie. Je me tenais maintenant sur le rebord, les genoux vacillants alors que je contemplais le fil à plomb. J'y ai survécu une fois; je pourrais y survivre à nouveau, surtout maintenant que je pouvais planer. Mais si je ne pouvais pas contrôler ma descente, combien de temps me faudrait-il pour reprendre conscience après m'être éclaboussé au sol?

Ça n'avait pas d'importance. Je n'avais pas d'autre choix. Une pierre sous mes pieds grogna et protesta contre mon poids. De minuscules cailloux ont dérapé sur le bord, et j'ai attendu d'entendre leur atterrissage. Une minute s'est écoulée avant que je ne perçoive le silence qui s'éparpille en bas. À quoi je pensais? Je ne pourrais jamais m'échapper. Pyre me trouverait avant que j'aie la chance de sortir. La porte serait très probablement verrouillée, me piégeant là-bas, que Pyre m'ait trouvé ou non. Ce n'était pas une bonne idée.

Je sautai du rebord et retournai sur le sol, haletant. Étais-je vraiment sur le point de sauter là-bas? Une clameur stoppa mes pensées, et j'inhalai une forte inspiration, capturant ce qui m'entourait. Il y avait peu ou pas de lumière. Je distinguais à peine les ombres qui se formaient autour de moi. Le caquetage résonnait, rebondissant du plafond au sol.

« Tes petits amis là-bas te manquaient-ils? » dit une voix avec dérision. C'était Alriq. Ses muscles ondulaient sous ses glissades. J'ai rarement vu les pythrants utiliser tout leur potentiel de serpent. C'était inhabituel de le voir à quatre pattes et d'utiliser sa queue pour glisser vers moi plutôt que ses longues jambes osseuses. Quelque chose à ce sujet a laissé un goût amer dans ma bouche. Ses yeux jaune-brillant perçaient l'obscurité. Lentement, délibérément, il souleva la couverture sale qu'il portait derrière lui. « Merci pour le marqueur de piste, » ricana-t-il et se leva de toute sa hauteur. *Bon sang.* J'étais tellement négligente de l'avoir laissé dans les couloirs. Je n'avais pas pensé que ce serait un indicateur de ma position. Ç'était trop dans mon chemin, rendant ma fuite plus difficile, et j'avais ignoré ça sans hésiter.

Il ne fallut qu'un instant pour qu'un essaim de pythrants m'entoure, transformant leurs ombres en quelque chose de corporel. Ils m'ont encerclé, quelques sifflements et quelques chants. Enfermé dans leur piège, je n'avais pas d'échappatoire. Je me retournai pour regarder l'oubliette qui se trouvait juste un pas derrière moi et envisageai de courir vers elle, mais je savais mieux. A la minute où je sauterais, ils descendraient le château et me récupéreraient. Je serais inconsciente et incapable de faire rien. Comme s'il connaissait ma perte, Alriq m'a attrapé par le bras et m'a emmené faire une promenade. J'inspirai au contact de ses mains écaillées.

« Allons-y, » siffla-t-il.

« S'il vous plaît, ne me faites pas de mal », suppliai-je.

« Ce n'est pas à moi de décider, petite Déesse. » Il m'a serré plus fort et j'ai obéi en le suivant dans la nuit.

« Je sais que tu as été banni, Alriq », balbutiai-je, essayant de trouver la bonne chose à dire pour le persuader de me laisser partir. « Je sais que tu es en colère, mais s'il te plaît, ne t'en prends pas à moi. Je te protègerai! » m'écriai-je, rassemblant le courage de lui montrer à quel point. Je laissai une étincelle de flamme brûler dans mon poing.

« Votre magie est trop faible, j'en ai peur, » dit-il, solennel mais sévère. « Personne ne peut me sauver sauf moi-même. »

« Je peux aider », ai-je jailli, essayant de le convaincre du contraire.

« Tu peux et tu le feras, Déesse, » dégota-t-il. « Quand je vous ramènerai à mon maître, je me serai racheté. Mon succès dans cette conquête de récupération lui fera oublier mes échecs, et mon maître me pardonnera. » À ses mots, j'ai arrêté de me tortiller et j'ai décidé de marcher avec lui. Quel était l'intérêt de lutter contre ça? Même si je ne voulais pas l'admettre, il avait raison de me prendre. Il ne faisait que son impératif, et ce faisant, ça pourrait bien lui sauver la vie. Je ne voulais pas que quelqu'un meure, qu'il soit méchant ou non.

Non. Au diable, ça!

Je ne pouvais pas me permettre de penser ainsi. Je m'éloignai de la culpabilité et passai en mode survie. Je ne voulais pas que quelqu'un meure, mais ma vie était tout aussi importante. Je ne pouvais pas accepter la défaite si facilement. J'étais arrivé jusqu'ici dans

Under Realm, escroquant le Dieu des Morts pour qu'il m'apprenne la magie. J'étais plus forte maintenant. Je jouerais à mes forces avec chaque minute qu'il me restait.

« Alors, prends-moi, Alriq », ai-je craché. « Mais tu dois vivre en sachant que tu as choisi ma mort plutôt que la tienne. » Il agrippa mon bras encore plus fort.

« Pour la cause, je vais le faire », a-t-il sifflé. « Et je ne m'inquiète pas pour vous, ma Déesse. Vous êtes son le salut. »

« Qu'est-ce que Nor penserait de ça? » lançai-je en accentuant le nom de son époux. Il se retourna avec une pure fureur dans les yeux.

« Nor ne le saura pas. Il m'a abandonné dans ce chaos, car il ne veut pas que je refuse le bannissement. »

« Pour une bonne raison », ai-je rétorqué. « Il ne veut pas que tu sois tué! Moi non plus. » Il grimaça à cela.

« Ma Déesse est trop généreuse avec notre espèce », dit-il à voix basse. « Nous te servons comme nous servons notre maître, Déesse. Mais il est notre dirigeant, donc, la priorité. Sache que je ne te souhaite aucun mal. »

« Sa rage pourrait voir à ma mort, et vous le savez. » J'étais furieuse et attristé. J'avais besoin de joindre Alriq. J'avais besoin de lui à mes côtés dans cette bataille. « Quand Pyre découvrira que j'ai essayé de partir, il me tuera. Et si Pyre n'est pas capable, l'autre Dieu qui existe essaiera ensuite. »

« Te tuer? Mon maître ne s'y risquerait pas. L'autre Dieu, peut-être. Mais mon maître a besoin de la Déesse. Vous persécuter; il pourrait... Mais tu ne mourras pas. »

« Parfois, je pense que je devrais... »

50

SURSIS

Plus nous nous rapprochions de la salle d'entraînement, plus le sol grondait et les éclairs fouettaient le ciel. Je pouvais voir beaucoup mieux maintenant car ils illuminaient mon environnement dans la salle du château. Je n'avais jamais vu une tempête aussi violente. Mon cerveau était en état d'alerte alors que je m'approchais de la pièce. Une salle du trône, où j'avais passé des semaines à m'entraîner et à perfectionner ma magie avec le Dieu des Morts. Le *daimon* m'attendrait-il de l'autre côté de la porte?

Avant que je puisse atteindre le loquet, la porte a arraché ses gonds de l'intérieur. Alors que Pyre la lançait derrière lui, le choc du fer s'est écrasé tout autour de nous. Ses yeux brillaient d'un cramoisi scintillant. J'ai senti les larmes me monter aux yeux en voyant sa malveillance.

« Toi », gronda-t-il en regardant Alriq derrière moi. En un instant, le pythrant s'est approché et m'a saisi par derrière, m'utilisant comme bouclier. Ses griffes se sont prolongées, creusant ma peau, et j'ai regardé alors qu'il prélevait du sang sur mon biceps. Un grondement du plus profond de la poitrine de Pyre m'a fait lever les yeux vers lui, et j'ai trouvé une pure brûlure dans ses yeux alors qu'il nous regardait. « Passe-la-moi! » Pyre a explosé et s'est lancé sur Alriq. Le pythrant a sifflé et, au dernier moment, m'a lâché. C'était juste à temps pour que Pyre m'attrape par la taille et me jette à travers la salle du trône. Le vent me fouettait le visage et je n'ai pas eu le temps de comprendre ce qui se passait lorsque je me suis réduit sur son trône. Les os se sont effondrés sous moi à l'impact. Mes propres os se sont brisés à des endroits où je n'avais jamais ressenti de douleur auparavant, des côtes piquantes au point d'agoniser.

« Déesse! » Alriq et Pyre ont immédiatement sifflé alors qu'ils couraient tous les deux pour me récupérer.

« Saints putains de Dieux! » J'ai crié, grimaçant à la douleur qui roulait dans mon corps. À travers les larmes aux yeux, j'ai vu qu'Alriq n'était qu'à un pied de moi, mais Pyre est passé devant lui avant que le pythrant ne puisse me reprendre. Le Dieu des Morts a attrapé mon visage, ses yeux fous comme s'il ne pouvait pas croire ce qu'il venait de faire.

« Shivalri, » souffla-t-il, sa poitrine se soulevant. « Je suis vraiment désolé. » Du coin de l'œil, j'ai vu qu'Alriq avait atteint le désordre d'ossements dans lequel j'étais assis. Il s'est approché avec précaution, tendant la main comme pour me toucher. Pyre rugit, montrant toutes ses dents.

« Ne la touchez pas! » Pyre gronda. « Ne la touchez jamais! »

« Je l'ai trouvée pour que vous la gardiez en sécurité! »

« Quelque chose que vous auriez dû faire en premier lieu! » gronda Pyre. « Quelque chose qui aurait pu empêcher tout ceci de se produire. » Il se moqua et un grognement résonna dans sa poitrine. De la fumée s'échappait du bout de ses griffes alors qu'il bouillonnait sur place.

« Mais – »

« Ne me réponds pas, inutile et honteux. » Le feu de Pyre a allumé la pièce, frappant le pythrant de plein fouet. « Tu t'es ratatiné derrière elle, tu as tiré du sang de sa chair. Pour cela en soi, vous ne méritez aucune pitié. » Alriq recula, ses cris résonnant alors qu'il tentait de s'enfuir. Il agitait ses bras, hurlant de manière inintelligible, paniqué dans le feu. J'ai été frappé de silence, horrifié au-delà de toute croyance, et je pouvais sentir les larmes me brûler les joues. Pyre s'est tourné vers moi et j'ai vraiment souhaité mourir dans ce moment de tourment.

« Vous ne vous enfuirez pas », a-t-il tonné. « Savez-vous ce qu'il y a là-bas? Qui a pu te retenir? Tu es la mienne! Me comprenez-vous? » J'ai juste cligné des yeux, les larmes coulant toujours de mon visage. Il m'a secoué, et tout mon corps a plongé dans son étreinte.

« Bon sang! » J'ai crié alors que mes os gonflaient à cause de leur douleur. Ses yeux se sont remplis de larmes surprenantes, et il a pris ma main en tremblant, la plaçant sur sa poitrine. J'ai vu une larme couler sur sa joue et j'ai senti de manière irréversible le poids écrasant du cœur fragile de Pyre Malum battre sous ma paume.

« S'il vous plaît. Tu dois être la mienne, » murmura-t-il.

« Je ne peux pas l'être », m'écriai-je. A mes mots, il me prit dans ses bras avec plus de soin, me tenant de manière que je sois coincée entre lui et le mur. J'ai atteint l'endroit à l'arrière de mon crâne qui s'est réchauffé à une piqûre. Quand j'ai déplacé ma main devant moi, le sang qui a trempé mes doigts m'a rendu malade. Mes mains tremblaient, montrant ouvertement ma peur. Je reportai mes yeux sur la bête qui avait causé le désordre. La panique éclata dans ses yeux comme s'il comprenait maintenant vraiment la profondeur de la douleur qu'il avait léguée. « T'es-tu content, Pyre Malum? » J'ai tremblé.

« Je... » hésita-t-il, ses mains se relâchant autour de ma taille.

« Laisse-moi partir, » demandai-je, mes lèvres tremblant dans ma tentative de cacher la piqûre brute dans ma poitrine. Non seulement mes os me faisaient mal et ma peau était si incroyablement douloureuse, mais le fait qu'il me blesse ainsi, intentionnellement ou non, me désillusionnait fortement.

« Je ne peux pas. Pas tant que tu n'auras pas accepté ton destin », a-t-il dit, et je lui ai craché au visage. Le sang a souillé le déversement et il l'a essuyé.

« Qu'est-ce que tu veux? » Je serrai les dents, la rage et la panique résonnant dans ma tête.

« Je veux que vous écoutiez très attentivement, Déesse, et que vous écoutiez bien. » Je l'ai regardé, attendant. « Je ne voulais pas te blesser. J'avais l'intention de virer Alriq pour le débarrasser de toi. Je comprends pourquoi tu me crains, mais ma *sōrza*, je ne suis rien à craindre comparé à mon frère. Vous crachez sur mon nom et haïssez mon existence, mais vous n'avez rien connu de la haine et de la peur jusqu'à ce que vous ayez rencontré ce Dieu. »

« J'ai une bonne idée. » Je lui lançai un regard ténébreux, la bouche toujours dure. Mes jambes tremblaient, me trahissant. Pyre rapprocha ses hanches, me maintenant en place. Je savais que c'était pour m'aider à me tenir debout, mais j'avais l'impression d'être dans une cage.

« Il a envoyé cette tempête pour me secouer. » Pyre rit et cracha par terre. « Pour me séduire. Il veut que je sache qu'il est là. »

« Pourquoi? » demandai-je sans détourner les yeux. Il grinça des dents.

« Il marque sa réclamation sur vous, » grinça-t-il. Mes yeux cherchèrent les siens, essayant de comprendre.

« Je ne sais pas ce que tu veux dire. » J'ai tremblé. « Faites en sorte que cela ait un sens. » Il a enfoncé un poing dans la pierre et j'ai grimacé au son.

« Je suis désolé, » souffla-t-il, la frustration inscrite sur son visage. Il retira sa main du mur, et je frissonnai à son effort. « Êtes-vous gravement blessé? Dois-je vous examiner? » Bien que ma tête palpitât, je secouai la tête, pris une inspiration et la laissai aller de manière instable. « Il sait que tu es là et est venu pour t'éloigner de moi, pour t'utiliser à sa guise. Je ne le laisserai pas vous éloigner de moi », avoua-t-il, furieux. Je tremblais sous son échauffement.

La foudre a frappé rapidement, creusant un trou dans le mur le plus proche de la fenêtre par laquelle je regardais souvent. Juste comme ça, il a soudainement disparu. J'avais souvent pensé à sauter par cette fenêtre, pensé à la liberté de m'envoler. Même si je savais planer par moi-même, je savais très bien que Pyre pouvait voler et me piéger à nouveau si jamais j'en avais l'occasion. Voir la fenêtre et le mur détruits a libéré mon désespoir et j'avais tellement envie de fuir. J'avais poussé le désir vers le bas depuis si longtemps maintenant.

Pyre rugit à la vue de sa salle du trône bien-aimée brisée en morceaux. Une ombre sombre projeta sur la pièce à son exclamation, et je regardai avec révérence la silhouette atterrir au centre de la salle du trône. Les ombres tourbillonnaient tout autour de lui comme une brume. Ses ailes sombres en forme de chauve-souris se déploient derrière lui, recouvrant de puissance sa carrure. *C'était l'obscurité.*

Le corps tendu de Pyre me maintenait en place. Son dos se raidit, ses ailes battant derrière lui dans une démonstration de force.

« S'il vous plaît, restez là », ordonna-t-il en se tournant pour faire face à la créature. Je ne pouvais pas me forcer à le regarder, ce nouvel être d'un autre monde qui exigeait incontestablement de l'attention.

« Cousin », chantonna le sombre. Sa voix était douce comme du velours. Quelque chose m'invitait à nager dans le son. C'était comme la paix sous la forme d'une potion. Pyre grogna et prit une position défensive devant moi.

« Ombrose », a déclaré Pyre. Je pouvais entendre le grincement de ses dents acérées. « A quoi dois-je le plaisir? »

« Je ne fais que passer », a-t-il dit, nonchalant.

« Où est mon frère? » Pyre lui grogna dessus. Je n'ai pas compris. Si ce n'était pas son frère, alors qui était-il? Que faisait-il ici?

« Je ne sais pas. » Il haussa les épaules. « Je n'ai vu aucun de vos frères et sœurs depuis des lustres. »

« Impossible! » Le Dieu des Morts était furieux dans ses allures. « Je le sens sur toi, » grogna-t-il. J'entendis la créature rire doucement, et le grognement de Pyre gronda plus loin dans sa gorge.

« Vous hébergez un mortel, je vois, » songea la créature, passant le sujet sur moi. Au geste de son bras, j'ai instinctivement observé ses mouvements alors qu'il me faisait signe.

« Elle ne vous concerne pas », grinça Pyre.

« Vous voulez dire que vous avez trouvé l'audace dans votre arrogance ridicule de garder cette femme ici tandis qu'elle n'est clairement pas d'ici? » interrogea-t-il.

C'était ici. C'était ma porte de sortie. Il me défendait et essayait de me sauver. Je pouvais sentir l'espoir flotter dans ma poitrine alors que j'arrachais mes yeux de ses ombres et que je remarquais la force de son corps. Grand, brun et extrêmement musclé. Je pouvais dire qu'il était très différent de Pyre Malum. Là où le Dieu des Morts portait des traits clairs enveloppés de cheveux et d'ailes sombres, cet homme était riche de nuit. Mon espoir d'évasion grandit à la vue de sa peau d'ombre dorée teintée de brun. Il avait l'air fort. Il semblait capable de déchirer son ennemi en lambeaux.

Mon espoir a été rapidement déconnecté lorsque mes yeux ont rencontré les siens, et j'ai remarqué que d'une manière ou d'une autre, de manière incrédule, les siens étaient presque complètement noirs. Il n'y avait pas de blanc, juste un anneau brillant d'un bleu fulgurant à la place de l'iris. Quelle était cette créature? Lorsqu'il a fixé mon regard, j'ai ressenti un tiraillement énigmatique, comme si mon âme me disait de regarder plus loin et de ne pas détourner mon regard. Sa bouche resta bouche bée lorsqu'un courant électrique passa sur moi.

« Qu'est-ce qui se passe? » demanda-t-il alors que le Dieu des Morts lui bloquait la vue. Je ne pouvais plus voir les yeux noircis. Quelque chose s'est brisé en moi à cette blessure - un désir ardent de m'échapper.

« Ça ne te concerne pas, » gronda Pyre. Le ténébreux s'approcha, ses ailes déployées bien au-dessus de sa tête. La brume sombre s'éleva tout autour de nous.

« C'est une Déesse », grogna-t-il à Pyre. « Vous avez torturé une Déesse? » Il était en colère maintenant, hurlant, des éclairs s'écrasant tout autour de nous. Je sursautai, mon cœur bondit hors de ma poitrine. Il ne savait pas qui j'étais.

« Que savez-vous de la Déesse? » Pyre a aboyé. « Oh, c'est vrai, » dit-il maintenant, des flammes éclatant autour de lui. « Toi et mon frère l'avez chassée. » Il grogna profondément dans sa poitrine. « J'ai détecté son odeur sur elle, tout comme je peux le sentir sur toi maintenant. » Le cousin de Pyre planait maintenant au-dessus de nous, de forme inquiétante. Il ressemblait à la nuit enveloppée d'un orage.

« C'est une Déesse... » dit-il à nouveau avec incrédulité.

« Une Déesse que vous avez torturée avec vos cauchemars, je présume, » cracha Pyre, et le feu rugit, suintant du sol.

« Le Dieu des Cauchemars », murmurai-je en tremblant. Ils tournèrent tous les deux la tête vers moi au son de mes paroles. J'ai mis une main sur ma bouche et j'ai regardé avec horreur les deux Dieux terrifiants frapper ma peau avec leurs yeux. Le Dieu des Cauchemars m'a observé avec un regard proche du choc écrit sur son visage. Quand j'ai détourné le regard de lui vers Pyre Malum, j'ai retenu ma respiration. Rapidement, il a tiré ses mains vers moi, et une rafale de feu s'est enfuie à un cheveu de mon corps. J'ai hurlé d'angoisse en réalisant que sa flamme n'était pas comme mon feu. *Celui-ci brûle.* Si j'aurais bougé que d'un pouce, j'aurais été réduit en cendres.

« Arrête », ordonna le Dieu aux yeux sombres. Ses volutes de nuit se sont précipitées vers moi. Pyre m'a maintenu contre le mur avec sa barricade de flammes et a exigé mon attention. J'ai pensé que je pourrais bouillonner sous la chaleur.

« Vous l'avez appelé ici », a accusé Pyre.

« Non, ce n'est pas vrai », ai-je crié en haletant. La bile a éclaté dans ma gorge et j'ai craché à mes pieds. Cette chaleur était trop forte.

« Vous connaissiez son nom! » rugit-il, les flammes devenant plus chaudes.

« Les pythrants me l'ont dit », m'écriai-je en m'essuyant la bouche. « Les pythrants m'ont dit que le Dieu des Cauchemars était ici. » À cette proclamation, les flammes se sont abaissées de plus en plus légèrement, permettant aux vrilles des ténèbres de se faufiler autour de Pyre et de s'enrouler autour de mon corps, éteignant l'incendie. J'ai immédiatement senti la sensation de fraîcheur guérir ma chair brûlante. Pyre a jeté une main derrière lui et j'ai vu le Dieu des Cauchemars être poussé à travers la pièce. Je tremblais à la vue. Mon espoir d'évasion s'est effondré en poussière en un instant. Pyre était plus fort. J'étais submergé, sous le choc de tout cela. J'avais besoin d'une escapade.

Le regard de Pyre se posa sur son cousin maintenant. Avec son attention ailleurs, j'ai soigneusement examiné mes options. Si je restais sur place, j'étais sûr de mourir aux mains d'un Dieu. Si j'essayais de trouver un moyen de sortir du château à travers ses nombreuses salles et tours, les pythrants me captureraient et me ramèneraient dans la salle du trône. Il n'y avait qu'une seule option dans laquelle le résultat pourrait être une évasion réussie. J'avais une expérience minimale du vol, mais si je ne pouvais pas voler, je pouvais sans aucun doute planer. Je pouvais sauter du mur cassé et m'abaisser progressivement sur le sol si je me concentrais sur la manipulation correcte de l'air.

Élevant le courage, j'ai pris une chance et j'ai couru. Il n'y avait plus de retour en arrière maintenant. J'ai couru aussi vite que possible jusqu'au bord du mur du château. Mes chevilles ont cédé, n'ayant jamais eu à supporter une telle force et si rapidement. J'ai ignoré la douleur, j'ai repoussé mes peurs et j'ai atterri devant le vaste trou où se trouvait une fenêtre. Je n'ai pas eu le temps de réfléchir. C'était maintenant ou jamais. Quand j'ai voulu bondir de la corniche, une rafale de chaleur m'a cogné contre la brique, et j'ai pensé que Pyre m'avait tiré dessus.

Au lieu, une flamme rapide et torride s'est propagée jusqu'à l'endroit où se trouvait le mur, formant une barricade. Chauds et flamboyants, mes pas hésitaient. La flamme me rendit immobile, m'arrêtant de descendre et m'enfermant à nouveau. À cela, ma santé mentale a basculé. Tout en moi a débordé et j'ai explosé d'indignation. Toute ma force, tout mon pouvoir a jailli de mon cœur et s'est installé dans le château.

« Lâchez-moi! » J'ai crié une commande perçante. Le château entier trembla sous ma colère. J'ai crié et hurlé jusqu'à ce que mes poumons aient un goût de sang. La saveur cuivrée a envahi mes sens, le bourdonnement dans mes oreilles assourdissant au point de bonheur car il a noyé toutes les autres pensées. Je me suis plongé dans la folie; un rire méchant, qui ne ressemblait pas au mien, s'arracha de mes lèvres avec angoisse. J'ai goûté le sang qui coulait de mon nez et dans ma bouche, savourant la force de mon pouvoir. Parce que c'était ça, mon pouvoir. Je ne m'inclinerais devant personne. Je ne partirais pas d'ici, mais je ne laisserais pas le *Daimon* des Morts ou son cousin me tuer. S'ils voulaient me tuer, si quelqu'un voulait ma mort, ils s'écraseraient avec moi.

Sous mes pieds nus, une fissure est apparue sur le sol de pierre froide. Avant que je puisse m'éloigner de la pause, le sol du château s'est déchiré sous mes pieds, créant un cratère mortel qui a divisé la pièce en deux.

« Merde! » Pyre a tonné. « Tien bon! » J'ai griffé les rochers déchiquetés et j'ai tenu bon pour la vie. Suspendu uniquement par mon emprise sur un rocher, j'ai regardé en bas vers les eaux sifflantes qui attendaient ma descente. Je ne pouvais pas perdre cette bataille maintenant. Je n'avais pas fini.

« Déesse », m'a appelé le Dieu des Cauchemars.

« Ne lui parle pas, » gronda Pyre en se rapprochant de son cousin. Je ne pouvais rien faire d'autre que regarder pendant que j'essayais de trouver une meilleure prise. Des ombres giclèrent du Dieu des Cauchemars en volutes d'air frais. J'ai senti le tiraillement d'une vrille autour de mes bras, et ma tension a diminué alors qu'elle essayait de m'aider à franchir le bord. Le feu a éclaté des paumes de Pyre, et la chaleur a transformé l'ombre en rien dans le clin d'un œil. J'ai senti la force de mon poids tirer sur mes épaules et mes doigts m'ont supplié de lâcher prise.

« Tu la laisserais tomber? » grinça l'autre, secouant l'attaque de son cousin.

« Où est mon frère, Ombrose? » explosa le Dieu des Morts.

« Pyre... » sanglotai-je, à peine audible. Il ne m'a même pas regardé, trop concentré sur la menace de l'autre Dieu présent dans sa salle du trône. Trop inquiet que son frère soit à proximité.

Des glissades ont inondé les murs du château, et soudain, mes mains se sont encore plus tendues sous le stress de la gravité. Ce n'était pas suffisant d'être coincé à la merci de deux Dieux en colère, et je ne pouvais pas me relever du bord de la chute. Naturellement, l'armée de pythrant vint défendre leur maître. Une boule dure s'est formée dans ma gorge alors que je me balançais des rochers, les membres douloureusement lourds. A ce moment, je savais que j'allais tomber sans combattre, et c'était la dernière chose que je verrais avant de périr. Un château brisé, des flammes si brillantes qu'elles étaient éblouissantes, avec les créatures du Under Realm prenant de l'espace dans tous les coins de la pièce - un gâchis de feu et d'ombre se battant sous mes yeux.

« Laissez-la, mon maître, » tonna un pythrant. « Laissez-la partir avec le Dieu des Cauchemars. » Je tournai la tête dans la direction de la voix, entièrement déconcerté par la prétention à ma sécurité. C'était Nor.

« Non, non! » Je tremblais, m'accrochant à ma vie. Il mourrait pour ce défi.

« Je ne te permettrai pas de faire du mal à notre Déesse », Nor crie pour que tout le monde l'entende. Les pythrants sifflèrent d'accord. Je ne pouvais pas le croire. Ces créatures qui ne me regardaient presque jamais étaient là pour me garder à la place de leur Dieu. « Nous défendons en son honneur. Nous la servons. »

« Nous la servons! » le reste chantait. Pyre rugit face à l'insolence.

« Vous la livreriez? Me trahir? » Ses flammes s'élevèrent, l'air diminuant dans le processus.

« Notre Déesse ne montre aucun préjugé contre notre espèce. Elle est la bienveillance et miséricorde. Elle est l'espoir et elle est notre réclamation », a-t-il déliré, les crocs se libérant de ses sécrétions. Bien que je n'aie rien fait pour gagner leur loyauté, ces créatures du royaume souterrain m'ont soutenu dans mon moment le plus faible. Quand Nor m'a regardé, son visage m'a tout dit. Comme ses derniers mots pour moi, il voulait que je m'enfuie, que je me batte pour ma vie.

« Tu conspires avec mon cousin. » Crachat Pyre. « Vous saviez que le Dieu des Cauchemars était ici, mais vous ne m'avez pas signalé ça. »

« Ombrose l'emmènera là où elle appartient », a déclaré Nor, la voix douce, en me regardant toujours.

« Il ne fera rien de tel », a tonné Pyre, et mon cœur m'a supplié d'imploser. Les pythrants m'aidaient. Le Dieu des Cauchemars voulait me ramener chez moi, et Nor le savait. Nor l'avait aidé à entrer dans ma chambre. J'ai pensé à ce matin quand je me suis réveillé, me souvenant de la barricade de roses remplies d'épines qui m'enfermait dans mon lit. Pyre avait dit qu'il avait essayé de m'enlever, mais il ne pouvait pas. Les épines avaient empêché son effort. Ce nouveau Dieu avait-il tenté la même chose, sans y parvenir?

Pyre s'avançait maintenant, se tenant devant moi, des siècles de rage brûlant tout autour de lui. Je tressaillis au bruit de ses bottes écrasant les rochers près de mes mains. Les pythrants se glissèrent, attentifs à ne pas s'approcher trop près du feu et attentifs à ne pas tomber dans mon abîme. Je ne pouvais rien faire d'autre que regarder en attendant de voir ce que mon ravisseur ferait.

« Je suis désolé, » dit-il avec son visage dur, pour que je sois seul à l'entendre. Ne m'aiderait-il pas? Forcerait-il ma chute? Pyre a souri à ma frayeur et a levé le pied. J'ai regardé avec horreur alors qu'il faisait lentement craquer mes doigts, provoquant un cri de douleur. « Tiens bon. »

« S'il vous plaît! » J'ai râlé. J'étais entièrement à sa merci. Son agressivité s'enflamma alors qu'il s'enfonçait davantage dans la marche. Mes os craquèrent sous le poids de sa punition alors qu'il se délectait de sa cruauté. Le Dieu des Cauchemars se tenait derrière moi de l'autre côté de la barrière, battant des ailes sombres, envoyant une brise de vrilles noires et fraîches dans ma direction. J'ai regardé dans ses yeux sans profondeur et j'ai reculé à cette vue.

« Aidez-la, cousin! » siffla-t-il à Pyre.

« Avec vous ici? » aboya-t-il. « Dès que la Déesse se relèvera, elle courra ou mourra en essayant. » Il a tordu la plante de son pied dans ma main droite alors qu'il se tournait pour faire face à son cousin. Une douleur à glacer le sang me parcourut et je crus que je pourrais m'évanouir.

« Arrêt! » suppliai-je en gémissant à tue-tête. À ce stade, j'ai imaginé qu'il ne restait plus rien de mes os. Seul le pied de Pyre m'a empêché de tomber.

« Si vous ne l'aidez pas, je le ferai », a sifflé Nor.

« Essayez », osa Pyre. Ses cheveux noirs et sales fouettaient autour de lui, s'accrochant à la sueur qui bordait son sourire.

Avant que je puisse les arrêter, des dizaines de pythrants sautèrent de leurs perchoirs et bondirent en avant. Le feu criaille à la vie, la flamme forte et scintillante. Pyre a tenu bon avec des bras lourds et des queues épaisses l'ont abattu. Un rocher sous ma main gauche s'est détaché du rebord et j'ai perdu mon emprise. Mon corps se balança vers la droite, mes côtes s'écrasant contre le rocher alors que le pied de Pyre maintenait ma main droite en place. Mon poignet se tordit sous l'effet de la traction alors que je regardais l'os se retirer de son logement.

« Aide-moi! » J'ai crié, mais personne n'a essayé de m'entendre. J'ai serré mes dents et me suis balancée vers la gauche, poussant à travers la douleur dans mon bras droit jusqu'à ce que j'attrape enfin le rebord avec mon autre main.

Pyre n'a pas bougé de sa place alors qu'il combattait les créatures qui continuaient à lancer des coups, frappant où elles pouvaient quand elles en avaient l'occasion. Je ne pouvais rien faire d'autre que regarder les pythrants tomber l'un après l'autre dans le trou où j'étais suspendu.

« Non! » J'ai pleuré en les regardant périr en quelques secondes. Nor ne se rapprochait à présent, se frayant un chemin à travers les sphères de feu qui passaient devant lui.

« Nor, arrêtez-ça tout de suite! » une voix familière retentit depuis la porte. À ma grande répulsion, Alriq se tenait dans le cadre; sa peau brûlée par l'attaque de Pyre. J'ai vu Nor commencer à reconnaître son époux.

« Alriq? » croassa-t-il, puis tomba à genoux.

« Éloignez-vous de la Déesse », lui ordonna Alriq. Pyre grogna en signe d'accord.

« Écoutez votre compagnon, Nor », avertit le *daimon*. « Ou le prochain corps que je jetterai sera le vôtre. » Mais Nor n'a pas reculé. Il était toujours à genoux, plus près de moi que jamais. J'ai vu une seule larme couler sur sa joue.

« *Déesse,* » une voix enroulée autour de moi, douce comme du velours. Je tournai la tête, essayant de trouver le son. « *Je ne peux pas t'atteindre tant qu'il te touche.* » J'ai pleuré de confusion, balayant la pièce.

« Que veux-tu dire? » j'ai sifflé; ma voix était rauque à cause des cris.

« *Chut... Tout ira bien. Tu dois me faire confiance.* » Le Dieu des Cauchemars m'a enfermé dans un regard. L'anneau d'éclairs bleus brûlait si fort en contraste avec le noir de ses yeux.

« Qui es-tu? » Je tremblais à la vue.

« Lâchez le rebord », a-t-il lancé par-dessus le chaos qui éclatait autour de moi. Je gémis lorsque Pyre laissa échapper un grogne-ment ondulant de ses dents serrées.

« Son immortalité cessera d'exister au contact des eaux fumantes », grinça-t-il. « C'est l'Ondalôr, le Fleuve de la Douleur. Sans passage approprié, elle se noiera dans sa propre chair bouillante. »

« Non. » J'ai sangloté, forçant mes doigts à se serrer, une main libre et l'autre sous la pression du pied de Pyre.

« Regarde-moi », supplia le sombre. « Me fais-tu confiance? » Ses yeux étaient sans fin. J'ai regardé le *Daimon* des Morts et il a ri de mon désespoir.

« Elle ne connaît pas le sens de la confiance », cracha-t-il. Quand j'ai vu qu'il n'avait aucune pitié pour moi, mon cœur s'est brisé. L'homme que je pensais qu'il était sous sa surface dure était parti. Ce n'était pas une façade. Il n'avait pas été un Dieu secrète-ment tendre. Peu importe le bien que nous avons fait de notre temps pendant l'entraînement, peu importe l'empathie et la gentillesse que je lui ai accordées, ça n'indiquait rien en fin de compte. Bien qu'il ait eu besoin de moi pour accomplir la prophétie, sa rage était plus puissante que son jugement.

Nor s'est levé de sa position accroupie et a recommencé à marcher vers moi. Pyre grogna en me tenant en place avec son pied. Je pouvais à peine sentir ma main alors qu'elle tombait en poussière.

« S'il vous plaît, mon maître, » commença Nor. Sa voix était calme, son visage un match. « Finissez-en maintenant. Aidez-la à se lever et laissez-la marcher. Elle n'a pas de place ici. »

« Tu ne sais rien de ce que tu dis, » gronda Pyre, secouant la tête avec frustration. « Pars », ordonna-t-il, battant des ailes dans la fumée de son feu. Bien que Pyre le lui ait commandé, Nor ne s'est tourné vers le Dieu des Morts. Alors qu'Alriq s'avançait pour récupérer son époux, Nor ne bougea pas.

« Je t'aime, » murmura-t-il, à peine un chuchotement sur sa langue. Les yeux serpentins d'Alriq s'écarquillèrent de panique. Il courait maintenant, haletant dans la chaleur du feu.

« Non, » cria-t-il. « Non! » Nor me regarda maintenant, son visage mouillé de larmes.

« Pour la Déesse, » dit-il, et d'un pas de géant, il plongea dans la faille abyssale et me frappa le dos, me coupant le vent.

« Nor! » criai-je, le poids écrasant ma colonne vertébrale alors qu'il s'accrochait à mes flancs. Des ombres se sont tissées tout autour de nous.

« Lâche prise, Déesse », murmura Nor à mon oreille.

« Je ne peux pas. » J'ai sangloté.

« Tu peux. Pour la liberté. Pour l'espoir. »

« Éloignez-vous d'elle! » Pyre hurla. La foudre a éclaté tout autour de nous. « Tu vas la faire tomber! »

« Alriq, tu dois nous aider! » criai-je, forçant frénétiquement mes yeux flous à le trouver. « Aidez-nous! »

« Non, Déesse », Nor a dit calmement alors que nous regardions son époux filer vers nous. Il était scandaleux! Je devais l'éloigner de moi. Je devais nous sortir de ce pétrin. Mes bras brûlaient à cause de la tension de mes muscles, j'avais l'impression qu'ils étaient sur le point de se rompre.

« Pyre, s'il te plaît, » suppliai-je. Je pouvais à peine dire les mots. Ma gorge était à vif à force d'avoir crié. « Tu m'as dit un jour que personne ne me ferait de mal tant que tu respirais. Pourtant, nous y sommes, et vous êtes revenu sur votre parole. Ça ne s'appliquait-il pas à vous aussi? » Pyre me regarda avec des yeux ouvertement brillants.

« Je vais te sauver, et seulement toi », jura-t-il, les yeux d'un rouge vif. L'or filtrait comme des étincelles dans un feu. Il siffla en regardant autour de lui toutes les créatures, les hommes qui essayaient de me sauver. « Partez, pythrants! Je m'occuperai de vous tous quand j'en aurai fini avec mon cousin. Quand il sera enfermé dans les entrailles d'Obystrus, je t'enverrai à ton jugement. »

« Non », couinai-je, la voix se brisant à cause de la douleur. « Ne fais pas ça... »

« *Lâche prise*, » la voix douce fit signe.

« Je ne peux pas », m'écriai-je. « Nor mourra. Je vais mourir. » J'ai sangloté.

« Non, ma Déesse », murmura Nor. « Tu vas enfin vivre. »

« Et vous? » J'ai commencé, et il m'a embrassé la joue.

« Je suis déjà perdu. » Et sur ce, le pythrant m'a lâché et a plongé dans l'abîme.

« Nor! » Alriq rugit, atteignant le rebord quelques secondes trop tard. « Qu'avez-vous fait? » Il a explosé. Dans les secondes qu'il a fallu à Alriq pour prendre sa décision, Drakovyr est entré en trombe dans l'embrasure de la porte, faisant du pythrant sa cible. Alors qu'Alriq chargeait Pyre, le chien bondit en avant plus vite que la vitesse de la lumière.

« *Maintenant, Déesse*, » la voix s'apaisa. J'ai regardé ma perte, attendant mon étreinte. Lorsque le corps d'Alriq a percuté celui de Pyre avec une lame à la main, j'ai fait ce que je pensais ne pas pouvoir et j'ai lâché prise.

51

CHÂTIMENT

PYRE MALUM

Être poignardé à plusieurs reprises était le moindre de mes soucis. J'avais vécu mille vies, et pas une seule fois ma poitrine ne me faisait mal de cette manière. Les blessures au couteau n'avaient rien à voir avec l'étanchéité qui s'accumulait dans ma cage thoracique. Tout ce à quoi je m'étais efforcé, tout ce pour quoi Shivalri et moi avions travaillé, s'était disparu sous mes yeux. Je l'avais vu alors, le regard de trahison et de douleur qu'elle m'avait ennuyé. J'avais besoin qu'elle reste en place. L'a presque suppliée, mais elle était toujours provocante et cherchait toujours une échappatoire... Une échappatoire à moi.

Je ne peux pas la blâmer d'avoir choisi la mort plutôt que d'être forcée de rester ici avec moi. Je suis cruel pour une faute qui n'est autre que la mienne. Bien qu'on m'ait appris à être malveillant, je n'avais jamais tenté de changer mes repères. Pas avant elle. J'étais ce que j'étais fait pour être. Un Dieu indésirable, exilé pour régner sur cet enfer éternel.

Je suis un dirigeant juste et je donne ce que je peux là où c'est dû. Shivalri ne le savait pas de moi, cependant, car j'étais sûr de la tenir à distance lorsqu'il s'agissait d'informations sur mon passé et ma souveraineté. Je ne voulais pas influencer son opinion sur moi.

C'était une chose que je lui donnerais. Je lui donnerais la liberté de décider par elle-même ce qu'elle pensait de moi. J'avais supposé que sa garde baissât au cours des dernières semaines, mais c'était moi qui avais baissé ma garde. Dès qu'on lui a donné une voie d'évacuation, elle a dégringolé les falaises damnables de sa propre fabrication.

J'ai encore vu le dernier moment - ses cris résonnant dans ma tête. Je n'avais pas d'autre choix que de tenter de ne pas faire attention à elle pendant qu'Ombrose était présent. Il travaillait pour mon frère; ça je le savais. Si mon frère découvrait son importance véritable pour moi, qu'elle soit essentielle ou non, il voudrait me l'arracher. Je ne pouvais pas permettre une telle chose. Alors, je suis resté là, sentant toujours le craquement de ses os délicats sous la plante de mes pieds, mourant d'envie de soulager la douleur que je lui causais. Je devais choisir entre la laisser partir ou montrer ma main à un joueur désespéré de tout conquérir. Je pourrais la retrouver. Je la retrouverais. C'est exactement ce que je lui avais promis. Qu'elle y ait vu une promesse ou une menace, je ne pouvais pas le dire à la façon dont elle me regardait; aux yeux de biche et belle comme jamais. J'avais crié son nom et promis de la récupérer, mais elle ne m'a pas rappelé des bras d'Ombrose.

Je la trouverais. Je l'avais mise dans ce pétrin et l'avais transformé en plus de chaos que prévu. Même si elle était toujours nécessaire dans mes plans, je ne lui permettrais pas un autre moment de conflit. Elle ne méritait pas ce tourment. J'arrangerais les choses pour elle.

ÉPILOGUE
SABINE GRIMSBANE

Une douleur froide émana de ma forme fatiguée alors que je forçais mes yeux à s'ouvrir. Je reculai instantanément à la sensation du sol dur sous moi.

« Shivalri... » ai-je appelé, me souvenant de la tromperie du Haut Conseil. J'ai commencé à bouger, examinant maintenant la pièce où j'emmenais mes petits-enfants, mes petits sorciers, boire une tasse pleine de drogue. Raidan et Satyra sont allongés inconscients sur le sol à côté de moi.

« Raidan? » dis-je, la voix légèrement flétrie d'avoir été endormie. Ma bouche était desséchée. « Saty, ma chérie? » Un point m'a piqué alors que j'essayais d'atteindre mes deux petits-enfants. Les jambes tremblantes, je levai la tête, scrutant la pièce. Le Haut Conseil avait disparu. Alors que je regardais le sol, une paire de lunettes à monture dorée était cassée là où Shivalri était autrefois assis.

« Oh, Shivi... » murmurai-je en me penchant pour les empocher. En clopinant jusqu'à Raidan et Satyra, j'étais pressée mais effrayée de les examiner. Ma lignée était destinée à la grandeur, je le savais, mais en ce moment, le sentiment de perte était bien plus important que la reconnaissance de notre pouvoir.

« Non, non, non, » murmurai-je d'une voix sèche. « S'il te plait, lève-toi », lui ai-je demandé. Ils n'ont même pas fait un geste. Je devais tous les faire sortir de la Maison de l'Enchantement. Je devais les protéger. Les rapprochant l'une de l'autre, j'écartai les mèches de cheveux blancs indisciplinés de mon chemin et utilisai toute ma force pour les rapprocher le plus possible. Enroulant mes bras autour de leurs corps mous, j'ordonnai à mon pouvoir de s'élever.

« Dieux du plus grand royaume, entendez mon appel, » commençai-je, utilisant toutes mes forces. « Vous m'avez donné ce don de tisser, et je n'ai jamais demandé votre aide pour le manier. Aide-moi maintenant. Permettez-moi de l'utiliser pour de bon. » Je fermai les yeux, mes muscles se tendant sous l'onde de puissance que je produisais. « *Auxilium! Déos, précor!* » beuglai-je, ma voix résonnant dans la salle de l'église faiblement éclairée. « Aidez-moi, Dieux. Je vous en prie... »

C'était inutile. Je n'avais pas la force d'amener mes petits-enfants avec moi.

Un petit objet dur a poussé à mes côtés alors que je me penchais sur Raidan et Satyra.

« Le livre », soufflai-je en retirant le petit livret de la poche de mon manteau. J'avais oublié que je l'avais pris à la bibliothèque plus tôt. « Il doit y avoir quelque chose ici, » dis-je avec une rafle, feuilletant les pages. Mes doigts vieux tremblaient, luttant pour maintenir le livre en place. « Allez, » supplie-je.

En atterrissant sur une page qui disait « *Portare plures* », j'ai sursauté avec foi. « Oh oui! Merci, Dieux. » Je rayonnais, inclinant ma tête vers le plafond. Je n'avais jamais été aussi reconnaissante pour ma connaissance du latin jusqu'à ce moment. « *Portare plures!* Aide-moi à porter plus que moi-même. Aidez-moi à porter mes petits-enfants pendant que je tisse notre temps. »

Tout ça autour de nous a commencé à ralentir. Mes mouvements devinrent lourds et calculés à mesure que j'avançais dans le temps. Je pouvais voir les cordes briller d'un rouge vif. Tirant et tordant, j'ai démêlé le gâchis dans lequel nous nous trouvions.

C'était plus difficile, bien plus ardu, de lutter non pas contre une mais contre les cordes de la vie de trois personnes en un seul sort. Je n'avais jamais fait une telle chose, jamais pensé à l'essayer. Je savais quoi faire en tissant moi-même, mais jouer avec le destin de mes petits-enfants était un jeu risqué. Pourtant, j'ai poussé jusqu'au bout, faisant un pas à la fois, en veillant à ne pas semer le désordre dans leur vie et dans la chronologie.

En un instant, nous étions de retour dans la sécurité de mon manoir Grimsbane. Ce qui aurait dû nous prendre une demi-heure ne m'a pris qu'une seconde pour arriver en voiture. J'avais traversé la circulation, sachant où se trouverait chaque véhicule avant de les rattraper. Les autres ne me verraient pas car je me déplaçais plus vite que la vitesse de la lumière. Avec une grande force et une concentration intense, j'ai suivi les cordes lumineuses qui pointaient vers ma maison familiale.

C'était au milieu de la nuit quand nous sommes apparus dans le salon. J'ai laissé mes petits-enfants se reposer, ce qui m'a permis de fouiller le sous-sol à la recherche d'indices sur l'endroit où le Haut Conseil aurait pu emmener ma petite-fille. Moi, Raidan et Satyra étions en sécurité, mais Shivalri ne l'était pas.

« Pourquoi m'ont-ils trompé? » questionnai-je en fouillant dans mes tomes éparpillés sur la table. « Leurs actions étaient censées être pour le plus grand bien. Me droguer? Droguer mes petits-enfants? Ça n'a jamais fait partie du plan... Qu'est-ce que je vais faire? » Le Haut Conseil a prêté serment en tant qu'application de la loi magique, le patriarcat des sorcières. Au lieu d'aider à rendre le monde sûr et à protéger leurs camarades sorcières, ils étaient la cause du chaos. C'était de la magie noire en jeu.

Lorsque le grincement de la porte du sous-sol a retenti, j'ai allumé les torches le long des murs de la caverne pour donner à Raidan et Satyra une meilleure chance de descendre les escaliers.

« Gram? » Satyra a appelé.

« Par ici, ma douce, » répondis-je. « Venez vite. » Leurs pas résonnèrent dans les escaliers et je les rencontrai en bas. Ils étaient blancs comme des draps, vidés de toute énergie. La lèvre de Satyra trembla lorsqu'elle atteignit la dernière marche. Raidan se frotta les yeux et étouffa son cri.

« Où est ma sœur? » demanda-t-il, à peine audible. Il était difficile pour moi de regarder mes petits-enfants sous cet angle. Non seulement avaient-ils subi la perte de leurs parents à un âge bien trop jeune, mais ils avaient également été contraints à un nouveau monde plein d'appréhension. Ils avaient été obligés d'accepter leur destin, ont été drogués par de puissants inconnus, et Shivalri avait été kidnappé sous leurs yeux.

« Le Haut Conseil l'a prise », répondis-je solennellement, montrant de la tristesse dans ma façon de parler. La paire d'entre eux s'est regardée puis de nouveau vers moi. En tant qu'aînés, ils se sont accrochés à chacun de mes mouvements, attendant que je résolve tous leurs problèmes. En tant que vieille femme, je sentais le poids du monde sur mes épaules alors que mes deux petits-enfants me regardaient comme ça. « Nous allons la récupérer », ai-je dit. « Je le jure sur ma vie. »

FIN

www.ingramcontent.com/pod-product-compliance
Lightning Source LLC
Chambersburg PA
CBHW021752190726
48290CB00008B/2584